# कुदरत रंग-बिरंगी

# कुदरत रंग-बिरंगी

**कुमार प्रसाद मुखर्जी**

अनुवाद

दीपाली नाग

सहायता

मीना बनर्जी

राजकमल प्रकाशन

ISBN : 978-81-267-0475-0

**मूल्य** : ₹995



**पहला संस्करण** : 2002
**दूसरा संस्करण** : 2014
This book is printed on **Print on Demand** Technology : 2026

**प्रकाशक** : राजकमल प्रकाशन प्रा.लि.
1-बी, नेताजी सुभाष मार्ग, दरियागंज
नई दिल्ली-110 002

**शाखाएँ** : अशोक राजपथ, साइंस कॉलेज के सामने, पटना-800 006
पहली मंजिल, दरबारी बिल्डिंग, महात्मा गांधी मार्ग, प्रयागराज-211 001
1, अनमोल सोराबजी संतुक लेन, धोबी तलाव, मरीन लाइंस, मुम्बई-400 002
वेबसाइट : www.rajkamalprakashan.com
ई-मेल : info@rajkamalprakashan.com

KUDRAT RANG-BIRANGI
*by* Kumar Prasad Mukherji

पूजनीया माँ
श्रीमती छाया मुखोपाध्याय को

# अनुवादक की ओर से

छुटपन से ही मैं देखती आई हूँ कि कुमार प्रसाद मुखर्जी को संगीत से बहुत प्रेम रहा है। धीरे-धीरे वह प्रेम एक वास्तविकता में बदल गया, अर्थात् वे स्वयं गाने लगे और आगरा घराने की गायन-परम्परा का अच्छी तरह से निर्वाह करने लगे। नाम भी पैदा कर लिया। पढ़ने-लिखने में भी वे तेज़ थे। इसी कारण लोगबाग उनसे एक किताब लिखने का आग्रह करने लगे। इस आग्रह को टालते रहने के बावजूद आखिर एक दिन उन्होंने कलम पकड़ ही ली और शीघ्र ही वह दिन आ पहुँचा जब हम बड़े चाव से 'कुदरत रंग-बिरंगी' पढ़ने बैठे। आश्चर्य यह कि उनकी इसी एक किताब ने पाठकों में जैसे एक हंगामा खड़ा कर दिया। यह सब देख-सुनकर मैंने तय कर लिया कि जब हम बंगाली इस किताब से इतना आनन्द उठा रहे हैं, तो इसे हिन्दी पाठकों तक भी जाना चाहिए। इसी ख़याल से मैंने इसका यह अनुवाद किया। चाहे लाख अच्छा हो, अनुवाद अनुवाद ही होता है। छोटी-मोटी कमियाँ रह ही जाती हैं। स्वयं रवीन्द्रनाथ में भी इसके अपवाद नहीं हैं। फिर भी मैं सोचती हूँ कि हिन्दी-पाठकों को यह किताब पसन्द आएगी।

**—दीपाली नाग**

# ऋण स्वीकार

कई साल पहले 'आनन्दबाज़ार' पत्रिका के मालिक ने मुझसे यह फरमाइश की कि उत्तर भारतीय संगीत पर अंग्रेजी में मैं कोई किताब लिख डालूँ, जिसकी विषयवस्तु हो विभिन्न घरानों के संक्षिप्त इतिहास एवं गायकी की समीक्षाएँ और मक़सद हो उस ज़माने के गाने-बजानेवालों की दुनिया की ख़ास-ख़ास झलकियाँ एवं विभिन्न बैठकी-क़िस्से-कहानियों के माध्यम से महान हस्तियों के साथ परिचय। यानी संक्षेप में कहें तो It will be a serious book in a lighter vein; कारण, गाने-बजाने का मुख्य उद्देश्य ही है entertainment; अतः सिर्फ़ सूखी लकड़ी-जैसा नीरस इतिहास-भर लिख देने से काम नहीं चलेगा। कुछ यों लिखा जाए कि संगीत-प्रेमी और संगीतज्ञों के अलावा आम पाठक भी जिसे पढ़कर आनन्दित हों और संगीत की दुनिया में खो जाएँ।

सोचा, मेरे लिए यह काम बहुत ही कठिन होगा। उत्तर भारतीय संगीत का इतिहास लिखना शायद मेरे लिए असम्भव नहीं है। पाँचजनों के आशीर्वाद से मेरे स्टॉक में उस्तादों, बाईजियों और लखनऊ के पुराने क़िस्से-कहानियों की कमी नहीं है, हालाँकि इनसे ज़्यादा कुछ ऐसे मसाले भी मेरे पास हैं जो प्रकाशन के क़ाबिल नहीं समझे जा सकते। लेकिन दिक्कत तो यह है कि अंग्रेजी के माध्यम से उस 'माहौल', यानी वातावरण के साथ पाठकों का परिचय करवाना ज़रा टेढ़ी खीर होगी। उर्दू एक रंग-बिरंगी पोशाकी ज़ुबान है, जिसका अनुवाद कर उसे अपनी पूरी मिठास के साथ अंग्रेजी लिबास में लाना मेरे लिए क़तई मुमकिन नहीं। Kai Hung नामक चीनी चरित्र ईजाद करनेवाले Ernest Bramah अगर उर्दू जानते तो शायद यह काम भी वे कर लेते। "O thou of handsome mien, is it for this unworthy servant of yours to question your noble parentage ?" इस तरह का प्रश्न चीनी और उर्दू ज़ुबान में किया जा सकता है, पर अंग्रेजी में अपनी जहाँ तक की दौड़ है उस हद तक यह शायद ही सम्भव हो।

इसके बाद कई साल बीत गए। मेरी नई शिष्या सौभाग्यवती जयती और उनके पत्रकार पति नीलाक्ष गुप्त ने उपरोक्त पुस्तक लिखने को लेकर अब तो मुझे नियमित रूप से सुबहो-शाम घेरना शुरू कर दिया। उत्तर प्रदेश के एक बंगाली बाशिन्दे का अपनी मातृभाषा में किया गया यह प्रयास कहाँ तक कामयाब हो पाया है, इसका फैसला पाठक खुद ही करेंगे। पर नुक्ताचीनी और तारीफ़ (अगर कुछ हुई) के ज़्यादातर भागीदार गुप्त दम्पति ही होंगे। इसके साथ-साथ मैं अपने परम स्नेही संजीव चट्टोपाध्याय का भी बहुत

आभारी हूँ, जिन्होंने मेरी पांडुलिपि के दाएँ-बाएँ पन्नों पर लिखे अनगिनत बिन्दुओंवाले पैराग्राफों को बड़ी हिफाजत और तरतीब से alignment कर **दुनिया रंग-बिरंगी** शीर्षक से लगातार छह महीने 'देश' के पाठक-पाठिकाओं की खिदमत में पेश किया।

अपनी एक अन्य शिष्या, भवानीपुर के संगीतज्ञ और विद्वान निदान बाबू की पुत्री रूपा बन्द्योपाध्याय का भी मैं आभारी हूँ, जो अभी फिलहाल गाना सीखना बन्द कर 'समाजशास्त्र' में एम.ए. की परीक्षा की तैयारी में व्यस्त है। इतनी व्यस्त होने पर भी उसने इस पुस्तक के आखिरी अध्याय के लिए मेरे एक पुराने अंग्रेजी लेख का सारांश तैयार कर डाला और परिशिष्ट तैयार करने में मेरी मदद की। उपसंहार की थीसिस की मूल चिन्ताधारा के सूत्रों के लिए मैं अपने पिता धूर्जटि प्रसाद का भी ऋणी हूँ। मैंने उन्हें बढ़ा-चढ़ाकर युद्धोत्तर उत्तर भारतीय संगीत की दुनिया में प्रयोग कर अप-टु-डेट-भर किया है।

पुराने ज़माने के अनगिनत टेपों को सुनने और प्रबुद्ध गायक कलाकारों के साक्षात्कार टेप करने के मौके के लिए मैं संगीत रिसर्च अकादमी, कलकत्ता का आभारी हूँ। इनके और Ford Foundation के लिए विभिन्न घरानों और गायकी के विश्लेषण का कार्य मैं पिछले चार साल से कर रहा था। वे अनुभव भी इस पुस्तक के लिखने के काम आ गए। दिल्ली की डॉ. सुमति मुटाटकर ने विभिन्न मराठी पुस्तकों के सारांश एकत्रित करने में मेरी काफी मदद की है।

सबसे अधिक ऋणी हूँ दीपाली नाग का जिन्होंने मसरूफ़ियत के बावजूद अपना क़ीमती समय दिया, मूल बंग्ला को पढ़ा और अनुवाद को सफल बनाया। इसमें सहायता और फ़ाइनल प्रूफ के शुद्धिकरण के लिए आभारी हूँ संगीत रिसर्च अकादमी की मीना बनर्जी का, जो जन्म के नाते यू.पी. (गोंडा) की, शिक्षा से संस्कृत साहित्य और संगीत की, आर्मी वाइफ़ होने के नाते पूरे हिन्दुस्तानी कल्चर की और कर्मसूत्र से दिल्ली (भारतीय कला केन्द्र) और अब कलकत्ता के संगीत जगत की हैं।

अन्त में मैं यह कहना चाहूँगा कि मेरी पूज्य माताजी की मुझसे यह बहुत पुरानी शिकायत थी कि ऐसे खानदान में पैदा होकर भी मैं ज़िन्दगी-भर वैश्यवृत्ति में ही उलझा रहा। मेरी क़लम से एक पुस्तक तक नहीं निकल पाई। शायद इसीलिए, आदतन सुस्त होने के बावजूद, मैंने आलस्य छोड़ा और यह तुच्छ पुस्तक उनकी नज़र कर मैं उनकी शिकायत कुछ हद तक दूर कर पाया। इसके लिए मैं खुद को भाग्यशाली महसूस कर रहा हूँ।

नं. 8 शॉर्ट स्ट्रीट, कलकत्ता—17

**—कुमार प्रसाद मुखर्जी**

# अनुक्रम

*पहला अध्याय*

# भूमिका

सन् पचास की बात है। हमारे कॉफ़ी हाउस की बैठक में कमल कुमार मजुमदार साहब ने एक वामपन्थी साहित्यिक के बारे में यह खबर दी थी कि उन हजरत ने 'स्ट्रगल' करने के इरादे से सीढ़ी के नीचेवाला कमरा लिया है। दरअसल बात यह है साहब कि ये सारे ऑटोबायॉग्राफ़ी लिखने के हथकंडे हैं।

उम्र के तक़ाज़े का कुछ-कुछ अहसास होने पर भी इस तरह के हथकंडों की नौबत अपनी ज़िन्दगी में कोई ख़ास नहीं आई। इसलिए आत्मकथा लिखने की भी कोई ख़ास प्रेरणा नहीं मिली। पर हाँ, इधर आजकल 'देश' पत्रिका की बदौलत बहुत से गाने-बजानेवाले संगीत के उस्तादों ने अपनी पुरानी यादें ताज़ा की हैं और आपबीती पर रोशनी डाली है। वे सभी मेरे पूज्य नमस्य व्यक्ति हैं। उनके नक्शे-कदम पर चलने का इरादा न रहते हुए भी अपने दोस्तों का ऐसा ख़याल है कि संगीत के जलसों में अड्डेबाज़ी के मामले में जब अपनी एक छोटी-मोटी धाक पहले से ही मौजूद है तो फिर क्यों न बैठकबाज़ी के उन किस्सों को किसी और भी बड़े पैमाने पर पेश किया जाए। मुझे लिखना नहीं आता और पेट के लिए धन्धों में इस ब्राह्मण सन्तान को इस उम्र में भी तरह-तरह की वैश्यवृत्ति, यानी बनियागिरी भी करनी पड़ती है। तो ऐसी सूरत में भला अब वक्त ही कब मिल पाता है कुछ लिखने-विखने का। लेकिन अपने चहेते रहनुमा मेरी मजबूरियों पर गौर ही नहीं करना चाहते। किसी कवि ने लिखा है—''मेरा कविता लिखना साँप का छछूँदर पकड़ने जैसा है।'' सो साहब, इस मिसाल को सामने रखते हुए वे कहते हैं, चूँकि मेरे बाप-ताऊ ने पन्नों-पर-पन्ने रँगे हैं, इसलिए मुझे भी चाहिए कि मैं भी कभी-कभी अपनी कलम को हरकत में लाऊँ, उसे लिखने की ज़हमत दूँ।

इन लोगों में से ही हमारे दो-एक शुभचिन्तकों ने हमें यह सलाह दी कि अगर आप बंगला में नहीं लिख सकते तो अंग्रेजी में ही लिख डालिए। हम तर्जुमा करवा लेंगे। इस तरह के शक की वजह यह नहीं कि मैं एक बहुत बड़ा अंग्रेजीदाँ हूँ। जवानी में जहाँ मैंने और गुनाह किए हैं, वहीं कलकत्ता के एक अखबार में काफी दिनों तक संगीत की समीक्षा भी लिखता रहा हूँ—इस भरोसे पर कि गाने-बजानेवाले ज़्यादातर उस्ताद अंग्रेजी

नहीं जानते और जो थोड़ी-बहुत जानते भी हैं तो भला उन्हें क्या पड़ी है कि वे इस कूड़ा-करकट रबिश को पढ़ते रहें।

अपना अन्दाज़ा सही निकला। यह बात चन्द साल पहले इसी 'देश' पत्रिका में प्रकाशित एक मशहूर गायिका के साक्षात्कार को पढ़कर मालूम हुई। वे काफी अच्छी अंग्रेजी जानती थीं, इसीलिए शायद एक ज़माना हुआ जब मैंने पंडित रविशंकर के बारे में अपनी राय ज़ाहिर की थी; तो उसे बिना पढ़े ही इतने दिनों बाद इन्होंने अपने साक्षात्कार में सारा कुछ धो-पोंछकर साफ कर दिया। उस अंग्रेजी समीक्षा की बदनामी आज भी मेरा पीछा कर रही है। बहुत ही तकलीफ महसूस कर रहा हूँ, ख़ासकर आज के इस ज़माने में, जबकि पश्चिम बंगाल की मेहरबान सरकार बच्चों की अंग्रेजी शिक्षा खत्म करने पर तुली हुई है। एक तरफ जहाँ मायूसी का यह आलम है तो दूसरी ओर शैलबिहारी बाबू की बातें याद कर दिल को तसल्ली भी पहुँचती है।

हमारी उम्र जब बहुत ही कम थी, तो उस ज़माने में शैलबिहारी बाबू ने कॉलेज स्क्वॉयर में एक छोटी-सी किताब की दुकान खोल रखी थी। मैं उस वक़्त लखनऊ यूनिवर्सिटी की चौखट लाँघकर अभी कलकत्ता आया ही था—नौकरी की तलाश में। किताबी मोहल्ले में चहलकदमी करना, अल्लम-गल्लम खाना और चक्कर काटना यही था हमारा रोज़ का धन्धा। संगी-साथी भी काफी जुट गए थे। उनमें से ज़्यादातर आज इस दुनिया में नहीं हैं। जो हैं, उनमें बाद के ज़माने के इश्तहारी दुनिया के विधान राय यानी सुभाष घोषाल, बेहद शर्मीले चतुर रसिया काली साधन दासगुप्त, शाँटुल बाबू अथवा आज के आर्ट-कल्चरी दुनिया के प्रसिद्ध राधा प्रसाद गुप्त और बाँटुल यानी त्रिदिव घोष आदि के नाम लिये जा सकते हैं। चिदानन्द दासगुप्त इसी दुनिया और इसी देश में मौजूद रहते हुए भी नहीं रहने के बराबर हैं। आजकल वे विदेशों में ही घूमते हैं या फ़िल्म फेस्टिवलों के जूरी बनते हैं। ये अपने मानिक बाबू यानी सत्यजित राय हमारे उस ज़माने में कॉफ़ी हाउस और फ़िल्म सोसाइटी के अलावा हम लोगों से कोई ख़ास मतलब नहीं रखते थे। इन अड्डों की दुनिया के महारथियों में शाँटुल और बाँटुल के साथ मेरी गहरी दोस्ती थी। पाँच फीट का परम सज्जन बाँटुल उम्र में मुझसे काफी बड़ा फिर भी मैं उसे ख़ास प्यार-मुहब्बत की नजर से देखा करता था। सिर्फ़ ट्यूशन पेशे के सहारे ये लोग सार्त्र, कामू, कॉफ्का को बगल में दबाए हमें हैरत में डाल दिया करते थे। इस सिलसिले में बाँटुल की उस ज़माने की रचनाओं में से दो-चार लाइनें यहाँ पेश किए बिना मुझसे रहा नहीं जा रहा। पहली रचना कहाँ छपी थी, यह याद नहीं, पर वह कुछ इस तरह थी—"जो बैलों के सींग पकड़ने के मामले में किसी तरह की ग़लती नहीं करते, वे हमारी इस बात से इत्तिफाक ज़रूर करेंगे कि हफ्ते के आखिर में किसी खूबसूरत हसीना के साथ फ्रांसीसी फ़िल्में देखना ही आर्ट की आड़ में मोक्ष पाना नहीं है।" दूसरी रचना अपने एक विद्यार्थी के लिए लिखा गया एक मजमून था। इस मजमून की वजह से बाँटुल को अपनी ट्यूशन से करीब-करीब हाथ धोने की नौबत आ गई थी। उसकी पहली पंक्ति थी—"War" Says William Robert Norton sometime

Dean of Harvard (!) "is a terrible thing."

कमल मजुमदार, शाँटुल गुप्त वगैरह रवि ठाकुर को तो अपने पास तक नहीं फटकने देते थे। कल्लोल युग के कवियों से उन्हें सख़्त नफरत थी। लेकिन सुधीन दत्त, विष्णु दे वगैरह को बेहद पसन्द करते थे। इतना ज़्यादा कि शाँटुल बाबू ने इनकी कई प्रसिद्ध कविताओं का उड़िया में अनुवाद तक कर डाला। इसके अलावा चीनी खाना (चाइनीज़ फूड) खाने-पीने के मामले में एक बहुत बड़े आथॉरिटी थे अमिताभ सेन। ऊँची धोती, बदन पर अधमैली आधी बाँह की सदरी, मुँह में पाइप, सिर के छोटे-छोटे छँटे हुए बाल, बदन का रंग स्याह काला कोयले जैसा और चेहरा मोटे-मार्शल टिमोशेंको की तरह—ये बहुत ही दूर की नज़र रखनेवाले कवि थे। सन् पचास में लिखी इनकी दो-चार पंक्तियों को सुनने से ही आपको यह अन्दाज़ा हो जाएगा कि ये किस दर्ज़े के शायर थे। जैसे—"स्तालिन को पुकारा था जिन्होंने माँ कहकर। वे सारे अभागे महल थे जितने आज हुए बेघर।" इन सभी बातों को ध्यान में रखते हुए मेरी इन लोगों के साथ गहरी दोस्ती हो गई। वैसे पैसे-कौड़ी के मामले में अंटियाँ हम सबकी करीब-करीब एक-सी ही थीं। इसलिए अमीनिया दिलखुश होता हुआ मैं अक्सर शैलबिहारी की दुकान पर जाने लगा था अड्डा जमाने। यहाँ किताबें उधार भी खरीदी जा सकती थीं। शैलबिहारी का अपना ही एक अलग खानदानी रुतबा था। बंग गौरववाले आदमी थे। उनके मामा थे हरिनाथ दे, जो कलकत्ता विश्वविद्यालय से आठ-दस सब्जेक्ट में एम.ए. थे। इन सारी शानदार खूबियों के बावजूद उनमें एक ख़ास बात यह थी कि उन्हें अपनी अंग्रेजी के पांडित्य पर बहुत ही फख्र था। अक्सर कहा करते थे—"अजी, बंगाली का बच्चा हूँ। और कुछ न सही, अंग्रेजी का ज्ञान तो बचपन से ही है। और फिर हो क्यों न ? कालीकेष्टो बाबू हमारे असिस्टेंट हेडमास्टर जो थे। मेरी पढ़ाई की शुरुआत उन्हीं से हुई। एक मरतबा जब मैं छोटा था तो उन्होंने ट्रांसलेशन करने को दिया—"उसकी उम्र सोलह साल की है।" मैंने अनुवाद किया—"He was sixteen years old." मास्टर साहब कुछ बोले नहीं। काटा भी नहीं, सिर्फ़ महीन 'G' निब से ऊपर लिख दिया—"He has seen sixteen summers." लिखने के बाद ज़रा मुस्कुराए। बोले—"क्यों हाँदू, अब कैसा रहा ?" तभी से इडियोमेटिक अंग्रेजी में मेरी बराबर दिलचस्पी रही है।

अंग्रेजी की बात आई तो याद आया। उसी मोहल्ले में शाँटुल बाबू ठाकुरबाड़ी के एक लड़के को पढ़ाते थे। वड्र्सवर्थ पढ़ा रहे थे। अचानक जाने क्या मति मारी गई कि ऑल्डस हक्सले की रचना से एक उदाहरण पेश कर समझाने लगे वड्र्सवर्थ का प्रकृति प्रेम और सौन्दर्यबोध। Lake District का प्राकृतिक दृश्य तस्वीर-जैसा है, जिसे अंग्रेजी में Pretty Pretty कहते हैं। यहीं बैठकर उन्होंने कविताएँ लिखी हैं। प्रकृति का ख़ौफनाक चेहरा तो उन्होंने देखा ही नहीं। Tropics में होते तो देखते, वगैरह-वगैरह। लड़के ने बहुत देर तक चुपचाप सुना। फिर बोला—"देखिए सर, मुझे इतनी सारी बातों से कोई मतलब नहीं। न तो मैंने विलायत की सीन-सीनरियाँ देखी हैं और न ही किसी जंगल की सैर की है। मैं तो सिर्फ़ एक बात जानता हूँ। परीक्षा की कॉपी में लिख

आऊँगा–"वड्र्सवर्थ वाज दि हाई प्रीस्ट इन दि टेम्पल ऑफ नेचर!" बस।

लीजिए, हम कहाँ-से-कहाँ जा पहुँचे। अब तक आप लोग मन-ही-मन कह रहे होंगे–"अरे यार, हम तो तुम्हें गाने-बजानेवाली लाइन का आदमी समझते थे। तुम-जैसों के डर से ही तो हम रेडियो नहीं खोलते। सिर्फ़ टी.वी. देखते हैं। ये सब क्या शुरू कर दिया। वड्र्सवर्थ–शाँटुल-बाँटुल।" पर ठहरिए, अड्डेबाजों को ज़रा रहम की नज़र से भी देखिए। हम इधर-उधर की गप्पें हाँकते हुए कभी-कभी अपनी लीक से भटक भी जाते हैं। अरब के तिलिस्मी उपन्यासों की तरह हमारी कहानियों के पेट से कहानियाँ निकलती ही चली आती हैं। अजी, बैठकबाज़ी अभी आपने देखी कहाँ हैं ? सिर्फ़ चाय-कॉफी-पकौड़ों के बल पर एक बार पूर्वी बंगाल के दो वैश्यकुलरत्न अध्यापक रवि दासगुप्त और तपन राय चौधरी के साथ दिल्ली के Constitution House के कमरे में साढ़े ग्यारह घंटों तक नॉन-स्टॉप अड्डेबाज़ी की थी। और एक बार राधा प्रसाद गुप्त (शाँटुल) आज से करीब चालीस साल पहले दोपहर के वक़्त खाना-वाना खाने के बाद बालीगंज आए हमारे घर पंडितिया रोड से। आते ही बोले–"अजी कुछ न पूछिए साहब, अजीब आफत है। साढ़े चार के अन्दर घर लौटना होगा। एक छोकरा आ गया पढ़ने सलकिया से।" चार बजे के लगभग उनके कहने के मुताबिक हम उन्हें ट्राम स्टॉपेज तक छोड़ने गए। वहाँ खड़े-खड़े बातें करते ज़रा देर हो गई। उन्होंने करीब-करीब आखिरी ट्राम पकड़ी रात के साढ़े दस बजे।

एडमंड हिलेरी साहब तेन जिंग के साथ एवरेस्ट फतह कर वापस लौटे तो वह फ़िल्म लाइट हाउस सिनेमा हॉल में दिखाई गई। उसे देखकर सुभाष घोषाल ने कहा था–"उनकी जगह तुम और शाँटुल होते तो फिर उजाला रहते कैम्प फाइव लौटकर आना नहीं होता। पैरों को झुलाए एवरेस्ट की चोटी पर अड्डा जमाए हुए benighted हो जाते।" गाने-बजानेवालों को यह सुनकर खुशी होगी कि मैराथन अड्डेबाज़ी की तरह उस ज़माने में उस्ताद लोग भी कुछ कम नहीं थे। एक मर्तबा इन्दौर में उस्ताद अब्दुल करीम ख़ाँ साहब ने तीन घंटे तक मुलतानी की बढ़त की। उस खबर को सुनकर उस्ताद अब्दुल वाहिद ख़ाँ ने उसके अगले साल इन्दौर में साढ़े चार घंटे मुलतानी सुनाई। वह भी विलम्बित, झूमरा में–'जा को मन अल्लाह।'

*दूसरा अध्याय*

# भास्कर बुआ

चलिए, अब गाने-बजाने की दुनिया में चलें। पुराने ज़माने में क़ायदा था खानदान और बाप-दादों की पहचान से शुरुआत करना। मेरे दादाजी ध्रुपद सुनना पसन्द करते थे और तान सुनते ही भड़क उठते। ये सारी बातें मेरी सुनी-सुनाई हैं। मैंने उन्हें अपनी आँखों से नहीं देखा। पचास साल की उम्र में चेचक से असमय ही उनकी मौत हो गई। मौत के उन आखिरी दिनों में मेरे पिताजी ने नए ग्रामोफोन में उस ज़माने की चन्द मशहूर बाईजियों के गीत उन्हें सुनाने की कोशिश की थी। वे सख्त नाराज़ हो गए। बोले—"ये ऐं-ऐं की तानें नाक़ाबिले-बर्दाश्त हैं। चलना तो आया नहीं अभी तक, लगीं दौड़ने !" मेरी दादीजी का पीहर हाली शहर में था। पिताजी की हालत अच्छी थी। खाते-पीते लोग थे। उन्होंने शादी के पहले ग्यारह महीने तक मुसलमान उस्तादों से तालीम ली थी। मैंने उनकी बुलन्द आवाज़ में संगीत के आनन-फानन उतार-चढ़ाव, गिटकिरी के साथ कीर्तन और बंगला गीत सुने हैं। उनमें दो मेरे बड़े ही प्यारे थे। पहला है—'थक्केदार दाढ़ी जमी, चश्में से आँखें ढकीं, ख़ौफ़नाक लहरें उठीं बंगाल में।" और दूसरा है—'दुनिया में हैं जितने क़िस्म की दालें, उड़द की दाल के आगे सभी हारें साले।' आखिरीवाला गीत पीलू बरवे में है। मेरी माताजी के खानदान में किसी ने भी गाने नहीं गाए। यहाँ तक कि बाथरूम में भी नहीं।

मेरी पैदाइश के बहुत पहले ही मेरे पिताजी स्व. धूर्जटि प्रसाद मुखोपाध्याय लखनऊ जा बसे थे। वहाँ की यूनिवर्सिटी में उन्होंने अर्थनीति और समाजशास्त्र विभाग में पढ़ाना शुरू कर दिया। कलकत्ता में जब थे तो उन्होंने मशहूर ध्रुपदिया राधिका गोस्वामी और महिम मुखर्जी से तालीम ली। आज के ज़माने में ज़्यादातर लोग बेटे के नाम से बाप को पहचानते हैं। जैसे उस्ताद हाफ़िज़अली ख़ाँ अमजदअली ख़ाँ के वालिद हैं, उस्ताद इनायत ख़ाँ विलायत ख़ाँ के बाप हैं, उस्ताद अलाउद्दीन ख़ाँ अली अकबर के पिताजी और रविशंकर के ससुर हैं, वगैरह-वगैरह। इसीलिए राधिका गोस्वामी को जो लोग नाम से नहीं पहचानते, उन्हें शायद यह बताने की ज़रूरत है कि वे ज्ञान गोस्वामी के काका थे। हमारे हमउम्र लोगों ने बचपन में ज्ञान गोस्वामी का गाना ज़रूर सुना होगा। ऐसी

आवाज़ का धनी शायद ही कोई बंगाली गायक पैदा हुआ हो। मंद्र सप्तक में वह आवाज़ और भी बड़ी हो जाती थी। क्रमशः अतिमंद्र सप्तक के पंचम में जाकर वे ठहरते। रेकॉर्ड में इन्होंने बंगला ख्याल गाए हैं—'आमारे बोलोना भूलिते बोलो ना' (बिहाग), 'आजी निझुम राते के बांशी बाजाए' (दरबारी कानड़ा), 'उजल काजल दूटी नयनतारा' (मालगुंजी) और भी बहुत सारे। लेकिन इलेक्ट्रॉनिक के ज़माने के पहले बने 78 R.P.M रेकार्डों से जैसे फ़ैयाज़ ख़ाँ की आवाज़ का अन्दाज़ा नहीं लगता, उसी तरह ज्ञान गोस्वामी का भी। थोड़ी देर तक रेकॉर्ड सुनने के बाद इनकी बुलन्द आवाज़ों का अंदाज़ लगा लेना पड़ता है। ज्ञान गोस्वामी महिषादल की राजबाड़ी में सभागायक थे और इसी नाते उन्होंने फ़ैयाज़ ख़ाँ से गंडा बँधवाया था। फ़ैयाज़ ख़ाँ के एक और मशहूर शागिर्द हैं दिलीपचन्द्र वेदी, जिनका नाम आजकल शायद किसी-किसी ने सुना हो। इन्होंने भास्कर बुआ बाखले जैसे ज़बर्दस्त उस्ताद से तालीम ली थी और उसी तालीम के बल पर इनका कूटतान ख़ासतौर से मशहूर हुआ। इन्होंने जब भास्कर बुआ की मौत के बाद फ़ैयाज़ ख़ाँ साहब से गंडा बँधवाया तो उस्ताद ने इन्हें हुक्म दिया—"तुम भास्कर बुआ की गायकी हर्गिज न छोड़ना, ख़ासकर उनकी तानों को।" बहुत ही ऊँचे दर्जे और बड़ी नज़र रखनेवाले उस्ताद ही शागिर्दों को इस तरह की सलाह दे सकते हैं। दिलीप वेदी महफ़िल में बैठकर दावे के साथ कहते थे—"जो तान गले से इस महफ़िल में निकलेगी वह दुबारा आज नहीं निकालेंगे।" इसके अलावा उनमें एक बहुत बड़ी खूबी यह थी कि ये झगड़ना बेहद पसन्द करते थे। हिन्दी-उर्दू में उलझते हुए जब साँसें फूलने लगतीं तो पंजाबी में शुरू हो जाते। पंजाबी में गिन-गिन के गालियाँ देते। एक दफ़ा (वेदी जी की ज़ुबानी सुनी बात है) बड़े गुलामअली ख़ाँ के साथ उलझ गए। दोनों ओर से पंजाबी भाषा में तरह-तरह की मधुर गालियों की बौछारें हुईं। आखिर में इन्होंने तान की कूटकचाल से महफ़िल जीत ही ली। लेकिन मुझे आज भी याद है कलकत्ता में भवानीपुर की एक महफ़िल में ज्ञान गोस्वामी की वजह से उनकी थोड़ी-सी बेइज़्ज़ती हो गई थी। दिलीप वेदी ने 'वेदी का ललित' नाम का एक नया राग बनाया था और बकायदा बहुत ही फख्र के साथ वे उस राग को पेश कर रहे थे। गाना खत्म होते ही ठुमरी गाने का कोई मौक़ा न देकर ज्ञान गोसाईं एक धक्के से वेदी जी को खिसकाकर खुद बैठ गए और घोषणा कर दी—"वेदी का ललित सुन लिया, अब गोसाईं का ललित सुनो।" सिर्फ़ सुर और उनकी आवाज़ से ही सारी महफ़िल झूम उठी। यहाँ इस बात का ज़िक्र कर देना बेहतर है, कि वेदी जी पंजाबियों के हिसाब से मझोले कद के दुबले-पतले आदमी थे और ज्ञान गोसाईं थे एक खूबसूरत लम्बे-चौड़े व्यक्ति। शौकिया पहलवान भी।

पिछले बत्तीस साल में मुझे अपना काफी वक़्त दिल्ली में तरह-तरह के सरकारी और गैर-सरकारी बेकार के कामों में बिताना पड़ा है। इसी दौरान वेदी जी के साथ कई बार मेरी मुलाकातें हुई हैं और गपशप करने का मौक़ा मिला है। उनके मुँह से ही उनके पहले गुरु भास्कर बुआ की बातें सुनी हैं। दूसरे उस्तादों से भी सुनी हैं। फ़ैयाज़ ख़ाँ साहब भी बहुत ही इज़्ज़त के साथ 'भास्कर भैया' की यादें ताजा किया करते थे। इसमें

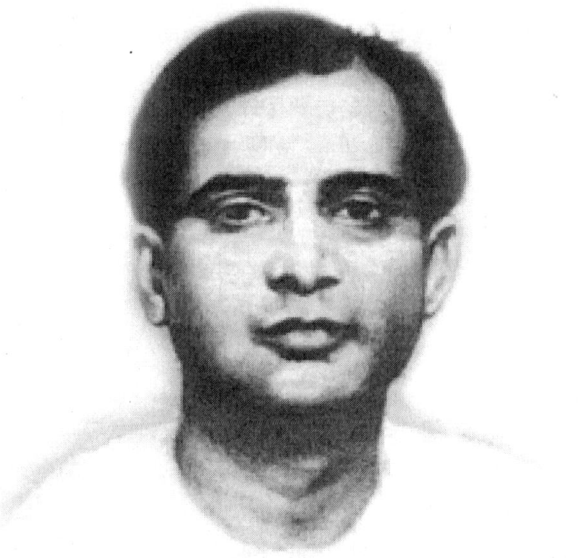

**ज्ञानेन्द्रप्रसाद गोस्वामी**

कोई शक नहीं कि उस ज़माने के ऊँचे दर्जे के धाकड़ ख़ाँ साहब लोग खुद को किसी भी हिन्दू गवैए से कुछ कम नहीं समझते थे और न उनकी परवाह करते थे, सिवाय एक भास्कर बुआ बाखले को छोड़कर। इनके चार गुरु थे, लेकिन असली तालीम इन्होंने दो उस्तादों से पाई। पहले काफी दिनों तक उस्ताद फ़ैज़ मुहम्मद ख़ाँ से तालीम ली, जो उस ज़माने के मशहूर उस्ताद फते महम्मद ख़ाँ के बेटे और उस्ताद फ़ैयाज़ ख़ाँ के पहले ससुर थे। भास्कर बुआ के दूसरे गुरु थे आगरा घराने के प्रसिद्ध उस्ताद नत्थन ख़ाँ साहब, यूनुस ख़ाँ के दादा और विलायत हुसैन ख़ाँ के वालिद। यह तो आप लोगों को निश्चित रूप से मालूम ही है कि ग्वालियर से ही ख़याल आगरा घराने में आया। खुदाबख़्श नाम के आगरा घराने के एक नामी गायक लगभग दो-सौ साल पहले आगरा से ग्वालियर नत्थन पीर बख्श से तालीम लेने गए। ये ध्रुपद-धमार के बादशाह थे, लेकिन इनकी आवाज़ इतनी कर्कश फटी-फटी थी कि इन्हें सभी घग्गे खुदाबख्श कहा करते थे। नत्थन पीरबख्श ने इन्हें बहुत दिनों तक आवाज़ का रियाज़ करवाया और फिर बाद में तरह-तरह के ग्वालियर घराने के ख़याल और टप्पे की तालीम दी। आगरा वापस आने के बाद घग्गे का गाना सुनकर सभी दंग रह गए। इस आदमी के गले में इतना सुर आया कहाँ से और फिर आवाज़ भी इतनी मीठी मुलायम होने के साथ-साथ इतनी बुलन्द। आखिर यह सब हुंआ कैसे ? ब्याह-शादी के मौक़ों पर खुदाबख्श को गवाया

नहीं जाता था, क्योंकि उनकी आवाज़ सुनकर सुननेवालों की आँखों में आँसू आ जाते थे। ऐसे खुदाबख्श के पोते नत्थन ख़ाँ मैसूर राजदरबार के मुख्य गायक थे। ये हमारे उस्तादों के उस्ताद हैं, और इनके खानदान तथा शागिर्दों में से हैं अस्सी साल से ऊपर उम्रवाले बुज़ुर्ग ख़ादिम हुसैन ख़ाँ, जो अब भी अधमरी हालत में बम्बई में मौजूद हैं।[1] इनके खानदान के लोग या मेरे उस्तादख़ाने के लोग मुझे माफ़ करें अगर बयाने दास्तान में कहीं कुछ भूलचूक हो जाए तो। जैसी सुनी है वैसी ही लिख रहा हूँ।

नत्थन ख़ाँ जैसे उस्ताद आगरा घराने में बहुत कम ही पैदा हुए हैं। उनके बारे में संगीत की दुनिया के गुरुजन कहा करते थे कि अस्थायी अन्तरा भरने में उनके जोड़ का भारत में दूसरा और कोई नहीं था। उस ज़माने में अति विलम्बित लय में बन्दिश गाने का रिवाज़ नहीं था, सभी मध्यलय में झूमरा, तिलवाड़ा, आड़ा चौताल अथवा एक ताल में बड़ा ख़याल गाया करते थे। इसी अन्दाज़ की लय में फ़ैयाज़ ख़ाँ और अभी उस दिन तक बड़े गुलामअली ख़ाँ भी गा गए हैं। नत्थन ख़ाँ लेकिन अति विलम्बित लय में गाया करते थे। इतनी धीमी लय में झूमरा, तिलवाड़ा वगैरह में अस्थायी भरते थे कि तबलियों के लिए ठेका बरकरार रखना मुश्किल हो जाता था। होड़ लगाकर लयकारी करना तो दूर की बात थी। उस गायकी के साथ किराना अथवा अमीर ख़ाँ साहब के अति विलम्बित लय में झूमरा गाने का कोई मेल नहीं। नत्थन ख़ाँ पूरा अस्थायी अन्तरा गाया करते थे बिना कोई बोल छोड़े। और एक-एक आवर्तन में दो बार से ज्यादा तीसरी बार दम नहीं लेते थे। सबसे बड़ी बात तो यह है कि उनके अस्थायी ख़याल की गँथनी इस विलम्बित लय में भी तिल मात्र ढीली नहीं होती। नत्थन ख़ाँ ने शुरू-शुरू में जैसी तालीम पाई थी, उसी अन्दाज़ में वे बन्दिश अदा करते थे। उसके बाद घुमा-फिराकर लपेट के साथ इस तरह मुखड़े पर आते कि अच्छे-अच्छे धाकड़ तबलिए सम पर न आने की वजह से बेताला हो जाते थे। सारंगीनवाज़ उस्ताद बुन्दू ख़ाँ ने बचपन में नत्थन ख़ाँ का गाना सुना था। सम्मन ख़ाँ ने संगत की थी। वे यह दावे के साथ कहा करते थे कि आगरा घराने में भास्कर बुआ को छोड़कर यह चीज़ और कोई भी हासिल नहीं कर पाया।

आजकल जो लाड़ले बेटे-बेटियाँ मास्टर को डेढ़-दो सौ रुपए महीने थमाकर और नोटेशन लिखकर गाने सीखते हैं, और फिर रेडियो-टी.वी. में प्रोग्राम पाने की ऊँची उम्मीदें रखते हैं, उनके माँ-बापों को भास्कर बाखले, उस्ताद अलाउद्दीन ख़ाँ जैसे प्रमुख गुणीजनों का इतिहास मालूम करना ज़रूरी है कि किस तरह इन्होंने अध-भूखे रहकर उस्तादों के थप्पड़ और जूते सहे हैं और अपनी ज़बर्दस्त मेहनत के बल पर तालीम हासिल की है। भास्कर सन् 1869 में बड़ौदा स्टेट के कठोर नामक गाँव के एक गरीब मराठी परिवार में पैदा हुए। बचपन से ही उनके गले की आवाज़ सुरीली थी और प्रतिभा भी लाजवाब थी। बाप की जो कमाई थी, उससे तो नमक लाने में ही बाजरे की रोटी

1. 11 जनवरी, 1993 को मृत्यु।

खत्म हो जाती। इस ज़माने में मराठी नाटक कम्पनी के (यानी आज की ज़ुबान में talent spotter) लोग घूम-घूमकर सुरीली आवाज़वाले छोकरे गवैये खोजते फिरते थे अपने नाटकों में हिरोइन बनाने के लिए। इस तरह किसी एक की कोशिश से थोड़ी-सी तनख्वाह पर किर्लोस्कर नाटक कम्पनी में भास्कर की नौकरी लग गई। उस वक़्त उनकी उम्र यही चौदह-पन्द्रह साल की थी। मराठी नाट्य संगीत सभी रागों पर आधारित होते हैं और इनमें आवाज़ की खूबसूरती निखारने के काफी मौक़े रहते हैं। थोड़े दिनों में ही भास्कर को अच्छे-अच्छे चुनिन्दा पार्टों में गाने के मौके दिए गए। इनमें 'रामराज्य वियोग' नाटक में भास्कर ने दशरथ की युवा पत्नी कैकेयी का रोल अदा किया। अभिनय और गाना, दोनों में उन्होंने कमाल कर दिखाया। भास्कर काफी मशहूर हो गए। कई महीने बड़ौदा में गुज़ारने के बाद किर्लोस्कर कम्पनी अपने खेमे उखाड़कर जबलपुर, देवास, उज्जैन होती हुई आखिर में इन्दौर पहुँची। उस ज़माने में बम्बई प्रेसीडेंसी, बड़ौदा, ग्वालियर, इन्दौर आदि पड़ोसी राज्यों में मराठी लोग काफी थे और शास्त्रीय संगीत में उनकी दिलचस्पी दक्षिण भारत में रहनेवाले संगीत-प्रेमियों के बराबर थी, बल्कि कुछ ज़्यादा ही, कम नहीं। उन सब इलाकों में बड़े-बड़े उस्ताद नाट्य संगीत से नफ़रत नहीं किया करते थे, बल्कि कोई नया नाटक खेला जाता तो वे सबसे पहले पहुँचते थे। इन्दौर की राजसभा में उस वक़्त ग्वालियर घराने के मशहूर व्यक्ति उस्ताद हद्दू ख़ाँ के जवाँई बन्दे अली ख़ाँ दरबारी गवैया यानी कोर्ट म्युजिशियन के तौर पर मुलाज़िम थे। वीणावादक की हैसियत से इनका नाम सारे हिन्दुस्तान में फैला हुआ था। इसके अलावा ऊँचे दर्जे के गायक और फिलहाल किराना के जनक के तौर पर संगीत के इतिहास में ये ख़ास तौर से प्रसिद्ध हैं। ये नया नाटक 'रामराज्य वियोग' देखने आए। भास्कर के गले से 'जो मम नयन चकोर इन्दु' गाना सुनकर ये मुग्ध हो गए। अपने मित्र पखावजी नाना पन्से से बोले—"इस छोकरे को जैसे भी हो, मेरे पास ले आओ। मैं इसका गाना दुबारा सुनना चाहता हूँ।" लगातार दो दिन ख़ाँ साहब नाटक देखने गए और फिर उसके बाद एक दिन भास्कर को पकड़कर घर ले आए। बैठाकर बोले—"बेटा, तुमको मैं सही और सच्चा गाना सिखाना चाहता हूँ। सीखोगे ?" जवाब का इन्तज़ार किए बिना ही उन्होंने नौकर को भेज दिया बाज़ार से चना, गुड़ और मिठाई लाने; और फिर उसके बाद भास्कर की कलाई पर धागा बाँधकर बोले—"आज से तुम हमारे शागिर्द हो और जो कुछ इल्म हमारे पास है, वह तुम्हारा होगा।" हालाँकि भास्कर उस समय बालक ही थे, पर संगीत की समझ तो उनमें थी ही। वे जानते थे कि बिना पैसों के यह रस्म अदा नहीं होती। वे हाथ जोड़कर बोले—"हुजूर, आपको दक्षिणा कहाँ से दूँ। मैं तो बहुत गरीब हूँ। दस रुपए मेरी तनख्वाह है। ये पैसे मैं हर महीने घर भेजता हूँ।" ख़ाँ साहब ने अपनी जेब से ताँबे का एक पैसा और एक पाई निकाली। भास्कर की हथेली पर रखकर बोले—"यह सवा पैसा हमें दो। यही हमारी दक्षिणा है।"

इसके बाद जौनपुरी में—'भोर कई मिलन भइलवा' से भास्कर ने तालीम शुरू की। भास्कर की समझ इतनी ज़्यादा तेज़ थी कि उन्होंने तीन महीने में ही कई राग—तोड़ी,

देशी, देशकार वगैरह की तालीम ले डाली। अब तो वे उस्तादी अन्दाज़ में आराम से विस्तार करके गाने लगे। तीसरा महीना लगते ही नाटक कम्पनी डेरा-डंडा उठाकर चलती बनी। भास्कर की तालीम भी ख़त्म हुई। ज़िन्दगी के आखिरी दम तक जब भी उन्हें उस्ताद बन्दे अली ख़ाँ के प्यार-मोहब्बत की बातें याद आतीं तो वे हमेशा अपने हाथों से कान छू लिया करते थे। एक बार साज-संगीत की किसी एक महफ़िल में ख़ाँ साहब के पीछे बैठे भास्कर ज़ोर-ज़ोर से तानपूरा छेड़ रहे थे। ख़ाँ साहब ने गुस्से में आकर भरी महफ़िल में भास्कर को एक झापड़ रसीद कर दिया—"ये लोग तुम्हारा तानपूरा सुनने आए हैं कि मेरी वीणा ?" उस वाक़ए के बारे में लोगों को बताते हुए भास्कर बुआ हँस-हँसकर कहा करते थे—"मैं मामूली कलाकार नहीं हूँ। मैं उस्ताद बन्दे अली ख़ाँ साहब से भरी महफ़िल में झापड़ खा चुका हूँ।"

कुछ दिनों बाद भास्कर जब किशोर से युवा बने तो आवाज़ में दरार आ गई। थिएटर के मैनेजर ने उन्हें नौकरी से जवाब दे दिया। गाँव वापस आकर भास्कर बाखले का मन नहीं लगा। उन्होंने यह फैसला कर लिया कि बड़ौदा में रहकर ही वे गाना सीखेंगे। या तो मौलाबख्श के स्कूल में या फ़ैज़ महम्मद के पास। फ़ैज़ महम्मद उस्ताद फते महम्मद के बेटे थे। घग्गे खुदाबख्श के गुरु नत्थन पीरबख्श का ज़िक्र मैं पहले ही कर चुका हूँ। ये जवानी में लखनऊ रहे और फिर बाद में ग्वालियर राजा की पनाह में आ गए। इनके बेटे कादरबख्श ने फ़ैज़ महम्मद को तालीम दी। ग्वालियर के बहुत ही नामी गवैये दो भाई हद्दू और हस्सू ख़ाँ इन कादरबख्श की ही औलाद हैं। फ़ैज़ महम्मद बुजुर्ग घग्गे खुदाबख्श के पास भी काफी कुछ दिनों तक रहे। ऐसे नामी उस्ताद और बड़ौदा महाराज के सभागायक की मेहरबानी हासिल करना मुमकिन न होता, अगर बड़ौदा स्टेट के शिक्षा अधिकारी तैलंग शास्त्री की नज़र में भास्कर न आते। सरकारी सिफारिश के बावजूद फ़ैज़ महम्मद ख़ाँ भास्कर को गाना सिखाने के लिए राज़ी नहीं थे। एक तो कंगाल ठन-ठन गोपाल देहाती छोकरा, तिस पर नौटंकी-थिएटरों में औरतों के पार्ट करनेवाला। आवाज़ भी फटी-फटी। उस्ताद ने ता-ना ना-ना कर छह महीने बिता दिए। एक दिन तैलंग शास्त्री ख़ाँ साहब के घर आए। देखा, छोकरा मुँह लटकाए बरामदे में बैठा है। पूछते ही फूट-फूटकर रो पड़ा—"शास्त्रीजी, इस जनम में मेरा गाना नहीं होगा। उस्ताद मुझे कुछ भी नहीं सिखा रहे।" शास्त्रीजी के स्वाभिमान को ज़बर्दस्त ठेस पहुँची। वे फ़ौरन उस्ताद के कमरे में जा पहुँचे और कड़े शब्दों में उन्हें यह चेतावनी दे दी कि उनके इस रवैये का नतीजा अच्छा नहीं होगा। शास्त्री जी ने उस्ताद को यह भी बता दिया कि भास्कर के खाने-पीने का इन्तज़ाम रियासत ने किया है। अगर ख़ाँ साहब दिल से नहीं सिखाएँगे और बराबर प्रोग्रेस रिपोर्ट नहीं भेजेंगे तो यह बात दीवान जी के कानों तक पहुँच सकती है।

इसके बाद भास्कर बाखले की सही तालीम शुरू हुई। बन्दे अली ख़ाँ साहब ने वीणा के विस्तार या बढ़त का अन्दाज़-भर ही दिया था। फ़ैज़ महम्मद ने उसी रास्ते पर चलकर आगरे के खुदाबख्श के नोम-तोम के ज़रिए शागिर्द को और भी आगे

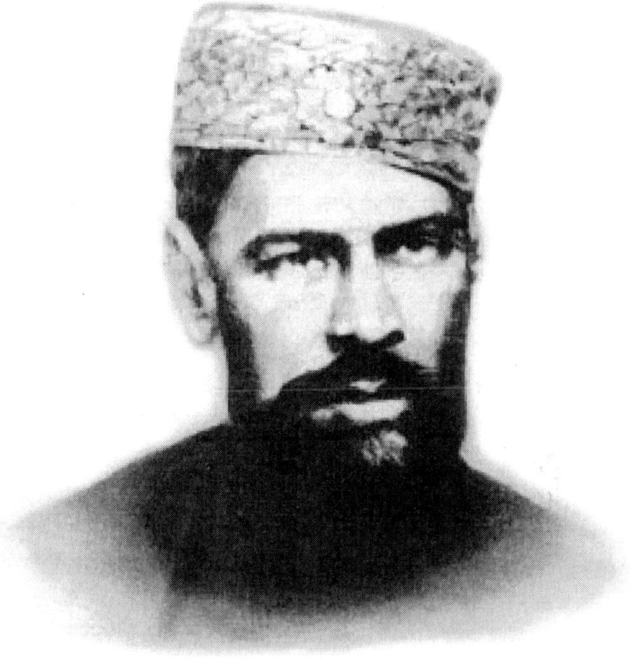

**उस्ताद बन्दे अली ख़ाँ**

बढ़ाया। इसी के साथ-साथ ग्वालियर के अस्थायी अन्तरा, बोल-बाँट और बोल-तानों की भी तालीम हो गई। फ़ैज़ महम्मद का कंठ बहुत ही सुरीला था। उनके ध्रुपदी अंग के आलाप के बारे में भास्कर बुआ कहा करते थे कि आवाज़ इतनी ज़्यादा मधुर थी कि सुनने पर लगता था जैसे वीणा बज रही हो। उस्ताद ज़रा तेज़ स्वभाव के आदमी थे और उनकी गमक बोल-बाँट-लयकारी भी आलाप के मुकाबले थोड़ी-बहुत तेज़ क़िस्म की थी।

भास्कर बाखले की उस्ताद-नवाजी, यानी गुरुभक्ति के बारे में जितनी भी कहानियाँ सुनी जाती हैं, वे सभी बंगला की किताब 'बोधोदय कथामाला' में छपने लायक हैं। एक मर्तबा गाना सिखाते-सिखाते ख़ाँ साहब के गले में पान का चबाया हुआ कचरा फँस गया। अब तो लेने-के-देने पड़ गए। नज़दीक कहीं भी उगलदान दिखाई नहीं पड़ा। भास्कर बुआ ने झट से अपनी दोनों हथेलियाँ फैलाकर पान के चबाए हुए, बलगम से सने, सारे कचरे को अपनी हथेलियों पर ले लिया और बाहर फेंक आए। इससे भी ज़्यादा खतरनाक किस्सा मैंने उस्ताद निसार हुसैन ख़ाँ से सुना है। निसार हुसैन के वालिद फ़िदा हुसैन ख़ाँ सन् 1917 में बेटे को लेकर बड़ौदा गए। उस वक़्त फ़ैयाज़ ख़ाँ सयाजी राव

गायकवाड़ के दरबार के अव्वल नम्बर के सभागायक और म्युज़िक कॉलेज के सदर थे। हालाँकि वे गाना नहीं सिखाते थे, पर उनका काम था हफ्ते में एक दिन जाकर सरौते से सुपारी काटते हुए शागिर्दों के साथ मिलकर गाना। दूसरे गानेवालों में थे अता हुसैन ख़ाँ और फ़िदा हुसैन ख़ाँ। बालक निसार हुसैन ने भास्कर बुआ को उस ज़माने में देखा था जब बुआ की शोहरत सारे देश में फैल चुकी थी और उनकी उम्र उस वक़्त पचास के आसपास थी। बुआ का गाना उन्होंने खुद सुना नहीं था, लेकिन उस्तादों की दुनिया में उनकी तारीफ़ और क़िस्से सुन रखे थे। फ़ैज़ महम्मद उस ज़माने में चालू रस्मो-रिवाज के मुताबिक भास्कर बाखले से अपने पैर दबवाने से लेकर घर के सारे कामकाज तक करवाते थे, यहाँ तक कि खाना-वाना भी बनवाते थे। अचानक एक दिन उन्हें क्या सूझा, भास्कर को बुलाकर बोले—"आज मुझे गोश्त खाने की बहुत ही ख़्वाहिश हो रही है। तू बाज़ार से ला सकेगा ?" भास्कर कट्टर मराठी ब्राह्मण थे। गोश्त तो दूर की बात, ज़िन्दगी में उन्होंने कभी प्याज-लहसुन तक नहीं छुआ था। थोड़ी देर खामोश रहने के बाद बोले—"जी हुज़ूर, आप उस्ताद जब कह रहे हैं तो ज़रूर ला सकूँगा।" इतना कहने के बाद उन्होंने थैला सँभाला और निकल पड़े मछली-मांस बाज़ार की ओर। कसाई की दुकान पर पहुँचकर बोले—"भाई साहब, मुझे गोश्त के बारे में क़तई कुछ नहीं मालूम, पर मेरे उस्ताद ने खाने की ख़्वाहिश ज़ाहिर की है। यह रही अठन्नी। अव्वल दर्जे का बढ़िया-से-बढ़िया गोश्त काटकर इस थैले में रख दें।" उस ज़माने में दो आने में सेर भर गोश्त मिला करता था। लोग-बाग भी ईमानदार हुआ करते थे। किसी को ठगते नहीं थे और न ठगे जाते थे। गोश्त, अदरक, प्याज, लहसुन, मिर्च, आलू वगैरह से भरा थैला लेकर भास्कर लौट ही रहे थे कि रास्ते में कुछ मराठी दोस्त मिल गए। भास्कर को बाज़ार के एक वर्जित सेक्शन से बाहर आते देखकर उनकी तो आँखें ही फटी रह गईं—"तू मुसलमान गवैये का चेला बन गया है, उनकी खिदमत करता है यह सब तो हमें मालूम है, पर इस मामले में भी शामिल है, यह नहीं मालूम था। यार, बामन का बेटा होते हुए आखिर तू अपना धर्म भी खो बैठा ?" भास्कर बोले—"अरे भई मैंने ज़िन्दगी में कभी ये सब नहीं खाया। आँखों से भी नहीं देखा। बदबू के मारे मुझे उल्टी आ रही है, पर मेरे गुरु मेरे पिता से भी बढ़कर हैं। पिताजी तो सिर्फ़ मुझे इस दुनिया में लाए हैं। खिला-पिलाकर बड़ा किया, मेरी परवरिश की, पर उस्ताद ने मुझे विद्या दी है जिससे बढ़कर इस दुनिया में और कोई चीज़ नहीं। उनकी इच्छा हुई, मुझे आदेश किया। अगर उनके आदेश का पालन नहीं करूँगा तो मेरी सारी विद्या बेकार जाएगी।" घर लौटने पर ख़ाँ साहब बैठे पकाने की तरकीब बताने। उन्होंने बताना शुरू किया—पहले प्याज भून घी में। अब पीसी हुई हल्दी, मिर्च, लहसुन, धनिया मिलाकर गोश्त को भून ले अच्छी तरह से, वगैरह-वगैरह। भास्कर दिल मज़बूत कर ध्यान से उनके हुक्म की तामील करते गए। गोश्त में पानी डालकर ख़ाँ साहब ने देगची चूल्हे पर चढ़ा दी। बोले—"अब आहिस्ता-आहिस्ता बदबू जाती रहेगी। जब खुशबू आने लगे तो मुझे बुला लेना। भास्कर की बनाई चपातियों के साथ उस गोश्त को खाने के बाद फ़ैज़ महम्मद

ने शागिर्दों को बुलाया। बोले—"बाखले, आज मैं तेरी गुरुभक्ति का इम्तहान ले रहा था, नहीं तो भला मैं तुझसे गोश्त पकवाने-जैसा गुनाह क्यों करता। मैं तुझे दिल खोलकर दुआ देता हूँ कि तेरे गाने से उस गोश्त की भुनाई की तरह जो कुछ भी बदबू है, सारी दूर हो जाएगी और रह जाएगी सिर्फ़ खुशबू। महकेगा तेरा गाना। तू हिन्दुस्तान में संगीत की दुनिया की चोटी पर बैठेगा।" इस कहानी को खत्म करके निसार हुसैन ख़ाँ बोले—"उस ज़माने में एक मराठी ब्राह्मण सन्तान के लिए अपने संस्कारों के खिलाफ़ इस तरह का जोखिम-भरा काम करना गुरुभक्ति का कितना बड़ा नमूना है, उसे आजकल के ब्राह्मण क्या समझेंगे। आजकल के शागिर्द भी क्या इस कहानी की ख़ासियत को अपने दिलो-दिमाग पर उतारेंगे ? आजकल तो उनके लिए यह सब लेन-देन का रिश्ता है। उनकी भलाई के लिए जो नसीहत देते हैं, उसे भी नहीं मानते।" भास्कर बुआ की यह कहानी कोई इधर-उधर की उड़ती खबर नहीं, बल्कि हक़ीकत है, जिसकी जाँच मैंने दिलीप वेदी से भी करवाई है।

पहले ही बता चुका हूँ कि आगरा घराने के गवैयों में उस वक़्त नत्थन ख़ाँ की तूती बोलती थी। काफी शोहरत थी। बड़ौदा महाराजा का बुलावा पाकर वे काफी दिनों तक मैसूर से बड़ौदा आकर रहे। दरबार के अलावा कई जलसों में उनके गाने हुए। उनका गाना, ख़ासकर ख़याल में अस्थायी भरने का कायदा सुनकर भास्कर बहुत ही अचरज में पड़ गए। उन्हें ताज्जुब हुआ। फ़ैज़ महम्मद को इधर यह महसूस होने लगा था कि ऐसे प्रतिभाशाली क़ाबिल शागिर्द को उनके पास नया और कुछ सिखाने को नहीं है। पिछले कई सालों में भास्कर अब अच्छे ऊँचे दर्जे के गायक बन चुके थे। उन्होंने ही नत्थन ख़ाँ से भास्कर को साथ ले जाने की ख़ास तौर से इल्तिजा की।

फ़ैज़ महम्मद के कहने पर नत्थन ख़ाँ राजी तो हुए, पर जैसा कि हमेशा होता आया है, इस मामले में भी वैसा ही हुआ। पहले-पहल इस इल्तिजा पर उन्होंने कोई ख़ास ध्यान नहीं दिया। बात वही थी। एक तो भास्कर हिन्दू, तिस पर किसी ख़ानदान के हकदार भी नहीं। इन सारी बातों के बावजूद वे बेसहारा भी थे। उनके पास कुछ भी न था। खाली हाथ। उसे अलग से बैठाकर तालीम देने की ज़रूरत ख़ाँ साहब ने महसूस नहीं की। दूसरे और लड़कों को जब तालीम दिया करते थे, तब भास्कर बाखले वहाँ मौजूद-भर रहते थे, लेकिन अपने प्यारे बेटे अब्दुल्ला ख़ाँ की तालीम के वक़्त कोई-न-कोई बहाना बनाकर भास्कर को बाज़ार भेज दिया करते थे। कानों से सुनकर जितना भी हासिल किया जाए, अपनी लाजवाब प्रतिभा के बल पर भास्कर उतना ही याद कर लिया करते थे; और जब ख़ाँ साहब कहीं बाहर चले जाते तो भास्कर घर में दरवाजा बन्द कर रियाज़ करने लगते। एक बार नत्थन ख़ाँ साहब राजे-महाराजाओं की ख़िदमत में उत्तर भारत की सैर करने गए। साथ ले गए अपने लाडले बेटे और शागिर्द अब्दुल्ला ख़ाँ को। उस्ताद को कई महीनों तक बाहर रहना था। भास्कर को छोड़ गए बाज़ार-हाट और कुछ छोटे-मोटे फरमाइशी कामों को निबटाने के लिए।

आखिर भास्कर बाखले की क़िस्मत खुल ही गई। नत्थन ख़ाँ साहब की बेग़म

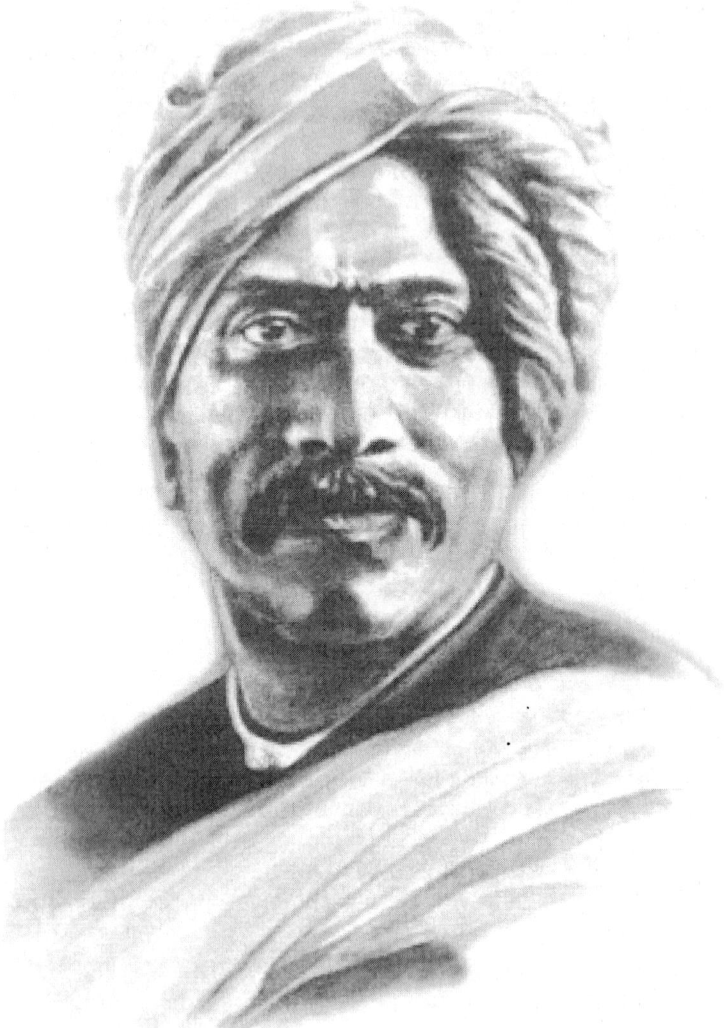

भास्कर बुआ बाखले

जसिया बेग़म इस नादान हिन्दू बच्चे पर बहुत ही मेहरबान थीं। एक दिन वे भास्कर को बुलाकर बोलीं—"बेटा, तुम रोज़ मेरे पास बैठो और जो-जो चीज़ ख़ाँ साहब ने अब्दुल्ला को बताई वह सभी मैं बताऊँगी। याद कर लो जल्दी-जल्दी।" इसमें अचरज की कोई बात नहीं। उस्तादों की बेग़में सभी खानदानी हुआ करती थीं। बचपन से ही वालिद, दादे-परदादों के गाने सुनती हुई, बिरियानी बनाती हुई और मेहमान उस्तादों को खिलाती बड़ी होती हैं। अतरौली घराने के 'दरस पिया' महबूब हुसैन ख़ाँ की बेटी शराफत हुसैन की माँ बहुत ही बेहतरीन अन्दाज़ से गाया करती थीं, लेकिन खानदानी उस्तादों के घरों में औरतों में गाना सुनाने का रिवाज़ नहीं था। हाँ, इतना ज़रूर था कि ब्याह-शादियों के मौक़ों पर घर के लोगों के सामने बैठकर गा-बजा सकती थीं। पब्लिक के सामने औरतों का गाना ? तौबा, तौबा, यह तो तवायफ़ बाईजियों का काम है। हमारे बचपन में उत्तर भारत में जिन शरीफ खानदान की बेटियों ने हमें राह दिखाई, उनमें ख़ास तौर से दीपाली तालुकदार (नाग) और बिजनघोष दस्तीदार, सितार में रेणुका साहा और कत्थक में झरना साहा, दमयन्ती जोशी और आशा ओझा के नाम लिये जा सकते हैं। हालाँकि आशा का नाच हमने अपनी छोटी उम्र में ही देखा था, पर उनका नाम आज भी याद है। उसकी ख़ास वजह यह है कि उनके पिताजी का नाम दमड़ी ओझा था। इस तरह का एक अजब क़िस्म का नाम न तो कभी पहले सुना था और न कभी बाद में सुनाई पड़ा।

अभी ज़िक्र किए गए वाक़ए के चन्द महीनों बाद उस्ताद नत्थन ख़ाँ का बुलावा आ गया अमृतसर कान्फ्रेंस से। अब्दुल्ला ख़ाँ बीमार थे और बाकी दूसरे लड़के अच्छी तरह से तैयार नहीं थे। लिहाज़ा ख़ाँ साहब ने भास्कर को साथ लिया और रवाना हो गए। भास्कर के कन्धों पर लादा स्टील का ट्रंक और बिछौना। उस ज़माने में पार्कवाले पब्लिक हॉल के इर्द-गिर्द गवैए और साजिन्दों के खेमे खड़े किए जाते थे। ऐसा नज़ारा खुद मैंने भी सीतापुर, उन्नाव, मेरठ वगैरह जगहों पर बचपन में देखा है। दूसरे दिन सुबह ख़ाँ साहब किसी एक रईस की दावत में गए। भास्कर ने तानपूरा बाँधकर बेफिक्र होकर रियाज़ करना शुरू कर दिया। आसपास के खेमे से लोगों ने सुने उस लाजवाब कंठ से सुबह के राग की बढ़त और तानों के करतब। एक-एक कर लोग जमा होते गए। एक अच्छी भीड़-सी इकट्ठी हो गई। उन्होंने अचरज-भरी निगाहों से देखे ख़ाँ साहब के छोकरे नौकर के जौहर। इनमें से ही दो-एक जनों ने सवाल-जवाब के जरिए यह अन्दाज़ लगा लिया कि यह लड़का दरअसल हिन्दू है और दो सालों से ख़ाँ साहब के पास है, थोड़ी-बहुत तालीम हासिल कर पाया है, पर है होनहार, ज़बर्दस्त प्रतिभा का हक़दार। उस वक़्त कुछ न कहकर उन्होंने सीधे ऑर्गनाइज़रों को जा पकड़ा। उनसे बोले—"अगले दिन गाने-बजाने की शुरुआत इस छोकरे से ही करवाइए। कम-से-कम आध घंटे का एक प्रोग्राम तो इसे देना ही होगा।" ख़ाँ साहब ने सुना तो टाल गए। उनकी बातें अनसुनी कर दीं। बोले—"उसने तो अभी-अभी गाना सीखना शुरू किया है। अभी कम-से-कम बीस साल तक तालीम ले, उसके बाद पाँच जनों के सामने गाना

पेश करने का हक़ बनता है उसका।'' आखिरकार बहुत ही कहने-सुनने पर ख़ाँ साहब इस शर्त पर राज़ी हुए कि छोकरा आध घंटे से ज़्यादा नहीं गाएगा और यह ऐलान कर देना होगा कि ये ख़ाँ साहब का सबसे छोटा शागिर्द है। अभी-अभी इसने गाना सीखना शुरू किया है। फिर भी तालीम क्या चीज़ होती है, सुननेवाले उसे एक बार सुनें, देखें और परखें। भास्कर भीम पलासी से शुरू हुए। उस्ताद अस्थायी सुनकर ही हक्का-बक्का रह गए। यह बन्दिश इस छोकरे को मिली कहाँ से ! यह तो हमारे घराने की ख़ास चीज़ है। सिवाय अब्दुल्ला के और किसी को भी इसकी तालीम नहीं दी है मैंने। कितनी शानदार बन्दिश है यह। अदाकारी का क़ायदा भी अनोखा। यह तो उनका खुद का पेटेंट है। पता नहीं, पट्ठे ने कब सुना और कब सीख लिया हू-ब-हू। जादू जानता है क्या ? सारे रहस्य का पता उस वक़्त चला, जब भास्कर ने आकर उस्ताद के पैर पकड़ लिये और माफ़ी माँगते हुए बोले—''यह सारी अम्माँ जी की इनायत है।'' उस्ताद समझ गए कि इसका इल्म अब्दुल्ला ख़ाँ से भी ज़्यादा है। यही उनका नाम रौशन करेगा।

कई साल बाद की बात है। सन् चालीस में भारत के सबसे ऊँचे दर्जे के गायक आफ़ताब-ए-मौसीक़ी उस्ताद फ़ैयाज़ ख़ाँ बम्बई के सांताक्रूज सर्कल में इतवार के दिन सुबह की महफ़िल में लचारी तोड़ी से शुरू हुए। विलम्बित एकताल 'ये लंगर तुरक बटमान।' शुद्ध गान्धार पर सम लगाकर कोमल गान्धार में क़ायदे से फिरत लेकर षड़ज पर खड़े हो रहे थे। मेरे दोनों गुरु लताफ़त हुसैन ख़ाँ और अता हुसैन ख़ाँ साहब की आँखों में पानी भर आया। खुद ख़ाँ साहब की पलकें भी गीली थीं। गाते-गाते बोले—''हाय, इसको भाई अब्दुल्ला ख़ाँ क्या गाते थे। मैं तो उनका ज़र्रा-भर भी नहीं हूँ।'' अब समझ लीजिए कि भास्कर बुआ बाखले किस दर्जे के गवैए थे।

*तीसरा अध्याय*

# भास्कर बुआ, अल्लादिया ख़ाँ, दिलीपचन्द्र वेदी और ओंकार नाथ

भास्कर बुआ के चौथे गुरु उस्ताद अल्लादिया ख़ाँ थे, जिन्हें उस ज़माने में भी आराम से जीनियस कहा जा सकता था। इन्होंने आज के ज़माने के संगीत की दुनिया के दो-एक पैग़म्बरों की तरह चले आ रहे पुराने रस्मो-रिवाज़ और पारम्परिक दायरों को लाँघने की कोशिश न करते हुए अपनी एक अलग गायकी और घराने की बुनियाद ही डाल दी। कई चेले-चेलियों और उनके शागिर्दों को भी तैयार कर गए। सिर्फ़ इतना ही नहीं, ईश्वर की मेहरबानी से ये अपनी ज़िन्दगी में जीते-जी घराने को फलता-फूलता और लोकप्रिय होते देख गए हैं। अगर इस लिहाज़ से देखा जाए तो ये सचमुच एक बहुत ही पहुँचे हुए ख़ुशनसीब इन्सान थे।

अभी उस दिन की ही बात है। किराना घराने की एक बुज़ुर्ग विदुषी महिला गायिका मुझे बातों-ही-बातों में बता रही थीं कि उन्होंने सभी घराने के गायकों को सुर से थोड़ा-बहुत हटते देखा है, यहाँ तक कि किराना के गानेवालों को भी, लेकिन जयपुर घराने के किसी को भी रत्ती-भर भी बेसुरा नहीं सुना। बात सचमुच सोचने की है। मैंने अल्लादिया ख़ाँ को उनकी उम्र के आखिरी दिनों में सिर्फ़ एक मर्तबा ही सुना था। नायकी कानड़ा गा रहे थे। सफ़ेद गलमुच्छा दाढ़ी और मूँछें, सिर पर दो पल्ली टोपी, बदन पर अँगरखा और चूड़ीदार पायजामा। दो जने उन्हें पकड़कर सहारा देते हुए बैठा गए। उस वक़्त उनकी उम्र काफी ज़्यादा थी। पचासी से भी ऊपर। बहुत-सी गमक और तानों के साथ नायकी कानड़ा गाया था—"मेरो पिया रसिया।" इसी को मैंने बाद में केसरबाई और मल्लिकार्जुन मंसूर से कई बार सुना। जयपुर अथवा आगरेवाले भातखंडेजी के विचारों के मुताबिक नायकी में रे-पा संगति कोई ख़ास लगाते नहीं हैं (ग्वालियर या आगरे का 'नैना नहीं माने' विलम्बित ख़याल याद करके देखिए) ग़म ग़म प म रे सा रे सा तानों से ही इस कानड़ा की खूबियों को निखारकर उसमें चार चाँद लगा देते हैं। जहाँ तक मुझे याद आ रहा है, अल्लादिया ख़ाँ ने भी उसी तरह बहलावा

और तानें की थीं। तार का-सा छूने में तकलीफ़ हो रही थी, इसीलिए मध्य सप्तक के सीमित दायरे में ही घूम-फिर रहे थे, तान की रफ़्तार उम्र की वजह से धीमी रहने पर भी बहुत ही पेचीली और दमदार थी। नायकी में रागों का चलन और आगरा घराने के साथ इनका मेल होने की चर्चा की वजह यह है कि अल्लादिया ख़ाँ अतरौली ख़ानदान में पैदा हुए थे। इनके वालिद ख़्वाजा अहमद ख़ाँ जोधपुर दरबार के नामी ध्रुपदिया थे, और मनरंग घराने का ख़याल गाया करते थे। इनकी जब मौत हुई तो उस वक़्त अल्लादिया ख़ाँ बच्चे थे। इन्हें अपने चाचा जहाँगीर ख़ाँ से पूरी तालीम मिली। ये भी ध्रुपदिया थे और आम तौर से ख़याल ज़्यादा नहीं गाया करते थे। ये सभी अपने परिवारवालों के साथ जयपुर आ गए। उस ज़माने के महापंडित और क़द्रदान नवाब कल्लन ख़ाँ की छत्रछाया में काफ़ी अरसे तक रहे। इसी दौरान इन्होंने बड़े मुबारक अली के गाने और तान-करतब सुने। सुनकर मुग्ध हो गए। उनकी शागिर्दी क़बूल करने के बारे में भी सोचा। ये लोग ख़ानदानी उस्ताद हैं और इनके पूर्वज हैं शांडिल्य गोत्र के ब्राह्मण। बड़े मुबारक अली कव्वाल बच्चा घराने के बड़े महम्मद ख़ाँ के जारज, यानी अवैध सन्तान हैं। इसी वजह से गंडा नहीं बँध पाया। लेकिन अपने बाद के दिनों की ख़याल गायकी पर बड़े मुबारक अली के असर को इन्होंने कभी नहीं नकारा।

इसी दौरान राजस्थान की एक छोटी-सी रियासत 'आमलेटा' से अल्लादिया ख़ाँ का बुलावा आ गया। यहाँ के राजा ध्रुपद-धमार तो पसन्द करते ही थे, उन्हें ख़याल का भी बेहद शौक था। जहाँ तक अन्दाज़ा है, अल्लादिया ख़ाँ की मशहूर जयपुर गायकी की शुरुआत यहीं से हुई। सात दिन और सात रात 'आमलेटा' के दरबार में लगातार गाने की वजह से ख़ाँ साहब का गला बुरी तरह से बैठ गया। दो साल तक गले की तकलीफ से परेशान रहे। ध्रुपद से निकलकर ख़याल पर आ जाने की ख़ास वजह शायद यही है। इसके अलावा ख़ाँ साहब यह समझ चुके थे कि ज़माना बदल रहा है। विलम्बित ढंग के भारी-भरकम गाने अब और ज़्यादा दिनों तक चलनेवाले नहीं। लिहाज़ा बचपन में सुनी और सीखी मनरंग तथा आगरा-अतरौली घराने की बन्दिशें पेटी से खोज निकालीं। ख़याल की असली तालीम न होने की वजह से उन्हें अपनी गायकी खुद ही बना लेनी पड़ी। नवाब कल्लन ख़ाँ वो इन्सान थे, जिन्होंने उन्हें सबसे पहले पनाह दी, सहारा दिया। उनके सम्मान में इस गायकी का नाम पड़ा जयपुर गायकी।

बम्बई के गोविन्दराव टेम्बे ने पहले भास्कर बुआ और फिर अल्लादिया ख़ाँ से गाने की तालीम ली थी। लेकिन ये हारमोनियम वादक और नाट्यकार के रूप में मशहूर हुए। इन्हें अल्लादिया ख़ाँ ने जयपुर दरबार के एक जलसे की बात बताई थी, जो सारी रात चला था। सोचकर रोंगटे खड़े हो जाते हैं। उस जलसे में एक साथ गाया था उस्ताद हद्दू ख़ाँ, बड़े मुबारक अली ख़ाँ और दिल्ली के तानरस ख़ाँ ने। अल्लादिया ख़ाँ साहब के विचारों में हद्दू ख़ाँ के गानों में मेहनत ज़्यादा थी। ऐसी बात नहीं कि राग में कोई शुद्धता नहीं थी, लेकिन गुणी जनों में दो-चार जानकारों ने अपनी भौंहें सिकोड़ ली थीं। तानरस ख़ाँ के गाने में शास्त्रीय खूबसूरती थी, लेकिन बड़े मुबारक अली के गाने में,

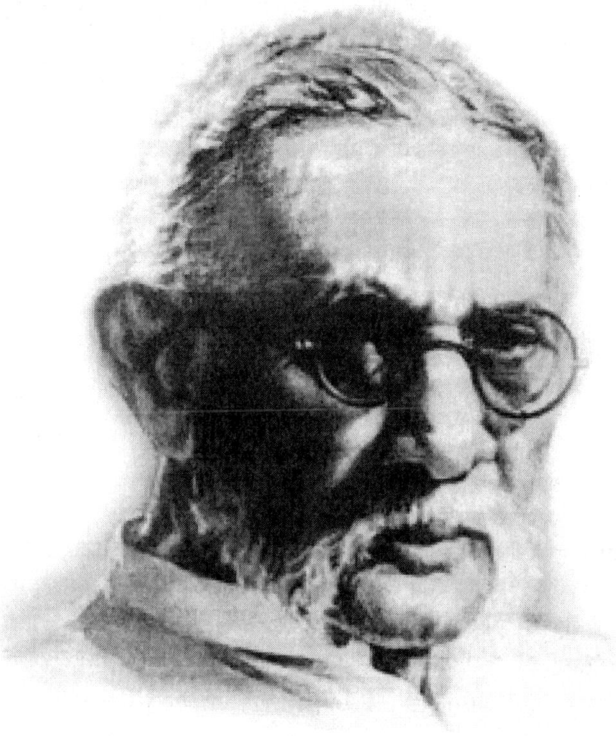

**उस्ताद अल्लादिया ख़ाँ**

कहते हैं कि किसी बात की कमी नहीं थी। और तानें ? अल्लादिया ख़ाँ साहब कहा करते थे कि—''ऐसी तानें ज़िन्दगी में हमारे गले से नहीं निकलेंगी।'' मुबारक अली ख़ाँ तो क़ायदे के मुताबिक हर रोज़ गमक तानें करते-करते खटिया ही तोड़ डालते थे।

अब अल्लादिया ख़ाँ ने ध्रुपद के अलाप को शुरू से ही पूरी तरह छाँटकर लयबद्ध बन्दिशी ख़याल मध्य लय में गाना शुरू कर दिया। यह ऐसी लय है कि जहाँ एक ताल के साथ दूसरे ताल का फ़र्क़ समझ में नहीं आता। मात्राओं को गिनकर गाना और सुनना पड़ता है। तीन ताल की जो लय है, वही झपताल की भी है। रूपक की भी वही है। सभी विलम्बित मध्य लय हैं (क्रिकेट की जुबान में स्लो मीडियम), यानी ताल का कैरेक्टर अब कोई नहीं रहा, सिर्फ़ लय ही रही। दूसरी ख़ास बात इस गायकी की यह है कि इसमें राग

---

1. मृत्यु 11 जनवरी, 1993।

का प्रकाश बहलावे से होता है। जितनी बढ़त दिखाई जाती है, वह लयबद्ध बोल विस्तार की मार्फ़त अथवा शुद्ध आकार में। तीसरी बार वह बहलावा बाँट, कभी-कभार बोलतान और आखिर में तानों में बदल जाता है—दूनी अथवा चौगुनी में—लेकिन लय में कोई ख़ास बदलाव नहीं आता। कोई ख़ास बढ़ती भी नहीं और न घटती ही है। ये लोग द्रुत लय में छोटा ख़याल गाना ख़ास तौर से पसन्द नहीं करते। अल्लादिया ख़ाँ और उनकी शागिर्द केसरबाई कभी-कभी द्रुत तीन ताल का ख़याल गाया करती थीं। केसरबाई की एकमात्र शिष्या धोंडूताई कुलकर्णी भी नहीं गाती हैं। मल्लिकार्जुन को कई बार गाते सुना है, लेकिन वे सभी करीब-करीब नीलकंठ बुआ के पास बचपन में सीखे हुए ग्वालियर घराने के द्रुत ख़याल हैं, जो उन्होंने अल्लादिया ख़ाँ के बड़े लड़के मंझी ख़ाँ से तालीम लेने के पहले सीखे थे। बीमार चल रहे—अपनी बिगड़ी तन्दुरुस्ती लेकर निवृत्ति बुआ सरनायक कलकत्ता छोड़कर कोल्हापुर वापस चले गए हैं।* इनसे भी दो-पाँच बार छोटे ख़याल सुने हैं। लेकिन इनकी तालीम भी सिर्फ़ अकेले अल्लादिया ख़ाँ के पास ही नहीं हुई, बल्कि ये किराना के उस्ताद रजबअली ख़ाँ के भी शागिर्द हैं। मोघूबाई कुर्दीकर की ज़्यादातर तालीम अल्लादिया ख़ाँ और उनके छोटे भाई हैदर ख़ाँ और फिर बाद में आगरा घराने के उस्ताद विलायत हुसैन ख़ाँ के पास हुई है। इनकी सुपुत्री किशोरी अमोनकर जब दुरुस्त दिमाग (यानी बॉलीवुड और जुहू बीच के भूत को कन्धे से उतार कर) से गाती हैं, तब उनके जोड़ का कोई और दूसरा है, ऐसा लगता नहीं। इनकी भी तालीम ज़्यादातर अपनी माँ के पास ही हुई है और जहाँ तक मुझे मालूम है, आगरा घराने के अनवर हुसैन ख़ाँ से इन्होंने तालीम ली है। शायद इसी वजह से इन्होंने अल्लादिया ख़ाँ की गायकी में विलम्बित राग-विस्तार जोड़ा है। इसका नतीजा हर वक़्त अच्छा ही निकल रहा है, ऐसी बात दावे के साथ नहीं कही जा सकती, ख़ासकर शुद्ध और 'मेजर' रागों के विश्लेषण के मामले में। यह ज़रूर है कि मिश्र राग ये हमेशा आराम से अच्छा ही गाती हैं। अनवर हुसैन ख़ाँ और उनके छोटे भाई लताफ़त हुसैन ख़ाँ दोनों ही चल बसे हैं। सबसे बड़े भाई उस्ताद ख़ादिम हुसैन ख़ाँ लकवे के शिकार हैं और बीमारी की बुरी हालत में आज भी जिन्दा हैं।[1] मैंने जिन लोगों के पास थोड़ी बहुत तालीम पाई है, उनमें इन भाइयों के नाम बहुत ही इज़्ज़त और मोहब्बत के साथ याद करता हूँ। खुदा इन्हें जन्नत नसीब करे।

अल्लादिया ख़ाँ साहब ने खुद ही अपनी निजी गायकी तैयार की है, जिसकी वजह से उसमें काफी तब्दीलियाँ आई हैं। इसी वजह से शागिर्दों की गायकी में कुछ-कुछ फ़र्क़ है। इसके अलावा सिर्फ़ अल्लादिया ख़ाँ ही क्यों, उस ज़माने के उस्ताद लोग भी तीन तरह की तालीम दिया करते थे। एकाध जने अभी भी देते हैं—लड़के-दामाद की तालीम, शागिर्दों की तालीम और तवायफ़-बाइयों की तालीम। लेकिन दो चीजों में इनके बीच कोई फ़र्क़ दिखाई नहीं पड़ता। इनके स्वर-प्रयोग के मामले में शुद्ध आकार का इस्तेमाल

---

* मृत्यु : 1994

1. मृत्यु : 1993

ख़ास तौर से क़ाबिले ज़िक्र है और खुली आवाज़ को आकार के ज़रिए स्वर के बीचोंबीच अगर लगाया जाए तो उसका जो इम्पैक्ट होता है, वह और किसी तरह नहीं हो पाता। यह घराना अपनी तानों के लिए मशहूर है। बोलतान को छोड़कर ज़्यादातर तानें आकार में ली जाती हैं और ख़ास तौर से मंजे की तानें यानी सारे-सारे, रेग-रेग, गम-गम—इस क़ायदे से ली जाती हैं। इसी को बुनियाद बनाकर तरह-तरह के पैटर्न बुन गए हैं अल्लादिया ख़ाँ और उनके दोनों लड़के—मंझी ख़ाँ और भुर्जी ख़ाँ। बाकी सभी ने उसी तालीम को मुँह ज़बानी याद किया है। ये लोग आड़ी में कभी तानें नहीं फेरते और इनकी गायकी में मैंने आड़ी में उपज और सरगम का इस्तेमाल कभी नहीं पाया।

अल्लादिया ख़ाँ सन् 1893-94 के लगभग बम्बई, बड़ौदा वगैरह शहरों में रहे। क़िस्मत की तलाश में कुछ दिन इन्होंने यहीं काटे। बड़ौदा की राजसभा में उनकी जगह पक्की थी, लेकिन भातखंडे जी की सलाह के मुताबिक जिस ऑडिशन कमिटी का गठन हुआ था, उनके सामने गाने के लिए ख़ाँ साहब राजी नहीं हुए। कोल्हापुर के शाहू महाराज संगीत के भारी कद्रदान थे। उनकी बराबर यह कोशिश रहती थी कि वे बड़ौदा और इन्दौर के महाराजाओं से उन्नीस नहीं, बल्कि हमेशा बीस ही रहें। इनके राज में कृष्णाबाई नाम की एक बहुत ही खूबसूरत बाई जी थीं। इनकी मेहरबानी के तलबगार बड़े-बड़े ओहदेवाले अफ़सर इनके चक्कर काटा करते थे। उन लोगों में सरदार बापू साहब कगालकर ज़रा कुछ ज़्यादा ही दिलचस्पी लेने लगे थे। कृष्णाबाई राज़ी थीं, पर एक शर्त पर। शर्त यह थी कि उनकी बेटी को उस्ताद अल्लादिया ख़ाँ से तालीम दिलवानी होगी। जी-तोड़ कोशिश करने के बाद बड़ी मुश्किल से सरदार साहब ने अल्लादिया ख़ाँ को दरबार में जगह देने के लिए शाहू महाराज को राज़ी किया। गाना सुनने के बाद शाहू महाराज ख़ाँ साहब के ऐसे मुरीद हुए कि अपनी मौत तक, यानी पच्चीस साल तक, उन्होंने उस्ताद को अपनी आँखों से ओझल नहीं होने दिया। जहाँ भी जाते, ख़ाँ साहब को महाराज का संगी बनकर जाना पड़ता।

वेदीजी और टेम्बेजी के विचारों के मुताबिक कृष्णाबाई की बेटी तानीबाई ख़ाँ साहब की सबसे ऊँचे दर्जे की शिष्या और मंझी ख़ाँ अव्वल दर्ज़े के शागिर्द थे। इन दोनों ने ही बताया कि केसरबाई ने तो ख़ाँ साहब की बूढ़ी उम्र की तालीम पाई है। जवानी की तालीम मिली है तानी बाई को। उनकी जैतश्री, जैत कल्याण और जैत गुणकली की चर्चा टेम्बे साहब ने अपनी एक मराठी किताब में की है। इस तरह की जोड़कस और पेंचदार गायकी उन्होंने किसी भी महिला से नहीं सुनी। बदक़िस्मती से ये ज़्यादा दिनों तक जिन्दा नहीं रह सकीं। दूसरी साधनाओं की तरह इस मामले में भी बुनियादें तैयार की जाती हैं, नहीं तो प्रतिभाशाली गायक-गायिकाओं के वक़्त से पहले ही गुज़र जाने की मिसालें भरी पड़ी हैं।

मंझी ख़ाँ (इनका नाम बदरुद्दीन ख़ाँ था, जो शायद ही किसी को मालूम हो) बहुत ही ज़बर्दस्त धाकड़ गानेवाले थे, लेकिन मुजरेवाली बाईजियों की संगत से इन्हें सख़्त नफ़रत थी। इनकी ज़बर्दस्त ख्वाहिश थी अफ़सर बनने की। कुछ पढ़े-लिखे भी थे।

साहब लोगों के साथ मेल-जोल बढ़ाना और विलायती कपड़े पहनने का इन्हें बेहद शौक़ था। कोल्हापुर के महाराजा ने इन्हें फॉरेस्ट डिपार्टमेंट में रेंज अफ़सर बना दिया था, लेकिन इस शर्त पर कि मंझी ख़ाँ गाना और तालीम नहीं छोड़ेंगे। एक मर्तबा ख़ाँ साहब केसरबाई को तानों की तालीम दे रहे थे। एक तान में ख़ाँ साहब केसरबाई के जी-शार्प स्केल में तरह-तरह के बल और पेंचों में तार सप्तक के 'गंधार' तक घूम आए। उस वक़्त केसरबाई का तैयारी का आलम था। वे आसानी से पंचम तक जाकर लौट आईं। मंझी ख़ाँ कपड़े-वपड़े बदलकर बँगले के बरामदे में हैट-स्टैंड आईने के सामने खड़े होकर अपने बाल सँवार रहे थे। वे वही तान, एक ही पैटर्न में और भी मुश्किल पेंच के साथ 'अतितार' का 'सा' छू आए खाली गले से, बिना किसी साज के। अल्लादिया ख़ाँ साहब ने आकर मंझी ख़ाँ को कसकर एक झापड़ रसीद किया—''तू उस्ताद का बेटा है। तवायफ़ के साथ मुक़ाबला करता है !''

जवाब में मंझी ख़ाँ बोले—''हमने तो आप ही को देखकर तहज़ीब सीखी है। आप तो तवायफों के साथ ही दिन-रात पड़े रहते हैं !''यह किस्सा मैंने मल्लिकार्जुन बुआ से सुना है।

बुआ की नज़रों में अल्लादिया ख़ाँ अगर 'गॉड' हैं तो मंझी ख़ाँ 'ईसा मसीह'। उनकी चर्चा करते-करते सिसकने लगते थे। कहते—''उनका गाना सुनते-सुनते कई बार मुझे ईश्वर के दर्शन हुए हैं।''

सन् 1921 में शाहू महाराज की मौत के बाद राजकुमार नाबालिग होने की वजह से कोल्हापुर स्टेट कोर्ट ऑफ वार्ड्स में चला गया। अल्लादिया अपने सारे परिवार के साथ बम्बई चले आए और केसरबाई को पूरे दम-ख़म के साथ सिखाने लगे। केसरबाई बहुत ही मतलबी, खुदगर्ज़ और उससे भी ज़्यादा झगड़ालू क़िस्म की महिला थीं। साल-दो-साल के दरमियान वे दूसरे उस्तादों की तलाश में निकल पड़तीं। उसकी वजह यह थी कि वे यह चाहती थीं कि ख़ाँ साहब कोई और शागिर्द-शागिर्दा कबूल न करें—मोघूबाई, लक्ष्मीबाई यादव, लीलाबाई शिरगाँवकर—इन लोगों को सिखाने के मामले में अक्सर तू-तू मैं-मैं हो जाया करती थी। हर बार एक ज़बर्दस्त महाभारत के बाद उस्ताद के रू-ब-रू खुद धड़ाम से दरवाजा बन्द कर देती थीं। इसी क़िस्म का एक वाक़या है। केसरबाई और उनकी अम्मी सूटकेस में दस हजार रुपए भरकर मंझी ख़ाँ से गंडा बँधवाने गईं। उस वक़्त मंझी ख़ाँ के पास कोई नौकरी-वौकरी नहीं थी। पर चाहतें बेशुमार थीं और ख़्वाहिशें भीं। पहनावा सूट होता था। सिर पर टोपी और कलाई में घड़ी बाँधे चौपाटी की सैर करते और फिर एकाध पेग चढ़ाकर घर लौटते। खाने-पीने के मामले में ऊँचे दर्जे के शौकीन और फिर मोटरकार भी रखते थे—एक ही बात पर दस हजार रुपए वापस कर दिए। मल्लिकार्जुन वहाँ खुद मौजूद थे। वे बोले—''ख़ाँ साहब, इस वक़्त आपको रुपयों की सख्त ज़रूरत है। सिखाइए या मत सिखाइए, पर नज़राने के तौर पर ये रकम ले लेने में भला क्या ऐतराज है ?'' कहते हैं कि इसके जवाब में मंझी ख़ाँ अंग्रेजी-उर्दू की खिचड़ी में बोले थे—''क्या मैं भी ख़ाँ साहब की तरह अपने

आर्ट को गन्दी नाली में उतार दूँ ?''

मेरे बचपन की बात है। सन् 1936 की नुमाइश में मंझी ख़ाँ लखनऊ तशरीफ लाए गाने के लिए। उस ज़माने में लखनऊ की आबो-हवा कुछ और ही क़िस्म की थी। रागों की खूबसूरती, बोल बनाना वग़ैरह रस पैदा करनेवाली चीज़ों के बदले सिर्फ़ बहलावा और तानों की मारपेंच संगीत के समझदारों को नहीं भाया। और फिर दूसरी ख़ास बात यह थी कि वे ठुमरी नहीं गाते थे या गा नहीं सकते थे। किसी तरह की बदतमीज़ी या हूटिंग करना उस ज़माने में लखनऊ में तो दूर की बात थी। कोई सोच भी नहीं सकता था। नतीजा lukewarm response रहा, यानी सुननेवालों ने दाद तक नहीं दी। मंझी ख़ाँ सख्त नाराज़ होकर दूसरे ही दिन बम्बई वापस चले गए। उन्होंने किराया तक नहीं लिया। भुर्जी ख़ाँ को मैंने नहीं सुना, लेकिन उनके शागिर्दों में गजानन राव जोशी का गाना सुना है। ये बहुत ही पहुँचे हुए पंडित गायक थे और अपने जीतेजी इन्होंने ग्वालियर, आगरा और जयपुर—इन तीनों घरानों की तालीम हासिल की थी। इनके एक शागिर्द उल्हास कशलकर को अभी हाल में सुन पाया हूँ। अच्छा लगा। इनके गाने में प्रतिभा और तालीम का सुन्दर मेल है जो आजकल बिरले ही मिलता है।

अल्लादिया ख़ाँ के पास जाने के पहले भास्कर बुआ ने नत्थन ख़ाँ के पास 'वज़न' का इस्तेमाल सीखा था। आगरा-ग्वालियर के ख़याल वैसे ही भारी-भरकम होते हैं और उन्हें गाने के लिए गले का वज़न बढ़ाना पड़ता है। विलम्बित ख़याल की तानें भारी और हर क़िस्म के छन्दों से भरपूर होती हैं। ध्रुपद-धमार टूटा ख़याल होने की वजह से बाँट बोलतान और लयकारी का इस्तेमाल निहायत ज़रूरी है। लेकिन अगर पैटर्न के लिहाज़ से देखा जाए तो अल्लादिया ख़ाँ की तानों से भरी गायकी में शायद भास्कर बुआ को तरह-तरह की और भी खूबियाँ नज़र आई होंगी।

खैर, वो जो भी वजह रही हो, नत्थन ख़ाँ साहब की मौत के वक़्त अल्लादिया ख़ाँ की शोहरत और दबदबा सातवें आसमान को छू रहे थे। नत्थन ख़ाँ अपने शागिर्दों को कहा करते थे—''अल्लादियां का नाम लेने के पहले गुलाबजल से कुल्ला कर लेना।'' अल्लादिया ख़ाँ भी नत्थन ख़ाँ की तारीफ़ों के पुल बाँधा करते थे और उनके शागिर्दों को तालीम देने में उन्होंने कभी कोई एतराज नहीं किया। लेकिन इस मामले में भी भास्कर बुआ का तजुर्बा पहले-पहल कोई ख़ास तसल्लीबख्श नहीं रहा। जिस वाक़्ये के बाद सारे पासे ही पलट गए, अब सुनिए वही कहानी—

बम्बई से थोड़ी दूर आगे वसई नाम का एक कस्बा है। वहाँ एक ख़ास महफ़िल का इन्तजाम था। गायक थे उस्ताद अल्लादिया ख़ाँ। पश्चिम भारत में गानों के जलसे का मतलब ही है सारी रात की महफ़िल। गाना सुनने के शौकीन मराठी लोग झटपट खा-पीकर आठ-साढ़े आठ बजे तक हाज़िर हो जाते हैं और अपने पूरे पैसे वसूल करते हैं। गवैए को भैरवी गवाकर मिल्क ट्रेन से वापस लौटाते हैं घर। अब भी बम्बई के कई सर्कलों में यह रिवाज़ चालू है।

ख़ाँ साहब शायद बम्बई से आ रहे थे। सभा लोगों से खचाखच भरी थी। वजह

कुछ भी रही हो, रात के दस-ग्यारह बज गए, पर ख़ाँ साहब कहीं दिखाई नहीं पड़े। लोग बुरी तरह से बेचैन थे। सभी ने बुआ को घेर लिया—''आप हमारी इज़्ज़त बचा लीजिए। ख़ाँ साहब के मोटर में आने की बात है। कब आएँगे, कोई ठीक नहीं। लोगों में बेचैनी बढ़ती जा रही है।'' इसी तरह रात के बारह बज गए। धीरज का बाँध टूटने लगा। सभी हैरान थे। आखिर बात क्या हो गई ? क्या हो गया ख़ाँ साहब को ? अगर यह नौबत आज के ज़माने में आई होती तो अब तक तो सर्कल के ऑर्गनाइज़रों के सिर धड़ से अलग हो गए होते। लेकिन वो ज़माना अंग्रेजों का था। ब्रिटिश हुकूमत थी और फिर आम सुननेवालों के खून में उतना उबाल भी नहीं था। ख़ैर, काफी ऐतराज़ ना-नुकुर इन्कार के बावजूद बुआ को ज़ोर-ज़बर्दस्ती गाने के लिए बिठाया गया। वे हाथ जोड़कर सुननेवालों से बोले—''यह महफ़िल मेरे उस्ताद की है। यहाँ उनकी बिना इजाज़त के मेरा गाना बेअदबी होगी, फिर भी आप लोग कहते हैं तो मैं बैठ जाता हूँ। उम्मीद है मेरे उस्ताद मुझे इसके लिए माफ़ कर देंगे।''

ठीक इसी वक़्त अल्लादिया ख़ाँ साहब तशरीफ़ लाए। साथ में कई शागिर्द भी थे। हाथ में छड़ी, घुमावदार ऐंठी मूँछें, मिजाज़ तर। रास्ते में गाड़ी खराब हो गई थी। घुसते ही देखा, तानपूरा-तबला मिले हुए हैं। वो बुद्धू भास्कर बाखले उन्हीं की जगह पर बैठकर अपनी पैंतरेबाज़ी दिखा रहा है। इस नज़ारे को देखकर भला ऐसे कौन-से ख़ाँ साहब होंगे जिनका मिजाज़ दुरुस्त रह सकता है, ख़ासकर उस ज़माने में। अल्लादिया ख़ाँ सुननेवालों से मुख़ातिब होकर बोले—''इस महफ़िल में मैं नहीं गाऊँगा। जो बैठा है, उसे ही गाने दो।'' भास्कर बुआ ने बहुत हाथ-पैर जोड़े। बोले—''उस्ताद, मेरा मक़सद कोई बुरा नहीं था। आपको पहुँचने में देर हो रही है, देखकर आपकी इज़्ज़त रखने के लिए इनके कहने पर ही बैठा हूँ। मैं तो आपका बच्चा हूँ। मुझे माफ़ कर दें। मैं आपके पीछे बैठकर आपका तानपूरा छेड़ूँगा।'' लेकिन ख़ाँ साहब की वही एक ज़िद—''उहुँ, यह महफ़िल अब हमारी नहीं, तुम्हारी है। तुम ही गाओ।''

केदार बाँड़ुज्ये की किसी एक किताब में था कि बाप बेटे को गालियाँ देता हुआ बोला—''चल निकल बाहर। मैं तेरी सूरत भी देखना नहीं चाहता।'' बेटा 'वाइसी-वरसा' कहकर निकल गया। भास्कर बुआ बाखले अगर बंगाल की सन्तान होते तो बहुत पहले ही उठा-पटक की नौबत आ गई होती, लेकिन एक तो साग-सब्ज़ी खानेवाला बदन, तिस पर ज़िन्दगी-भर उस्तादों के लात-जूते झापड़ खाने का आदी, तभी फ्लैश पॉयंट पर पहुँचने में देर हो रही थी। अब इनका मिजाज़ भी कुछ-कुछ गरम हुआ। गुस्से में बोले—''अच्छी बात है उस्ताद, मैं ही गाऊँगा और आज आपको अपना गाना सुनाकर ही रहूँगा। उम्मीद है बाकी ज़िन्दगी आप मेरे इस गाने को याद रखेंगे। मैं भी नत्थन ख़ाँ का शागिर्द हूँ।''

कुछ लोग बम्बई-पूना में हैं जो पुश्त-दर-पुश्त इस क़िस्से को दोहराए जा रहे हैं। मैंने यह कहानी वेदीजी से सुनी है, आगरा घराने के कई और उस्तादों ने भी चर्चा की है इस क़िस्से की। तरह-तरह के क़िस्सों में भी कहीं कोई ख़ास बेमेल दिखाई नहीं पड़ा।

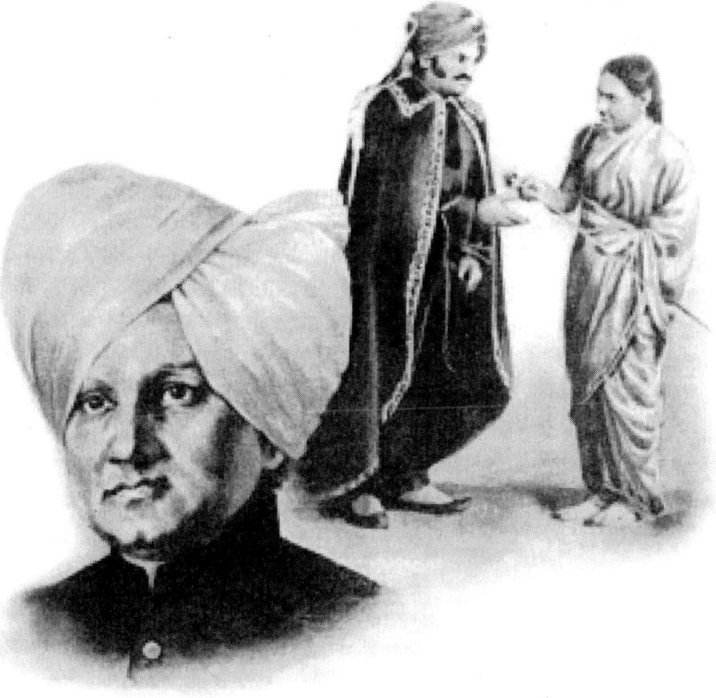

**बाल गंधर्व**

उस रात जिन लोगों ने गाना सुना, बाकी ज़िन्दगी वे सचमुच उस गाने को भूल नहीं पाये। दरबारी कानड़ा से शुरू होकर भैरवी से जलसा खत्म हुआ। अल्लादिया ख़ाँ ने उठकर भास्कर को गले लगा लिया। बोले—"उस्ताद मिलना आसान नहीं, मगर ऐसा शागिर्द मिलना तक़दीर की बात है।"

इसके बाद काफी दिनों तक अल्लादिया ख़ाँ की देखरेख में भास्कर बुआ तालीम लेते रहे। देखते-ही-देखते भास्कर बुआ का नाम और उनकी शोहरत सारे हिन्दुस्तान में फैल गई। ख़ासकर मैसूर, महाराष्ट्र, हैदराबाद, पंजाब और सिन्ध के इलाकों में लोग उन्हें अच्छी तरह से जानने लगे। जालन्धरवाले हरवल्लभ के मेले से उन्हें हर साल बुलावा आता। कश्मीर के महाराजा ने इन्हें एक-बार अपने यहाँ बुलाया और महीने-भर से भी ज़्यादा दिनों तक लगातार इनके गाने सुने। गरीबी से छुटकारा मिलने पर भी भास्कर बुआ अपनी कमाई के पैसों को अच्छे कामों में ख़र्च करते थे। कमाई का एक हिस्सा वे नत्थन ख़ाँ साहब की बेग़म के हाथों में रख आते। इसके अलावा पूना में 'भारतीय

गायन समाज' और 'संगीत शिक्षापीठ' उन्हीं के ख़र्चों पर चलते थे। भातखंडेजी की नेक कोशिशों के बहुत पहले ही बन्दिश को स्वरलिपिबद्ध करने का काम शायद इन्होंने ही किया था। हालाँकि भास्कर बुआ कहा करते थे कि यह काम हिन्दुस्तान में सबसे पहले उनके उस्ताद फ़ैज़ महम्मद ख़ाँ ने शुरू किया। भास्कर बुआ की मौत सन् 1952 में सिर्फ़ तिरपन साल की उम्र में हुई। इसी वजह से स्वरलिपि का काम अधूरा रह गया। इन सारी बातों के बावजूद चार सौ से भी ज़्यादा पुरानी कीमती बन्दिशें पूना के भारतीय गायन समाज में बिना किसी हिफाज़त के इधर-उधर बिखरी पड़ी हैं। उन्हें छपवाने का अभी तक कोई इन्तज़ाम नहीं हुआ है।

मिरासियों की दुनिया में इधर-की-उधर लगानेवाले चुगलखोरों की कमी कभी नहीं रही है। और उस्ताद लोग भी हमेशा पॉलिटिशियनों की तरह कानों के कच्चे रहे हैं। भास्कर बुआ के नामी शागिर्दों में दिलीप वेदी के अलावा मास्टर कृष्ण राव, गोविन्द राव टेम्बे और बालगन्धर्व जैसे नाट्य-जगत के सितारे भी रहे हैं। पता नहीं किसने जाकर अल्लादिया ख़ाँ से यह चुगली कर दी कि भास्कर उनकी चुनी हुई ख़ास बन्दिशों पर मराठी बोल बैठाकर उन्हें नाटकों में इस्तेमाल करने लगे हैं और इस तरह उन्हें ढेरों कमाई हो रही है। एक दिन ख़ाँ साहब ने इस बात की तहकीक़ात के लिए सबके सामने भास्कर बुआ को धर दबोचा। जवाब में बुआ बोले—''उस्ताद, इसका जवाब मैं अभी आपको नहीं दूँगा। कल शाम के वक़्त मैं आपको बाल गन्धर्व का गाना सुनवाने थिएटर ले चलूँगा।''

इस सिलसिले में यह बता दूँ कि मराठी स्टेज की दुनिया में बाल गन्धर्व जैसा करिश्मा किसी के पास नहीं था। इस तरह का गाना और किसी ने गाया भी नहीं था। यहाँ तक कि लता के पिताजी दीनानाथ मंगेशकर ने भी नहीं। फ़ैयाज़ ख़ाँ जब बड़ौदा से बम्बई तशरीफ़ लाते तो कोई शाम खाली रहने पर बाल गन्धर्व को ख़बर कर देते। उनके लिए सामनेवाले 'रो' में सोफा लगवाया जाता। औरतों की भूमिकाओं में 'ई' अथवा 'एफ' स्केल में सज-धजकर बाल गन्धर्व जब गाने लगते तो उस मोहिनी सूरत को देखकर दर्शक और श्रोता दोनों ही दीवाने हो जाया करते थे। उस ज़माने में मध्यवर्गीय महिलाओं में बाल गन्धर्व साड़ी, बाल गन्धर्व बॉर्डर, बाल गन्धर्व हेयर स्टाइल वगैरह की एक ज़बर्दस्त हवा-सी चल पड़ी थी।

ख़ैर, दूसरे दिन अल्लादिया ख़ाँ भास्कर बुआ का हाथ थामे नाटक देखने गए। बाल गन्धर्व के सिर्फ़ दो ही गाने सुनकर उनका दिमाग चकरा गया। उसके बाद अपनी तिलक कामोद की प्रसिद्ध रचना—'सुर संगत राग विद्या जो कर दिखाए' मराठी में सुनी। भास्कर ने उनकी रचना में जगह-जगह कुछ ऐसी हरकतें और एकाध पेंच जोड़ दिए थे कि बाल गन्धर्व के गले से वे पुरानी बन्दिशें सौ गुना खिल उठी थीं। ख़ाँ साहब ख़ुद को रोक न पाए और ऊँची आवाज़ में 'सुभान अल्लाह, सुभान अल्लाह' कहकर चिल्ला उठे। दूसरे ही दिन बड़ी-बड़ी उम्मीदें लिये वे सारे चुगलखोर आ पहुँचे, जिनका ज़िक्र पहले किया जा चुका है। उनमें से एक ने कहा—''देख लिया न ख़ाँ साहब, आपकी प्रसिद्ध

बन्दिशों की क्या हालत की है आपके शागिर्द ने ? यहाँ तक कि आपके फ़लाने भीम पलासी की अस्थायी में कोमल धैवत तक लगा दिया है।'' जवाब में ख़ाँ साहब बोले—''मगर किस खूबसूरती के साथ वह धैवत लगाया, यह तो देखो। हाय-हाय, उसे मुझे फिर सुनने जाना पड़ेगा।''

भास्कर बुआ के बारे में वेदी जी की ज़्यादातर कहानियाँ पंजाब से जुड़ी हुई हैं। अमृतसर और जालन्धर में मुस्लिम श्रोताओं की फ़र्माइश पर वे गाते—'हज़रत ख़्वाजा संग खेलिए धमार।' गाना खत्म होने पर वे ढेर सारे फूल बुआ के कदमों पर डाल देते और घुटने पकड़कर क़दमबोसी करते, यानी उनके पैर चूमते। और फिर हिन्दू भक्त श्रोताओं के अनुरोध पर—'गोपाल मेरी करुणा' के खत्म होते ही सुननेवाले अपनी-अपनी जगह से उठकर चले आते बुआ के पास और साष्टांग प्रणाम करते। उन दिनों जलसों में शरीफ़ ख़ानदान की औरतों के शामिल होने का सवाल ही नहीं था, ख़ासकर मुस्लिम ख़ानदान की। मशहूर पखावजी मियाँ मलंग ख़ाँ की बीवी दसोंगा और उनकी राहेलियाँ टोपियाँ पहनकर या पगड़ी बाँधकर खुद को कम्बल से ढाँके भीड़ में शामिल हो छुपकर भास्कर बुआ के गाने सुनने जाया करती थीं। एक मर्तबा गाना खत्म होने पर दसोंगा बीवी ने हाथ जोड़कर बुआ को नमस्कार किया और आँसू-भरी आँखों से बोलीं—''आप कोई मामूली इन्सान नहीं हैं, आप पीर हैं। एक दिन हमारे घर भी तशरीफ़ लाइए। हमारे परिवार का भला होगा।''

पटियाला के दीवान राजा दया किशन ने सन् 1920 की 3 जनवरी को एक ख़ास महफ़िल का इन्तजाम किया था। इस महफ़िल में पटियाला महाराज ख़ास मेहमान थे। पटियाला घराने की लोकप्रसिद्ध हस्ती—अलीबख्श ख़ाँ और फतेअली ख़ाँ दोनों इस महफ़िल में मौजूद थे। ये दो भाई अलिया-फत्तू (जर्नल और कर्नल) के नाम से मशहूर हैं। अड़ाना की तानें और कप्तान ढंग की चन्द तानप्रधान बन्दिशें आज भी इस घराने में गाई जाती हैं। भास्कर बुआ ने 'फूलन के हरवा' पूरिया के ख़याल से गाना शुरू किया। उसके बाद कामोद पर आए। मियाँ अलीबख्श ख़ाँ की इल्तिज़ा पर उन्हें दरबारी कानड़ा भी गाना पड़ा—'तू ऐसों ही करीम रहीम' और द्रुत एकताल में—'नैन से नैन मिलाए रख तो।' पटियाला घराने के उस्तादों ने अपने घराने के बाहरवाले गानेवालों को कभी नहीं चाहा और न ही पसन्द किया। सतहत्तर साल के बूढ़े अलीबख्श ख़ाँ ने थोड़ी देर बाद ही ऊँची आवाज़ में लगातार तारीफ़ के पुल बाँधने शुरू कर दिए—''अय हय, यह तो हद्दू ख़ाँ साहब की गमक तान है, यह तो फ़ैज़ महम्मद ख़ाँ की खानापूरी है। अय हय, यह तो लगता है जैसे रहमत ख़ाँ की फिरत हो। अजी यह तो बड़े मुबारक अली की तानों का फन्दा है। सुभान अल्लाह, सुभान अल्लाह !'' गाना खत्म होते ही वे महाराज की ओर मुड़कर बोले—''हुज़ूर, लोग कहते हैं कि अलीबख्श ख़ाँ बड़ा ही घमंडी है। किसी की तारीफ़ नहीं करता। सच तो यह है कि उत्तर भारत के बहुत-से उस्तादों को सुन चुका हूँ। किसी को भी सुनकर ऐसा नहीं लगा कि ख़याल गायकी हिन्दुस्तान में आज भी ज़िन्दा है। अल्लाह की यह बहुत बड़ी मेहरबानी है जो पंडित

भास्कर बुआ ने अभी तक ख़याल को ज़िन्दा रखा है। खुदा इन्हें सौ साल की उम्र दे।" अल्ला मियाँ और भी बहुत-से कामों में मसरूफ़ रहते हैं, इसलिए इनकी दुआ शायद उनके कानों तक नहीं पहुँची। इस वाक़ये के दो साल बाद ही सिर्फ़ तिरपन साल की उम्र में भास्कर बुआ का देहान्त हो गया।

मल्लिकार्जुन मंसूर ने भास्कर बुआ का गाना उस ज़माने में सुना था, जबकि वे बहुत ही छोटे थे, लेकिन बुआ की ज़िन्दगी के आखिरी दिनों तक वे उनके बहुत बड़े मुरीद रहे। भास्कर बुआ को अपनी बड़ी बेटी की मौत से गहरा सदमा पहुँचा था। अरथी उठते समय परिवार के लोगों से मुख़ातिब होकर बोले—"तुम सब रो क्यों रहे हो ? मुझे गाने दो।" वास्तुकला-शिल्पी और संगीत के दीवाने शान्तिनिकेतन वाली शर्बरी राय-चौधरी को बड़े भाग से मुलतानी में 'कवन देश गइलवा' भास्कर बुआ ने जिस अन्दाज़ में गाकर सुनाया था, उसी अन्दाज़ में मल्लिकार्जुन मंसूर के गले से सुनने का मौक़ा मिला। सन्ध्या के समय धारवाड़ में अपने मकान की छत पर गाते-गाते मल्लिकार्जुन की आँखों से आँसू बहने लगे थे। शर्बरी की आँखें भी सूखी नहीं थीं। मौत के रूबरू, आख़िरी घड़ी में गाना गाने की कहानी एक सुनी है भास्कर बुआ की और सुनी है उस्ताद अब्दुल करीम ख़ाँ की। पर यक़ीनन हिन्दी फ़िल्मों के बाहर।

वेदी जी ने बताया था कि तीन-तीन उस्तादों ने जो कुछ भी दिया, उन सबको मिलाकर भास्कर बुआ ने अपनी एक अनोखी शैली तैयार की थी, जिसमें सभी कुछ था। राग का विस्तार उन्होंने पाया बन्दे अली और फ़ैज़ महम्मद ख़ाँ से। बढ़त बरतते तो लगता वीणा का आलाप हो रहा है। ध्रुपद के आलाप से ही वीणा का बाज आया है, और फिर वीणा के जोड़ अंग के काम लड़ी, ठोक, झाला वगैरह तन्त्रकारी ध्रुपदियों ने गले में उतारे हैं। लेकिन ध्रुपदी आलाप की सबसे बड़ी खूबी है स्वर लगाना और श्रुति के काम। भास्कर बुआ ख़याल में श्रुति के काम ऐसे लाजवाब ढंग से किया करते थे कि जिसके बारे में सोचा भी नहीं जा सकता। भैरों का अति कोमल आन्दोलित रिषभ, रामकली की तीव्र मध्यम से कोमल धैवत की मीड़, कोमल आसावरी के धैवत निषाद का मिलन—ये सब ध्रुपदी घराने की तालीम के बिना नहीं आते। नत्थन ख़ाँ साहब से उन्होंने हासिल किए थे अस्थायी भरने के क़ायदे, गले का वज़न, छन्द, बाँट, लयकारी, भारी और छन्दों से भरपूर आगरे की तानों के क़ायदे। घग्गे खुदाबख़्श अथवा उनके बेटे गुलाम अब्बास ख़ाँ द्रुत तानें नहीं लिया करते थे। नत्थन ख़ाँ ने ही आगरा घराने में द्रुत ख़याल के साथ तानों का रिवाज़ शुरू किया। इसके अलावा भास्कर बुआ ने रहमत ख़ाँ के फिरत कंठ में उतार लिये थे और कुछ अल्लादिया ख़ाँ की तानों के फन्दे भी। रहमत ख़ाँ उस्ताद हद्दू ख़ाँ साहब के बेटे हैं और इनके जैसा गवैया ग्वालियर में कोई हुआ ही नहीं। अब्दुल करीम ने रहमत ख़ाँ के सुरों के लगाव और विलम्बित के टुकड़े नकल किए थे, लेकिन ज़िन्दगी-भर गले से एक तान भी निकाल नहीं पाए। सतहत्तर साल की उम्र में लाहौर के उस्ताद अलीबख़्श ख़ाँ भास्कर बुआ के गाने सुनकर पटियाला महाराजा के सामने ही चिल्ला उठे—"अरे यह क्या ? ये तो बड़े मुबारक अली

ख़ाँ और रहमत ख़ाँ की तानें हैं, इसके घराने में कहाँ से आईं ? अरे भाई साहब, बुआ जैसा गवैया उस ज़माने में देश-भर में नहीं था कोई और, न आगे कोई होगा। आठ अंगों के सारे अंग थे उनकी गायकी और गले में। इससे ज़्यादा और क्या चाहिए तुम्हें ? अगर कहो कि एक लफ़्ज़ में बताऊँ तो कहना पड़ेगा कि उनकी इन सारी खूबियों में थी एक अज़ीबोगरीब खूबसूरती। किसी भी दिन उनके गले से कोई भी ऐसी हरक़त नहीं सुनी जो हसीन न हो। छायानट में मीड़ लगा रहे हैं, तार के पंचम से मध्य सप्तक के रिषभ तक। ऐसा लगा कि वज़न ज़रा भी और ज़्यादा होता तो मीड़ खराब हो जाती। कम होने पर भी वही नतीजा होता। और तैयारी ? क्या तानें निकालते हैं आजकल के ये छोकरे ? माइक्रोफोन को चूमते हुए फुरफुरी हरकतें-भर करते हैं सिर्फ़। मेरी जवानी की दो तानें निकालें ये, भास्कर बुआ की तो बात ही छोड़िए। अरे भई, गले में वज़न होना चाहिए। वे गहराइयाँ कहाँ हैं इनकी गायकी में ?''

मैंने सवाल किया—''अच्छा वेदीजी, उन्होंने तो अपने चारों गुरुओं की तारीफ़ें और दुआएँ पाई थीं। रहमत ख़ाँ ने भी क्या कभी उनका गाना सुना था ?'' ''हाँ सुना था, एक बार कोल्हापुर में। जहाँ तक याद आ रहा है, यह सन् 1921 की बात है। रहमत ख़ाँ को यह खबर मिल चुकी थी कि कोई एक पंडित बहुत ही अच्छा गा रहा है। भास्कर राव नाम है उसका। ख़ाँ साहब ज़रा कुछ सनकी दिमाग के आदमी थे। अफ़ीमची थे। वैसे वे किसी का गाना सुनने जाते नहीं थे। पता नहीं कैसे आ टपके। गाना सुनने के बाद उन्होंने भास्कर राव को गले से लगा लिया और रो पड़े। सिर्फ़ इतना ही नहीं, उन्होंने भरी महफ़िल में बड़े फ़ख्र से यह ऐलान किया कि ये भास्कर राव नहीं हैं। ये ख़ाँ साहब भास्कर हैं, भास्कर ख़ाँ ! अब सोचो ज़रा, यह कितनी बड़ी बात थी। जिनका गाना सुनने के लिए भास्कर राव तरसते थे, आज उन्हीं की आँखें उन्होंने आँसुओं से भर दीं। संगीत जीवन में यह उनका सबसे बड़ा कीमती तोहफा था।''

मैंने कहा—''खैर, आप जो भी कहिए, लेकिन आज के बाज़ार में आपके इन भास्कर बुआ को चिलम तक नसीब नहीं होती। ख़ासकर दिल्ली-कलकत्ता के बाज़ारों में। उनकी तानें तीन सप्तक की थीं क्या ? सरगम बरतते थे ? इन सबके बिना आज के ज़माने में रोज़ी-रोटी नहीं चलती।''

पंडित जी बोले—''ये सब बेकार की बातें हैं। भीमसेन को रोटी नहीं मिलती क्या ? मल्लिकार्जुन हर्रे खाकर पेट दाबे बैठे हैं ? ये लोग क्या सरगम ही करते हैं ? तार सप्तक में चीखते-चिल्लाते हैं क्या ? ये सारे पंजाबियों के धन्धे हैं। मैं खुद पंजाबी हो सकता हूँ, पर ज़िन्दगी में पंजाबी उस्ताद नहीं पकड़ा सिर्फ़ अपने एक पहले गुरु उत्तम सिंह को छोड़कर। वैसे वे ध्रुपद गाया करते थे। हरि कीर्तन भी करते थे और फिर लाइट गाने भी गाते। खैर, तुम लोगों की बातों से याद आया। उस वक़्त लाहौर में भास्कर बुआ की ज़बर्दस्त शोहरत थी। संगीत की दुनिया में चोटी के माने जाते थे। वहाँ आशिक अली, तुम्हारे यहाँ के गुलाम अली के ख़लीफा, ज़बर्दस्त तेतरा तानें लिया करते थे और बात-बात में अति तार का 'सा' छू आते थे। उसकी शेखी-भरी इस उछल-कूद

के बारे में सुनकर बुआ ने दरवाज़ा बन्द कर दस दिनों तक तानें साधीं और फिर खुले गले से तीन सप्तक की तानें मश्क करने के बाद पंजाबी गवैयों को सुना दिया।''

''और सरगम ?''

वेदीजी गम्भीर होकर बोले—''उस ज़माने में कोई भी उस्ताद पंजाब के बाहर सरगम नहीं किया करते थे। वे तो सारे पल्टे और मीरखंड हैं। गवैए और सारंगी बजानेवाले गले को साधने और हाथ तैयार करने के लिए रियाज़ किया करते थे। ये सब चीज़ें महफ़िल में थोड़े ही करने की हैं ? पहलवान लोग सेहत बनाने के लिए चने अदरक खाकर डंड-बैठकों का अभ्यास किया करते हैं। तो क्या वे रिंग के अन्दर घुसकर देखनेवालों से कभी यह कहते हैं कि भाई साहब, ज़रा ठहरिए, हम अपनी कुश्ती के दौरान ज़रा रुककर थोड़ी-बहुत डंड-बैठक भी कर लें। बुरा न मानें। हम लोग उस ज़माने में ग्रामर नहीं गाते थे।'' स्कूल-कॉलेज के दर्शन न होने पर भी वेदी जी थोड़ी-बहुत चलती अंग्रेजी बोल लिया करते थे। कलकत्ता के आजकल के ग्रेजुएटों से तो अच्छी ही बोलते थे। बोले—''तक़रीर शुरू करने से पहले कोई स्पेलिंग बोलता है क्या ? जैसे बी एल ए ब्ले। या स्लाई फॉक्स मेट ए हेन—किंग रीडर से हाई रोड टु लंडन रटता है ? लिटरेचर और ग्रामर में बहुत फर्क़ है।''

मैंने कहा—''तो क्या आप यह कहना चाहते हैं कि भास्कर बुआ के गानों की कभी कोई समालोचना नहीं हुई ?''

''उहुँ, कभी किसी ने नहीं की। पर हाँ, एकाध जनों ने कोशिश की थी—वे सभी ज़रा अहंकारी और दूसरे की तरक्की देखकर जलनेवाले क़िस्म के लोग थे। ओंकार नाथ ने तो मेरे दोनों गुरुओं की ही बुराई की थी। खैर, उसका उन्हें मुनासिब सबक भी मिल गया था।''

इस तरह के क़िस्से सुनने में मुझे बड़ा ही आनन्द आता है। अब मैं ज़रा सँभलकर अच्छी तरह से उठकर बैठ गया। बोला—''पंडितजी, इस दिलचस्प क़िस्से को ज़रा अच्छी तरह से खुलासा करके बताइए। कहीं से काट-छाँट मत कीजिएगा।''

''तब तो शुरू से ही कहना पड़ेगा। अच्छी बात है तो सुनो फिर। सन् 1916 की बात है। मैंने ओंकार नाथ ठाकुर को पहली बार जालन्धर में सुना। उस ज़माने में माइक्रोफोन नहीं हुआ करते थे। उनके गले की आवाज़ कैसी थी, यह तो तुम सभी जानते हो। जैसा रेंज वैसा ही वाल्यूम, और गले में एक ख़ास बात थी इको का लेना, जो आम तौर पर सुना नहीं जाता। जो भी सुनता, दीवाना हो जाता। और उन दिनों ओंकार नाथ के गानों में इतने रंग-ढंग नहीं थे जो बाद में दिखाई पड़े। उस समय सीधे-सीधे विष्णु दिगम्बर की तालीम के गाने और पल्टा गाया करते थे, यानी ग्वालियर की गायकी। इसके अलावा भजन तो बहुत ही सुन्दर गाते थे। लिहाज़ा भक्तों की कमी नहीं थी। गुजराती नाटकों में कुछ दिनों तक काम करने की वजह से उनमें ड्रामैटिक सेंस पैदा हो गया था। लिहाज़ा पेश करने के क़ायदे वगैरह से वे अच्छी तरह से वाक़िफ हो चुके थे और उनकी बोलचाल भी काफी क़ायदा-दुरुस्त थी। इन सारी खूबियों की

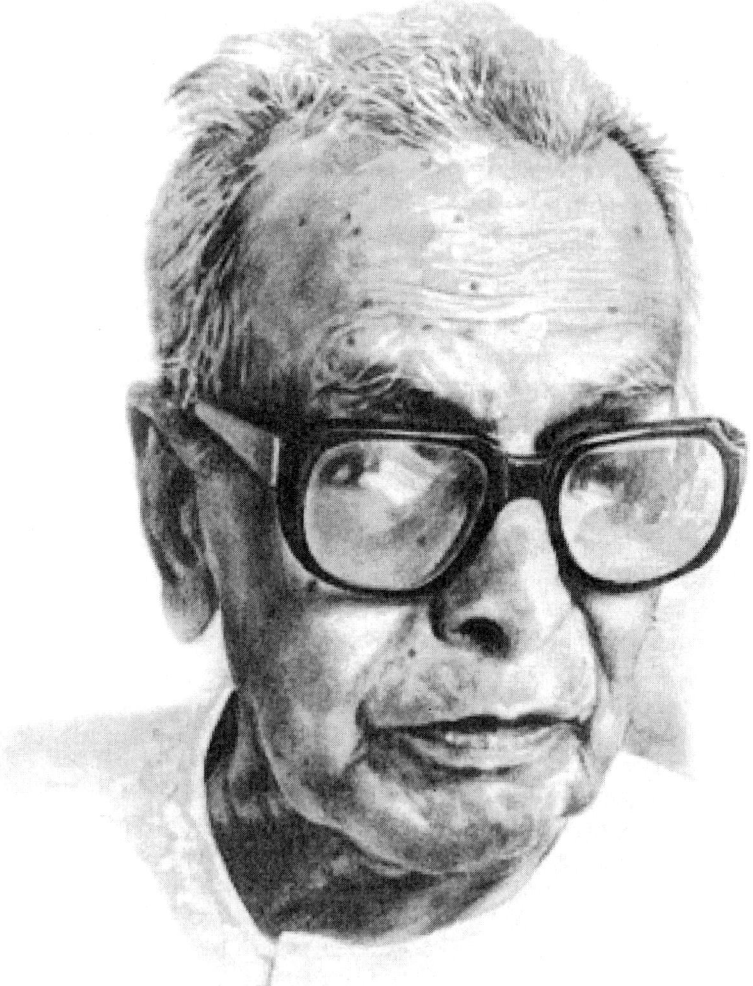

पंडित दिलीपचन्द्र वेदी

वजह से कुछ दिनों में ही उनका दिमाग सातवें आसमान पर जा पहुँचा। ईश्वर हम सभी को कुछ-न-कुछ तो प्रतिभा देता ही है, लेकिन उसे पचाने की ताकत नहीं देता। सन् 1918 की बात है। लाहौर में ओंकार नाथ कान्फ्रेंस की सुबह की महफ़िल में गा रहे थे—भैरवी में भजन—'भज मन रामचरण सुखदायी।' उनकी पार्टी के लोग ऐसे गद्गद हो रहे थे, मानो स्टेज पर साक्षात् देवदूत उतर आए हों। इनके लीडर थे एक पुलिस इंस्पेक्टर। जैसे ही भजन की एक कली ख़त्म होती, इंस्पेक्टर रिश्वत के रुपयों की एक गड्डी फेंक देते। हर कली पर यही सिलसिला चल रहा था। सेठ दौलतराम हम सभी के बुज़ुर्ग थे। उन्होंने मना किया तो ओंकार नाथ ने स्टेज पर बैठे-बैठे ही नाटकीय ढंग से बोलना शुरू किया—'भजन सुनकर अगर मन में भक्ति उपजती है तो भक्ति का प्रकाश करने दीजिए। उन्हें आप मना क्यों करते हैं', आदि-आदि। एक अजीब हंगामा-सा हो गया। खैर, जो भी हो, भास्कर बुआ यह सबकुछ चुपचाप देखते रहे। कुछ बोले नहीं। लेकिन शायद उन्हें इतने घमंड और पार्टी-बन्दी से भरी महफ़िल अच्छी नहीं लगी। शाम की मजलिस में उन्होंने अपना गाना राग सावनी से शुरू किया। अस्थायी के बोल थे—'अकल सब जाने और बे-अकल आप भयो है अपनी कहत और काहू की न माने !' ओंकार नाथ गुजराती में गाने के बीच में ही चिल्लाकर बोले—'क्या आप हमारा मज़ाक उड़ा रहे हैं ?' सेठ दौलतराम की सभी इज़्ज़त करते थे। उनकी कोशिश से उस वक़्त के लिए सारा गोलमाल मिट-सा गया।'' इतना कहकर वेदी जी चुप हो गए।

''तो पंडित जी, मुनासिब सबक जो मिला, वो कैसे ?''

''हाँ, उसे भी बता रहा हूँ। विष्णु दिगम्बर ओंकार नाथ के गुरु हैं। जैसा शानदार साफ-सुथरा निर्मल चेहरा, वैसा ही गला भी। अय हय, क्या कंठ दिया था मालिक ने उन्हें। जैसी बुलन्द और मीठी आवाज़, वैसा ही तीन-सप्तक का रेंज भी। ओंकार नाथ जब उनके गले का साथ देते तो लगता जाने कब रुकेंगे। उन्होंने एक बार लाहौर की एक कान्फ्रेंस में ओंकार नाथ से कहा—'मेरे और दूसरे शागिर्द वापस जा रहे हैं। इसलिए आज शाम को तानपूरा लेकर तुम मेरे पीछे बैठोगे।' पहले तो कुछ देर तक ओंकार नाथ ने आनाकानी की। फिर बोले—'गुरुजी, आपके पिच के साथ मेरा पिच मेल नहीं खाता। आप किसी और को ले लीजिए।' इसके जंवाब में विष्णु दिगम्बर जी ने कहा—'एक पर्दे के फासले से कोई ख़ास फ़र्क़ नहीं पड़ता। या तो तुम उतारकर गाना या मैं चढ़ा लूँगा।' ओंकार नाथ राजी नहीं हुए। तब ऐसी हालत में दिगम्बर जी ने सवाल किया—'क्यों भई, इसका क्या मतलब हुआ ? क्या तुम मेरे शागिर्द नहीं हो ? मेरे साथ बैठकर तानपूरा छेड़ने में क्या ऐतराज है तुम्हें ?' ओंकार नाथ बोले—'जी, बात ऐसी है कि बेशक मैंने आपके पास सीखा है, पर मैं आपके गाने, आपकी गायकी नहीं गाता।' विष्णु दिगम्बर जी तो दंग रह गए। बहुत ही अचरज से फिर पूछा—'तो फिर तुम्हें अपनी गायकी कहाँ से मिली ?' ओंकार नाथ का जवाब था—'ये मेरे ईश्वर के दिए हुए गाने हैं। मैंने इन्हें भगवान से पाया है।'—'लो सुनो इसकी बातें। अरे भई, जब भगवान से ही पाया है तो जंगल में जाकर भगवान को ही सुना। हम-जैसे अदने जीवों के सामने

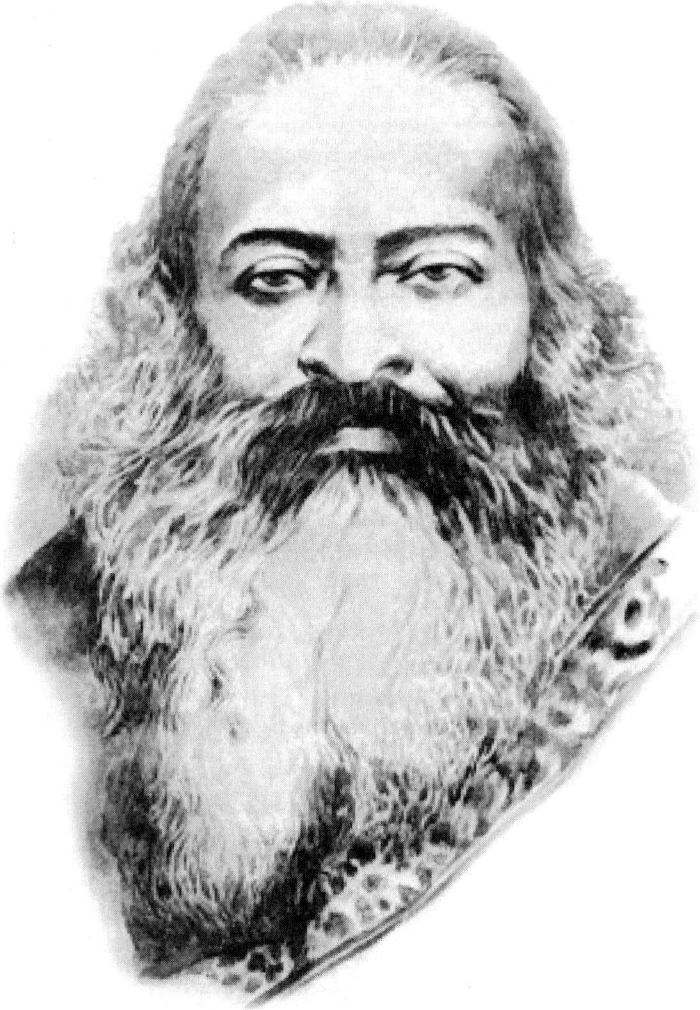

विष्णु दिगम्बर

नाटक करने से क्या फायदा ? विष्णु दिगम्बर जी बहुत ही सीधे-सादे निर्मल व्यक्तित्व के आदमी थे। बुढ़ापे में ख़याल गायन छोड़कर सिर्फ भगवान की स्तुति में भजन गाने लगे थे। वे गुस्से में आकर बोले—'तुम्हें अब कुछ ज़्यादा ही गुरूर हो गया है। इस चीज़ को मैं बहुत दिनों से देखता आ रहा हूँ। अगर मैंने सचमुच साफ दिल से 'विद्यादान करूँगा' समझकर तुम्हें संगीत की शिक्षा दी है तो मेरा यह कहना बेकार नहीं जाएगा। तुम्हारे गाने अब उस्ताद-ख़्यालियों के गाने नहीं रहेंगे। वो ईश्वर के दिए हुए कुदरती गाने ही रहेंगे।' तुम लोगों ने तो ओंकार नाथ के गाने सुने हैं। वे इधर जो गाना गाने लगे थे उनमें पारम्परिक गायकी कहीं दिखाई नहीं पड़ती। और भी बहुत-सी खराबियाँ हैं, जो उनके गानों में आ घुसी थीं। तानें भी सुर से जुदा थीं। उस्ताद जानकारों ने उन्हें और कभी नहीं माना। भक्तों की चमचागिरी से अगर वे अब भी खुद को अलग नहीं कर लेते तो शोहरत की चोटी से नीचे गिरने में ज़रा भी देर नहीं। अब यहीं देख लो न। कुमार गन्धर्व की क्या हालत की है उनके शागिर्द भक्तों और अखबारवालों ने। मैं कुमार को आज से नहीं, बल्कि एक अरसे से जानता हूँ। सन् 1938 में कलकत्ता में लाला बाबू (दामोदर दास खन्ना) ने जब उन्हें गवाया था तो उस वक़्त उनकी उम्र दस साल की थी। लाला बाबू ने यह ऐलान किया कि 'यह बालक भजन गाएगा, लेकिन उसके पहले ये अपने चमत्कारों से आप लोगों का मनोरंजन भी करेगा।' उसने उस्तादों के पौने तीन मिनट के रिकॉर्ड मुँहज़बानी एक के बाद एक गाने शुरू कर दिए। अब्दुल करीब का 'जमना के तीर' खत्म करने के बाद उसने मेरे उस्ताद फ़ैयाज़ ख़ाँ का—'झन झन झन पायल' शुरू किया। मेरी बगल में अतरौली के एक उस्ताद बैठे थे। नाम इस वक़्त कुछ याद नहीं आ रहा है। खैर, वे न्यू थिएटर्स के फ़िल्म स्टारों को गाना सिखाते थे। मुझसे बोले—'दिलीपचन्द्र जी, ये सब क्या हो रहा है ? आप कुछ बोलिए। आपके उस्ताद की नकल उतारी जा रही है और लोग हँस रहे हैं।' मैंने जाकर लाला बाबू और देवधर साहब से कहा—'अरे भई, ये सब क्या हो रहा है। बन्द कीजिए इन्हें।' लाला बाबू बोले—'क्यों दिलीपचन्द जी, कोई बुरा काम तो नहीं कर रहा है लड़का। वो तो बड़े आदमियों की नकल उतार रहा है।' मैंने कहा—'अगर नकल ही उतारनी है तो फिर सबसे पहले लुंगी पहनकर अपना सिर मुड़वाए और फिर गंडा बँधवाकर सा-रे-गा-मा से शुरू करे। भला इन सबका क्या मतलब है ? ये सारे उस्ताद लोग क्या पौने तीन मिनट का राग गाते थे ? ये लोग घंटे-डेढ़ घंटे तक ये सारे राग गा सकते थे। क्या ये बच्चा उतनी देर तक नकल कर पाएगा ?' बचपन से ही तारीफ़ के जो पुल बँधे तो छोकरे का दिमाग ही फिर गया। उसमें जीनियस था, पर पाँचजनों की मेहरबानी से 'स्पॉयल्ड मिसगाइडेड जीनियस' बनकर रह गया। बहुत ही सुर में गाता था। अब भी गाता—अब्दुल करीम और ओंकार नाथ की नकल किया करता था। उन दोनों को मिलाकर उसने अपनी एक अलग स्टाइल तैयार कर ली थी। स्वर लगाना और वॉयस थ्रो भी करीम ख़ाँ जैसे ही थे। लेकिन अब तो वो गवैया नहीं, बल्कि प्राफेट है।''

मैंने कहा—''जी हाँ, आचार्य बृहस्पति ने भी एक बार ठीक इसी तरह का कुछ कहा

था। वे बहुत ज़्यादा बोला करते थे। लेकन बातूनियों की बातों में कभी-कभी दो-एक तुक की बातें भी निकल आती हैं। किसी एक ने सवाल पूछा था—'कुमार गन्धर्व के बारे में आपकी क्या राय है ?' बृहस्पति जी का जवाब था—'देखिए साहब, हम मौसीकारों के बारे में राय दे सकते हैं, पैगम्बरों के बारे में नहीं।' हाँ तो वेदी जी, ओंकार नाथ के बारे में आप कुछ कह रहे थे, कहिए।''

डॉ. एम.आर. गौतम अब तक ख़ामोश बैठे थे। बोले—''गुरुजी, अगर इजाजत दें तो ओंकारनाथ जी और आचार्य बृहस्पति की एक कथा सुनाऊँ। सन् 1959 की बात है। जयपुर में एक बहुत बड़ा सेमिनार हो रहा था। सुबह और दोपहर बहस बातचीत के कार्यक्रम थे और शाम के वक़्त गाने की मजलिस थी। ओंकार नाथ जी का व्यक्तित्व, उनकी बोलचाल, चेहरे की रौनक और पहनावा कुछ इस ढंग का था कि सेमिनार की सभी बैठकों में वे सिरमौर रहे। उस दिन उन्होंने अपना भाषण नाद, ब्रह्म, नाद कितने क़िस्म के होते हैं—इन सारी बातों से शुरू किया। 'वैखिरी' यानी वाणी का व्यक्त रूप जो सुनने की शक्ति से पकड़ में आता है, अर्थात् हम जैसे गानेवालों के गाने। 'मध्यमा' जो सोचने के दरमियान वाइब्रेशन है। 'पश्यन्ति' अर्थात् योगी लोग ध्यान में डूबकर जो अनहद नाद सुन पाते हैं। और आखिरी है 'परावाक्', जो इन्सान की पकड़ के बाहर है। वह है ब्रह्मण। हिन्दुस्तानी संगीत ही सिर्फ़ एक ऐसा संगीत है, जिसे साधना की एक राह के तौर पर अहमियत दी जाती है। स्वर के अन्दर जो वाइब्रेशन है, वह हमारे जिस्म के भीतर कुल-कुंडलिनी को जगा सकता है और जो सच्चा योगी है वह साधना के ज़रिए हद से अनहद में पहुँच जाता है। इन सारी बातों को बताने के बाद वे संगीत के आधि दैविक औषधीय गुणों की बातों पर आ गए। यानी इन्सान और अन्य जीव-जन्तुओं पर संगीत का असर किस हद तक होता है, इस मुद्दे पर चर्चा करने लगे।''

मैंने बीच में ही टोककर कहा, 'भला इसमें कौन-सी नई बात है ? ऊँचे दर्जे का संगीत सुनकर गाय डबल दूध देने लगी है, मूली-गोभी तीन डबल साइजों के होने लगे हैं—ये सारा कुछ विलायत-अमरीका में आजमाइशी परीक्षाओं के ज़रिए सही साबित हो चुका है। और फिर बेसुरा गाना अथवा पॉप म्युजिक सुनाने पर वे ही सींकची-सी बेतुकी मूलियाँ और दुबली-पतली फूलगोभियाँ बच्चे ब्याने लगी हैं। इन सबके बयान बहुत-से अखबारों में निकल चुके हैं। और-तो-और, सुना है अब्दुल करीम ख़ाँ का कुत्ता ख़ाँ साहब के साथ होड़ लगाकर तारसप्तक का सुर लगाता था।

गौतम बोले—''सही है, लेकिन ओंकार नाथ जी चर्चा कर रहे थे 'इन्सान पर संगीत का असर' विषय पर, फूलगोभी पर नहीं। कहते हैं कि उन्हें अपने एक दोस्त के बीमार होने की खबर मिली। उन्होंने फौरन तानपूरा कन्धे पर रखा और चल दिए देखने। जाकर देखा, मित्र बेचारे सिर के दर्द के मारे परेशान थे। कटे बकरे की तरह छटपटा रहे थे। 104 डिग्री बुखार था। उन्हें तसल्ली देते हुए पंडित जी बोले—कोई फ़िकर मत करो, ओंकार नाथ तुम्हारे पास पहुँच गया। इतना कहकर उन्होंने अपना तानपुर मिलाया और श्रीराग शुरू हो गए। उस शानदार बुलन्द आवाज़ में घंटे-भर आलाप चला। गाना खत्म

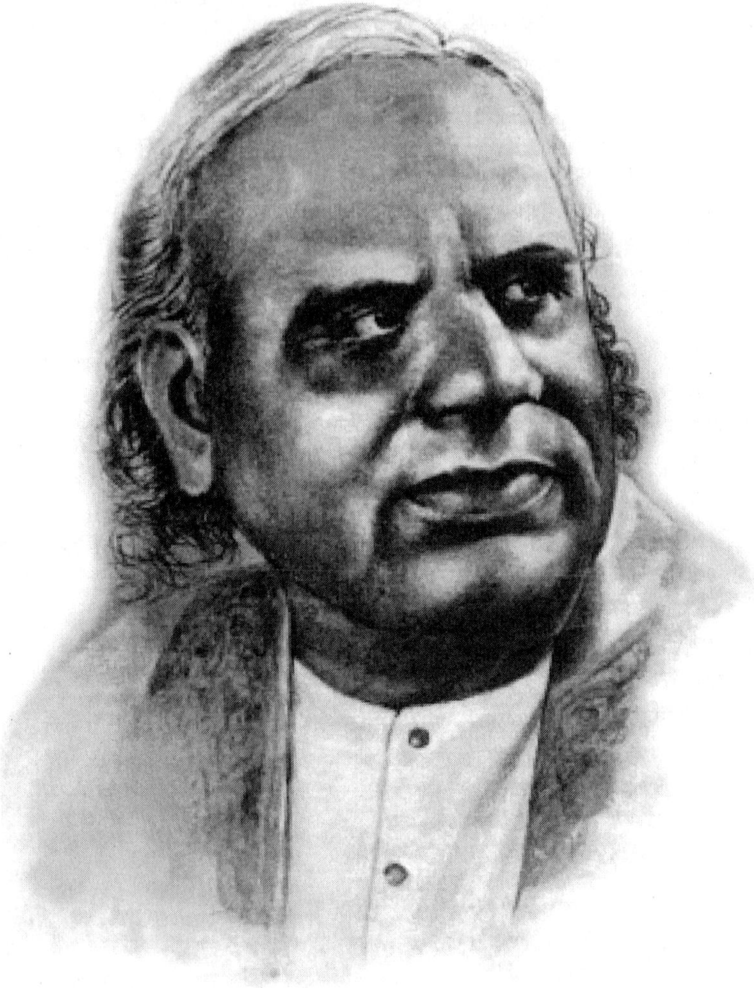

पंडित ओंकारनाथ ठाकुर

होते ही मरीज बदन झाड़कर उठ बैठा और उसने दही-बड़े खाए। बुखार का नामोनिशान तक नहीं। सभा खामोश थी। किसी के कुछ समझ में नहीं आ रहा था कि वह हँसे या रोए। सबसे पहले बृहस्पति जी ने मुँह खोला—'मगर पंडित जी के खुद के घुटने का दर्द बीस साल में अभी तक ठीक नहीं हुआ। क्यों पंडित जी?'

वेदी जी खिलखिलाकर हँस पड़े। गौतमजी ने माफ़ी माँगते हुए कहा—''मेहरबानी करके बताइए गुरुजी, आप और कुछ क्या बता रहे थे ओंकार नाथ ठाकुर के बारे में ?''

''अरे भई, अब क्या बताऊँ। वैसे कहने को तो बहुत कुछ है। भास्कर बुआ की मौत के बाद कुछ लोगों ने यह कहना शुरू कर दिया कि हिन्दू गायकों में ओंकार नाथ ही इस वक़्त सबसे ऊँचे दर्जे के गायक हैं। उन्होंने मुसलमानों से तालीम नहीं ली, इसलिए उनके गाने प्योर हिन्दू हैं, मतलब सच्चा हिन्दू गाने हैं। इस दर्ज़े के उनके चाहनेवाले भक्त अगर आज जिन्दा होते तो अयोध्या में जाकर अपने खेमे गाड़ते। अचानक एक साहब ने लिख मारा कि ओंकार नाथ के गानों ने भास्कर बुआ की शैली पर भी असर डाला है। मैंने सुनते ही उस अखबार को चिट्ठी लिखी और ओंकार नाथ को भी लिखा कि वह इसके ख़िलाफ़ आवाज़ उठाएँ। या तो कांट्रडिक्ट करो अथवा मेरे साथ एक ही महफ़िल में बैठकर गाओ। तुम अपनी खुद की स्टाइल में गाना और मैं भास्कर बुआ की गायकी में गाऊँगा। हो जाए युगलबन्दी। ओंकार नाथ बोले—'अच्छा यह बात है ? मैं ज़रूर इसकी मुखालिफ़त करूँगा।' लेकिन उसके बाद ही वे यूरोप चले गए। उस ज़माने में अंग्रेज साहबों ने उनके गाने सुनकर इंडियन म्युजिक के बारे में क्या अन्दाज़ा लगाया होगा, यह तो वे ही जानें, लेकिन इटली में सुना है कि मुसोलिनी उनके गाने सुनते-सुनते सो गए थे। फिर वह बात ठंडी हो गई।''

''अच्छा पंडित जी, हमने सुना है कि एक ही महफ़िल में बैठकर आप दोनों ने कई बार गाने गाए हैं और काफी होड़ चढ़ा-ऊपरी-सी रही है आप दोनों में !''

''अरे भई, मैं तो एक बहुत ही मामूली गवैया हूँ। वो तो मेरे उस्तादों के साथ भी होड़ लगाया करता था। ख़ासकर फ़ैयाज़ ख़ाँ जैसे डिगनिफाइड शरीफ आदमी के साथ भी। बुआ के बाद उनकी जोड़ का दूसरा गानेवाला था कोई ? मैंने अपनी छोटी उम्र में उत्तम सिंह के बाद हिन्दुस्तान के तीन सबसे ऊँचे दर्ज़े के उस्तादों से तालीम हासिल की है—भास्कर बुआ, फ़ैयाज़ ख़ाँ और फिर बाद में अल्लादिया ख़ाँ और उनके भाई हैदर ख़ाँ से। अक्सर वो मेरे इन उस्तादों के पीछे लगा रहता, इसलिए मौक़ा पाते ही मैं भी उसे नहीं छोड़ता। सन् 1934 के दिसम्बर में काशी के छठे ऑल इंडिया कान्फ्रेंस में ओंकार नाथ ने बड़े जोशोखरोश से गाने गाए। मैंने भी गाए थे। जजों के वोट ज़्यादातर मेरे ही हिस्से में पड़े थे। सर्वश्रेष्ठ ख़्यालियों का मेडल भी उन लोगों ने सोच-समझकर मुझे ही दिया था। ये सारा कुछ ईश्वर की कृपा और उनकी मेहरबानी थी और था अपने चारों गुरुओं का आशीर्वाद। फ़ैयाज़ ख़ाँ साहब मेहरबानी कर उस कान्फ्रेंस में तशरीफ नहीं लाए थे। अगर आते तो गोल्ड मेडल मुझे नसीब नहीं होता।''

एम.आर. गौतम बता रहे थे कि ''सन् 37 या 38 में इलाहाबाद में आपने

ओंकार नाथ पर पूरी तौर से हावी होकर धड़ल्ले से महफ़िल जमाई थी।'' ''हाँ, ओंकार नाथ ने सुबह की मज़लिस में गौड़ सारंग गाया था। मजलिस में एक श्रोता ने उठकर हाथ जोड़ते हुए गुजरी तोड़ी गाने की फरमाइश की। ओंकार नाथ बोले—'कौन-सा राग ? गुजरी तोड़ी ? सारंग के बाद ? देखिए, मैं वैसे भी गुजरी तोड़ी नहीं गाता।' एक दिन की बात है। मैं लीन होकर घंटों उसी राग का घर में अभ्यास कर रहा था। खो गया था उस राग और सुर में। उसी वक़्त हमारी पत्नी के देहान्त की खबर आ पहुँची। अब हम उस राग को छूते भी नहीं।''

उस दिन शाम को मेरा प्रोग्राम था। उस प्रोग्राम के बदले में मैंने दूसरे दिन सुबह की मजलिस में गाने का प्रोग्राम माँग लिया। बैठते ही मैंने उस सज्जन श्रोता से मुखातिब होकर कहा—'यहाँ कल एक साहब ने गुजरी तोड़ी सुनने की फ़रमाइश की थी। ओंकार नाथ जी से इतना आसान राग गाना मुमकिन नहीं हो पाया, क्योंकि गुजरी तोड़ी के साथ एक यादगार के तौर पर उनकी पत्नी के देहान्त का सदमा जुड़ा हुआ है। मेरी पत्नी एक पंजाबी महिला हैं। ईश्वर की कृपा से उनकी सेहत बहुत ही अच्छी और बिल्कुल ठीकठाक हैं। किसी राग का भी उन पर कोई असर नहीं होता। आज ओंकार नाथ जी से इजाज़त लेकर आपको गुजरी तोड़ी सुनाऊँ।' गुजरी मेरा बहुत ही प्यारा राग है। बुआ ने तालीम देते वक़्त समझा दिया था कि आम गायक समझते हैं कि गुजरी का मतलब पंचम वर्जित तोड़ी है। दरअसल गुजरी का चलन ठीक मारवा जैसा है— 'ध़ नि़ रे॒ ग मं ध।' इन्हीं अंगों से राग में खूबसूरती लाई जाती है। और फिर यह राग उस वक़्त मेरा रियाज़ी राग था इसलिए ठाकुर महाराज की कृपा से मजलिस जम गई। एकाध मेडल भी मिले।'

''बहुत मर्तबा ऐसा भी हुआ है कि फ़ैयाज़ ख़ाँ साहब और आप दोनों ने एक ही कांफ्रेंस में अलग-अलग गाने पेश किए हैं। ऐसी हालत में क्या आपको भी कभी मेडल दिए गए ?''

''कहीं दिमाग तो नहीं फिर गया तुम्हारा ? कहाँ फ़ैयाज़ ख़ाँ साहब और कहाँ दिलीप चन्द वेदी ? हाँ, याद आया। आप बंगालियों ने ही एक बार उन्हें ख़याल के लिए मेडल और मुझे ठुमरी के लिए तमग़ा दिया था। वह दूसरा ऑल बंगाल कांफ्रेंस था। राय चाँद बड़ाल ने मुझे अपने घर में ठहरने की जगह दी थी। उस वक़्त तक मैं बम्बई की तीन फ़िल्मों में म्यूजिक दे चुका था। नीतिन बाबू ने कहा, राय बाबू ने कहा, देवकी बाबू ने भी कहा न्यू थिएटर्स की फ़िल्मों में काम करने के लिए—एक साथ अभिनेता और म्यूजिक डायरेक्टर के तौर पर। मेरी बिरादरी के ही के.एल. सहगल ने भी उस समय फ़ैयाज़ ख़ाँ साहब से गंडा बँधवाया था। लेकिन मुझे ख़ाँ साहब ने परमिशन नहीं दी। बोले—'इस लाइन से हट जाओ।' अपनी उस यात्रा के दौरान मैं कलकत्ता में साढ़े तीन साल तक रहा। बंगालियों के साथ मेरी मुहब्बत तभी से है। काननबाला ने मेरे पास गंडा बँधवाया। बड़ी अच्छी आवाज़ थी उस लड़की की।''

''अच्छा आप फ़ैयाज़ ख़ाँ साहब के पास गए कैसे और कब गए ?''

"भास्कर बुआ की मौत के बाद। सन् 1922 में। मैं तो बिल्कुल अनाथ हो गया था। समझ में नहीं आ रहा था कि आखिर अब जाऊँ कहाँ। किसी का गाना भी मन को छू नहीं रहा था। ऐसा नहीं लगा कि इन्हीं से तालीम लूँ। किसी के विलम्बित के हिस्से और स्वरों के इस्तेमाल अच्छे तो तानों में कच्चे। तानें अच्छी हैं तो बोलबाँट-लयकारी में कोई मज़ा नहीं। सब कुछ फीका-फीका। आखिर में मशहूर सितारिए बरकतुल्ला ख़ाँ, तुम्हारे बंगाल के मुश्ताक अली के दादा-गुरु, उनके ही भतीजे इस्माइल ख़ाँ ने मुझसे कहा—'वेदी जी, भास्कर बुआ के बाद आपको और कोई भी उस्ताद पसन्द नहीं आएगा। आप एक काम कीजिए। फ़ैयाज़ ख़ाँ के पास जाइए। शायद वे आपको पसन्द आ जाएँ। तो साहब गए बड़ौदा। एक जलसे में हमीर का आलाप सुना। धमार और ख़याल। मेरी सारी शंकाएँ दूर हो गईं।"

"सुना है, फ़ैयाज़ ख़ाँ साहब सिखाना नहीं चाहते थे। आर्टिस्ट आदमी थे, टीचर नहीं। हम लोगों ने जिस ज़माने में उन्हें देखा है तब वे ध्रुपद सिखाते थे। वह भी कभी-कभी। जब उनकी मर्जी होती तब। और तान छेड़ने से ही नाराज़ हो जाया करते थे—'अरे इस उमर में तान छेड़ता है, बेसुरा हो जाएगा।' उनमें धीरज की बहुत कमी थी। मौजूद ख़ाँ की पिटाई जूतों से होती थी। बहुत ही। अक्सर हुआ करती। शराफ़त इस मामले में नसीबवाले थे। उनकी पिटाई नहीं होती, क्योंकि उनमें बहुत जल्द सीखने की क़ाबलियत थी। लताफ़त ख़ाँ भी बताया करते थे कि अगर कभी उनके पास जाकर कहते—'मामू, कल फलाँ अस्थायी जो आपने गायी थी, बहुत ही अच्छी लगी। ज़रा बतला दीजिए न।' सुनते ही मुँह बिगाड़ लेते। जेब से टटोलकर तीन रुपए निकालते और मेरी हथेली पर रखकर कहते—'जा, सिनेमा देख जाके।'

"वो तो बुढ़ापे में। और देखो जो लोग खुद तेज़ दिमागवाले उस्ताद हैं उनके लिए खाली दिमागवाले मूरख शागिर्दों को लेकर धीरज का इम्तिहान देना मुमकिन नहीं। भास्कर बुआ ज़रा चिड़चिड़े क़िस्म के और स्ट्रिक्ट टास्क मास्टर थे। मैं तो यह कहूँगा कि फ़ैयाज़ ख़ाँ जैसे इतने रहमदिल प्यार-मुहब्बतवाले उस्ताद मैंने आज तक नहीं देखे। रतन जनकर भी तो उस वक़्त मेरे साथ ही सीखते थे और बड़ौदा कॉलेज में बी.ए. में पढ़ रहे थे। उसके बाप ने ही तो ख़ाँ साहब से मेरी चुगली की थी।"

"अरे, आपके ख़िलाफ़ चुगली ! ज़रा बताइए न, आखिर बात क्या थी ?"

"वो बात यूँ थी कि रतन जनकर के बाप पुलिस कोर्ट के इंस्पेक्टर थे। जिस माहौल में आदमी ज़िन्दगी गुजारता है, वह उसी ढंग का हो जाता है। भास्कर बुआ को लेकर मेरे साथ कुछ गरमागरमी हो गई। मैंने कहा—'मेहरबानी कर मेरे सामने मेरे गुरु की नुक्ताचीनी न करें। मेरे चले जाने के बाद करते रहिए जितनी ही चाहें।' उन्होंने मुझसे सवाल किया था, 'कौन बड़ा है। भास्कर राव या फ़ैयाज़ ख़ाँ ?' इस सवाल का जवाब भला मैं कैसे देता ? दोनों ही तो मेरे गुरु हैं। मैंने कहा—'इसके बारे में आप अल्लादिया ख़ाँ से ही पूछें तो बेहतर हो। उन्होंने दोनों के ही गाने सुने हैं। और फिर मैं इस सवाल का जवाब देने लायक क़ाबिल आदमी भी तो नहीं।' उन्होंने ख़ाँ साहब से जाकर यह

उल्टी-सीधी चुगली की कि दिलीपचन्द भास्कर राव को आपसे भी बड़ा गवैया समझता है। ख़ाँ साहब बड़े ऊँचे दर्जे के आदमी थे। शुरू-शुरू में तो उन्होंने इन बातों पर ध्यान ही नहीं दिया। लेकिन बार-बार अगर एक ही शिकायत दोहराई जाती रहे तो कुछ-न-कुछ तो उसका बुरा नतीजा उभरकर सामने आता ही है। एक दिन उन्होंने बिहाग की एक तान दी। एक बार, दो बार, तीन बार। कोशिश करने पर भी नहीं निकाल पाए। अचानक कह बैठे—'ईमान जिसका सच्चा है उसी के गले से यह तान आसानी से निकलेगी।' मैं भी एक ज़िद्दी क़िस्म का आदमी हूँ। मैंने कहा—'ख़ाँ साहब, अगर आप समझते हैं कि मैं ईमानदार नहीं हूँ तो मुझे शागिर्द मत बनाइए। मैं कल से नहीं आऊँगा'।''

''अरे बाप रे, यह क्या कह रहे हैं आप ? आपने दन-से ख़ाँ साहब फ़ैयाज़ ख़ाँ के मुँह पर यह बात कह दी ? वे तो बहुत ही तेज़ मिजाज़ के आदमी थे।''

''हुआ करें, पर जिन्होंने मुझे इस दुनिया में भेजा है, उन्होंने मेरे मन और मिजाज़ को इस तरह से बनाया है कि मैं सही और सच्ची चीजों की खोज में बराबर रहा हूँ। न तो मैंने किसी से कभी खौफ खाया है और न ही समझौता किया है। 'डरना हो तो खुदा से डरो, इन्सान से क्या डरना।' खैर, तीन-चार दिनों के बाद बुजफ़र्ग गुलाम अब्बास ख़ाँ, फ़ैयाज़ ख़ाँ के नाना साहब और उस्ताद भी, पूछ बैठे—'क्यों भई, क्या बात है फ़ैयाज़, दिलीपचन्द क्यों नहीं सीख रहा है ? उसको सिखाओ अच्छी तरह से। वह तुम्हारा सबसे अच्छा शागिर्द है।' '' उसके बाद फिर तालीम शुरू हुई।

''गुलाम अब्बास ख़ाँ घग्गे खुदाबख्श के बेटे थे। वे तो ध्रुपद, धमार, ख़याल सभी गाते थे। कैसा गाते थे, जानने की बड़ी ख़्वाहिश थी। एक बार एक बड़ी महफिल के बाद महिषादल की राजमाता ने अपने बेटे देव प्रसाद गर्ग को बुलाकर कहा था कि फ़ैयाज़ ख़ाँ से कहना कि मैंने उनके नानाजी का गाना सुना है। जोड़ आलाप में गमक का काम उनके नानाजी का चार आना ही उनके गले में है। फ़ैयाज़ ख़ाँ सुनकर मुस्कुराए थे और तसलीम किया।''

''हो सकता है। मैं जब बड़ौदा गया तो उस वक़्त गुलाम अब्बास ख़ाँ की उम्र इक्यानवे-बानवे की होगी। एक दिन मुझसे पूछ बैठे—'क्या सीख रहे हो दिलीपचन्द ?' मैंने कहा—'जी, झूमरा में छायानट के नेवर की झंकार।' उन्होंने सवाल किया—'कितनी साँसों में अस्थायी भरते हो ?' मैंने ज़रा सोचकर कहा—'जी, तीन-चार साँसों में।' वे बोले—'लो सुनो !' इतना कहकर उतनी लम्बी अस्थायी सिर्फ़ दो-बार साँसें लेकर भरी और अफ़सोस करने लगे कि जवानी के दिनों में वे एक-एक साँस में एक-एक अस्थायी भरते थे। अब एक तो उम्र ज़्यादा हो चुकी है और दूसरी बात रियाज़ की है जो होता नहीं। इन्हीं वजहों से भर नहीं पाते।

''लताफ़त ख़ाँ से सुना है कि उन्होंने ज़िन्दगी-भर डंड-बैठकें की हैं और आठ बादाम हर सुबह पीसकर खाए हैं। उस वक़्त उनकी उम्र सौ पार कर चुकी थी। मुँह में एक भी दाँत नहीं था। एक दिन पोते की बीवी, यानी दरस पिया की बेटी ने, चूँकि बादाम नहीं

था घर में, इसलिए करीब दसेक मूँगफली पीसकर दे दीं। गुलाम अब्बास ख़ाँ ने उँगली से लेकर मसूड़े में लगाया और लगाते ही थूक दिया। बोले—'ज़िन्दगी-भर सच्चे सुर और गायकी का कारोबार करता रहा हूँ, बादाम और मूँगफली का फ़र्क़ समझता हूँ'।"

बूढ़े वेदीजी से जब मेरी आखिरी मुलाकात दिल्ली में हुई तो फ़ैयाज़ ख़ाँ साहब की चर्चा करते हुए रो दिए। बोले—"ऐसे रहमदिल प्यार-मोहब्बत से भरपूर उस्ताद को भला मैं क्या दे पाया ज़िन्दगी में। तुम लोगों से मुलाकातें हो जाया करती हैं तो उनकी चन्द मुक़द्दस यादें ताजा कर लिया करता हूँ। शायद इनसे उनके कर्ज़ का बोझ कुछ हल्का कर पाऊँ। उन्होंने मुझे अपने घर में रहने की जगह दी, दोनों वक़्त की रोटी दी, विद्या दी। न तो एक पैसा मैंने भास्कर बुआ को दिया और न ही फ़ैयाज़ ख़ाँ साहब को। एक दफ़ा जब अपना रोज़गार-धन्धा काफी अच्छा चल रहा था तो मैंने एक दिन ख़ाँ साहब और विलायत ख़ाँ को ग्वालियर टैंक से टैक्सी में लिया और ताज होटल पहुँचे। वहाँ अच्छी तरह से खाना खिलाया। ख़ाँ साहब बोले—'विलायत हुसैन, तुम ड्रिंक नहीं करते, अच्छा ही करते हो, पर कट्टरपन कोई अच्छी बात नहीं है।' और फिर मुझसे बोले—'दिलीपचन्द, मैं जानता हूँ तुम ड्रिंक करते हो। मैं तुम्हें इजाज़त देता हूँ। मेरे सामने पिओ। तुम मेरे हमउम्र शागिर्द हो। उस्तादों के साथ भला क्या छिपा-चोरी। मैं इसकी कोई ख़ास ज़रूरत नहीं समझता।' मैंने तो ख़ाँ साहब के साथ बराबरी में बैठने की कभी हिम्मत ही नहीं की ज़िन्दगी में। अगर वे न कहते तो मैं उनके पैरों के पास ही बैठता, ज़मीन पर। मैंने गिलास तो लिया हाथ में, पर अच्छी तरह से चुस्की न ले पाया।"

और भी बहुत-सी कहानियाँ सुनाईं वेदी जी ने। मैसूर के वृन्दावन गार्डन्स में बैठकर ख़ाँ साहब खाली गले से 'वन्दे नन्दकुमारम्' गा रहे थे। वक़्त शाम का था। वेदीजी ख़ाँ साहब से बोले—'उस्ताद, आप लोग श्रीकृष्ण की बाल लीला-भर ही जानते हैं, लेकिन दरअसल वे राजनीति के कितने बड़े जानकार, मतलब सियासी दाँव-पेंच के माहिर थे, क्या इस बात का इल्म है आप लोगों को ?' इसके बाद वेदीजी ने सात दिनों तक महाभारत से कृष्ण-चरित्र की चर्चा करते हुए लोकमान्य तिलक की गीता का खुलासा सुनाया। ख़ाँ साहब ने कहा था—'दिलीपचन्द, हमने तुमको गाना सिखाया, मगर तुमने हमको अकल की बात सुनाई। भला हमें क्या मालूम था श्रीकृष्णजी और गीता के बारे में। हम तो बचपन से श्रीकृष्णजी को देवता मानकर उनके नाम गाते आए हैं।"

उम्र के आखिरी दिनों में ओंकार नाथ ठाकुर के साथ वेदीजी का मेल हो गया। उसकी ख़ास वजह यह थी कि भातखंडे जी पर दोनों ही नाराज़ थे और उनके शास्त्रीय विचारों के प्रति दोनों को ही कोई दिलचस्पी नहीं थी। उनका कहना यह है कि रागों का वर्गीकरण यानी उन्हें अलग-अलग दर्ज़े के मुताबिक छाँटकर अलग-अलग करने का तरीका सिर्फ़ मूर्छना है। मूर्छना के जरिए ही ऐसा किया जा सकता है। दस ठाटों की बुनियाद बहुत ही कमज़ोर होती है। मिसाल के तौर पर बिलावल और खम्बाज का ज़िक्र करते हुए बोले—'उन दोनों में ही करीब-करीब एक ही स्वर लगता है। तो फिर दस की जगह नौ ठाट क्यों नहीं हो सकते ? और फिर मारवा को दस ठाटों में शामिल करने

की कोई वाजिब वजह वेदीजी को दिखाई नहीं पड़ती। षाडव राग भला कैसे ठाट हो सकता है ? और अगर यह मान भी लें कि हाँ ठाट है तो ऐसी सूरत में ललित उस ठाट में कैसे आता है ? भातखंडे जी के टाइम स्केल थ्योरी के मुताबिक तीव्र मध्यम कोमल रिषभयुक्त राग शाम का है और शुद्ध मध्यम कोमल रिषभयुक्त राग सुबह का है, तोड़ी को छोड़कर। मारवा का विवादी स्वर शुद्ध मध्यम है। और अगर ललित का शुद्ध मध्यम उड़ा लिया जाए तो वह राग अपना सबकुछ खो बैठता है, वगैरह-वगैरह। इन्हीं सारी बातों को लेकर उन्होंने उस समय 'अमृतबाज़ार पत्रिका' में एक लेख लिखा और ओंकार नाथ की तारीफ़ हासिल की। ओंकार नाथ ने अपनी ज़िन्दगी के आखिरी दिन काशी विश्वविद्यालय में बिताए। उस दौरान वे वेदी जी को अक्सर बुलाया करते थे व्याख्यान देने के लिए और विद्यार्थियों की थीसिस के परीक्षक की हैसियत से भी उन्हें नियुक्त कर लिया करते थे। दिलीप वेदी भी कहा करते थे—'हमने जो कुछ ओंकार नाथ के बारे में आप लोगों से कहा वह सच है, मगर इस बात को भी मानना पड़ेगा कि उनकी विचार-शक्ति उच्च कोटि की थी और उनकी आवाज़ के जादू को मैं आज तक मानता हूँ।' बड़े गुलाम अली ख़ाँ साहब और ओंकार नाथ की मौतें एक-दूसरे के बाद तरा-ऊपरी लगातार हो गई थीं और ऐसे मौके पर दी गईं ज़्यादातर तकरीरों में गुलाम अली ख़ाँ साहब की आवाज़, उनकी तानें और उनकी गायकी की लोकप्रियता का बार-बार ज़िक्र आया था। सिर्फ़ वेदी जी ने ही कहा—''गुलाम अली को मैं बहुत दिनों से जानता हूँ। वे बहुत ही ऊँचे दर्ज़े के फ़नकार थे। आनन्दमगन हो गाया करते थे और सुननेवाले श्रोताओं को भी बेहद मज़ा आता था। लेकिन ओंकार नाथ भी अपनी जवानी के शुरुआती दिनों में कुछ कम बड़े गवैए नहीं थे। उनके गले का जादू भी मैं भूल नहीं पाऊँगा। सबसे बड़ी बात तो यह है कि उनका शास्त्रीय इल्म और विचार करने की खूबी बहुत ही ऊँचे दर्जे की थी।'' ठीक इसी क़िस्म का वाकया उस दिन भी हुआ था, जिस दिन अमीर ख़ाँ और श्रीकृष्ण रतन जनकर की मौतें हुई थीं। एक ही दिन और एक ही तारीख को दोनों इस दुनिया से चल बसे थे। शोक-सभा में सभी अमीर ख़ाँ के गाने, उनके व्यक्तित्व, उनकी तानें, सरगम वगैरह-वगैरह की बहुत ही तारीफ़ करते हुए बार-बार यह कह रहे थे कि ऐसा गवैया और कभी नहीं होगा। दिलीप वेदी ने अपने भाषण में यहाँ तक कह डाला कि अमीर ख़ाँ जैसे गवैए हिन्दुस्तान से बिल्कुल गायब हो गए, ऐसी बात नहीं है और न मैं यह कहना चाहूँगा। मुझे उम्मीद है कि आनेवाले दिनों में ऐसे फ़नकार और भी आएँगे और ज़रूर आएँगे। लेकिन श्रीकृष्ण रतन जनकर जैसे बहुमुखी प्रतिभा के धनी, ऊँचे दर्जे के गायक, पंडित, शास्त्रकार और कम्पोजर अब नहीं रहे हिन्दुस्तान में। आगे होंगे भी, इसमें शक है। श्रीकृष्ण रतन जनकर के पुलिस इंस्पेक्टर पिता और भातखंडेजी के साथ वेदी जी का मनमुटाव निश्चित रूप से पाठकों को याद होगा। लिहाज़ा वेदी जी कितने सच बोलनेवाले और बिना किसी लाग-लपेट के दिल खोलकर बेपरवाह खुलनेवाले इन्सान थे, उसकी मिसाल इससे बढ़कर और क्या हो सकती है ? बहुत-सी बातें ऐसी थीं, जिनके बारे में बहुतेरे उनकी राय से सहमत नहीं थे, मैं भी

नहीं था। लेकिन संगीत का इतना गहरा इल्म, सच्चाई, खोज निकालने की तमन्ना और बेपरवाह फ़नकार मैंने संगीत की दुनिया में दूसरा और कोई नहीं देखा। इस दुनिया में दोमुँही बातें करना ही अदब और तहज़ीब की कसौटी है।

वेदीजी खुद बहुत ही अच्छा गाते थे, इस बारे में हमारे सीनियर सुननेवाले और समझदार संगीत-प्रेमियों में दो राय नहीं हैं। उन्होंने खुद सारे अंगों को अच्छी तरह से मुँहज़बानी याद कर रखा था। पर उनकी ख़ासियत वक्र और कूट तानें थीं। भास्कर बुआ और अल्लादिया ख़ाँ के भाई हैदर ख़ाँ की गायकी से उन्होंने इस मामले में काफी मदद पाई थी और फ़ैयाज़ ख़ाँ से हासिल की थी बोलतान, छन्द और लयकारी। यह मैं पहले ही बता चुका हूँ कि वे ज़रा ज़िद्दी, लड़ाकू क़िस्म के भिड़ जानेवाले आदमी थे, लेकिन अपनी निजी ज़िन्दगी में वे इतने टेढ़े इन्सान नहीं थे। यह बात ज़रूर है कि उनके गाने सीधी राह नहीं चला करते थे। तबलिए को परेशान करने के लिए एकाध बन्दिशें जेब में रखे रहते, जिनका 'सम' पकड़ना मुश्किल हो जाता। अथवा ऐसा मुखड़ा पकड़ा जिसे गायक गाए आधी लय में और तबला बजे दूना। सारंगी अगर ज़रा बढ़कर बजती तो उसके लिए रिजर्व रखे हुए, चुने हुए शानदार बल-पेंचों के तानें होतीं, जिनमें छूट की कारीगरी ही ज़्यादा होती। मैंने जिस उम्र में उनके गाने सुने हैं, उस वक़्त उन तानों की सरगम समझने लायक ज्ञान मुझे नहीं था, लेकिन बहुत-से अच्छे गायक और संगीत पारखियों ने मुझसे कहा है कि वेदी जी की तानों को समझने में कम-से-कम महीने-भर का वक़्त तो लगता ही था। वो भी अगर बिला नागा क़ायदे से सुना जाता तो।

वेदीजी से मैंने पूछा था कि आपने गाना क्यों छोड़ दिया ? आज तीस साल से ज़्यादा हो गए, आपने कहीं भी नहीं गाया। जवाब में पंडित जी ने कहा था—"क्या कहूँ कुमार साहब, हम तो ऐय्याशी में पड़ गए।" अब इस ऐय्याशी का सही-सही मतलब निकालना मेरे लिए मुमकिन नहीं। इन सारी बातों के बावजूद बहुत ही अच्छी तरह से अपनी शानदार ज़िन्दगी के इक्यानवे साल गुजारकर शुक्रवार, 13 नवम्बर, 1992 को पंडित दिलीपचन्द्र वेदी इस दुनिया से हमेशा-हमेशा के लिए विदा हो गए। इस तरह का बेधड़क, ज़बर्दस्त गवैया पंडित और रंगीन तबीयत का आदमी इस मंडी में शायद ही अब कभी पैदा हो। इनके बारे में आप एम.आर. गौतम से भी पूछ सकते हैं। इन्होंने बंगलोर में एक-डेढ़ साल तक वेदी जी को अपने घर में रखकर उनसे तालीम ली थी और हर रोज़ शाम को गुरुजी की ख़िदमत में उन्हें होटल और बार जाना पड़ता था।

*चौथा अध्याय*

# जयपुर घराना : अल्लादिया ख़ाँ, केसरबाई

सन् उन्नीस सौ बयालीस की बात है। लखनऊ से कलकत्ता आया तो पहली बार रोशनारा बेग़म और केसरबाई के गाने सुने। जहाँ तक मुझे याद है, बड़े गुलाम अली ख़ाँ साहब को भी मैंने पहली दफा रू-ब-रू देखा। उस वक़्त बस मेरी मसें भींग ही रही थीं, यानी नई मूँछें निकलने लगी थीं। इतनी उम्र नहीं हो पाई थी कि संगीत के अच्छे-बुरे के बारे में अपनी कोई राय ज़ाहिर कर सकूँ। जो कुछ भी सुनता, सभी अच्छे लगते थे। साइकिल से कॉलेज जाते वक़्त किसी के घर के रेडियो से शुद्ध सारंग सुनाई पड़ा, वहीं साइकिल रोककर खड़ा हो गया। शायद कोई दूसरे दर्जे का गायक था। खैर, गाना सुनने के बाद कॉलेज के लिए रवाना हुआ। क्लास में सही वक़्त पर हाज़िर होने के मामले में अक्सर देर हो जाया करती थी। अपनी समझ की जब यह हालत थी, तो ऐसी स्थिति में लगातार रोशनारा और बड़े गुलाम अली ख़ाँ साहब को सुनकर मैं बेसुध-सा घर लौटा। उस रात जापानियों ने खिदिरपुर और हाथीबागान के इलाकों में कई बम गिराए थे। जापानियों की इस बमबारी से बंगाली गृहस्थ परिवार और बड़ा बाज़ार के मारवाड़ियों में एक अजीब दहशत-सी फैल गई थी। इतने बड़े हादसे हो गए, पर अपने मन पर उनका कोई ख़ास असर नहीं हुआ। उस समय संगीत की दुनिया में मेरे सबसे बड़े दोस्त बड़े भाई–समान प्रद्युम्न कुमुद मुखोपाध्याय यानी पुतुदा थे। इनका पूरा परिचय मैं आगे चलकर सही जगह पर दूँगा, अभी नहीं। इस वक़्त अपना आलम यह है कि कहीं गाना सुनने या उसकी चर्चा होने पर जो दो जने ख़ास तौर से याद आते हैं, उनमें से एक हैं पुतुदा और दूसरे हैं पहाड़ी सान्याल। ये मेरे लखनऊ के पहाड़ी काका हैं। जो लोग पहाड़ी सान्याल को सिर्फ़ एक फ़िल्म स्टार के तौर पर जानते हैं, उनकी जानकारी के लिए बता दूँ कि पहाड़ी काका फ़िल्मों में आने के पहले संगीत के विद्यार्थी थे। भातखंडे जी की निगरानी में संगीत विशारद कर लेने के बाद इन्होंने संगीत निपुण के क्लास भी किए। मोइनुद्दीन और अमीनुद्दीन ख़ाँ साहब के वालिद उस्ताद नसीरुद्दीन ख़ाँ डागर के गले से निकले मीड़सूत की चर्चा करते हुए उस ज़माने के लोग दीवाने हो जाया करते थे। उनसे ही इन्होंने ध्रुपद की तालीम ली थी। बाबा नासिर ख़ाँ साहब से ख़याल,

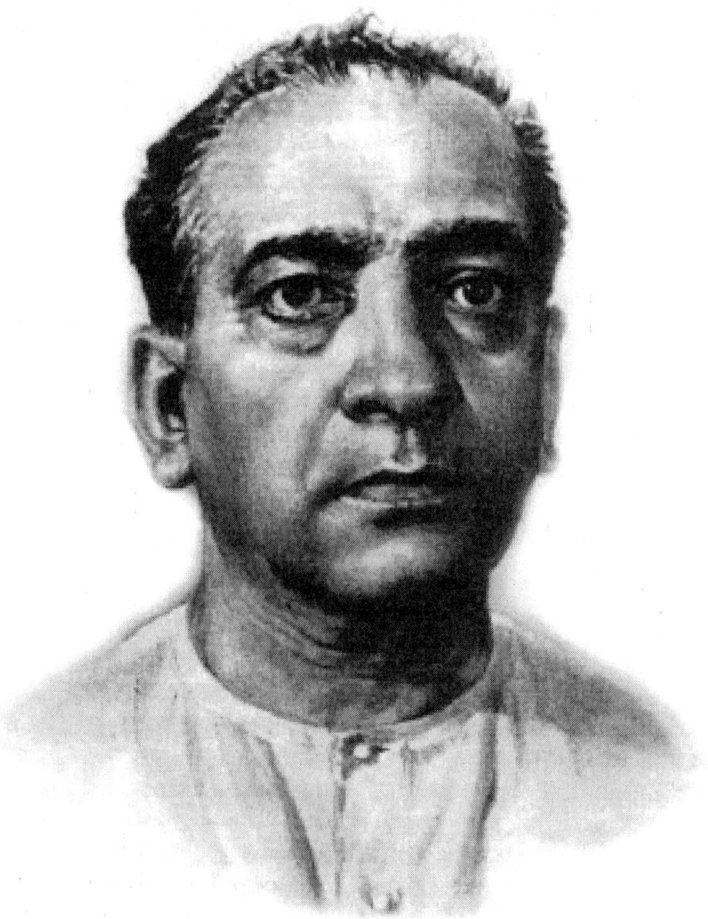

**पहाड़ी सान्याल**

बेनजीर बाई से ठुमरी, अच्छन और शम्भू महाराज से कुछ दिनों तक तबले और कत्थक की भी तालीम हासिल की थी। इतनी सारी खूबियाँ बटोरने के बाद ये कलकत्ता आ गए और 'विद्यापति', 'चंडीदास' आदि फ़िल्मों में गाने गाए। सिर्फ़ गाने ही नहीं गाए, बल्कि मुख्य भूमिकाएँ भी अदा कीं और न्यू थिएटर्स का नाम रोशन किया। लेकिन अपनी ज़िन्दगी के आखिरी दिनों तक उन्होंने अपनी शोहरत बरकरार रखी और अव्वल नम्बर के बैठकबाज़ श्रोता बने रहे। पहाड़ी काका जिस महफ़िल में पहुँच जाते, उसमें चार चाँद

लग जाया करते थे और महफ़िल जम जाती। लेकिन अपनी तीखी पसन्द-नापसन्दी का ज़रूरत से ज़्यादा खुलासा करते थे। एक मर्तबा एम.एस. गोपालकृष्णन् के बेहला की बोयिंग सुनकर ही उत्तर भारत के एक मशहूर बेहलावादक को उन्होंने खुल्लमखुल्ला यह सलाह दे डाली कि वे अपनी बेहला को छड़ी-समेत गंगा में बहा दें। इसी तरह का एक वाक़्या और है। कहीं एक बहुत बड़ी घरेलू महफ़िल थी। एम.आर. गौतम गा रहे थे। उन बेचारे को भला यह क्या मालूम था कि पहाड़ी काका ख़ास लखनऊ के आदमी हैं, जिन्हें ठुमरी में पंजाबी हरकत क़तई पसन्द नहीं। यह उनके संस्कार के खिलाफ़ है। गौतम के ख़याल की पहाड़ी काका ने दिल खोलकर तारीफ़ की, लेकिन ठुमरी शुरू होते ही उनका चेहरा कुछ गम्भीर-सा हो गया। बहुत देर तक सिर झुकाए बैठे रहे। ब्लेड से एक सिगरेट के दो टुकड़े कर कुछ कशें खींचीं। जब स्थिति बर्दाश्त के बाहर होती महसूस हुई तो चिल्ला उठे—"अरे गौतम, तुम जो कह रहे थे कि ठुमरी सुनाओगे। कब ?"

खैर, कान्फ्रेंस से वापस आने के बाद दूसरे दिन बड़े गुलाम अली ख़ाँ साहब और फिर रोशनारा की चर्चा चलती रही। क्या गला पाया था ख़ाँ साहब ने। सुभान अल्लाह ! आइसक्रीम की तरह पिघलता हुआ। और रोशनारा ? क्या कहने हैं बेगम के। दूनी गमक तान ऐसी कि बड़े-बड़ों को जलन होने लगे। खुले गले से अति तार का 'सा' छू आना कोई मज़ाक नहीं। अपनी उम्र के मुताबिक इन सारी बातों की चर्चा करते हुए पुतुदा के साथ केसरबाई का गाना सुनने गए। पुतुदा के पिताजी की खुले हुडवाली फिएट कार थी। उसी में सवार होकर गए थे गाना सुनने। इस वक़्त याद नहीं आ रहा है कि शुरू-शुरू में गाने-बजानेवाले कौन-कौन थे। पर्दा उठते ही देखा कि सिर से पैर तक सफेद रेशमी साड़ी से सजी एक महिला बैठी हैं। सारंगी पर मजीद ख़ाँ हैं और तानपूरा लिये विशुद्ध आकार में वे स्वर मिला रही हैं। आवाज़ में भारीपन है और स्केल भी नीचा है। शायद 'जी' शार्प होगा। भई वाह, क्या बात है ! जैसा आकार, वैसा ही शुद्ध स्वर प्रयोग भी। सारा हॉल गमक उठा। ऐसा लगा जैसे इसके पीछे युग-युगों की स्वर-साधना काम कर रही है। हर फ्रेज, बहलावे का हर अंग, ललितागौरी के दोनों मध्यमों के चमत्कार, सारे-के-सारे हजारों-लाखों बार रिहर्स किए हुए-से लगे। ऐसा महसूस हुआ जैसे ये गाने अपने देश के नहीं हैं, इनके approach, meticulous attention to details and flawless execution are almost European हैं। मैंने जान-बूझकर ये बातें अंग्रेजी में लिख डाली हैं। यह कथन मेरा नहीं, बल्कि उस ज़माने के एक बड़े समझदार समीक्षक का है। नाम जानकर क्या करेंगे। उसे गुप्त ही रहने दीजिए।

उसके बाद तो फिर शुरू हो गए अल्लादिया ख़ाँ के सिखाए तरह-तरह के तानों के खेल। दमदार साँसों की तानें। तीनताल की लय अति विलम्बित। ऐसी लय कि जिसकी भरपाई एक-एक मात्रा के बीच आराम से दो तेरेकेटे से करनी पड़ती है। उसके आधे से आवर्तन के तीन क्वार्टर तक तानें चलती हैं। पैटर्न पहले से ही बुने हुए हैं। पूरे होते ही फौरन मुखड़ा आ जाता है—सिर्फ़ एक या सवा मात्रा का। पालतू कुत्ते की तरह। तानों की गति जटिल होने के बावजूद स्वच्छन्द और सुन्दर है। रचना ही कुछ

ऐसी खूबसूरत है। चरखी की तरह फूल बुनते हुए कभी पल-भर के लिए एक-एक पर्दे पर स्थिर होकर स्वरों पर आघात करती हैं तो कभी आमद की तान फिरत पर बिल्कुल एक नई पेंच कसकर मुखड़े पर चली आती हैं। बाद के ज़माने में इससे भी ज़्यादा सख्त और अजीबोगरीब तानें सुनी हैं, लेकिन इस तरह के जटिल कामों से भरपूर हर माने में ठोस जड़ाऊ गायकी इससे पहले कभी नहीं सुनी, जिसमें लय और सुर दोनों के बीच इतना सुन्दर बेजोड़ मेल है। इसके पहले दिन बड़े गुलाम अली ख़ाँ साहब का पल्टा और तीन सप्तक की तानें सुनकर ऐसा लगा था कि वे जो जी चाहे कर सकते हैं। यह तो सिर्फ़ एक तरह का खिलवाड़ है हमारे साथ। केसरबाई का गायन सुनकर ऐसा महसूस हुआ कि इनकी कामयाबी के पीछे कोई बहुत बड़ा दिमाग काम कर रहा है। इनको बनानेवाला कोई सिस्टेम-बिल्डर है। केसरबाई की खूबी सिर्फ़ उनके एग्ज़ेक्यूशन पर है।

उस ज़माने के माहौल में जैसा मैंने महसूस किया, वैसा ही लिख रहा हूँ। इस बात का खुलासा मैं पहले ही कर चुका हूँ कि उस समय मेरा संगीत-बोध और विचारशक्ति दोनों ही कच्चे थे। लेकिन अब इतने सालों के बाद समझ रहा हूँ कि मैंने कोई ख़ास ग़लती नहीं की। उसके बाद तो मैंने अनेक बार केसरबाई के गाने सुने। अगर कोई महिला शिक्षार्थी तानों के बारे में मुझसे सलाह माँगे तो मैं उसे मोघूबाई या केसरबाई के रिकार्ड सुनने को कहूँगा। उनके पहले के ब्रॉडकास्ट कम्पनी के अब न मिलनेवाले रिकार्डों में गौरी, काफी कानड़ा, बिहागडा आदि और बाद के ज़माने के आनन्दी ललितागौरी, मारुबिहाग, सुघरई मौक़ा मिलते ही मैं घर पर खुद सुनता हूँ और अन्य संगीत प्रेमियों को भी सुनवाता हूँ। अब ऐसा लगता है कि केसरबाई के गाने उन रिकार्डों तक ही ठीक हैं। सामने बैठकर कई बार सुनने के बाद मुझे ऐसा लगने लगा था कि ये गाने रिकार्ड के गानों को खींचकर ही बड़े किए गए हैं। कुछ दिनों तक अगर इन्हें सुनते रहे तो जी ऊबने लगेगा, क्योंकि इनमें राग-विस्तार तो करीब-करीब है ही नहीं और कल्पनाशक्ति का प्रयोग भी सीमित है। रियाज़ लाजवाब है, स्वर प्रयोग विशुद्ध और लय भी मार्जित शानदार। और फिर तान करके सम पर पहुँचना तो उनका हर मर्तबा एक event था। कुछ दिन पहले की बात है। दिल्ली की एक मज़लिस में एक हारमोनियम साजिन्दे ने मेरे साथ बहुत शानदार संगत की थी। उनके साथ बातचीत करने पर मालूम हुआ कि उनका नाम रहमान कुरेशी है। उनके बड़े बहनोई मजीद ख़ाँ साहब ने केसरबाई के साथ ज़िन्दगी-भर संगत की थी। उनसे ही केसरबाई की तारीफ़ में यह शानदार कलाम सुना—"जब भी वह तान करके वापस आती थीं, मुखड़ा भी सजके दुलहन बनके आ जाता था।" इसका श्रेय अल्लादिया ख़ाँ साहब को किस हद तक था, उसका पता मुझे बहुत दिनों के बाद चला।

महाराष्ट्र के नामी संगीतज्ञ विष्णु दिगम्बर के शागिर्द प्रोफेसर बी.आर. देवधर ने कई किताबें लिखी हैं और अच्छे-अच्छे शागिर्द पैदा किए हैं। उनमें से ही कुमार गन्धर्व भी एक हैं। अभी हाल ही में जिस क्रिकेटर प्रोफेसर देवधर ने सौ साल पूरे कर अपनी टोप उतारी है, उनके साथ इनका कोई सम्पर्क नहीं है। ये 'संगीत कला बिहार' नाम

की एक पत्रिका के सम्पादक थे। पत्रिका में एक बार केसरबाई का एक बहुत बड़ा-सा साक्षात्कार प्रकाशित हुआ था। अपने बचपन और जवानी के दिनों के बारे में उन्होंने खुल्लमखुल्ला बहुत-सी बातें बताई हैं। पहले-पहल कुछ दिनों तक इन्होंने अपनी तालीम भास्कर बाखले और मशहूर सितारवादक बरकतुल्ला ख़ाँ साहब से ली। अब्दुल करीम ख़ाँ साहब के पास भी इनका कई महीनों तक जाना-आना बना रहा। नाट्य संगीत, भजन और ख़याल में जब कुछ ख्याति हासिल हुई तो ये बिट्ठलदास सेठ की नज़र में आ गईं और बम्बई के शिवाजी पार्क के फ्लैट में आकर बस गईं। अपने साक्षात्कार में वे खुद बताती हैं—"अभी इस वक़्त जो चेहरा मेरा आप देख रहे हैं, उससे ही अन्दाज लगा लीजिए कि जवानी में मैं क्या थी ! उस ज़माने के ज़्यादातर बड़े-बड़े उस्ताद मुझे मुफ्त में तालीम देने के लिए उत्सुक रहते थे। यहाँ तक कि रामकृष्ण बुआ वज़े जैसे ऊँचे उस्ताद ने भी कुछ दिनों तक मुझे तालीम दी थी। लेकिन सेठ की मर्ज़ी के मुताबिक़ मैं अल्लादिया ख़ाँ साहब के पास ही गई।" उस समय ख़ाँ साहब एक पहुँचे हुए उस्ताद माने जाते थे। काफी शोहरत थी उनकी। हर किसी ऐसे-वैसे को तालीम देने के लिए आसानी से राज़ी नहीं होते थे और न चाहते थे कि कोई उनके पास आए। लेकिन सेठ के काफी कुछ खुशामद-मिन्नतों के बाद वे राज़ी हो गए, पर उनकी एक शर्त थी। वह यह कि वे जो कुछ भी कहेंगे, बाई जी को बिना किसी ऐतराज के उनकी बातें माननी होंगी। उस ज़माने के बाज़ार में पाँच सौ एक रुपए देकर गंडा बँधवाया गया। उसके बाद ख़ाँ साहब ने बाकायदा एक टाइमटेबल तैयार कर दिया। सुबह चार बजे उठकर रियाज़ में बैठ जाना, उसके बाद नहाना-धोना और फिर ख़ाँ साहब के साथ बैठकर नाश्ता करना। सुबह नौ बजे से लेकर दिन के एक बजे तक तालीम, फिर खाना-पीना और उसके बाद आराम करना। सन्ध्या समय फिर रियाज़ और तालीम का क्रम शुरू। रात के दस बजे ख़ाँ साहब को पुलाव-गोश्त खिलाकर सेठ की गाड़ी में विदा करना। इस तरह दस महीनों के दौरान सिर्फ़ दो रागों की तालीम हुई—तोड़ी और मुलतानी। हमारे बचपन में ऐबाकस (Abacus) नामक गिनतीवाला एक खिलौना मिला करता था। फ्रेम में बँधे कई तार हुआ करते थे, जिनमें रंगीन गोलियाँ पिरोई होती थीं। उसे हाथ में लेकर एक-एक तान को पाँच सौ बार करके साधना पड़ता था। ग़लती होने पर फिर शुरू से ही साधना। दस महीनों के बाद सिर हिलाते हुए ख़ाँ साहब ने फरमाया कि अब उनकी पसन्द के कुछ चुने हुए लोगों के सामने बैठकर गाना होगा। इस परीक्षा में उत्तीर्ण होने पर ही पोस्ट ग्रेजुएट की तालीम शुरू होगी। बाई खफ़द ही कहती हैं—"उस दौरान मेरा दम इतना पुख़्ता दमदार बन चुका था कि विलम्बित तीन ताल में बिना साँस लिये मैं पूरे एक आवर्तन तान करके सम पर आ सकती थी। लय पर मैं समझती हूँ मेरा इतना ज़बर्दस्त कब्जा है, भारत का कोई भी श्रेष्ठ तबलावादक मुझे बेताला नहीं कर सकता।"

इस तरह की ज़बर्दस्त मेहनत और तालीम का सिलसिला बरसों चला। वे रेडियो में गाना नहीं गाती थीं। रिकार्ड भरवाने या टेप करवाने के मामले में उन्हें सख़्त ऐतराज था। कहतीं कि सारी ज़िन्दगी खपाकर मैंने जो गाने सीखे हैं, उन्हें मुफ्त में कोई और

लूट ले जाए, यह मैं नहीं होने दूँगी। सुना है, शर्बरी राय चौधरी ने बाईजी की मूर्ति गढ़कर बड़ी मुश्किल से उन्हें राज़ी किया था। जहाँ तक मैं समझता हूँ, बम्बई के बाबू भाई राजा के अलावा उस ज़माने के दमदार गानों की पूरी रिकार्डिंग शायद ही अब किसी के पास सुरक्षित हो। लेकिन इस तरह से सुरक्षित रखना भी भला किस काम का जो कोई सुन न पाए।

केसरबाई मोघूबाई से जलती थीं, क्योंकि उसका रंग और ज़्यादा गोरा था। उन्हें तालीम देने के मामले में ख़ाँ साहब के साथ काफी तू-तू मैं-मैं झगड़े-टंटे हुए। मल्लिकार्जुन को गाना सिखाने के बारे में भी काफी हो-हल्ला मचा था। वे बहुत ही नाराज़ थीं। अल्लादिया ख़ाँ से कहा था—"उस्ताद, तुम और तुम्हारे बेटे ने मिलकर जो एक राक्षस बाज़ार में छोड़ा है, देख लेना वह हम सबको चट कर जाएगा।"

हद से ज़्यादा दिमागचढ़ी, घमंडी और बात-बात में उग्र रूप धारण करना, ताने कसना, चिड़चिड़े मिजाज़ की केसरबाई अपनी इन ख़ास आदतों के लिए संगीत की दुनिया में बुरी तरह से बदनाम हो चुकी थीं। ये जब भी दिल्ली तशरीफ लातीं, तो पुरानी दिल्ली में सिविल लाइन्स के रईस संगीत प्रेमी कायस्थ शिवराज बहादुर के घर ही ठहरतीं। एक बार यहाँ पलुस्कर और श्रीकृष्ण रतन जनकर भी मेहमान बनकर ठहरे। घंटे-भर तक बाई जी साज-सिंगार करती रहीं और फिर खाने की टेबल पर आकर बैठीं। हमेशा की तरह आज भी वे सफेद रेशमी साड़ी में थीं। सिर से पैर तक सारा बदन हीरे-जवाहरात के गहनों से मढ़ा हुआ था। आँखों में काजल की तिरछी स्याही थी और सिर के बीचोबीच चँदिया पर भी काजल पुता हुआ था।

शिवराज बहादुर की बिटिया शीला की उम्र उस समय यही चौदह-पन्द्रह साल की होगी। अब तो वे एक प्रौढ़ा विदग्धा महिला बन चुकी हैं। साल में चार महीने न्यूयार्क रहती हैं अपने बेटे के पास। बाकी दिनों अपने प्रसिद्ध अध्यापक पति पी.एन. धर साहब की गृहस्थी को सँभालने में व्यस्त रहती हैं। सहेलियों और पुराने मिलने-जुलनेवालों के साथ बैठकर दिलचस्प पुरानी यादें अक्सर ताज़ा करती रहती हैं। सिर पर भी काजल सुनकर मैं चौंक उठा—'भला यह क्या तुक है ?' वे बोलीं, 'जी हाँ, बाकायदा काजल। सिर के बीचोबीच की जगह गंजी हो चुकी थी। उस पर काजल पोतकर घूँघट खींचकर बैठती थीं। घूँघट के खिसक जाने पर सिर की चँदिया इस तरह से चमचमाने लगती थी, जैसे चाँदनी रात में नई तारकोलवाली सड़क। खैर, टेबल पर रतन जनकर जी के साथ रागों पर बातचीत होने लगी। अचानक केसरबाई बोल पड़ीं—'छोड़िए अपने ये सब विचार। आप तो रागों के गुलाम हैं। हमें जिन ख़ाँ साहबों से तालीम मिली है, वे सभी गाते थे। हम जब गाते हैं, तब राग हम लोगों के गुलाम बन जाते हैं।' यह है इनके विनयी और नम्र स्वभाव का एक अदना-सा नमूना।'

और एक मर्तबा सन् 1952 अथवा 1953 की बात है। शिवराज बहादुर, पंडित राजेन्द्र हक्सर, सुमित्रा चरतराम आदि संगीत अनुरागियों के प्रयासों से भारतीय कला केन्द्र में एक बहुत बड़ा कान्फ्रेंस आयोजित हुआ, जिसमें हिस्सा लेने के लिए अनेक

गाने-बजानेवाले आए हुए थे। केसरबाई अपने निर्धारित प्रोग्राम के बहुत पहले ही हाल में पहुँच चुकी थीं। ग्रीनरूम में रसूलन बाई अपना गला गरमा रही थीं। उनमें एक ख़ास आदत थी बाएँ हाथ की कानी उँगली (छुंगली) को कान में डालकर कान ढँककर गाना गाती थीं। केसरबाई को देखते ही रसूलन बाई अदब के साथ उठ बैठीं। बाक़ायदा नमस्ते किया, सलाम नहीं। केसरबाई बोलीं–"अरे रसूलन, तू ? तू यहाँ क्या कर रही है ?" यानी उनके कहने का मतलब यह था कि जहाँ मेरे गाने हैं, वहाँ भला तेरे चटकदार दादरे, ठुमरी, चैती, कजरी का क्या काम ? लगता है, हमें बुलाने के साथ-साथ इन सबका इन्तज़ाम भी कर रखते हैं ये लोग ? रसूलन हाथ जोड़कर बोलीं–"मैं आपके सामने क्या गाऊँगी मेरे ये टूटे-फूटे गाने ?" बाई जी का जवाब था–"क्यों नहीं, तकलीफ किस बात की ? क्या छुँगलियाँ थक गईं तेरी ?"

केसरबाई रेडियो में नहीं गाती थीं। लेकिन रेडियो में नेशनल प्रोग्राम का उद्घाटन उस्ताद फ़ैयाज़ ख़ाँ साहब ने किया। दूसरी बार यह रस्म केसरबाई ने अदा की, यानी दूसरी बार नेशनल प्रोग्राम का उद्घाटन केसरबाई द्वारा सम्पन्न हुआ। इस वाक़ए के कुछ दिनों बाद गंगूबाई हंगल की बारी आई। इस ख़बर को सुनते ही केसरबाई ने ऑल इंडिया रेडियो के डायरेक्टर जनरल को एक पत्र लिखकर यह सूचित किया कि उनके टेप आइन्दा और कभी न बजाए जाएँ और न ही उन्हें रेडियो की किसी मजलिस में आमन्त्रित किया जाए। जिस नेशनल प्रोग्राम की मजलिस में गंगूबाई जैसी ऐरी-गैरी गानेवाली गाना गाए, भला वहाँ केसरबाई केरकर का क्या काम ? केसरबाई इसे अपनी तौहीन समझती है।

हाँ, तो केसरबाई की तालीम की चर्चा हो रही थी। बादवाले क़िस्से निवृत्ति बुआ सरनायक से सुने हैं। इनके गाने मैं बचपन में बम्बई रेडियो ट्यून कर सुना करता था। उस समय इन्हें बीस मिनट या बहुत हुआ तो आधे घंटे के प्रोग्राम मिला करते थे। आधे घंटे से ज़्यादा के प्रोग्राम नहीं मिलते थे। अमीर ख़ाँ साहब की मौत के बाद उनके शागिर्द श्रीकान्त बाकरे के प्रयासों से उत्साहित होकर हम लोगों ने 'अमीर ख़ाँ कला केन्द्र' नाम की एक छोटी-सी संस्था बनाई और बहुत ही कम खर्चे से उनकी स्मृति में एक जलसा कर डाला। हिन्दी हाई स्कूल के सभागार में तीन-चार दिनों तक गाने-बजाने का कार्यक्रम चला। सिर्फ़ आठ सौ रुपए में बुआ बम्बई से आकर हमारे जलसे में गा गए थे। जहाँ तक मैं जानता हूँ, कलकत्ते वे पहली बार आए थे। उसके बाद तो फिर कई बार उन्हें कान्फ्रेंसों में बुलाने और सुनने का मौक़ा मिला है। इसे हम अपना सौभाग्य ही समझते हैं। संगीत रिसर्च अकादमी में नियुक्त हो जाने के बाद गाने सुनने और गपशप करने के काफी मौके मिले। ये अल्लादिया ख़ाँ साहब को बहुत ही अच्छी तरह से जानते थे। उनके शागिर्दों में ये ही एकमात्र शिष्य हैं, जो अभी तक जीवित हैं, हालाँकि पार्किनसन्स डिज़ीज़ ने अस्सी साल से भी अधिक उम्रवाले इस बुज़ुर्ग को काफी परेशान कर रखा है! (मृत्यु : 16 फर. 1994) बुआजी ने रजब अली ख़ाँ साहब से भी किराना की तालीम ली है और हासिल किए हैं उनके कूटतान के फन्दे, जो लय के महीन-से-महीन विभागों

पर स्थापित हैं। उस्ताद रजब अली ख़ाँ किराना घराना के प्रवर्तक उस्ताद बन्दे अली ख़ाँ साहब के शागिर्द हैं, जिन्होंने बाद में अल्लादिया ख़ाँ की नकल कर तानें तैयार कीं और उन्हीं के बल पर दंगल फतह कर नाम हासिल किया। ये बातें मैंने अमीर ख़ाँ और निवृत्ति बुआ से सुनी हैं। बुआ को तबले का भी काफी इल्म था। मेरे ख़याल से इनके जोड़ का लयदार गवैया अब शायद ही कोई भारत में हो।

सेठ बिट्ठलदास ने उस ज़माने में फटके से काफी धन कमाया था। अल्लादिया ख़ाँ इनके कहने पर अपने जोड़े हुए पैसों से कुछ रुपए सेठ को दे दिया करते थे। सेठ उन रुपयों को शेयर बाज़ार में लगा दिया करते थे। लाभांश ख़ाँ साहब पाते और अगर नुकसान होता तो सेठ उसे खुद अपने खाते में डाल लिया करते थे। इसी तरह से अल्लादिया ख़ाँ साहब की पूँजी आहिस्ता-आहिस्ता बढ़ती जा रही थी। कुछ दिनों के बाद उन्हें यह शौक चर्राया कि आखिर शेयर मार्केट का यह राज़ क्या है, जानना होगा। काफी कुछ दिनों तक तालीम चली। उसके बाद तो फिर ख़ाँ साहब ने खुद ही 'सोलो' फटका खेलना शुरू कर दिया और वह भी पूरे जोशोखरोश से। लक्ष्मी जिस रास्ते से आती हैं, उसी रास्ते से जाती भी हैं। आखिरकार एक दिन ऐसा भी आया, जिस दिन सेठ ख़ाँ साहब से बोले—"एक बहुत ही बड़ा दाँव हाथ लगा है। मैं दस लाख की जोखिम ले रहा हूँ। आप भी कुछ लगाना चाहेंगे ?" अल्लादिया ख़ाँ साहब ने भी अपनी ज़िन्दगी की सारी कमाई—यही बीसेक हजार रुपए लगा दी।

इसके बाद की घटनाएँ तो बस थोड़ी-सी हैं। उस ज़माने के दस लाख रुपए आज के ज़माने में कम से कम पाँच करोड़ तो बन ही जाते हैं। इतना बड़ा धक्का सेठ बर्दाश्त नहीं कर पाए। उसी रात दिल के दौरे के शिकार हो गए और सदा के लिए चल बसे। केसरबाई ने ख़ाँ साहब को ख़बर भिजवाई कि सेठ जी तो अब रहे नहीं, इसलिए आपका खर्च उठाना अब हमारे लिए मुमकिन नहीं है। अतः तालीम की भी यहीं इतिश्री हो गई। यानी वह बन्द। केसरबाई उस समय तक एक नामी गायिका बन चुकी थीं। करीब-करीब हर हफ्ते उनका प्रोग्राम रहता ही था। भला उन्हें अब तालीम की क्या ज़रूरत थी !

सन् 1971 में ए.एस. रमन ने 'संडे स्टैंडर्ड' की ओर से केसरबाई का एक साक्षात्कार लिया। उस साक्षात्कार में केसरबाई ने उनके तीन प्रश्नों के जो उत्तर दिए हैं, उन्हें पढ़कर मैं चक्कर में पड़ गया। पहली बात। बाई कहती हैं—सन् 1920 से लेकर सन् 1946 तक, यानी ख़ाँ साहब की मौत तक वे बम्बई और कोल्हापुर में उनसे बराबर तालीम लेती रही हैं। लेकिन मल्लिकार्जुन और निवृत्ति बुआ के अनुभवों के मुताबिक केसरबाई की उपरोक्त बातें बिल्कुल गलत हैं। दूसरे सवाल के जवाब में वे कहती हैं कि सन् 1946 के पहले तक उनका एकल संगीत का कार्यक्रम कभी नहीं हुआ। यानी वे, अल्लादिया ख़ाँ साहब जब तक जीवित रहे, पीछे बैठकर सुर लगाती रही हैं। उनका यह कहना भी सही नहीं है, क्योंकि सन् छियालीस से पहले मैंने खुद केसरबाई को दो बार सुना है और फिर बम्बई के रहनेवाले मेरे परिचितों में कम-से-कम दस जनों ने तो केसरबाई को सारी रात के जलसों में उपस्थित रहते देखा है। आखिरी सवाल है—

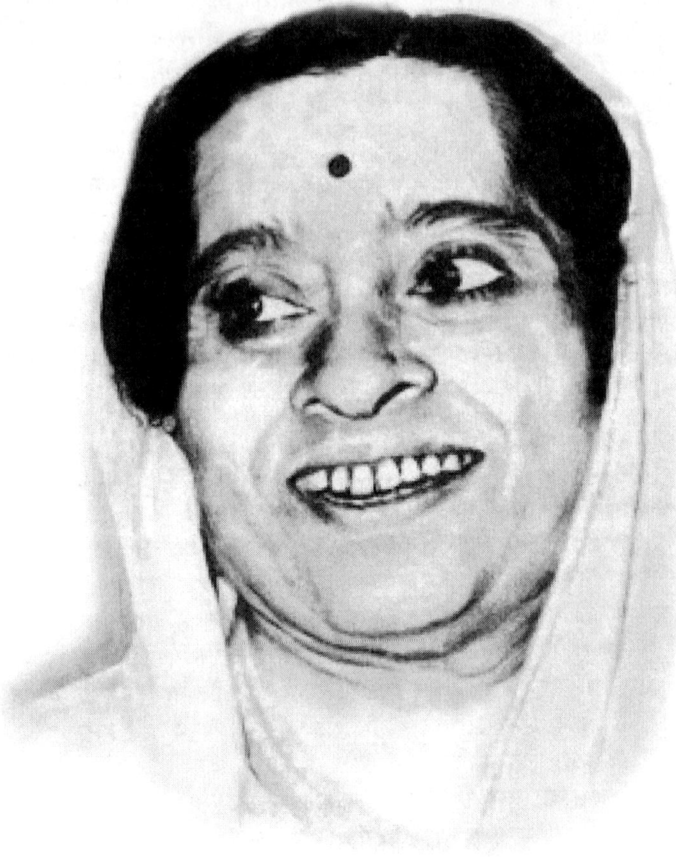

केसरबाई

''अल्लादिया ख़ाँ साहब के क्या कोई और शागिर्द भी थे ?'' जवाब है—''उनके जीवित रहते ? कोई नहीं। उनके देहान्त के बाद तो बहुतेरे शागिर्द होने का दावा करते हैं।'' पल-भर रुकने के बाद वे कहती हैं—''दरअसल सच्चे साधक-साधिका कोई नहीं हैं।'' यानी एक लफ़्ज में उन्होंने यह साबित कर दिया कि मंझी ख़ाँ, भुर्जी ख़ाँ, भास्कर बुआ, निवृत्ति बुआ सरनायक, तानीबाई, लक्ष्मीबाई यादव, मोघूबाई कुर्दिकर जैसे प्रमुख गायक-गायिका केसरबाई की श्रेणी में नहीं आते। भाई हैदर ख़ाँ, भतीजे नत्थन ख़ाँ भी नहीं। और ऐरे-ग़ैरे नत्थू ख़ैरे गुलु जसदनवाला, फ़िल्म इंडिया के सम्पादक की पत्नी सुशीलारानी तो गिनती

में कहीं नहीं हैं। बाईजी की उम्र उस समय बयासी साल की थी। अतः उनकी स्मरणशक्ति में घुन लग चुका है, यह सोच लेना स्वाभाविक ही था, लेकिन फिर भी अखबारों में छप रहा था—'शी इज स्टिल द क्वीन एंड द सोल टॉर्च बेयरर ऑफ उस्ताद अल्लादिया खान्स गायकी।'

बात चली थी केसरबाई के गाए काफी कानड़ा और कुकुभ बिलावल को लेकर। मैंने श्रीकृष्ण रतन जनकर से पूछा था—"यह किस ढंग का कानड़ा है, जिसमें नि पा या ग॒ म रे सा नहीं लगते ? इस काफी कानड़ा के साथ काफी का फ़र्क़ क्या है ?" वे बोले—"हक़ बात तो यह है कि उनके घराने के काफी कानड़ा की चाल और तान शुद्ध नहीं है। रिकार्ड में सारी की सारी काफी और बागेश्वरी की तानें हैं।" बाद में उसी गाने की मुझे तालीम मिली आगरा घराने में, जिसमें ग॒ म रे सा और म ग॒ रे सा दोनों ही हैं। इधर फिर केसरबाई का कुकुभ बिलावल हमारे मशहूर सादरा 'शंभुपथ शेष' से ज़रा भी नहीं मिलता। खम्बाज अथवा जय जयन्ती के अंग नहीं हैं। कुछ सावनी ज़रूर हैं। इस समस्या का समाधान निवृत्ति बुआ ने किया। बोले—"वह गाना तो सावनी बिलावल का है। कोई-कोई इसे सुखिया बिलावल कहते हैं। अल्लादिया ख़ाँ साहब ने जान-बूझकर केसरबाई को गलत सिखाया था। दग़ा खाने के बाद काफी बद्दुआ दे-देकर कोसा करते थे और अक्सर कहते—'मैं यह पहले से ही जानता था कि यह औरत बद्ज़ात नमक- हराम है। इसीलिए मैंने इसे तालीम देने में चालाकी की। बस इधर-उधर का ही सिखाता रहा।" और भी बहुत-सी गन्दी बातें मुँह से निकालीं, जो कही नहीं जा सकतीं। सचमुच अचरज होता है इन सारी बातों से। जिन लोगों को भगवान की ऐसी अनमोल देन मिली हो, जो इतनी उन्नत सुर रचना से लोगों की चेतना को जगा सकते हों, वे ही अगर कुछ पैसों के लिए इतने नीचे उतर जाएँ तो दिल को ठेस पहुँचती है। मिरासी चरित्र को समझ पाना वाक़ई बहुत मुश्किल है।

*पाँचवाँ अध्याय*

# निवृत्ति बुआ सरनायक, रजब अली ख़ाँ

अल्लादिया ख़ाँ साहब की हालत दिन-पर-दिन बिगड़ती ही चली गई। पैसे-कौड़ी के मामले में तो कंगाल हुए ही, मानसिक तौर पर भी अस्वस्थ रहने लगे। सेठ की मेहरबानी से मौज में ज़िन्दगी कट रही थी। ऐशो-आराम से बनी सेहत भला बच्चों की थोड़ी-सी कमाई के सहारे कब तक टिक पाती। भुर्जी ख़ाँ की कमाई भी कोई ख़ास नहीं थी। मंझी ख़ाँ अच्छा रोज़गार वगैरह कर लिया करते थे, पर उनका ठाट-बाट ज़रा बाबुआना था और फिर अपने खुद के परिवार में बाल-बच्चे भी थे। बम्बई में गानों की मजलिसों में उस्तादों के बदले उनकी शिष्याओं की माँग ज़्यादा थी। और फिर उस ज़माने में आम सुननेवाले लोग चन्दा इकट्ठा कर मजलिस करते भी भला कितने थे ? अगर मजलिसों का बाज़ार गर्म रहता तो फिर उस्तादों को नौकरी की तलाश में रियासतों के दरवाज़े नहीं खटखटाने पड़ते। खैर, ठीक ऐसे समय निवृत्ति बुआ के काका शंकर राव सरनायक को यह शौक चर्राया कि वे उस्ताद अल्लादिया साहब से गंडा बँधवाएँगे। कोल्हापुर में शंकर राव की अपनी एक ड्रामा पार्टी थी। बम्बई में एक बड़ा-सा मकान किराए पर लेकर नाटक कम्पनी के लोगों के रहने-सहने, खाने-पीने का इन्तज़ाम कर रखा था। सारा खर्च खुद ही उठाते थे। भतीजा निवृत्ति उस समय यही तेरह-चौदह साल का था। पढ़ने-लिखने में उसका ध्यान क़तई नहीं था, पर तबले में कमाल हासिल था। बड़ा प्यारा हाथ था। पैसे-कौड़ी की कमी थी ही नहीं। काका की ड्रामा पार्टी से ही महीने में पन्द्रह-बीस हजार रुपए आ जाते थे। मौक़ा अच्छा है, यह समझकर ख़ाँ साहब ने ढाई हजार नज़राना और माहवारी पाँच सौ रुपए दक्षिणा की माँग कर डाली। शंकर राव ने चिट्ठियाँ भिजवा दीं। सौ के करीब जाने-माने लोग आमन्त्रित किए गए। शंकर राव उस्ताद से गंडा बँधवाएँगे, इस मौक़े पर यह ख़ास दावत दे डाली गई। सभी उपस्थित मेहमानों के सामने उस्ताद के पैर छूकर शंकर राव ने मिठाई की थाली में रुपयों के बंडल रखे। ख़ाँ साहब ने रुपए गिनने शुरू किए। ढाई, तीन, चार, छह—गिनती खत्म ही नहीं हो पा रही थी। कुल दस हजार रुपए थे।—''क्या बात है शंकर राव ?'' राव साहब बड़ी नम्रता से बोले—''सुना, उस्ताद इस वक़्त तकलीफ में हैं। रुपए-पैसों की सख़्त

ज़रूरत है। इसीलिए आपकी ख़िदमत में कुछ दक्षिणा का इन्तजाम-भर कर दिया है। उम्मीद है आप मेरा यह नज़राना कबूल कर मुझे धन्य करेंगे।''

तभी से उस ड्रामा पार्टी के साथ ही रह गए उस्ताद अल्लादिया ख़ाँ। आखिर वे भी तो हाड़-मांस के इन्सान थे। उनमें भी दोष-गुण थे। कुछ दिनों के बाद उनके विवेक ने उन्हें डसना शुरू किया। अहं की भावना जाग उठी। वे उस्ताद अल्लादिया ख़ाँ थे, जिनका नाम सुनते ही भारत के हजारों गवैए कानों पर हाथ रखते हैं। वे ही आज निठल्ले बैठे-बैठे एक मराठी नाटकबाज़ शागिर्द की रोटी तोड़ रहे हैं, हालाँकि उस क़मबख़्त को इतनी फुर्सत भी नहीं कि कुछ तालीम भी ले सके। आखिरकार उन्होंने चौदह साल के निवृत्ति को ही पकड़ लिया—''ले बेटे, तू ही सीख। तेरा काका तो बैठने से रहा। उसे तो अपने धन्धे से दम मारने तक की फुर्सत नहीं। मैं तुम लोगों का अहसानमन्द हूँ, कर्ज़दार हूँ और यह कर्ज़ मुझे चुकाना ही होगा। ड्रामा पार्टी के लोग जब शहर चले जाएँगे तो आज शाम से तू बैठेगा मेरे साथ रात के दस बजे तक।'' यही है निवृत्ति बुआ सरनायक की तालीम का प्रारम्भिक इतिहास। यह तालीम ख़ाँ साहब की मौत तक चली। सन् 1946 में जब वे इन्तकाल फरमा गए तो उस वक़्त उनकी उम्र इक्यानवे साल की थी।

उसके बाद बुआ ने तालीम ली देवास के उस्ताद रजब अली ख़ाँ से। रजब अली का गाना भी मैंने पहली बार सुना लखनऊ में, सन् 1936 में। बचपन में सुने उस गाने की स्मृति कुछ अस्पष्ट ज़रूर है, लेकिन ख़ाँ साहब की लटकती हुई मूँछें और उनकी सपाट तानों के बारे में बड़ों की उत्तेजित चर्चाएँ आज भी याद हैं। मंझी ख़ाँ का गाना जम नहीं पाया था, इसलिए रजब अली ने अपनी आदत के मुताबिक शुरू से ही मध्य लय में गाना आरम्भ नहीं किया। आधे घंटे तक बहुत ही सुरीले ढंग से विस्तार किया और फिर उसके बाद दूने और चौदूने ख़याल की लय उठाकर ज़बर्दस्त तानें ले डालीं। लोग चकित रह गए। कहते हैं कि मंझी ख़ाँ को भी कहना पड़ा था—''पिताजी से आपकी तारीफ़ सुनी थी, लेकिन आज समझा कि वह तारीफ़ काफी नहीं थी।'' उस वक़्त श्रीकृष्ण रतन जनकर भी वहाँ उपस्थित थे।

बड़े मुबारक अली ख़ाँ साहब और अल्लादिया ख़ाँ पर उनकी गायकी के असर की चर्चा मैं पहले ही कर चुका हूँ। ग्वालियर घराने के बारे में भी लिखने की इच्छा है। अतः इनका और इनके पिता बड़े महम्मद ख़ाँ का ज़िक्र सही जगह पर करूँगा। अभी फिलहाल इतना जान रखिए कि ख़याल में कव्वाल बच्चों के घराने के जन्मदाता ये ही बड़े महम्मद ख़ाँ हैं। ये लखनऊ के प्रसिद्ध कव्वाल शक्कर ख़ाँ के बेटे और मक्खन ख़ाँ के भतीजे हैं। इनकी रखैल की सन्तान बड़े मुबारक अली ने ही वालिद का नाम रोशन किया था। और दूसरे बेटे सितार बजाया करते थे। अच्छा बजाते थे, पर उनमें से कोई भी खानदान का नाम रोशन नहीं कर पाया।

बड़े महम्मद ख़ाँ रींवा स्टेट के महाराज के सभागायक थे। ग्वालियर के महाराजा ने इन्हें अपनी सभा में रखने के लिए ख़ाँ साहब को तरह-तरह के लालच दिए थे, लेकिन

कई ऐसी बातें थीं, जिनकी वजह से महाराजा इन्हें तोड़ नहीं पाए। रींवा के महाराजा ख़ाँ साहब को बारह सौ रुपए उनका मासिक वेतन सन् 1840 तक देते रहे, यानी उनकी मृत्यु तक। इसके अलावा पालकी, हाथी, मकान और दाएँ पैर में पहनने के लिए सोने के कड़े आदि देकर महाराजा ने उस्ताद को एक तरह से बाँध ही रखा था। एक वजह और थी, जिसके कारण महम्मद ख़ाँ ग्वालियर में करीब दो साल तक रहने के बाद फिर लौटकर नहीं गए। पहली वजह यह थी कि वे हद्दू-हस्सू ख़ाँ को देखना पसन्द नहीं करते थे। उनके प्रति वीतराग-से थे। और दूसरी वजह ग्वालियर के सिन्धिया की धोखाधड़ी थी। इस क़िस्से की चर्चा फिर करूँगा, बाद में।

रजब अली के पिताजी मोगल ख़ाँ, यानी मोगलू ख़ाँ को रींवा में बड़े महम्मद ख़ाँ के साथ रहने का मौक़ा मिला था और फिर उनकी मौत के बाद जयपुर आ गए और मुबारक अली के शागिर्द बन गए। दस-बारह साल की उम्र तक रजब अली ने अपने पिताजी से ही गाना सीखा। मोगल ख़ाँ देवास के राजा के दरबार में जब नौकरी करने आए, तब रजब अली की करीब-करीब उतनी ही उमर थी। राजा मोगल ख़ाँ के साथ उनके बालक बेटे रजब अली का गाना सुनकर बहुत ही खुश हुए। उन्होंने यह स्पेशल आर्डर दे दिया कि इस बच्चे को हर रोज़ चार पराँठे और छटाँक-भर असली घी राजमहल से दिया जाए। ये कोलेस्ट्रोल नामक ख़तरनाक चीज़ के आविष्कार के करीब डेढ़ सौ साल पहले की बात है। कुछ दिनों पहले तक लोगों का ऐसा ख़याल था कि बिना घी और बादाम खाए दमख़म की गायकी तैयार नहीं होती। इस असली घी पर भरोसा रख रजब अली सन् 1959 में चल बसे। नब्बे पार कर चुके थे। अल्लादिया ख़ाँ साहब का देहान्त हुआ इक्यानवे साल की उम्र में। अहमद जान थिरकवा ख़ाँ अल्लाह मियाँ को प्यारे हुए तिरानवे की उम्र में। मुश्ताक हुसैन ख़ाँ गुजरे अट्ठासी की आयु में। और बदल ख़ाँ साहब तथा अलाउद्दीन ख़ाँ ने तो सेन्चुरी पूरी की। डालडा का बढ़ता चलन उन्हें रास नहीं आया और वे इस दुनिया से ही कूच कर गए।

देवास के सरदार गोपाल राव दिघे राजा के रिश्तेदार और एक सम्पन्न घराने के जमींदार थे। उनकी सिफारिश पर बन्दे अली ख़ाँ के पास रजब अली ख़ाँ का गंडा बँधा। उस वक़्त उनकी उम्र यही पन्द्रह साल की होगी। पहले ही बता चुका हूँ कि बन्दे अली ख़ाँ प्रसिद्ध वीणावादक, गायक, ग्वालियर के हद्दू ख़ाँ साहब के जमाई और सदारंग (उस्ताद नियामत ख़ाँ) के परपोते निर्मल शाह के शिष्य हैं। आचार्य बृहस्पति के मतानुसार ये अल्ला बन्दे, ज़करुद्दीन ख़ाँ (डागर) के छोटे दादा उस्ताद बहरम ख़ाँ के शिष्य और अल्ला बन्दे तथा ज़करुद्दीन ख़ाँ के ससुर हैं। यानी इनकी पेडिग्री इतनी ज़बर्दस्त है कि किराना घराने के शागिर्द नाम लेते ही अपने कान खींच-खींचकर लम्बे करने लगते हैं। बन्दे अली ख़ाँ जब देवास-इन्दौर में आकर रहने लगे तो उस वक़्त वे साठ पार कर चुके थे। इनके प्रसिद्ध शिष्यों में मुराद ख़ाँ, अब्दुल अज़ीज़ ख़ाँ (इनकी विचित्र वीणा का HMV रिकार्ड है) इमदाद ख़ाँ (विलायत ख़ाँ सितारिया के दादा), भास्कर बुआ बाखले और रजब अली ख़ाँ के नाम लिए जा सकते हैं। और इनकी

एकमात्र शिष्या चुन्ना बाई को भी इनमें शामिल किया जा सकता है, जिनको इन्होंने पहली पत्नी (हद्दू ख़ाँ की बेटी) की मौत के बाद अलवर के महाराजा से बख्शीश के तौर पर हासिल किया था और फिर उनसे शादी कर ली थी। आखिरी उम्र में महाराज शिवाजी होलकर ने भी इनका शिष्यत्व ग्रहण किया और इन्हें इन्दौर के दरबार में ले आए। इनकी क़िस्मत में इज़्ज़त बहुत थी, पर पैसे-कौड़ी के मामले में ठनठन गोपाल थे और फिर अपनी आदत के मुताबिक किसी एक जगह पर ज़्यादा दिनों तक टिक नहीं पाते थे। बहुत दिनों तक ये दिल्ली में निज़ामुद्दीन की दरगाह शरीफ पर वीणा बजाते रहे और तभी इनका स्वभाव दरवेशों जैसा हो गया था।

एक मर्तबा हैदराबाद के निज़ाम को वीणा सुनाने गए थे बन्दे अली ख़ाँ। वहाँ इन्होंने अपने ही वीणावादन पर खुद ही मस्त होकर निज़ाम के अनमोल रत्नजटित चाँदी के पीकदान को अपने करीब खींच लिया और उसमें अपने पान की पीक थूक दी। ऐसी बेहूदी हरकत के बाद भला वह नापाक पीकदान निज़ाम के महल में कैसे रह सकता था। तभी ख़ाँ साहब को विदा करते वक़्त निज़ाम ने इनाम के तौर पर उस पीकदान को पान की पीक समेत सर्टिन के एक थैले में अच्छी तरह से मोड़कर उन्हें दे दिया। ख़ाँ साहब ने पहले ही एक बदतमीजी कर डाली थी और अब एक और बेअदबी भी कर दी। उन्होंने पीकदान के इस इनाम को लेने से इन्कार कर वापस कर दिया। बोले—"मैं एक मामूली अदाकार हूँ। मेरी झोंपड़ी में इस तरह की कीमती चीजें जँचती नहीं। और फिर दोस्त, रिश्तेदार, शागिर्द वगैरह भी क्या कहेंगे कि इतनी चीजें रहते तुम दीन-दुनिया के मालिक-हैदराबाद के निज़ाम द्वारा इस्तेमाल में लाए गए एक उगलदान को लेकर लौटे ?"

इनकी वीणा के बाज और सेनिया घराने की ध्रुपदी वीणा के बाज में ज़मीन-आसमान का फ़र्क़ है। अब्दुल अज़ीम ख़ाँ के पीलू और भैरवी के रिकार्ड सुनने पर यह बात साफ ज़ाहिर हो जाती है। इनमें पखावज़ के साथ धापड़ धाँई बहुत कम है, मिठास और रंजकता ही ज़्यादा है। ये सिर्फ़ ख़याल ही गाया करते थे, ऐसी बात नहीं है, वीणा और सितार भी बजाते थे। यही वजह है कि रामपुरिया वज़ीर ख़ाँ जैसे पहुँचे हुए उस्ताद इनके बीन को भोंडा बीन कहकर नाक-भौंहें सिकोड़ते थे। इसके जवाब में इन्दौरी बीनकार और सितारिया उनके बीन को ताशा बीन कहा करते थे। इन दोनों शब्दों के मतलब सही-सही साफ न होने पर भी इतना तो अन्दाज़ लगाया ही जा सकता था कि ये दोनों एक-दूसरे को अच्छी नज़र से नहीं देखते थे।

रजब अली ख़ाँ की तालीम शुरू हुई बीन और आलाप से। बाद में फिर ख़याल की बन्दिशें और उनकी बढ़त के साथ तालीम जारी रही। यानी इन्होंने बीन और गाने दोनों की ही तालीम पाई। बहुत दिनों तक इन्होंने वीणा बजाना नहीं छोड़ा था। जहाँ तक अन्दाज़ा लगाया जा सकता है, इनकी तानों की तालीम बन्दे अली ख़ाँ के पास नहीं हुई है, क्योंकि वे तानबाज़ नहीं थे। सुर और स्वरों के प्रयोगों की तालीम हुई थी। संगीत की दुनिया में रजब अली ख़ाँ का नाम ख़ास तौर से उनकी तानों के लिए प्रसिद्ध है। इन तानों की बुनियाद डाली थी कव्वाल बच्चा घराना के शागिर्द मोगलू ख़ाँ—रजब

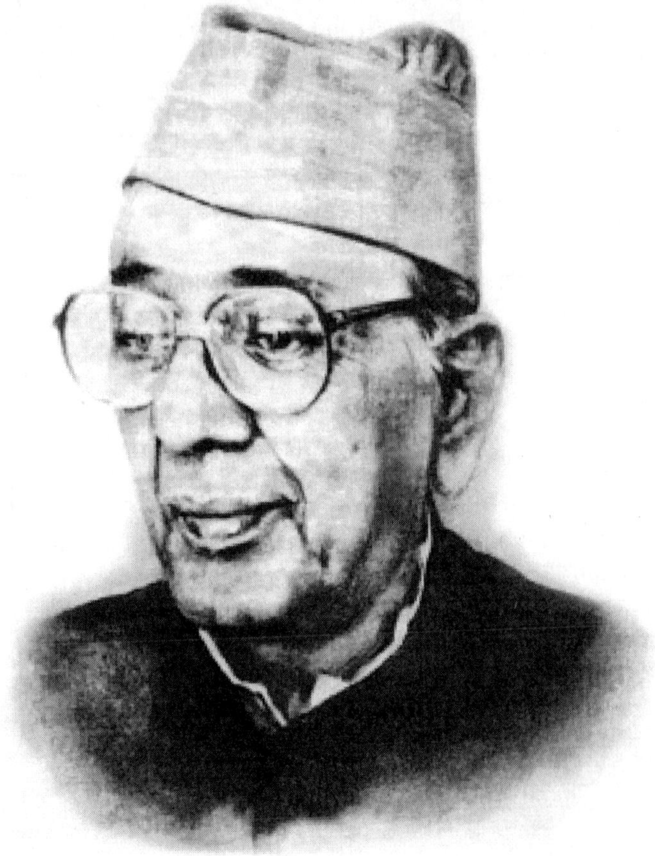

**निवृत्ति बुआ सरनायक**

अली के पिता ने। बाकी तालीम इन्होंने हासिल की हैदर बख्श से। ये मैसूर की एक प्रसिद्ध गायिका गुलाबबाई की पनाह में सारंगी-वादक थे और इन्होंने भी बन्दे अली ख़ाँ साहब से ही गंडा बँधवाया। जिस वजह से इनका नाम आज भी याद किया जाना वाजिब है, वह यह है कि ये उस्ताद अब्दुल करीम ख़ाँ साहब के सगे साढ़ू और उस्ताद अब्दुल वहीद ख़ाँ साहब के मामा थे। इनके दो शागिर्द ही बाद में सारे भारतवर्ष में मशहूर हुए—वहीद ख़ाँ (जो अमीर ख़ाँ साहब के मानस गुरु हैं) और किराना के धुआँधार तानबाज रजब अली ख़ाँ।

सन् 1891 में बन्दे अली ख़ाँ अपने शागिर्द और परिवार के साथ पूना चले आए

और इसके तीन साल बाद ही उनकी मौत हो गई। रजब अली की उम्र उस वक़्त बीस साल की थी। उनकी तालीम की जिम्मेदारी गुरु-पत्नी चुन्नाबाई ने सँभाली। इस उम्र में वे दिन-रात रियाज़ किया करते। खाने और सोने के सिवा और कोई काम नहीं था। गले पर ज़रूरत से ज़्यादा ज़ोर पड़ने पर भी बन्दे अली ख़ाँ की तालीम और विशुद्ध स्वर-प्रयोगों के गुणों पर कोई बुरा असर नहीं पड़ा।

सन् 1896 में उस्ताद अल्लादिया ख़ाँ कोल्हापुर के एक नम्बर सभागायक के पद पर आसीन हुए। इसके अलावा शाहू महाराज के वे ख़ास प्रिय पात्र थे। कहना नहीं होगा कि इससे कोल्हापुर के दूसरे गवैए-साजिन्दों को थोड़ी-बहुत जलन होने लगी थी। जलनेवालों में से हैदरबख्श भी एक थे, जिनकी अल्लादिया ख़ाँ के साथ शुरू से ही खटपट थी। एक दिन बातों-ही-बातों में ख़ाँ साहब से हैदरबख्श बोले—"आखिर आपको इतना घमंड किस बात का है ? आपकी ये जो तानवाली गायकी है, ये जो बल-पेंच है, ये तो मेरा एक छोकरा शागिर्द भी कर सकता है, अगर उसे दो-एक साल की तालीम दे दी जाए तो।" इतना कहकर वे सीधे पोस्ट ऑफिस चले गए और वहाँ पोस्ट मास्टर से रजब अली को एक तार भिजवा दिया—COME AT ONCE (.) IF YOU ARE EATING WASH YOUR HANDS IN KOLHAPUR.

रजब अली बेचारे ने सोचा कि शायद मोगलू ख़ाँ की साँसें उखड़ आई हैं या चचा हैदरबख्श ने ज़रूर कोई गड़बड़ी की है। कर्ज़-वर्ज़ लेकर बाद वाली ट्रेन ही पकड़ ली और आकर हाज़िर हो गए। चचा के आमने-सामने होते ही वे सिर्फ़ इतना ही बोले कि आज से सारे काम छोड़-छाड़कर तुम मेरे साथ तानपूरा लेकर बैठोगे। मैं तुम्हें तानों के फन्दे सिखाऊँगा।

इसके बाद शुरू हुआ तालीम का सिलसिला और ज़बर्दस्त रियाज़, ख़ासकर तानों का। अल्लादिया ख़ाँ की तानों के बल पेंच सारंगी बजाकर हैदरबख़्श रजब अली के गले में बैठाने लगे। रजब अली अपनी तेज़ अक़्ल और ज़बर्दस्त प्रतिभा के बल पर उन तानों को और भी पेचीदा बनाकर गा सकते थे। अल्लादिया ख़ाँ की गायकी में हर मात्रा पर ज़ोर पड़ता। ताल के खिलाफ़ कभी नहीं जाते। हैदरबख्श की तालीम में रजब अली उसी तान की लय को आड़े-तिरछे काटकर मुखड़े पर आते। तबले के बोल मुँहजबानी याद कर तान के पैटर्न में बैठाते। कभी लय के साथ चलते तो कभी लय के खिलाफ़, तो कभी बेमेल। इसी तरह सिर्फ़ तानों का अभ्यास दिन-रात चलता रहा। तानों के दाने कभी पाँच-पाँच तो कभी-कभी चार-तीन-दो, जो निवृत्ति बुआ भी किया करते थे। लेकिन बुआ ने कभी भी रजब अली की बिजली की तरह सपाट तानों की नकल नहीं की, क्योंकि यह बात अल्लादिया ख़ाँ की ध्रुपदिया संस्कार के ख़िलाफ़ है। सपाट तानों में रागरूप बिगड़ जाते हैं और बहुत से रागों में तो सपाट तानें मान्य भी नहीं हैं। यह ग्वालियरवालों की अजीबोगरीब अनूठी आदत है। खैर, जो भी हो। रजब अली की तबले की तालीम बदस्तूर चालू रही। उम्र हो जाने पर रजब अली ख़ाँ ने मजलिसों में आलाप और रागों का विस्तार करना तो करीब-करीब छोड़ ही दिया था। मध्य लय में शुरू कर

कुछ बहलावा करने के बाद तान पर पहुँच जाते। क्रमशः लय बढ़ाते-बढ़ाते चौगुनी करते, चाहे वह तीन ताल ही हो या आड़ा चौताल। हैदरबख़्श ने उसके दिमाग में सिर्फ़ एक ही बात बड़ी बुरी तरह से बैठा दी थी कि अल्लादिया ख़ाँ को गाना सुनाकर उसकी जफ़बान बन्द करनी होगी।

गायकी अथवा तानों के पैटर्न के मामलों में रजब अली अल्लादिया ख़ाँ के किस हद तक कर्ज़दार हैं, इसके बारे में कुछ मतभेद हैं। गोविन्द राव टेम्बे, ख़ाँ साहब के शागिर्द हैं। वे लिख गए हैं कि अल्लादिया जब कोल्हापुर के प्रसिद्ध अम्बा देवी के मन्दिर में बैठकर सारी-सारी साँझ और सारी-सारी सुबह गाया करते थे, तब रजब अली चोरी-छुपे सुना करते थे। ख़ाँ साहब को जब इस बात का पता चला तो उन्होंने ख़याल गाना बन्द कर दिया। बहुत दिनों के बाद फिर से ध्रुपद गाना शुरू कर दिया। अस्थायी अन्तरा संचारी आभोग, चार तुकों के ध्रुपद। सितारिया बरकतुल्ला ख़ाँ (ये कलकत्ता के विख्यात सितारिया मुश्ताक अली ख़ाँ के वालिद के उस्ताद थे) पखावज़ बहुत ही अच्छा बजाते थे। इन्होंने जब अल्लादिया ख़ाँ का ध्रुपद सुना तो चकित रह गए। उसकी वजह थी क्योंकि उस वक़्त भारतवर्ष में सभी उन्हें श्रेष्ठ ख़यालिया के तौर पर ही जानते थे। बरकतुल्ला ने कहा था—''अल्लादिया ख़ाँ, अगर आप ध्रुपद गाना शुरू कर दें तो मैं सितार छोड़कर आपके साथ पखावज़ बजाऊँगा।''

किराना घराने का मतलब हम उस्ताद अब्दुल करीब ख़ाँ, अब्दुल वहीद ख़ाँ और उनके शागिर्दों को ही समझते हैं। इस घराने की ख़ासियत उसके सुरीले गाने और स्वर-विस्तार की बारीकियाँ हैं। हर वक़्त शायद हम इस अतिविलम्बित हिस्से को उस ज़माने के ख़याल की श्रेणी में नहीं डालेंगे, क्योंकि ग्वालियर, आगरा अथवा कव्वाल बच्चों का घराना कोई भी ध्रुपदी आलाप या स्वर-विस्तार के चक्कर में नहीं पड़ते थे। आगरे में नोम-तोम आलाप होता था ध्रुपद और धमार के पहले और ख़याल ग्वालियर के क़ायदे के मुताबिक अस्थायी अन्तरा को ही आधार बनाकर गाया जाता था। अल्लादिया ख़ाँ की गायकी भी इसी परम्परा को मानकर चली है। अतः बन्दे अली ख़ाँ साहब के शागिर्द होने के बावजूद हम आजकल की सांगीतिक परिभाषा के मुताबिक रजब अली ख़ाँ की गायकी को किराना की प्रतिमूर्ति के तौर पर मान लेने को राज़ी नहीं होंगे। ये भी मध्य लय में गाना शुरू कर कुछ बहलावे के बाद तानों पर चले जाते थे। क्या यह बन्दे अली ख़ाँ की तालीम है ? हर्गिज़ नहीं। तो क्या फिर मोगलू ख़ाँ के कव्वाल बच्चों के घराने की तालीम है ? ऐसा लगता तो नहीं है।

अल्लादिया ख़ाँ की गायकी का असर रजब अली ख़ाँ पर नहीं पड़ा था, इस बात को उनके अन्धभक्त भी नहीं स्वीकारेंगे। अगर स्वीकारें भी तो हमारे जैसे श्रोता, जिनकी इन बूढ़ी हड्डियों में कुछ सोचने-समझने की ताकत अब भी मौजूद है, यकीन नहीं करेंगे। लेकिन इसमें कोई शक नहीं कि रजब अली ख़ाँ के लिए अल्लादिया ख़ाँ को चोरी-छुपे सुनने की कोई ख़ास ज़रूरत नहीं थी। ख़ाँ साहब कोल्हापुर के एक नम्बर सभा गायक थे। उनके दरबार के गाने वे खुल्लमखुल्ला सुन सकते थे। और फिर चचा

हैदरबख़्श तो अपनी सारंगी में अल्लादिया ख़ाँ की गायकी उतार ही लाते थे। रजब अली की प्रतिभा लाजवाब थी, लेकिन अल्लादिया ख़ाँ की तरह वे 'सिस्टम बिल्डर' नहीं थे, यानी नई गायकी पैदा करने की क्षमता उनमें नहीं थी। जो भी हो, गाने की दुनिया में न सही, पर तानों की दुनिया में उनका ख़ास मुकाम हमेशा के लिए बना रहेगा। बदक़िस्मती से जवानी में गाए इनके किसी भी गाने का रिकार्ड उपलब्ध नहीं है। जो भी रिकार्ड हैं, उनमें बुढ़ापे के गले की कँपकँपी इतनी ज़्यादा है कि उनकी जवान उम्र की 'तैयारी' का कोई अन्दाज़ा नहीं लगाया जा सकता।

एक बार अपने अति प्रिय विख्यात सरोदवादक बुद्धदेव दासगुप्त के साथ मैं मध्य प्रदेश के कई जलसों और रेडियो में प्रोग्राम करने के लिए आमन्त्रित था। रायपुर, नागपुर, भोपाल, उज्जयिनी आदि स्थानों में अपने कार्यक्रम समाप्त कर हम जब इन्दौर पहुँचे तब मुझे यह उम्मीद थी कि क्रिकेट के मुश्ताक अली और रजब अली के प्रियवर छात्र पी.डब्ल्यू.डी. के इंजीनियर कृष्ण राव मजुमदार के साथ वक़्त बिताने का मौक़ा मिलेगा। दोनों ही उम्मीदें पूरी हुई थीं। मुश्ताक अली को देखकर तो मैं चकित रह गया। इतने सालों बाद भी चेहरे पर वही पहले-जैसी रौनक। छह फीट लम्बे, पतली कमर और चलने में नॉर्मल। कार्डास साहब की भाषा में 'पैंथर सा ग्रेस।' सिर्फ़ केश सफेद हो गए हैं। कृष्णराव मजुमदार के घर जब पहुँचे तब शाम हो चुकी थी। हमारे बहुत अनुरोध करने पर भी उन्होंने गाना नहीं गाया। काफी दिन हो गए गाना छोड़े। पर टेप सुनाया। अपनी जवानी के गाने। ये, जहाँ तक मैंने सुना है, शायद रजब अली ख़ाँ के दसवें हिस्से के एक हिस्सा भी नहीं थे। लेकिन उस टेप को सुनने के बाद बुद्धदेव ने अपने छोटे भाई, परवीन सुलताना के पति दिलशाद महम्मद को, उसी रात एक चिट्ठी लिखी थी—''तुम लोग गलेबाज़ी को इतनी अहमियत देते हो, लेकिन यह मत समझना कि इस लाइन में पहले किसी ने सोचा नहीं या मेहनत नहीं की। रजब अली ख़ाँ के एक ऐमेचर शागिर्द का टेप सुनकर ऐसा लगा कि तुम सब इस मामले में अभी बौने हो।'' बात है भी सच। ढाई सौ साल की इस ख़याल गायकी की परम्परा में अचानक कुछ नया कर दिखाने और गलेबाज़ी से चमत्कार पैदा किया जा सकता है, इस सोच में कितनी अहंकारिता और बुद्धिहीनता है, यह बात आज के गवैयों-साजिन्दों के लिए विचार करने की है।

नई पीढ़ी ने हमेशा पुरानी पीढ़ी की उपेक्षा की है। अभी हाल में एक क्रिकेट-क्रिटिक ने लाला अमरनाथ से आस्ट्रेलिया के वर्ल्ड कप के बाद पूछा था—''आप लोगों के ज़माने में क्या इस क़िस्म की ज़बर्दस्त फील्डिंग और डिफेंसिव बॉलिंग थी जो आजकल के एक दिन के क्रिकेट में देखी जा रही है ? अगर यह एक दिवसीय क्रिकेट आप लोग खेलते तो क्या करते ?'' अमरनाथ ने जवाब दिया था—''नो प्रॉबलेम, उस ज़माने में अगर आजकल का वनडे क्रिकेट होता तो सी.के. नायडु और मुश्ताक अली ओपन करते। मैं तीन नम्बर में उतरता। और रेस्ट ऑफ दि टीम कुड हैव गौन शॉपिंग।'' आज के क्रिकेट-दीवाने बच्चों की जानकारी के लिए बता दूँ कि ब्रेडमैन साहब के

मतानुसार सर्वयुग के श्रेष्ठ सिर्फ़ दो फास्ट मीडियम बॉलर हैं—''मरिस टेट और ऐलेक बेडसर। टेट और गियारी साहब को, उनके टॉप फर्म में, सी.के. नायडु ने 11 छक्के और 13 चौके मारे थे। यह सन् 1926 था। एम.सी.सी के विरुद्ध उनका व्यक्तिगत स्कोर था 153, एक सौ पन्द्रह मिनट में। बाम्बे जिमखाना का मैदान जहाँ तक मैं जानता हूँ, काफी बड़ा था—लम्बा-चौड़ा और फैला हुआ।

रजब अली ने अब बाहर गाना शुरू कर दिया। उनके गाने सुनकर शाहू महाराज बहुत ही खुश हुए और अल्लादिया ख़ाँ ने भी दिल खोलकर तारीफ़ की। आहिस्ता-आहिस्ता रजब अली ख़ाँ का नाम महाराष्ट्र के आसपास के शहर—मीरज, सांगली, सतारा, पूना यहाँ तक कि बम्बई में भी फैल गया। हैदरबख्श और रजब अली दोनों ही अब खुल्लमखुल्ला अल्लादिया ख़ाँ के साथ टक्कर लेने लगे। ख़ाँ साहब और रजब अली के बीच उम्र के मामले में यही उन्नीस-बीस साल का फर्क़ था, लेकिन स्टेटस की हैसियत से देखा जाए तो रजब अली अल्लादिया ख़ाँ के घुटने तक ही थे। अतः ये सारे मामले ऐसे हैं जो उस्ताद अल्लादिया ख़ाँ को क़तई नहीं सुहाते। उनके कहने पर ही तो रजब अली को कोल्हापुर की राजसभा में जगह मिली और अब हैदरबख्श के भड़कावे में आकर छोकरा कहता फिर रहा है कि अगर अल्लादिया में हिम्मत है तो वे एक ही मजलिस में बैठकर मेरे साथ तान करें। ख़ाँ साहब एक दिन शाहू महाराज के पास जाकर बोले—''इस छोकरे के खानदान का कुछ अता-पता नहीं है। सारंगीवाले की तालीम है। इसे सभा में रखने से महाराज की बेइज़्ज़ती होगी।''

मुसलमानों में भी हिन्दुओं की तरह जात-पाँत के भेदभाव कुछ कम नहीं हैं। यह मैं पुराने लखनऊ का वाशिंदा होने के नाते दावे से कह सकता हूँ। मेरे एक बहुत ही परिचित अफ़सर इफ़्तिखार हुसैन अपने हरिजन मन्त्री के घर पानी नहीं पीते थे। आमन्त्रित होने पर कोई-न-कोई बहाना बनाकर टाल जाते। कहते—''भई चमार के घर हम खाना नहीं खाते।'' और एक मित्र थे छतारी के नवाबज़ादे फरहत सईद ख़ाँ। बच्चों के ब्याह-शादियों के मामले में बड़े ही परेशान थे। उनके यहाँ पुरखों से यह रिवाज है कि वे ऊँची जात के राजपूत-क्षत्रिय मुसलमानों के अलावा और कहीं भी ब्याह-शादियाँ नहीं करते। गाने-बजानेवालों में तो यह बीमारी और भी गज़ब की है। किराना के गानेवालों के मतानुसार ग्वालियर के उस्ताद हद्दू ख़ाँ के असल जमाई और परम्परा के उत्तराधिकारी बन्दे अली ख़ाँ ही हैं। हद्दू ख़ाँ की जिस बेटी से उस्ताद इनायत ख़ाँ (मुश्ताक हुसैन ख़ाँ और निसार हुसैन ख़ाँ के ससुर) की शादी हुई थी, कहते हैं कि वह एक पालिता कन्या थी और सुनार की बेटी थी। इसके अलावा उस ज़माने में खानदानी 'कलावन्त' लोग काफी ऊँचे माने जाते थे। क़व्वाल बहुत ही नीचे थे। और सारंगीवादक तो तवायफ-बाईजियों के पाले हुए समझे जाते थे। उनके दिए दाने-पानी से सारी ज़िन्दगी गुज़र जाया करती थी और वे ही सबसे नीचे थे। सारंगी ही एक ऐसा वाद्‌य-यन्त्र है जो बहुत मुश्किलों से भरा है। गवैए के गले का पीछा करने के लिए सारंगी एक ही बेजोड़ साज़ है। इसके बारे में तो दूसरा कोई सवाल उठ ही नहीं सकता।

इनका खानदान आहिस्ता-आहिस्ता मिटता-सा चला गया और उसकी जगह हारमोनियम ने मान्यता हासिल कर ली। इसकी सबसे बड़ी वजह उपरोक्त प्रेजुडिस है। भीष्मदेव चट्टोपाध्याय, सुरेश चक्रवर्ती से शुरू कर प्रसून, मीरा, विमल मुखर्जी प्रमुख और हमारे जैसी दो-चार क़िस्मतवाली ब्राह्मण-सन्तानों ने जिन मुसलमान उस्तादों को देवता समझकर भक्तिभाव और श्रद्धा से उनके पैर दाबे हैं और चिलमें भरी हैं, उससे वे कोई ख़ास इम्प्रेस्ड हुए हों, ऐसी बात नहीं है। हम लोग अताई जो ठहरे। क्रमशः हवा का रुख बदलने के पहले तक रविशंकर, निखिल बनर्जी भी वही थे।

अल्लादिया ख़ाँ और रजब अली का झगड़ा उस वक़्त अपनी हद पार कर चुका, जब ख़ाँ साहब ने महाराज से यह शिकायत कर दी कि उनके साथ मिरासी सारंगीवादकों के शागिर्दों को एक ही पंक्ति में बैठने का कोई अधिकार नहीं है। टेम्बे जी की मराठी पुस्तक में, हालाँकि उन्होंने इस बात का ज़िक्र किया है कि हैदरबख़्श ने ही खुद महाराज को कहा था कि अल्लादिया ख़ाँ के ख़ानदान का कुछ भी अता-पता नहीं है। रजब अली ख़ाँ के एक बहुत बड़े भक्त, आकाशवाणी के भूतपूर्व कर्मचारी भोपाल के अमीक हनफ़ी ने अपने उस्ताद के बारे में एक बहुत ही अच्छी पढ़ने लायक किताब हिन्दी में लिखी है। उस किताब में उन्होंने अल्लादिया ख़ाँ को ही 'विलेन ऑफ़ दि पीस' ठहराया है। खैर, जो भी हो, इसके फलस्वरूप रजब अली को चिट्ठी-पत्री लिखकर रींवा से महाराज की दी हुई सनद और ख़ानदान की वंशावली मँगवाकर शाहू महाराज को दिखानी पड़ी थी। जब तक वे जीवित रहे, इसके लिए उन्होंने अल्लादिया ख़ाँ साहब को कभी माफ़ नहीं किया।

कोल्हापुर की आबोहवा अनुकूल नहीं, इसलिए शाहू महाराज ने खुद परिचय-पत्र देकर रजब अली को अन्यान्य दूसरी रियासतों में अपना गाना सुना आने का आदेश दिया। हनफ़ी साहब की किताब में रजब अली ख़ाँ साहब के बारे में बहुत-से दिलचस्प क़िस्से हैं। इनमें से कुछ मैंने कृष्णराव मजुमदार, निवृत्ति बुआ और एम.आर. गौतम से भी सुने हैं। गौतम ख़ाँ साहब के आखिरी वक़्त बहुत कुछ दिनों तक इन्दौर, भोपाल रेडियो में प्रोड्यूसर थे और तभी उन्हें उनका सान्निध्य प्राप्त करने का मौक़ा मिला था। इन सभी के मतानुसार रजब अली बहुत ही ज़िद्दी क़िस्म के, मुँहफट और साफ-साफ कहनेवाले खुले दिल के इन्सान थे। झगड़े-वगड़े होने पर मिनटों में आस्तीन चढ़ा लिया करते थे। स्वभाव में साम्प्रदायिकता की बू तक न थी। देवास में रहते समय प्रौढ़ अवस्था में गायक रघुनाथ बाबा के साथ भजन-कीर्तन किया करते थे। गणेश उत्सव, रामनवमी के मौके पर गाने गाते और फिर मोहर्रम के दिनों में ताजिए भी निकालते। यहाँ तक कि उनके शिष्यों में ज़्यादातर हिन्दू ही थे, जिनके प्रति उनका अपार स्नेह था। चिलम फूँकते और सन्ध्या समय नियमित रूप से देसी चला करती थी। बूढ़ी उम्र में डॉक्टरों ने सलाह दी थी कि इन बुरी आदतों को छोड़ दें। कहते हैं कि ख़ाँ साहब ने बहुत ही छोटा-सा जवाब दिया था—"अजी ये तो ज़िन्दगी-भर के साथी हैं। इन्हें बदलना मेरे लिए अब मुमकिन नहीं। पर हाँ, डॉक्टर ज़रूर बदले जा सकते हैं।"

उस्ताद फ़ैयाज़ ख़ाँ की मौत सन् 1950 के 5 नवम्बर को हुई। इसके कुछ दिनों

बाद लताफ़त ख़ाँ बड़ौदा से ट्रेन में बम्बई लौट रहे थे। कम्पार्टमेंट में रजब अली ख़ाँ से मुलाक़ात हो गई। रजब अली बक़ायदा बहुत ही अफसोस जाहिर करते हुए बोले—"ऐसा गवैया और सौ बरस में नहीं पैदा होगा। हाय-हाय ! बेवक़्त चले गए फ़ैयाज़ ख़ाँ। शराब उनको ले गई।" यह सब फ़रमाने के बाद पन्द्रह मिनट के अन्दर ही ठर्रे की बोतल निकाली और गट-गट पीना शुरू कर दिया। इस सिलसिले में यह बता दूँ कि उस्ताद फ़ैयाज़ ख़ाँ बहुत ही शाही तबीयत के इंसान थे। स्कॉच के अलावा वे और कुछ छूते तक न थे और हर शाम बहुत देर तक आहिस्ता-आहिस्ता चार-पाँच पेग तक ही लेते थे। बहुत ही मिताहारी भी थे। भोजन में दो गरम फुलके और साथ में दो-तीन क़िस्म के गोश्त लिया करते थे। यही था उनका रात का खाना। लेकिन यह बात तय थी कि खाने में फुलके बिल्कुल गरम होने चाहिए, चाहे रात के दस बजे हों या तेरह।

जब रजब अली ख़ाँ की शोहरत आसमान की बुलन्दी छू रही थी, तो उस समय वे स्थायी तौर पर देवास में ही रहने लगे थे। बीच-बीच में कभी-कभी इन्दौर के दरबार में उनकी बुलाहट हो जाया करती थी। देवास से इन्दौर बाईस मील की दूरी पर था। ताँगा या इक्के पर जाना होता था। एक बार एक ताँगा किराए पर लेकर इन्दौर के लिए रवाना हुए। ताँगेवाले को ज़रा जल्दी थी। उसने ताँगा तेज़ी से हाँकना शुरू कर दिया। ख़ाँ साहब के लाख मना करने पर भी वह घोड़े पर चाबुक-पर-चाबुक चलाए जा रहा था। इन्दौर पहुँचकर रजब अली ने मिठाई की एक दुकान के सामने ताँगा खड़ा करा दिया। ताँगे से उतरते ही सबसे पहले उन्होंने ताँगेवाले के अच्छी तरह से कान खींचे। उसके बाद किराया चुकता कर दिया और फिर दुकान से पाँच सेर जलेबियाँ ख़रीदकर वहीं खड़े-खड़े घोड़े को खिला दीं और फिर राजदरबार पहुँचे। बोले—"घोड़े को चाबुक मारते वक़्त ज़िन्दगी-भर तू आज की बात याद रखेगा।" मेनका गाँधी की कसम, ऐसा आदमी एक बहुत ही ऊँचे दर्जे का आर्टिस्ट हुए बिना रह ही नहीं सकता।

ख़ैर साहब, रजब अली ख़ाँ शाहू महाराज का परिचय-पत्र लेकर भारत भ्रमण के लिए निकल पड़े। सबसे पहले वे रामपुर गए। वहाँ के नवाब हामिद अली ख़ाँ ने चालीस साल तक गद्‌दी पर रहकर सन् 1930 तक अपनी तेज़-तर्रार हुकूमत के बल पर राज किया और भारतीय शास्त्रीय संगीत को और भी आगे बढ़ने और पनपने का मौक़ा दिया। इनके दरबार में ज़बर्दस्त गायक इनायत हुसैन ख़ाँ, मेरे प्रथम गुरु मुश्ताक हुसैन ख़ाँ, तबलावादक अहमद जान थिरकवा, वीणावादक सादिक अली ख़ाँ, पखावजी अयोध्या प्रसाद जैसे एक-से-एक संगीतज्ञ जमा थे। और फिर सेनिया घराने के मशहूर उस्ताद वज़ीर ख़ाँ (अल्लाउद्‌दीन ख़ाँ और हाफ़िज अली ख़ाँ के गुरु) नवाब साहब को गंडा बाँधकर रामपुर के दरबार में अपना एकछत्र दबदबा क़ायम किए हुए थे। नवाब साहब के पुराने ग्रन्थ और मैन्युस्क्रिप्ट के संग्रह काफी मशहूर थे। इन अनमोल ग्रन्थों और पांडुलिपियों को हासिल करने के लिए पंडित विष्णु नारायण भातखंडे ने नवाब साहब से गंडा बँधवाया था और फिर मैरिस कॉलेज की स्थापना के बाद उन्हें ही चांसलर बना दिया। नवाब साहब को गाना गाने और शागिर्द तैयार करने का बड़ा शौक था।

ऐसा सुनने में आया है कि सन्ध्या समय वे थोड़ी-बहुत अफीम भी लिया करते थे। उस्ताद फ़ैयाज़ ख़ाँ जब पहली बार रामपुर के दरबार में गाना गाने गए तो अचानक नवाब साहब ने अफीम के नशे में अपनी डेढ़ आँखें खोलकर उनसे पूछा—"ये आप क्या गा रहे हैं ?" ख़ाँ साहब बोले—"हुज़ूर, इसे हम लोग तिलक कामोद बोलते हैं।" नवाब साहब का उत्तर था—"ये तिलक कामोद नहीं है, हमारे यहाँ तिलक कामोद में निषाद नहीं लगता है।" इतना कहकर उन्होंने फिर आँखें बन्द कर लीं।

अब यह कहने की ज़रूरत नहीं कि तिलक कामोद के निषाद को निकाल देने से राग की खूबसूरती जाती रहती है और एक अजीबोगरीब खालीपन-सा महसूस होने लगता है। मौजूद ख़ाँ, मैं और हमारे साथ और भी दो-एक नौसिखिए छोकरे आखिर पूछ ही बैठे—"फिर क्या हुआ उस्ताद ?" फ़ैयाज़ ख़ाँ साहब ज़रा मुस्कराए और फिर बोले— "हुआ क्या गाते रहे। नवाब साहब का हुक्म जो था। निषाद को निकाल दिया। कोई आधे घंटे तक गाते रहे, फिर दूसरे राग में चले गए।"

रामपुर के ऐसे दरबार में अभी-अभी परवान चढ़नेवाले गवैए रजब अली के लिए प्रवेश पा जाना कोई इतना आसान काम नहीं था। दो घंटे तक ड्योढ़ी के सामने चहल-कदमी करने के बाद तानपूरा लिये किसी एक उस्ताद के बच्चे से मुलाक़ात हो गई। वह बोला—"मैं आपको वज़ीर ख़ाँ साहब के महल तक पहुँचा सकता हूँ। वे नवाब के उस्ताद हैं। अगर वे मेहरबान हो गए तो आपको राजदर्शन हो सकते हैं, वरना नहीं। वे यहाँ गाने-बजाने की दुनिया के सर्वेसर्वा हैं। उन्हें हम वही इज़्ज़त देते हैं, जैसा कि दीवान साहब को। आप उन्हें झुककर बाअदब फ़र्शी सलाम करने के बाद बहुत ही होशियारी से बातचीत कीजिएगा। अदब-क़ायदे के मामले में किसी तरह की कोई कमी न रहने पाए।" यह सब सुनकर रजब अली के तन-बदन में आग लग गई। वज़ीर ख़ाँ के महल पहुँचकर एक आम मामूली-सा सलामालेकुम कर अपना परिचय-पत्र उनकी ओर बढ़ा दिया। बगल में ही एक हुक्का रखा हुआ था। बिना कुछ बोले हाथ बढ़ाकर नली ली और फिर ज़ोरों से दो फूँक मारी और धम से एक खाली कुर्सी पर बैठ गए। मन-ही-मन होंठों को चबाते हुए वज़ीर ख़ाँ साहब ने पूछा—"आपकी तारीफ़ ?"

"जी, मैं हिन्दुस्तान के श्रेष्ठ वीणावादक उस्ताद बन्दे अली ख़ाँ का एक नाचीज़, अदना-सा शागिर्द हूँ।"

"कौन बन्दे अली ? वो जो इन्दौरी भोंडी-सी वीणा बजाते हैं ?"

"जी आप लोगों की तासा वीणा से तो बहुत बेहतर है वह वीणा।"

इसके बाद तो फिर नवाब साहब के दरबार तक पहुँचने का कोई सवाल ही नहीं था। लेकिन पता नहीं, कैसे दरबार तक पहुँचना मुमकिन हो पाया। उस दिन नवाब साहब खुद ही गाना गा रहे थे। बाकी और सभी कलावन्तों, मेहमानों, समझदारों और बड़े-बड़े ओहदेवाले अफसरों के साथ-साथ रजब अली भी बुलाए गए थे। नवाब साहब ध्रुपद धमार अच्छा गा लेते थे और लयदार भी थे। लेकिन सुर पर कोई ख़ास कब्जा नहीं था। परन्तु श्रोताओं द्वारा की जानेवाली बार-बार की 'माशाअल्लाह', 'सुभान

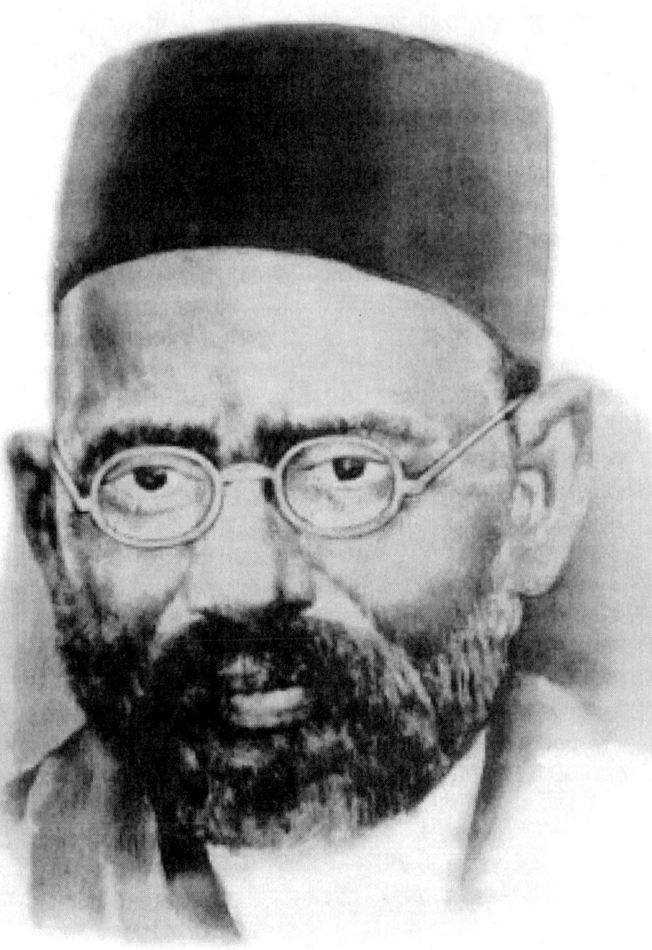

**उस्ताद वजीर ख़ाँ**

अल्लाह', 'मरहबा' की ध्वनि से उपरोक्त ख़ामियों की भरपाई हो जाया करती थी।

डेढ़ घंटे तक गाना गाने के बाद आखिर नवाब साहब पूछ ही बैठे—"आप लोग ही कहिए, इस तरह के पक्के सुरीले लयदार गाने इसके पहले कभी आप लोगों ने सुने हैं ?" 'कभी नहीं, कभी नहीं' के शोर से सभा गूँज उठी।—"हुजूर के जोड़ का दूसरा

गायक हिन्दुस्तान में मिलना मुश्किल है।" अब रजब अली की ओर नज़र घुमाते हुए नवाब साहब ने पूछा—"आप तो कोल्हापुर से तशरीफ लाए हैं। आपका क्या ख़याल है मेरे गाने के बारे में ?"

"हुज़ूर, अब तक मैं जितने दरबारों में गया हूँ, कहीं भी इतने समझदारों और कलावन्तों की भीड़ नहीं देखी और न ही राजे-रजवाड़ों में आपकी तरह का कोई गायक नज़र आया।"

नवाब साहब बोले—"यह तो मेरे सवाल का जवाब हुआ नहीं। मैं आपसे यह जानना चाहता हूँ कि क्या आपने मेरी तरह का कोई और सुरवाला, लयदार, कसब जानदार गायक देखा है कहीं ?"

"ऊहुँ, कहीं नहीं देखा हुज़ूर"—बस सिर्फ़ इतनी-सी बात कहनी थी। सारी मुसीबत ही टल जाती। पर रजब अली बोल उठे—"जी, जब बार-बार आप मुझसे यही सवाल पूछ रहे हैं तो फिर कहने पर मजबूर हूँ कि आपकी तरह का गाना किसी भी उस्ताद के घर का एक बच्चा भी गा सकता है और शायद इससे भी ज़्यादा सुर में।"

सभा में सन्नाटा छा गया। कुछ देर के बाद नवाब साहब ने फरमाया—"आप परदेशी हैं। शाहू महाराज से परिचय-पत्र लेकर आए हैं। और कोई अगर यह लफ़्ज कहता तो उसके चूतड़ पर मलमल लपेटकर चाबुक की मार से खातिरदारी करने का इन्तज़ाम करता।" इतना कहकर उन्होंने वज़ीर ख़ाँ पर नज़र डाली। बोले—"तीन सौ रुपए देकर इसे रुखसत करने का हुक्म देता हूँ। ये मेरे राज्य में और कभी न आ पाए, इसका ख़याल रखें।"

यह बात सन् 1909-10 की है। रजब अली ख़ाँ ने बहुत से दरबारों में इसके बाद सम्मान हासिल किए। भारतवर्ष के स्वाधीन होने के बाद सन् 1954 में उन्हें राष्ट्रपति के हाथों से पुरस्कार प्राप्त हुआ। लेकिन वे रामपुर फिर कभी नहीं गए और नवाब हामिद अली ख़ाँ के बेटे रज़ा अली ख़ाँ को भी कभी गाना नहीं सुनाया।

उस्ताद रजब अली ख़ाँ के गानों की तारीफ़ जिन-जिन लोगों ने की है, उन्होंने घूम-फिरकर ख़ास तौर से उनकी तानों और लयकारी की ही प्रशंसा की है। उस्ताद निसार हुसैन ख़ाँ कहते हैं कि उन्होंने डेढ़ घंटे तक लगातार उनसे फिरत तान और लयकारी सुनी है। इनमें रिपिटिशन होते सिर्फ़ सपाट के वक़्त। राग-विस्तार अथवा रागदारी के बारे में पूछे जाने पर कोई सही जवाब नहीं मिला।

निवृत्ति बुआ ने अल्लादिया ख़ाँ और रजब अली को एक ही दर्जे में कभी नहीं रखना चाहा और रागों की शुद्धता के बारे में उन्होंने इनकी तुलनात्मक ढंग से नुक्ताचीनी करना भी कभी पसन्द नहीं किया। हनफी साहब के साथ हुई बातचीत के दौरान कहते हैं कि निवृत्ति बुआ ने कहा था, "वे मेरे दो नम्बर के गुरु हैं। मैं शिष्य होकर भला उनके बारे में क्या बताऊँ ! रागदारी में वे कुछ ज़्यादा पक्के नहीं थे, यही ?" मिसाल के तौर पर कहते हैं कि बुआ ने किसी एक बड़ी मजलिस में रजब अली ख़ाँ द्वारा मलूहा केदार के अवरोहण में सशक्त गान्धार के प्रयोग किए जाने की

चर्चा की। बुआ मेरे अत्यन्त आदरणीय नमस्य व्यक्ति हैं, लेकिन अपने क्षुद्र ज्ञान के दायरे में भी एकाधिक बन्दिशों में गान्धार का प्रयोग पाया है। भातखंडे जी ने तो अपनी क्रमिक पुस्तक में मलूहा केदार को कामोद और केदार के जोड़ से बना राग बताया है और बन्दिशों में गमप, गमरेसा, phrase का इस्तेमाल किया है। आगरा, ग्वालियर में हालाँकि अवरोहण में गान्धार नहीं लगता अथवा लगता भी है तो हल्के से। रतन जनकर कहा करते थे कि जितना आप पश्चिम की ओर जाएँगे, उतना ही इस राग का गान्धार प्रबल होता जाएगा। लिहाज़ा सिर्फ़ इस मिसाल के आधार पर ही रजब अली ख़ाँ की रागदारी को खारिज नहीं किया जा सकता।

मैंने रजब अली को बाद में जब फिर से सुना तो उस वक़्त तक वे बूढ़े हो चुके थे। उनके स्वर-प्रयोग में किराना की ख़ास छाप थी, लेकिन विस्तार करना वे पसन्द नहीं करते थे। वे खुद ही कहा करते थे कि बूढ़े ब्राह्मणों की बातें और बूढ़े गायकों के गाने ज़रूर सुनने चाहिए। बूढ़े ब्राह्मणों की बातें अथवा उनकी चर्चाएँ सुनने का ज़माना कब का गुज़र चुका है, पर हाँ, ब्राह्मणियों की बातें ज़रूर सुननी चाहिए। अगर आप इस बात को नहीं स्वीकारेंगे तो पारिवारिक अशान्ति की आशंका पैदा हो सकती है। गायक का प्रौढ़ अथवा बूढ़ी अवस्था में ही मिजाज़ बनता है और तान लयकारी की जगह सुर तथा राग की तरफ तबीयत जाती है, इस बात को तो स्वीकार करना ही पड़ेगा। लेकिन रजब अली ख़ाँ के मामले में ऐसा कुछ हुआ होगा, मुझे नहीं लगता। उनको ऊपर की तरफ बढ़त करने और तार मध्यम पंचम तक जाना बहुत ही अच्छा लगता था। कहीं-कहीं तो अब्दुल करीम ख़ाँ की बातें याद आ जातीं। लेकिन जहाँ तक मुझे याद है, बूढ़े हो जाने पर भी उनके चंचल स्वभाव में कोई हेर-फेर नहीं हुआ था। रागों के अन्दर नए-नए स्वरों के कम्बिनेशन खोजा करते थे। बागेश्री में पंचम की मदद से खम्बाज के पुट ले आते थे। शंकरा के अवरोहण में रिषभ पर न्यास लिया करते थे, शायद किसी नएपन की तलाश में। इस तरह की आदतें प्रौढ़ अथवा वृद्धावस्था में जँचती हैं, ऐसा मैं नहीं समझता। तान पर पहुँचकर भी वे अपनी उम्र के अनुकूल धर्म का पालन नहीं करते थे। यही था उनका 'forte'। उनके उम्र की आखिरी मंज़िल की तानें सुनने के बाद सन् 1947 में आस्ट्रेलिया के विरुद्ध ज़बर्दस्त क्रिकेटर वाल्टर हैमंड साहब की प्रौढ़ावस्था के फुटवर्क की चर्चाएँ याद आ जातीं। आखिरी वक़्त तक तान बाज़ी और ख़ासकर सपाट तानें उन्हें बेहद पसन्द थीं। मुझे बार-बार ऐसा लगता कि हाय, उस्ताद ने इस उम्र में कम-से-कम ज़रा राग-विस्तार और ठहराव पर भी ध्यान दिया होता तो श्रोताओं को न जाने कितनी ज़्यादा खुशी हासिल हुई होती।

अल्लादिया ख़ाँ की तान-प्रधान गायकी, उसकी मारपेंच और सही मुक़ाबला करने की अदम्य इच्छा ही रजब अली ख़ाँ के रियाज़, गाने की प्रेरणा और Sustaining force थी, इसमें कोई शक नहीं। मैंने जिस वक़्त रजब अली ख़ाँ को सुना था, उस वक़्त अल्लादिया ख़ाँ साहब की तानों का नक्शा थोड़ा-सा ही पाया था। मल्लिकार्जुन मंसूर कहा करते थे—"बड़े ख़ाँ साहब के नक्शे का दस पर्सेंट उनके गाने में था।"

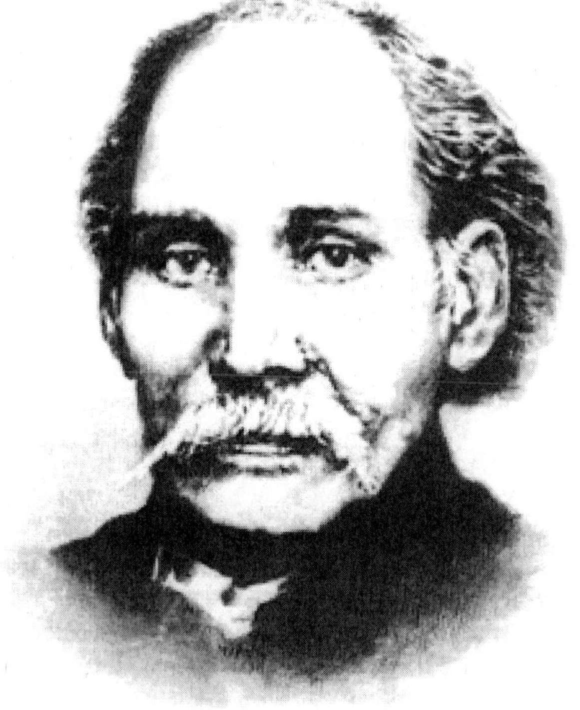

**उस्ताद रजब अली ख़ाँ**

ख़ैर, जो भी हो, मेरी जमापूँजी के बाक़ी दो क़िस्से सुनने के बाद उपरोक्त बातों की सच्चाई साबित हो जाएगी। रजब अली और अल्लादिया ख़ाँ का यह 'लव हेट' वाला रिश्ता मुझे आजकल के रईस ख़ाँ और उनके मामा सितारवादक उस्ताद विलायत ख़ाँ की बातें याद दिला देता है। हनफ़ी साहब की किताब से उद्धृत कर एक हवाला पेश कर रहा हूँ।

सन् 1944 में उस्ताद अल्लादिया ख़ाँ महाराज कुमारी के गुरु होकर इन्दौर आए और रामभाउ दाते के मेहमान बने। कुछ दाते साहब के कहने-सुनने पर और कुछ अल्लादिया ख़ाँ की बूढ़ी हालत (तब उम्र 89 साल की थी) की वजह से बहुत दिनों से दबी मनोकामना के कारण उन्होंने रजब अली ख़ाँ को एक ख़त लिखा, जिसे दाते साहब के ड्राइवर के हाथों देवास भिजवा दिया। यह भी कहला भेजा कि वे फौरन इन्दौर चले आएँ। खत में लिखा था—

'भाई रजब अली ख़ाँ, हम दोनों के ही दिन अब ख़त्म होने को हैं। अगर आ जाओ

तो गले मिलकर हम अपने पुराने झगड़े मिटा लें।'

जवाब में रजब अली ख़ाँ ने लिखा–

'भाई अल्लादिया ख़ाँ साहब, जिस दुश्मनी को हमने ज़िन्दगी-भर पाला-पोसा है, उसे अब इस आखिरी उम्र में गला दबाकर मारने की क्या ज़रूरत है ? आपका, मेरा इन्साफ और फैसला अल्लाह मियाँ के सामने ही होगा।'

इस वाक़ए के ठीक दो साल बाद ही अल्लादिया ख़ाँ चल बसे। ख़बर मिलने पर रजब अली डेढ़ दिन तक फूट-फूटकर रोए थे। उनके अपने भाई-बिरादरी की मौत में भी उन्हें इतना ग़म नहीं हुआ था। बार-बार कहा करते थे–''अल्लादिया ख़ाँ चले गए। अब मैं भला किसे अपना गाना सुनाऊँगा और सुनूँगा भी किसको !''

उनके बहुत ही करीबी शागिर्दों का कहना है कि इसके बाद उनके गानों में काफी गिरावट आ गई थी। रजब अली अब वो पहले के रजब अली ख़ाँ नहीं थे। आधुनिक मनोवैज्ञानिकों के लिए यह एक 'टेक्स्ट बुक' केस है।

*छठा अध्याय*

# जयपुर घराना : मल्लिकार्जुन मंसूर और मंझी ख़ाँ

कोई चार साल पुरानी बात होगी। दिल्ली की नवम्बर महीने की सुबह। जाड़ा शुरू ही हुआ था। छुट्टी का दिन। जल्दीबाजी से निकलने में बड़ा बुरा लगता है। नीला आसमान। टब में अभी-अभी खिले क्रिसनथिमम के बीच गरम चाय पीते-पीते अलसाए मिजाज़ में आधे पढ़े नावेल को बीच में छोड़कर उठने का मन नहीं करता। लेकिन कोई चारा भी तो नहीं था। 'टाइम्स ऑफ इंडिया' ग्रुप आजकल आर्ट और कल्चर के लिए भारी पैसा खर्च करता है। उसकी कोशिश से तिलक मार्ग के लॉन में विराट आयोजन था। भीमसेन, गंगूबाई और मल्लिकार्जुन मंसूर का गाना। इन लोगों के लिए और आई.टी.सी. के निमन्त्रण-पत्र के लिए दिल्ली सोसाइटी के ऊटपटाँग स्नॉब ललचते हैं, और साड़ी-गहनों के दिखावे के लिए यह एक बहुत अच्छा मौक़ा है। खुले मैदान में ऐसी पब्लिक के सामने, गाना कितना जमेगा, खुदा ही जाने। लेकिन पिछली रात मल्लिकार्जुन बुआ ने, शागिर्द की मार्फ़त ख़बर भिजवाई है। न जाने पर नुकसान और बे-अदबी दोनों ही बातें होंगी।

दिल्ली शहर में पन्द्रह-सोलह किलोमीटर तय करना कोई ख़ास बात नहीं। कलकत्ता में अगर इतनी ही दूरी से मुकाबला करना पड़ता तो सुबह से ही दाल-चावल बाँधकर रवाना होना पड़ता। टी.वी. पर 'महाभारत' की कृपा से रास्ता सुनसान था। बीस मिनट में ही पहुँच गए। वहाँ जाकर मेरी आँखें ठहर गईं। जितनी दूर नज़र जाती थी, सिर्फ़ गाड़ी-ही-गाड़ी—देशी-विदेशी। लॉन में तिनके-भर की जगह नहीं। गंगूबाई का गाना खत्म हो चुका था। मल्लिकार्जुन ने अभी-अभी राग खट में 'विद्याधर गुणीजन' शुरू ही किया था। किसी तरह से, मैंने एक कोने में खड़े होने की जगह निकाल ली। अचानक बुआ की नज़र मुझ पर पड़ी। गाना बन्द करके उन्होंने बुलाया, ''आओ-आओ, सामने आके बैठो।''

पब्लिक में रंग-बिरंगी महिलाओं की संख्या ही ज़्यादा थी। पंजाबी मर्द लोग 'पक्के गानों' से काफी डरते हैं। हाथ जोड़कर आरजू-मिन्नतें करता हुआ जब इन सबको फलाँगकर पसीने से तर सामने जाकर किसी तरह से बैठने की जगह निकालकर मैं बैठा

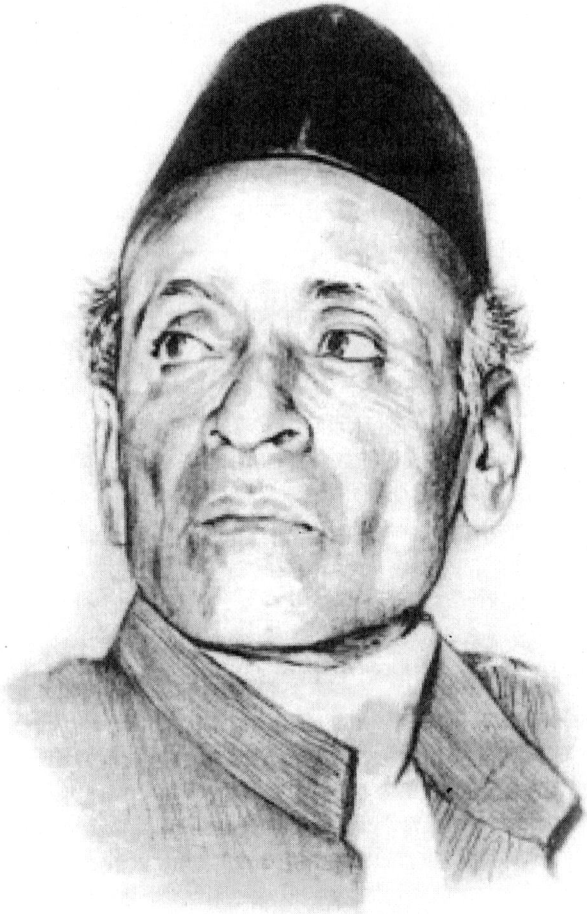

**मल्लिकार्जुन मंसूर**

तो बुआ की शक्ल देखकर ऐसा लगा जैसे बीच दरिया से बहुत ही बेचैन होकर, आख़िरकार, नाव को किनारे लगा सके हैं। कोई भी आर्टिस्ट समझ सकता है कि इस तरह की पब्लिक के सामने किसी कट्टर गवैये का 'मिजाज़' बनना कितनी मुश्किल बात है। वहाँ मेरा उपस्थित होना ऐसा था, जैसे विदेश में किसी देशवाले भैया को पा जाना। सो जंगल के सियार राजा बनकर, हमने उनसे गौड़ सारंग सुनाने की फ़रमाइश की।

गान्धार लगाने के साथ-साथ ही मेरे सिर में तब कुछ उलट-पुलट हो गया। तानपुरे के षडज से निकला हुआ गान्धार और हारमोनियम के पंचम ने बुआ की आवाज़ में

मिलकर अचानक मुझे एक ऐसा सुरीला धक्का दिया कि मेरा दम जहाँ-का-तहाँ थम गया। मेरा अन्दाज़ था कि हमने काफी कुछ देखा-सुना है, जिसे blasé कहते हैं। ज़िन्दगी-भर कई महापुरुषों के सान्निध्य-लाभ किए हैं, फिर भी हम आज किसी का गाना सुनकर, मन्त्रमुग्ध हो जाएँगे, ऐसा मैंने कभी नहीं सोचा था। लेकिन उस दिन विशुद्ध आकार में एक 'रे ग, रे म ग' के अन्तर्भेदी सही सच्चे सुर की चोट से, सदियों बाद आनन्द से शिहरित हो उठा। ख़ाँ साहब की दुनिया में दो प्रकार की तारीफ़ें होती हैं। एक तो 'वाह' जो कि सभी गायकों के भाग में थोड़ी-बहुत सुनने को मिलती है। दूसरी है, 'हाय' जो कभी-कभार महापुरुषों के गाने सुनकर श्रोताओं के हृदय से निकलती है। भास्कर बुआ, अब्दुल करीम ख़ाँ—सुना है—लोगों को रुलाते थे। फ़ैयाज़ ख़ाँ श्रोताओं को हँसाते और रुलाते थे। कभी-कभी उनका गाना सुनकर मन में बड़ी स्फूर्ति और खुशी होती थी। कभी तारसप्तक की रामकली या भैरवी के कोमल रिषभ के लगाव से श्रोता आँसू रोक नहीं पाते थे। अभी हाल में ऐसा कोई तजुर्बा मुझे नहीं हुआ था। बहुत दिन पहले एक शाम भीमसेन जोशी के मारुबिहाग में तारसप्तक के गान्धार की पुकार ने मेरे रोंगटे खड़े कर दिए थे। और एक दिन मैंने अली अकबर ख़ाँ का माझ खम्बाज में ऐसा अजीब बजाना सुना था कि बहुत रात तक मैं सो नहीं पाया। उस जाड़े के इतवार की सुबह मल्लिकार्जुन मंसूर के 'जिन करो लड़कइयाँ' ने कुछ इसी तरह के थोड़े-से अनोखे पल मेरी ज़िन्दगी में फिर से लौटा दिए थे। कहते हैं कि 'राग, रसोई, पागड़ी कभी-कभी बन पाए।'

अल्लादिया ख़ाँ साहब के घराने में कोई बेसुरा नहीं गाता, ऐसी धारणा हम लोगों में है और यह बात ज़्यादातर ठीक ही है। शायद पूरी तरह से ठीक न भी हो। हाँ, सीनियर आर्टिस्ट अर्थात केसरबाई, उम्र होने पर मोघूबाई, मल्लिकार्जुन, निवृत्ति बुआ, मंझी ख़ाँ और आज के ज़माने में किशोरी अमोनकर तानों में भी कभी पल-भर के लिए भी स्वर चूके हों, ऐसा कभी नहीं सुना। इनके आकारों का स्वर-प्रयोग इतना ज़्यादा साइंटिफिक व क्लासिकल, और साथ-साथ दम लेने की तालीम इतनी पक्की थी कि आवाज़ लगाने के साथ ही श्रोताओं का मोहित होना जैसे ज़रूरी हो जाता था। अल्लादिया ख़ाँ, या मंझी ख़ाँ का गाना मेरे मन में बहुत स्पष्ट नहीं है। मैंने इनके बारे में उन दिनों के श्रोताओं और समझदारों की राय पहले ही लिख दी है। लेकिन केसरबाई, मोघूबाई, निवृत्ति बुआ आदि के गानों में कई तरह के अंगों के भरपूर रहते हुए भी दिल का दर्द यानी 'इमोशनल कन्टेंट' और कल्पना-शक्ति का विशेष प्रयोग मैंने नहीं पाया। किशोरी के गाने में मुझे यह मिला लेकिन वे मेरे लिए ज़बर्दस्त पहेली हैं। आज से करीब बीस साल पहले जगदीश गोयनका के घर बिल्कुल आमने-सामने बैठकर इनका गाना सुनने के बाद मैंने एक गैर-बंगाली दोस्त से पूछा था,—"Where has she been all my life ?" उसके बाद भी दो-एक बार मैंने इनका लाजवाब गाना सुना—भूपाली, भूपनट, शुद्धनट। वृन्दावन के हरिदास कान्फ्रेंस में केदारा। और फिर इनसे ऐसे भी गाने सुने हैं, जैसे 'खेम कल्याण', 'बागेश्री' आदि, जिससे मुझे वाकई शक हो गया कि मैंने

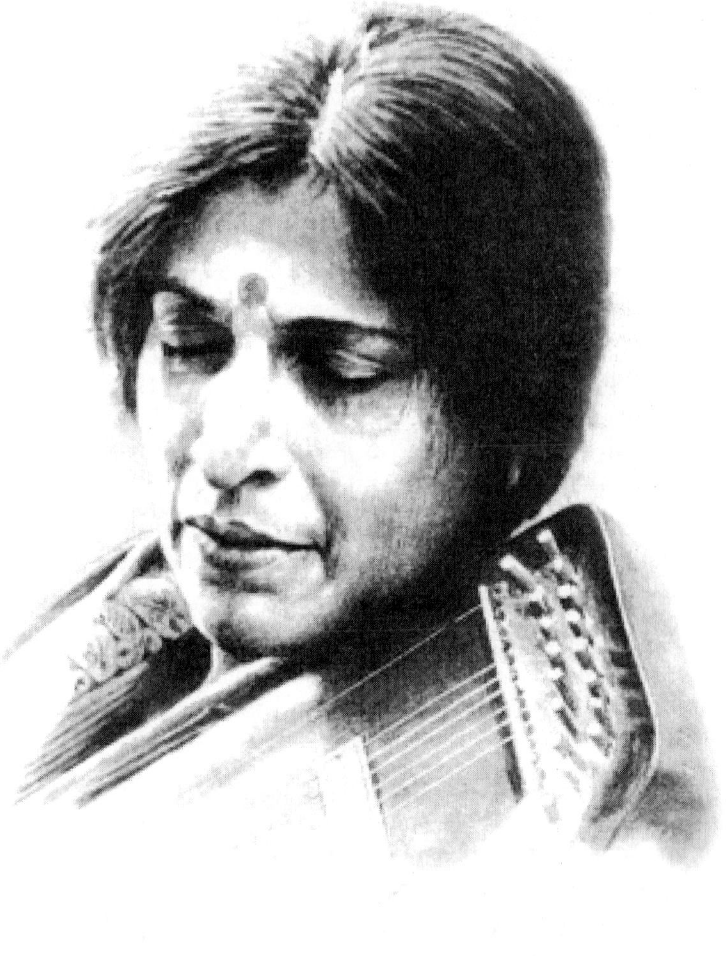

किशोरी अमोनकर

निश्चित रूप से ज़िन्दगी-भर गलत तालीम पाई है। और एक बार यमन का मशहूर बन्दिश, 'एरी आली पिया बिन' (अब्दुल्ला ख़ाँ की रचना) इनके मुँह से सुनकर ऐसा लगा था कि हम सवा रुपए की सीट पर बैठकर हिन्दी सिनेमा देख रहे हैं।

मल्लिकार्जुन ने मुझे कभी निराश नहीं किया। हालाँकि ये भी अपने घराने के और लोगों जैसे कोई भी राग आधे घंटे से ज़्यादा नहीं गाते थे, फिर भी कभी ऐसा नहीं लगता था कि यह बहुत बार सुना है, इसका 'टेप रिकार्ड' भी तो घर में है या यह तो मुँहजबानी याद किया हुआ गाना है। बुआ जब पहले-पहल मंझी ख़ाँ के पास तालीम लेने गए तो एक दिन किसी एक जलसे में वे केसरबाई को सुनने चले गए। वहाँ 'बड़े ख़ाँ साहब' यानी अल्लादिया ख़ाँ खुद सामने बैठकर बाई को गवा रहे थे। डेढ़ घंटे में मल्लिकार्जुन मंझी ख़ाँ के घर लौट आए। मंझी ख़ाँ ने पूछा—'क्यों, क्या बात है ? तू लौट आया ? बड़े ख़ाँ साहब को कहकर आया है न ?' मंसूर चुप रहे। दोबारा पूछने पर जवाब दिया—''क्या सुनेंगे ? बहुत अच्छा गाना, मगर बैठाया हुआ गाना है। एक-दो सुन लिया तो लगता है, सब ही सुन लिया।'' ठीक इसी तरह की कोई बात मल्लिकार्जुन के बारे में नहीं कही जा सकती और उनका गाना मैंने कम-से-कम बीस-पच्चीस दफ़े सुना होगा—बल्कि ज़्यादा ही। कम नहीं। एक बार, सन् 1965 में, मेरे घर में बैठे वे गा रहे थे। ठेका दे रहे थे जुड़ान बाबू। और कोई था नहीं। अचानक विजय किचलू और गिटारवादक ब्रजभूषण काबरा आ धमके। आगरा घराने को खुश करने के लिए शायद उन्होंने 'नटबिहाग' में फ़ैयाज़ ख़ाँ साहब का पेटेन्ट द्रुत ख़याल, 'झन झन झन पायल' शुरू किया। घड़ी के हिसाब से उन्होंने नौ मिनट एक आवर्तन के अन्दर तान भरी—कभी आठ मात्रा, कभी नौ-दस, कभी ग्यारह। यह पुराना सिलसिला आगरा घराने में खूब चलता था। बड़े गुलाम अली ख़ाँ भी इसी तरह की चीज़ों से बहुत मज़ा लेते थे। लेकिन जयपुर घराने के किसी भी गवैए से इसकी उम्मीद नहीं थी।

जिन्होंने भी मल्लिकार्जुन को सुना, उन्होंने फिर वही सवाल पूछा कि ''यह बहुत ही अच्छा गाते हैं, फिर इनका गाना हम लोगों ने पहले क्यों नहीं सुना ?'' इसके सही माकूल जवाब के लिए कुछ कड़वी बातों का ज़िक्र करना पड़ेगा। तीस और चालीस के दशक में जो लोग कान्फ्रेंस करते थे, यानी 'ऑल बंगाल' के भूपेन घोष और 'ऑल इंडिया' के लाला बाबू आदि जैसे क़द्रदान, वे गाने-बजाने की समझ रखते थे और दो-चार गवइयों-बजवइयों की खोज-ख़बर भी रखते थे। युद्ध के बाद, कलकत्ते में गाना सुनवाने का जिन लोगों ने जिम्मा लिया था (हाल की बात लिखकर मैं किसी को शर्मिन्दा नहीं करना चाहता), उनमें तानसेन और सदारंग को छोड़कर, दूसरे आयोजकों ने न तो खुद ही कभी गाना-बजाना किया और न ही इसकी कोई ख़ास ख़बर ही रखते थे। इसी समय इनके हाथों से ही बॉक्स आफिस और स्टार-सिस्टम ने जन्म लिया। ये दो दानव-सन्तान अब बड़े होकर सारे उत्तर भारत में बहुत ही धड़ल्ले से घूम-फिर रहे हैं और भारतीय मार्ग संगीत को निगल जाने की चेष्टा कर रहे हैं। इसके विरोध में कुछ पेशेदार और हमारे जैसे गैर-पेशेदार गायक और सही संगीत-प्रेमियों ने 'कलकत्ता म्यूजिक

सर्किल' की स्थापना की। क़िस्मत से कुछ ऐसे लोग जो सचमुच गाना-बजाना पसन्द करते थे और जो व्यवसाय की दुनिया में प्रतिष्ठित थे, वे हमारी काफी मदद करते थे, जिनमें पूर्वोक्त टाटा कम्पनी के स्वर्गीय फ़रहत सईद ख़ाँ साहब का नाम उल्लेखनीय है, जो छतारी नवाब के मँझले बेटे, उस्ताद फ़ैयाज़ ख़ाँ के गंडाबन्द शागिर्द, जिन्होंने ज़िन्दगी में गाना नहीं गाया, लेकिन वाक़ई गाने के आशिक़ थे और मेरे संगीत को काफी बढ़ावा दिया।

कहने की ज़रूरत नहीं है कि हम लोग खुद अपनी कान्फ्रेंस में नहीं गाते थे। लेकिन श्रोताओं को पारम्परिक गाने सुनाने के मामले में फ़रहत भाई के नेतृत्व में हम लोगों की बहुत कोशिश थी। अख़बारों में लिखकर, मुँहजबानी कहकर, आलोचनाएँ करके, हम लोगों ने इसके लिए बहुत वक़्त लगाया और मेहनत की, ताकि सिलसिला और ट्रेडीशनल गाने-बजाने का दुबारा प्रचार हो। पन्द्रह साल तक जारी रहने के बाद सत्तर के दशक के बीच में विजय किचलू, ए. कानन और फरहत भाई आदि दोस्त कलकत्ता म्यूजिक सर्किल को मेरी गोद में डालकर 'आई.टी.सी.' की छत्रछाया में चले गए। टिमटिमाते अमीर ख़ाँ कलाकेन्द्र और खँडहर कलकत्ता म्यूजिक सर्किल ने मिलकर अपने संयुक्त प्रयासों से एक के बाद एक लगातार पाँच घराना सम्मेलन किए। पहला सम्मेलन समर्पित किया गया अमीर ख़ाँ की याद को और फिर उसके बाद फ़ैयाज़ ख़ाँ, मुश्ताक हुसैन ख़ाँ, अब्दुल करीम ख़ाँ और अल्लादिया ख़ाँ साहब की याद को। इसमें ख़ास तौर पर घराने के गवैयों को सारे हिन्दुस्तान से ढूँढ़-ढूँढ़कर बुलाया जाता था। बहुत सारे आर्टिस्ट जिनका कोई नाम न था—आमन्त्रित हुए थे। और जो नामी हैं वे तो आए ही थे। आगरा घराने से आए थे रामाराव नायक, लताफ़त हुसैन ख़ाँ, शराफ़त हुसैन ख़ाँ, यूनुस हुसैन ख़ाँ, एस.सी. आर. भट, के.जी. गिंडे, दिनकर कैकिणी, एम.आर. गौतम, दीपाली नाग, ललिता उभयकर और ललिता राव। ग्वालियर-रामपुर से कृष्णाराव शंकर पंडित, बाला साहब पूछवाले, इश्तियाक हुसैन ख़ाँ और उनके भाई गुलाम तकी, गुलाम सादिक और भाई गुलाम सिराज, जाफ़र हुसैन कव्वाल, निसार हुसैन ख़ाँ, वीणावादक असद अली ख़ाँ, फ़ैयाज़ ख़ाँ के भानजे सत्तासी साल के वृद्ध हारमोनियम-वादक उस्ताद गुलाम रसूल ख़ाँ, और उनकी तबले पर आखिरी संगत की थी तिरानवे साल के नौजवान उस्ताद अहमद जान थिरकवा ने। अल्लादिया ख़ाँ के घराने से आए मोघूबाई और कन्या किशोरी अमोनकर, खान ब्रदर्स, मट्टि घट्टि पंचाक्षरी, धोन्दूताई कुलकर्णी, श्रुति सदोलिकर। किराना से आए थे गंगूबाई, भीमसेन जोशी, माधुरी मट्टू, फ़िरोज़ दस्तूर, पंडित अमरनाथ, फ़ैयाज़ नियाज अहमद, सिंह बन्धु तथा और भी बहुत-से लोग।

प्रख्यात वादकों में, अमजद अली ख़ाँ, निखिल बंद्योपाध्याय और वी.जी. जोग को छोड़कर और किसी को भी नहीं बुलाया गया था। इसके बदले सारे स्थानीय आर्टिस्टों ने ही बजाया था। जैसे मणिलाल नाग, बुद्धदेव-दास गुप्त, विमल मुखोपाध्याय, बलराम पाठक, रणवीर राय आदि प्रमुखों ने। इस कान्फ्रेंस की एक और ख़ासियत यह थी कि इसमें बहुत पुराने दिनों के और आजकल के आर्टिस्टों के साथ हमारे संरक्षकों को

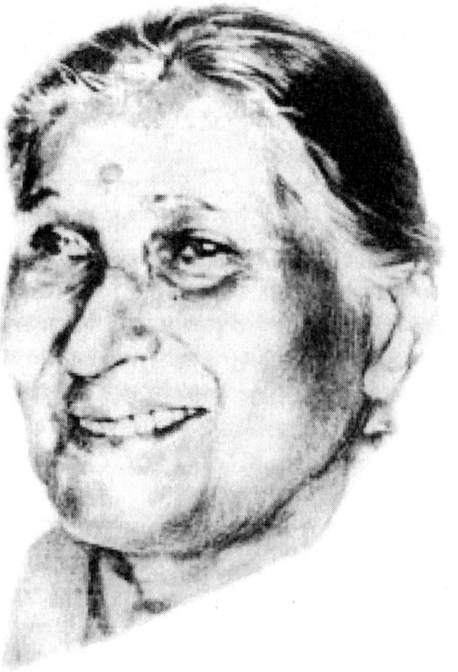

**मोघूबाई कुर्डीकर**

आमन्त्रित किया गया था और ऊपर बालकनी की सीट के सीजन टिकट का दाम रखा गया था सिर्फ़ पन्द्रह रुपए, और नीचे की रो का पच्चीस रुपए। उस पर भी हॉल एक-चौथाई खाली रहता था, क्योंकि हमारा जेहाद था 'स्टार सिस्टम' के विरुद्ध। जो तगड़े-तगड़े आर्टिस्टों को सिर्फ़ देखने आते हैं, उनमें से कोई भी नहीं आये। सुनने को भी नहीं। चूँकि हमारा लक्ष्य पैसे में नहीं था, इसलिए हमें कोई समझौता नहीं करना पड़ता था और आजकल के आर्गनाइज़रों की तरह हमें शून्य में सितारों की दुम पकड़कर झूलना भी नहीं पड़ा। सुना है, वह दुम इतनी मोटी और महँगी है कि सीनियर्स के क्षेत्र में डेढ़ से दो लाख तक पहुँच गई है। इसके बावजूद ऐसे उभरते हुए आर्टिस्ट जो करीब मुफ़्त में मिल जाते हैं, अनगिनत बीच के अच्छे-अच्छे आर्टिस्ट और लोकल अर्थात् कलकत्ते के प्रतिष्ठित अच्छे बंगाली आर्टिस्ट बेचारे बैठे मार खा रहे हैं। यह है मार्ग संगीत का भविष्य लेकिन इसमें नई बात क्या है ? भारतीय संगीत तो प्रशान्त महासागर का कोई अजनबी द्वीप नहीं है। यह तो भारतवर्ष का ही अंश है। सबकुछ ही जब जहन्नुम में जा रहा है तो शास्त्रीय संगीत के मामले में हमारे जैसे पुराने विचारोंवाले

बूढ़े खूसट लोगों को किस बात का अफ़सोस ?

मल्लिकार्जुन को असल सम्मान के साथ पेश करने का श्रेय कलकत्ता म्यूजिक सर्कल को है। सन् 1965 से इन्होंने बहुत-सी बड़ी महफ़िलों में इस शहर में गाया है और इस घराने के प्रचलित और अप्रचलित रागों को सुनाकर श्रोताओं का मन जीता है। याद है पहली बार इन्होंने नन्द या आनन्दी, वसन्त केदार और नायकी कानड़ा गाया था। पहलावाला राग आगरा घराने की रचना थी और बहुत दिनों तक 'ढूँढ़ूँ वारे साईं' दरस पिया (महबूब ख़ाँ की बनाई हुई)—विलम्बित ख़याल छोड़कर और कोई बन्दिश किसी से नहीं सुनी थी। उस्ताद फ़ैयाज़ ख़ाँ यही गाना विलम्बित और बाद में द्रुत में भी गाते थे। बाद में विलायत हुसैन ख़ाँ ने 'अज हूँ न आए' यह बन्दिश रचकर यह कमी भी पूरी कर दी थी। अल्लादिया ख़ाँ और उनके शिष्य-शिष्याओं ने इस राग को एक विशेष दर्जा दिया। आगे चलकर इस राग को अमीर ख़ाँ से एक नया डाइमेंशन मिला। मंसूर और केसरबाई दोनों ही 'नन्द' बहुत अच्छा गाते थे। वसन्त केदार, याद है, मंसूर के हाथ यह सिर्फ़ दो रागों के जोड़ का फल ही नहीं था, बल्कि दोनों का मिल-जुलकर एक स्वतन्त्र रूप निखर आया था। मध्यम से उभरकर कभी वसन्त और कभी केदार की तान बनकर मध्यम में ही मिल जाते थे। आकार का उच्चारण ऐसा था कि ज्ञान प्रकाश घोष महाशय ने सुनकर कहा था कि ''यह तो मामूली आकार नहीं है। इसको सिर्फ़ आकार कहना काफी नहीं है, इसको हाँकार कहा जा सकता है।'' तो वह आकार एकदम स्वर के केन्द्रस्थल में लग रहा था, जिसको कहते हैं 'मिडल ऑफ दि बैट'। सही समझाना मुश्किल है। इनके गाने में इसको छोड़कर कहीं-कहीं कर्णाटक संगीत का 'इडियम' भी बीच-बीच में घुस पड़ता है और उसमें एक अजीब मज़ा मिलता है। लेकिन जो ख़ास तौर पर हमारे मन पर छा गई थी, वह थी उनकी नायकी कानड़ा की तान। करीब पाँच-सात मिनट तक लगातार उन्होंने ज़बर्दस्त भारी हलक और गमक तान किए थे, जो बाद में हमने कभी उनसे नहीं सुनीं। याद दिलाने पर हँसकर कहते थे—''वह बुढ़ापे की चीज़ नहीं।''

मल्लिकार्जुन मंसूर का जन्म सन् 1910 में धारवाड़ के पास मंसूर गाँव में हुआ था। मृत्यु हुई सितम्बर 1992 में। इन बयासी सालों में कम-से-कम सत्तर साल उनके संगीत में ही गुजरे। गाने के सिवाय उनकी ज़िन्दगी में और कुछ था ही नहीं। संसार, धर्म, अर्थ-उपार्जन, बच्चों को बड़ा करना, लड़कियाँ ब्याहना—ये सारी चीजें उनके लिए मामूली थीं, जो अपने समय से एक के बाद एक होते चले गए।

गाना ही उनका सबकुछ था और आखिरी महीने में कैंसर के शिकार होने पर इनको जबरन ही गाना बन्द करना पड़ा। मल्लिकार्जुन ने कभी बिना गाना गाए चौबीस घंटे बिताए हों, ऐसी घटना तो उनके परिवार के लोगों को भी याद नहीं। पिता थे एक दरिद्र किसान। लेकिन निरक्षर नहीं थे। बल्कि मराठी नाटक और नाट्य-संगीत के भक्त थे। धारवाड़ में कर्नाटक संगीत और मराठी गाना-बजाना दोनों का ही रिवाज़ था, और बोलचाल की भाषा थी मराठी और कन्नड़। मल्लिकार्जुन

ने संगीत को सबसे पहले करीब से पहचाना पाँच-छह साल की उम्र में, स्वामी जी अइयप्पा की कृपा से। ये बेहला पर कर्णाटकी संगीत बजाते थे। बड़े भाई को भी गाने का शौक़ था और छोटी उम्र में घर से भागकर नाटक कम्पनी में अपना नाम लिखवा लिया था। थोड़े दिनों बाद मल्लिकार्जुन ने भी भइया का रास्ता पकड़ा और उसी कम्पनी में घुस गए। ये दोनों भाई ध्रुव, प्रह्लाद, नचिकेता आदि के पार्ट करते थे और कच्ची आवाज़ में गाते थे। मैनेजर पांडीबा बुआ गाना अच्छा गाते थे और इन दोनों भाइयों को नाट्य- संगीत की तालीम देते थे। मराठी नाट्य-संगीत शास्त्रीय संगीत के अन्तर्गत है। नाट्य-संगीत में पारदर्शी बनने के लिए अच्छे-ख़ासे उस्तादी गानों की तालीम लेनी पड़ती थी। पांडीबा बुआ को भी ग्वालियर घराने के बालकृष्ण बुआ ईछल करंजीकर के शिष्य नीलकंठ बुआ से अच्छी तरह तालीम लेनी पड़ती थी। इस नाटक कम्पनी ने दो साल बाद, बागलकोट में तम्बू गाड़ा। यहीं पर नीलकंठ बुआ ने दस साल के मल्लिकार्जुन का गाना सुना और तय किया कि इसे वे अपने साथ मीरज ले जाएँगे। तब तक नीलकंठ बुआ के कोई सन्तान नहीं हुई थी। और मल्लिकार्जुन को देखते ही उनकी पत्नी के मन में उसके प्रति स्नेह पैदा हो गया। सोलह साल तक यह नीलकंठ बुआ के पास ही थे और रोज़ पाँच-छह घंटे तालीम होती थी। पाँच-छह घंटे तक रियाज़ भी करते थे।

बड़े भाई बसवराज ने सन् 1925 में गौहर कर्नाटकी को लेकर अपनी ड्रामा पार्टी बनाई और नीलकंठ को बुलाया म्यूज़िक डायरेक्टर बनने के लिए। उस ज़माने में गवैए के हिसाब से उनका काफी नाम था। गौहर कर्नाटकी भी देखने में इतनी सुन्दर थीं कि बाद में बाल गन्धर्व की दूसरी शादी इन्हीं से हुई। इनके प्रोग्राम का एक बहुत बड़ा आकर्षण था मल्लिकार्जुन का गाना, इसके बाद सात-आठ साल इनके अच्छे ही कटे। रियाज़, तालीम और पैसे, किसी की भी ख़ास कमी इन्हें महसूस नहीं हुई।

इसी समय 'हिज मास्टर्स वॉयस' नाम से एक विलायती कम्पनी ने हम लोगों के देशी गाने-बजाने को बढ़ावा देने के लिए काफी कुछ किया। इस कम्पनी का असली उद्देश्य था पैसा कमाना। मतलब अभी जो है, तब भी वैसा ही था। कम्पनी की पालिसी थी कि जिस क़िस्म के गाने ज़्यादा बिकते हों, उसी को रिकार्ड करवाना। इस ज़माने में लोकप्रिय गाने हैं फ़िल्मी गीत, नहीं तो कम-से-कम भजन या ग़ज़ल। उस ज़माने में थे उस प्रदेश के नाट्य संगीत, शास्त्रीय गाने या उत्तर भारत के उस्तादी गाने और बाईजियों के गाने। एक-आध ठुमरी, ग़ज़ल, कलकत्ता के पुराने बांगला गाने, थिएटर के गाने और रवीन्द्र संगीत। इन सबकी बुनियाद थी शास्त्रीय संगीत। आजकल के फ़िल्मी संगीत की तरह नहीं, जो आसमान से यकायक टपकते। इसलिए इस कम्पनी के विलायती साहब बाकायदा 'क्लासिकल म्यूज़िक' की खोज रखते थे और सारे देश में इनका 'ऑडिशन कैम्प' घूमता था और नए-नए गवैयों और वादकों की ख़बरें रखते थे। सन् 1933 में इन्होंने कर्नाटक से दो गवैयों को चुना। इनके नाम थे मंसूर और गंगूबाई। मंसूर का पहला रिकार्ड जब निकला तब

उनकी उम्र थी बाईस या तेईस। एक तरफ था अड़ाने में 'कंगनवा मोरा' और गौड़ मल्हार में 'सईंया मोरा रे'। दोनों ही द्रुत ख़याल थे। सुनने पर लगेगा कि नारायण राव व्यास के गुरुभाई गा रहे हैं। यानी नाट्य-संगीत का प्रभाव बहुत भारी हैं उसमें। बहुत ही सुर में और तानें भी बहुत द्रुत। लेकिन सिर्फ़ प्याज-लहसुन की ही कमी नहीं, बेस्वाद। नमक की भी कमी थी।

बचपन का एक माजरा याद आ गया। मेरे स्वर्गीय पिता धूर्जटिप्रसाद मुखोपाध्याय को बहुत-से लोग, नकचढ़ों में शामिल करते थे। उनके अनगिनत छात्र-छात्राएँ यह गवाही देंगे कि वे लोगों से मिलने-जुलने के मामले में बहुत सहज ही नहीं बल्कि उनमें बहुत स्नेह था। अंग्रेजी में जिसे 'फिलिस्टीइन' कहते हैं, उनसे वे बचके ही चलते थे, लेकिन अनपढ़ों से नहीं। नहीं तो फिर संगीत की दुनिया से उनका इतना गहरा सम्पर्क होता कैसे ? लेकिन सभी मामलों में उनकी रुचि थोड़ी-बहुत ऊँची ही थी, यह तो उनके पाठक अच्छी तरह से कह सकते हैं। इसलिए ये सारे झमेले मुझे ही सँभालने पड़ते थे, क्योंकि मैं सिर्फ़ उनकी एकमात्र सन्तान ही नहीं था, बल्कि छात्र भी था। एक दिन शाम को यूनिवर्सिटी के सेनेट हॉल में नारायण राव व्यास के गाने की महफ़िल हुई थी। आयोजकों में मैं भी एक था। घर लौटकर देखा कि आरामकुर्सी पर बैठे वे किताबें पढ़ रहे थे। पूछ बैठे—''इतनी रात में ?'' ''कॉलेज में गाना था'' (छोटा-सा जवाब देकर भागने का इरादा था)।

''किसका गाना था ?''

''नारायण राव व्यास का।''

''कैसा लगा ?''

''ठीक है। सुर है, गला भी घूमता है। और तो कुछ ख़ास है नहीं।''

''हूँ, तो यह पहली बार सुना नारायण राव को ?''

''हाँ, इनके रिकार्ड मैंने पहले सुने हैं।''

''उम्मीद है, दुबारा सुनने की इच्छा नहीं होगी। अगर हो तो मेहरबानी कर लौटकर घर आने की ज़रूरत नहीं।'' यह भी एक तरह की तालीम ही थी।

एक के बाद एक मल्लिकार्जुन के करीब-करीब तीस रिकार्ड बाज़ार में निकले और एक ही साल में। ज़्यादातर थे नाट्य-संगीत, दो-एक ख़याल और दो-एक ठुमरी छाप भजन। वृद्धावस्था में यह रिकार्ड सुनाने से बुआ बहुत लज्जित होते थे।

सन् 1934 में गुरु की खोज में मल्लिकार्जुन बम्बई चले आए। पुरानी मराठी छाप नाट्य-संगीतनुमा ग्वालियर गायकी से उनका मन नहीं भर रहा था। उन्होंने तय कर लिया था कि उन्हें असली ग्वालियर तालीम हासिल करनी है और कृष्णराव पंडित के पास ही जाना बेहतर है। इसी समय फड़नवीस कृष्ण नाम के एक व्यक्ति से उनकी मुलाक़ात हुई। ग्वालियर गायकी में ही सिर्फ़ ये माहिर थे, ऐसा नहीं। सन्त तुकाराम की भूमिका में स्टेज पर अभिनय करके इन्होंने काफी नाम भी पैदा किया था। जैसे रामकृष्ण रूप में हम गुरुदास बन्द्योपाध्याय को देखते हैं, उसी तरह वहाँ लोग उन्हें

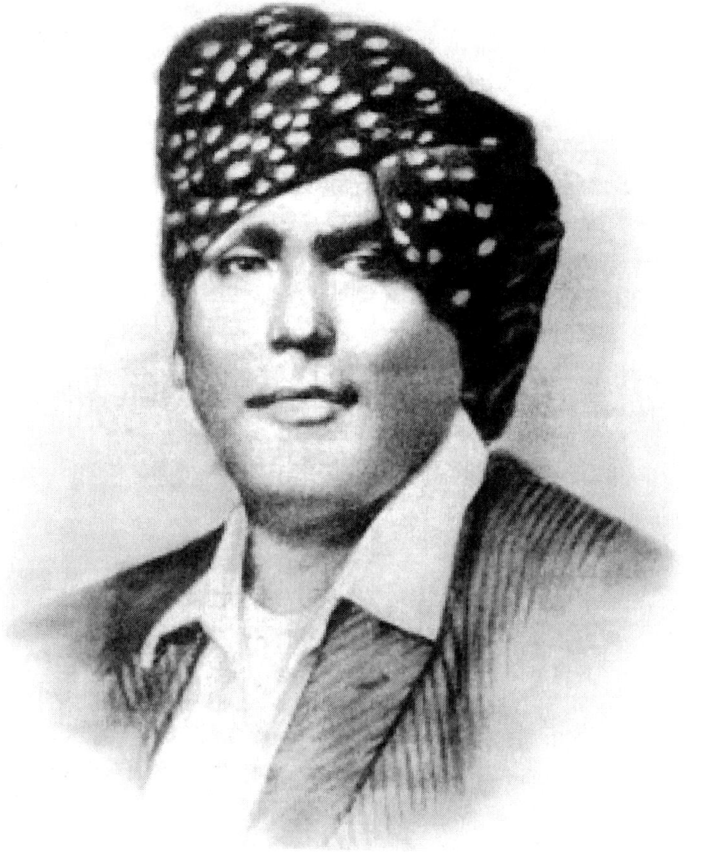

**उस्ताद मंझी ख़ाँ**

तुकाराम कहकर उनके पैर छूते थे। बाद में इन्होंने तुकाराम फ़िल्म में बहुत नाम कमाया और सारे महाराष्ट्र में मशहूर हो गए। मज़े की बात यह थी कि ये व्यक्तिगत जीवन में जौहरी थे और सुबह-शाम दुकान पर बैठते थे। उस दुकान में मामूली खरीददार को छोड़कर गवैए-बजैये और नाटक के लोग-बागों के अड्डे जमते थे। वहाँ पर एक दिन मंझी ख़ाँ अचानक आ गए। फड़नवीस ने मल्लिकार्जुन से मिलवाकर कहा—"यह लड़का बहुत ही अच्छा गाना गाता है। नीलकंठ के पास दस साल तक इसको तालीम मिली है। छोटी-छोटी महफ़िलों में गाता है। मेहरबानी कर अगर आप अपने घराने का इसको शागिर्द बना लें तो छोकरे की ज़िन्दगी बन जाएगी।" ख़ाँ साहब ने कहा—"पहले सुनकर तो देखें। अगर कुछ माल-मसाला है तो ज़रूर हम इनकी तालीम

की जिम्मेदारी लेंगे। ख़ासकर जब आप मुझसे यह कह रहे हैं, फड़नवीस भाई !" फड़नवीस कृष्ण को अचानक याद आया कि पासवाली दुकान में ही मल्लिकार्जुन का रिकार्ड है। उन्होंने मंझी ख़ाँ को वह लेकर सुनाया और वह मल्लिकार्जुन को गंडा बाँधने के लिए राजी हो गए।

इनसे सिर्फ़ तीन साल की तालीम मिली थी बुआ को। रोज़ ही लगातार छह-सात घंटे तक तालीम चलती थी। छह महीने के बाद ही मंझी ख़ाँ शिष्य को लेकर बड़ी महफ़िलों में गाने लगे थे और मल्लिकार्जुन को बाहर गाने के लिए भी बहुत उत्साहित करते। बुआ को याद है कि एक के बाद एक महफ़िल में बुआ ने मंझी ख़ाँ के साथ गाया था और उन्होंने किसी महफ़िल में राग 'रिपीट' नहीं किया। तालीम के अलावा भी बुआ उस्ताद का साथ नहीं छोड़ते थे। सिर्फ़ उस्ताद का गाना ही नहीं, उनका चाल-चलन भी नकल करते थे। कोल्हापुर के 'अल्लादिया चौक' के सामने देवल क्लब था। वहाँ पर जितने मशहूर गवैये हैं, कम-से-कम एक बार तो ज़रूर ही हाज़िर हुए हैं। पूरी एक दीवार में छाई हुई हैं उनकी तस्वीरें। वहाँ मैंने देखा, फोटो में मंझी ख़ाँ के साथ एक आदमी को टाई-कोट पहने। कुछ पहचाने-से लगे। ज़रा गौर किया तो समझा कि विलायती पोशाक में सजे हुए हैं उस्ताद के योग्य शिष्य मल्लिकार्जुन मंसूर। मल्लिकार्जुन मंसूर की जवानी की तस्वीर थी वह।

शायद मंझी ख़ाँ समझ गए थे कि इनके दिन अब खत्म होने को हैं। नहीं तो भाई-बिरादर को छोड़कर इतनी मेहनत से शागिर्द को कोई तालीम नहीं देता। तीन साल बाद की बात है। मल्लिकार्जुन बम्बई के सान्ताक्रुज सर्कल में गाना गा रहे थे। यकायक ख़बर मिली कि मंझी ख़ाँ का ऐक्सीडेंट हो गया है और अस्पताल में वे बार-बार बड़े ख़ाँ साहब और मल्लिकार्जुन को याद कर रहे हैं। महफ़िल के बीच यह ख़बर बुआ को नहीं सुनाई गई। जब उनको ख़बर पहुँची तब सबकुछ ख़त्म हो चुका था। बूढ़े अल्लादिया ख़ाँ ने आँखों में आँसू भरकर कहा था—हमारे ख़ानदान का तीन सौ बरस का गाना आज मंझी के साथ चला गया।

इसके बाद बुआ कहाँ जाएँगे, उनकी समझ में नहीं आया। जयपुर गायकी के मज़े के बाद ग्वालियर में दुबारा लौटने की उनकी इच्छा नहीं हुई। बड़े ख़ाँ साहब ने कहा—तुम्हारे जैसे नौजवान को सिखाने के लिए अब मुझमें दम नहीं। तुम भुर्जी के पास जाओ। भुर्जी की आवाज़ कुछ ख़ास अच्छी नहीं थी। लेकिन तालीम अच्छी मिली थी, इसलिए बाकी ज़िन्दगी उन्होंने मास्टरी करके ही बिताई। इनके शिष्य और शिष्याओं में मशहूर ठुमरी गायिका शोभा गुर्तू की माँ थीं। उनका नाम था मेनकाबाई। अत्यधिक सुन्दरी होने के कारण वे काफी मशहूर थीं। इनका खर्च आदि ज़्यादातर बम्बई के ख़ास वकील जयकर सँभालते थे और ऐसा सुना जाता है कि उस ज़माने के ब्रिटिश गवर्नर इनका गाना बहुत पसन्द करते थे। बहुत रात को गवर्मेंट हाउस की गाड़ी उन्हें छोड़ने आती थी। नतीजा यह कि तालीम के लिए वे सुबह बैठ नहीं पाती थीं। इन्होंने अल्लादिया ख़ाँ से तालीम लेने की भी ख़्वाहिश जाहिर की थी, लेकिन

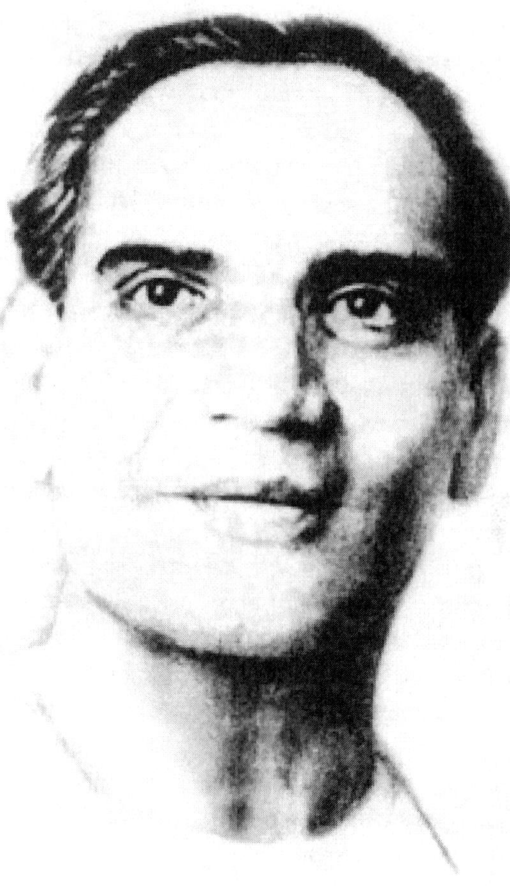

उस्ताद भुर्जी ख़ाँ

केसरबाई की डाँट-डपट से वह हो नहीं सका। सिर्फ़ मोघूबाई बराबर बड़े ख़ाँ साहब के पास सीखती थीं। लेकिन ख़ाँ साहब को ले जाने और वापस लाने का जिम्मा मल्लिकार्जुन को ही सौंपा गया था।

इस समय का बुआ का रिकार्ड हमने सुना है। एक तरफ था एक निषाद का बिहागड़ा और दूसरी तरफ तीव्र मध्यम वर्जित यमनी बिलावल। बुआ की बहुत इच्छा थी बड़े ख़ाँ साहब को सुनाने की, लेकिन हिम्मत नहीं हो रही थी। सो उन्होंने एक दिन वह रिकार्ड भुर्जी ख़ाँ को दिया और कहा कि मौक़ा मिलने पर वे उसे अल्लादिया ख़ाँ

साहब को सुनाएँ। दो बार कोशिश करने के बाद भुर्जी ख़ाँ ने मल्लिकार्जुन को बताया कि रिकार्ड लगाते ही बड़े ख़ाँ साहब बहुत नाराज़ हो जाते हैं और कहते हैं—'बन्द करो यह सब शोर घर में।' मल्लिकार्जुन का चेहरा देखकर भुर्जी ख़ाँ को उन पर रहम आया। कहा, ''देखते हैं एक बार फिर कोशिश करके। उनके मिजाज़ समझकर फिर एक बार लगाएँगे और उनकी राय पूछेंगे।'' कुछ दिन बाद फिर वही बात। भुर्जी ख़ाँ ने पूछा—''अब्बा, क्या बात है। अपना ही लड़का है। इसका नया रिकार्ड निकला है। बहुत चाहता है कि आप उसको सुनें।'' बड़े ख़ाँ साहब नाराज़ होकर बोले—''नहीं, मत बजाओ उसको। मंझी बहुत याद आता है।''

इसके दस साल बाद, अल्लादिया ख़ाँ ने इनका गाना बहुत बार सुना और महफ़िल में बिठाकर पीछे तानपुरे से आवाज़ देने को भी कहा था। सन् 1946 में उनके देहान्त के पहले उन्होंने मल्लिकार्जुन की खुले दिल से बहुत बार तारीफ़ की थी और आशीर्वाद भी दिया था। अख़्तरीबाई ने (तब वे बेगम अख़्तर नहीं हुई थीं) बुआ का गाना सुनकर, उन्हें लखनऊ अपने पास रखकर तालीम लेना चाहा। बड़े ख़ाँ साहब राज़ी नहीं हुए। उन्होंने कहा था—'यह मल्लिकार्जुन हमारे घराने के अर्जुन हैं। कुछ दिनों के लिए ज़रूर जा सकता है, बराबर के लिए नहीं।'

साठ साल की उम्र तक महाराष्ट्र के बाहर कम ही लोग बुआ को पहचानते थे। उनके भाग खुले ज़िन्दगी के आखिरी बीस-बाईस साल में। बड़े गुलाम अली, अमीर ख़ाँ से शुरू कर कुमार गन्धर्व, शराफ़त, मुनव्वर अली तथा और भी बहुत सारे उस्ताद लोग इन बीस सालों में चले गए हैं। नतीजा यह हुआ कि आर्गनाइज़रों को मर्द गवैयों की खोज में मल्लिकार्जुन को बुलाना ही पड़ा। और कोई चारा ही नहीं था, नहीं तो इनके जैसे प्यूरिस्ट गवैए को आसानी से पाँच कान्फ्रेंसों में हुक्का नहीं मिलता। आखिरी उम्र में इन्हें बहुत मान-सम्मान प्राप्त हुआ। संगीत नाटक अकादमी एवार्ड और 'पद्मभूषण' तो पहले ही मिल चुके थे। अस्सी साल पूरे होने पर, सरकार ने इन्हें 'पद्मविभूषण' से सम्मानित कर हम सबको चकित कर दिया।

व्यक्तिगत जीवन में वे बहुत ही सात्विक प्रकृति के आदमी थे। अच्छा खाना-पीना, कपड़े पहनना, मकान, गाड़ी किसी की भी उन्हें चाह नहीं थी। इतना रोज़गार करने पर भी सिगरेट के बदले बीड़ी पीते थे और चाय अनगिनत कप। पुत्र राजशेखर, गाने की तालीम के अलावा अपनी कोशिश से, कनार्टक यूनिवर्सिटी के रीडर बन गए थे। इस बात का उन्होंने कभी ज़िक्र तक नहीं किया, गर्व करना तो दूर की बात है। प्रचलित और अप्रचलित रागों के संग्रह से मैंने उनसे जितना सुना, उनके घराने में किसी और गायक या गायिका से नहीं सुना। इसके लिए उन्हें कोई अहंकार नहीं था। मैंने रतन जनकर जैसे पंडित से दो तरह की 'ध्यानश्री' सुनी थी—बिलावल और काफी ठाट में। बुआ से सबसे पहले मुल्तानी अंग की ध्यानश्री सुनी—'थे मारो राजेन्द्र।'* इसी गाने को उनकी अस्सी साल की वर्षगाँठ पर किशोरी ने बड़ा-सा गुलदस्ता देकर, उनके गले से

* इसी बोल की बन्दिश आगरा घराने के विलावल घाट की ध्यानश्री में मिलती है।

लिपटकर वसूल लिया। हालाँकि उम्र में काफी फ़र्क़ था मेरे और बुआ के बीच, लेकिन दोस्ती और गाने-बजाने के अड्डों का सम्पर्क ज़रूर था। शायद मंझी की तालीम की बदौलत कभी-कभी आधा-पौना पीकर बहुत खुश न होते हों, ऐसी बात नहीं है। लेकिन हर बार यही कहते कि यह पहली मर्तबा पी रहा हूँ। इतना कहकर ठहाके मारकर हँसने लगते। वह हँसी उन्हीं के जैसे खुले दिल की हँसी थी, जो औरों के मन को भी छू जाती थी।

*सातवाँ अध्याय*

# ग्वालियर घराना : हद्दू और हस्सू ख़ाँ, दामाद इनायत ख़ाँ

अब तक आपने ज़रूर ही अन्दाज़ लगा लिया होगा कि उम्र के हिसाब से सबसे पुराना घराना आगरा भले ही हो, पर ख़याल गायकी में ग्वालियर ही सबसे प्रधान है और इसी के पेट से और घराने पैदा हुए थे। अतरौली और खुर्जा को छोड़कर अन्य सभी घरानों के माता-पिता की गायकी के साथ ग्यालियर का काफी मेल है। अतरौली अपने को अलग घराना होने का दावा नहीं करता। आगरा के साथ, शादी के रिश्ते जुड़ जाने से हम लोग उसे आगरा की एक शाखा मानते हैं। खुर्जा के उस्तादों ने पिछली चौदह पीढ़ी से बाहर की तालीम नहीं ली, इसलिए यह दावा कर सकते हैं कि उनका अलग घराना है। लेकिन उनके घराने में ऐसी कोई ख़ास बात नहीं है, जिसे इसी घराने की ख़ासियत कहा जा सके। आखिर के बड़े उस्तादों में से अलताफ़ हुसैन ख़ाँ का गाना, जब मैं युवक था, तब दो-चार दफे सुना था। मुझे बड़ा अच्छा लगा था। वे बहुत गुणी थे। ध्रुपद, धमार, सादरा, ख़याल, चतुरंग, त्रिवट सब ही गाते थे। लेकिन बुढ़ापे की उनकी रिकार्डिंग दिल्ली के संगीत नाटक अकादमी में सुनकर मैं बहुत ना-उम्मीद हुआ। अलताफ़ हुसैन ख़ाँ के पिता जहूर ख़ाँ बड़े उस्ताद थे और 'रामदास' के तख़ल्लुस से गाना रचते थे। 'सावनी' का मशहूर सादरा 'देव देव सतसंग' इन्हीं का बनाया हुआ है। ये 'रामदास' काशी के बड़े रामदास नहीं हैं, जिनकी बन्दिशें राजन और साजन मिश्र गाते हैं।

बी.जे.पी. और विश्व हिन्दू परिषद् या 'टू नेशन थ्यौरी' के बारे में जों लोग बहुत बोलते हैं, उन्हें सुनकर ताज्जुब होगा कि ग्वालियर की दूसरी और तीसरी पीढ़ी के शागिर्द ज़्यादातर हिन्दू ब्राह्मण थे और बड़े आनन्द से 'करीम रहीम' गाते थे। मुसलमान उस्ताद सिर्फ़ देव-देवियों की स्तुति में रचित ध्रुपद और ख़याल ही नहीं गाते थे, वे लोग 'हरि ओम अनन्त-नारायण' से नोम-तोम का आलाप भी करते थे, और अपने को 'दीन रामदास' कहकर बन्दिश की रचना करने से भी झिझकते नहीं थे। इन दोनों कल्चर

का संगम दर्शन, चित्रकला, स्थापत्य और संगीत में हुआ है, यहाँ तक कि व्यावहारिक जीवन और भाषा में भी कोई फ़र्क़ नहीं था। आज की दाँत तोड़नेवाली हिन्दी और दायरे के उस पार अरबी फ़ारसी से बोझल उर्दू का जब जन्म नहीं हुआ था तो हम लोग जिस भाषा में बातें करते थे, वह थी 'हिन्दुस्तानी'। उसमें हिन्दी और उर्दू दोनों ही आराम से आसपास थे। लखनऊ की हिन्दी का उर्दू की तरफ़ ज़रा ज़्यादा ही झुकाव था। उसकी वजह यह थी कि पुराने लखनऊ की भाषा, तहज़ीब और जीवन गुज़ारने के तरीके भारत के दूसरे प्रदेशों से अलग थे। यहाँ तक कि हैदराबाद से भी भिन्न। हमारे कॉलेज में बहुत सारे हिन्दू लड़के उर्दू पढ़ते थे और कम-से-कम दो मुसलमान लड़के संस्कृत क्लास में थे—इतना तो याद है। इस शहर में अंग्रेजी ज़माने में कभी भी हिन्दू-मुसलमान में कोई दंगा-फसाद नहीं हुआ। हालाँकि शिया और सुन्नी के बीच अक्सर होता रहता था। जो लोग उर्दू पढ़ते थे, उन्हीं से मैंने सुना था कि स्कूल के 'प्रश्नपत्र' Correct the following में हैदराबादी दकनी उर्दू के पैसेज से कोट किया जाता था। लखनऊ के कल्चर के मुताबिक उसकी उर्दू भाषा और उच्चारण में, एक मुलायमियत या नज़ाकत जो थी, वह बिल्कुल ऑक्सफोर्ड की अंग्रेजी जैसी थी। स्वतन्त्र और नाक चढ़ी हुई। स्टेशन पर उतरकर आपने अगर किसी ताँगेवाले से पूछा कि क्यों ताँगेवाले बादशाबाग चलोगे तो वह पल-भर में आपके तलफ्फुज़ से समझ लेता था कि आप ख़ास अवध के हैं या देहात के ? फटाक से जवाब आता—"क्यूँ नहीं सरकार ? आप ही के इन्तज़ार में तो खड़े हुए हैं।" अगर इसके बाद भी आपको शर्म और हया न महसूस हो तो आप पूछ बैठेंगे—"कितना लोगे ?" उसका जवाब होगा—"जो जी चाहे दे दीजिएगा ग़रीबपरवर !" आखिर में आप कुछ ज़्यादा ही देकर ताँगे से उतर जाएँगे। यह सब बातें जो मैं कह रहा हूँ, यह सब स्वाधीनता के पहले की बातें हैं। अब तो, गोंडा-बहराइच के रिक्शेवाले लखनऊ में आँखें दिखाकर बात करते हैं।

लखनऊ की एक छोटी-सी कहानी सुनाकर मैं फिर संगीत की दुनिया में लौट जाऊँगा। अवध के नवाबों की कीर्तियों में बहुत सारी इमारतें थीं, जिनमें क़ैसरबाग़ की सफेद बारादरी मशहूर थी। यहाँ सन् 1925 में भातखंडे जी की कोशिश से 'ग्रैंड म्यूजिक कान्फ्रेंस' हुआ था। हर साल यहाँ आम की एक नुमाइश, यानी 'मैंगो एक्जिबीशन' होती थी। गवर्नर उसका उद्घाटन करते थे और आम चखते थे। उसमें लखनऊ-मलीहाबाद के सफेदा, दशहरी मशहूर थे। वैसे और भी आम थे। जैसे काशी मिर्ज़ापुर के लंगड़े, अलीगढ़ के चौसे आदि तो आते ही थे, दूर-दराज मालदा से भी गुलाबख़ास, हिमसागर, चींटी-चुग्गी आदि आमों के स्टाल भी रहते थे। मुगल बादशाह बाबर से शुरू कर मुर्शिदाबाद, ढाका और लखनऊ के नवाब, सभी आम के बहुत शौकीन थे, क्योंकि इनके कुइजिन में मीठे के लिए कोई ख़ास जगह नहीं होती थी, फल से ही वे खाना ख़त्म करते थे। छोटे नवाब ताल्लुकदारों से हम लोगों को भी आम खाने के लिए दावतनामा मिलता था। वहाँ चैती, कजरी गाई जाती थी। और भी मौसमी गाने गाए जाते थे, और खाने में आम और बालाई होती थी (यानी मलाई)

और स्वाद खराब न हो, इसलिए कई तरह के कबाब भी रहते थे। उसमें से शामी और काकोरी मुझे याद हैं। ये सारे क़बाब एक के बाद एक तीन सिलों पर पीसे जाते थे और इनके 'एंड प्रोडक्ट' मुँह में मक्खन जैसे पिछल जाते थे। एक बार ऐसी एक नुमाइश में बम्बई प्रेसीडेंसी कार्डर के एक आई.सी.एस. गवर्नर ने उद्घाटन करते हुए अपने भाषण में अफ़सोस जाहिर किया और कहा कि इतने आमों में बम्बई का अलफ़ांजो नहीं है। उस आम को उन्होंने बहुत खाया और उसका स्वाद अभी तक उसकी जीभ पर लगा हुआ है। गवर्नर जब विदा लेकर चले गए तब बूढ़े मुसलमान चौलक्खा के नवाब ने धूर्जटिप्रसाद से पूछा—"पोरफ़ेसर साहब, यह किस तरह के गवर्नर हैं जो हमारे मेहमान होकर बम्बई के आम की तारीफ़ करते हैं ? और सुना है, बम्बई तो एक अजब जगह है। वहाँ शरीफ लोग अपनी बीवियों को तुम कहकर पुकारते हैं।"

इसी लखनऊ के बाशिन्दे होने के नाते मुझे बहुत खुशी होती है यह सोचकर कि इसी शहर से आज के ख़याल की शुरुआत हुई थी और बाद में वह ग्वालियर पहुँच गया। भारतीय संगीत जगत में उत्तर प्रदेश की देन बेमिसाल है। करीबन सभी घरानों के स्रष्टा उत्तर प्रदेश के लोग हैं। मसलन किराना, आगरा, सिकन्दराबाद, अतरौली, फतेहपुर, खुर्जा और जयपुर तक, क्योंकि अतरौली के ही थे अल्लादिया ख़ाँ। ग्वालियर तो दिल्ली-बम्बई की मेन लाइन पर आगरा के बाद का स्टेशन है और कल्चर का विकास, भूगोल की रेखा समझकर नहीं चलता। इसके अलावा जौनपुर, लखनऊ और काशी गाने-बजाने के गढ़ थे और फिर ठुमरी और कत्थक के मामले में लखनऊ और काशी का नाम सबसे पहले लिया जाता है। इसका कोई ऐतिहासिक सम्पर्क ढूँढ़ने पर भी नहीं मिलता, क्योंकि आगरा के नज़दीक सिकन्दराबाद गाँव और फतेहपुर, खुर्जा, अतरौली आदि छोटे-छोटे शहरों में तालुकदार, नवाब या धनी, संगीत के शौकीन नहीं थे। हाँ, यह ज़रूर है कि पचास के दशक में सुलतान हुसैन शर्की के समय से ध्रुपद और देसी या देशज ख़याल का प्रचार हुआ। बादशाह औरंगज़ेब के वक़्त गाना-बजाना कितना चौपट हो गया था, यह तो सबको मालूम है। जिन कला और कलाकारों को अकबर के समय बहुत ऊँचे दर्ज़े पर बिठाया जाता था, उनके वंशज जहाँगीर और शाहजहाँ के वक़्त में भी, अच्छे-ख़ासे जमे हुए थे। औरंगज़ेब के राज में उन लोगों की दशा बहुत ही खराब हो गई। मुगल शहजादों को अकबर के समय अस्त्र-शिक्षा, लिखना-पढ़ना और कुरान-पाठ के साथ-साथ संगीत की शिक्षा भी दी जाती थी। उसी उस्तादी गाने के रियाज़ से वे बचपन से ही बहुत चिढ़े हुए थे। सो बादशाह होने के बाद ही उन्होंने कुरान हदीस की दुहाई देकर इसका बदला लिया। कहते हैं कि कलावन्तों और संगीत के रसिकों ने बड़ी धूमधाम से मूसीक़ी का जनाज़ा निकाला। खबर मिलते ही बादशाह ने कहला भेजा—कह देना जनाज़ावालों से कि जब इन्हें दफ़नाया जाए तो क़ब्र ज़रा ज़्यादा गहरी खोदी जाए, ताकि फिर से उठकर न चला आए। मुहम्मद शाह रंगीले का राज शुरू होने से पहले तक (1719-1748) दिल्ली में ये लोग फिर दिखाई नहीं पड़े। मुहम्मद शाह के ज़माने में इनका बोलबाला इतना बढ़ा कि बादशाह

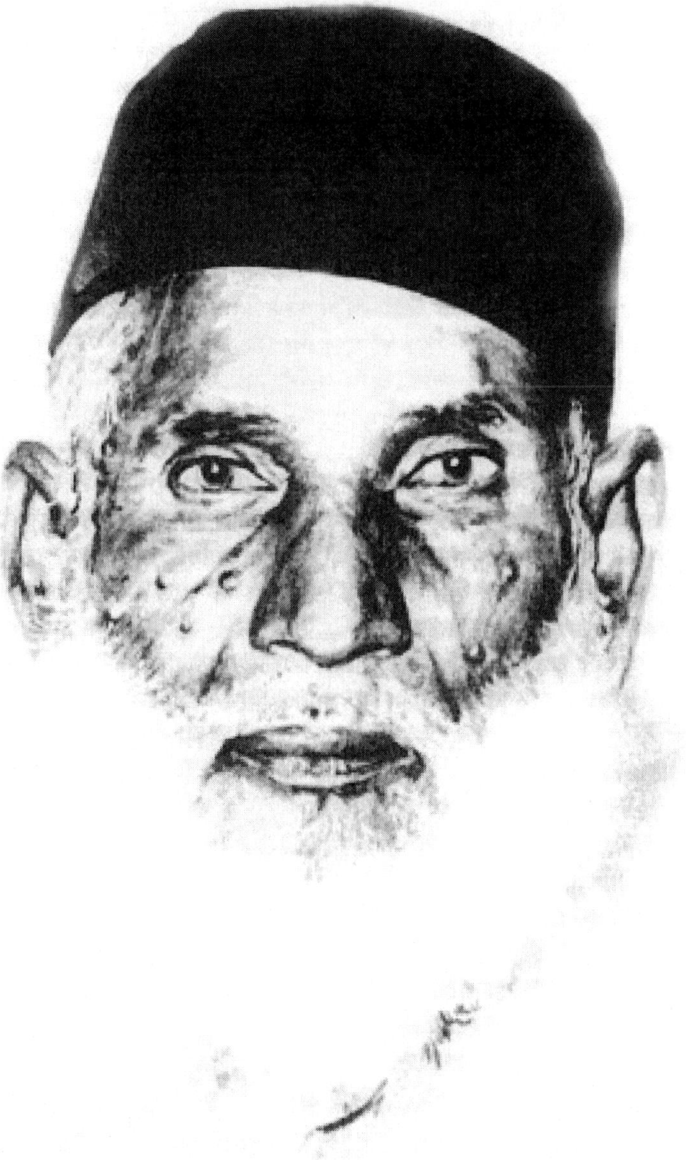

उस्ताद अलताफ़ हुसैन ख़ाँ खुर्जेवाले

गाने-बजाने और मौजमस्ती के सिवा और कुछ समझते ही नहीं थे, और न किसी और काम में वक़्त ही दे पाते थे। नतीजतन नादिरशाह की फौज से कहीं ज़्यादा फौज रहते हुए भी हमलावर को वह रोक न सके। दिल्ली शहर में जब क़त्लेआम चल रहा था, तब बादशाह ने घुटने टेककर, दाँतों में तिनका दबाकर, नब्बे लाख रुपए और मयूर तख़्त बतौर सलामी देकर बड़े सम्मान से नादिरशाह को विदा किया और फिर अपने गाने-बजाने की महफ़िल में लौट आए। इन्हीं के ज़माने में नियातम ख़ाँ और फिरोज़ ख़ाँ ने (सदारंग और अदारंग) ध्रुपद तोड़कर ख़याल की अनगिनत बन्दिशें बनाई थीं। उधर लखनऊ के नवाब आसफ़उद्दौला ने, कुछ अरसे के बाद ही बड़ी शान से बिना किसी रुकावट के राज किया और बहुत कलावन्तों को पाला-पोसा। सभा के लोग चिल्लाकर हाथ ऊपर किए कहा करते थे—"जिसको न दे मौला, उसको दे आसफ़उद्दौला।" इन्हीं की सरपरस्ती में गुलाम रसूल ने ध्रुपद तोड़कर ख़याल बनाया और बेटे गुलाम नबी को तालीम दी। शक्कर ख़ाँ कव्वाल इस गुलाम रसूल के ही शिष्य, दामाद और आज के ख़याल गायकी परम्परा के स्रष्टा थे। इनके साथ-साथ इनके भाई मक्खन ख़ाँ और इनके वंशधर इस महान कामयाबी का दावा करने के पूरे हक़दार हैं। इनके गाने 'कव्वाल बच्चे की गायकी' के नाम से मशहूर हैं।

आगरा के उस्ताद विलायत हुसैन ख़ाँ की लिखी हुई हिन्दी पुस्तक 'संगीत संस्मरण' में लिखा है कि अब्दुल्ला ख़ाँ और कादिर बख़्श ने ही शायद ग्वालियर गायकी की शुरूआत की थी। और कादिर बख़्श के दो बेटे थे—नत्थन ख़ाँ और पीरबख़्श। ग्वालियर घराने के वर्तमान के सबसे ज़्यादा नामी गवैए कृष्णराव शंकर पंडित का सत्तानवे साल की उम्र में अभी ही देहान्त हुआ है। उनके वंश का इतिहास ढूँढ़कर मुझे पता चला कि नत्थन, पीरबख़्श एक ही आदमी थे, जो मक्खन ख़ाँ कव्वाल के बेटे थे। कादिर बख़्श फ़ैज़ मुहम्मद के गुरु और हद्दू ख़ाँ, हस्सू ख़ाँ और नत्थन ख़ाँ के पिता थे। क्योंकि नत्थन पीरबख़्श से सीखकर ही आगरा के घग्गे खुदाबख़्श ने ख़याल गाना शुरू किया था, इसलिए विलायत ख़ाँ साहब से इस तरह की ग़लती होनी नहीं चाहिए थी। लेकिन पंडित वंश का इतिहास लेकर कृष्णराव शंकर पंडित के पोते जो थीसिस लिख रहे हैं, उसमें जो माल-मसाला है, उसे पढ़कर लगता है कि विलायत ख़ाँ की दी हुई वंश-परम्परा की सारणी ठीक नहीं है। हालाँकि शक्कर ख़ाँ और मक्खन ख़ाँ भाई थे, यह एक-दूसरे के रक़ीब भी थे। अचानक, शक्कर ख़ाँ के देहान्त के बाद मक्खन ख़ाँ ने ग्वालियर में पनाह ली और थोड़े ही दिनों में महाराज की नज़र में आ गए। नत्थन पीरबख़्श या उनके बेटे कादिर बख़्श की गायकी के साथ उनके पोतों की गायकी का कोई मेल नहीं था। यह बात बड़ौदा के फ़ैज़ मुहम्मद और आगरा के गुलाम अब्बास की गायकी से साफ़ ज़ाहिर होती है। यहाँ पर भी हम दिलीपचन्द्र वेदी जी की शरण में आए, क्योंकि इन्होंने इनके जो दो शागिर्द थे भास्कर बुआ और फ़ैयाज़ ख़ाँ, दोनों से ही तालीम ली थी। नत्थन पीरबख़्श और उनकी गायकी जो आगरा गई थी, वह थी ध्रुपद से तोड़ी हुई भारी चाल की ख़याल गायकी। गुलाम अब्बास ख़ाँ ने अपने

पिताजी से ही उस चाल का गाना सीखा था। उसमें स्थायी और अन्तरा भरने के क़ायदे पर काफी ज़ोर दिया जाता था। द्रुत ख़याल तब तक पैदा ही नहीं हुआ था और कण, मुरकी, खटका आदि तो करीब-करीब थे ही नहीं। तानें भारी और लरजदार थीं।

हद्दू, हस्सू और नत्थू तीनों भाई यही गायकी बरतते थे। महाराजा दौलत और उनके बेटे जयाजी राव सिन्धिया को भी यह बेहद पसन्द थी। इसी समय नत्थन पीरबख़्श के चचेरे भाई शक्कर ख़ाँ के बेटे बड़े मुहम्मद ख़ाँ आए और उन्होंने सब गड़बड़ कर दिया। मुहम्मद ख़ाँ की तान की फिरत, ध्रुपद और कव्वाली मिलाकर मध्य लय में ख़याल सुनकर तीनों भाई मोहित हो गए। महाराज को भी बहुत अच्छा लगा था। अगर वे सीधे ही हद्दू, हस्सू और नत्थू को उनके शागिर्द बना देते तो कोई झमेला ही न होता। लेकिन बजाय इसके उन्होंने दो साल बराबर मुहम्मद ख़ाँ की महफ़िल जमाई अपने ख़ास दरबार में और तीनों भाइयों को पर्दे के पीछे बिठाए रखा। जब दो साल तक लड़कों ने जान से खेलकर मेहनत कर मुहम्मद ख़ाँ की गायकी पर करीब-करीब कब्जा कर लिया, तब महाराज ने तय किया कि इन लोगों का गाना सुनाकर सबको चौंका देंगे। बड़े लोगों के ख़याल ही कुछ अजब होते हैं। महाराज को यह बात सूझी ही नहीं कि मुहम्मद ख़ाँ को इसमें गहरी आपत्ति हो सकती है और इसकी एक नीतिगत दिशा भी है। खैर, उन तीनों छोकरों की मेहनत और गाने सुनकर जब बहुत तारीफ़ हुई, तब महाराज ने एक ऐलान कर उसे सँभाला। उन्होंने कहा कि ये बड़े महम्मद ख़ाँ के सुन्नी शागिर्दों में से हैं (मतलब बिना तालीम के ही इन्होंने सुन-सुनकर सीखा है), इसलिए दूसरे दिन बहुत शान से इन तीनों का गंडाबंधन होगा। ख़ाँ साहब भला अब कहते भी क्या ? उन्होंने गंडा भी बाँधा और डेढ़ साल ग्वालियर में रहकर इनको तालीम भी दी। लेकिन उन्होंने दिल से जयाजी राव सिन्धिया को कभी माफ़ नहीं किया। मौक़ा मिलते ही वे महाराजा रीवा की पनाह में चले गए। उस समय उनका एक ही सिद्धान्त था। वह था अपने बच्चों को तैयार करना। उनमें से आगे चलकर, बड़े मुबारक अली ने ही उनका नाम रोशन किया था। उस कहानी का मैंने पहले ही अल्लादिया ख़ाँ के सिलसिले में ज़िक्र किया है। ग्वालियर महाराजा, बावजूद बहुत कोशिशों के, बड़े मुहम्मद ख़ाँ को वहाँ से ला न सके। इस बीच आचार्य बृहस्पति की राय में ग्वालियर की गायकी सदा के लिए तान-प्रधान हो गई।

ग्वालियर के पेट से और जो गायकी निकली है, आगे चलकर वह और भी एक सीढ़ी ऊपर चढ़कर, तानों का जाल फैला गई। उत्तर से पश्चिम भारत में छा गई। आगरा ने बहुत दिनों तक अपनी ध्रुपद-धमार की परम्परा का गौरव नहीं छोड़ा। ग्वालियर ने भी आगरा की तरह अस्थाई और अन्तरा भरने पर काफी ज़ोर दिया था। लेकिन सहसवान, इन्दौर, किराना धीरे-धीरे तानप्रधान या ढीली-ढाली बन्दिशों के ख़यालों में ही मस्त हो गए। इस बीसवीं सदी में हम पूरा-पूरा उसका मज़ा लूट रहे हैं। देश के स्वाधीन होने के चालीस साल के अन्दर मार्ग संगीत को भी सम्पूर्ण स्वाधीनता प्राप्त हुई।

मेहरबानी करके इससे आप लोग यह न समझें कि उपरोक्त घरानों के गाने मुझे पसन्द नहीं हैं या तानों के बारे में मुझे कोई नैतिक आपत्ति या विरोध है। मैं तो संगीत जगत का एक बहुत ही अदना-सा जीव हूँ और सहसवान का गंडाबन्द शागिर्द भी। मुझे आगरा और ग्वालियर दोनों घरानों की तालीम थोड़ी-बहुत हासिल हुई है और किराना के गाने सुनकर मैंने जितना आनन्द पाया है, उतने हमारे इन दोनों घरानों में से किसी ने भी नहीं सुने, क्योंकि कट्टर घरानेवाले हमारे ज़माने में दूसरों के गाने सुनना पसन्द नहीं करते थे। पटियाला घराना के मुनव्वर अली के साथ मेरा जिगरी रिश्ता था और बड़े गुलाम अली का मैं स्नेही था। संगीत की तरह ही मैं समाजशास्त्र का भी विद्यार्थी हूँ। अतः समझता हूँ कि 'कल्चर' का जब विकास होता है तो वह हमारे बाप का नौकर तो है नहीं कि जिस रास्ते पर मुड़ेगा, उसके लिए पहले से ही हमारा 'परमीशन' ले। मेरा कहना बिल्कुल ही दूसरा है।

धूर्जटिप्रसाद, श्रीकृष्ण रतन जनकर, ठाकुर जयदेव सिंह, पहाड़ी सान्याल आदि से सुना है कि जिन्होंने अल्लाबन्दे जाकि़रउद्‌दीन ख़ाँ का आलाप नहीं सुना, उन्हें आलाप या हिन्दुस्तानी संगीत में श्रुति या स्वर स्थान के बारे में कोई अन्दाज़ हो ही नहीं सकता। दिलीपचन्द्र वेदी कहते थे कि नसीरुद्‌दीन ख़ाँ डागर सुर से खेलते थे, तब लगता था कि शायद यही आखिरी बात है, यानी 'लास्ट वर्ड'। लेकिन उनके बाप या ताऊ जब गाते थे तब लगता था, नसीरुद्‌दीन ख़ाँ के स्वर में थोड़ी-सी कमी है। मैं मोईनुद्‌दीन ख़ाँ और अमीनुद्‌दीन ख़ाँ डागर के गाने का बहुत भक्त हूँ; और उनके परिवार के और उस्तादों में, ख़ासकर फ़हीमुद्‌दीन तो मेरे दोस्त-जैसे थे। लेकिन मेरे गुरुजन, तकनीक या स्वर-प्रयोग के मामले में इन्हें अपने बाप-दादों के साथ एक ही आसन में बिठाने के ख़िलाफ़ थे। मैं ज़िक्र कर रहा हूँ उन सबका, जिन्हें ध्रुपद की अच्छी तालीम मिली थी और ख़याल की भी। इन लोगों का ऐसा ख़याल है कि उस आलाप के मुकाबले आजकल के बेहतर ख़यालियों के विलम्बित आलाप में सुर कम लगते हैं और तान तो अक्सर बेसुरे ही मालूम पड़ते हैं। खुशकि़स्मती से वे बरकतवाले लोग थे, जो ख़याल में मुरकी का बेतहाशा इस्तेमाल और ग़ज़ल-ठुमरी की हरकतें सुनकर नहीं गए। दिलीप वेदी ने एक-आध दफा आधुनिक यानी मॉडर्न ख़याल सुने थे और अगर उनकी राय मैं छापूँ तो पुलिस मुझे गिरफ्तार कर लेगी। निवृत्ति बुआ सरनायक पुराने कल्चर के आदमी होते हुए भी वेदीजी की बराबरी में काफी कम नुक्ताचीनी करते थे और उनमें तीखापन भी कम था। यह आगे के माजरे से ही पता चलेगा। हाल के एक मुरकीवाले ख़याल के लीडर जैसे गवैया उस दिन बुआ को कह रहे थे— ''आप भी ठुमरी नहीं गाते और मैं भी नहीं गाता। लेकिन श्रोता इस बात को मानना नहीं चाहते। गाना ख़त्म होते ही ठुमरी-ठुमरी चिल्लाने लगते हैं। सोच रहा हूँ, आखिरकार मैं भी ठुमरी गाना शुरू कर दूँ।'' बुआ ने अपने स्वभाव के मुताबिक स्नेह-भरी हँसी हँसते हुए कहा—''कोई दिक्कत नहीं, जो गा रहे हो, वही गाते रहो, सिर्फ़ ठेका बदल देना।''

उपरोक्त गुरुजनों की राय में विलम्बित ख़याल में श्रुति का प्रयोग तो वही लोग कर सके हैं, जिन्हें ध्रुपद की तालीम मिली है या जिन्होंने ध्रुपद से तोड़े हुए ख़याल घराने में गाना सीखा है। मिसाल के तौर पर वे भास्कर बाखले, फ़ैयाज़ ख़ाँ आदि के नाम लेते हैं। अब्दुल करीम ख़ाँ के बारे में उनका कहना था कि हालाँकि उन्हें ध्रुपद की तालीम नहीं मिली, लेकिन क्योंकि सन् 1924 के बाद उन्होंने गायकी बदलकर रहमत ख़ाँ की नकल करते हुए विलम्बित गाना शुरू कर दिया, इसलिए श्रुति पर पूरा दबदबा था। और अब्दुल करीम के बारे में सभी ने एक ही बात कही कि उस आदमी के बारे में कोई कानून-वानून लागू नहीं होता। 'Whatever he sang was music'

मैं अपनी छोटी-सी अक्ल और तजुर्बे से जो सोचता हूँ उसे अगर कहूँ तो उसके पहले ग्वालियर के वृद्ध गायक शरदचन्द्र आरोलकर का वक्तव्य सुनाना पड़ेगा। उनका कहना है कि हमारी न तो बारह श्रुतियाँ हैं और न ही बाईस। हमारे सुर नदी की बहती धारा जैसे हैं। जगह-जगह हम लोगों ने घाट बना लिये हैं। यह कोमल रिषभ, यह भैरव का अति कोमल रिषभ, यह काफी का कोमल गान्धार, यह जैजैवन्ती की, यह नायकी की, यह दरबारी की, आदि। यही असली बात है। हम भारतवासी हैं। चाहे हिन्दू हों, चाहे मुसलमान। हम सिस्टेमेटाइज़ करना चाहते हैं। पोथी में लिखकर शास्त्र को ठोस अकाट्य बक्सा-बन्द करना चाहते हैं। यही हमारा कल्चर है। दरअसल हमारा मार्ग संगीत दूसरे संगीत से अलग है, क्योंकि हमारे गायन में मीड़ है, सूत है, घसीट है। हम लोग एक सुर से दूसरे सुर तक फलाँगकर नहीं जाते, बहकर जाते हैं। इसी के फलस्वरूप भीमपलासी जैसे राग के आरोहण का कोमल गान्धार और कोमल निषाद चढ़ा हुआ होता है। अवरोहण में वही पर्दे अलग-अलग जगह पर उतर जाते हैं। इससे भी अच्छी मिसाल चेदी जी ने दी थी। बड़ौदा के प्रोफेसर अचरेकर ने बाईस श्रुति के हारमोनियम से दिखा दिया था कि भूपाली का गान्धार हारमोनियम के गान्धार से चार 'वाईब्रेशन' नीचे है और हम्बीर का धैवत चार 'वाईब्रेशन' ऊपर। तानपूरा अच्छी तरह से मिलाने पर षड्ज से उत्पन्न स्वयंभू गान्धार हारमोनियम से मिलाकर देखने से ही समझ में आ जाएगा। लेकिन ये हारमोनियम या पियानों के जैसे 'स्टैटिक' स्वर नहीं हैं। बिना जाने ही बहुत से लोग मीड़ के साथ (ध सा रे प ग अवरोही वर्ण में) लगाते हैं, लेकिन जानकारी के बाद 'आईडेंटिफाई' नहीं कर सकते। ध्रुपदी घरानेवाले यह कर सकते हैं। ख़यालिए नहीं, क्योंकि ज़्यादातर ख़यालिए ध्रुपदी घरानों से दो-तीन पीढ़ी अलग हट गए हैं। दूसरी बात यह है कि वे हारमोनियम पर बहुत ज़्यादा भरोसा रखते हैं। यह यन्त्र सिर्फ़ स्थाणु सुर या स्टैटिक पर्दे का काम करता है। और हमारा पूरा हिन्दुस्तानी संगीत 'डायनामिक नोट्स' और 'ओसिलेशन' या कम्पन और आन्दोलन के आधार पर ही बनाया गया है। तीसरी बात यह है कि तान का मतलब है कटे-कटे 'स्टाकाटो' नोट्स। ये ध्रुपदियों के कानों को बेसुरा लगेंगे ही। और ज़्यादा-ज़्यादा दौड़ना, भागना, एक तल्ला, दो तल्ला और तीन तल्ला छूट की तान। अगर ये बड़े उस्तादों के हाथ न लगे तो हमारे कानों में बेसुरे लगेंगे। आगरा, अतरौली और जयपुर के

अल्लादिया ख़ाँ ने इसीलिए दो-दो जोड़े पर्दों से तान लेने की प्रथा चालू की थी। जैसे स स, रे, ग ग म आदि। इसमें स्वरभ्रष्ट और रागभ्रष्ट होने की आशंका कम रहती है। उपरोक्त सारे घरानों की बुनियाद ध्रुपद की ही है।

मेरा दूसरा वक्तव्य राग के बारे में है। ध्रुपद तोड़कर ख़याल का घराना, इससे मैं समझता हूँ आगरा, ग्वालियर और जयपुर का घराना। इनके अस्थायी और अन्तरे ज़्यादातर ध्रुपद तोड़कर ही बनाए गए हैं। वेदी जी के संग्रह में सौ से भी ज़्यादा ख़याल के अस्थाई थे, जो ध्रुपद तोड़कर बनाए गए थे और जो वे साथ-साथ सुना सकते थे। उन सब बन्दिशों की बनावट और मजबूती अटूट हुआ करती थी। वह अस्थायी अगर कोई भर सकता और खेल सकता है तो राग भ्रष्ट होने की कोई शंका तो रहती ही नहीं थी, बल्कि बन्दिशों में जो-जो रास्ते 'पैक' किए हुए होते हैं, उनके बहलावा करने से ही पूरे राग का बोल-विस्तार हो सकता है। इसी वजह से कभी-कभी नौसिखिए छोकरों को सलाह देता हूँ (कोई ज़बर्दस्ती नहीं है) कि जितना हो सके, पुरानी बन्दिशें संग्रह करो। इससे राग का रूप खुलेगा। नए-नए रास्ते निकलेंगे। इस बारे में और भी कहने की इच्छा है। ख़ासकर किराना और इन्दौर घराने के बारे में। लेकिन मेरी यह सलाह बंगाली लड़के मानते ही नहीं। इस कान से सुनते हैं और उस कान से निकाल देते हैं। इस नस्ल की खूबी ही यही है। बस सिर्फ़ शॉर्टकट की तलाश में लगे हुए हैं।

बन्दिश की अहमियत के बारे में चर्चा करते-करते एक वाक़या सालों बाद याद आ गया। संगीत-निपुण परीक्षा के बाद मैरिस कॉलेज में परीक्षकों का एक जलसा शायद सन् 1944 में हुआ था। सबसे पहले बैठे थे मैहर के महादेव प्रसाद। तब उनकी उम्र काफी थी। गाना शास्त्रीय सौन्दर्य के बावजूद अच्छा नहीं लग रहा था, क्योंकि आवाज़ ने जवाब दे दिया था और तान सुनने पर ऐसा लगता था कि जैसे सुर के साथ पोखर का सड़ा हुआ कचरा निकल रहा है। तिस पर तुर्रा यह कि रुकने का नाम तक नहीं ले रहे थे हज़रत। सभी शंका में थे। क्योंकि वे बुजुर्ग और सीनियर आर्टिस्ट थे, रोकना भी मुश्किल था। आखिरकार वादीलाल जी अपने को रोक न सके और चिल्ला उठे—"डी.एल. राय को बुलाओ।" यह आदमी बरसों से विशारद की परीक्षा देता चला आ रहा था। घायल होने पर भी रुकना नहीं जानता। हर साल क्लास खुलते ही उसकी बेसुरी चीख़ सुनने के लिए आसपास के छात्र-छात्राओं की भीड़ लगी रहती थी। ऐसे डी.एल. राय को देखते ही वादीलाल जी ने एक डाँट लगाई और कहा—"महादेव प्रसाद जी की उम्र हुई है। थक गए हैं। पीछे बैठ के, थोड़ा सुर लगाके उनकी मदद नहीं कर सकते हो ?" खुशी से गद्गद हो छोकरे ने ऐसी मदद की कि पाँच मिनट के अन्दर ही महादेव प्रसाद पगड़ी-पानदान सँभालते हुए उठ खड़े हुए।

उसके बाद बैठे उस्ताद मुश्ताक हुसैन ख़ाँ। पहले कौन-सा राग गाया था, याद नहीं। बाद में घंटा-भर उन्होंने झिंझोटी गाया। क्या धुआँधार तानें थीं। हम लोगों की तो बात ही छोड़िए, श्रोताओं में उस्ताद अलाउद्दीन ख़ाँ, राजाभैया पूछवाले, श्रीकृष्ण रतन जनकर, वादीलाल जी, सब लोग बड़े जोशोखरोश के साथ तारीफ़ कर रहे थे।

ऐसे गुणी श्रोता मिलने पर सत्तर साल के बूढ़े सत्ताईस साल के नौजवान-जैसे गाना गाने लगे। पीछे बड़ा लड़का था इश्तियाक़ हुसैन, जो कोई मामूली गवैया नहीं था। उस दिन हँसकर उन्होंने हम लोगों की ओर इशारा करते हुए कहा—"आज उस्ताद का ज़बर्दस्त मिजाज़ है और गला भी फव्वारा-जैसा छूट रहा है।"

इसके बाद कौन बैठेगा ? उम्र में ख़ाँ साहब से बड़े ग्वालियर घराने के राजाभैया पूछवाले थे। उनकी आवाज़ थी घिसी-पिटी ताँबे के पैसे-जैसी, लेकिन थी बहुत ही सुर में। और गले में भारी लरजदार तानें भी थीं, सपाट। लेकिन उससे ऐसी ज़बर्दस्त तैयार महफ़िल किस तरह जमेगी ? वे भी नहीं गाएँगे और मुश्ताक हुसैन भी नहीं छोड़ेंगे। आखिर का गाना राजाभैया को ही गाना पड़ेगा। उम्र में, गुण में, सम्मान में ख़ाँ साहब के बाद और किसी में बैठने की योग्यता नहीं थी। बहुत कहने-सुनने पर आखिरकार राजाभैया पूछवाले ही बैठे।

पता है, उन्होंने कितनी देर तक गाया ? सिर्फ़ पन्द्रह मिनट। गाया था बसन्त- बहार 'बरजो न माने'—सिर्फ़ अस्थायी अन्तरा उन्होंने कई तरह से भरा। दस मिनट तक। उसके बाद पाँच मिनट में बहार का तराना मध्य लय में। यक़ीन करना मुश्किल है, लेकिन वह गाना ऐसा जमा कि उसने ख़ाँ साहब के सारे तान-करतब, सब कुछ धो-पोंछकर बराबर कर दिए। मैं ख़ाँ साहब का गंडाबन्द शिष्य था, लेकिन मैंने भी माना कि अस्थायी अन्तरे को अदा करने का आर्ट अगर मालूम हो तो ऐसी महफ़िल में भी फतह पाई जा सकती है। यह कौशल ध्रुपद के तोड़े हुए ख़यालियों के ज़्यादातर उस्तादों को एक ज़माने में अच्छी तरह से मालूम था। अगर साहित्य की नज़र से देखा जाए तो ध्रुपद के सामने ख़याल वाकई निम्न कोटि का है। हमारा मार्ग संगीत भाषा पर आश्रित नहीं है। नोम-तोम आलाप से भी भाव का विकास हो सकता है। यन्त्र के माध्यम से भी दिल के आवेग का प्रकाश हो सकता है। 'एक्सप्रेशन' के लिए हमारे संगीत में शब्दों की ज़रूरत नहीं होती। कंठ संगीत में स्वर-वर्ण (Vowel) और व्यंजन-वर्ण (Consonant) की ज़रूरत है, लेकिन अनन्त हरि नारायण रि रे ना ना तोम से भी एक्सप्रेस किया जा सकता है। स्वर-समूह के संयोग से भले ही उसके माने बनें, या ना बनें। आलाप से जब गवैया बन्दिश में पहुँचता है, तक भाषा जैसी भी हो, स्वर-समूह या नोट्स के कम्बिनेशन से राग का रूप खुल रहा है या नहीं, इसी में बन्दिश के महत्त्व का पता चलता है। थोड़े-से 'डेकडेंट म्यूजिक' अर्थात् ठुमरी, दादरा, चैती, कजरी तथा ग़ज़लों में भाव के प्रकाश के लिए गायक-गायिका भाषा पर बहुत ही भरोसा करते हैं। लेकिन वह भाव भी नीच मान का होता है। मिसाल के तौर पर मौजुद्दीन के इस दादरे को ले लीजिए—'दिल-ओ-जान से फिदा हूँ मैं तो बोलो या ना बोलो।' यहाँ 'बोलो' या 'ना बोलो' इन लफ़्जों को लेकर घुमा-फिराकर खेलना पड़ेगा—इसके भाव प्रकाश के लिए। अपना मन-प्राण सबकुछ तुम्हें सौंपकर हम तो पागल हो गए हैं, अब तुम कहो या ना कहो। यहाँ पर जिस मुहूर्त में सुर को ज़बर्दस्ती भाषा का आश्रय लेना पड़ रहा है, उसी समय भाव का मान भी नीचा चला जा रहा है, क्योंकि भाषा ही निम्न स्तर की है। आलाप में सिर्फ़ कुछ स्वरों और व्यंजन वर्ण के सहारे—स

ग म रे स से भैरव के अति कोमल रिषभ के प्रयोग से जो भाव खिल उठते हैं, उसकी 'इमोशन क्वालिटी' बहुत ऊँचे स्तर की है। और अगर ध्रुपद के साहित्य का सवाल उठता है, तो तानसेन की एक भैरव की रचना देखिए—'सघन बन छायो री द्रुम बेली माधो भुवन अति प्रकाश वर्ण-वर्ण पुष्प रंग लागे।' इसकी बराबरी में 'बिजुरी चमके मेहा बरसे पिया नहीं पास' या 'जागे मोरी सास ननदिया और दौरनिया' को रखिए और कहिए इनका स्तर किस कोटि का है ?

ख़याल तान प्रधान होने के साथ ही ग्वालियर ने एक नयी चाल खोज निकाली। वह थी सपाट तान। मेरी कच्ची उम्र में रवि काका ने मुझे गाना सिखाया था। ये थे मालविका कानन के पिता रवीन्द्रलाल राय। एक बार उन्होंने सपाट तान का एक बहुत अच्छा 'डेफिनिशन' दिया था। कंट्रास्ट दिखाने के लिए ही उसे पैदा किया गया है। मान लो, तुम स्लेट-पेंसिल से राग की तसवीर बना रहे हो। आँखें बनाईं, मुँह, नाक बनाईं, सिर के बाल भी बनाए और गौर से देखकर गाल के ऊपर तिल भी बनाया। उसके बाद भींगे चिथड़े से यानी सपाट तान से सबकुछ पोंछकर दुबारा अंकन के लिए बैठ गए। सम्पूर्ण राग के बिना, सपाट तान हो नहीं सकती है। उस पर भी सब रागों में नहीं। जैसे दरबारी, देसी, तोड़ी, कामोद आदि में नहीं। हमारे गुरु मुश्ताक हुसैन तो बिहाग के आरोहण में ग म प ध नि सा, नि स रे ग इन सबका इस्तेमाल करते थे। वे कहते थे—जम जाने के बाद ये सारी तानें खप जाती हैं, यानी घुल-मिल जाती हैं। कान को धक्का नहीं पहुँचता। शायद ऐसा ही होता होगा। आजकल टेलीविजन में देखते हैं कि विदेश में नंगे बदन, जाँघिया पहनकर लोग क्रिकेट देख रहे हैं। एकदम खप गया है। आज से पचास-साठ साल पहले अगर लार्ड्स मैदान में उस पहनावे में जाते, तो वो ज़रूर जेल की हवा खाते।

काफी क़िस्से हुए। फिलहाल इन सब बातों को छोड़कर हम अपनी पुरानी कहानी पर लौट आएँ। पहले के गवैए उस्ताद गुरुभक्ति में बहुत विश्वास रखते थे और लुक-छिपकर इल्म सीखना पाप समझते थे। बड़े महम्मद ख़ाँ के ग्वालियर छोड़ने के कुछ ही दिन पहले, दरबार में हद्दू-हस्सू ख़ाँ दो भाई मल्हार गा रहे थे। उस समय तानों के कई सारे वर्णन थे, जैसे तलवार तान, कड़क बिजली तान, हाथी चिंघाड़ तान आदि। कहा जाता है, हस्सू ख़ाँ ने गाते-गाते वह भयानक 'हाथी चिंघाड़' तान लिया, जिसे सुनकर हाथी भी पीलखाने से निकल पड़ते हैं। बड़े महम्मद ख़ाँ उस तान को सुनकर हैरान हो गए और चिल्लाए—'सुभान अल्ला', 'सुभान अल्ला'। हस्सू ख़ाँ गमक के साथ पेट से उस भयानक तान को लेने की कोशिश में बीचोंबीच रुक गए। मुँह से खून आ रहा था। नत्थन पीरबख़्श बगल में ही बैठे थे। उन्होंने अपनी शाल से पोते का मुँह पौंछा और कहा—"बेटा, मरना ही है तो तान पूरी करके मरो।" इस 'माजरे' के थोड़े दिन बाद ही बड़े महम्मद ख़ाँ हमेशा के लिए चले गए। जाते वक़्त सबको कह गए कि महाराज ने हमारे साथ बहुत बेइन्साफी की है और इन दो भाइयों ने मुझे बड़ा दग़ा दिया है। इसके बाद हस्सू ख़ाँ बहुत दिन ज़िन्दा नहीं रहे। हद्दू ख़ाँ

लकवे से अपाहिज हो गए। उस अवस्था में भी वे गाते थे, लेकिन चलने-फिरने से लाचार थे। सब कहते थे, उस्ताद को ठगने का यह नतीजा था। हमें उनके खाने-पीने के वर्णन से लगता था कि आजकल के डॉक्टर और वैद्य मुँहफाड़े हँसकर दो और दो के साढ़े पाँच कर बैठेंगे। हद्दू ख़ाँ निसार हुसैन ख़ाँ के ससुर के ससुर हैं। उस हिसाब से ज़रूरी और ग़ैरज़रूरी, कई रहस्य जानते हैं। उनकी गिजा, यानी ब्रेक फास्ट के बारे में सुनकर मेरे हाथ-पैर ठंडे हो गए। कहा जाता है कि वे भोर में उठकर पाँच सौ डंड-बैठकें लगाकर फिर कुएँ के पानी से नहाकर ठंडे होते थे। उसके बाद एक छोटी-सी बाल्टी में दो सेर दूध में अड़तालीस जलेबी डुबोकर नाश्ता करते थे। इसके बाद चार घंटे गमक और हलक तानका रियाज़ करने के बाद उन्हें बहुत ज़ोरों की भूख लगती थी। दोपहर का खाना बहुत सीधा-सादा था। दाल-रोटी के साथ सिर्फ़ आधा सेर गोश्त का कीमा और उसमें पाव-भर घी। रात के खाने के बारे में कुछ नहीं कह रहा हूँ। लेकिन यह तो मानी हुई बात है कि महफ़िल के बाद महाराजा के दरबार में उन्हें मरीज़ का खाना, यानी दही और खिचड़ी तो क़तई नहीं दी जाती होगी।

जयाजी राव सिन्धिया सिंहासन पर बैठे सन् 1844 में, और 1886 में उनका देहान्त हो गया। पिता की तरह इनको भी गाने-बजाने का बहुत शौक था और इन्होंने खुद हद्दू, हस्सू के छोटे भाई नत्थू ख़ाँ के पास गंडा बँधवाया था। यह इसलिए क्योंकि कुछ दिन तक हस्सू ख़ाँ काफी बीमार रहे और फिर उनकी मृत्यु हो गई और हद्दू बाहर घूम-घूमकर नाम कमाने में मस्त थे। यह सब होते हुए भी हद्दू ख़ाँ और नत्थू ख़ाँ ने काफी शागिर्द तैयार किए। उनमें ज़्यादातर थे मराठी ब्राह्मण। हद्दू ख़ाँ कहते थे—"हम मुसलमान उस्ताद के बच्चों पर विश्वास नहीं करते। सिखाएँगे हम और महफ़िल में जाकर कहेगा कि हमने बाप-चाचा के पास सीखा है और यह मेरे घर की गायकी है। मैंने तय कर लिया है कि मैं ब्राह्मणों को ही सिखाऊँगा।" लेकिन इनके विचारों से उनके लड़के और भानजे छोटे महम्मद ख़ाँ और बड़े निसार हुसैन ख़ाँ, दो दामाद बन्दे अली ख़ाँ और इनायत हुसैन ख़ाँ सहमत नहीं थे। इनायत हुसैन ख़ाँ ही उनकी गायकी सहसवान ले गए। इनायत हुसैन ख़ाँ के बड़े दामाद हमारे पहले गुरु थे और सबसे छोटे दामाद निसार हुसैन ख़ाँ हैं, जो अभी भी कलकत्ता की संगीत रिसर्च अकादमी के साथ जुड़े हुए हैं। (मृत्यु 16 जुलाई 1993)

हद्दू ख़ाँ साहब को रेलगाड़ी में बैठकर घूमने का बहुत शौक था। उस समय बम्बई से कलकत्ता तक रेल की पटरी बिछाई ही गई थी। ख़ाँ साहब जलसे के लिए कलकत्ता भी आए थे, लेकिन जलसा किसके मकान में हुआ था, इसका कुछ पता नहीं चला। लेकिन उस जलसे में उन्होंने बंगाली रईसों को चौंकाने के लिए तानों की बौछारें की थीं। थोड़ी देर बाद उन्होंने देखा कि एक के बाद एक श्रोता धीरे-धीरे हवा हो रहे हैं। गाना ख़त्म होने के बाद देखा गया कि हॉल करीब-करीब खाली था। हद्दू ख़ाँ हैरान, और जिनके घर जलसा हुआ था, उनका सिर ही झुक गया। ख़ाँ साहब पूरी रात सो न सके। इसके पहले कभी उनके खानदान में इतनी बेइज़्ज़ती नहीं हुई और

यह भी नहीं कि वहाँ सिर्फ़ शौकीन बंगाली ही थे, कई मुसलमान उस्ताद भी थे। वे भी मुँह बनाकर चले गए। हद्दू ख़ाँ साहब को समझ में ही नहीं आया कि बात क्या हो गई। आख़िरकार पूछताछ के बाद उन्हें पता चला कि कलकत्ता के लोग ध्रुपद सुनने के आदी हैं। सिर्फ़ एक अलीबख़्श को छोड़कर जो कि वाजिदअली शाह के मटियाबुर्ज़ दरबार के थे, और कोई ख़याल गाता ही नहीं था। और वह भी उस समय कलकत्ता की महफ़िल में ठीक से चालू नहीं हुआ था। अब हद्दू ख़ाँ जैसे दम्भी आदमी, और जिन्होंने जलसा किया था, उनके घर गए और हाथ जोड़कर एक और जलसे के लिए अर्ज़ी पेश की। जलसा ध्रुपद का था। इस जलसे में हद्दू ख़ाँ ने गाना बदस्तूर आलाप और ध्रुपद से शुरू किया। जब महफ़िल जम गई, तब वे भारी चाल के ख़याल पर आए जिसका अन्दाज़ ध्रुपद जैसा था। स्वर का ठहराव, शुद्ध उच्चारण, मीड़, गमक से शान्त आलापचारी, कहीं कोई खटका या मुरकी नहीं, बोल-बाँट में भी कोई चंचल भाव नहीं। मतलब ध्रुपद के सारे गुण उसमें थे, लेकिन गाया जा रहा था ख़याल। ताल भी चौताल के बदले एक ताल। थोड़ी ही देर में 'वाह-वाह' से हॉल गूँज उठा। इसके बाद उन्होंने और महफ़िलों में भी गाया। आखिर में एक-आध मध्य लय के ख़याल भी सुनाए थे। तानबाज़ी का चक्कर छोड़कर उन्होंने कलकत्ता में काफी नाम कमा लिया। यह किस्सा ग्वालियर के ख़ाँ साहब के वंश के लोगों से और उनके शागिर्दों से ही मैंने सुना है। उस ज़माने में कहाँ-कहाँ महफ़िलें हुआ करती थीं, यह बताने की मेरी गुजारिश कलकत्ता की पुरानी यादें ताजा करने में माहिर राधाप्रसाद गुप्त और सुनील गंगोपाध्याय से है।

हद्दू ख़ाँ साहब के हिन्दू शिष्य, ज़्यादातर ही मराठी ब्राह्मण थे। इनके नाम क्रमानुसार बड़े बालकृष्ण बुआ, बासुदेव राव जोशी, बाबा दीक्षित, देओजी बुआ और शंकर पंडित हैं। बालकृष्ण बुआ, ईछलकरनजी ने तालीम हासिल की थी वासुदेव राव जोशी से और ईछलकरनजी से तालीम ली थी इंगले बुआ, अनन्त मनोहर जोशी, विष्णु दिगम्बर आदि ने। विष्णु दिगम्बर के शिष्यों में से नाम कमाया था ओंकार नाथ, पटवर्धन, नारायण राव व्यास और एक-आध और जनों ने। सारे महाराष्ट्र में ग्वालियर गायकी फैल गई थी। रामकृष्ण बुआ वज़े, विष्णु दिगम्बर, अनन्त मनोहर या अन्तु बुआ इनमें सबसे ज़्यादा मशहूर थे। लेकिन इनकी गायकी ग्वालियर के पंडित परिवार की गायकी से थोड़ी हट गई थी। इसकी वजह थी ख़याल गायकी पर मराठी नाट्य-संगीत का असर।

हद्दू ख़ाँ साहब के एक और प्रिय शिष्य थे विष्णुपन्थ छत्रे। वे गाना गाते थे और मशहूर पहलवान और एक्रोबॅट भी थे। इनकी एक छोटी-सी सर्कस पार्टी भी थी। एक बार उस्ताद को लेकर नर्मदा पार करते वक़्त इनकी नाव भँवर में आ गई। माँझी-मल्लाहों ने उम्मीद छोड़ दी थी। विष्णुपन्थ छत्रे नाव का रस्सा थामे तैरकर किनारे पहुँचे और रस्से को एक पेड़ से बाँध दिया। जब होश आया, तब देखा कि वे उस्ताद की गोद में लेटे हुए हैं। हद्दू ख़ाँ बराबर कहते थे कि छत्रे उनकी अपनी सन्तान से भी ज़्यादा थे और उन्होंने जो किसी और को नहीं दी थीं, ऐसी सौ से भी ज़्यादा बन्दिशें अपने

प्रिय शिष्य को सिखाई थीं। हद्दू ख़ाँ के बड़े लड़के रहमत ख़ाँ थे। दिलीप वेदी की राय में उनसे बढ़कर कोई गवैया ग्वालियर में हुआ ही नहीं। भास्कर बुआ और करीम ख़ाँ जैसे कलाकार इनकी नकल करते थे। वे विष्णुपन्थ की सरपरस्ती में बहुत दिनों तक रहे।* यहाँ तक कि अल्लादिया ख़ाँ के बड़े लड़के मंझी ख़ाँ की तानों में भी इनकी गायकी की झलक मिलती थी। यह बात मल्लिकार्जुन से खुद भुर्जी ख़ाँ ने कही थी। छत्रे के सर्कस के 'इंटरवल' में ख़ाँ साहब का गाना होता था और अगर गाना गाने से इन्कार करते तो उनकी अफीम की गोली बन्द की जाती थी। रहमत ख़ाँ ज़रा सनकी भी थे। हमारे पिताजी के दोस्त, अमिय सान्याल की 'स्मृतिर अतले' किताब में रहमत ख़ाँ का उल्लेख है। मौजुद्दीन ख़ाँ का ख़याल और ठुमरी सुनकर बहुत रोये और गाना-बजाना मान लीजिए एक तरह से छोड़ ही दिया था। गणपत राव भैया साहब के कहने पर मौजुद्दीन ने इनके पैर पकड़कर इन्हें यह कहकर शान्त किया कि—''ख़ाँ साहब आप तो बहुत बड़े गवैए हैं। उस्ताद जी, आपके सामने तो हमारे गाने की कीमत दमड़ी-भर भी नहीं।'' रहमत ख़ाँ ने बार-बार सवाल पूछा, ''क्या तुम ठीक कह रहे हो मौजुद्दीन ?'' आखिर में अपने को सँभालकर उन्होंने कहा—''तुमने ठीक ही कहा है। हम ज़रूर अच्छा ही गाते हैं। ठीक-ठीक-ठीक ही कहा है।'' ये सब बड़बड़ाते हुए वे काशी छोड़कर चले गए। सान्याल साहब के वर्णनों से इतना पता चलता है कि दिमाग़ की बीमारी के अलावा वे बहुत बदसूरत भी थे। शायद यह सच नहीं है। कम-से-कम फोटो में उतने हसीन न सही, पर ख़ाँ साहब एक अच्छे-ख़ासे आदमी दिखाई पड़ते हैं।

हद्दू ख़ाँ साहब के बड़े दामाद, बन्दे अली ख़ाँ वीणा बजाते थे और ध्रुपद भी गाते थे। भारी चाल का ख़याल, शायद उन्हें ससुराल से मिला होगा। लेकिन लगता नहीं है कि वे 'तानाईयत' थे, बल्कि उनके ख़याल में बढ़त और राग-विस्तार के बारे में ही किराना के लोगबाग कहते हैं। और भास्कर बुआ ने भी इसका उल्लेख किया है। दूसरे दामाद थे इनायत हुसैन ख़ाँ।

बहुत कम उम्र में इनायत हुसैन को रामपुर दरबार के मशहूर ख़यालिया बहादुर हुसैन ख़ाँ का शिष्य बनने का मौक़ा मिला। पुराने लोगों में से सिर्फ़ निसार हुसैन ख़ाँ ही एक हैं, जिन्होंने इनायत हुसैन ख़ाँ को देखा है या बचपन में उनका गाना सुना है। निसार हुसैन ख़ाँ कहते थे कि गले में सुर बैठाने के दो साल बाद तक उन्हें रोज़ सात-आठ घंटे सिर्फ़ पलटे रियाज़ करने के लिए कहा जाता था। और वह भी भैरव और गौड़ सारंग का। कोई राग नहीं, कोई अस्थायी नहीं, सिर्फ़ पलटे, और अलंकार।

---

* अनन्त मनोहर जोशी (अन्तू बुआ) श्रीकृष्ण रतन जनकर के प्रथम गुरु थे। इनके बेटे गजानन राव जोशी की किताब में बयान है कि मैसूर में उस्ताद फ़ैयाज़ ख़ाँ ने इनसे इमन कल्याण सुना और तीन दिन तक लगातार फ़रमाइश करके सुनते रहे और उनकी गायकी पर रहमत ख़ाँ का असर देखकर हैरत जताया। जवाब में गजानन राव ने बताया कि उनके पिता चार साल तक रहमत ख़ाँ के पीछे तानपूरे पर बैठते थे। हद्दू ख़ाँ के इस अधपगले बेटे की गायकी में न जाने क्या था कि भास्कर बुआ, अब्दुल करीम ख़ाँ, अन्तू बुआ, यहाँ तक कि मंझी ख़ाँ भी उसके असर से बच नहीं पाए।

रामपुर में एक मोहल्ला है 'पीले तालाब' नाम से। वहाँ अमजद अली के पिता उस्ताद हाफ़िज़ अली ख़ाँ के ससुरालवाले रहते थे। ये बच्चे इनायत के परिवारवालों के रिश्तेदार थे। इन्होंने एक दिन बहादुर हुसैन ख़ाँ से पूछा—"इनायत कैसा गाना सीख रहा है ?" बहादुर हुसैन ने कहा—"अभी तो उसकी शुरुआत ही है, अभी क्या गाएगा ? अभी तो सिर्फ़ पलटे पर है। गाना-वाना नहीं सिखाया। आवाज़ तैयार होने पर अस्थायी भरना सिखाएँगे।" इनमें से शब्बन ख़ाँ छोकरे की तरक्की के बारे में जानने को बहुत उत्सुक थे। ज़िद करने पर बहादुर हुसैन ख़ाँ राज़ी हुए। उन्होंने कहा, "अगले जुम्मे के दिन आइएगा। हमारे यहाँ रोटी-चटनी खाइए और गाना भी सुनिए।" वे मकान से निकले ही थे कि ख़ाँ साहब ने इनायत को बुला भेजा और कहा कि जल्दी-जल्दी ये दो-चार चीज़ें याद कर लो। बस यमन और बिहाग की चलती हुई चीजें, यानी मध्य और द्रुत लय में दो-तीन बन्दिशें सिखाईं। उसके बाद उनको कह दिया कि गौड़ सारंग के पलटे में से कौन-सा स्वर निकाल देना होगा, कौन-से स्वर पर ज़ोर देना पड़ेगा आदि। दो दिन बाद शब्बन ख़ाँ के लोग इनायत ख़ाँ का गाना और तानें सुनकर ताज्जुब में पड़ गए। बोले—"बहादुर हुसैन भाई, आपने तो कहा था कि यह लड़का अभी तो सिर्फ़ सरगम और पलटे रियाज़ कर रहा है, लेकिन ये तो इतने थोड़े दिनों में अच्छा-ख़ासा तान लय-सुर के साथ गाने लगा है। आपकी तालीम का जवाब नहीं।" निसार हुसैन ख़ाँ को भी इसी तरह की तालीम मिली थी अपने दादा हैदर ख़ाँ से और रियाज़ भी किया था ज़बर्दस्त। पलटा और अलंकार का रियाज़। सारे रागों का रियाज़ नहीं किया था। दो-एक राग को पकड़कर ही रियाज़ करते थे। दूसरे राग जब गाते तो थोड़ी-सी अक्ल लड़ा देते तो वही पलटे काम आ जाते थे। एक साधो तो सब सधै—यही उनका कहना था। ज़रूरी नहीं है कि सभी इस बात से यानी ख़ाँ साहब से सहमत हों। लेकिन तान-प्रधान गायकी के रियाज़ की पद्धति का यह नमूना याद रखने लायक है।

बहादुर हुसैन ख़ाँ से इनायत हुसैन ख़ाँ को बहुत सारे अस्थायी और उनके मशहूर मध्य लय के तराने भी मिले। उन्होंने खुद बहुत खूबसूरत बन्दिशें बनाई थीं। उनमें से कुछ तो कलकत्ता के पाठक पहचानेंगे। जैसे 'झनन-झनन' छायानट में, गौड़ मल्हार में 'पापी दादुरवा बुलाई', मारुबिहाग में 'तड़पत रैन दिन' आदि। वजह यह है कि कलकत्ता के शरीफ़ ख़ानदान के बच्चों को ख़याल ठुमरी के प्रचारक और अच्छे गायक आचार्य गिरिजा शंकर चक्रवर्ती से तालीम मिलती थी। इन्हें रामपुर के इनायत ख़ाँ से तालीम मिली थी।

इनायत ख़ाँ की गायकी में ग्वालियर का अंग बाद में आया—शादी के बाद। बहुत दिनों से हद्दू ख़ाँ के दो बेटे—रहमत ख़ाँ और छोटे मुहम्मद ख़ाँ, बाप के कहने से अपनी बहन के लिए गाने-बजाने की बिरादरी में लड़का ढूँढ़ रहे थे, लेकिन कोई खास पसन्द नहीं आ रहा था। इनायत ख़ाँ का गाना सुनकर और उनका लम्बा-चौड़ा डीलडौल देखकर, बाप से सलाह कर उन्हें घर पर दावत दी। बड़े ख़ाँ साहब को भी इनायत दीखने में अच्छा ही लगा। बातचीत, अदब-क़ायदे बिल्कुल ठीक-ठाक, मतलब परफेक्ट।

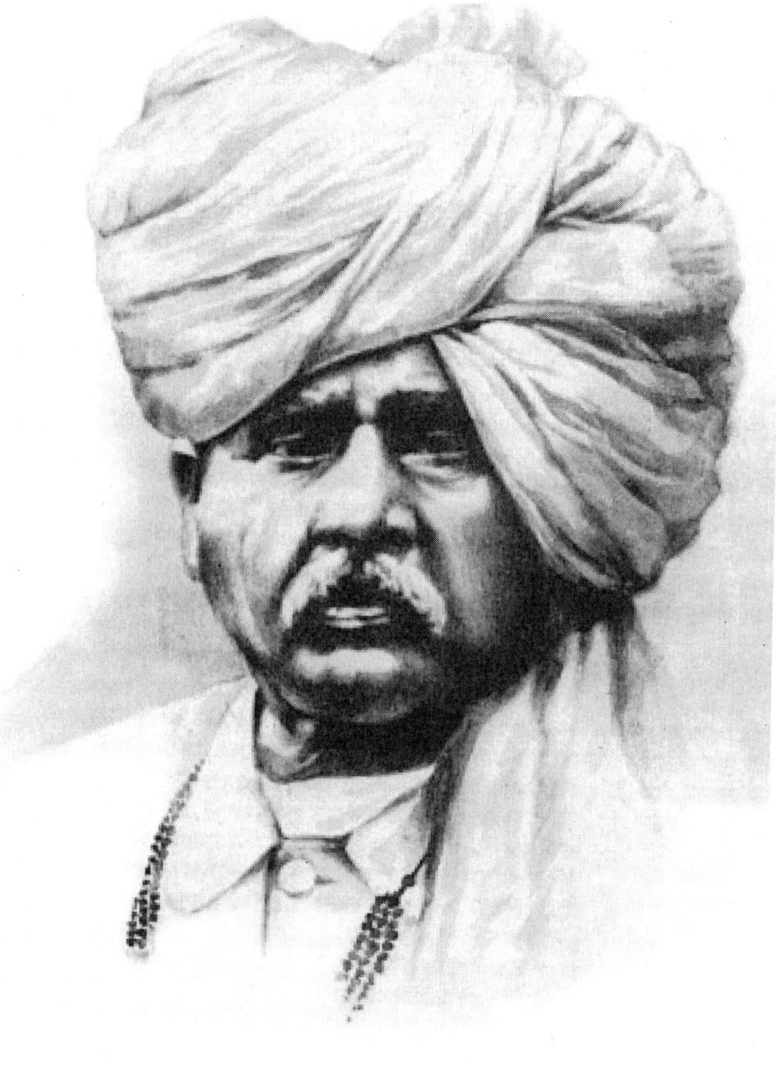

उस्ताद रहमत ख़ाँ

हद्दू ख़ाँ साहब ने जब गाना सुनने की ख्वाहिश ज़ाहिर की तो इनायत ने चार बार सलाम किया और बड़े अदब से कहा—"मैं तो आपका बच्चा-जैसा हूँ। आपके सामने तो मुँह खोलने की भी हिम्मत नहीं है मुझमें, गाना तो दूर रहा।" ख़ाँ साहब तो उनसे भी ज़्यादा विनयी निकले। बोले—"ठीक-ठीक। मेरे सामने कोई भी सुअर का बच्चा उस्ताद नहीं हिन्दुस्तान में, जो मुँह खोलने की हिम्मत करे। लेकिन मैं इजाज़त देता हूँ, तुम गाओ।" इनायत ख़ाँ की पेचीली गायकी और तीन सप्तक की गरजदार तान सुनकर उसी रात को उन्होंने शादी का प्रस्ताव रखा। इनायत ख़ाँ की इस बीवी से दो सन्तानें हुईं। उनमें से कहते हैं कि लड़की के बाल सुनहरे थे और 'यूरोपियन लेडी' जैसा रंग था। उसे इनायत ख़ाँ ने सितार सिखाया था, शायरी भी, पतंग उड़ाना तथा और भी बहुत कुछ। लेकिन इन दोनों बेटी-बेटों का सुख उनकी तकदीर में नहीं था। निसार हुसैन ख़ाँ के उपरोक्त वर्णन से हम इस बात का अन्दाज़ा लगा सकते हैं कि किस तरह से दहेज के साथ-साथ ग्वालियर की गायकी रामपुर और सहसवान में प्रवेश कर गई।

*आठवाँ अध्याय*

# सहसवान-ग्वालियर : मुश्ताक़ हुसैन और निसार हुसैन ख़ाँ

मनुष्य में एक स्वाभाविक क्षमता यह है कि वह जो यादें कड़वी हैं उन्हें भुलाकर मधुर यादों को ही ज़हन में रखता है। लखनऊ की हमारी बचपन की स्मृतियाँ बहुत ही मधुर हैं। बनारसी बाग का ओपन एयर चिड़ियाघर, सिकन्द्राबाग के तरह-तरह के स्वादिष्ट और सुगन्धित अमरूद, घना कोहरा भेदकर आती सुबह की मीठी धूप और पुलिस लाइन की परेड के बिगुल की गूँजती आवाज़, जोहरा बाई और अब्दुल करीम के रिकार्ड के गाने, चार्ली चैपलिन की 'सिटी लाइट्स', तीर-कमान लिये इटली और ऐबेसिनिया की लड़ाई—ये सब स्मृतियाँ बायस्कोप की स्टिल तस्वीरों की तरह मेरी आँखों के सामने आ जाती हैं। बायस्कोप स्वाद और सुगन्ध नहीं दे पाते। लेकिन मैं तो आँखें मूँदकर जाड़ों में ओस से भींगी घास की महक, गुलाब और मधुमालती की मीठी सुगन्ध या पिताजी की लाइब्रेरी की सिगरेट और पुरानी किताबों की सौंधी-सौंधी खुशबू—इतने सालों की यादों में डूबकर भी एक पल में लौटा सकता हूँ। और भी यादें हैं। मेहमान या मिलनेवाले कलकत्ता से आते तो टिफिन कैरियर में नाश्ता भरकर उनके साथ पुराने लखनऊ की इमारतों को देखने जाना और बड़ा इमामबाड़ा के दो तल्ले की जो भूलभुलैया नाम की पहलेवाली जगह थी, जहाँ नवाब बेगमों के साथ आँखमिचौनी खेलते थे, उसे भी देखने जाना। एक बार हम लोग इकट्ठे होकर वहाँ चोर-पुलिस खेलने के लिए गए और फिर अपना-अपना रास्ता ही भूल गए। आखिरकार गाइड ने आकर हम लोगों को ढूँढ़ निकाला। दोनों तबकों में कोई खास फ़र्क़ नहीं रहने के कारण शायद ये सब खेल अब बन्द हो चुके हैं।

कॉलेज में भर्ती होकर जब मैं अपने को लायक समझने लगा तब मुझे ऐसा लगता था कि दुनिया में लखनऊ जैसा सुन्दर शहर और कोई नहीं है। यह सचमुच का ही गार्डन सिटी है और अंग्रेजों के ज़माने में इसकी कितनी हिफ़ाज़त और क़द्र थी। बिजली की कमी नहीं थी, रास्ते चमकते थे, जाड़ों के गुलाब और मौसमी फूलों-फलों से चारों ओर भरपूर। बात-बात पर विदेशी लोग गार्डेन पार्टी देते थे। यूनिवर्सिटी के प्रोफेसरों की देशी-विदेशी मेमें हल्के-से छूकर बोन चायना के प्यालों की एक घूँट लेतीं और क्यूकंबर

की सैंडविच खातीं। उनके मर्द सफेद फलालेन की पतलून पहनकर टेनिस खेलते। सेक्रेटेरियट के कट्टर बाबू लोग भी जीन की पैंट के ऊपर चायना सिल्क के कोट पहनते थे। युद्ध छिड़ जाने की वजह से पेट्रोल की कमी हो गई। टायर खोलकर लोगों ने अपनी कारों को पक्की ईंटों पर चढ़ा दिया था। हर घर का यही हाल था। ताँगों, इक्कों और साइकिलों के अलावा और कोई वाहन नहीं था।

छात्रों की तो बात ही छोड़िए। लाल मुँहवाले कलेक्टर से चीफ़ सेक्रेटरी तक साइकिल पर चक्कर लगाते थे। वे दिन सस्ते के थे। गोल्ड फ्लेक का पैकेट चार आने में मिलता था। एक रुपए में कालिन्स क्लासिक्स, डेढ़ रुपए में एवरीमैंन, छह आने में पैंगुइन, बारह आने में जर्मन बेक्स बियर—चाबी मार्का। डालडा के पूर्व के युग में लड़कियों के बदन भरे-पूरे हुआ करते थे। हिन्दुओं में खत्री और मुसलमानों में शिया लड़कियाँ बहुत ही गोरी होती थीं। झुंडों में जब वे लड़कियाँ कॉलेज आतीं तो अपनी उम्र के लिहाज से हम उन्हें 'हूर' परी समझते थे।

उस ज़माने में यूनिवर्सिटी में ह्यूवेट होस्टल नाम की एक संस्था थी। विश्वविद्यालय की हर ईंट और लकड़ी नवाब तालुकदारों के पैसों से बनी हुई थी। सो उनके बच्चों को अच्छे-से-अच्छे होस्टलों में जगह मिल ही जाती थी, इसमें कोई अचरज की बात थी ही नहीं। हाँ, हिऊवेट होस्टल में दौलतमन्द घरों के छात्रों को छोड़कर कुछ मशहूर खिलाड़ी या शरारती भी रहते थे। इनमें से दो के नाम मुझे याद आ रहे हैं। एक तो बाबू यानी कुँवर सिंह जी थे, जिन्होंने ओलम्पिक में हमारी भारतीय टीम की कप्तानी की थी और हम लोगों को जिताया था। और दूसरे देश के पहले नम्बर के टेनिस खिलाड़ी गौस मोहम्मद थे। कई साल तक उन्होंने बी.ए. फाइनल में रहकर आराम और ऐश किए। इनके अलावा पैसेवाले और जाने-माने तालुकदारों के ख़ानदानी छात्र भी रहते थे। उनके कमरे देखने लायक थे। उनके वार्डरोबों में आठ-दस सूट, शेरवानी, दस जोड़े जूते, पलँग और टेबल पर रखी जिन की खाली बोतलों में एक-एक रातरानी के फूल के सिवाय और कुछ ख़ास नज़र नहीं आता था। किताबें, कापियाँ, पेंसिल जैसी चीज़ें कभी देखी हों, ऐसा याद नहीं आता।

ऐसे माहौल में रामपुर के मौलाना महम्मद हुसैन वहाँ किस तरह से आ जुटे, कुछ याद नहीं आता। पहनावे में अचकन और अलीगढ़ी पाजामा। कभी-कभी सिर पर मखमल की टोपी और हर वक़्त सिगरेट फूँकते और गुनगुनाते हुए। लाजवाब मज़ाकिया आदमी थे। ख़ालिस शुद्ध भाषा में मुँह से तरह-तरह की गालियाँ निकलाना कम-से-कम उस ज़माने में लखनऊ के छात्रों से मैंने कभी नहीं सुना था। उनके कमरे में थीं निवाड़ की दो खाटें, धूल से भरा एक तानपूरा और हारमोनियम तथा तबला भी मेज पर थे। पाँच पैसेवाले पासिंग शो सिगरेट के कुछ पैकेट भी। जैसा कि होता है, किताब और कापियों से उनका कोई नाता नहीं था। कभी-कभी एक डोरी-जैसी नेकटाई बाँधकर और तीन पीस बादामी रंग का सूट पहनकर निकलते थे और कहते थे कि एम.ए. की डिग्री के कनवोकेशन के दिन डिग्री लेने के लिए यह सूट उन्होंने किसी अंग्रेज दर्जी से सिलवाया

है। लेकिन उनकी वे ऊँची उम्मीदें पूरी हुईं भी या नहीं, इसमें मुझे बहुत सन्देह है।

ऑफ पीरियड में खेल का विशाल मैदान पार कर उनके कमरे के करीब पहुँचते ही बाहर से सुनाई पड़ते तबले और बेसुरे तानों के रियाज़। कुछ ऐसे क़िस्म के लोग भी हैं.जो सुबह-सुबह उठकर चने और अदरक खाकर दंड पेलना शुरू कर देते हैं और रात के भोजन के बाद हार्लिक्स पीकर सोने जाते हैं। उनका यह क्रम सालों चलता है, लेकिन उनके बदन पर मांस नहीं चढ़ता। यह बात महम्मद हुसैन के गाने के बारे में कही जा सकती है। लेकिन अपने लखनऊ के छात्र-जीवन में मैंने उनके जोश में कभी कोई कमी नहीं देखी। लेकिन दोपहर के वक़्त क्लास से भागकर भरी दोपहरी में गाना-बजाना और मुफ़्त में सिगरेट के कश लेने के लिए यह सबसे बढ़िया जगह थी। उस ज़माने में काफी कुछ छात्र गाते थे और मैरिस कॉलेज में सीखने जाते थे। इनमें से आगे चलकर एक-आध ने काफी अच्छा नाम कमाया और प्रतिष्ठित भी हो गए, लेकिन संगीत में नहीं।

बटलर होस्टल निवासी एन.के.पी. साल्वे गाने-बजाने में मेरे रोज़ के यार-दोस्त थे और यूनिवर्सिटी के मैचों में लेगब्रेक और गुगली बाल फेंकते थे। लेंथ की कोई ख़ास परवाह नहीं थी उन्हें। आगे के जीवन में वे चार्टर्ड एकाउन्टेंट, क्रिकेट कंट्रोल बोर्ड के प्रेसीडेंट, मन्त्री, राजसभा के डिप्टी स्पीकर आदि बहुत कुछ बने।

जब मौलाना महम्मद हुसैन से अभी बस परिचय-भर हुआ ही था कि तभी कृष्णाबाई उदियावरकर नाम की एक सारस्वत लड़की को लेकर काफी हंगामा हो गया। यह लड़की कुछेक महीने पहले बम्बई से आकर बी.ए. फर्स्ट इयर में भर्ती हुई थी। ऊँचाई में पाँच फीट, गोरी-चिट्टी, हू-ब-हू मुगल मिनियेचर जैसा चेहरा। सुनने में आया कि आगरा घराने के उस्ताद खादिम हुसैन ख़ाँ की शागिर्द हैं। इन्हीं से मैंने पहली बार नन्द यानी आनन्दी राग सुना था। आगरा घराने की किसी और लड़की से मैंने इससे अच्छा गाना अपनी ज़िन्दगी में पहले कभी नहीं सुना। किसी वजह से जवानी में ही यह लड़की जोगन बन गई, नहीं तो आज देश-भर में उसका नाम होता।

अचानक ख़बर मिली कि कृष्णाबाई उदियावरकर मैरिस कॉलेज से संगीत विशारद की परीक्षा पास कर गई हैं। उन्हें थर्ड डिवीज़न मिला है। इसके कुछ दिन पहले ही फ़ैयाज़ ख़ाँ ने भतीजे की शागिर्द होने के नाते इनका गाना सुनना चाहा था। और सुनने के बाद अपनी महफ़िल में इन्होंने उन्हें तानपूरा थमाकर पीछे बिठा दिया था। ऐसी लड़की को कैसे थर्ड डिवीज़न मिल सकता है। उसी दम यूनिवर्सिटी म्यूज़िक सर्कल में दो दल हो गए। एक दल में मैरिस कॉलेज के छोकरे थे। उनका कहना था कि कृष्णाबाई बाइज़्ज़त इम्तिहान में पास नहीं कर सकी हैं। वजह यह थी कि सिलेबस में जो गाने थे, उन्हें स्वरलिपि के मुताबिक उन्होंने नहीं बरता। खादिम हुसैन की तालीम के मुताबिक रामकली के विलम्बित ख़याल 'आज तोरे राधे' जो उन्होंने गाया था, किताब की स्वरलिपि से उसमें काफी फ़र्क़ था। दूसरे दल ने कहा—"अपनी किताबों को आग लगा दो और उसके साथ ही तुम्हारे प्रिंसिपल की टाँगें तोड़ देना भी ज़रूरी है।" उन दिनों

आजकल जैसी पॉलिटिक्स की सरगर्मियाँ काफी कम थीं। और तभी सिर्फ़ इसी बात को लेकर दोनों दलों में एक ज़बर्दस्त तर्क-सा छिड़ गया। म्यूज़िकल सर्कल के सेक्रेटरी और यूनियन के पंडा चन्द्रशेखर तिवारी ने मौलाना महम्मद हुसैन के कमरे में एक मीटिंग बुलाई।

मीटिंग में पहुँचकर मैंने देखा कि यह तय हो चुका है कि बेनेट हॉल में कृष्णाबाई का, और सिर्फ़ उनका ही गाना होगा, एकल, पूरी शाम। रतन जनकर जी प्रधान अतिथि रहेंगे। तर्क-वितर्क भी चालू था, लेकिन इस विषय पर नहीं। महम्मद हुसैन कह रहे थे—''यह सब तो ठीक है। पैसे-कौड़ी की कोई चिन्ता नहीं। माइक्रोफोन का किराया हम दे देंगे बशर्ते कि सबसे पहला हमारा गाना हो, नहीं तो मैं और हिउवेट होस्टल के मेरे सभी यार-दोस्त इस फंक्शन का बायकाट करेंगे।'' चन्द्रशेखर ने आँखें तरेरकर कहा—''अरे वाह, बहुत अच्छे ! नज़रबाग की महफ़िल याद है ?'' बाद में मेरी तरफ़ देखकर बोले—''सच, महम्मद हुसैन का गाना मैंने पहले कभी सुना नहीं था, सिर्फ़ इतना पता था कि वे रामपुर के हैं, और बहुत बड़े-बड़े उस्तादों के शागिर्द रह चुके हैं। तभी मैंने लोग इकट्ठे कर सिर्फ़ उन्हीं की महफ़िल रखी। पता है क्या हुआ ? घंटे-भर में महफ़िल खाली। सिर्फ़ एक आदमी एक कोने में अपने दोनों कानों में उँगली घुसाए बैठा था। मौलाना ने गाना बन्द कर मुँह बिचकाकर झुँझलाते हुए कहा—'आप हज़रत इतनी तकलीफ क्यों झेल रहे हैं ? अब आप भी जाइए न ?' आदमी ने जवाब दिया—''जनाब, जाने का इरादा तो बहुत पहले से ही हो रहा है, लेकिन जाऊँ कैसे ? भाड़े की जिस क़ालीन पर बैठकर आप गा रहे हैं, उसे लौटाने की जिम्मेवारी जो मेरे पर है।''

हँसी और शोर-शराबा खत्म होने पर महम्मद हुसैन ने कहा—''इन बातों पर आप लोग यकीन न कीजिएगा। चन्द्रशेखर नम्बरी गप्पी है। इसकी आँखों में चमड़ी जैसी कोई चीज़ है ही नहीं।'' दरअसल माजरा कुछ और ही था। सुनिए, मैंने बिहाग खत्म कर जैजैवन्ती शुरू कर दी। सुर सारे माहौल पर छा गया। आँखे बन्द कर मैं भी सुध-बुध खोकर गा रहा था। अचानक आँखें खोलकर देखता क्या हूँ कि सारे 'कूड़ दबंग लोग' हवा हो गए हैं। आदत जो नहीं है इन ख़ानदानी चीज़ों को सुनने की। लेकिन दो जने अब भी बैठे थे। उनमें ही एक चन्द्रशेखर था। मैंने पूछा—''तू पट्ठा क्यों बैठा है ? तेरे बाप-दादों की चौदह पीढ़ी के किसी ने भी इस तरह के ख़ानदानी ख़याल कभी नहीं सुने होंगे और तू तो मैरिस कॉलेज की कैस्ट्रेटेड भैंस है। तेरे आगे बीन बजाने से तू भला उसका मर्म क्या समझेगा ?'' पता है, उस चन्द्रशेखर के बच्चे ने क्या कहा ? कहने लगा—''अरे मैं महफ़िल छोड़कर जाता कैसे ? तेरे प्रोग्राम के बाद मेरी बारी थी गाने की।'' खुलकर ज़ोरों की हँसी हँसकर महम्मद हुसैन ने चन्द्रशेखर की ओर मुड़ते हुए कहा—''यार, तू कुछ भी कह ले, पर तेरी गप्प से तो मेरी यह कहानी काफी तगड़ी है।''

अगर मैं आज यह कहूँ कि इस लखनऊ यूनिवर्सिटी के हिउवेट होस्टल के 17 नम्बर कमरे और सन् 1944 के जाड़े में (तारीख नहीं बता सकता, छत्तीस साल पहले हुई मेरी अपनी खुद की शादी की तारीख तक मुझे याद नहीं, तो फिर यह तारीख कैसे याद रहती। तभी तो आज तक इसके लिए काफी बातें सुननी पड़ती हैं।) मामूली-सी

दक्षिणा और बंगाली मिठाइयों की थाली लेकर उस्ताद मुश्ताक़ हुसैन ख़ाँ ने मुझे गंडा बाँधकर अपने बेटे इश्तियाक़ हुसैन पर मेरी जिम्मेदारी सौंप दी। इस बात पर संगीत की दुनिया के जो मेरे चहेते हैं, उन्हें शक हुआ होगा कि शाम के वक़्त क्या कुछ कह डाला मैंने। लेकिन इसी होस्टल के कमरे में रामपुर के कितने बड़े-बड़े उस्तादों के पैरों की धूल बराबर पड़ती रही है, यह कैसे बताऊँ ? मुश्ताक़ हुसैन ख़ाँ, इश्तियाक़ भाई, ख़ाँ साहब के हुक्के और बाकी और भी बहुत-सी चीज़ों से यह छोटा-सा कमरा महीने में दो बार भर जाया करता था। असद अली के वालिद उस्ताद सादिक अली ख़ाँ से मैंने चाँदनी रात में इसी कमरे के सामने के बरामदे में बैठकर गहरी रात तक डेढ़ घंटे दरबारी का आलाप सुना है। आज भी याद है। ख़ाँ साहब तरह-तरह से मध्यम पंचम से धैवत का आन्दोलन और निखाद का मिलन दिखाकर तारसप्तक के षड्ज को छुएँ या न छुएँ, इसी कशमकश में लौट आ रहे थे, तभी आखिरकार महम्मद हुसैन से रहा नहीं गया और वे बोल पड़े—''ख़ाँ साहब, कब तक दिल बहलाइएगा ? हमारी जान की कसम, अब सुर पर पहुँच जाइए।'' अंधे बूढ़े सादिक अली ख़ाँ ने वीणा के तारों पर हाथ रखकर बजाना बन्द किया और बोले—''एक ज़माने से वीणा बजा रहा हूँ, लेकिन इस तरह की तारीफ़ कभी नसीब नहीं हुई महम्मद हुसैन ! अल्ला मियाँ ने क्या खूब तबीयत दी है तुम्हें।''

इसके अलावा पता नहीं कितनी बार अहमद जान थिरकवा ने उस टूटे हुए तबले के बाएँ पर अपने हाथों का जादू दिखाया होगा। इसका कोई हिसाब-किताब नहीं। लेकिन अगर किसी दिन शाम को आ जाते तो होस्टल के सीनियर और अमीर छात्रों को पकड़कर उनके लिए कुछ ख़ास इन्तजाम करना पड़ता था। मुश्ताक़ हुसैन ख़ाँ के लखनऊ निवासी एक और शागिर्द मुजद्दिद नियाज़ी आते थे। इनकी आवाज़ बहुत अच्छी थी। लेकिन मिजाज़ ख़याल का नहीं था। रेडियो पर गीत-ग़ज़ल तो अच्छा ही गाते थे। इन्हीं से मैंने बागेश्री के 'गोरे-गोरे मुख' का अस्थाई सीखा था। पंचम में सम ! सन् 1925 का ग्रैंड कान्फ्रेंस लखनऊ के क़ैसरबाग़ की बारादरी में भातखंडेजी की कोशिश से हुआ। इस कान्फ्रेंस में हिन्दुस्तान के बड़े-बड़े उस्तादों ने हिस्सा लिया। ख़याल में अब्दुल करीम ख़ाँ और फ़ैयाज़ ख़ाँ के शरीक होने के बावजूद दूसरा इनाम यानी सोने का तमगा मिला था मुश्ताक़ हुसैन ख़ाँ को। इस बात का दिलीप कुमार राय ने अपनी किताब 'भ्राम्यमानेर दिनपंजिका' में ज़िक्र किया है। इन्हीं दिनों भातखंडेजी ने मेरे पिताजी को कहा था कि हिन्दुस्तान के चार आने अस्थाई इस मुश्ताक़ हुसैन के पास हैं। अमियनाथ सान्याल ने अपनी किताब 'स्मृतिर अतले' में इनकी लरजदार तानों का ज़िक्र किया है और यह दुआ माँगी है कि शास्त्रीय संगीत की भलाई के लिए इन्हें खुदा स्वस्थ रखे और लम्बी उम्र दे। श्रीकृष्ण रतन जनकर की गायकी से पता चलता है कि इनके तानों का कितना ज़बर्दस्त असर पड़ा था। और कलकत्ता की चिन्मय लाहिड़ी से भी ये तानें सुनने को मिलती थीं, मतलब जब वे जीवित थे। और अब भी एस.सी.आर. भट और के.जी. गिंडे (मृत्यु 13 जुलाई 1994) के पास ये सब चीज़ें मिल सकती हैं।

मुश्ताक़ हुसैन ख़ाँ साहब के वालिद का नाम कहलन ख़ाँ है। ये क़व्वाली गाते थे

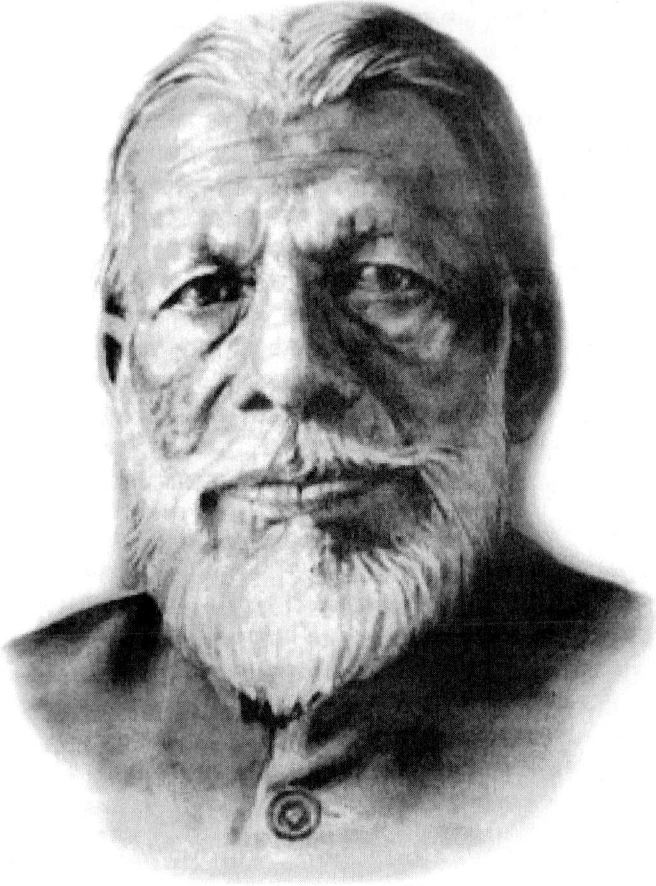

**पद्मभूषण उस्ताद मुस्ताक़ हुसैन ख़ाँ**

और बालक मुश्ताक़ को भी साथ गवाते थे। ये लोग बदायूँ के पास ही एक गाँव में रहते थे। गाँव का नाम था सहसवान और इनके परिवार के क़व्वाल मशहूर थे। अभी भी मुश्ताक़ हुसैन ख़ाँ साहब के भतीजे जफ़र हुसैन कव्वाल से जो मैंने कव्वाली सुनी है, उससे बेहतर कव्वाली मैंने बार्डर के इस पार नहीं सुनी। कई साल पहले दिल्ली में नैना देवी के घर एक ख़ास महफ़िल में पंडित रविशंकर ने ढाई घंटे तक इनकी कव्वाली सुनी थी और बहुत तारीफ़ की थी। इनके साथ निसार हुसैन ख़ाँ साहब के एक पोते भी बैठते हैं, ये भी जफ़र हुसैन की तरह कुछ दिनों तक शास्त्रीय संगीत की तालीम

हासिल कर कव्वाली की तरफ़ मुड़ गए हैं।

दस साल की उम्र से ही मुश्ताक़ हुसैन की संगीत की तालीम इनके वालिद और बड़े भाई आशिक हुसैन से शुरू हुई थी। मुश्ताक़ हुसैन के मामा का घर अतरौली संगीत-चर्चा के मामले में काफी मशहूर है। इनके दो मामाओं—पुत्तन ख़ाँ और महबूब ख़ाँ ने (दरस पिया) भी इन्हें बचपन में काफी दिनों तक तालीम दी थी। इसके बाद इन्हें तालीम निसार हुसैन ख़ाँ के दादा जी रामपुर दरबार के हैदर ख़ाँ से मिली। तालीम की शुरुआत में ही चौदह साल की उम्र में उस्ताद की लड़की से इनकी शादी हो गई। लेकिन ख़याल में इनके असल गुरु थे उस्ताद इनायत हुसैन ख़ाँ। पैंतीस साल बाद इन्होंने इनकी बेटी से भी निकाह कर लिया। तब तक मुश्ताक़ हुसैन ख़ाँ की तालीम पूरी हो चुकी थी और वे रामपुर के एक प्रतिष्ठित गायक बन चुके थे। इनके आखिरी गुरु थे वज़ीर ख़ाँ। अगर इनकी कृपा न होती तो उस समय के नवाब हमीद अली ख़ाँ के दरबार में इनकी जगह न होती।

वज़ीर ख़ाँ अलाउद्दीन ख़ाँ और हाफ़िज अली ख़ाँ के गुरु हैं। वे सेनिया घराने की वीणा बजाते थे और ध्रुपद-धमार की तालीम देते थे। बहुत कम लोगों ने ही मुश्ताक़ हुसैन ख़ाँ साहब से ध्रुपद या धमार सुना होगा। इससे यही साबित होता है कि दरबार में घुसने के लिए वज़ीर ख़ाँ का शागिर्द होना एक पासपोर्ट जैसा था। ख़ाँ साहब का मिजाज़ भी था ख़याल का और ख़याल की बन्दिशों का खजाना भी अनोखा था। एक तरफ़ अतरौली के 'दरस पिया' की बन्दिशें तो दूसरी तरफ़ बहादुर हुसैन ख़ाँ के मशहूर मध्य लय के तराने और इनायत ख़ाँ की चुनी हुई बन्दिशें। इनके अलावा ग्वालियर से मिले सदारंग अदारंग आदि के ख़याल तो थे ही। बदक़िस्मती से इनकी चार बीवियों से तेईस बच्चों में से कोई भी लड़का आज जिन्दा नहीं है। इनके सबसे छोटे दामाद दिल्ली यूनिवर्सिटी के गुलाम सादिक़ के पास इनकी गायकी और उस बेशुमार खजाने के दो-एक आने बच गए हैं।

ख़ाँ साहब के लायक बेटे थे इश्तियाक़ हुसैन। इश्तियाक़ भाई के गाने में ठहराव था। चीज़ें करीब-करीब सारी ही वालिद से मिली थीं और आमद की तानें तो चाबुक जैसी थीं। कुछ दिनों तक ये कलकत्ता की संगीत रिसर्च अकादमी में मुलाज़िम थे, लेकिन इनके होने का पूरा फ़ायदा अकादमी ने नहीं उठाया। आजकल बन्दिशें और रागदारी भला कौन सीखना चाहता है ? अब तो वे उस पार चल बसे और उनकी सन्तान दिल्ली की बसों में चक्कर काटती हुई किसी तरह से ट्यूशन कर दिन गुजार रही है। मुश्ताक़ हुसैन ख़ाँ का सन् 1964 में पद्मभूषण और प्रेसीडेंट एवार्ड आदि पाकर जब देहान्त हुआ तो उस समय उनकी उम्र करीब नब्बे साल की थी। इश्तियाक़ भाई ने अपनी सारी ज़िन्दगी बाप के पीछे तानपूरा लिये बैठकर गाते बिता दी। जब ख़ाँ साहब का इस दुनिया से कूच कर जाने का वक़्त हो आया तो उस समय तक इश्तियाक़ हुसैन साहब भी बूढ़े हो चुके थे। अल्लाह ताला ने उन्हें अलग से अपनी पहचान बनाने का मौक़ा तक नहीं दिया।

सन् 1952 में लखनऊ की श्रीमती सुशीला मिश्र ने 'इलस्ट्रेटेड वीकली' में मुश्ताक़ हुसैन पर एक लेख लिखा, जिसमें उन्होंने कहा है कि "He is easily the best exponent of Gwalior Gayaki today" हालाँकि उन दिनों ग्वालियर घराने के ख़ास प्रतिनिधि कृष्णराव शंकर पंडित बूढ़े हो जाने के बावजूद ज़िन्दादिल मिजाज़ के साथ आराम से गा रहे थे। राजाभइया पूछवाले की मौत सन् 1956 में हुई, लेकिन इस लेख के प्रकाशित होने के समय वे गाते थे या नहीं, यह ठीक से याद नहीं। शरतचन्द्र आरोलकर उस समय पूरी जवानी के दमख़म के साथ बेहद अच्छे ढंग से गा रहे थे। इनकी शैली ख़ालिस ग्वालियर की थी और दूसरे घराने का कोई असर इन पर नहीं पड़ा था। हो सकता है कि उनके परिवार के दो-एक को मुश्ताक़ हुसैन को इस गायकी का 'Best Exponent' कहने में झिझक हो। इसके अलावा इस घराने को सभी लोग सहसवान के नाम से जानते-पुकारते हैं—ख़ासकर निसार हुसैन ख़ाँ और उनके ख़ानदान के उस्ताद। ख़ाँ साहब के शागिर्दों में से दिल्ली में ही चार जने हैं—नैना देवी, डॉ. सुमति मुटाटकर, शन्नो खुराना और सुलोचना वृहस्पति। इनमें से सुमति सबसे अधिक वयोवृद्ध हैं और आज के संगीत जगत की विदुषियों में वे सर्वश्रेष्ठ हैं। उन्होंने रतन जनकर और आगरा के विलायत हुसैन ख़ाँ के अलावा उस्ताद मुश्ताक़ हुसैन ख़ाँ और राजाभइया पूछवाले से भी काफी तालीम हासिल की थी ! ये शायद सुशीला मिश्रा से इस बारे में सहमत होगीं, लेकिन सहसवान गायकी को ग्वालियर गायकी कहने से उपरोक्त बहुत-से लोग इसे नहीं मानेंगे।

अगर श्रीमती मिश्रा का यही कहना है कि ख़ाँ साहब ग्वालियर की शैली में ही गाते थे, तो उस बात को सरासर नकारा नहीं जा सकता। मुश्ताक़ हुसैन ख़ाँ गाना शुरू करते थे औचार, यानी सात-आठ मिनट के आलाप के बाद। ये आलाप नोम-तोम से नहीं होता था। आकार में आलाप किया जाता था और राग-रूप को भी काफी समेटकर। इसके बाद वे अस्थायी अन्तरा गाकर बहलावा करते थे। उन्हें बन्दिश में बोल बनाते हुए मैंने नहीं सुना। पुराने क़ायदे से वे शुरू में बन्दिशों के main phrase यानी विशेष स्वर-समूह को लेकर बहलावा करते थे। यानी मीड़ से ही slow motion में तान बरतते थे। इसके बाद वे विलम्बित ख़याल में तरह-तरह के लरजदार तान लेते थे और वह भी तीन सप्तक जोड़कर। ग्वालियर घराने से इस तान का बहुत मेल है। इसके बाद आता था बोल-बाँट और बोल-तान, लेकिन बहुत थोड़ा। आगरा-ग्वालियर घरानों में इसका इस्तेमाल काफी ज़्यादा है। ख़ाँ साहब इस अंग को अथवा लयकारी के झमेले को ज़्यादा पसन्द नहीं करते थे। तीन ताल के ख़याल, तरानों और तानों में भी ग्वालियर और आगरा में काफी मेल था। सरगम भी नाममात्र को गाते थे और वह भी अभी हाल के दिनों में। ठुमरी कभी-कभार गाते थे। मुरकी जैसे हल्के-फुल्के कमाल उनके गानों में थे ही नहीं। ज़रा ज़्यादा मुँह खोलकर शुद्ध ढंग से गमक और हलक के साथ भारी तान और बहलावा करना वे ज़्यादा पसन्द करते थे। और उन्हें प्यारी थी दोगुनी-चौगुनी सीधी तानें। तारसप्तक पर पहुँचकर फव्वारे की तरह उनकी तानें फिर षडज पर लौट आती

थीं। मैंने पहले ही ज़िक्र किया है कि बहुत लोगों की राय में ऐसी तानें ज़्यादा नहीं लेनी चाहिए, चूँकि इसमें हर बार राग-रूप को सँभालना मुश्किल हो जाता है और ग्वालियर घराने की यह एक बहुत बड़ी ख़राबी है।

इस गायकी में ख़ासकर ख़ाँ साहब का वॉयस थ्रो, तान लेने के अन्दाज़ और आवाज़ लगाने के तरीके—सारी चीजें ग्वालियर घराने से काफी मिलती-जुलती हैं। ग्वालियर में बाँट और तानें कुछ ज़्यादा हैं। आगरा की गायकी में छन्द, बोल-तान और लयकारी पर काफी कुछ ज़ोर दिया जाता है, लेकिन दरअसल इन दोनों में मूलतः कोई भेद नहीं है। ग्वालियर गायकी की सिर्फ़ एक ही चीज़ ख़ाँ साहब ने नहीं ली। वह है ख़याल में टप्पे का अंग। टप्पे की तानों को भारी बना देने से जो शक्ल उभरती है, वह अन्दाज़ ग्वालियर गायकी की बहुत सारी बन्दिशों में मिलता है। वर्तमान गायकी के सिलसिले में मैंने इसके पहले ही लखनऊ के शक्कर और मक्खन ख़ाँ के गुरु गुलाम रसूल ख़ाँ और उनके बेटे गुलाम नबी का ज़िक्र किया है। आखिरी नाम वही उस्ताद शोरी मियाँ का है, जिन्होंने अपने पंजाब-दौरे पर ऊँट सवारियों के दौरान देहाती गाने सुनकर यह नई शैली पैदा की। इसके लिए वे सात सालों तक पंजाब में रहे। वहाँ की भाषा सीखी और फिर टप्पे पर रिसर्च किया। इनकी रचनाएँ काफी मशहूर हैं और आज भी ग्वालियर तथा काशी में गाई जाती हैं। अतः ये अंग ग्वालियर के ख़याल में तो आएँगे ही, भला इसमें अचरज की क्या बात है। औचार ग्वालियर के कुछ गवैए गाते हैं, कोई नहीं भी। अगर गाते हैं तो उनकी गायकी में आगरा के नोम-तोम ध्रुपदी अंग के आलाप या किराने के स्वर-विस्तार तो दूर-दूर तक नहीं होते। ज़्यादातर पंडित अस्थायी से शुरू होते हैं। ऐसी दो-एक छोटी-मोटी बेमेल बातों को छोड़कर मुश्ताक़ हुसैन ख़ाँ साहब की गायकी अगर ग्वालियर घराने की कही जाए तो कोई गैर-मुनासिब बात नहीं होगी।

ग्वालियर के ख़यालियों को बड़े, यानी विलम्बित ख़याल में मध्य लय के झूमरा, आड़ा चौताल और तिलवाड़ा बहुत भाते हैं। मुश्ताक़ हुसैन ख़ाँ बड़ा ख़याल एक ताल या विलम्बित तीन ताल में गाते थे। यहाँ तक कि उनके मामू दरस पिया के जोग का अस्थायी 'पिहरवा को बिरमाए' उन्होंने मुझे विलम्बित तीन ताल में याद करा दिया था। जब उन्हीं दरस पिया के बेटे अता हुसैन ख़ाँ से मुझे तालीम लेने का मौक़ा मिला तब मैंने देखा कि उनके अस्थायी की चाल में थोड़ा-सा फ़र्क़ है और गाया भी जा रहा है एक ताल में। इसकी एक वजह यह हो सकती है कि रामपुर में हमेशा ही मुश्ताक़ हुसैन के साथ संगत करते थे अहमद जान थिरकवा। वे तीन ताल के अलावा और कोई भी ताल में संगत करना पसन्द नहीं करते थे। क्यों पसन्द नहीं करते थे, इसकी वजह कोई नहीं जानता। अच्छा उम्दा गाना गाते थे थिरकवा साहब। एक मर्तबा एक शाम फ़ैयाज़ ख़ाँ साहब के एम्पायर होटल में मैंने जाकर देखा कि थिरकवा साहब गाना गा रहे हैं और ख़ाँ साहब के हाथों में है तबला। सामने ही पड़ी हुई थी VAT-69 की एक तीन चौथाई खाली बोतल।

निसार हुसैन साहब खुद कहते हैं कि उनकी पूरी तालीम ही दादा हैदर ख़ाँ साहब

से हुई है। अपने पिता से उन्हें ख़ास कुछ नहीं मिला। उनके वालिद फ़िदा हुसैन ख़ाँ की आवाज़ बचपन से ही बहुत कर्कश थी, इसलिए किसी उस्ताद ने उन्हें कोई बढ़ावा नहीं दिया। उनके बाप हैदर हुसैन ने भी नहीं। बहुत मेहनत और हर दिन के रियाज़ से उनकी आवाज़ में एक अनोखा सुरीला अन्दाज़ आ गया था। जिस माने में मुश्ताक़ हुसैन ख़ाँ को विद्वान यानी पंडित कहा जा सकता है, उस नज़र से फ़िदा हुसैन विद्वान नहीं थे। रेडियो पर हम फ़िदा हुसैन ख़ाँ का गाना बराबर सुनते रहते थे। बड़ौदा दरबार में वे भी मुलाज़िम हुए थे। सन् 1948 में उनका देहान्त हो गया। उनका गाना मुश्ताक हुसेन की कार्बन कॉपी लगता था।

निसार हुसैन ख़ाँ को अपने दादा से बहुत दिनों तक तालीम हासिल नहीं हुई थी। हैदर ख़ाँ नवाब कल्बे अली के देहान्त के बाद नेपाल चले गए थे और जब हमीद अली ख़ाँ गद्‌दी पर बैठे तो रामपुर वापस चले आए। आगरा घराने के कुछ पुराने लोगों का ऐसा ख़याल है कि निसार हुसैन को बचपन में State Scholarship दी गई थी, ताकि वे Sir Sayaji Rao Music College में बड़ौदा जाकर गाना सीखें और फिर बड़ौदा में फ़ैयाज़ ख़ाँ साहब के साले और शागिर्द अता हुसैन ख़ाँ से उन्हें कुछ चीज़ें और रागों की तालीम भी हासिल हुई। उन दिनों निसार हुसैन ख़ाँ के पिता फ़िदा हुसैन बड़ौदा के राजदरबार में थे और अता हुसैन ख़ाँ और जमालुद्‌दीन ख़ाँ बीनकारों के साथ म्यूज़िक कॉलेज में सिखाते भी थे। इसके बावजूद निसार हुसैन ख़ाँ को बड़ौदा म्यूज़िक स्कूल में सीखने की क्या जरूरत थी, समझ में नहीं आता। वे खुद कहते हैं कि अता हुसैन ख़ाँ उनके बड़े भाई जैसे हैं और बहुत गहरे दोस्त भी। शायद ही ऐसा कोई दिन हो, जब ये दोनों इकट्ठे दो-चार घंटे न बैठे हों। "सो दो-चार चीज़ें हमने उनसे लीं।" अता हुसैन ख़ाँ तो मेरे दो नम्बर के गुरु थे और निसार हुसैन ख़ाँ साहब को तो मैं बचपन से अभी तक सुनता आ रहा हूँ। शुरू के गानों में, ख़ासकर तानों में अता हुसैन ख़ाँ का असर साफ नज़र आता है, जो उनके रिकार्ड से पता चलता है और उनके बहुत-से गाने जैसे जैजैवन्तीवाला—'बाहे कल होत' और 'पइयाँ पड़ूँगी पलगा न छोड़ूँगी', गोवर्धनी तोड़ी में 'तू आओ री आओ री', वृन्दावनी सारंग में 'अच्छे पीर मोरी', खेम कल्याण में 'पिहरवा मैका देहो बताए' और अता हुसैन ख़ाँ की अपनी बनाई हुई रचना 'हठ न करो मोरी छाड़'—ये सारी चीज़ें हम लोगों को आगरा-अतरौली के उस्तादों से ही मिली हैं। आगे चलकर धीरे-धीरे अता हुसैन ख़ाँ का असर कुछ धुँधला-सा होता चला गया।

कलकत्ता आने के बाद कई बार निसार हुसैन ख़ाँ साहब से बातचीत करने का मौक़ा मिला है। उनसे बातचीत करके इतना अन्दाज़ा लगा सकते हैं कि उनकी जवानी की तालीम के बाद और पाँच उस्तादों को सुनकर उन्होंने अपनी गायकी में उन लोगों की गायकी के कुछ-कुछ अंग शामिल कर लिए थे और फिर बाद में ज़बर्दस्त रियाज़ की मेहनत से उन्होंने खुद अपने आपको तैयार किया था, जिसे अंग्रेजी में कहते हैं सेल्फ मेड म्यूजिशियन। अगर इन्हें सहसवान का उस्ताद कहा जाता है और मुश्ताक़ हुसैन ख़ाँ को भी, तो गायकी के लिए इनमें मेल के बजाय बेमेल ज़्यादा नज़र आएगा। नब्बे प्रतिशत ग्वालियर की गायकी

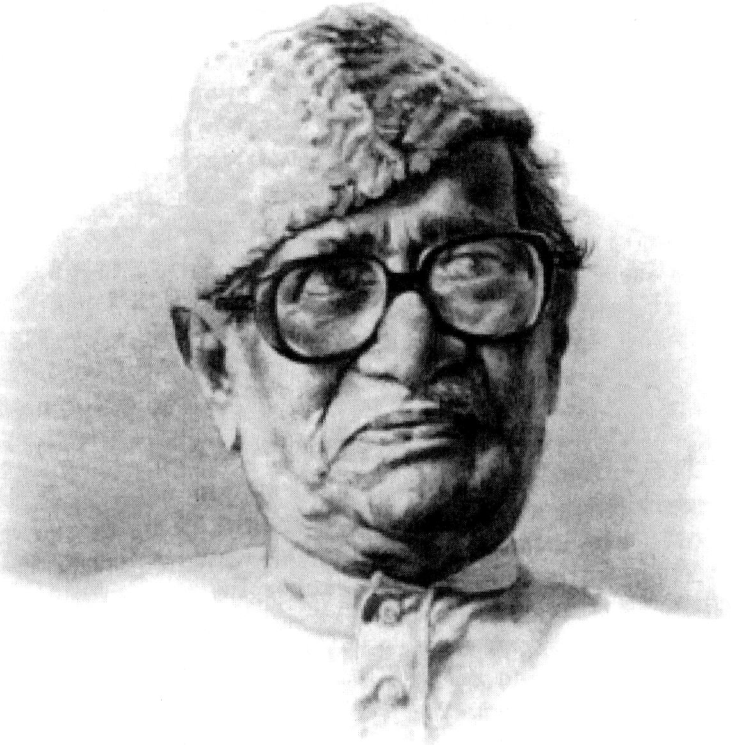

**निसार हुसैन ख़ाँ**

मुश्ताक़ हुसैन ख़ाँ में मिलती है। निसार हुसैन ख़ाँ की गायकी में कम है। आगरा-अतरौली मिलता है—कुछ-कुछ। सरगम पलटा और तराना गाने का ढंग इनका अपना है, निराला और दूसरों से अलग। मज़ा यह है कि तीन सप्तक की फिरत और सपाट की तानें मुश्ताक़ हुसैन ख़ाँ से मिलती हैं, जबकि आवाज़ लगाने के ढंग दोनों के अलग हैं। संगीत जगत में इनके व्यक्तित्व और रियाज़ के जो बहुमुखी नतीजे इनके गानों में मिलते हैं, वह न तो इनके इतने शागिर्दों में, और न ही इनके बेटे सरफ़राज़ हुसैन या दामाद हफ़ीज़ अहमद ख़ाँ में नज़र आते हैं। करीब तीन महीने पहले ही मैंने ख़ाँ साहब का गाना सुना है। उम्र की वजह से गले में ठहराव ज़रूर नहीं था, लेकिन पैंतालीस मिनट तक इस सत्तासी साल की उम्र में लगातार पूरिया धनाश्री राग-रूप बरकरार रखते हुए जो तान सरगम किए, वैसा आज तक शायद ही कोई नौजवान बरत सकता है।

राशिद ख़ाँ से काफी उम्मीदें थीं। लेकिन आधी-अधूरी तालीम के बीच में ही बजाय ख़ाँ साहब की नतिनी के उसने एक गोरी-चिट्टी बंगालिन लड़की से शादी कर ली, और इसी गुनाह की वजह से गुरुकुल से वे निकाल दिए गए। अगर ख़ाँ साहब इनको माफ कर देते तो अच्छा होता, क्योंकि इनकी आवाज़ अच्छी है और प्रतिभा भी नायाब। उम्र भी ज़्यादा नहीं। ये आगे की सहसवान पीढ़ी का नाम रोशन करते। इस ज़माने के बहुत कम लोग मुश्ताक़ हुसैन ख़ाँ का नाम जानते हैं। सहसवान की तक़दीर में अब रह गए निसार हुसैन ख़ाँ के खानदान और उनके शागिर्दों का भविष्य।

कॉलेज के दिनों में मुश्ताक़ हुसैन ख़ाँ के पैर दबाने और हुक्का भरने का सौभाग्य मुझे प्राप्त हुआ। तब वे सत्तर के होने वाले थे। यह तो बिना कहे आप समझ सकते हैं कि न ही उनकी जवानी में और न ही उनके पूरी तरह बूढ़े होने के पहले के गाने मुझे सुनने को मिले थे। लेकिन गुरुजनों से उनकी गायकी और तानों की बहुत तारीफ़ सुनी थी। जब हम उनके पास पहुँचे तब तक उनका मिजाज़ खत्म हो चुका था। करीब दस मिनट का औचार और अस्थायी, अन्तरा गाकर ही बहलावे और तानों पर चले जाते थे। उस ज़माने के नवाब रज़ा अली ख़ाँ ही इसके लिए जिम्मेदार थे। इनके पिता हमीद अली ख़ाँ गुणी आदमी थे और काफी अच्छा ध्रुपद-धमार गाते थे। इसी वजह से ख़ाँ साहब के गाने में ठहराव था। जब रज़ा अली ख़ाँ नवाब ज़ादे भर थे, तो उन्हीं दिनों ख़ाँ साहब ने उनका गंडाबंधन किया और उस ज़माने में तीन हजार चाँदी के सिक्के और बहुत सारे तोहफ़े भी उन्हें मिले। अपने लिए ख़ाँ साहब ने कुछ नहीं रखा। सबकुछ का बरेली के पीर साहब की मजार पर चाँदी का चादर चढ़ा दिया। गद्दी पर बैठकर रज़ा अली ख़ाँ उस्ताद को बहुत इ़ज़्ज़त देते थे। लेकिन वे बहुत ही बेतुके बेसब्र मिजाज़ के थे। पन्द्रह-बीस मिनट से ज़्यादा कोई राग किसी से सुनना पसन्द नहीं करते थे। मुझसे कोई तीन साल सीनियर इनके बड़े दामाद नूरुल हसन लखनऊ विश्वविद्यालय से अभी-अभी एम.ए. पास कर इतिहास पढ़ाने आए। मैं तब बी.ए. में था। ये मेरे हमउम्र यार-दोस्तों के साथ गपशप लड़ाने रोज़ ही आया करते थे। और फिर दूसरी तरफ़ से ये मेरे पिता के शागिर्द जैसे उनके बहुत प्यारे भी थे। अमीर ख़ानदान के बेटे होने के नाते ये शौकिया कम्युनिस्ट भी थे। हालाँकि लोगों ने हमेशा इन्हें बहुत ही बुद्धिमान और पंडित समझकर इनकी बड़ी इ़ज़्ज़त की। ये पश्चिम बंगाल के राज्यपाल रह चुके हैं। यकीन कीजिए एक ज़माने में ये बहुत ही खूबसूरत डील-डौलवाले छरहरे बदन के मर्द थे। इन्तकाल के कुछ दिनों पहले तक किडनी और डायबिटीज के मरीज़ होने के बावजूद वे एक दिन के लिए भी मुगलाई खाना बिना खाए नहीं रह सके।

नवाब साहब के छोटे दामाद थे शॉ वॉलेस कम्पनी के एक बहुत ऊँचे दर्ज़े के मुलाज़िम सुदर्शन मेहता। इनकी बदौलत नवाब साहब से मिलना और उनके बावर्चीख़ाने का लाजवाब खाना खाने का मौक़ा मुझे मिला था। मेरी आखिरी मुलाकात हुई थी कलकत्ते में उनके छोटे दामाद के घर। उस्ताद दबीर ख़ाँ और उमर ख़ाँ आए थे। फिर वही बात। पन्द्रह मिनट बाद ही बोले—"बहुत हो गया, अब केदारा सुना।" केदारा शुरू

होने के दस मिनट बाद उन्होंने कामोद की फरमाइश की। बीच में ही उन्हें रोककर मुश्ताक़ हुसैन ख़ाँ साहब के एक बेटे और नवाब साहब के शागिर्द इशाक हुसैन से उन्होंने कहा कि वे उनकी बन्दिशें गाकर सुनाएँ। ऐसी हरकत से भला किस गवैए का मिजाज़ ठीक रह सकता है। इसके अलावा रज़ा अली को भी शौक़ था हमीद अली ख़ाँ जैसे शागिर्द बनाने का। फ़र्क़ इतना ही था कि इनके पिताजी को काफी इल्म था, जो इन्हें नहीं था। ये करताल बजाते थे और इसी के बल पर इन्होंने अहमद जान थिरकवा को गंडा बाँध दिया। बहुतों को ये जबरन हाथ पकड़कर धागा बाँध देते थे। रामपुर में आकर उस्ताद अमीर ख़ाँ करीब-करीब पकड़ में आ ही गए थे। इत्तफ़ाक से अख़्तरीबाई की मदद से किसी तरह भोर में ही भाग निकले और होनेवाले उस्ताद से छुटकारा मिला। वे तो अख़्तरी को भी अपने हरम में शामिल करना चाह रहे थे। उन्होंने भी किसी तरह भागकर अपनी जान बचाई। ये क़िस्से मजेदार होने पर भी यहाँ नहीं जँचते।

मैंने कभी मुश्ताक़ हुसैन ख़ाँ को पलथी मारकर किसी महफ़िल गें गाना गाते नहीं सुना। लेकिन घुटने टेककर नमाज पढ़ने के अन्दाज़ में बेधड़क तानें बरतते थे और रह-रहकर कुछ टीका-टिप्पणी भी करते जाते थे। कभी कहते—'मेरी चौड़ी आवाज़ और साँसें मुलाहिज़ा हों।'' इतना कहकर भीमसेन की तरह मोटी आवाज़ में 'सा' पर इकार से बहुत देर तक खड़े रहते और उसके बाद ही फॉल्सेटो से उसी 'इकार' से तारसप्तक के 'सा' को छूकर फिर वापस षडज पर आ जाते। शायद उन्हें खूबसूरती का कोई ख़ास अन्दाज़ा नहीं था। लेकिन उन्हें इसका बाक़ायदा फख्र था और तिरछी नज़र से हम लोगों को देखते रहते थे। कभी अपने उस्ताद इनायत ख़ाँ और उनके उस्ताद बहादुर ख़ाँ को याद कर कहते—''वह तो शेर थे शेर, हम तो उनके सामने कुत्ते हैं कुत्ते !'' कभी तीन सप्तक की तानें फेरकर हमें याद दिलाते कि 'यह मुझे Dowry में मिला' वगैरह-वगैरह। फ़ैयाज़ उनके ममेरे बहनोई थे। लेकिन हिन्दुस्तान-भर में उनकी माँग ज़्यादा थी, इसलिए वह जलते थे। अगर हम कभी इकट्ठे ज़ोर-शोर से उनकी तारीफ़ करते तो वे कहते—''अरे भई, हम क्या गाना गाते हैं। गाना गाने के लिए तो तोंद की जरूरत होती है, बड़ी-बड़ी मूँछें रखना भी ज़रूरी होता है और छाती पर तमगे झुलाना भी ज़रूरी है। और तवायफों जैसे 'मेरे जोबना में आई बहार' चटकदार दादरा भी गाना पड़ता है। आप लोग ही बताइए, भला हमें कौन पूछता है ?'' उस्ताद फ़ैयाज़ ख़ाँ ज़रा गम्भीर मिजाज़ के आदमी थे। वे सुनी हुई अफ़वाहों पर यकीन नहीं करते। लेकिन एक बार रामपुर के दरबार में वे गाना पेश करने गए थे। साथ में थे शराफ़त। उस समय उनकी उम्र बारह-तेरह की होगी। आवाज़ में तब तक लचक नहीं आई थी और बहुत आसानी से वे तारसप्तक के षडज को तान से छूकर आ सकते थे। पालतू बिल्ली की तरह शराफ़त को अपने साथ बिठाकर ख़ाँ साहब गाते थे। कभी-कभी माइक्रोफोन के सामने आगे बढ़कर कहते थे—''पुलाव गोश्त के साथ अचार-चटनी भी तो खानी पड़ती है। ज़रा सुनिए तो इस बच्चे की तान।'' कहते हैं कि एक बार रामपुर के दरबार में गाना गाते हुए गम्भीर मुद्रा में उन्होंने कहा था—''इस लड़के की अभी दहेज लेने की उम्र नहीं हुई है, लेकिन इसकी तानें सुनने पर

आप सबको थोड़ा-बहुत ताज्जुब ही होगा।'' खैर, मेरे ये दोनों परम पूज्य उस्ताद जरूर ही बहिश्त जाएँगे। वहाँ ये सारे झगड़े-टंटे मिट जाएँगे।

मुश्ताक़ हुसैन कट्टर मज़हबी, ईमानदार और सरल स्वभाव के आदमी थे। मेरी छात्रावस्था में मेरा एक मित्र था प्रभाकर चिनचोरे। मैरिस कॉलेज से वह जो कुछ भी सीखकर आता, दूसरे ही दिन कॉलेज के लॉन पर बैठकर हम लोगों को सुनाता। इस तरह से किताबों की काफी चीज़ें मुझे याद हो गई थीं। धीरे-धीरे चिनचोरे 'संगीत विशारद' पास कर 'संगीत निपुण' की परीक्षा में बैठा। प्रैक्टिकल के दिन बाहर के लोगों का अन्दर जाना मना था। जाकर मैंने एक अजीब दृश्य देखा। परीक्षकों में उस्ताद अलाउद्दीन ख़ाँ, मुश्ताक़ हुसैन ख़ाँ, बाडिलालजी, राजाभैया पूछवाले और रतन जनकर खुद। ख़ैर, थोड़ा-सा नर्वस होने की वजह से दो-एक सवालों में गड़बड़ी करने के बावजूद चिनचोरे ने श्याम कल्याण, मेघ और पटविहाग अच्छा ही गाया था। परीक्षा के बाद मुश्ताक़ हुसैन ख़ाँ साहब ने पूछा—''कुल कितने नम्बर हैं ?'' प्रिंसिपल साहब ने कहा—''सौ में से आप जितना मुनासिब समझें, दें।'' ख़ाँ साहब बोले—''सौ तो दे ही दीजिए और मेरी तरफ़ से पन्द्रह-बीस नम्बर बतौर इनाम और दे दें।'' उसके बाद परीक्षार्थी को तारीफ़ की नज़र देखते हुए बोले—''बहुत अच्छा गाए हो बेटा इस उम्र में।''

*नौवाँ अध्याय*

# ग्वालियर घराना : बड़े निसार हुसैन ख़ाँ, कृष्णराव शंकर पंडित, राजाभैया पूछवाले

सन् 1989 में कृष्णराव शंकर पंडित का देहान्त हो गया। उनके अपने हिसाब से वे उस समय सत्तानबे साल के थे। पंडित जी ने अमजद अली से कहा था कि उन्होंने अमजद के दादा नन्हे ख़ाँ साहब को सुना था। उस हिसाब से तो उनकी उम्र एक सौ सात से कम नहीं थी। सन् 1978 में अमीर ख़ाँ कला केन्द्र और कलकत्ता म्यूज़िक सर्कल, इन दोनों संस्थाओं की कोशिशों से फ़ैयाज़ ख़ाँ साहब की याद में रवीन्द्र सदन में सात दिन की एक कान्फ्रेंस का आयोजन मैंने संयोजक के हिसाब से किया था। उसी समय मैंने श्रोताओं को यह जानकारी दी कि पंडित जी की उम्र थिरकवा ख़ाँ और गुलाम रसूल ख़ाँ (हार्मोनियम) की उम्र जोड़कर जितने साल होते हैं, उनमें बाकी डेढ़ दर्जन कलाकारों की उम्र जोड़ देने से कम तो होगी ही नहीं—बल्कि ज़्यादा ही होगी।

पंडित शाकाहारी थे, लेकिन विशुद्ध घी के भक्त थे। ये और गुलाम रसूल ख़ाँ कम खानेवालों में से थे। लेकिन ज़िन्दगी-भर थिरकवा ख़ाँ आधी बोतल के मुरीद रहे और रात के एक बजे महफ़िल खत्म होने पर बिरियानी-कबाब के अलावा अगर और कुछ दिया जाता तो खाना लात मारकर फेंक देते थे। आजकल के हृदय रोग के स्पेशलिस्ट जरूर यही कहेंगे कि अगर वे मिताहारी और मितपाई होते तो शायद इक्कीसवीं सदी देखकर ही जाते। सिर्फ़ तिरानबे बरस की उम्र में ही उनका देहान्त नहीं होता। इस उम्र में मेरी दो-दो बार Bypass Surgery होने के बाद वैद्य लोग महीन चावल और मछली का झोल खाने को कह रहे हैं। तभी गुस्से से मुझे ये फालतू बातें कहनी पड़ी हैं।

कृष्णराव शंकर पंडित के दादा विष्णु पंडित कीर्तनिया और संस्कृतज्ञ थे। ये उस्ताद हद्दू ख़ाँ को संस्कृत के श्लोक सिखाते थे और ख़ाँ साहब भी कीर्तन सुनना पसन्द करते थे। और इसी सिलसिले में विष्णु पंडित का राजदरबार में आना-जाना शुरू हुआ। महाराज जयाजी राव सिन्धिया गुणी आदमी थे। पाँच सौ से ज़्यादा ख़याल उन्होंने नत्थन पीरबख़्श से सीखे थे। उन्होंने जियागंज के इमामबाड़ों में हद्दू, हस्सू और नत्थू ख़ाँ के रहने और खाने-पीने का शानदार बन्दोबस्त कर दिया था। यहीं पर शंकर पंडित के गंडा

बाँधा नत्थू ख़ाँ ने और फिर बाद में नियमित रूप से तालीम दी। बुढ़ापे में हद्दू ख़ाँ के दोनों पैर ही लकवे की वजह से नाकाम हो गए थे। लेकिन बिस्तर पर बैठे-बैठे ही वे गाते रहते थे और बेटे रहमत ख़ाँ के साथ-साथ गणपत राव, शंकर और उनके भाई एकनाथ को भी रियाज़ करवाते रहते थे। सन् 1883 और 1884 में हद्दू और नत्थू ख़ाँ दोनों ही गुजर गए और उनकी जगह ले ली नत्थू ख़ाँ के गोद लिए बेटे बड़े निसार हुसैन ख़ाँ ने। जियाजी राव सिन्धिया की सन्तान नाबालिग होने की वजह से ब्रिटिश गवर्नमेंट ने एक Regency Council पर ग्वालियर राज प्रशासन की जिम्मेदारी सौंप दी। आते ही उन लोगों ने Native लोगों के गाने-बजाने के ख़र्च आधे से भी ज़्यादा कमकर दिए। इसके फलस्वरूप बड़े निसार हुसैन ख़ाँ की नौकरी चली गई। शंकर पंडित ने कहा—"कुछ परवाह नहीं, जब तक मैं ज़िन्दा हूँ मेरे उस्ताद बेघर होकर रहेंगे—ये मुझसे देखा नहीं जाएगा। वे पंडित परिवार के साथ ही रहेंगे।" करीब तीस साल तक उन्होंने निसार हुसैन ख़ाँ को अपने साथ बहुत आराम और प्यार से रखा। हाँ, यह बात जरूर है कि उस्ताद को मछली-गोश्त नहीं खिला सकते थे, लेकिन किसी और बात की कोई कमी नहीं थी। पंडित परिवार कोई अच्छा खाता-पीता परिवार नहीं था। इतना होते हुए भी वे ख़ाँ साहब की देखभाल में कोई कसर नहीं रखते थे। निसार हुसैन के अफ़ीम-खर्च के लिए रोज़ एक चाँदी का रुपया उनके तकिए के नीचे रखना पड़ता था। सुबह उठकर बिना चाँदी के दर्शन किए उस्ताद का मिजाज़ खुश नहीं होता था। और सब बातों में निसार हुसैन पंडित परिवार के साथ घुल-मिल-से गए थे। सुबह कुएँ के पानी से नहाकर वे माथे पर टीका लगाते थे। धुली हुई धोती पहनकर शंकर पंडित के साथ मन्दिर जाते और कहते—"हम भी ब्राह्मण थे, पिछले जनम में। हमारा नाम था निसार भट्ट। यहाँ तक कि जब शंकर पंडित तीरथ के लिए पुरी गए तो निसार हुसैन ख़ाँ भी उनके साथ ही गए। लौटते वक़्त कालीघाट में माँ के दर्शन के बाद गले में जनेऊ डालकर चले थे। कलकत्ते में ख़ाँ साहब और शंकर पंडित के कई जलसे हुए। किसी एक में बंगाल के गवर्नर भी उपस्थित थे। महफ़िल के बाद बड़हंस सारंग राग में दो-चार बहलावा और तान के साथ ख़ाँ साहब ने खड़े होकर 'God save the king' गाया था। इस पर गवर्नर साहब बड़े खुश हुए थे और दोनों को दो रेल के All India second class pass और ख़ाँ साहब को एक बहुत बड़ी West End की जेबघड़ी तोहफ़े के तौर पर दी। ख़ाँ साहब इस घड़ी से सुबह के नाश्ते के अखरोट-बादाम तोड़ते थे।

कृष्णराव शंकर पंडित को तालीम दोनों से मिली—पिता शंकर पंडित और उनके उस्ताद निसार हुसैन ख़ाँ से। वे बहुत ही टैलेंटेड थे और साथ-साथ ज़िद्दी भी। अगर कोई अस्थायी दो-चार बार गाने पर भी नहीं जमता था तो रो पड़ते थे। लेकिन जब तक वह सही तरीके से बैठ नहीं जाता, वे गुरु को छोड़ते नहीं थे। शरतचन्द्र आरोलकर की एक शिष्या नीला भागवत कृष्णराव की एक जीवनी लिखकर पंडित परिवार की अप्रिय हो गई। उसमें उन्होंने एक छोटे से वाक़ए का ज़िक्र किया है। कोई आठ-दस साल की उम्र में कृष्णराव नाराज होकर कुएँ पर जा बैठे थे, कहा कि अभी इसी दम

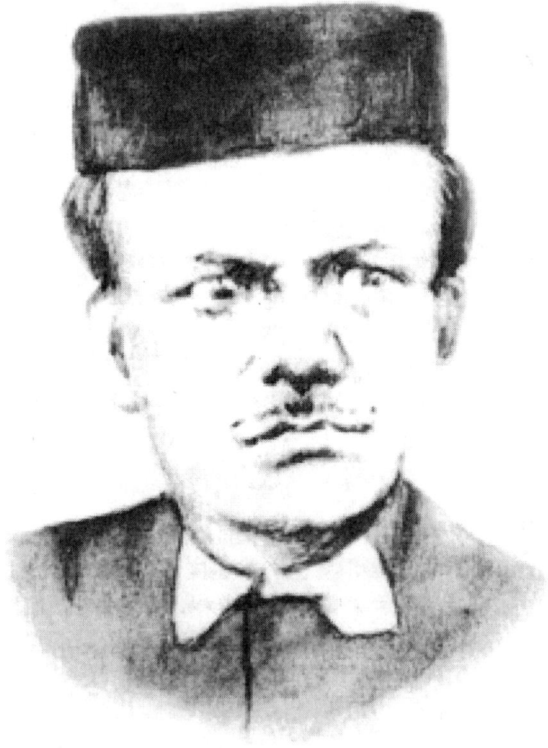

**बड़े निसार हुसैन ख़ाँ**

अगर उनके पिता यह वादा करें कि उनके घराने की सारी बन्दिशें और गायकी सिर्फ़ उन्हीं को सौंपी जाएँगी और किसी को नहीं, तो वे कुएँ में नहीं कूदेंगे, वरना वे कूद जाएँगे। ऐसा लड़का जल्दी-से-जल्दी महफ़िल जमाने के काबिल हो जाएगा, इसमें कोई शक नहीं था। जब उनकी उम्र तेरह या चौदह की थी, तब इनका पहला प्रोग्राम सन् 1907 में मथुरा में हुआ। अगर अमजद अली ख़ाँ की थ्योरी मानी जाए तो इनकी उम्र होती है तेईस या चौबीस की। इन दिनों वे पिता के पीछे बैठकर बराबर गाते थे और अगर उस्तादों की महफ़िल होती तो बाप-बेटे दोनों ही तानपूरा छेड़ते थे। निसार हुसैन ख़ाँ के पिता नत्थू ख़ाँ के बारे में आगरा घराने के उस्ताद विलायत हुसैन ख़ाँ ने अपनी किताब में टिप्पणी की है कि इनकी गायन-शैली और हद्‌दू ख़ाँ की गायन-शैली में कुछ फ़र्क़ था। वे अस्थायी ख़याल के बहुत ही ऊँचे दर्जे के गायक तो थे ही, इसके अलावा इनके छोटे ख़याल और तराने काफी मशहूर हुए थे। ये छोटी-बड़ी तानों से तिरवट को सजाते थे। और जब तराने से तिरवट गाकर दुबारा तराने पर लौट आते तो महफ़िल

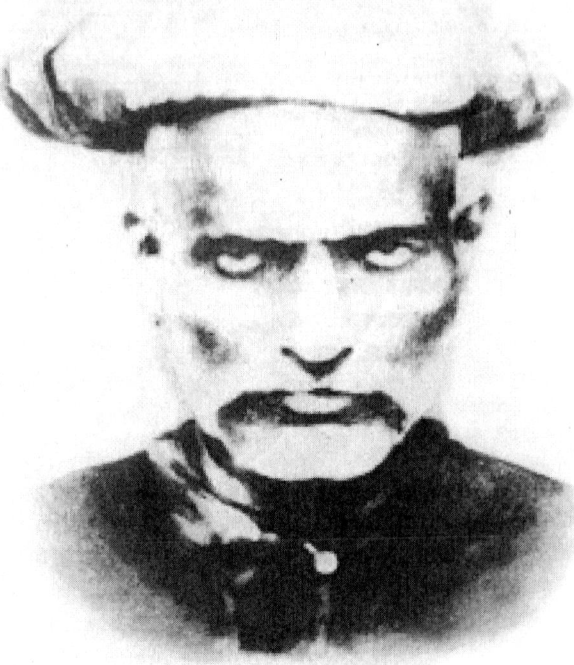

**शंकर पंडित**

में हलचल-सी मच जाती थी। यह कहना नहीं पड़ेगा कि ये सब अंग बड़े निसार हुसैन ख़ाँ की गायकी में भी मौजूद थे और जवानी में कृष्णराव शंकर पंडित बड़े जोश और उत्साह से तानों में ख़ाँ साहब के साथ गाते थे।

जब कृष्णराव प्रौढ़ थे तब मैं छोटा ही था, और जब प्रौढ़ हुआ तो वे बहुत ही बूढ़े हो चुके थे। इसलिए मैंने उनकी भरी जवानी का गाना सुना नहीं और उन दिनों टेप-रिकार्डर तो थे ही नहीं। जब मैंने पहले-पहल उनका गाना सुना तो उनकी इतनी तानबाज़ी मुझे अच्छी नहीं लगती थी। और पंडित जी की आवाज़ भी बहुत सुरीली नहीं थी। उनकी गायकी में सुर का मज़ा और राग-विस्तार नहीं मिलने से मुझे उनके गाने में कोई दिलचस्पी नहीं थी। उस उम्र में किराना का गाना अच्छा लगता था। अब्दुल करीम ख़ाँ का ज़माना ख़त्म हो चुका था, लेकिन उनके शागिर्द सवाई गन्धर्व, बेटा सुरेश बाबू माने, बेटी हीराबाई

और शिष्या रोशनारा हमारे दिल और दिमाग पर छाए हुए थे। गर्मी की छुट्टियों में हमारे मुँहबोले बड़े भाई प्रद्युम्न मुखोपाध्याय के गुरु तारापद चक्रवर्ती आते थे। वे भी इस गायकी के भक्त थे। और उधर हमने फ़ैयाज़ ख़ाँ साहब को सुना ही था। उनका 'नोम-तोम' का आलाप सुनकर रोमांच हो आता था और छोटे ख़याल में बोल-बाँट लयकारी का तो कहना ही क्या। ग्वालियर घराने के बारे में मेरा ख़याल यह था कि खूबसूरती की तरफ़ इनका ध्यान कम ही था और सुर और राग को फैलाने में भी इनकी नज़र कुछ कम ही थी।

अगर आज की संगीत की दुनिया में कोई पंडित जी की जवानी के गाने सुना सकता तो तहलका मच जाता। हाल ही जब मैंने पंडित जी के मंझले लड़के लक्ष्मण पंडित के घर उनका ढाई मिनट का रिकार्ड सुना तो मुझे इस बात का अहसास हुआ। गौड़ सारंग, मालकौश, देश आदि में इनके फिरत सुनने पर पटियाला घराने के गवैयों को ताज्जुब होगा। इतनी तनैती के बावजूद उनके स्वर और सच्चाई में ज़रा-सी भी कमी नज़र नहीं आई।

सत्तर के दशक में पंडित जी का गाना सुनने का मौक़ा मुझे मिला। एक दफ़ा कलकत्ता म्यूज़िक सर्किल के मासिक अधिवेशन में उन्होंने भूपाली से शुरू किया और तिलवाड़े में लय गाड़कर बहलावे से आलापचारी शुरू की। मराठी गवैए बड़े लयदार होते हैं और उनमें पंडित जी तो बेमिसाल थे। दो-दो बार उन्होंने अस्थायी बरता, मगर तबलावादक सम पर नहीं आया। मुस्कुराकर पंडित जी ने कहा—"कोई बात नहीं, चलो एकताल बजाओ। वही आजकल चल रहा है बहुत।" तबलावादक बेचारे के कान लाल हो गए। ख़ैर, फिर से उन्होंने तिलबाड़ा शुरू किया और सिर्फ़ ठेके पर टिके रहे। बाँट के वक़्त भी वही ठेका। धीरे-धीरे बोलतान, फिरत तान, छूटतान, ढाई सप्तक में मीड़ की तान, सपाट की तान एक के बाद एक आते गए। अचानक मंद्र सप्तक के पंचम से अतितारा का धैवत छूकर तानों से लौट उसी साँस में वे धैवत-से-धैवत तक मीड़ से तानें लेकर स्वर पर खड़े हो गए। उसके बाद दो-चार इतनी मुश्किल और पेचीली तानें उन्होंने लीं कि उन दिनों के मशहूर सारंगीवादक ने बाजा बन्द कर बहुत ऊँची आवाज़ में उनकी तारीफ़ की। हमारे पास ही मुनव्वर अली ख़ाँ बैठकर गाना सुन रहे थे। जोश में आकर उन्होंने कहा—"कुमार भाई, यही गाना तो हम बचपन से बाप-दादा से सुनते आ रहे हैं।" उस वक़्त पंडित जी की उम्र अस्सी से कम नहीं थी। उस दिन ढाई घंटे की महफ़िल में एक सेकंड के लिए भी उनके गाने में सुर कम नहीं लगा। इस उम्र के कितने उस्तादों के लिए ऐसा कह सकते हैं ? सिर्फ़ मल्लिकार्जुन मंसूर के सिवाय और किसी की बात याद नहीं आती। या फिर उस्ताद निसार हुसैन ख़ाँ।

कृष्णराव शंकर पंडित का स्वभाव और रहन-सहन खालिस ब्राह्मण जैसा था। हिन्दुस्तान में ख़याल घराने का सर्वश्रेष्ठ गवैया और विद्वान होने का उन्हें ज़रा भी घमंड नहीं था। बहुत ही सरल स्वभाव के आदमी थे वे। कलकत्ता में हमारी कान्फ्रेंस में गाने आए तो वहाँ के प्रदूषण से उनका गला खराब हो गया। उनका ऐसा ख़याल था कि ट्रेन में सफ़र करते समय खरीदे गए कोरे मटके के पानी से ही ऐसा हुआ था। उन्होंने मुझे कई बार याद दिलाया कि मिट्टी की सुराही खरीदकर उसमें चौबीस घंटे पानी रखने

के बाद मैं पानी फेंक दूँ और फिर नया पानी भरकर पीऊँ। उसके पहले पीने से गला खराब हो जाता है। यह पक्की बात है। उनसे मेरी आखिरी मुलाक़ात दिल्ली में उनके इन्तकाल के कुछ ही दिन पहले हुई थी। Festival of India के सिलसिले में अमेरिका में श्रीमती शीलाधर के सम्पादन में मशहूर Old Master's के रिकार्ड और कैसेटों से लेकर एक सेट रिकार्ड निकाला गया था। श्रीमती पुपुल जयकर के घर के लॉन में एक बहुत बड़ा जमघट हुआ था। वहाँ देश के वयोवृद्ध और सम्मान्य सबसे बड़े गायक के हाथों में प्रधानमन्त्री राजीव गांधी वह रिकार्ड समर्पित करनेवाले थे और सबसे छोटे उस्ताद राशिद ख़ाँ का गायन होना था। राशिद के गाने के समय पंडित जी थोड़े फासले पर प्रधानमन्त्री के पास बैठे थे। अपनी आँखों से देखा कि वे राजीव गांधी की पीठ पर हाथ फेरते हुए बड़े स्नेह से कुछ कह रहे हैं। उत्सुक दोस्तों ने मुझसे कहा—"आपके ख़याल से पंडित जी क्या कह रहे हैं ?" मैंने कहा—"शायद वे यह पूछ रहे हैं कि बेटा, तुमको तो मैंने पहले कभी नहीं देखा। तुम क्या गाते हो और किससे तालीम हासिल की है ?" जवाब में राजीव गांधी ने जरूर यही कहा होगा कि जो कुछ भी थोड़ी-बहुत तालीम उन्हें मिली है, वह सब उनकी माँ से ही मिली है, लेकिन बदक़िस्मती से उनकी अपनी पेचीदी कूटतान की तालीम अता करने के पहले ही वे चल बसीं। घंटे-भर में वही क़िस्सा चार हाथ बदलकर मेरे ही पास लौट आया। शायद इसी को अर्थनीति में कहते हैं—'Velocity of Circulation.'

अगर दो-तीन और गवैयों के नाम न लूँ तो ग्वालियर की यह चर्चा अधूरी ही रह जाएगी। मैं जब युवा था तब कृष्णराव पंडित का गाना रूखा-सा लगता था। उसी समय लखनऊ में मैंने राजाभैया पूछवाले का गाना सुना था। इनकी भी वृद्धावस्था थी, आवाज़ भी घिसे-पिटे ताँबे के पैसे-जैसी थी। उसमें कोई बारीकी नहीं थी, लेकिन सुर और लय पर उनकी ज़बर्दस्त पकड़ थी। ख़याल भी जितने भारी अंग के थे, तानें भी उतनी ही भारी थीं। ख़ासकर टप्पा अंग की तानें। मेरे गाने-बजाने के दोस्त महम्मद हुसैन उनकी तानों के दानों के वज़न के बारे में कहते थे कि पाव-पाव-भर के थे। उनसे जो मैंने छायानट शंकरा और हमीर सुने हैं, वे अभी तक मेरे दिमाग़ में बसे हुए हैं और अब भी जब मौक़ा मिलता है तो मैं ग्वालियर घराने के किसी भी गवैए के मिलने पर इन्हीं रागों की फरमाइश करता हूँ। लेकिन ज़िन्दगी-भर ढूँढ़ने पर भी वे चीज़ें मुझे नहीं मिलीं। उन ख़यालों को सुनते समय ऐसा लगता, जैसे हाथी झूम-झूमकर चल रहे हों। छायानट में 'नेवर की झनकार' शंकरा में 'आदि महादेव' और हमीर में 'चमेली फूली चम'। लेकिन सम पंचम पर, 'नि' 'ध' पर नहीं। इसके अलावा मैंने उनसे गौड़ मल्हार में खम्बाज अंग का ख़याल भी सुना था—'मोरी बइँयाँ गोरी-गोरी।' लखनऊ का एक चालू चुटकला है। एक रईस थे, जिनकी आवाज़, उतनी ही लम्बी-चौड़ी और तगड़ी थी, जितना कि उनका शरीर। भारी आवाज़ में उन्होंने पूछा—"इतरे-हिना है ?" इत्रवाले ने एक नज़र खरीददार को देखा। ज़रा मुस्कुराया। फिर बोला—"है तो साहब, मगर इतना गाढ़ा नहीं।" राजाभैया पूछवाले की आवाज़ में 'मोरी बइँयाँ गोरी-गोरी' हल्के फूलों जैसी

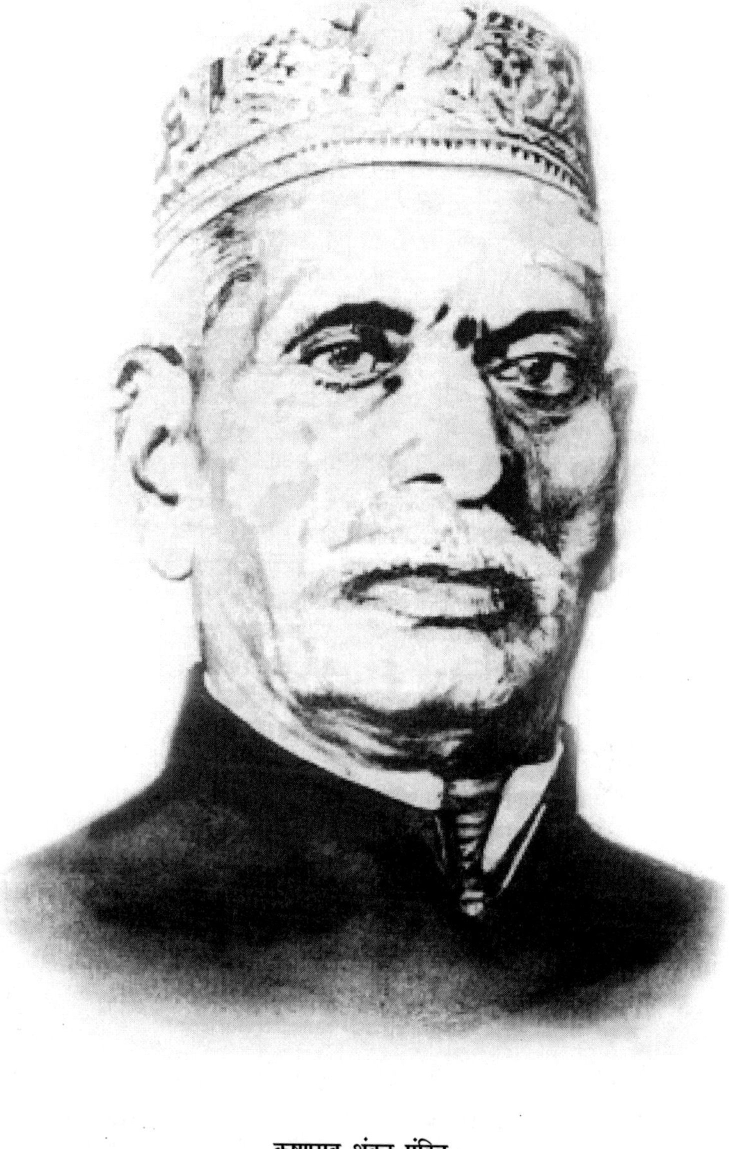

कृष्णराव शंकर पंडित

नरम-मुलायम लगती थी—ऐसा ही उनके गाने का क़ायदा था। कई तरह से ये लखनऊ के मैरिस कॉलेज से जुड़े हुए थे और अक्सर लखनऊ आते थे। इनकी झाड़ू जैसी मूँछें थीं। हिलते-डुलते चलते थे। लम्बा-चौड़ा क़द था। सिर पर चक्की-जैसी ग्वालियरी ख़ास पगड़ी होती थी। पूछवाले नाम बचपन में बड़ा मज़ेदार लगा था। अगर बंगला में तर्जुमा किया जाए तो पूछवाले का मतलब होता है 'दुमवाला' और उस उम्र में वही मेरे लिए मजे की बात थी। दरअसल इनके पूर्वज महाराष्ट्र के सतारा जिले से झाँसी की रानी के ससुर के साथ बुन्देलखंड चले आए थे और वहीं 'पूछ' नाम का एक गाँव बतौर जागीर उन्हें मिला था। इनका जन्म का नाम था बालकृष्ण। कैसे ये संगीत की दुनिया में राजाभैया के नाम से मशहूर हो गए, यह मुझे पता नहीं।

ढाई साल की उम्र में उनका पैर बेकार हो गया—शायद पोलियो से। पाँच साल तक एक कमरे से दूसरे कमरे में वे ज़मीन पर घसीट-घसीटकर पैर चलाते रहे। अचानक उन्हें पिता के साथ पुरी जाने का मौक़ा मिला। वहाँ मन्दिर में जगन्नाथ की मूर्ति के सामने हाथ जोड़कर बालकृष्ण रो पड़े और बोले—"मुझे पैर दे दे भगवान !" भगवान की कृपा से उसी दिन से उनको चलने की शक्ति वापस मिली। यह क़िस्सा राजाभैया के अपने मुँह से सुना हुआ है। हम लोगों ने जब उन्हें देखा तो वे किसी-न-किसी शिष्य के कन्धे का सहारा लेकर लँगड़ा-लँगड़ाकर चलते थे और ग्वालियर में हर रोज़ तीन-चार मन्दिरों की परिक्रमा करते थे।

इनकी पहली शिक्षा हुई मशहूर ध्रुपदिया बामन बुआ और उनके बेटे लाल बुआ से। चार सौ से भी ज़्यादा ध्रुपद और ख़याल के अस्थायी उनको बाप-बेटे से मिले। लेकिन इस बीच उनकी आर्थिक अवस्था बिगड़ती ही गई। राजाभैया के ऊपर रोज़गार बढ़ाने के लिए उनके परिवार के लोगों ने काफी दबाव डाला। मकान बेचकर दो बहनों की शादी करवाकर वे बड़े बेसहारा-से हो गए थे। लाल बुआ के साथ ग्वालियर शहर के Amateur's Club की एक नाट्य संस्था का काफी मेलजोल था। उन्होंने ही राजाभैया को वहाँ बँधी तनख़्वाह पर मराठी नाटक के साथ हारमोनियम बजानेवाले के तौर पर मुलाज़िम रखवा दिया। जयाजी राव के बाद जब माधोराव सिन्धिया गद्दी पर बैठे तो इस क्लब का भाग्य खुल गया और साथ-ही-साथ राजाभैया का भी। नए महाराज को नाटक और नाट्य-संगीत का शौक था। उन्हीं के लिए नया नाम हुआ 'सिन्धिया क्लब' और संस्था का नाम पड़ा 'ग्वालियर संगीत नाटक मंडली।' बहुत उम्दा हारमोनियम-वादक के तौर पर राजाभैया का नाम भी काफी रौशन हुआ। इसके कुछ दिनों बाद ही लाल बुआ की कोशिशों से उन्हीं के दोस्त राजाभैया के ममेरे ससुर बटुरकर की मेहरबानी से उनके रहने और खाने-पीने की समस्या हमेशा के लिए हल हो गई। सिर्फ़ इतना ही नहीं, यहाँ पहली बार गुरु ध्रुपदिया लाल बुआ ने ही राजाभैया का शंकर पंडित से परिचय करवा दिया। सन् 1907 में लाल बुआ का देहान्त हो गया। इतने स्नेहशील गुरु की मौत से राजाभैया हर तरह से अपने को बेसहारा समझने लगे। इस बीच हारमोनियम छोड़कर राजाभैया पूरी तौर से संगीत शिक्षा और रियाज़ में मन

लगाकर जुट गए। आगे क्या होगा और नए गुरु की खोज में कहाँ जाना चाहिए, इसी चिन्ता में एक दिन वे सर्राफ़ बाज़ार में कुछ उखड़े-उखड़े से घूम रहे थे। उस समय बाज़ार में नया-नया Phonograph का रिकार्ड निकला था और किसी एक दुकान में शंकर पंडित की धानी राग में 'कृष्ण मुरारी विनती करत कर हारी' ठुमरी बज रही थी। यह सुनकर वे इतने मोहित हो गए कि उसी दम नकद आठ आने खर्च कर कान पर Head Phone लगाकर आठ दफ़ा वो गाना उन्होंने सुना और इसी दम तय कर लिया कि गाना इन्हीं से सीखेंगे। इसके लिए चाहे उन्हें कितना ही त्याग स्वीकार क्यों न करना पड़े। बहुत तलाश करने पर शंकर पंडित के दामाद काशीनाथ मुले को पकड़कर सन् 1907 में वे बाक़ायदा उनके शिष्य बने। सुबह गंडा-बन्धन आयोजन के बाद जो आमन्त्रित लोग थे, उनके सामने बिलावल में 'माई एक तो कथा'—इस ख़याल से उनकी तालीम शुरू हुई। बाद में राजाभैया से मैंने यही गाना सुना था—देशकार जैसा। चाल भी अजीब थी—प ध प ध रे, पर 'एक तो कथा'—इस मुखड़े पर सम आता था।

मेरे कॉलेज के दोस्त प्रभाकर चिनचोरे और डॉ. सुमति मुटाटकर, दोनों ने ही मैरिस कॉलेज छोड़ने के बाद राजाभैया से तालीम ली थी। और इस दरमियान वे उनके काफी पास आ गए थे। इनसे सुनी हुई और चिनचोरे की लिखी हुई घटना पर अगर हम विश्वास करें तो इसके बाद का वाक़या मुझे सच ही मानना पड़ेगा। सिर्फ़ यही नहीं, ज़िद्दी लड़के कृष्णराव के कुएँ में कूदने की घटना के साथ ही इस क़िस्से का एक यौक्तिक मेल है। उस रस्म के बाद ही शायद किसी पारिवारिक दबाव की वजह से शंकर पंडित ने तालीम देना बन्द कर दिया। हमारे संगीतरत्न में लक्ष्मी नारायण गर्ग ने लिखा है कि हर रोज़ राजाभैया पंडित शंकर के पीछे-पीछे बिट्ठलदास के मन्दिर में जाते थे और हाथ जोड़कर बैठे रहते थे। बराबर गुरु की सेवा करते रहते और विनती करते, ताकि पंडित का मन पिघल जाए। एक दिन शिष्य की यह हालत देखकर शंकर पंडित को बहुत दया आई। उन्होंने कहा—"मैं क्या करूँ राजा, मैं तुझे तालीम नहीं दे सकता, क्योंकि मैं वचनबद्ध हूँ। लेकिन तू मन खराब न कर बेटे ! मैं मन्दिर में रोज़ तेरे लिए ही गाऊँगा। बार-बार अस्थायी अन्तरे भरूँगा, ताकि तू ध्यान से सुनकर उन्हें याद कर ले। रागों के रास्ते भी बता दूँगा। उसके बाद भगवान का नाम लेकर तू मेहनत करके उन्हें याद कर लेना और दूसरे दिन मुझे गाकर सुना देना। मैं यह आशीर्वाद देता हूँ कि तेरे मन की इच्छा पूरी होगी।" इस तरह की तालीम और हर रोज़ सात-आठ घंटे की मेहनत चार साल तक चलती रही। एक हाथ में तानपूरा और दूसरे हाथ में बाँया लेकर वे ज़बर्दस्त रियाज़ करते थे। मेरे ख़याल से इतना ज़्यादा रियाज़ करने की वजह से ही उनके गले की जवारी जाती रही। सन् 1916 में बड़े निसार हुसैन ख़ाँ की मौत हो गई। उनके चालीसवें के मौके पर आखिरी महफ़िल में शंकर पंडित और ख़ाँ साहब की एक और शिष्या मंगोबाई ने गाने पेश किए। बाद में राईचाँद बराल ने उनको सुनकर कृष्णराव के बेटे लक्ष्मण पंडित से इनकी काफी तारीफ़ की थी। इसके छह महीने के बाद ही शंकर पंडित परलोक सिधार गए और राजाभैया की तालीम भी ख़त्म हो गई।

पंडित परिवार की वर्तमान पीढ़ी इन क़िस्से-कहानियों को सरासर झूठ मानती है। उनका कहना है कि शंकर पंडित माधवगंज में एक कमरा किराए पर लेकर वहीं राजाभैया के साथ और दो-चार जनों को तालीम देते थे, क्योंकि घर पर असुविधा थी। सिर्फ़ यही नहीं, राजाभैया ने चार नहीं, बल्कि छह-सात वर्षों तक बराबर तालीम ली थी। सन् 1986 के जुलाई महीने में 'संगीत कला विहार' पत्रिका में कृष्णराव ने खुद एक इंटरव्यू में कहा था कि पारिवारिक दबाव की वजह से अगर उनके पिता शंकर पंडित राजाभैया को सिखा न सके तो इन बातों को उजागर करके गुरु-निन्दा के साथ-साथ उन्होंने बिना वजह उनके परिवार को भी बदनाम किया है। सन् 1907 में कृष्णराव की शादी हो गई थी और उस समय वे ग्वालियर घराने के माने हुए गवैए थे। काफी दिनों के बाद राजाभैया उनके पिता की शागिर्दगी के लिए आए थे। लेकिन वे ऐसे कोई ख़ास ज़ोरदार रकीब नहीं थे कि शंकर पंडित को कसम दिलवानी पड़े। उन्होंने और भी बताया कि सभी जानते हैं कि कृष्णराव के चाचा गणपत राव की कापी उनके शिष्य विनायक राव कोतवाल ने उड़ा ली थी। और वह बाद में राजाभैया के पास पहुँची। उसमें सिर्फ़ बन्दिशें-बोल लिखे थे। स्वरलिपि नहीं थी। ये बन्दिशें भी भातखंडेजी की क्रमिक पुस्तकमाला में मिलती हैं और इनके स्वरूप का बदल जाना स्वाभाविक ही है। इन सबसे हम साफ अन्दाज़ा लगा सकते हैं कि कृष्णराव शंकर पंडित के साथ अनबन का मूल कारण राजाभैया का शंकर के छोटे भाई एकनाथ के साथ मिलकर भातखंडेजी की टोली में शामिल होना था और इसीलिए दोनों में अनबन हो गई। सन् 1915 में विष्णु नारायण भातखंडे बन्दिशों की खोज में पहली दफ़ा ग्वालियर आए और शंकर पंडित के पास 'नकशा कामका ख़याल' सुनकर मोहित हो गए थे। पंडित जी बन्दिशें देने के लिए राज़ी नहीं हुए। वजह वही थी। ये हद्दू-हस्सू घराने के अनमोल ख़यालों की बन्दिशें हैं, जिन्हें उन्होंने बड़ी मुश्किल से हासिल किया था। कोई अच्छा शागिर्द मिल जाए तो वे सिखाने के लिए राजी हैं, लेकिन बन्दिशों के नोटेशन करके बाँटने के लिए राजी नहीं हैं। इसके पहले से ही भातखंडे जी बड़ौदा के महाराज सर सयाजी राव को घेरे हुए थे। अब उनके सहारे ग्वालियर के माधोराव सिन्धिया को समझाने में भी कामयाब रहे। उन्होंने समझाया कि इसमें मार्ग संगीत का मंगल होगा और आम लोगों को भी लाभ पहुँचेगा—अगर उनकी शिक्षा-प्रणाली के अनुसार कॉलेज में शिक्षा दी जाए, तो। राजाभैया ने भातखंडे जी से गंडा बँधवाकर स्वर-लिपि की शिक्षा ली, फिर बाद में Madhav Music College के Principal बने। लेकिन कृष्णराव शंकर पंडित ने इस शिक्षा-प्रणाली को ग़लत बताया और उसी की बराबरी में उन्होंने अपने पिता के नाम पर एक कॉलेज खोला। इसकी कोई भी वजह रही हो, लेकिन शंकर राव के पुत्र और उनके तथाकथित प्रिय शिष्य राजाभैया के बीच का मतभेद न मिट सका।

28 मार्च सन् 1956 को जब राष्ट्रपति पुरस्कारों की घोषणा की ख़बर राजाभैया के परिवार तक पहुँची, तब वे Cerebral Stroke से बेहोश थे। उसी अवस्था में उनके बेटे और शिष्यों ने उन्हें आपस में पकड़कर अर्धशायित हालत में माथे पर पगड़ी बाँधी

और चन्दन का टीका लगाया। पड़ोसी और कॉलेज के छात्रों में मिठाई बाँटी गई। इसके तीसरे दिन ही उनका स्वर्गवास हो गया। इनके बेटे बालासाहब पूछवाले की आवाज़ अच्छी है और बाप की गायकी भी मिली है। लेकिन उस टूटी हुई आवाज़ में भी जो हमने हाथी की चाल में छायानट हमीर और शंकरा का ख़याल सुना था, इनसे वह नहीं मिला।

मैंने बड़े निसार हुसैन ख़ाँ के एक और होनहार और मशहूर शिष्य रामकृष्ण बुआ वज़े का गाना जरूर सुना है, पर आमने-सामने नहीं। लेकिन मैंने उनके रिकार्ड सुने हैं और उनके बेटे शिवराम बुआ और शिष्य भाष्कर राव को भी सुना है। इनकी गायकी थोड़ी अलग-सी थी, लेकिन खूबसूरती पर कोई ध्यान न था। लड़के और शिष्य, दोनों, रामकृष्ण बुआ की गायकी की, यहाँ तक कि उनकी बुरी आदतों की भी नकल करते थे। उनमें से एक थी तान लगाते समय जीभ को डेढ़ इंच तक बाहर निकालना और दाएँ-बाएँ लपलपाना। हमारे ज़माने के मराठी ग्वालियर की तीसरी पीढ़ी के जिन शागिर्दों के गानों में, जिनके ऊपर नाट्य-संगीत का असर नहीं पड़ा था, उनमें से थे अनन्त मनोहर जोशी (अनन्त बुआ) के बेटे गजानन राव। इनका गाना और बेहला दोनों ही मैंने सुने थे। इनका पांडित्य और इनकी गायकी दोनों ही तारीफ़ के क़ाबिल हैं। पूरी तौर से बाप से तालीम मिलने के बाद जब वे ग्वालियर गाते थे, तो वह खालिस ग्वालियर ही मालूम पड़ता था और जब विलायत हुसैन ख़ाँ की तालीम का गाना गाते थे तो वह सिर्फ़ आगरा ही लगता था। मिश्रराग और मुश्किल राग, जैसे रात की गुणकली, खोकर, मीराबाई की मल्हार आदि राग भुर्जी ख़ाँ की तालीम के मुताबिक जयपुरी ढंग से गाते थे। और शायद एक ही महफ़िल में। ऐसा लगता था कि जैसे एक ही आर्टिस्ट पोशाक बदलकर आया हो। सिर्फ़ एक गवैए की नकल इन्होंने कभी नहीं की, हालाँकि उनकी तस्वीर इनके बैठकखाने की सारी दीवारों में जड़ी हुई हैं—वे हैं उस्ताद फ़ैयाज़ ख़ाँ। गजानन बुआ कहते थे कि आगरा गा सकता हूँ, लेकिन फ़ैयाज़ ख़ाँ की गायकी नहीं। इन्हीं के शिष्य उल्हास कशालकर एक ही महफ़िल में ग्वालियर-जयपुर दोनों ही अच्छी तरह से गा सकते हैं और हाल ही में कलकत्ते में उन्होंने हमें कई बार सुनाया भी है। इनका गाना बहुत ही मधुर है। अगर आलापचारी की ओर ज़रा और ध्यान दें तो और भी जमेगा।

बम्बई के ग्वालियर घराना के मराठी गवैयों में से शरतचन्द्र आरोलकर का नाम देश-भर में क्यों नहीं हुआ, यह आज तक मेरी समझ के बाहर है। शायद अपने गुरु कृष्णराव पंडित जैसी उनमें उस्तादी नहीं थी। और ना ही वे इतनी क़िस्म की तानें और लयकारी ही कर पाते थे। लेकिन उम्र होने पर भी इनकी आवाज़ सुरीली थी, खूबसूरती की तरफ़ ध्यान भी था और था संगीत का ज्ञान। इनकी गायकी भी विशुद्ध ग्वालियर की है और ये भी ख़याल टप्पा पंडित परिवार के ढंग में ही गाते हैं। लेकिन उनमें से कान में खटकनेवाली चीज़ें छाँट-छाँटकर निकाल दी हैं। इनकी साठ साल की उम्र की एक यमन कल्याण की टेप मेरे पास है, जिसे मैं ग्वालियर घराने के नमूने के तौर पर

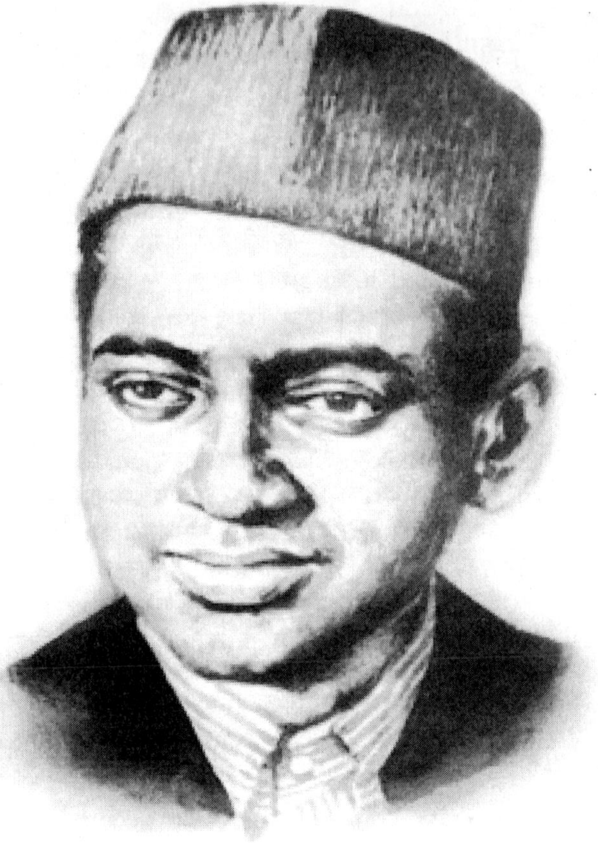

**डी. वी. पलुस्कर**

बार-बार अपने दोस्तों और छात्रों को पेश करता रहता हूँ। वे सुनकर चकित रह जाते हैं कि एक घराना, जिसका कोई नाम नहीं और एक अनजान कलाकार का गाया हुआ इतना मधुर भी हो सकता है। इनके चाहनेवालों का कहना है कि इसका श्रेय एकनाथ बुआ और पंडित कृष्णराव मुले की तालीम और शरतचन्द्र के अपने निजी आध्यात्मिक जीवन को है।

दो-एक लोगों को इनके गाने के साथ डी.वी. पलुस्कर के गाने का मेल मालूम हुआ है। लेकिन इसमें हैरत की कोई बात नहीं क्योंकि वे भी इसी घराने के शिष्य हैं। यह ज़रूर है कि विष्णु दिगम्बर की सन्तान होते हुए भी पिता से तालीम लेने का इन्हें कोई मौक़ा नहीं मिला। पहली बार इनका गाना मैंने खुली आवाज़ में सुना एक शाम मैरिस

कॉलेज की दीवारों पर टेक लगाकर। उस समय उनकी उम्र यही बाईस या चौबीस की होगी और मैं तो निहायत ही एक छोकरा था। साथ में चिनचोरे थे और उन्हीं के मेहमान होकर ठहरे थे पलुस्कर वहीं हॉस्टल में। मेरे पिताजी कहा करते थे—"आवाज़ दो क़िस्म की होती है। एक तो तारवाली और दूसरी बंशीवाली।" पलुस्कर की आवाज़ सुनकर ऐसा लगता था मानो जैसे बाँसुरी में किसी ने मिसरी घोल दी। Wind Instrument की तरह आवाज़ यहाँ-वहाँ घूमती थी। ऐसा लगता था कि वे अपने गले में Adam's Apple नाम की हड्डी लेकर पैदा ही नहीं हुए। लेकिन उनके गुरु विनायक राव पटवर्धन या पलुस्कर के गाने सुनकर कभी भी नहीं लगता था कि यह गायकी मुसलमानों की ही तैयार की हुई है। जो इस गायकी को पसन्द करते हैं, उन्हें नारायणराव व्यास, वसवराज राजगुरु आदि से ज़्यादा डी.वी. पलुस्कर का गाना पसन्द आएगा, इसमें कोई सन्देह नहीं। उनकी असामयिक मृत्यु से हमारे महाराष्ट्र अंचल के शास्त्रीय संगीत का बहुत ही नुकसान हुआ है। अगर ज़िन्दा होते तो शायद उनके विलम्बित ख़याल में थोड़ा और ठहराव आता।

विष्णु दिगम्बर पलुस्कर के शिष्य हिन्दुस्तान के मशहूर पंडित ओंकार नाथ की ईश्वर-प्रदत्त गायकी के बारे में कुछ कहने की धृष्टता मैं नहीं कर सकता, लेकिन पूरी तरह इस बात को स्वीकारूँगा कि उनकी आवाज़ की तासीर और जादू, दिलीपचन्द्र वेदी की तरह, मैं भी अपनी ज़िन्दगी के आख़िर तक याद रखूँगा।

*दसवाँ अध्याय*

# पटियाला घराना

ग्वालियर-सहसवान व्याख्यान के बीच अचानक गुलाम अली ख़ाँ को खींचना शायद बहुतों के लिए थोड़ी-सी अचरज की बात हो सकती है। लेकिन इतने बरस से गाना-बजाना सुनकर और ग्वालियर-आगरा की थोड़ी-बहुत तालीम से इस बात में मुझे कोई शक नहीं था कि अगर किसी ने सबसे पुरानी गायकी को साफ़-सुथरी करके पेश किया है तो वे हैं बड़े गुलाम अली ख़ाँ। कई पुराने गुणीजन इस बारे में सहमत हैं। इनमें एक बुजुर्ग ज्ञानप्रकाश घोष भी हैं। इनसे ज़्यादा किसी और ने गुलाम अली ख़ाँ को सुना है या उनके साथ संगत की है, ऐसा मैंने किसी और से सुना नहीं।

मुनव्वर से मेरी ख़ास दोस्ती थी और जब कभी मैं अपनी पुरानी राय दोहराता तो वे नाराज़ होते थे। लोगों से कहते कि कुमार भाई का ख़याल है कि गाने ग्वालियर के पेट से ही निकले हैं। अगर कन्याकुमारी से भी कोई गवैया आ जाए तो कहेगा कि ग्वालियर गाता है। इस मनुव्वर अली ने ही कृष्णराव पंडित का गाना सुनते-सुनते उतावले होकर मेरा हाथ पकड़कर कहा था—''यही तो गाना है जो हम बाप-दादों से बचपन से सुनते आ रहे हैं।''

मज़ाक करते हुए मैं कहता था—''तुम तो कुएँ के मेढक हो। ज़िन्दगी में सिर्फ़ तीन उस्तादों को ही तो तुमने सुना है। एक तुम्हारे बाप, दूसरे तुम्हारे चाचा और तीसरे—मुझे।'' बेचारा मुनव्वर ! उसके अचानक चले जाने का मुझे भारी अफ़सोस है। खुदा करे उनका बेटा रज़ा अली तरक़्क़ी कर अपने बाप-दादों का नाम रौशन करे।

कृष्णराव पंडित के मँझले लड़के लक्ष्मण राव पंडित ने कहा था कि एक बार उन्होंने दिल्ली के महाराष्ट्र समाज में पंडितजी के गायन की व्यवस्था की थी। रेडियो के अपने साथियों को भी बुलाया था। वे गाने-बजाने में अच्छे समझदार न होते हुए भी नौकरी की ख़ातिर गाना-बजाना सुनते थे और कुछ समझदारी भी उनमें आ गई थी। उन्होंने पंडित जी का बहलावा, आरोही में डेढ़िया हलक तान और फिरत के द्रुत सपाट तान सुनकर हैरत से कहा था—''अरे, यह क्या ? कृष्णराव पंडित जी के गाने में मैं तो गुलाम अली ख़ाँ के सारे अंग देख रहा हूँ, क्या ख़ाँ साहब ने इनसे तालीम ली थी ?''

पटियाला घराने की शुरुआत सारंगीवादक मियाँ कालू और उनके बेटे अलीबख़्श से हुई होगी। अलीबख़्श ख़ाँ और फत्तेअली ख़ाँ सगे भाई नहीं थे, लेकिन इन दोनों की जुगलबन्दी पंजाब में 'आलिया-फत्तू का गाना' नाम से काफी मशहूर हो गई थी। चौबीस साल तक इन्होंने लगातार मेहनत की और तब वे 'दोआब' पर उतरे। उस्ताद फ़ैयाज़ ख़ाँ ने कहा था कि विश्वम्भरनाथ, जो कि आगरा के उस्ताद विलायत ख़ाँ के इकतालीस गुरुओं में से एक थे—और इसके अलावा घग्गे खुदाबख़्श के शागिर्द भी—इनकी कई महफ़िलों में शरीक हुए थे। एक तो इतने नामी ध्रुपदिया और भारी चाल के ख़यालिया उस पर जयपुर महाराज के सभागायक। उनसे तारीफ़ के लिए इन जवान जोड़े उस्तादों को बहुत इसरार था। गाने के बाद वाहवाही से जी नहीं भरा बल्कि उन्होंने बार-बार पंडितजी से उनकी सच्ची राय जाननी चाही। वे यह जानना चाहते थे कि कैसे उनकी और तरक़्क़ी हो सकती है। विश्वम्भरनाथ ने कहा—"आप लोग कल हमारे घर तशरीफ़ ले आइए। इस बारे में बातचीत करेंगे।" दूसरे दिन जोड़े उस्ताद जब पंडितजी के घर पधारे तो उन्होंने उनके सामने एक आईना रख दिया। पूछा—"क्या देख रहे हो ?"

"हुज़ूर, हम अपनी शक्ल देख रहे हैं।"

"साफ़ देख रहे हो !"

"जी, हाँ।"

"उस्ताद अब देखें," इतना कहकर उन्होंने आईने को दाएँ-बाएँ हिलाना शुरू कर दिया।

"कैसे देखें, अगर आईना न ठहरे। इसमें तो नाक कट रही है, कान कट रहे हैं। साफ तो कुछ भी दिखाई नहीं पड़ रहा है।"

हँसकर विश्वम्भरनाथ ने कहा—"बच्चे, तुमने जितनी मेहनत की गला घुमाने के लिए, उसका आधा भी करते रागदारी और सुर की सच्चाई पर तो भगवान जाने तुम लोग कहाँ-से-कहाँ पहुँच जाते। इस वक़्त तुम्हारी ज़बर्दस्त तानबाज़ी की वजह आईने में तुम्हारी शक्ल जैसे ही रागों के भी नाक और कान जल्दी-जल्दी कटते जा रहे हैं।"

इतने रियाज़ के बाद भी उन्हें जयपुर, दिल्ली, लखनऊ, आगरा के उस्तादों के पास कोई जगह नहीं मिली। उस ज़माने में इधर के उस्ताद पंजाब के गवैयों को नीची नज़र से देखते थे। कोई घरानेदार गवैये या साज़िन्दे पंजाब में तो बसे थे ही नहीं, बल्कि लाहौर में उन दिनों बाज़ारी गाना-बजाना और बदशक्ल बाईजियों का अड्डा था। एक बहराम ख़ाँ की (डागरों के पूर्वज) शिष्या गोकीबाई ने ध्रुपद गाकर काफी नाम कमाया था और तालमंडी घराने के पंजाबी बराबर जालन्धर के हरबल्लभ के मेले में ध्रुपद गाते थे। इधर के उस्ताद 'पंच-आब' को खारिज़ कर पंजाबी गवैयों के बारे में 'पंच ऐब' का इस्तेमाल करते थे। इनमें दो ख़ास ऐब थे 'आ' के बदले 'ऐ' का इस्तेमाल और तेंतरी तान। इनका ज़बर्दस्त इस्तेमाल मैंने सुना उम्मीद अली आशिक़ अली के गाने में, जो कि फ़त्ते अली के बेटे थे। और सुना था छोटे गुलाम अली और सलामत नज़ाकत के गाने में। मैं जब छोटा था तब आशिक अली और उम्मीद अली ख़ाँ के गाने रेडियो पर सुनकर तारापद

चक्रवर्ती ने कहा था—‘‘सरकार ने कुत्ते-बिल्लियों के झगड़े सुनाने के लिए यह ख़ास इन्तजाम क्यों किया।’’ इसके अलावा मियाँ कालू सारंगी बजाते थे। उस ज़माने के घरानेदार उस्ताद बहुत ही ज़्यादा दकियानूस थे, सो और पाँच जनों के कहने पर इन दोनों उस्तादों ने दिल्ली के तानरस ख़ाँ से गंडा बँधवाया और फिर जैसे घरानेदार बने। दिल्ली घराने के आखिरी उस्ताद मशहूर तानरस ख़ाँ की तालीम के बाद इनके गाने में थोड़ा-सा ठहराव आया और अस्थायी अन्तरा भरने का क़ायदा भी इन्होंने सीखा। उस वक़्त ग्वालियर के हद्दू-हस्सू ख़ाँ का बहुत ही नाम था। मैंने मुनव्वर अली से सुना था कि इन्हें हद्दू ख़ाँ से भी तालीम मिली थी और बाद में मुबारक अली से मिली। जहाँ तक मेरी जानकारी है, वह यह है कि हद्दू ख़ाँ के ख़ानदान के साथ मुहम्मद ख़ाँ के बेटे के साथ कोई ख़ास मेलजोल नहीं था। इसलिए शायद यह बात पूरी तरह ठीक नहीं। लेकिन इस बात में कोई शक नहीं कि आलिया-फत्तू की मार्फत ग्वालियर की गायकी पटियाला घराने में शामिल हो गई। और बाद में जब बड़े मुबारक अली ख़ाँ की तानें सुनकर अल्लादिया ख़ाँ की शक्ल ही बदल गई तो आलिया-फत्तू पर भी इसका असर पड़ा—इसमें हैरानी की बात ही क्या है ? कहा जाता है कि जैसे नत्थन ख़ाँ ने आगरा घराने में सबसे पहले बराबर लय में छोटे ख़याल में तानों का इस्तेमाल किया था, वैसे ही इन्होंने सबसे पहले तान में दूनी-चौगुनी लय शुरू की थी।

जरनैल-करनैल आलिया-फत्तू की पार्टनरशिप सबसे पहले टूटी जम्मू में। उसके बाद टोंक में तब, जब नवाब इब्राहिम अली ख़ाँ के दरबार में फ़त्ते अली मुलाज़िम हुए। नवाब इब्राहिम अली इल्मदार थे और उन्होंने ख़याल की कई बन्दिशें बनाईं, जिनमें से ख़ासतौर पर बागेश्री में ‘सखि मन लागे ना’ और मालकौस का ‘सा सुन्दर बदन’ अनोखी बन्दिशें हैं। अलीबख़्श की आख़िरी ज़िन्दगी पटियाला महाराजा की पनाह में ही बीती। वृद्धावस्था में उन्होंने ही भास्कर बुआ का गाना सुना तो मोहित हो गए और उन्हें पटियाला दरबार में भारत का सबसे श्रेष्ठ ख़यालिया घोषित किया। इनके दो पोते जोकि पाकिस्तान के रहनेवाले हैं, फते अली और अमानत अली, कलकत्ता के महाजाति सदन में दो बार गा चुके हैं।

अलीबख़्श ज़बर्दस्त तनैयत थे और फते अली ख़ाँ की नज़र थी सुरों पर। तानरस ख़ाँ साहब से उन्होंने विलम्बित में अस्थायी भरना और आलापचारी सीखा था और रामपुर के बहादुर हुसैन ख़ाँ से तबला। हद्दू ख़ाँ साहब के इन्तकाल के बाद तानरस ख़ाँ को ग्वालियर के राजदरबार में जगह मिली। लेकिन जियाजी राव ने उनकी तनख़्वाह हद्दू ख़ाँ के वेतन (सरकारी भाषा में लास्ट पे ड्रॉन) से कम ही मुकर्रर की। कई साल बाद तानरस ख़ाँ ने महाराज को एक अर्जी पेश की कि उनका माहवार एक नम्बर सभागायक के हिसाब से मरहूम हद्दू ख़ाँ साहब के बराबर ही होना चाहिए, कम नहीं। महाराजा ने ख़ाँ साहब को बुला भेजा और कहा—‘‘आप बुरा मत मानिए। हद्दू-हस्सू ख़ाँ हिन्दुस्तान के सर्वश्रेष्ठ गायक थे और हमारे गुरु भी थे। मैं नहीं समझता कि आप उनकी जगह कभी भी ले सकते हैं। मैंने जानबूझकर आपकी तनख्वाह उनसे कम की

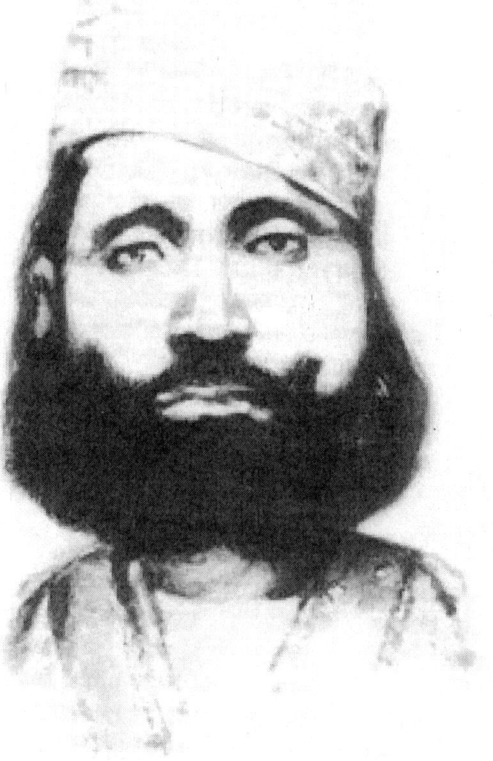

उस्ताद तानरस ख़ाँ

है।'' इसी ग्वालियर के तानरस ख़ाँ साहब से आलिया-फत्तू को तालीम हासिल होती रही और उस समय नत्थन ख़ाँ ज़िन्दा थे। हद्दू-हस्सू ख़ाँ के देहान्त के बाद भी उनकी गायकी का प्रभाव सिर्फ़ ग्वालियर में ही नहीं, बल्कि तमाम हिन्दुस्तान में छाया हुआ था। इतिहास इसकी साक्षी देता है। पटियाला भी उसमें शामिल है।

जब फत्ते अली टोंक में थे तब एक दिन गुलाम अली ख़ाँ के चाचा काले ख़ाँ हाजिर हो गए। इन्हीं के बड़े भाई गुलाम अली ख़ाँ के वालिद थे। इनका नाम भी अलीबख़्श था। शुरू-शुरू में फत्ते अली इन्हें सिखाने के लिए राजी नहीं हुए। मायूसी में उन्होंने दिलरुबा छेड़ना शुरू किया। मुनव्वर अली से मैंने सुना है कि काले ख़ाँ की तालीम के वक़्त बड़े भाई अलीबख़्श चुपचाप बैठे रहते थे और सुनते थे। और बाकी दिलरुबा के

रियाज़ और घर के कामकाजों व अन्य फरमाइशों में वक्त गुजारते थे। कहा जाता है कि उनकी नकल करने की एक अनोखी अदा थी और दरबार के गवैयों और वादकों की नकल कर बहुत लुत्फ़ लेते थे। जब यह ख़बर शागिर्द की मार्फत फत्ते अली तक पहुँची तो उन्होंने अलीबख़्श को बुला भेजा। शुरू में राजदरबार के गवैयों का कैरीकेचर हुआ। बाद में दूसरे गवैयों का। फत्ते अली ख़ाँ ने हँसी-मज़ाक के बाद कहा—"अब देखें तुम हमारी नकल उतार सकते हो या नहीं।" अलीबख़्श ने जवाब दिया—"हुजूर, मुझसे ऐसा गलत काम कभी नहीं हो सकता। मैं आपसे दरख़्वास्त करता हूँ कि आप मुझे यह हुकुम मत दीजिए। आप हमारे उस्ताद हैं। हिन्दुस्तानी संगीत की दुनिया के बादशाह हैं। मेरी क्या मजाल जो मैं आपकी नकल उतार सकूँ।" खैर, बहुत कुछ कहने के बाद तानपूरा बाँधकर जब उन्होंने फत्ते अली की गायकी की नकल उतारी तो उस्ताद हैरत में पड़ गए। "अरे अलीबख़्श, तुझे तो मैंने कुछ नहीं बताया, फिर तूने यह सब सीखा कब ?" अलीबख़्श ने हाथ जोड़कर कहा—"यह सब आप ही का आशीर्वाद है। आप जब तालीम देते हैं तो मैं सुनता हूँ। उसकी एक-आध बूँद मेरे दिलोदिमाग पर असर कर गई है।" फत्ते अली समझ गए कि इस लड़के के साथ बहुत नाइंसाफी हुई है। इसलिए इसे अच्छी तरह से तालीम देनी चाहिए।

किराना घराने के मशहूर सारंगीवादक शकूर ख़ाँ (इनके बेटे हैं मशकूर अली) के साथ लाहौर के इस परिवार का काफी मेलजोल था। उनका कहना था कि अलीबख़्श बेमिसाल दिलरुबा बजाते थे। गाना भी ज़रूर अच्छा ही गाते थे। सन् 1924-25 से लखनऊ के ग्रैंड कान्फ्रेंस में जम्मू और कश्मीर के महाराजा की तरफ़ से गाना गाने आए थे।

इनके छोटे भाई काले ख़ाँ का गाना जिन्होंने भी सुना, बड़ी तारीफ़ की। हमारे पिता कहते थे कि इनकी शंख जैसी ज़ोरदार, लेकिन मीठी आवाज़ थी। अमिय सान्याल ने भी लिखा है कि उनकी आवाज़ बहुत मुलायम और वज़नदार थी, जिसमें कहीं रूखेपन की कोई गुंजाइश नहीं थी—न तो तान में, न गमक में। "कितनी ही तरह की तानें और भिन्न-भिन्न स्पीड में, लेकिन उस पर भी कोमलता में कोई हेर-फेर नहीं होता था। ज़रब यानी स्टॅकेटो स्टाइल के बोल या तानों को छूकर लौटने के अन्दाज़ आसानी से ही कान में पड़ जाते हैं। जो स्वर हैं वे उनकी खसूसियत को साफ-साफ जाहिर करते थे। ख़ाँ साहब की आवाज़ का अन्दाज़ और बारीक काम इस ज़रबदार तान को जैसे नज़रअन्दाज़ कर रहे थे, ऐसा मुझे लगा। इतना कि चौगुनी तानों में भी ज़रबदार तानों के लक्षण नहीं थे। एक आवाज़ के साथ दूसरी आवाज़ का काफी मेल देखकर ऐसा लगा कि इस तरह की तुलना भी हो सकती है। सिर्फ़ मैंने अब्दुल करीम ख़ाँ साहब की आवाज़ की ख़ास-ख़ास बातों के साथ काले ख़ाँ साहब की आवाज़ और उनकी खसूसीयत में समानता देखी। लेकिन साथ-साथ एक अपनापन भी महसूस हुआ। इस अनुभूति को मैंने एक और उदाहरण से अपनी स्मृति में बाँध रखा है। सारंगी की ध्वनि और इसराज की ध्वनि में जो बराबरी मैं देखता हूँ, वैसा ही देखता हूँ काले ख़ाँ साहब

और अब्दुल करीम ख़ाँ साहब की आवाज़ में। फ़र्क़ भी वही ज़ोरदार फ़र्क़ है जो उदाहरण में शामिल हो जाते हैं। एसराज में तारसप्तक के स्वर में जो तीखापन दिखाई देता है, उसे कहते हैं Falsetto सारंगी में ऐसा नहीं होता। काले ख़ाँ साहब की आवाज़ थी सारंगी जैसी। अब्दुल करीम ख़ाँ की आवाज़ इसराज जैसी थी। तारसप्तक पर पहुँचकर वह बनावटी और तीखे स्वर में बदल जाती थी। ऐसा मेरा ख़याल है।''

काले ख़ाँ के गाने के बारे में इतना गहरा विचार इसलिए किया, क्योंकि सिर्फ़ ये ही उस्ताद थे जिनसे गुलाम अली को तालीम मिली थी, और वह भी सिर्फ़ पाँच से बारह साल तक। लेकिन मनोवैज्ञानिकों का कहना है कि यह उम्र बहुत इम्प्रेशनेबल होती है और इस उम्र में जो छाप पड़ जाती है, वह जल्दी ही मिटनेवाली नहीं होती। बारह साल के बाद उनके वालिद के पास उनकी कोई तालीम नहीं हुई, ऐसा ही लगता है। एक क़िस्सा मैंने गुलाम अली ख़ाँ साहब से सुना था। शायद उन्होंने और बहुतों को यह कहानी सुनाई है। ज्ञान बाबू को इस बारे में जानकारी है।

सत्रह-अठारह की उम्र में ज़बर्दस्त रियाज़ के बाद अलीबख़्श को गाना सुनाया। पिता क्या कहते हैं, यह जानने के लिए गुलाम अली काफी आग्रही थे। लेकिन उन्होंने गाना सुना और बिना कुछ कहे चुपचाप उठ गए। रात में दस्तरख़्वान पर खाना खाते-खाते थोड़ी-सी झिझक के बाद गुलाम अली ने पूछा—''अब्बा, आपने मेरा गाना सुना, पर कुछ भी न कहा। ऐसा लगता है कि आपको अच्छा नहीं लगा। अगर गलतियाँ हुई हों तो मेहरबानी कर उन्हें सुधार दीजिए।'' अलीबख़्श ने सिर्फ़ इतना ही कहा—''क्या कहूँ, जिसके पास सुर नहीं उसके पास कुछ भी नहीं।'' गुलाम अली ख़ाँ साहब ने चूँ तक नहीं की। खाना छोड़कर उठ गए। उसी दिन उन्होंने तय कर लिया था कि अब्बाजान को सुनाना ही पड़ेगा कि उनके गले में भी स्वर है। इस क़िस्से का ज़िक्र इसलिए किया गया है कि अगर उन्हें अपने अब्बाजान से तालीम मिली होती तो अलीबख़्श साहब को बहुत पहले ही बेटे के स्वर लगाने के गलत-सही तरीके का पता चल जाता। स्वर छोड़कर जो तानों के फन्दों में फँस गये, दूसरे पंजाबी गवैयों जैसे, उन्हें भी बाप होकर जरूर सुधार सकते थे सिखाते वक़्त। और इस वाक़ए के बाद ही अलीबख़्श ने दुबारा शादी की। दूसरी माँ का बर्ताव गुलाम अली को बर्दाश्त न हुआ। माँ और छोटे भाई को साथ लेकर सारंगी सीखकर उन्होंने रोज़गार का रास्ता ढूँढ़ निकाला। ख़ाँ साहब या मुनव्वर से मैंने कभी नहीं सुना कि इसके बाद ख़ाँ साहब ने किसी और से तालीम हासिल की थी या नहीं।

यह जरूर है कि दिलीप वेदी कहते थे कि उन्होंने काफी-कुछ चीज़ गुलाम अली ख़ाँ को सिखाई थीं। उनमें से ग्वालियर का पुराना ख़याल 'सुग्रीव राम कृपा' वे बहुत गाते थे। दिलीप वेदी झूठ बोलेंगे, ऐसा नहीं। फिर भी हम इसी नतीजे पर पहुँचेंगे कि गुलाम अली ख़ाँ के शुरू और आखिरी के गुरु काले ख़ाँ ही थे और इसी वजह से काले ख़ाँ साहब की गायकी के बारे में हम लोगों को छानबीन करनी पड़ेगी।

दुबारा अमिय सान्याल के 'स्मृतिर अतले' पर लौटना पड़ रहा है। ''मालकौंस के

'पग लागन दे' से मुखड़ा कायम होते, न होते ही बिजली जैसी एक सपाट तान गाई गई। इसके बाद गाने का पूरा अस्थायी सुनाया गया, जैसे तूफ़ान के पहले कौए और चील होते हैं। शुरू हुआ मोटे-मोटे स्वरों के दानों से हरकत के बाद हरकत। बीच में पलक के लिए दिखाई देता था—गमक से लगाये स्वरों की फिरत और फ़िकरबन्द चक्र। स्वरों के झुंड घूमते रहे।...मुखड़े के आसपास। कभी-कभी ऐसा लगता है कि स्वरों के तूफ़ान में उड़ते-उड़ते मुखड़ा आ ही न जाए, लेकिन आता ही नहीं। जब हम सोच भी नहीं सकते कि मुखड़ा आएगा, वह अचानक ही आ जाता है। गाने की शुरुआत थी मध्य लय से। गति की उत्तेजना से अब गाने बादल जैसे द्रुत तान की लय में पंख फैलाकर उड़ चले हैं...अचानक ही मुठभेड़ होती है तान के तूफ़ान से। एक-एक अध्याय खत्म होता था—हलक के तानों के बहार से। हलक की मेघमाला सी आवाज़ में रूखापन कहीं नज़र नहीं आता। मधुर स्वर से भींगा हुआ। इस हलक की गुच्छी तीन सप्तक को आर-पार करके लौट आती है। इतनी मीठी आवाज़ में ऐसी हलक की तान का कोई दूसरा उदाहरण क्या कहीं नज़र आता है ?...

अब तक अनेक गुणियों से तरह-तरह के ख़याल सुनकर मैं इस नतीजे पर पहुँचा हूँ कि ध्रुपद गान को मानते हुए तथा नियम-कानून के दायरे में ही ख़याल गाने का रूप निखर आया है। लेकिन ऐसे भी ख़याल सुने हैं जो अपने ही क़ायदे-कानून से फूले-फले हैं। अपनी ही चाल में अपने गौरव से मनमानी ज़मजमा, गिटकिरी, बोल-तान दोगुनी-चौगुनी के फेरे में चलते-फिरते अपनी पहचान दे जाते हैं और अपना सौन्दर्य भी निखारते हैं। ध्रुपद गाने के क़ायदे और कानूनों में ये नहीं पले। ख़याल गाने के इस स्वच्छन्द, स्वतन्त्र रूप की आखिरी चोटी पर पहुँचा था ख़ाँ साहब के 'विलम्ब पद' अस्थायी में। और ऐसा भी ख़याल आया है कि पाश्चात्य स्कल्पचर्स, जिन्हें बारोक स्टाइल का कम्पोजीशन कहते हैं, उस तरह की बन्दिशें और उसका साया था काले ख़ाँ साहब के गाने में। उनका गाना सुनकर ऐसा लगता था कि ख़याल तो ख़याल ही है। और फिर गुणी का ख़याल तो सर्वश्रेष्ठ होता ही है। दूसरों के ख़याल को गाना तो नौकरी करने के बराबर है। सिर्फ़ इतना ही याद करने पर काले ख़ाँ साहब, मौजुद्दीन और अब्दुल करीम ख़ाँ साहब के सिवा और किसी का ध्यान नहीं आता।''

लेकिन बड़े गुलाम अली ख़ाँ की याद आनी चाहिए थी। बारोक और रोकोको, जिसे अंग्रेजी में फ़िलिग्री वर्क्स कहते हैं चोटी का काम समझा जाता है। फिर ख़याल आता है कि शायद वह भी नहीं है, क्योंकि बारोक आर्ट और स्कल्पचर की शुरुआत हुई क्लासिज़्म के विरुद्ध, जो बात काले ख़ाँ और गुलाम अली की शैली के बारे में नहीं कही जा सकती। इसके अलावा बारोक आर्किटेक्चर में परिणाम, ज्ञान, बराबरी और पर्सपेक्टिव की उपेक्षा नहीं की गई है। बड़े गुलाम अली ख़ाँ के गाने में मुझे आर्किटेकनीक क्वालिटी यानी प्रस्तर कला के जो गुण हैं, वह नहीं मिले थे। मुझे मिले थे ये आसमान में रंग-बिरंगे खेल, आतिशबाज़ी, फुलझड़ियाँ, हवाई राकेट के मेले, जिनके साथ मिट्टी का सम्पर्क कम था, लेकिन ये सारे थे संगीत की दुनिया के सर्वश्रेष्ठ जादूगर

के कमाल।

बड़े गुलाम अली ख़ाँ का गाना सुनकर अमिय बाबू ने बेटी रेबा मुहूरी से कहा था—''इनके आवाज़ लगाने और तानों में काले ख़ाँ की झलक नज़र आती है। कायदे-कानून के तौर-तरीके भी मिलते-जुलते-से लगते हैं, लेकिन मेल से बेमेल ही ज़्यादा हैं। घराना परम्परा की गायकी में काले ख़ाँ की गायकी गुलाम अली ख़ाँ की बराबरी में कहीं ज़्यादा थी। विलम्बित ख़याल में आलापचारी और रागदारी भी उनके गाने में कहीं अधिक थी। और जो गाने काले ख़ाँ ने कलकत्ता में गाए थे, जैसे कौशिक कानड़ा में 'दुख के पात झर गए' या ख़याल पंचम में 'जोबन आए', या जयदेव का 'ललित लवंग लता परिशीलन कोमल मलय समीरे' आदि या पूरे आवर्तन को खत्म कर फिर मुखड़े पर आना 'बिहरत हरिरिह सरस वसन्त जौवन आ'—यह सुनकर, यह कहना ही पड़ता है कि इसकी तालीम गुलाम अली ख़ाँ को पाँच से बारह साल की उम्र के दौरान कभी नहीं मिली थी।

यह एक ज़बर्दस्त सबूत था कि यह तालीम ग्वालियर से ही आई है। पंडित परिवार के ख़याल से इसकी शुरुआत हुई कृष्णराव के दादा के समय से, जब विष्णु पंडित, दौलतराव और जियाजीराव सिन्धिया के ज़माने में इन्होंने हद्दू ख़ाँ को बहुत सारे संस्कृत के श्लोक और जयदेव की अष्टपदी सिखाए थे, तभी हुई थी। और दोनों भाई बड़ी खुशी से शुद्ध राग में महाराज को सुनाते थे। कृष्णराव पंडित उनकी प्रकाशित संगीत पुस्तक के बाहर भी करीबन पन्द्रह सौ थोड़ी प्रचलित, पूरी अप्रचलित बन्दिशों की अपनी क़लम से नोटेशन कर लड़कों को दे गए हैं। इनमें से बहुत-सी जयदेव की अष्टपदी भी हैं।

बहुत साल पहले लखनऊ-बम्बईवाली ट्रेन के एक कम्पार्टमेंट में श्रीकृष्ण रतन जनकर और धूर्जटि प्रसाद को बीते दिन के गवैयों की आवाज़ें और उनकी तासीर के बारे में चर्चा करते हुए सुना था। उन्होंने नाम लिया था—अलीबन्दे ख़ाँ के बड़े भाई जाकिरुद्दीन, विष्णु दिगम्बर, फ़ैयाज़ ख़ाँ, भातखंडेजी और बड़े गुलाम अली ख़ाँ का। ओंकार नाथ को क्यों शामिल नहीं किया गया, इसके बारे में कुछ नहीं जानता। मैंने जिन-जिनको सुना है, उनमें गुलाम अली ख़ाँ साहब की मर्दाना आवाज़ की मुलायमियत, तीन सप्तक का उनका दायरा और स्वर लगाव का स्वाभाविक तरीक़ा—इन सबका जोड़ा मैंने नहीं सुना। बनारस हिन्दू विश्वविद्यालय के एक्स प्रोफेसर डॉ. एम.आर. गौतम ने वॉयस कल्चर के बारे में काफी छानबीन करके बताया था कि वैज्ञानिक तौर से ख़ाँ साहब जैसी स्वाभाविक आवाज़ लगाना उन्होंने और किसी उस्ताद से नहीं सुना था। शायद इसके पहले इसकी चर्चा हुई भी नहीं थी। वैसे उनकी आवाज़ पूर्ण रूप से तब विकसित हुई जब प्रौढ़ावस्था में उन्होंने अपना स्वर 'सी' शार्प में उतारकर गाना शुरू किया। उनके रिकार्ड में कामोद, केदारा, जैजैवन्ती और दरबारी की आगे के रिकार्डों से अगर बराबरी की जाए तो साफ ज़ाहिर हो जाएगा। यह एक ऐसी आवाज़ है जिसमें मिठास है, जवारी है, रबर जैसी फ्लैक्सीबिलिटी है और कहीं भी आवाज़ पहुँच जाए मतलब अतितार सप्तक में भी, उसके मुलायमपन में कोई खामी नहीं आती। अमीर ख़ाँ साहब ने मुझसे कहा था—''गुलाम अली ख़ाँ से हमारा मुकाबला सिर्फ़ दिमाग़ी है। वैसी

आवाज़ कहाँ से मिलेगी। महफ़िल के इम्तिहान में आवाज़ खोलते ही तो उन्हें सौ में सत्तर मिल जाते हैं जहाँ और लोगों को बीस-तीस, बहुत हुआ तो चालीस मिलते हैं।'' प्रोफेसर बी.आर. देवधर ने अल्लादिया ख़ाँ के घराने के गवैयों तक की नुक्ताचीनी की थी। दूसरे घराने को छोड़ ही दीजिए। वे भी गुलाम अली ख़ाँ के वॉयस प्रोडक्शन व आवाज़ लगाने के तरीके को आदर्श मानते थे। वालिद से ऐसी झाड़ के बाद जो उन्होंने रियाज़ शुरू किया, उसका तो शायद कोई जवाब ही नहीं है। जिस मुहल्ले में वे रहते थे, वहाँ रियाज़ की वजह से मुहल्लेवाले उन पर टूट पड़ेंगे, इसी डर के मारे वे कब्रिस्तान में जाकर स्वर भरते थे, पलटों का रियाज़ करते थे। ख़ाँ साहब ने खुद मुझे यह बात कही थी। इसी वक़्त शायद इन्होंने 'कानून' नाम के साज़ से स्वर मंडल जैसा साज़ ईजाद किया, ताकि रात के अँधेरे में श्मशान में तानपूरा कन्धे पर उठाकर न जाना पड़े। इस यन्त्र ने उन्हें स्केल चेंज कर दूसरे रागों का पलटा रियाज़ करने में काफी मदद दी थी। भूपाली गाते-गाते जिस आसानी से वे मारवा, मालकौस, दुर्गा धानी और उनके सरगम बरतते थे, वह सुनकर तो हम लोगों की आँखें फटी-की-फटी रह जाती थीं। जब रात-भर रियाज़ कर घर लौटते थे तो उनके रिश्तेदार यह कहकर अफ़सोस करते थे कि अलीबख़्श के जवान बेटे का सिर गाना-गाकर एकदम बिगड़ गया है। कब यह रोज़गार करेगा और कब बाप की मदद करेगा ?

जब उनकी उम्र बीस साल की हुई तब सौतेली माँ से अनबन होने की वजह से उन्होंने अपनी माँ की सलाह से सारंगी बजाना शुरू किया। शकूर ख़ाँ कहते थे कि वे अच्छा ही बजाते थे और एक मामूली तवायफ, जिसका नाम था गिगबाई, के साथ संगत करते थे। ईश्वर ने बड़ी मेहरबानी की कि उन्हें सारंगीवादक के तौर पर नाम नहीं पैदा करने दिया। अगर ऐसा होता तो आज हमें बड़े गुलाम अली ख़ाँ नसीब नहीं होते।

शकूर ख़ाँ उस्ताद वहीद ख़ाँ के भतीजे और शागिर्द थे। वे कहते थे कि उस वक़्त लाहौर में वहीद ख़ाँ का बड़ा नाम और रुतबा था। उनका गाना गुलाम अली ख़ाँ को भी बहुत पसन्द था। और किसी एक महफ़िल में दिल भर आने पर उन्होंने पच्चीस रुपए नज़राना दे दिया और कहा—''मेरा ईमान आप पर है। मेहरबानी कर मेरा नज़राना आप कबूल करें और मुझे अपना शागिर्द बना लें।'' कहा जाता है कि वहीद ख़ाँ ने अपने किसी हीरा नाम के एक शागिर्द को बुलाकर कहा—''इन्हें कुछ पलटे दे दो। दो-चार दिन रियाज़ कर फिर से आने पर देखा जाएगा।'' उस उम्र में भी वह पलटे तो गुलाम अली के लिए बाएँ हाथ का खेल था। दो-चार दिन बाद गुलाम अली ने वहीद ख़ाँ से कहा—''ये पलटे और मीरखंड छोड़कर आप मुझे अपनी गायकी दीजिए। सभी सारंगीवालों को तो यह मीरखंड आते हैं और मुझे भी। इनके लिए मैं आपके पास नहीं आया हूँ।'' वहीद ख़ाँ ने टेढ़ा मुँह करके बताया कि ''हमने अपनी गायकी पंजाबी मिरासियों के लिए तैयार नहीं की है। ख़ानदानी उस्तादों के बच्चों के लिए ही की है।'' यहीं पर गुलाम अली ख़ाँ के किराना घराने की तालीम की शुरुआत और खात्मा दोनों हो गया। शकूर ख़ाँ को यह बात पसन्द नहीं आई। वे समझते थे कि चाचा का गुलाम अली के साथ इस

तरह का बर्ताव गलत था। अगर यह बात न होती तो आज गुलाम अली ख़ाँ की वजह से किराना घराना रौशन हो उठता।

बावजूद सारंगी के उन्होंने गाने का अपना रियाज़ जारी रखा था। बल्कि कहिए कि तमाम वक़्त वे रियाज़ ही करते थे। जब हिन्दुस्तान-भर में उनका नाम हो गया तब भी सोने और ख़ाने के सिवाय हर वक़्त उनके हाथ में स्वरमंडल रहता था। बालू-हक़्क लेन में उनके फ्लैट और मेरे मकान की दूरी आधा किलोमीटर की थी। मौक़ा मिलते ही मैं चला जाता था और देखता था कि ख़ाँ साहब गा रहे हैं। इस चक्कर में काफी दिन मुझे ऑफिस पहुँचने में देरी हो जाती थी। चालीस के बाद फ़ैयाज़ ख़ाँ साहब का फिर कभी रियाज़ नहीं सुना। लम्बे पच्चीस साल में सिर्फ़ एक ही बार मैं अमीर ख़ाँ का सुबह का रियाज़ सुन सका था। ये लोग घर के मेहमानों को कभी गाना नहीं सुनाते थे और गुलाम अली ख़ाँ की मेहमानदारी का मतलब ही था गाना गाकर उनका स्वागत करना।

गुलाम अली ख़ाँ साहब का वॉयस प्रोडक्शन, स्वर-प्रयोग, तान की असल बात और नीति में टेंशन की कोई गुंजाइश नहीं थी। हर गवैए को यह मालूम है कि दबी हुई उत्तेजना या तनाव होने पर गले की पेशियों में खिंचाव हो जाता है। अगर मन में यह दुविधा हो कि तारसप्तक गन्धार या मध्यम लगेगा या नहीं, तो वह लगेगा ही नहीं। योगी पुरुष जैसे अपने सारे शरीर की पेशियों को ढीला कर सकते थे, वे भी उसी तरह गाते थे। सभी गवैयों को थोड़ा-बहुत हाथ-पैर हिलाते हुए देखा है। कई ऐसों को भी देखा है जिनके शरीर की हरकत और कूद-फाँद उनके संगीत के समान ही मशहूर हो गए। लेकिन गुलाम अली गाना गाते वक़्त ऐसा लगता था जैसे वे बाथ टब में अपना सारा ढीला शरीर डुबोए हुए हैं। अगर क्रिकेट की भाषा में कहना हो तो इतना रिलेक्स्ड स्टेंस और किसी का नहीं देखा। एक दफ़ा ज्ञान बाबू ने एक क़िस्सा सुनाया था। ख़ाँ साहब उनके डिक्सन लेन के मकान में तकिए के सहारे आधा लेटे हुए थे और नाई दाढ़ी बना रहा था। इतने में उन्हें तान बरतने की इच्छा हुई। नाई ने अपना उस्तरा हटाने की कोशिश की तो उन्होंने इशारे से मना कर दिया और दो सप्तक की सपाट तान मारते चले गए। बदन नहीं हिल रहा था। जबड़े भी नहीं। जीभ भी नहीं। इधर उनके 'डबल चिन' पर दाढ़ी का काम जारी था।

इसी सिलसिले में एक और क़िस्सा याद आ गया, लेकिन इस क़िस्से के जो सूत्रधार हैं वे, और जो मूल नायक हैं वे भी दोनों परलोक सिधार गए हैं। लेकिन अगर सबूत चाहिए तो जरूरत पड़ने पर डॉ. एम.आर. गौतम को साक्षी माना जा सकता है। मशहूर ऐतिहासिक डॉ. राधाकुमुद मुखोपाध्याय का इकलौता बेटा और हमारे मुँहबोले बड़े भाई प्रद्युम्न मुखोपाध्याय यानी पुतु दा, जिनका ज़िक्र मैंने पहले ही किया है, और उनकी बीवी दोनों ने तारापद चक्रवर्ती के पास बहुत दिनों तक गाना सीखने के बाद उस्ताद अमीर ख़ाँ से गंडा बँधवाया। इन दोनों उस्तादों के बीच रकीब जैसा थोड़ा-सा तनाव था, लेकिन अंग्रेजी में जिसे कहते हैं अनहेल्थी राइवलरी नहीं थी। एक दफ़ा बम्बई शहर में उस्ताद

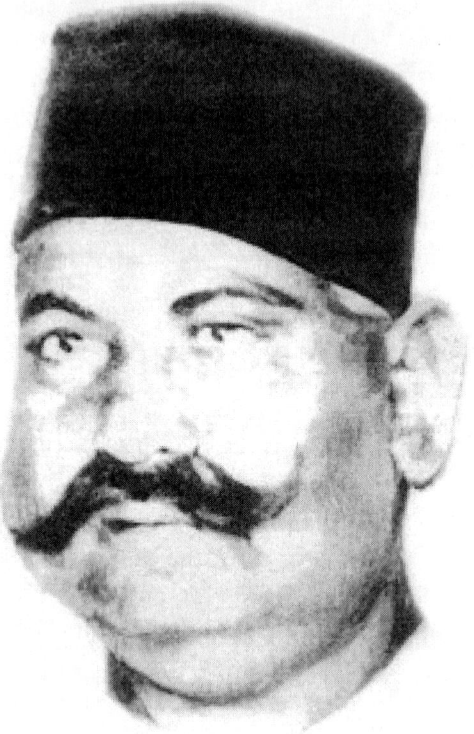

**उस्ताद बड़े गुलाम अली ख़ाँ**

अमीर ख़ाँ शागिर्दों के साथ मलाबार हिल्स में घूम रहे थे। इतने में अचानक प्रद्युम्न बोल उठे—''अरे यही तो डोंगर सी रोड है। यहीं पर तो गौतम की बीवी के घर पर गुलाम अली ख़ाँ किराएदार होकर रहते हैं। चलिए ज़रा मुलाकात तो कर आएँ।'' घुसते ही उन्होंने देखा कि रोज़ की आदत की तरह वे स्वरमंडल पर रियाज़ किए जा रहे हैं। अमीर ख़ाँ और उनके रेडियो में अफ़सर शागिर्द को देखकर बड़े अदब के साथ उन्होंने उनका स्वागत किया। चाय-पानी करवाया। अमीर ख़ाँ साहब ने कहा—''गुलाम अली भाई, अच्छा-ख़ासा तो चल रहा था।'' फिर से गुलाम अली ख़ाँ ने तानें शुरू कीं। अचानक वे मंद्र सप्तक के षडज से अति तार के 'स' तक पहुँच गए और बिजली-जैसे लौट आए—खरज पर, और उसी रफ्तार में। एक बार नहीं, तीन-तीन दफ़ा। हर एक दाने साफ और सच्चे सुर में। पुतु दा का कहना था—''किसी आदमी के गले से इस तरह की तानें निकल सकती हैं, यह तो बिना सुने यकीन ही नहीं हो सकता है। मैं तो सचमुच उछल पड़ा।'' अमीर ख़ाँ तो भारी मिजाज़ के आदमी थे। उनके चेहरे पर कोई फ़र्क़

नहीं आया। सिर्फ़ बोले—"गुलाम अली भाई, एक बार और ऊपर का टीप कोशिश करें, क्योंकि वह सच्चा नहीं था।" ख़ाँ साहब का चेहरा देखने लायक था। उन्होंने कहा—"क्या कहा आपने ? 'सा' का 'टीप' सच्चा नहीं ?" बड़े गुलाम अली का मिजाज़ तो काफी बिगड़ चुका था। यह आदमी क्या कह रहा है ? "लीजिए फिर सुनिए"—इतना कहकर दुबारा उसी तान को उन्होंने दोहराया। लेकिन अबकी बार वाकई उनका स्वर कम लगा। दो, तीन, चार, दफ़ा उन्होंने जरूर स्वर लगाया, लेकिन पहला जैसा न तो स्वर और न ही वज़न में जमा। उस दिन बैठक नहीं जमी। विदा लेकर बाहर पुतू दा ने अमीर ख़ाँ साहब से पूछा—"क्या बात है ख़ाँ साहब, गुलाम अली ने जो तान लिए पहले तीन मर्तबा, तो उनमें मैंने तनिक भी कसर नहीं पाई। हम तो समझते हैं किसी इन्सान के गले से इस तरह की तान निकल ही नहीं सकती और आप कहते हैं कि उनकी तान का 'टीप' सही नहीं है।" अमीर ख़ाँ गम्भीर थे। बोले—"देखो वही तान मेरे क्या, किसी इंसान के गले से नहीं निकल सकती।" फिर ज़रा मुस्कुराकर बोले—"मगर हमें उसे तोड़ना था, इसलिए मैंने थोड़ा-सा 'टेंशन' पैदा कर दिया। और जैसे ही गुस्सा आ गया, वह बात फिर दुबारा बनी ही नहीं।"

ज्ञान बाबू ने भी कहा था "उस समय गुलाम अली ख़ाँ साहब से मेरी सिर्फ़ थोड़ी-सी पहचान हुई थी। तब मैंने उन्हें डिक्सन लेन में ठहराया था। दूसरे दिन वे रियाज़ पर बैठे और मैं तबले पर। तब तक गला गर्म नहीं हुआ था। एकताल के मध्य लय में तिरकिट-धिन बजा ही चुके थे कि बिजली की तरह अतितार का 'स' छूकर मुखड़ा 'सम' पर आ गया। धा धा धिन बजाने में जितना वक़्त लगता है, उतने में ही यह वाक़या हो गया।" काले ख़ाँ के 'मालकौस' के सिलसिले में इस वाक़ए का मेल मिल जाएगा।

बम्बई में बड़े गुलाम अली ख़ाँ साहब से प्रोफेसर बी.आर. देवधर की दोस्ती हुई। देवधर जी उनके साथ काफी खुलकर बातें करते थे और ख़ाँ साहब भी उसका कुछ बुरा नहीं मानते थे। देवधर साहब को ही उन्होंने कहा था—"अगर हमारे गुरु और चाचा काले ख़ाँ से मैंने कुछ सीखा है तो वह यह कि कैसे आवाज़ को तैयार किया जा सकता है और तानों के तरीके क्या हैं।" इतना कहकर वे किस तरह से आवाज़ खोलना चाहिए और किस तरह उसका वाल्यूम बढ़ाया जा सकता है और 'कण' लगाकर कैसे आवाज़ मुलायम की जा सकती है, ये सारी चीज़ उन्होंने बताई थीं।

शायद सन् 1965 में मुनव्वर से हमारी मुलाकात हुई थी। करीबन भोर के चार बजे महाजाति सदन में सलामत और नज़ाकत अली तोड़ी से शुरू ही हुए थे। स्वर के विस्तार और इनके दोहराने में वे इतने ही मशगूल थे कि पक्के पैंतालीस मिनट के बाद मैंने देखा कि वे तीव्र मध्यम को छूकर बीच-बीच में तिरछी नजरिया से पंचम को देखकर फिर मुखड़े पर लौट आते थे। हमारे साथ लखनऊ के हमारे एक दोस्त मंजूरुल हसन खुद को और रोक न सके और पूछ बैठे—"यह क्या राग है भाई ? यह मियाँ की तोड़ी है कि मियाँ की कमर तोड़ी ?" वह उम्र थी हँसी-मज़ाक की। शर्म-लिहाज कम था। सामने की कतार में बैठे थे। खड़े होकर ऊँची आवाज़ में हाथ जोड़कर मैंने सलामत ख़ाँ से यह

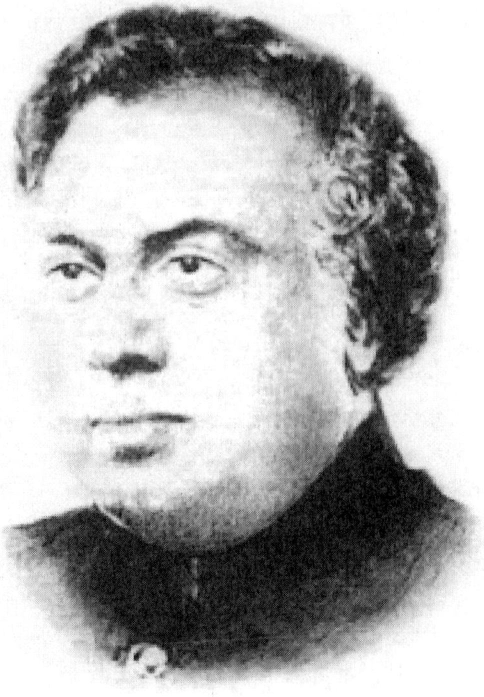

**मुनव्वर अली ख़ाँ**

दरख्वास्त की—''ख़ाँ साहब, दफ्तर पहुँचना है। अब मेहरबानी कर आप पंचम तक आ जाइए।'' इसके पहले कलकत्ते में ऐसे श्रोता से उनका सामना नहीं हुआ। वे नर्वस होकर एकदम से तानें लेकर तारसप्तक के सा पर ठहर गए। शायद आसपास ही मुनव्वर अली थे। गाना खत्म होने पर अपने से ही उन्होंने एक-दूसरे का इंट्रोडक्शन किया और बड़े खुश हुए। मुझे उस समय पता नहीं था कि मुनव्वर सलामत और नज़ाकत से इतना सख़्त नाराज़ हैं। कहा जाता है कि बड़े ख़ाँ साहब से उन्होंने पाकिस्तान में कुछ दिनों तक सीखा था और अपने को श्याम चौरासी के घरानेवाले बताते थे और ख़ाँ साहब को नहीं मानते थे। बस उसी दिन से उनसे मेरी ज़बर्दस्त दोस्ती हो गई। और जब हमने उसके कुछ साल बाद एसप्लानेड मैंशन छोड़कर उनके मकान के थोड़े ही फासले पर मकान ले लिया तो आना-जाना और भी बढ़ गया। अपने घर का बेहतरीन खाना छोड़कर वे मेरी बीवी के बनाए खाने की बहुत तारीफ़ किया करते थे। इसीलिए मेरी ब्राह्मणी भी उनसे खुश थीं।

मुनव्वर से मैंने उनके घराने का रियाज़, स्वर लगाने का तरीका, कण का प्रयोग, किसी भी पर्दे पर खड़े होकर ट्रेमेलो खोलकर तान की स्पीड बढ़ाना और गमक के

अभ्यास के बारे में जाना था। सर सग सम सप—इसी तरह से वह गमक लेते थे। गुलाम अली ख़ाँ साहब ने इतना रियाज़ किया था कि मध्य सप्तक में स्पर्श स्वर कहीं भी हो, वे गमक से छूकर आ सकते थे। शायद ध्रुपदवाले ही यह काम कर सकते थे। जिन्हें सिर्फ़ ख़याल की तालीम मिली हुई हो, उनके लिए तो यह काम बिल्कुल ही असम्भव था। हालाँकि मुनव्वर ने अमीनुद्दीन ख़ाँ डागर के छोटे चाचा तानसेन पांडे से गंडा बँधवाया था। लेकिन उन्हें ध्रुपद या डागर के स्वर लगाव की कोई तालीम नहीं मिली थी। जो दो-एक ध्रुपद उन्होंने सीखे थे, पाकिस्तान जाकर द्रुत एक ताल में गाते थे। इस देश में नहीं। मैरिस कॉलेज के बड़े आग़ा ने लाहौर में 'बेणी निरखत भुजंगी' अड़ाना के एक ताल में सुनकर मुनव्वर के गाने के बाद उनकी खिंचाई की थी। यह मुनव्वर का ही क़िस्सा था।

बड़े गुलाम अली ख़ाँ कलाकार थे। उनके पुरखों का पांडित्य उन्हें हासिल न हुआ और इस बारे में उनको कोई ग़म भी नहीं था। वह ज़ोर देते थे रियाज़ पर। कामयाबी से स्वरों को घुमाने-फिराने पर। इसीलिए वे पहले विलम्बित मध्य लय में झूमरा या इकताले में होशियारी से बन्दिश गाते थे। स्थायी भरने का क़ायदा उनका सीधा था। इसके बाद ही वे मीड़ लेते हुए बहलावा तय करते थे। फिर ग्वालियर अंग की लरज़दार इकहरा तान, बोलतान और सरगम पर भरोसा करते थे। और द्रुत ख़याल में बराबर लय में भारी तान पलटे, दोगुनी और चौगुनी तान का इलाका उनका अपना ही था। हिन्दुस्तान या पाकिस्तान कहीं भी कोई उनका मुकाबला नहीं कर पाते थे। ज़्यादातर बन्दिशें उनकी अपनी, 'सबरंग' के नाम से हैं। विलम्बित में कई पुरानी बन्दिशें वे गाते थे।

इन ख़यालों का ढाँचा मेरी समझ में ग्वालियर का था। इस गायकी में भी राग की आलापचारी और बढ़त बहुत कम ही होती है। और बाकी अंग सब एक ही तरह के हैं। फ़र्क़ सिर्फ़ इतना ही था कि गुलाम अली ख़ाँ ने इन अंगों को और भी साफ़-सुथरा कर दिया था। सुनने में जो अच्छा नहीं था, उनको उन्होंने छाँट दिया था। सुर और गले पर इतना ही कब्ज़ा था कि जो कच्चे श्रोता हैं वे तो 'हाय-हाय' करते ही थे और जो भारी-भरकम समझदार थे, वे हैरान ही रह जाते थे।

प्रोफेसर देवधर हमारी ही तरह एक दिन अफ़सोस कर रहे थे—"उस्ताद, आपका गाना सुनकर हम लोगों का मन नहीं भरता। अगर आप पुराने क़ायदों को थोड़ा और मानते तो हम लोगों को और भी अच्छा लगता। थोड़ा-सा बहलावा और सुर के काम के बाद आप सरगम करते हैं। और फिर वापस बहलावे में लौट जाते हैं, फिर तान पर चले जाते हैं। और ज़बर्दस्त तानों के बाद फिर बहलावे में आ जाते हैं। जो आम श्रोता हैं, वे कुछ भी कहें, लेकिन बम्बई के जो समझदार हैं वे काफी आपकी निन्दा करते हैं। उनका कहना है कि आपने पुराने सिलसिले पर पानी फेर दिया है। यह सुनकर मुझे अच्छा नहीं लगता।" ख़ाँ साहब ने चुप रहकर सारी बातें सुनीं और नाराज़ भी नहीं हुए। कहा—"ठीक है। उनके इल्ज़ामों और शिकायतों का जवाब हम देंगे, लेकिन महफ़िल

में, अभी नहीं।'' इसके बाद की बैठक में ही वे दरबारी कानड़े से शुरू हुए और क़ायदे माफिक बीस मिनट तक बहुत धैर्य और ठहराव से उन्होंने विस्तार किया और धीरे-धीरे बोल-बाँट पर आ गए। उस दिन उनके बोल-बाँट पर गमक तान वगैरह कुछ भी नहीं थे। उस दिन का पचास मिनट का दरबारी सुनकर देवधर साहब ने पूछा—''ख़ाँ साहब, आप इसी तरह रोज़ क्यों नहीं गाते ?'' जवाब में ख़ाँ साहब ने कहा—''आप जैसे श्रोता भी तो मुझे रोज़ नहीं मिलते। अगर मैं चैन से आलापचारी करूँ तो पब्लिक कहेगी कि 'क्या बात है ? गुलाम अली की तबीयत क्या नासाज़ है ?' वे तो हमसे तान सुनना चाहते हैं, सरगम सुनना चाहते हैं, पंजाबी हरकतें भी, उन्हें मैं कैसे नाउम्मीद करूँ।'' प्रोफेसर देवधर ने 'संगीत शिक्षा-कला बिहार पत्रिका, सन् 1949' के जून अंक में इस माजरे की चर्चा की है।

वामनराव देशपांडे ने अपनी किताब 'इंडियन म्यूज़िक ट्रेडीशन' में गुलाम अली को ही इस अन्याय के लिए जिम्मेदार ठहराया है। उनका कहना है कि पब्लिक टेस्ट के लिए जो कान्फ्रेंस करते हैं और जो आर्गनाइजेशन हैं, वे ही पूरे-पूरे जिम्मेदार हैं। पब्लिक को आप जो खिलाएँगे, थोड़े दिन बाद वो वही खाना चाहेगी। ख़ाँ साहब अगर रागदारी, राग के प्रकाश-विस्तार आदि बातों पर ध्यान न देकर अपनी आवाज़ के सर्कस से पब्लिक को खुश करना चाहते हैं तो दो दिन बाद वे उन गानों को छोड़कर क्या और कुछ सुनेगी ? और अगर बड़े गुलाम अली ख़ाँ साहब जैसे लोग इस तरह के बेहूदेपन को मदद देंगे तो यही फैशन बन जाएगा। फिर परम्परा और मार्ग संगीत का भविष्य क्या होगा ? निजी जीवन में वामनराव देशपांडे चार्टर्ड एकाउंटेंट थे और शौकिया गवैया भी। लेकिन उन्होंने काफी दिनों तक अब्दुल करीम ख़ाँ के बेटे सुरेश बाबू माने और बाद में अल्लादिया ख़ाँ के भतीजे और आखिर में मोघूबाई से तालीम हासिल की थी। इनकी दाल-रोटी गाने-बजाने के ऊपर नहीं थी, इसलिए देवधर साहब की तरह देशपांडे भी सही और साफ-साफ बात कहने में नहीं झिझकते थे।

मैं दिल से इन दोनों पंडितों से सहमत हूँ। हम हिन्दुस्तानी चाहे हिन्दू हों या मुसलमान, शास्त्र को मानकर ही आगे बढ़ते हैं। जहाँ पर शास्त्र नहीं है, वहाँ परम्परा या सिलसिला है और उनके भी कानून हैं। जहाँ परम्परा से ज़्यादा खफ़्द को ही बड़ा समझा जाता है, वहाँ गीता के अनुसार आर्ट की दुनिया में वर्णसंकर (हाईब्रिड) पैदा हो जाते हैं।

मौजुद्दीन ख़ाँ, अब्दुल करीम ख़ाँ, बड़े गुलाम अली ख़ाँ—ये सब लोग आम आर्टिस्टों के दर्जे में नहीं आते। ये लोग जीनियस की कैटेगरी में आते हैं। आज के दो-एक लोग पूछते हैं कि भारतीय संगीत में पहले कभी भी कोई रद्दोबदल हुआ है या नहीं ? मतलब कि क्या आज भी बदलाव नहीं आएगा ? मैं कहता हूँ—''अलबत्ता आएगा और ये ज़रूरी भी है। लेकिन इस रद्दोबदल का भी एक दायरा है। अगर हम उससे बाहर आ जाएँगे तो नुकसान ही होगा। इसी सिलसिले में टी.एस. इलियट का ट्रेडीशन एंड इंडिविजुअल टैलेंट नाम का मशहूर आर्टिकल याद आ रहा है।''

ट्रेडीशन में से ही बहुत लोगों ने ख़याल का ढाँचा बदल दिया है। उनमें से हैं अब्दुल करीम और वहीद ख़ाँ, फ़ैयाज़ ख़ाँ तथा और भी लोग। इनके बारे में सही जगह पर मैं बारीकी से लिखूँगा। ट्रेडीशन और हेरीटेज के दायरे में बाहर आने की कोशिश की है कुमार गन्धर्व और पंडित जसराज ने। बड़े गुलाम अली ख़ाँ साहब ने ऐसा कोई गुनाह नहीं किया था। उनकी समस्या बहुत ही मामूली थी। ख़याल का जो फार्म है, उन्होंने उससे कोई खेल नहीं किया। उन्हें जितनी तालीम मिली थी, उसके बाहर उन्होंने कभी पैर नहीं रखा। राग-रूप लेकर भी उन्होंने कभी इधर-उधर नहीं किया। उनकी समस्या थी उनकी काबिले-तारीफ़ आवाज़, संगीत-कौशल और आवाज़ घुमाने में उनकी दक्षता और दिमाग, जिनके वे खुद ही शिकार हो गए थे।

क्रिकेट से मैं दो मिसालें आपको पेश करता हूँ। पिछले ज़माने के बंगाल के निर्मल चटर्जी और भारत के ओपनिंग बैट्समैन मुश्ताक़ अली को याद कीजिए। इनकी क़ाबलियत खुदा की देन थी। मुश्ताक़ अली की तालीम भी ज़बर्दस्त थी। बदौलत महाराज कुमार विजयनगरम के इन्हें हब्स् सैटक्लीफ और सी.के. नायडू जैसे लोगों से तालीम हासिल हुई थी। इनका डिफेंस इतना तगड़ा था कि अगर वे तय कर लेते थे कि किसी तरह का रिस्क नहीं लेंगे तो उन्हें आउट करना तो बहुत ही मुश्किल था। यह साबित करने के लिए पेंटांगुलर में मुसलमानों की तरफ़ से उन्होंने हिन्दुओं के विरुद्ध साढ़े तीन घंटे में शायद उन्तालीस या और कुछ रन बनाए थे। लेकिन उन्हें स्ट्रोक प्ले इतना ही अच्छा लगता था कि वे टेस्ट मैच में पहले ओवर में ही चौका न लगा पाते तो उनकी शान में कमी आ जाती थी। ऑफ बॉल वे बराबर कायदे से legside में घुमाते थे और तैयार फार्म में होते तो फील्ड सेट कर उन्हें बॉल देना मुश्किल ही हो जाता था। डेनिस ड्रोम्प्टन और किथ मिलर जैसे लोगों ने आस्ट्रेलिया सर्विसेज़ के विरुद्ध मुश्ताक़ अली का खेल देखकर कहा था कि ऐसा ज़बर्दस्त बल्लेबाज उन्होंने अपनी ज़िन्दगी में आज तक नहीं देखा। यह कहना बेकार है कि इसका नतीजा हर वक़्त अच्छा नहीं होता था। मतलब यह है कि एक ही साथ टेम्परामेंट और पब्लिक को भी खुश करना। बड़े गुलाम अली जैसे लोग भी असाधारण कौशल या वर्चुऑसिटी के शिकार हुए थे। जो लोग आसानी से बहुत पैसे का रोज़गार कर सकते हैं, उनकी ज़िन्दगी लीक से हट ही सकती है। संगीत में भी यह बात लागू है। गुलाम अली ख़ाँ अपनी आवाज़ को इस्तेमाल नहीं करते थे, आवाज़ ही उन्हें गवाती थी।

देवधर साहब का लेख पढ़ने के बहुत पहले एक दिन सुबह सिर्फ़ स्वरमंडल लिए गुलाम अली ख़ाँ ने मुझे पैंतीस मिनट तक तोड़ी का आलाप सुनाया था। आखिर में वे जोड़ गाते-गाते तान पर चले गए थे। मैंने उनसे पूछा था—"ख़ाँ साहब, मैंने सुना था कि आपने ध्रुपद-धमार का आलापचारी कभी किसी से सीखा नहीं। फिर भी इतने ठहराव, इतनी अलग-अलग ढंग से राग के रास्ते कैसे खोल सकते हैं ? महफ़िल में ऐसे क्यों नहीं गाते ?" जवाब में उन्होंने कहा था—"क्या आप शिकारी बाज को कबूतर बनाना चाहते हैं ?" गुलाम अली ख़ाँ के वारिस अगर इस बात को याद रखें तो बड़ी इनायत होगी।

उनमें से सभी बाज पक्षी नहीं हैं और सबको शिकार की तालीम भी नहीं मिली है।

ख़ाँ साहब की समझ में बढ़िया देसी घी, दूध, पिस्ता, बादाम और मांस, अंडा बराबर और काफी मात्रा में न खाने से गाना नहीं गाया जा सकता। इस घराने के बिल्कुल सही शागिर्द, बेमिसाल और सुरीली आवाज़ के मालिक और महफ़िल को एकदम से जमा देने की ताक़त जिसमें है, सुना है, दादा-गुरुओं की नसीहतों को मानकर उन्होंने भी घर में गाय पाल रखी है और गायकी के साथ-साथ 'कसूर' घराने के लायक अपनी सेहत भी बना ली है। खैर, उसे छोड़िए ! अमिय सान्याल की किताब में पढ़ा था कि काले ख़ाँ करीब बीस पूरियाँ, गोश्त, दही, रबड़ी और मिठाई खाकर नाटौर की राजबाड़ी में गाने बैठते थे। गुलाम अली ख़ाँ भी भरपूर नाश्ता कर महफ़िल में बैठते थे। खाली पेट, भर-पेट, जुकाम, ख़ाँसी, बुखार किसी से भी उनके गाने में कोई फ़र्क़ नहीं पड़ता था। कहते थे कि इसकी वजह थी दम-भर रियाज़ और सबसे बढ़िया खाना। पचास के दशक में वे कलकत्ता में बालीगंज में हमारे पिता के मकान की उल्टी तरफ़ मशहूर और अमीर सन्तोष बनर्जी के घर ठहरते थे। एक बार लुधियाना का घी खत्म होने पर उन्होंने अपना सामान, यानी पेटियाँ-बिस्तर वगैरह बाँधने का हुक्म दिया। घर के मालिक दौड़कर आए और कान्फ्रेंस के आर्गनाइजर्स भी। लेकिन ख़ाँ साहब अपने इरादे पर डटे रहे कि वे दूसरे ही दिन लौट जाएँगे। असली घी के बिना कलकत्ता में एक भी दिन वे ठहर नहीं सकते। बाज़ार से कनस्तर-पर-कनस्तर बहुत ही कीमती घी लाया गया। लेकिन घी की शक्ल देखकर ही उन्होंने सारे खारिज कर दिए। उसके बाद बड़ी मिन्नतें करके और हाथ-पाँव जोड़कर उनसे दो दिन की मोहलत माँगी गयी और लुधियाना से घी मँगवाया गया। तब जाकर ख़ाँ साहब का गाने का मिजाज़ आया। ऐसे ही एक बार दिल्ली में भारतीय कला केन्द्र के कान्फ्रेंस में ख़ाँ साहब संगीत-नाटक अकादमी की प्रथम सेक्रेटरी निर्मला जोशी के मकान पर ठहरे थे। बहुत क़ायदे से पूड़ी, पराँठे, लौकी, भिंडी, तुरई आदि के बने बहुत ही स्वादिष्ट भोजन उनके सामने ज्यों ही परोसे गए, उन्होंने सारा-का-सारा खाना फेंक दिया और कहा—“ये खाना और ये गाना ? क्या सोच लिया तुम लोगों ने ?”

ऐसे इन्सान के लिए एक कट्टर मद्रासी ब्राह्मण के घर ठहरना कितना भयानक हो सकता है, यह आप ज़रा सोचकर देखिए ! यह वाक़या है दिसम्बर सन् 1951 का। सर्वकालीन कर्नाटकी संगीत के श्रेष्ठ गवैयों में जी.एन. बालसुब्रह्मण्यम का नाम है। इसके अलावा वे अंग्रेजी में एम.ए. और मद्रास अकादमी के प्रेसिडेंट भी थे। उन्होंने ही गुलाम अली ख़ाँ को अपने घर में ठहरने का निमन्त्रण दिया था। उनकी पत्नी ने कहा था कि इस मकान में अगर मछली-मांस घुसेगा तो हम गले में फाँसी लगा लेंगे। हालाँकि आऊट हाउस में ख़ाँ साहब के रहने के लिए अलग से बन्दोबस्त हुआ था, फिर भी मकान का मतलब तो चारदीवारी से भी हो सकता है। इसलिए बड़े गुलाम अली के लिए अलग मकान किराए पर लेना पड़ा। उस दफ़ा वे तीन महीने मद्रास ठहरे थे और हफ्ते में उनके बराबर दो-तीन प्रोग्राम्स होते थे। कर्नाटकी संगीत के श्रोता, अगर तान और सरगम मिल

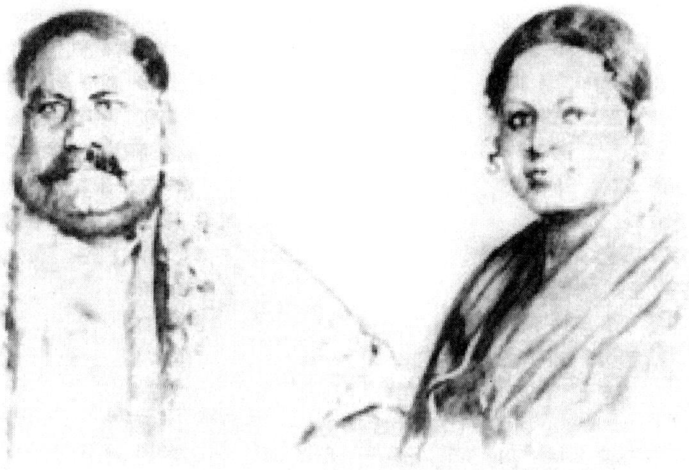

**उस्ताद बड़े गुलाम अली ख़ाँ और श्रीमती शुभलक्ष्मी**

जाए, तो और कुछ नहीं चाहते थे। हमारे जैसे राग-रूप को बनाए रखने का इतना सिरदर्द उनको नहीं था। आरोही-अवरोही लेकर इच्छा हो जैसी, दाएँ-बाएँ सिर हिलाकर स्वर-विन्यास यानी परमूटेशन कर सकते हैं। इसलिए सारा मद्रास गुलाम अली ख़ाँ के सरगम और पलटे सुनकर पागल हो गया था। उसके पहले वैसी आवाज़ उन्होंने कभी नहीं सुनी थी, क्योंकि कर्नाटक गवैयों में मधुर आवाज़ कम ही सुनाई पड़ती है। मद्रास अकादमी के जलसे के बाद जी.एन. बालसुब्रह्मण्यम ने यह कहकर कि 'यू आर दी ग्रेटेस्ट' उनके पैर छुए थे। इस पर मयलापुर का कट्टर ब्राह्मण समाज बहुत नाराज़ हो गया था। जब जी.एन.बी. ने कहा था—"कलाकार की कोई जाति नहीं होती। गुलाम अली ख़ाँ साहब मुसलमान ज़रूर हैं, लेकिन उनके कंठ में सरस्वती बैठी है। मैंने उन्हीं को प्रणाम किया है।"

बड़े गुलाम अली ख़ाँ के सबसे कट्टर समालोचक भी उनकी ठुमरी और दादरा सुनकर चुप हो जाते थे। दिल्ली और पंजाब के श्रोताओं को तो मैंने खुशी से मन्त्रमुग्ध होते देखा है। मैं समझता हूँ कि पंजाबी ठुमरी के बारे में दो-एक बात करना ज़रूरी ही है। इस ठुमरी में ठहरान तो होता ही नहीं, बल्कि पेंचीली हरकतों से भरी होती हैं। हमारे मार्ग संगीत में क्रोमैटिक नोट्स का व्यवहार मना है। इसी वजह से मियाँ मल्हार में नि॒ नि नहीं है, नि॒ ध नि है। ललित और बिहाग में म॑ ग म, रामकली में म॑ प म प, जोग में ग म ग॒ स—कहीं भी आपस में तीव्र और कोमल स्वर जोड़कर नहीं होता। शायद पंजाब में इस जोड़ स्वर का व्यवहार मध्य एशिया और ईरानी संगीत से आया है। इसके अलावा उस दायरे के देहाती गानों में भी इसकी सुर्खियाँ मिलती हैं। गुलाम अली ख़ाँ पंजाबी श्रोताओं को खुश करने के लिए गले से हर क़िस्म के कमाल पेश करते थे। लेकिन उनके

भगतों ने उनकी नक़ल कर उनके करतब का सत्यानाश कर दिया। मुनव्वर अली का कहना है कि पंजाब में ठुमरी कभी नहीं थी, पूरब से ही गई थी। गुलाम अली ख़ाँ साहब और उनके भाई बरकत अली ख़ाँ ने उनमें तनिक हेर-फेर किया था। अगर चाहते तो पूरे पूरब में मनमोहन ठुमरी गा सकते थे। 'दरबारी' नाम की एक हिन्दुस्तान रोड की संस्था के सर्किल में मैं पत्नी के साथ मौजूद था। वहाँ ख़ाँ साहब के शागिर्द 'सदारंग' के कालीदास सान्याल और हम लोगों के सिवा गुलाम अली ख़ाँ के जाने-पहचानों में और कोई नहीं था। हम लोगों के कहने पर उस शाम उन्होंने पूरब अंग में तरह-तरह के लचाव ठुमरी सुनाई थी, जो लाजवाब थीं। उनके रिकार्ड प्रेम मगन जियरा, कंकर मार जगाये, सइयाँ बोलो—ये सब सुनकर ही पता चल सकता है कि बिना हरकत के ठंडे मिजाज़ की ठुमरी भी इतनी बढ़िया वे गा सकते थे।

एक बार मैंने अमीर ख़ाँ से सवाल किया था—"आप महफ़िल में कभी ठुमरी क्यों नहीं गाते हैं ? हालाँकि घर पर बैठकर आप बहुत दिल खोलकर गा रहे थे।" तो जवाब में उन्होंने कहा था—"ऐसा नहीं कि कभी सोचा नहीं, मगर गुलाम अली से अच्छा तो गा नहीं सकते हैं, इसलिए कोशिश ही नहीं की।" इसके बाद तो फिर कहने की कोई गुंजाइश ही नहीं रहती।

*ग्यारहवाँ अध्याय*

# आगरा घराना

आगरा, मतलब ताजमहल और फ़तेहपुर सीकरी। हम लोगों के बाप-दादों के ज़माने में आगरा घराना के माने ही थे ज़ोहरा बाई और फ़ैयाज़ ख़ाँ। एक ज़ोहरा बाई को छोड़कर मैंने बड़े गुलाम अली को उनके घराने के बाहर किसी और की तारीफ़ करते हुए नहीं सुना था। फ़ैयाज़ ख़ाँ इनकी बेहद तारीफ़ करते थे। और दिलीपचन्द्र वेदी संगीत रिसर्च अकादमी के एक साक्षात्कार में तो इनकी बात करते-करते रो ही पड़े थे। ज़ोहरा बाई के ढाई मिनट में गाए हुए रिकार्ड में केदारा, यमन कल्याण, गौड़ सारंग, जौनपुरी आदि मैंने एक दिन रेडियो की जानी-मानी कलाकार, बंगलोर की ललिता उभयकर को सुनाया था। वे अफ़सोस करने लगीं और कहा कि "ज़िन्दगी के तीन बटे चार हिस्से तो कट ही गए और मैंने अभी तक स्वर ही लगाना नहीं सीखा।" दिलीपचन्द्र वेदी का कहना था कि उनके ज़माने में ज़ोहरा बाई, औरतों में सबसे अच्छा ख़याल गाती थीं। फ़ैयाज़ ख़ाँ के बारे में भी उनका वही कहना था। भास्कर बुआ के बाद अगर कोई उस्ताद बना है तो वो है फ़ैयाज़ ख़ाँ। उनके जैसा चौमुखी गाना और किसी ने नहीं गाया। सारे हिन्दुस्तान में उनका ख़याल ही में नाम था, लेकिन उन्होंने भैरवी में ठुमरी सुनाकर सिर्फ़ एक बार ही नहीं, बल्कि कई बार सुननेवालों की आँखें नम कर दी थीं। उनका आलाप तो लाजवाब ही था और जब ध्रुपद-धमार गाते थे तो ऐसा लगता था कि ज़िन्दगी-भर वे सिर्फ़ यही काम करते आए हैं। और फिर तिस पर वे ठुमरी, दादरा और ग़ज़ल के भी उस्ताद हैं यह यकीन ही नहीं होता था।

फ़ैयाज़ ख़ाँ के बारे में जितने मुँह, उतनी बातें थीं। तरह-तरह की अफ़वाहें जिन्हें सुनकर जातक कथा में अन्धे श्रमणों की हाथी देखने की कहानी याद आ गई। एक ने हाथी की सूँड छूकर कहा—"हाथी का चेहरा अजगर साँप जैसा है।" एक ने उसके पैर पर हाथ रखकर सोचा—'हाथी का ढाँचा खम्भा जैसा है।' किसी और ने उसकी दुम पकड़कर कहा—"इस जानवर का चेहरा रस्सी जैसा है।" चूँकि ये अंधे थे, इस वजह से हाथी के पूरे शरीर के बारे में किसी को पूरा अन्दाज़ ही नहीं हो पाया। उस्ताद हाफ़िज़ अली ख़ाँ ने मुझसे कहा था—"चाहे ख़याल हो या ठुमरी, बेहतरीन बोल बनाने की उनकी

जो एक ख़ास अदा थी, हाय-हाय, हिन्दुस्तान-भर में किसी गवैए में मैंने ऐसा नहीं पाया।'' सितार बजानेवाले मिंटू बाबू, फ़ैयाज़ ख़ाँ को 'छन्दों के बादशाह' कहते थे। और उस्ताद विलायत ख़ाँ कहते थे कि फ़ैयाज़ ख़ाँ का नाम लेते ही याद आती हैं उनकी बुलन्द आवाज़ में पा नि स गं, प गं रें सं, नि ध प म ग रे स आदि से गरजती हुई हलकदार सपाट तानें। उनका कहना है कि उनकी ज़िन्दगी पर सबसे ज़्यादा असर पड़ा था उनके वालिद इनायत ख़ाँ, अब्दुल करीम और फ़ैयाज़ ख़ाँ के संगीत का। (Telegraph magazine 31.12.92) पंडित रविशंकर जी ने हम लोगों से फ़ैयाज़ ख़ाँ के भाव और एक्सप्रेशन की काबलियत की तारीफ़ की थी। अमीर ख़ाँ बहुत थोड़ी ही अंग्रेजी जानते थे, लेकिन फ़ैयाज़ ख़ाँ के गाने का जब भी ज़िक्र आता तो वे 'मैजेस्टिक' शब्द का जरूर इस्तेमाल करते थे। हमारे पिताजी उनके गाने का सब कुछ पसन्द करते थे, लेकिन सबसे ज़्यादा तारीफ़ करते थे उनके 'राग विकास' और आलाप में ठहराव की कला की। ऐसा लगता था कि आँखों के सामने एक लाल पत्थर का किला धीरे-धीरे बनता चला जा रहा है और फ़तेहपुर सीकरी के बुलन्द दरवाजे जैसा उसका वजूद आसमान को चूम रहा हो। उस्ताद अहमद जान थिरकवा फ़ैयाज़ ख़ाँ को 'महफ़िल के बादशाह' कहते थे। उन्होंने मुझसे कहा था—''गवैए तो बहुत हुए हैं और फ़ैयाज़ ख़ाँ साहब से भी मुश्किल गाने बहुतों ने गाए हैं, मगर आज तक किसी ने अपना माल इस तरह नहीं बेचा।'' हमारे संगीत रिसर्च अकादमी के सुनील दा (बोस) ने ख़ाँ साहब के गाने लखनऊ में बहुत सुने हैं। सिर्फ़ उन्होंने ही उनके गाने के पूरे नक्शे के बारे में एक बहुत ही खरी बात कही थी। उन्होंने कहा था—''और पाँच उस्तादों के गाने सुनकर कभी-कभी लगता था कि क्या गज़ब का स्वरों का खेल था। और किसी-किसी के बारे में लोग कहते—भई वाह, आज क्या कमाल की धुआँधार तानें और सरगम की उन्होंने। किसी को लय का अन्दाज़, बोल-बाँट और लयकारी ही याद रहती। बाकी और कोई भी छाप याद नहीं रहती। फ़ैयाज़ ख़ाँ को सुनकर लौटते वक़्त बार-बार हम यह सोचते कि 'अय हय आज हमने क्या गाना सुना।' गाना सुनने गए थे, और गाना ही सुनकर लौटे हैं। मतलब गाने के टुकड़े नहीं, बल्कि सच्चा खालिस गाना यानी संगीत।' वी.जी. जोग से सामना होते ही ख़ाँ साहब बराबर पूछते थे—'कहाँ है भई तुम्हारा फिडल, लाके बैठो हमारे साथ।' अभी तक जोग साहब कहते हैं—'तीन-चार दिनों तक गाने का नशा नहीं उतरता था। किसी और को सुनने के बाद ऐसा कभी नहीं हुआ।' राधिका मोहन मैत्र के विचार बड़े पक्के होते थे। वे किसी और उस्ताद से ख़ाँ साहब की बराबरी करना पसन्द नहीं करते थे। एक दफ़ा ख़ाँ साहब ने एक सौ दो बुखार के बावजूद Albert Hall (अभी के कॉलेज स्ट्रीटवाले Coffee House) में केदारा गाया था। तब उन्होंने कहा था—''गाना खत्म होने के बाद और कोई इम्प्रेशन नहीं रहा, सिर्फ़ ऐसा लग रहा था कि दरवाज़ा-खिड़की-छत फोड़कर उनके 'केदार का मध्यम' निकल रहा है।'' राधू बाबू के साथ मेरे पिताजी भी थे। उन्होंने कहीं लिखा है कि उन्होंने ज़िन्दगी में सिर्फ़ चार दफ़े केदार के 'धैवत', 'पंचम', 'मध्यम' का मीड़ सुना है। उनमें से एक बार अल्लाबन्दे ज़कीरुद्दीन

नसीरुद्दीन ख़ाँ की आवाज़ में, फिर ज़ोहरा बाई के रिकार्ड में, फिर मम्मन ख़ाँ साहब की 'सारंगी' में और आखिर में Albert Hall में फ़ैयाज़ ख़ाँ की आवाज़ में।

इस ज़माने के गवैयों-बजैयों ने उनको सुना ही नहीं है। उनके इलेक्ट्रानिक ज़माने के पहले के रिकार्ड सुने हैं, जिसमें ख़ाँ साहब को माइक्रोफोन से करीबन दो-ढाई हाथ दूर बिठाया जाता था। इससे नजदीक बिठाने से माइक्रोफोन में उनकी आवाज़ के वज़न और जवारी में काफी Distortion हो जाता था। या फिर उन्होंने ख़ाँ साहब की आखिरी उम्र की All India Radio की भरी हुई सड़ियल रिकार्डिंग ही सुनी होगी। उस समय ख़ाँ साहब के टी.बी. से दोनों फेफड़े छलनी हो चुके थे और मुँह से खून भी आता था। पीकदान सामने रखकर बड़ौदा के स्टेशन डाइरेक्टर स्वर्गीय सुनील बसु ने कई घंटों के गाने Presto disc में भरवा लिये थे। शायद ऐसा न करने से ही अच्छा होता, चूँकि इनमें इनकी आवाज़ थी, पर गाने का अन्दाज़ तो कतई नहीं मिलता, बल्कि सिर्फ़ थोड़ी-सी परछाईं-सी ही महसूस होती है। हमारे-जैसे पुराने लोगों के लिए इनकी कीमत जरूर है, लेकिन इस ज़माने के लोग इससे ख़ाँ साहब के गानों को कोई ख़ास अहमियत नहीं देते। जो ख़ाँ साहब के गानों के प्रेमी नहीं हैं उनमें दो-एक पंडित भी शामिल हैं। लेकिन ऐसा नहीं लगता कि पांडित्य के साथ रुचि का भी कोई गहरा सम्बन्ध है।

जवानी में पिताजी के साथ मेरे ख़यालात मिलते नहीं थे और इसीलिए तर्क-वितर्क हो जाया करते थे। कारण, जवानी सभी की ज़िन्दगी में बग़ावत लेकर आती है। अब देखता हूँ कि कुछ-कुछ ख़याल मिलते हैं। देश-विदेशों में धूर्जटिप्रसाद को लोग समाज-सुधारक और अर्थनीतिविद् की हैसियत से जानते हैं। उनके छात्रों ने उन्हें अध्यापक और चिन्तन-मनन के गुरु के रूप में माना है। और फिर बंगाल में लोग उन्हें साहित्यिक और संगीत के समालोचक के हिसाब से जानते हैं। वे कहते थे कि बंगला, अंग्रेजी मिलाकर "मैंने उन्नीस किताबें लिखी हैं। उम्मीद है, मुझे कोई पंडित नहीं कहेगा। प्रमथ चौधुरी जैसे I would prefer to be remembered as a man of culture" मैं भी मानता हूँ taste has more to do with culture than scholarship और यह कहना न होगा कि उसका प्रकाश हर चीज़ में होता है जैसे किताबें पढ़ना, बातचीत, खाना, सोना, घर-द्वार सभी में है, सिर्फ़ गाने-बजाने में ही नहीं। इसीलिए जिस पांडित्य यानी इल्म में रुचि या पहचान नहीं है, उससे हम काफी डरते हैं। और फिर शारीरिक-मानसिक आनन्द को खुराकवाली रुचि तो बड़ी मेहनत से, काफ़ी कुछ ले-देकर ही हासिल की जा सकती है। सारी उम्र। ताज्जुब होता है जब प्रचलित प्रथा के हिसाब से अनपढ़ होते हुए भी फ़ैयाज़ ख़ाँ के गाने में इतनी रुचि और परिमिति बोध मिलते हैं।

आगरा घराने के जो पुश्तैनी ख़ाके उस्ताद विलायत हुसैन ख़ाँ और उनकी योग्य सन्तान यूनुस हुसैन ख़ाँ ने तैयार किए हैं, उनसे तो यही साफ ज़ाहिर होता है कि उम्र के लिहाज से आगरा ही सबसे पुराना घराना है। खादिम हुसैन पर जयवन्त राव की लिखी किताब में ज़िक्र मिलता है कि इस घराने की और नौहरबानी की शुरुआत की थी देवगिरि के राजगायक नायक गोपाल ने, जिन्हें अमीर खुसरो तर्क में हराकर

अलाउद्दीन खिलजी के समय दिल्ली ले आए थे। इस घराने में पहला मुसलमान नाम मिलता है तानसेन के समसामयिक हाजी सुजान ख़ाँ का। कहा जाता है कि 'दीपक राग' गाकर ये दिए जला देते थे और चमकी गन्धक का खर्चा बचाते थे। सम्राट अकबर ने इन्हें 'दीपक ज्योति' की उपाधि दी थी। एक ध्रुपद में इसका ज़िक्र है। किसी और क़िस्से में ऐसा कहा गया है कि तानसेन ने खुद ही 'दीपक राग' गाकर पहले तो अपने आसपास आग लगा दी और फिर उनका बदन भी जलने लगा। उनकी बेटी पास ही में थीं। जल्दी से उन्होंने 'मेघ मल्हार' गाकर बरसात की झड़ी लगा दी और इस तरह अपने पिता के प्राण बचा लिये। रतन जनकर जी ने प्राचीन पुस्तकों से सुधार कर जिस गाने की दीपक राग में रचना की थी, उसका चेहरा कुछ-कुछ झिंझौटी और बिहाग से मिलता है। मक्का-मदीने की सैर करके जोग राग में, हाजी सुजान ख़ाँ ने जो मशहूर ध्रुपद 'प्रथम मन अल्लाह' जैसी चीज़ बनाई थी, वह आगरा घरानेवाले अभी हाल तक भी गाते रहे हैं। हालाँकि यह राग काफी पुराना है, फिर भी उस्ताद महबूब ख़ाँ 'दरस पिया' ने ही सबसे पहले इसमें ख़याल की बन्दिश बनाई। इसमें दो निषाद लगते हैं, एक नहीं।

हाजी साहब को अकबर ने गोंडपुर नामक एक गाँव जागीर के तौर पर दे दिया। वहाँ सिपाही विद्रोह तक इनके बाल-बच्चे आराम से रहे। इनमें औरंगज़ेब के समसामयिक मियाँ सरस रंग और मुहम्मद शाह रंगीले के वक़्त के मियाँ श्याम रंग का ज़िक्र मिलता है। श्याम रंग की रची हुई बन्दिश 'आए बदरा कारे-कारे' बिरजू का महला राग में (जो अभी चालू नहीं है) थी, जो आगरा घराने के बम्बई निवासी उस्ताद खादिम हुसैन ख़ाँ को (मृत्यु 11 जनवरी, 1993) याद थी, लेकिन सिर्फ़ आधी।

मियाँ श्याम रंग (कैयूम ख़ाँ) के ही बेटे थे घग्गे खुदाबख़्श। इन्हीं से आज के आगरा घराने की ख़याल गायकी की शुरुआत हुई। इनके बारे में मैं पहले ही लिख चुका हूँ। इन चारों भाइयों को ध्रुपद, धमार और आलापचारी की बहुत ज़बर्दस्त तालीम मिली थी। खुदाबख़्श की आवाज़ इतनी खुरदरी थी कि उनके भाई उन्हें (घग्गे) कहकर पुकारते थे। इनका ताना और मज़ाक जब और बर्दाश्त नहीं हुआ तो एक दिन इन्होंने अपना बोरियाबिस्तर बाँधा और पैदल ही चल पड़े। चम्बल-यमुना के जंगलों और डाकुओं के इलाके को पारकर ग्वालियर के नत्थन पीरबख़्श के यहाँ हाज़िर हो गए। वहाँ पर बहुत दिनों तक उस्ताद ने इन्हें स्वरों पर रियाज़ करवाया इससे इनकी आवाज़ इतनी सुरीली हो गई कि नत्थन पीरबख्श खुद ही हैरान रह गए। एक-आध दिन नहीं, पूरे चौदह साल इनको ग्वालियर ख़याल की तालीम हासिल हुई और आगरा लौटकर ध्रुपदी कायदे से ख़याल की गायकी सुनाकर उन्होंने सबको मोहित कर दिया। इनकी गायकी और सुरीली आवाज़ की तारीफ़ चारों ओर फैल गई और जयपुर के सवाई रामसिंह के दरबार में इनकी नौकरी लग गई। वहाँ पर उस्तादों की भरमार थी। महाराजा के अपने गुरु वीणावादक रज्जब अली जयपुरवाले, तानसेन के ख़ानदान के वीणाकार इमरत सेन, सदरुद्दीन ख़ाँ दिल्लीवाले और डागरों के पूर्वज उस्ताद बहरम ख़ाँ, इन सबने जयपुर की सभा को अपने फन से रौशन कर रखा था। सभी लोग कहते थे कि इल्म या

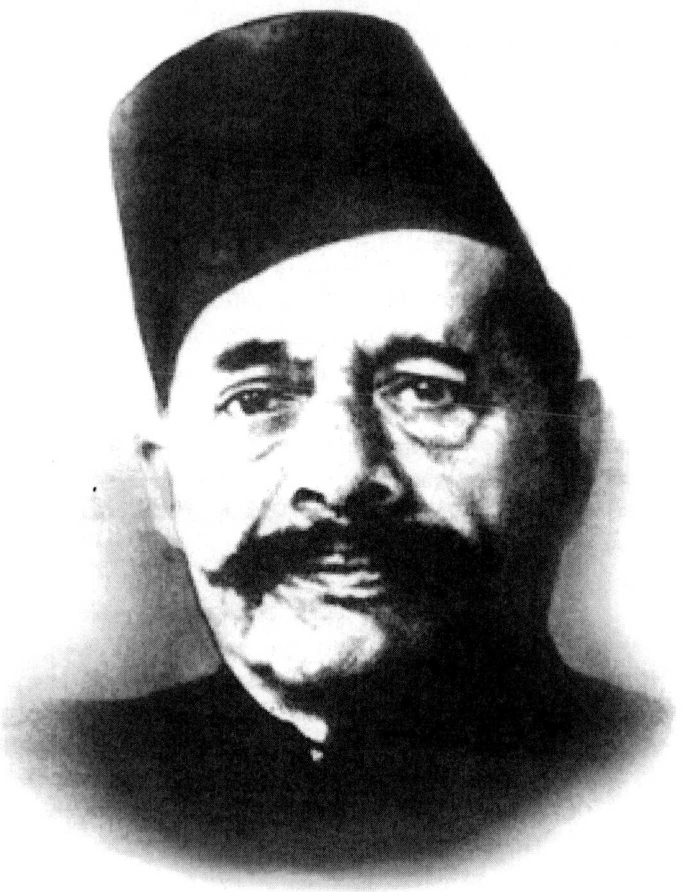

**आफ़ताब-एमौसीक़ी उस्ताद फ़ैयाज़ ख़ाँ**

शास्त्रीय सौन्दर्य और ज्ञान में बहरम ख़ाँ सबसे अव्वल थे और स्वर तथा कंठ की तासीर में खुदाबख्श सबसे आगे थे। फिर भी घग्गे का नाम घग्गे ही रहा, मिटा नहीं। इसी जयपुर में खुदाबख्श और बहरम ख़ाँ में बहुत ही गहरी दोस्ती हो गई। हमारे प्रांत में जैसे लड़कियाँ अपनी सहेलियाँ बनाती थीं, जैसे एक ही नाम से एक दूसरे को पुकारती थीं, ठीक वैसे ही इन्होंने आपस में टोपी बदल ली और टोपी-बदल भाई बन गए।

भातखंडेजी की कोशिश से सन् 1920 में महाराजा बड़ौदा की मदद से हिन्दुस्तान के सबसे पहले ग्रैंड कान्फ्रेंस में उस्ताद अल्लाबन्दे और भाई ज़ाकिरुद्दीन ख़ाँ ने

आलापचारी करते हुए श्रोता और गुणीजनों के लिए कहा—"राग आलाप अब सिर्फ़ हमारे ख़ानदान में है और इसके बाद हिन्दुस्तान में ये सब नहीं रहेंगे।" तीसरे दिन फ़ैयाज़ ख़ाँ का गाना था। उन्होंने एक घंटा दरबारी में नोम-तोम का आलाप किया था और फिर उसके बाद धमार और ख़याल गाया था। उस्ताद अल्लाबन्दे ख़ाँ ने dais पर चढ़कर फ़ैयाज़ ख़ाँ को बाँहों में भर लिया और कहा—"मैंने जो कहा था कि हमारे ख़ानदान के बाहर आलापचारी नहीं है लेकिन उस समय भी तुम मुझे याद थे। तुम तो हमारे परिवार के ही हो। तुम तो हमारे ही हो।" यह वही टोपी-बदल वाक़या का ज़िक्र है।

खुदाबख़्श ने आगरा घराने की अपनी तालीम बड़ी मेहनत से दी थी अपने भतीजे शेर ख़ाँ और अपने दोनों बेटों गुलाम अब्बास ख़ाँ और कल्लन ख़ाँ को। शेर ख़ाँ की एकमात्र औलाद और शिष्य जो दर हक़ीकत शेर की औलाद यानी बाघ के बच्चे थे—नत्थन ख़ाँ। जैसे बालकृष्ण बुआ इछल करंजीकर ने हद्दू ख़ाँ की ग्वालियर गायकी का प्रसार महाराष्ट्र में किया था, वैसे ही शेर ख़ाँ और नत्थन ख़ाँ ने भी मुम्बई में आगरे के झंडे गाड़े। इनका Head Quarter था ग्वालियर टैंक, जहाँ विलायत हुसैन ख़ाँ, अनवर हुसैन, खादिम हुसैन ख़ाँ पुश्त-दर-पुश्त मराठों को तालीम देते आए हैं। जब ये लोग बाबुलनाथ में रहते थे, तब उस्ताद अल्लादिया ख़ाँ भी काफी दिनों तक इनके साथ रहे थे।

कल्लन ख़ाँ के पुत्र एवं शिष्य तसद्दुक हुसैन ख़ाँ (विनोद पिया) थे और गुलाम अब्बास ख़ाँ के पोते एवं ख़ास शिष्य फ़ैयाज़ ख़ाँ थे। घग्गे खुदाबख़्श के अन्य शागिर्दों में दो-चार जनों के नाम मिलते हैं, जैसे अलीबख़्श ख़ाँ भरतपुरवाले, जयपुर के दीवान साहब, पंडित शिवदीन और पंडित विश्वम्भर नाथ। इन्होंने ही आलिया-फत्तू को आईना दिखाया था।

शादियों के रिश्तों को छोड़कर आगरा घराना किस तरह से अतरौली गया, उसकी सबसे बड़ी मिसाल है मुंशी गुलाम हुसैन। इन्होंने अतरौली के बहुत-से उस्तादों को तैयार किया है। जैवन्त राव की पत्नी ललित राव ने खादिम हुसैन ख़ाँ से काफी तालीम पाई थी। जैवन्त राव ने 'सजन पिया' नामक खादिम हुसैन की जीवनी में एक ख़ास वाक़्ये का ज़िक्र किया है। जब उस्ताद अल्लादिया ख़ाँ इस परिवार में मेहमान बनकर आए, तब खादिम हुसैन की उम्र कम थी। उन्होंने एक दिन अल्लादियाँ ख़ाँ को बचकानी मौज में मिन्नत के साथ कहा—"दादा जी अपने इल्म, अपनी विद्या का थोड़ा-सा टुकड़ा मुझे दे दीजिए। मैं धन्य हो जाऊँगा।" उसी दम अल्लादिया ख़ाँ खड़े हो गए और दोनों कानों पर हाथ रखकर कुछ बड़बड़ाने लगे। फिर बोले—"बेटे, मेरे पास जो कुछ भी है तुम्हारा ही तो है सब। तुम्हारा तो पूरा हक़ है। तुम नहीं लोगे तो और कौन लेगा ?" खादिम हुसैन उनका बर्ताव देखकर घबरा-से गए और बोले—"दादाजी, मुझे माफ कीजिए। अगर मैंने गलती से कोई नाजायज बात कर दी हो तो आप नाराज़ मत होइएगा।"

"नहीं, बेटा," अल्लादिया ख़ाँ ने कहा—"दरअसल तेरा ही तो सच्चा हक़ है। सबसे पहले जिन्होंने मुझे गाना सिखाया, वे तेरे परदादा के छोटे भाई मुंशी गुलाम हुसैन थे जो आगरा के घग्गे खुदाबख़्श के शागिर्द तो थे। उन्होंने ही सबसे पहले मेरे कन्धों पर तानपूरा चढ़ाया था।" इतना

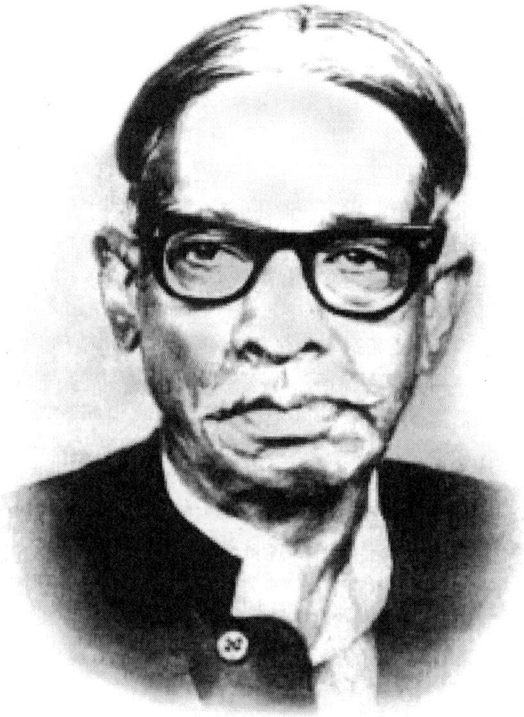

**उस्ताद खादिम हुसैन ख़ाँ**

कहकर उन्होंने खादिम हुसैन को एक से कहीं ज़्यादा रागों और बन्दिशों की तालीम दी—श्री का धमार, शुद्ध कल्याण, धनाश्री सावनी तथा और भी बहुत कुछ।

ख़ाँ साहब के शागिर्द लोग भी आगरा-अतरौली से तालीम लेने में झिझके नहीं। जैसे केसरबाई ने भास्कर बुआ से, मोघूबाई ने विलायत हुसैन से, किशोरी अमोनकर ने खादिम हुसैन के भाई अनवर हुसैन से। उन दिनों के उस्ताद इन बातों को बहुत मानते थे और बहुत ही ईमानदार थे। मुझे याद है, एक बार मुश्ताक़ हुसैन ख़ाँ महिषादल की राजबाड़ी के Out house में अता हुसैन के पास ठहरे। उनके कमरे में सिर्फ़ एक चारपाई थी। मुश्ताक़ हुसैन और अता हुसैन में इस बात पर बहस छिड़ गई कि कौन ज़मीन पर सोएगा और कौन चारपाई पर। मुश्ताक़ हुसैन ख़ाँ उम्र में थे बड़े, लेकिन अता हुसैन ख़ाँ महबूब ख़ाँ, यानी दरस पिया के बेटे ठहरे। जरूर छोटे ममेरे भाई हो सकते हैं, लेकिन खलीफा तो थे ही, क्योंकि मामा ने मुश्ताक़ हुसैन को बचपन में तालीम दी थी। आख़िरकार राजबाड़ी से एक खाट आई और उस्ताद के ईमान की रक्षा हुई।

घग्गे खुदाबख्श ने तालीम दी थी अपने बड़े भाई के बेटे शेर ख़ाँ को और अपने

खुद के बेटे गुलाम अब्बास और कल्लन ख़ाँ को। जयपुर में अपने वालिद के इन्तकाल के बाद कल्लन ख़ाँ वहाँ के दरबार की नौकरी में लग गए। गुलाम अब्बास ख़ाँ आगरा छोड़कर नहीं गए। उनकी दो बेटियाँ थीं। बेटा नहीं था। बड़ी लड़की अब्बासी बेगम की शादी हुई उस्ताद सफ़दर ख़ाँ के साथ, जो सिकन्द्रा के रंगीला घराने के उस्ताद थे और छोटी बिटिया कादरी बेगम की शादी हुई गुलाम रसूल ख़ाँ के वालिद मथुरा के काले ख़ाँ (सरस पिया) के साथ। अब्बासी बेग़म की एक ही औलाद फ़ैयाज़ ख़ाँ के पैदा होने के पहले ही सफ़दर ख़ाँ चल बसे थे। इस हादसे को एक अपसगुन मानकर ससुरालवाले अब्बासी बेगम को नफ़रत की नज़र से देखने लगे और इसीलिए ससुराल में इनकी जगह नहीं हुई। गुलाम अब्बास ख़ाँ जो फ़ैयाज़ ख़ाँ के नाना थे, उन्होंने इनको पालने-पोसने, गाना सिखाने आदि की पूरी जिम्मेदारी ली। फ़ैयाज़ ख़ाँ की माँ की दूसरी शादी होने पर भी यह रिश्ता अटूट बना रहा। अतरौली और आगरा घराने के अन्य दूसरे गवैयों से फ़ैयाज़ ख़ाँ की गायकी में जब लोग काफी फ़र्क़ देखते हैं, तो समझते हैं कि शायद फ़ैयाज़ ख़ाँ की तालीम आगरा और रंगीला, दोनों घरानों से हुई थी। यहाँ तक कि बामन-राव देशपांडे ने भी ऐसा ही लिखा है। सच तो यह है कि उनकी पूरी तालीम ही गुलाम अब्बास ख़ाँ से हुई और थोड़ी-बहुत कल्लन ख़ाँ से भी मिली। इसी वजह से इनकी गायकी में ध्रुपद-धमार की मीड़ और लयकारी के साथ ग्वालियर का बहलावा एवं विलम्बित ख़याल में लरजदार तानों की मिलावट मिलती है, जो कि आगरा-अतरौली की गायकी में थोड़ी-बहुत रह गई है। आगरा-अतरौली की गायकी में जो लोग थोड़ी-बहुत मीड़ की कमी या रूखापन या लयकारी का ज़्यादा उभरना देखते हैं, उन्होंने फ़ैयाज़ ख़ाँ को नहीं सुना है। वे विलायत हुसैन ख़ाँ, अता हुसैन ख़ाँ, खादिम हुसैन, शराफ़त हुसैन ख़ाँ, युनूस हुसैन ख़ाँ इनको एवं इनके शागिर्दों को सुनकर ही अपनी राय ज़ाहिर करते हैं। शराफ़त को छोड़कर बाकी सब लोगों ने सिखाने में ही ज़िन्दगी बिताई है। ये लोग महफ़िलबाज़ नहीं थे। इसी वजह से ये लोग सुननेवालों की अन्तरभावनाओं को समझकर गाना सुनाने की कोशिश नहीं करते थे और पांडित्य ज़्यादा होने की वजह से भाव-रस से कोई ख़ास सरोकार नहीं रखते थे। ये लोग स्वभाव, चरित्र में बिल्कुल मौलाना थे। शराब छूते तक नहीं थे और अपनी शादीशुदा औरत को छोड़कर किसी ग़ैर-औरत के साथ नाजायज़ सम्बन्ध नहीं रखते थे। फ़ैयाज़ ख़ाँ का ऐसा ख़याल था कि अगर ज़िन्दगी में एकाध बार इश्क न किया जाए तो ध्रुपद-धमार तो गाया जा सकता है और मामूली क़िस्म का सीधा-सादा ख़याल भी, लेकिन ठुमरी-दादरा, ग़ज़ल-गाना एकदम नामुमकिन बात है।

लताफ़त ख़ाँ के गाने में फ़ैयाज़ ख़ाँ का अस्थायी भरने का क़ायदा, बोल-बाँट और सबसे ज़्यादा उनका रंग मिलता था। लेकिन इन्होंने फ़ैयाज़ मामू की आवाज़ तक नकल करने की कोशिश में अपनी खुद की आवाज़ भी खत्म कर दी। हम-उम्रवाले आगरा के उस्तादों में युनूस ख़ाँ की जानकारी और बन्दिश रचने का इल्म सबसे ज़्यादा था। आवाज़ भी अच्छी थी और तानों के फन्दों में कुछ-कुछ आगरा का असर होने के बावजूद उनके मामा अजमत हुसैन का असर काफी पाया जाता था। कहना बेकार है कि इससे अतरौली और खुर्जा की गायकी में काफी कुछ मेल है।

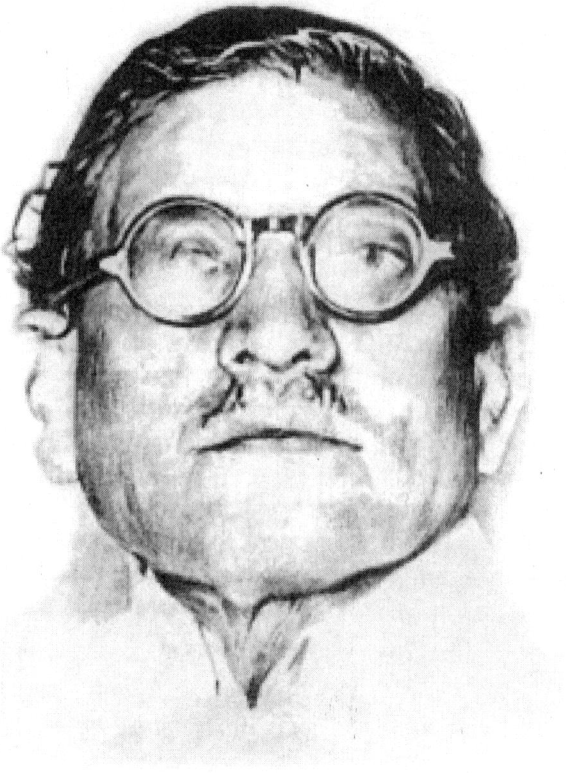

**उस्ताद विलायत हुसैन ख़ाँ**

बचपन से ही शराफ़त हुसैन का दिमाग बहुत ही तेज़ था और आवाज़ हीरे के टुकड़ों जैसी थी। तालीम भी उन्हें मिली थी अता हुसैन ख़ाँ, ससुर विलायत हुसैन ख़ाँ और थोड़ी-बहुत खादिम हुसैन ख़ाँ से। उन्होंने खुद भी काफी अस्थाई बनाई थी और आजकल आगरा घराने के इल्मदारों में उनका ही नाम सबसे ज़्यादा लिया जाता है। आवाज़, लयकारी और तानों की स्पीड की वजह से आजकल के कान्फ्रेंस सुननेवालों से उन्हें काफी तारीफ़ और इज़्ज़त मिली थी। उनकी खामियों में से थीं उनके विलम्बित ख़याल के आलापचारी में दोहरानेवाली बातें जो बहुत ज़्यादा ही होती थीं। बड़ौदा में बड़े ख़ाँ साहब के पास शराफ़त बचपन में काफी दिनों तक थे और बारह साल की उम्र में ही महफ़िलों में उनके साथ गाने लगे थे। बुढ़ापे में जब इन्होंने तीसरी बार इकबाल बेगम से शादी की तो उनकी पहली बीवी के भाई अता हुसैन ख़ाँ अपने भांजे शराफ़त

को लेकर कलकत्ता महिषादल के राजदरबार में चले आए। मेरा ऐसा ख़याल है कि अगर शराफ़त कलकत्ता न आते तो और भी बड़े फ़नकार बन सकते थे। अगर शराफ़त ख़ाँ की आवाज़, तैयारी, लय का अन्दाज़, इसके साथ लताफ़त ख़ाँ का अस्थायी भरने का क़ायदा और उनका रंगीलापन सारा कुछ एक ही गवैए में मिल जाता तो हम उसको फ़ैयाज़ ख़ाँ साहब का आधे मानने को तैयार थे। इनके इन्तकाल के साथ-साथ ही यह ख़ानदानी घराना खत्म हो गया। पिछले दस सालों में ये लोग उस पार चले गए। इनके साथ ही चले गए मुश्ताक़ हुसैन के बाल-बच्चे इश्तियाक़ हुसैन, इसाक हुसैन और गुलाम तकी। पटियाला घराने का मुनव्वर भी। हमारी ज़िन्दगी में ही इतिहास की यह साजिश एक के बाद एक घराने को खत्म कर देगी, यह तो हमने ख्वाब में भी नहीं सोचा था।

उस्ताद फ़ैयाज़ ख़ाँ के बारे में कुछ कहने के पहले ही याद आती है उनकी आवाज़, जिसे उनके आखिरी वक़्त तक इलेक्ट्रॉनिक युग के पहले कोई भी microphone ठीक से record नहीं कर पाया। शुरुआत के बाद जब वे षडज भरते थे तो ऐसा लगता था कि पेट के अन्दर जैसे मीरज का एक जोड़ा तानपूरा बज रहा है। ऐसी ज़बर्दस्त भारी-भरकम आवाज़ और ऐसी जवारी हमें तो छोड़िए, हमारे बाप-दादों ने भी कभी नहीं सुनी। दुबारा फिर अमियनाथ सान्याल की किताब 'स्मृतिर अतले' का सहारा लेना पड़ रहा है—

''अचानक पल-भर में सौ भँवरों का गुंजन हमारे कानों में आया। तैयारी हुई ही नहीं थी कि हमारी उम्मीदों से भी ज़्यादा उनकी आवाज़ में सुनाई पड़ा—'रकीबसे जो-वो बोसे' जब आखिरी शब्द पंचम में आकर अपनी पूरी खूबसूरती लिए ठहरा तो ऐसा लगा जैसे स्वरों की शमा जल उठी हो। यह अँधेरे में जुगनुओं की जगमगाहट नहीं, यह तो जैसे आकाश में बिना बादलों के चन्द्रप्रभा थी। हम लोग हैरानी और आनन्द, दोनों से ही मोहित हो गए थे। सिर्फ़ तीन शब्दों में इतना कुछ छुपा हुआ था। या इतना सुर और दर्द ही शायद छुपा हुआ था उस आवाज़ में, जो अभी तक सुनी नहीं गई थी और उस दिल में जिसको कोई जानता ही नहीं था। एक-एक स्वर किसी को ले जाता था स्वर के अन्त तक और किसी को ले जाता था भूली-बिसरी पिछली ज़िन्दगी में। शब्दों पर शब्दों के पराग जमा करते, स्वर-से-स्वर का संगम कराते वे आसानी से बढ़ते चले जाते हैं। धैवत और कोमल निषाद के चौंकानेवाले नक्शों से जल्दी से निबटकर फिर वे जम गए पंचम में 'करते हैं' ध्वनि के बीच। ऐसा लगा जैसे वसन्त के तिलक भेद को लिये, फूलों के चारों ओर घूमकर भँवरा फूल पर ही आकर बैठ गया। उस पंचम में कितनी तेजी है, क्या शोभा है। ऐसा लगा जैसे भीमपलासी की सारी मिठास शायद पंचम में ही उँडेल दी हो उन्होंने। जितनी भी खुशबू थी, लग रहा था जैसे सारी-की-सारी पागलों की तरह उस पंचम की श्रुति धारा से निकल पड़ी हो। याद आई उस ग़ज़ल की अहमियत। उस 'अरमाँ' से इतनी तीखी और इतनी बेतक़ल्लुफ़ मुलाक़ात पहले कभी नहीं हुई। अब समझ में आता है कि जिन्होंने ऐसी बेमिसाल मुलाक़ात करवा दी थी, उन्हें भूलना कितना मुश्किल है।''

बम्बई की भारतीय विद्याभवन संगीत पीठ के मुख्य अध्यक्ष और मेरे जुगलबन्दी

के पूर्व पार्टनर दिनकर कैकिणी, लखनऊ के मैरिस कॉलेज के श्रीकृष्ण रतन जनकर के प्रिय शिष्यों में से, एक थे। फ़ैयाज़ ख़ाँ जब भी लखनऊ जाते तो तानपूरा मिलाने के लिए भाट, गिंडे या दिनकर को कहते। हालाँकि अपने साथ गाने के लिए बिठाते थे अता हुसैन, बन्दे हुसैन और शराफ़त को। उस ज़माने में ख़ाँ साहब पहला सफेद, यानी कि 'सी शॉर्प' में गाते थे। बाद में जब उनकी सेहत खराब हो गई तब उन्होंने एकाध पर्दा और नीचा कर लिया था। इस तरह के नीचे स्वर में तानपूरा यानी जोड़े का तानपूरा मिलाना बहुत मुश्किल हो जाता है, अगर तानपूरा के तार काफी मोटे न हों तो। दिनकर ने कहा था कि आगरा घराने के शागिर्दों को तानपूरा अच्छी तरह से मिलाना ही नहीं आता था। और कई-कई दफ़ै ख़ाँ साहब के पीछे उनका तानपूरा अक्सर थोड़ा-बहुत बेसुरा ही रहता था। इस बात पर मैंने ज़रा अचरज से पूछा था—''किसी ने भी क्या महफ़िल में उठकर यह नहीं कहा कि तानपूरा ठीक से नहीं मिला है ?''

दिनकर ने भौंहें चढ़ाकर जवाब दिया था—''जब फ़ैयाज़ ख़ाँ गाते थे, तो कोई तानपूरा सुनता था ?''

पूरे बारह साल की उम्र तक फ़ैयाज़ ख़ाँ ने स्वर भरे थे। स रे ग म प ध नि स—तीव्र और कोमल दोनों। न कोई पलटा, न कोई अलंकार। राग या बन्दिश को तो छोड़ ही दीजिए। ऐसे ही बातों-ही-बातों में ख़ाँ साहब ने कहा था कि उन्हें यमन राग बहुत पसन्द

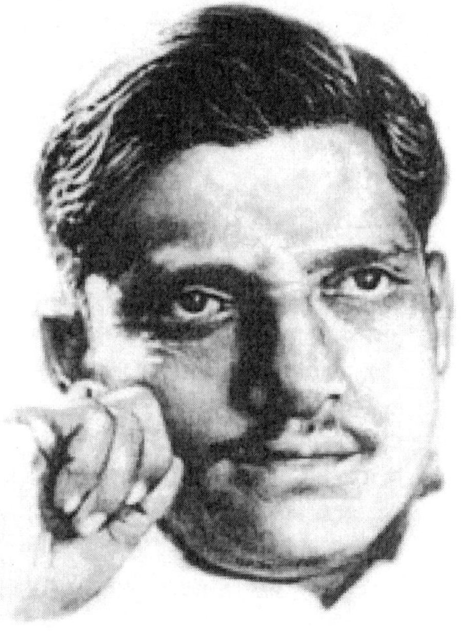

उस्ताद लताफ़त हुसैन ख़ाँ

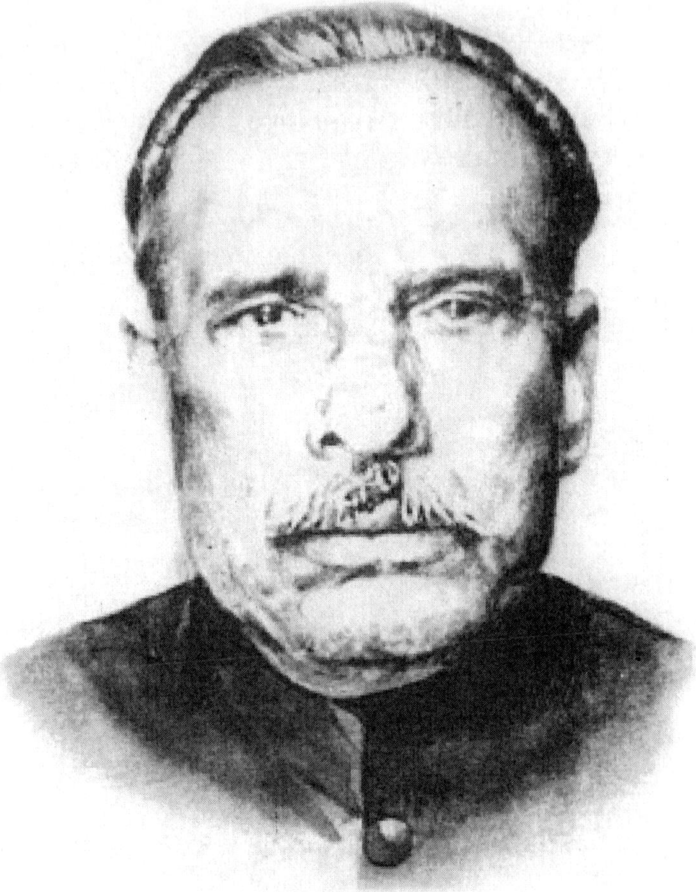

उस्ताद अता हुसैन ख़ाँ

था, इसलिए चुपके से एक दिन पेड़ पर चढ़कर यमन गा रहे थे। पता चलने पर नाना साहब ने उन्हें पेड़ से नीचे उतारकर जूतों से अच्छी ताज़पोशी कर दी। बोले—''हरामजादे, राग गा रहा है इस उमर में।'' रियाज़ और तालीम के मामले में गुलाम अब्बास ख़ाँ बहुत ही सख़्त थे। दस से बारह घंटे तक रोज़ाना तानपूरा लेकर बैठना ही पड़ता था। तन्दुरुस्ती की हिफाज़त और वर्जिश की तरफ़ भी उनकी कड़ी नज़र थी। लेकिन वैसे वे बहुत ही नरम दिल के आदमी थे। जूते से पीटते वक़्त भी जूता जिस तरफ़ से मुलायम होता था, उसी तरफ़ से पीटते थे।

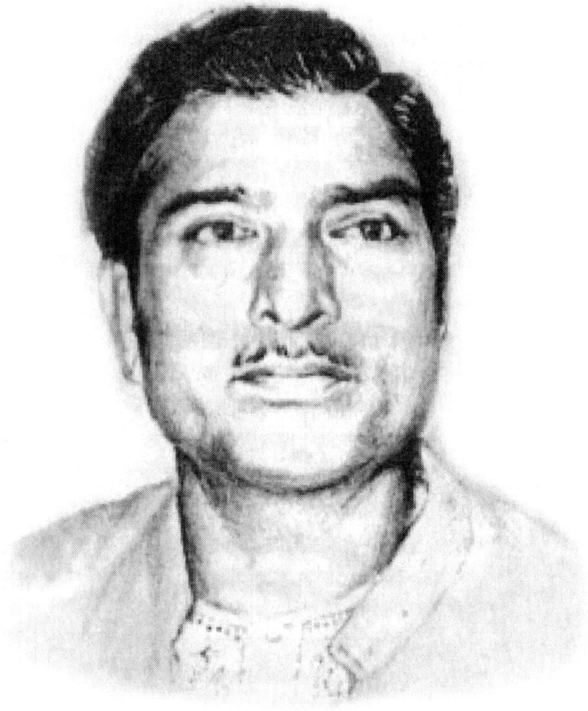

**उस्ताद शराफ़त हुसैन ख़ाँ**

सन् 1934 में इन्तकाल के वक़्त गुलाम अब्बास ख़ाँ की उम्र एक सौ नौ साल की थी। नाती की उम्र उस समय पचास के ऊपर ही थी। तब भी दरवाज़ा बन्द कर हुक्का पीते थे। फ़ैयाज़ ख़ाँ जब हिन्दुस्तान-भर में मशहूर हो चुके थे, तब भी उनके नाना साहब उनका गाना कभी महफ़िल में सुनने नहीं जाते थे। घर में बैठकर हाथ में तसबीह लिये अल्लाह का नाम जपते थे। लौटने पर खादिम हुसैन को अलग ले जाकर पूछते थे—"गाना कैसा रहा ? क्या-क्या गाया था ? गलतियाँ तो नहीं कीं ?" खादिम भाई कहते—"आप कह क्या रहे हैं ? लोग तो लोटपोट हो जाते हैं फ़ैयाज़ मामू के गाने सुनकर।" गुलाम अब्बास ख़ाँ माला फेरते हुए आश्वस्त होकर कहते—"अल्लाह की बड़ी मेहरबानी है। लड़का अब कुछ-कुछ गाने लगा है।"

अपनी ज़िन्दगी में मैंने पहली बार फ़ैयाज़ ख़ाँ को सुना एक घरेलू महफ़िल में। उस समय मेरी उम्र थी आठ साल की। उस साल मेरे पिताजी ने पाँच महीने की Study Leave अपनी तीन महीने की गरमियों की छुट्टी के साथ जोड़ ली थी। उनकी इच्छा थी किताब लिखने की। सुबह से लेकर शाम तक साहित्यकारों का जमघट, शाम को गाने-बजाने की महफ़िलों

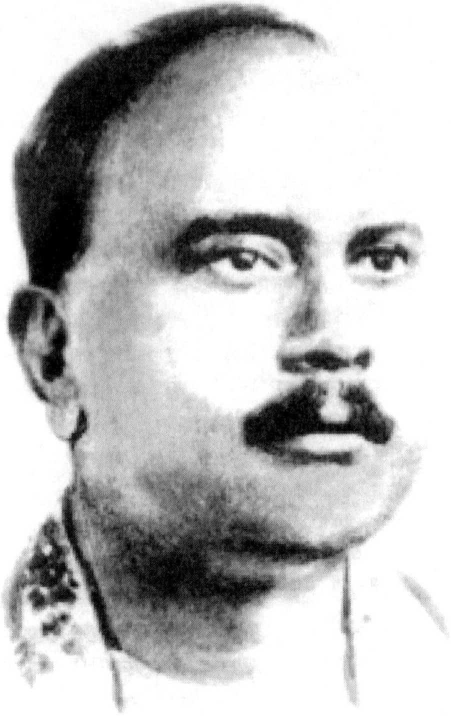

**अतुलप्रसाद सेन**

के बीच वह काम पूरा हुआ था, ऐसा नहीं लगता। ऐसे जमघटों में ख़ास तौर से 'परिचय' वाले जमघटों में मेरी कोई जगह नहीं हुआ करती थी। लेकिन इसी बीच कभी-कभी सत्येन चाचा (वैज्ञानिक सत्येन्द्रनाथ बसु) बड़े-बूढ़ों से ज़्यादा नादान बच्चों की तरह चहल-पहल पसन्द करते थे और इसी बहाने पास बुलाकर आलू के पापड़ खिलाते थे और बच्चों के साथ गप्पें हाँकते थे। सुधीन चाचा (सुधीन्द्रनाथ दत्त) की नई 'नैश' सैलून, खूबसूरत चेहरा और साज-पोशाक अपटुडेट, तिस पर पाकेट भरकर चाकलेट ले आने की उनकी आदत। इन्हीं वजहों से वे हमारे ख़ास प्रिय थे। इतने बड़े ज़बर्दस्त सम्पादक थे कि रवीन्द्रनाथ टैगोर की कोई एक रचना बिना छापे ही उन्हें लौटा दी थी। बचपन में यह जानकर मुझे काफी अचरज हुआ था और दिल में इनके प्रति श्रद्धा भी पैदा हुई थी। अश्विनी दत्ता रोड से शरतचन्द्र चट्टोपाध्याय रिक्शे से आते थे और प्लेग से मरे बर्मी भूतों की कहानी सुनाते थे। एक दिन इतना जमकर इन्होंने साँपों के क़िस्से शुरू किए कि थोड़ी ही देर में चार-पाँच बुजुर्ग भी पैर समेटकर सोफे पर आ बैठे। उस समय प्रमथ चौधुरी की हालत बहुत ही नाजुक-सी थी। एक

तो वे धीमी आवाज़ में बातें करते ही थे। दूसरे उनकी आधी बातें उलझ-सी जाती थीं। उस उम्र में बड़ी मुश्किल से मुझे उनके मतलब समझ में आते थे। बाहर गेट के सामने उनका ड्राइवर माखन बाबू एक बड़ी-सी हुडवाली गाड़ी पार्क कर घंटी बजाता तो मेरे चाचा बिमला प्रसाद या माँ मुझे ही भेजते और कहते—''जा गाड़ी में बैठकर बूढ़े की बात सुन। मुझसे यह सब नहीं होगा।'' एक ज़माने के ज़बर्दस्त इल्मदार आदमी की आज यह हालत।

गाने-बजाने की महफ़िल के जो लोग मुझे याद हैं वे थे : पहाड़ी सान्याल, भीष्मदेव चट्टोपाध्याय, सचिन देव बर्मन, मीरा बनर्जी के पिता शैलेन चाचा, अमियनाथ सान्याल, तारापद चक्रवर्ती तथा और भी बहुत-से लोग। ये लोग बीच-बीच में आकर महफ़िल जमाते थे। लखनऊ से अतुल प्रसाद सेन भी इसी समय गर्मियों की छुट्टियों में कलकत्ता आते थे और यहाँ की संगीत को महफ़िलों में चार चाँद लगा देते थे। सुना है, उस ज़माने में लखनऊ में भी गानों के ऐसे दीवाने कम ही मिलते थे। कलाकार से दस गज की दूरी से ही वे 'वाह-वाह' कहना शुरू करते थे और पाँच मिनट में काफी नज़दीक आकर बैठ जाते थे। साथ-साथ घसीट लाते थे सिमटी हुई दरी और मेरे पिताजी को भी। पहले से ही वे पिताजी को याद दिला देते थे कि ''देख धूर्जटि, अगर मैं बहक जाऊँ तो मेरा कुर्ता पकड़कर खींचना, हालाँकि उस वक़्त तुम्हें कौन सँभालेगा। भगवान जाने।''

धूर्जटिप्रसाद के एक अग्रन्थित निबन्ध में देखता हूँ कि उन्होंने अतुल दा के बारे में बीते दिनों की काफी यादें ताजा की हैं। 'धूर्जटिप्रसाद रचनावली' तृतीय खंड Dey's Publishing में है—''ऐसे रसिक सज्जन आदमी बहुत कम ही मिलते हैं। रस ने उन्हें सिर से पैर तक डुबो रखा था। वे रस या भाव को मर्यादा देना जानते थे। एक झोंपड़ी में उनके साथ मैं भैरवी-ठुमरी सुनने गया। बूढ़े उस्ताद की तो कँपकँपी बँध गई। काफी परेशान। कहाँ बिठाएँ, बैरिस्टर साहब को ? उसी फटी रज़ाई और टूटी हुई खटिया पर बैठकर उन्होंने घंटों उनका गाना सुना। दोपहर के बारह बज गए। उस्ताद के बेटे की मुट्ठी में दो नोट खोंस दिए और किसी रोज़ आने की गुजारिश भी कर दी। लखनऊ में एक पगली है, जो सड़कों पर घूमती फिरती है। एक ज़माने में वह बहुत मशहूर गायिका थी। अब भी तोड़ी और भैरवी में उसका जवाब नहीं। सुनते ही अतुल दा ने ख़बर देनेवाले को फौरन पाँच रुपए दिए और कहा—''अभी इसी वक़्त उसे ले आओ।'' उस दिन वह ढूँढने पर भी नहीं मिली। पैसे लौटाने की बात पर बोले—''इन्हें अपने पास ही रखो। जब मिल जाए तो पकड़ लाना, समझे।'' मैं समझा, यह या तो है खुशख़बरी का इनाम या राजकुमार द्वारा गजमोतियों का माल्यदान और नहीं तो संवाददाता की मदद...छोटे मुन्ने ख़ाँ वाजिद अली शाह के दरबार के आखिरी गवैए थे। वे भी अतुल दा की बैठक में शामिल हो गए थे। तालिब हुसैन लखनऊ के आखिरी मशहूर शहनाई वादक थे। कैसरबाग में रहते थे। भोर में दूर से उनका भैरों और तोड़ी सुनते-सुनते अतुल सेन की नींद टूटती थी। युसूफ का हाथ बड़ा मीठा है सितार में। उसे क्यों न रख लिया जाए। उसी को रखा गया। बरकत की छड़ी अच्छी चलती है। उसे ले आओ। लखनऊ के लोग 'कदरदान' किसे समझते हैं, मैं नहीं कह सकता, लेकिन मैं तो अतुल

प्रसाद को ही क़द्रदाँ समझता था। नवाब वाजिद अली शाह की वजह से बंगाल हमेशा के लिए लखनऊ का कर्ज़दार बन गया। लेकिन अतुल प्रसाद को लखनऊ का प्रवासी बनाकर लखनऊ ने उस कर्ज़ का बोझ हल्का किया।

''श्री सत्यानन्द जोशी ने कहा था कि गांधी जी, अतुल प्रसाद, रवीन्द्रनाथ एवं और कोई एक—इन चारों को उन्होंने गाना सुनते समय गाने में पूरी तरह से डूबा पाया है। (अपना नाम—सोचकर।) धूर्जटि प्रसाद ने इन महात्माओं के साथ नहीं जोड़ा, रुचि में कमी होगी। चित्तरंजन दास की मृत्यु के कोई दस दिन बाद मैंने सन् 1924 में अब्दुल करीम को सुना था, जब वे अपने गाने की चोटी पर थे। वाकई कमाल का जमघट था। रवीन्द्रनाथ, गांधीजी, शरतचन्द्र, अतुल प्रसाद सब लोग मंटू बाबू (दिलीप कुमार राय) के घर हाज़िर थे। गाने के बीच-बीच में गांधी जी चन्दा इकट्ठा करना शुरू कर देते थे। आनन्द भैरवी के साथ और भी कई गाने अब्दुल करीम ने गाए थे। लेकिन गाने का मिजाज़ इन सब बातों से खराब होता चला गया था। मेरा ऐसा ख़याल है कि गाँधीजी को राग-संगीत या अन्य किसी भी संगीत से कोई ख़ास लगाव नहीं था। उन्हें सिर्फ़ भक्ति संगीत पसन्द था। ख़ासकर भजन। एक बार अहमदाबाद में अम्बालाल साराभाई के मकान में विख्यात वीणाकार मुराद अली उन्हीं के सामने बजा रहे थे। मकान मालिक ने पूछना चाहा—''बापू जी, कैसा लग रहा है आपको ?'' बापू जी ने कहा—''आश्चर्य, लेकिन मेरे चरखे के गाने से मीठा नहीं है।'' इसे मज़ाक ही कहा जा सकता है, रस ग्रहण करनेवाला अनुराग नहीं। रवीन्द्रनाथ की समझदारी बिल्कुल सच्ची थी। वे आँखें बन्द कर 'मस्त' हो जाते थे। अतुल प्रसाद हो जाते थे उन्मत्त। और शरतचन्द्र ? दिलीप ने जब उनसे अब्दुल करीम के गाने सुनने की गुजारिश की तो उन्होंने कहा—''जरूर आएँगे, उनको गाना खत्म करना आता है न ?''

अतुल प्रसाद की कोशिश से एक दिन घर के पास ही के.जी. गुप्ता के यहाँ महफ़िल का इन्तजाम हुआ। एक मामूली-सी साड़ी पहनकर एक साँवली लड़की आई और उसने दो गाने गाए। पहला गाना था—''गोकुल चन्द्र ब्रजे ना एलो'' और दूसरा था—'पागला मनटारे तुई बाँध'। बाद में मैंने सुना कि लोगों ने इन दो गानों के रिकार्ड बहुत पसन्द किए हैं। नाम था रेणुका दास। इसके पहले और बाद में कभी यह नाम और सुनने में नहीं आया। उसके बाद कोट-पैंट पहने एक सज्जन ने, जो कि बंगाली नहीं थे, हारमोनियम पर हिन्दी गाने गाए। नाम के.एल. सहगल। बचपन में हिन्दी और बंगाली फिल्में देखने की इजाज़त नहीं थी। कुछ ख़ास अंग्रेजी पिक्चरें माता-पिता, चाचा का हाथ पकड़कर कभी-कभी देखने को मिल जाती थीं। उसी का यह नतीजा था कि के.एल सहगल को देखकर मैं अतुल प्रसाद की तरह पागल नहीं हो उठा। आखिर में कुमार सचिन देव बर्मन ने गला बन्द सूट पहने एक ज़बर्दस्त तान लेकर 'कालो मेयेर पायेर तलाय' (बंगाली गीत) गाना शुरू कर दिया। उसके बाद बहार में उन्होंने द्रुत एकताल या दादरा के छन्द में गाया—'आलो छाया दोला'। एक दिन और गिरिजाशंकर चक्रवर्ती ने अपने प्रिय शिष्य सुधीरलाल को लेकर गाया। कृष्णचन्द्र दे का भी गाना हुआ। यह

सोचकर बड़ा अफ़सोस होता है कि इन सब बातों के मजे लेने की उस समय मेरी उम्र ही नहीं थी। लेकिन अवचेतन मन पर इनका एक बार तो ठप्पा लग ही जाता था, जो आगे की ज़िन्दगी में निश्चित रूप से काम आया।

इसी बीच पिताजी राधू बाबू लोगों के आषाढ़ क्लब का आमन्त्रण पाकर एक बार राजशाही घूम आए। उस समय राधू बाबू यानी राधिकामोहन मैत्रा की उम्र यही कोई अठारह-उन्नीस साल की होगी। चेहरा था माँ दुर्गा के बेटे, 'मयूर' सवार 'कार्तिक' जैसा—बिना मयूर के, चश्मा पहने। हाथ में सरोद लिये तीन-चार दिन के बाद अक्सर आते ही रहते थे। राजशाही में उनकी ही ज़मींदारी थी। तीसरे दिन लौटकर पिताजी ने कहा—"अपनी ज़िन्दगी में मैंने इस भीष्म जैसा पागल नहीं देखा। वह फ़ैयाज़ ख़ाँ के पास गंडा बँधवाने की सोच रहा है। मैंने उससे कहा कि तुम्हारी आवाज़ और मिजाज़ दोनों ही फ़ैयाज़ ख़ाँ की गायकी से बिल्कुल नहीं मिलेंगे। और वैसा ही हुआ। उसी क्लब में उनका गाना सुनकर किसी मुसलमान उस्ताद ने कहा—'गले में दानेदार तान नहीं है। हलक तान भी नदारद। फ़ैयाज़ ख़ाँ के पास गंडा बँधवा के क्या होगा—कद्दू ?' यह सुनकर भीष्म इतना ज़्यादा अपसेट हो गया कि रात-भर सोया नहीं और भोर के चार बजे हमारे दरवाजे पर धक्का मारकर मुझे जगाया और फिर अपना हारमोनियम उठाकर ले आया और मुझे हलक तान सुनाने लगा। पूरा पागल !"

पिताजी अक्सर कहा करते थे कि बंगाली गायक शायद भीष्म से और भी ज़्यादा अच्छे हो सकते हैं, लेकिन कोई बंगाली गवैया ऐसा दिमाग लेकर पैदा ही नहीं होगा। ज्ञानप्रकाश घोष ने भी एक बार मुझसे कहा था कि उस समय भीष्मदेव हिन्दुस्तान के किसी भी गवैए से क्षमता में तनिक भी कम नहीं थे। मेरे ख़याल से गायकी की खोज में अगर वे फ़ैयाज़ ख़ाँ को न पकड़कर अब्दुल करीम ख़ाँ के पास जाते तो अच्छा होता। सालों बाद जब मैंने उनका गाना सुना तो तब तक वे सही अर्थों में पूरे पागल बन चुके थे। आवाज़ की मिठास कम हो गई थी, लेकिन खूबियों में कोई ख़ास कमी नहीं आई थी। सन् 65 में एक दिन मैं उन्हें अपने घर पकड़कर ले आया था। अच्छा-ख़ासा मुलतानी गाया। काफी धीरज, आराम से। पागलपन का ज़रा भी नामोनिशाँ नहीं था। उसके बाद गौड़ सारंग। उसमें गौड़ सारंग के सारे पर्दे लग रहे थे, लेकिन पलभर के लिए भी ऐसा नहीं लगा कि वे गौड़ सारंग गा रहे हैं। बाद में एक दिन पूछने पर उन्होंने कहा कि गौड़ सारंग की तालीम पाकर तो सभी ठीक-ठाक गा सकते हैं, इसमें भला वाहवाही की क्या बात है ? और एक दिन कृष्णचन्द्र बनर्जी, हमारे पार्क सर्कस के केष्टो बाबू, घर किसी ने बागेश्वरी की फरमाइश की थी। उन्होंने पान चबाते हुए कहा—"यह राग आजकल हम नहीं गाते, क्योंकि उसमें से चावल की बू आती है।" यह शायद उनका सयाना पागलपन था जो उन्होंने जान-बूझकर ही किया था, क्योंकि हमारी छोटी उम्र में बागेश्वरी, देश, बिहाग, काफी जैसे राग बंगाली गवैयों के पल्ले पड़कर वाकई चावल खानेवाले बंगाली जैसे हो गए थे। लेकिन एक बार मैंने उनसे एक सवाल पूछा था—"आप बदल ख़ाँ को छोड़कर फ़ैयाज़ ख़ाँ के पास क्यों गए ?" उन्होंने कहा था—

''नसीरुद्दीन और फ़ैयाज़ ख़ाँ के बीच प्रतियोगिता चल रही थी। तो एक दिन मैंने नसीरुद्दीन को अपना कुर्ता बदलते देखा था। उसके बदन का मांस मुझे पसन्द नहीं आया। तभी मैंने फ़ैयाज़ ख़ाँ को फर्स्ट कर दिया।'' बदल ख़ाँ साहब अपने लड़के से भी ज़्यादा भीष्मदेव को चाहते थे। कुछ पुराने ख़यालात के उस्ताद कहते हैं कि उनके चले जाने से बदल ख़ाँ को बहुत सदमा पहुँचा था और उस्ताद की बद्दुआ से ही उनका सिर घूम गया। हमारे पिताजी कहते थे—''लड़का हमेशा से ही पागल था। बाद में जब पांडिचेरी गया तो मदर ने उसका गाना बन्द कर दिया। उसके बाद तो वह पूरा ही पागल हो गया। तिस पर मछली-मांस भी खाने को नहीं मिलता था। अब देखो ना, कैसे कटलेट-पर-कटलेट खाए जा रहा है, और एक के बाद एक चाय के कप खाली करता जा रहा है।'' मेरे पिताजी कट्टर नास्तिक थे जिसे कहते हैं 'Free thinkar to the point of insanity.' मृत्यु के एक दिन पहले उन्होंने मेरी पत्नी को बुलाकर कहा—''जहाँ तक समझ पा रहा हूँ अभी तक उससे ऐसा लगता है कि भगवान नाम की कोई चीज़ नहीं है। पर शायद भूत है। और देखो ख़बरदार, मेरा श्राद्ध-ब्राद्ध मत करना। वह पैसा चैरिटी में दे देना।'' श्री अरविन्द ने भी दिलीप राय से कहा था—''तुम अपने रास्ते पर धूर्जटि को खींचने की कोशिश मत करना, उसका मार्ग कुछ और ही है।''

फ़ैयाज़ ख़ाँ का गाना मैंने सबसे पहले अपने बचपन में सुना। तब मेरी उम्र थी आठ साल की। वह भी पुतु दा की वजह से। उनके साथ एक लड़का पढ़ता था सुधीर नाम का। बाद में वह फ़र्स्ट डिवीज़न लीग में शायद मोहन बागान का गोलकीपर रहा था कुछ दिनों के लिए। वही लड़का कार में बिठाकर हम लोगों को दक्षिण कलकत्ता में किसी के घर ले गया। पहले तो उस्ताद हफीज़ अली ख़ाँ ने सरोद पर तोड़ी बजाया। तबले पर संगत किया था भीष्म देव चट्टोपाध्याय ने। झाले के वक़्त हँसते हुए अपने दाहिने हाथ से बाएँ हाथ का बाईसेप्स मसाज़ कर रहे थे और बाएँ पर उँगलियाँ बराबर चल रही थीं। उसके बाद आलाप ख़त्म करके, फ़ैयाज़ ख़ाँ ने जौनपुरी में 'फुलवन की गैन्दनवा' गाया था। आलाप के बीच में परेश बाबू ने तबला सँभाला। बहुत ही मीठा हाथ था उनका। और जहाँ ख़ाँ साहब का 'सम' उनका भी वही। बीच में कौन-से टुकड़े वे भर देते थे वह कोई भी नहीं कह सकता था, क्योंकि वे बहुत अच्छे संगतिया जरूर थे, पर विद्वान नहीं थे। उस कच्ची उमर में उस्तादी गाना-बाजाना बिना सीखे, तीन घंटे बैठना कोई आसान काम नहीं था। लेकिन इतना मुझे याद है कि ख़ाँ साहब के तार के षडज और रिषभ और गान्धार की पुकार ने मेरे बाल-मन में भी हलचल मचा दी थी। पुतु दा को पहले तारापद चक्रवर्ती और फिर बाद में अमीर ख़ाँ से तालीम मिली थी। इसलिए वे किराना घराने के बहुत प्रेमी थे और हाँ, बेहद तारीफ़ किया करते थे गुलाम अली की। एक दिन इसी गुट के किसी लफंगे ने फ़ैयाज़ ख़ाँ के गाने के बारे में दो-एक अपशब्द कह दिए। पुतु दा खफ़ा हो गए और बोले—''तुम लोगों ने फ़ैयाज़ ख़ाँ का गाना सुना ही नहीं है। मैंने सुना है। जब तक वे जिन्दा थे, सारे हिन्दुस्तान में किसी ने चूँ तक नहीं की। अब तुम्हारे जैसे उल्लुओं और मूरख लोगों से मुझको यह

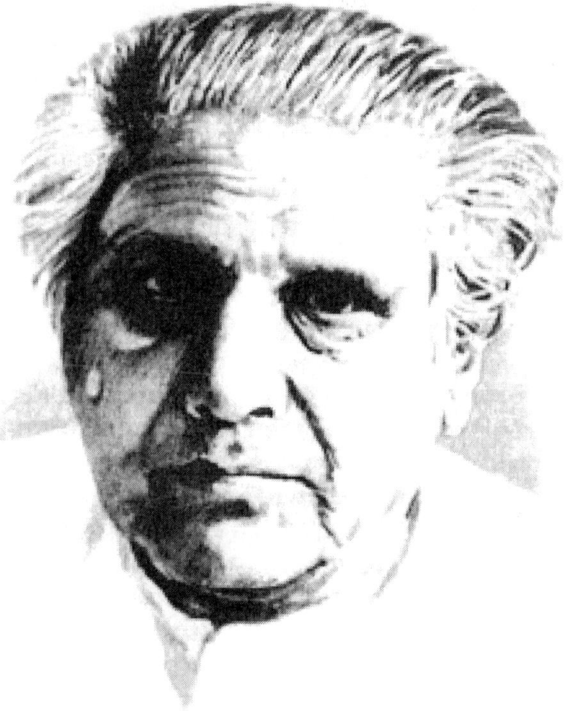

**भीष्मदेव चट्टोपाध्याय**

सब सुनना पड़ रहा है।'' बचपन से इन बड़े भाई जैसे समझदार और गवैए का साथ मिलने से हम भी समझ गए थे कि बिना किसी इल्म के हिन्दुस्तान के संगीत की दुनिया में किसी को सबसे ऊँची जगह नहीं मिलती। कम-से-कम उन दिनों तो नहीं ही मिलती थी। और जिनमें इतने सारे गुण और इल्म हैं, उन्हें कोई दबाकर नहीं रख सकता। खादिम हुसैन कहते थे कि जो लोग कहते हैं कि हमारा घराना सर्वश्रेष्ठ है, वे 'कूड़' और जो लोग समझते हैं कि उनमें मेरा गाना ही सर्वश्रेष्ठ है वे 'महाकूड़ हैं। डागर भाइयों की तरह ही मैंने फ़ैयाज़ ख़ाँ से भी किसी घराने या किसी भी गवैए के बारे में कोई बुराई नहीं सुनी। वे कहते थे कि ज़्यादातर फूलों में ही खुशबू होती है। तुम शायद गुलाब को ही श्रेष्ठ फूल समझते हो। कोई और चमेली या नर्गिस को, लेकिन वे सभी तो फूल हैं। अल्लाह ताला की बनाई हुई चीज़ों की तौहीन करने वाले हम-तुम कौन होते हैं ?

फ़ैयाज़ ख़ाँ की आवाज़ और सुर के बाद ध्यान जाता है उनकी पिच पर, यानी हारमोनियम में उनका स्वर कौन-से पर्दे पर लगता है। माइक्रोफोन के पहले युग में सभी

तानपूरे को ऊँचे स्वर में मिलाते थे, ताकि सबको सुनाई पड़े। मराठा नाट्य-संगीत से प्रभावित रहे हैं। इसलिए वे डी या डी शार्प के नीचे नहीं गाते थे। वजह एक ही थी। वह यह कि जब मर्द औरत बनकर स्टेज पर गाते थे तो वे यह चाहते थे कि आवाज़ में कोई फ़र्क़ न आए और थिएटर की आखिरी पंक्ति तक उनकी आवाज़ पहुँचे। अब्दुल करीम ख़ाँ और भी ऊँचे स्वर में गाते थे। ई या एफ। जवानी में फ़ैयाज़ ख़ाँ गाते थे सी शार्प में। प्रौढ़ावस्था में सी में। सन् 1945 में टायफायड के बाद जब उनकी सेहत गिर गई तो बी में और मृत्यु के थोड़े दिन पहले तक बी फ्लैट में। इनमें उनकी रेडियो रिकार्डिंग है जो कि अभी तक एच.एम.वी. की मेहरबानी से कैसेटों में सुनने को मिलती है।

संगीताचार्य अशोक रानाडे ने, जो बम्बई विश्वविद्यालय के संगीत केन्द्र के बहुत दिनों तक डायरेक्टर रहे, अपनी एक पुस्तक में बहुत ही विस्तृत रूप से ख़ाँ साहब के गायन का विश्लेषण किया है। (ऑन म्यूज़िक एंड म्यूजिशियन ऑफ इंडिया, अशोक डी. रानाडे, प्रोमिला एंड कं.) उस ज़माने में ख़ाँ साहब का पिच उतार के 'पहला सफेद' में गाना, वे समझते थे कि बड़ी हिम्मत की बात थी। मगर उनकी आवाज़ इतनी ज़्यादा डबल वज़न की थी कि इससे उनकी गायन-शैली पर ज़रा भी फ़र्क़ नहीं पैदा होता था। सिर्फ़ यही नहीं, वे अपनी आवाज़ मन-मुताबिक छोटी-बड़ी, नर्म या चौड़ी कर सकते थे जो बिना माइक्रोफोन के आखिरी पंक्ति तक साफ सुनाई पड़ती थी। बंगला थिएटर के अर्धेन्दु मुस्तफ़ी भी यही तालीम देते थे। उनका कहना था कि जो चार आने के टिकट खरीदते हैं, वे भी तो हमारे ही खरीददार हैं, तो फिर उन्होंने कौन-सा ऐसा गुनाह किया है कि वे हमारे डायलॉग सुन नहीं पाएँगे ? याद है 'तख़्त-ए-ताऊस' में शिशिर भादुड़ी फुसफुसाकर बोलते थे जो कि चार आनेवालों को भी साफ़ सुनाई पड़ता था। यह अच्छी-ख़ासी एक वायस ट्रेनिंग की बात थी। इसी की रानाडे साहब ने ओपेरा सिंगर के गानों के साथ फोर्टिसीमो पियानसीमो एफेक्ट से तुलना की है, जिसे हम गलती से इस देश में मॉड्यूलेशन कहते हैं। यूरोप के संगीत में इसका मतलब एकदम अलहदा है। याद है, फ़ैयाज़ ख़ाँ वाल्यूम से खेलते थे और 'काकु प्रयोग' ऐसा करते थे कि लोग हाय-हाय कर उठते थे। ख़ासकर ठुमरी में। इसके साथ-साथ याद आता है, पूरी खुली आवाज़ में रिषभ-गान्धार पर, अपने मनमर्जी आवाज़ को तोड़कर, फूट या पुकार निकालना, जो हमें ठुमरी में तो मिलता ही था और ख़याल में भी, जैसे बरवा, जौनपुरी, दरबारी में तारसप्तक के कोमल गान्धार और रिषभ के लगाव में। अगर हम संगीत को नाट्यशास्त्र का एक अंग मानते हैं तो इसमें हमें ड्रामा मिला है, मेलोड्रामा नहीं। कुछ मेलोड्रामा मिला है ओंकार नाथ के गानों में, कुमार गन्धर्व और फ़िलहाल के पंडित जसराज और किशोरी अमोनकर के गानों में।

इसके बाद ही फ़ैयाज़ ख़ाँ के नोम-तोम आलाप का उल्लेख करना पड़ता है, क्योंकि ख़ाँ साहब को यह सबसे ज़्यादा प्यारा था। अगर राग आपके हाथों की मुट्ठी में न हो तो यह आलाप गाया नहीं जा सकता। विलम्बित ख़याल में अगर राग के ऊपर पूरा

अधिकार न भी हो, फिर भी मीर खंड का काफी विस्तार किया जा सकता है। लेकिन उसमें राग-रूप की ठीक से प्रतिष्ठा नहीं होती है, यह बात साज़िन्दे और भी ज़्यादा समझेंगे। उसकी वजह यह है कि हरेक राग में कुछ पकड़ और फ्रेजेज़ होते हैं, जिनसे वह खिल जाता है। एक बहुत मामूली नमूना पेश कर रहा हूँ जैसे यमन की पकड़ और उसकी जान इस फ्रेज में है—नि़ रे ग मं प ध प रे ग। यहाँ पर मीर खंड के स्वर-विन्यास से राग-रूप का विकास नहीं होगा और कुछ नएपन के लिए भी गुंजाइश नहीं है। सो यहाँ पर राग के विकास के लिए प रे ग से खेलना पड़ेगा, जैसे प रे ग, ध प रे ग, नि ध प ग, नि़ रे ग मं प रे ग, मं ध नि सं नि ध प रे ग आदि। इससे राग के असली रूप और दायरे में कोई फ़र्क़ नहीं पड़ेगा। जगह-जगह से और स्वरों के सहारे गमक, लहक और मीड़ से असली पकड़ और फ्रेज को लेकर शृंगार करना पड़ेगा। शास्त्र में इसी को रूपक आलाप कहते हैं। इस एक ही स्वर-समूह का प्रयोग कर फ़ैयाज़ ख़ाँ, अब्दुल करीम ने राग को सजाया और उधर ऐरे ग़ैरे नत्थू ख़ैरे ने भी किया। स्वर लगाने में फ़र्क़ नहीं—लेकिन फ़र्क़ है वज़न, सच्चाई और उसे खिलाने में, यानी एक्सप्रेशन में। यह नाट्यशास्त्र का अंग है, इसीलिए याद दिला रहा हूँ। एक ही शब्द, एक ही फ्रेज कई तरह से कहे जा सकते हैं, जिनके कई माने हो सकते हैं। सिर्फ़ 'आइए' शब्द को ही लीजिए ! भारी गम्भीर, आवाज़ में धमकाकर और शब्द को छोटा कर 'आइए' कहिए, लगेगा कि आप 'जाइए' कह रहे हैं। और थोड़ा प्यार से 'आ आ ई ए ए' कहिए तो लगेगा कि आप अपने रिश्तेदार का बड़े प्यार से स्वागत कर रहे हैं। बस इसी चीज़ की गाने में भी जरूरत है। इस आर्ट के गुरु थे फ़ैयाज़ ख़ाँ। शायद पंडित रविशंकर भी एक्सप्रेशन समझाते वक़्त यही कहना चाहते थे।

हर किसी राग में ख़ास स्वर-समूह या बेसिक फ्रेज ज़्यादा नहीं होते। ग्वालियर और आगरा घराने में स्वर-विस्तार पर ज़्यादा ध्यान न देकर उन्होंने राग-विस्तार पर ही ज़्यादा ज़ोर दिया है। एक और टेकनीक है राग-भाव को अच्छी तरह से जमाने के लिए। वह है चतुराई से कम्प्लीमेंटरी फ्रेज का इस्तेमाल करना। यमन के आरोहण में नि़ रे ग का जोड़ा है मं ध नि, और अवरोहण में नि ध प का जोड़ा ग रे स। मं ध प का कम्प्लीमेंट है नि़ रे स। अब इन ख़ास-ख़ास उल्टे स्वरों के साथ अगर और भी स्वर जोड़ दिए जाएँ तो राग का रूप और भी खिलेगा। ऐसा ही विचार था पुराने ध्रुपद के उस्तादों का। एक क़ायदा और था। वह था राग को छुपाना यानी आलाप के शुरू में श्रोताओं के साथ रहस्य के रूप में थोड़ा मज़ाक करना। इन दोनों की एक मिसाल मुझे याद है। उस दिन सुबह की महफ़िल में जैसे ही ख़ाँ साहब ने स्वर लगाया, मुझे लगा कि शायद उन्होंने काफी ऊँचे पर्दे में तानपूरा मिलाया है। पल-भर में ही समझ में आ गया कि उन्होंने षडज से नहीं, पंचम से आलाप शुरू किया है। मं प ध़ प स्वरों से खेल रहे थे और मूँछों ही मूँछों में मुस्कुरा रहे हैं। श्रोता समझ रहे हैं कि वे ऊँचे पर्दे में नि़ स रे़ स सुन रहे हैं। तीव्र मध्यम से पंचम, आन्दोलित कोमल धैवत से निषाद को धोखा देकर फिर लौटकर पंचम में ही आ रहे हैं। अब श्रोता, साँस रोके हैरत में हैं, कि अब यह राग

किस तरफ़ घूमेगा। इस खेल को उन्होंने कई बार दोहराया और फिर खेलते-खेलते जब गान्धार में आकर बहुत भारी बुलन्द आवाज़ में ग म म म रे स के साथ एक ज़बर्दस्त मीड़ लिये षडज पर आ पहुँचे तो ऐसा लगा कि रामकली राग का पहाड़ टूट-सा पड़ा है। महफ़िल में हलचल-सी मच गई।

एक और रात याद आती है। जब मुझे उस्ताद की कृपा तथा और पास जाने का मौक़ा हासिल हुआ, तब मेरी उम्र थी सोलह या सत्रह साल की। लखनऊ यूनिवर्सिटी में दाखिल ही हुआ था। क़ैसरबाग के गोल चक्कर के ऊपर जो एम्पायर होटल था, वे हमेशा वहीं ठहरते थे। मैनेजर हमेशा हाथ जोड़े ही रहता था और उनके आने की ख़बर मिलते ही उनके कमरे को साफ कर कोई एक दर्जन सोडा की बोतलें पहले से ही सजाकर रखता। हमारे मकान में मेरा कमरा एक कोने में था। साथ के कमरे में मेरी माँ और दूसरे विंग में बड़े साहब के पढ़ने और सोने का कमरा था। पढ़ाई खत्म कर बत्ती बुझाकर, दरवाज़ा बाहर से खींचकर मैं साइकिल पर चढ़कर जाता था। किसी को पता भी नहीं चलता था। पहले स्टोपेज था बटलर होस्टल—साल्वे की तलाश में, दूसरा स्टोपेज ह्यूएट होस्टल का 17 नम्बर कमरा, यानी कि मुहम्मद हुसैन का डेरा। उस रात का जाड़ा भुलानेवाला नहीं था। हल्की-हल्की बारिश हो रही थी। कोट-पतलून-मफलर के ऊपर कम्बल लपेटकर हम लोग साइकिल चला रहे थे। दो मील का रास्ता जैसे खत्म ही नहीं हो रहा था। होटल पहुँचते ही ख़बर मिली कि ख़ाँ साहब पहुँच गए हैं। कोई एक नेपाल के शमशेर जंग बहादुर या ऐसे ही कोई राणा साहब कार्लटन होटल में ठहरे हुए हैं और फ़ैयाज़ ख़ाँ से ध्रुपद सुनने का दावतनामा भेजा है। ख़ाँ साहब भी कुछ कम नहीं थे। उन्होंने उस दावतनामे के जवाब में ख़बर भेजी, "हम बड़ौदा से बहुत लम्बा सफ़र कर अभी-अभी पहुँचे हैं। इसलिए अगर तक़लीफ़ माफ़ कर आप लोग यहीं तशरीफ़ ले आएँ तो मामूली खाना-पीना और गाना दोनों ही हो सकता है। होटल का जो दूसरी मंजिल का बैठकख़ाना था, वह ख़ाँ साहब के आने पर और किसी के इस्तेमाल में नहीं आता था। उसी दिन ख़ाँ साहब पधारे थे, सिर्फ़ दर्शन के लिए ही हम आए थे। यह अचानक आज ही रात को एक महफ़िल में भी शामिल होने का इत्तेफ़ाक होगा, यह मैंने सोचा भी नहीं था।

किराना घराने के मशहूर गायक फ़ीरोज़ दस्तूर ने एक बार मुझसे कहा था—"एक बार लाहौर में उस्ताद फ़ैयाज़ ख़ाँ का राग बिहाग में नोम-तोम आलाप सुनकर हमारे रोंगटे खड़े हो गए थे।" उस रात का मेघ मल्हार का आलाप याद करने पर आज भी रोमांच होता है। मन्द्र सप्तक में जैसे-जैसे उनकी आवाज़ उतरती जाती थी, उतना ही उनके आकार चौड़े होते जाते थे। जब ख़ाँ साहब खरज के षडज पर खड़े हुए, मुझे ऐसा लगा जैसे मैं गहरे पानी में चला गया हूँ और मुझमें जैसे दम ही नहीं रहा। और यह बढ़त का काम कुछ न पूछिए। मध्य सप्तक के एक-एक स्वर को लेकर आगे बढ़ रहे थे और एक पर्दा फलाँगकर अवरोही में धीरे-धीरे 'मेघ' खुलता गया, और ख़त्म हो रहा था शागिर्दों के एक साथ गाये रे नि स रे से। उसके बाद शुरू हुआ जोड़ का काम

और उसमें कितनी-कितनी खूबसूरत छन्दों, लड़ियों, ठोक की झड़ी और स्वर और गमक का गम्भीर गर्जन। उस युवावस्था में मुझे पता ही नहीं था कि दुनिया में इतने सुर हैं और आकाश और हवा में भी। द्रुत जोड़ के गमक की हुँकार, उसका दाना, वज़न–ऐसा लग रहा था जैसे कि स्वरों के तूफ़ान में कोई मुझे उड़ा ले जा रहा है। रवीन्द्रनाथ के 'घोड़ा' जैसे हम बेबस हो गए। नशे में चूर हो गए, बिल्कुल जैसे लीन-से हो गए। इस दुनिया से जो कि बिल्कुल ही निराली, अलग और अचरज से भरी हुई थी, जैसे मेरी कोई जान-पहचान नहीं थी। अगर किसी को भी एक बार इस दुनिया के दर्शन हो गए तो उसे बाक़ी ज़िन्दगी इससे छुटकारा नहीं मिलेगा। अफ़सोस, अब वह घी फिर नहीं मिलेगा। हाथ सूँघते-सूँघते ही दिन कट जाएँगे।

एक और लेवेल पर अनोखे अनुभव की बात कर रहा हूँ। जून महीने में आस्ट्रेलिया का जाड़ा। ब्रिसबेन का जाड़ा कलकत्ता के क्रिसमस-जैसा। बरसात भी कम ही होती है। वहाँ से बंडेबर्ग बस में साढ़े चार घंटे का रास्ता। यूरोप में जो बसें एक देश से दूसरे देश जाती हैं, उन्हीं बसों की तरह। लेकिन इसमें और भी आराम है, वीडीओ है, टॉयलेट और सिर के ऊपर काँच और बगल में काँच की खिड़कियाँ। दोनों तरफ़ का नज़ारा कुछ-कुछ छोटा नागपुर से मिलता है। सिर्फ़ बड़े-बड़े यूकेलिप्टस के पेड़ों से पता चलता है कि यह हिन्दुस्तान नहीं है। रास्ता खत्म होते ही बंडेबर्ग हवाई अड्डा आ गया। वहाँ पर एक छोटा-सा प्लेन हमारे इन्तजार में था। हमें जाना था सिर्फ़ आधा किलोमीटर दूर लेडी एलिएट्स आइलैंड जहाँ दुनिया का मशहूर ग्रेट बैरियर रीफ़ है। तूफ़ान और वर्षा से डेढ़ दिन खराब होने के बाद जब हम रबड़ की सजावट पहनकर स्नोर्क्लिग के लिए उतरे तो देखा करोड़ों साल के प्रवाल की नींव पर हम लगभग पानी में खड़े हैं। काँच के चश्मे से देख रहा था एक-एक अपूर्व सुन्दर राज्य जिसे देख लोग हैरत में पड़ जाएँ। हॉलीवुड के सिनेमा में देखते हैं कि वहाँ के पानी का रंग नीला होता है, लेकिन वैसा तो वह नहीं था। सूरज की किरणों में धुँधला दिख रहा था। ईश्वर की बनाई एक बहुत बड़ी एक्वैरियम के भीतर हम पैदल चल रहे थे। चारों ओर विचित्र रंगों की हजारों मछलियाँ हमारे हाथ की गीली रोटी पर मुँह मारकर साँप जैसे प्रवाल के किसी बड़े खम्भे के पीछे हवा हो जातीं। उनकी पोशाक का क्या कहना ! और रंगों का भी क्या खेल ! और उनकी लीला में भी क्या नज़ाकत ! करीब पाँच फीट की दूरी पर एक मँझले साइज का कछुआ मुझे तिरछी नज़र से देख रहा था, और उसकी बगल में थी एक स्टारफिश जिसका बैंजनी रंग सूरज की किरणों से जगमगा रहा था। और उस रंग का वर्णन करना मेरे लिए बिल्कुल ही असम्भव है। यह कैसी अचरज और हैरत की दुनिया है, जिसका वर्णन ही नहीं किया जा सकता। इतनी दूर जाने की भी जरूरत नहीं है। इसकी रत्ती-भर झलक बहुत नजदीक अण्डमान के जलिवय द्वीप में ही मिलती है। टी.वी. और फिल्म की मार्फत हम जो देखते हैं, उसके साथ इस अनुभव की कोई बराबरी नहीं। भूगोल का कहना है कि दुनिया के तीन हिस्से में यही फैला हुआ है। इसमें रहनेवाले जीव लाखों से भी ज़्यादा हैं। सिर्फ़ ह्वेल ही तीन सौ प्रकार के हैं, जिनकी परम्परा चालीस करोड़

साल से भी ज़्यादा यानी डायनासोर से भी पहले की है।

एक और दफे पिंडारी ग्लेशियर के धाकुड़ी की मशहूर चढ़ाई पर हम खच्चर की पीठ पर दाल-चावल-आलू और कैंड फूड के टीन लादकर पैदल चल रहे थे। साथ में राधाप्रसाद गुप्त (शाँटुल)। हर पाँच-सात मील के अन्तर पर थे वन-विभाग के पुराने साहबी ज़माने के डाकबँगले। वहाँ फायर प्लेस के सामने आग सुलगाकर खाना-पीना और आराम। कभी किसी झरने की पगडंडी पर बैठकर फ्लास्क से गरम-गरम चाय पीते और गप्प हाँकते। इस तरह से तीसरे दिन हम लोग फुरकिया छोड़कर पिंडारी नदी के मुहाने तक पहुँच गए। उस अंचल में मौसम बहुत जल्द ही बदलता है। अभी इस वक़्त झिलमिलाती हुई धूप, नील आकाश और आधे घंटे में ही फिर बादल, तूफ़ान और भारी वर्षा जो कि हमें तर-बतर कर देते। लेकिन हमारे भाग्य अच्छे थे। आकाश का रंग कोबल्ट ब्ल्यू और सुबह के सूरज की धूप ज़्यादा न होने पर भी बारह हज़ार फीट की ऊँचाई पर हमारा बदन गरम हो रहा था। रास्ते में एक बंगाली लड़के से भेंट हुई। बड़े जोश में फलाँग-फलाँगकर लौट रहा था। पूछा—"क्या आप चौखम्बा ग्लेशियर गए थे ?" हमने कहा—"नहीं भाई, हम गंगोत्री तक गए और आगे जा नहीं सके।"—"देख आइए। यह और भी ज़्यादा अच्छा है। चौखम्बा इसके आगे कुछ भी नहीं।" बस इतना कहकर उसने फिर दमतोड़ दौड़ना शुरू कर दिया। करीबन फर्लांग-भर रास्ता चलकर थोड़ा-सा दाहिने मुड़कर हम जहाँ पहुँचे, वहाँ का नज़ारा देखकर मेरी तो बोली ही बन्द हो गई। सोच लीजिए कि एक विशाल एमफी थिएटर और उसके बीच हम खड़े हुए हैं। एक तरफ़ तो हम लोगों का दाखिल होने का रास्ता और तीनों तरफ़ हिमालय की छोटी-बड़ी और मशहूर, बर्फ से ढँकी चोटियाँ। उनमें से कोई भी बीस हजार से कम नहीं। एक में से ग्लेशियर की धारा नीचे जा रही है और उसमें से पिंडारी नदी खिलखिलाती हुई बही जा रही है। चौड़ाई में शायद दस-पन्द्रह फीट भी नहीं होगी। चारों ओर अनगिनत छोटे-छोटे घास के रंगीन फूल सुबह की रोशनी में झिलमिला रहे हैं। हम तीन-चार क्षुद्र व्यक्ति जैसे उस विशालता में और भी क्षुद्र हो गए थे।

गया के राम आसरे झा ने मुझसे कहा था कि जब आवाज़ चलती थी तो गाना क्या चीज़ है, वही नहीं समझता था। आखिरकार जब कुछ-कुछ समझने लगा तो अपने को बूढ़ा पाया और जो अच्छे-अच्छे गवैए थे, वे सब चल बसे थे। जो लोग पहले से ही समझ जाते हैं कि मनुष्य की पाँच इन्द्रियों की सन्तुष्टि के लिए चारों ओर बहुत सारी अनोखी चीज़ें फैली हुई हैं और थोड़ी मेहनत करने पर ही मिल सकती हैं, वे लोग वाकई खुशक़िस्मत हैं। पर यह ज़रूर है कि इसके लिए काफी मेहनत करके अपने मन, रुचि और शरीर को तैयार करना पड़ता है। वरना बचपन और किशोर अवस्था में पढ़-लिखकर जवानी में नौकरी, विवाह, गृहस्थी और पुत्र-पुत्रियों के चक्कर में फँसकर और सामने जो कुछ मिल जाए, खाकर टी.वी. और मशीन में गाना सुनकर, छुट्टियों में पुरी और दार्जिलिंग घूमकर नब्बे प्रतिशत लोग घंटे में साठ मिनट की रफ्तार से मृत्यु की ओर दौड़ रहे हैं। कौतूहल भी नहीं और अफ़सोस भी नहीं, सिर्फ़ इस बात का दुःख

है कि काफी पैसा इकट्ठा नहीं हो रहा है। और अगर पैसा है तो उसे खरचने के लिए इंटीरियर डेकोरेटर के पास जी-हजूरी कर रहे हैं, एक के बदले तीन-तीन देशी या फॉरिन गाड़ियाँ खरीद रहे हैं और शादी-ब्याह में बीस-बीस लाख खर्च कर रहे हैं। दुनिया में ज़्यादातर अच्छी चीज़ें काफी पैसों की बदौलत ही मिलती हैं। मगर इनकी तालीम इससे भी ज़्यादा मेहनत से हासिल होती है। खाना-पीना, तस्वीरें, किताब, संगीत वाइन, शास्त्र—ये सब भी बिना तालीम के आसानी से हासिल नहीं किए जा सकते। कारण यह है कि जितनी भी बारीक या सूक्ष्म भोग की वस्तुएँ या चीज़ें हैं, वे सभी एक्वायर्ड टेस्ट और प्लेजर ऑफ माइंड के लिए हैं। इन पर मेहनत और खर्च शरीर के प्लेजर के ख़र्चे से कहीं ज़्यादा है। कितने पैसेवाले इसकी ख़बर रखते हैं ?

थोड़े समय के लिए प्रकृति का संस्पर्श मनुष्य को महान बना देता है। ख़ासकर हिमालय का उत्तर खंड। ग्रेट आर्ट से भी यह अनुभूति ज़्यादा होती है, क्योंकि इसका एक एनोब्लिंग इफेक्ट है; और वह इस वजह से कि यह इलाका उभरी हुई चेतना का है। यानी हायर सेल्फ का। किशोर अवस्था में रात-भर जागकर 'दि ब्रदर्स करमाजोव' या 'वार एंड पीस' पढ़ने की स्मृतियाँ, गहरी रात में डेविड अैसट्रेख से बीथोवन का वायलिन कॉन्चेर्टो सुनकर हिमालय की जानी-अनजानी सड़कों पर घूमते-घूमते, असम-ब्रह्मदेश के बार्डर पर टीपांग गरजते हाथियों का तैरना, चाँदनी रात में कान्हार के जंगल में, नारियल के पेड़ों से घिरा हुआ बालीद्वीप का आधा बुझा हुआ ज्वालामुखी देखते-देखते, सूर्यास्त के समय हॉनोलूलू के वाकोकी समुद्रतट पर बैठे के बीच मुझे बार-बार यही ख़याल आता रहा कि रोमांस की यह अनुभूति शारीरिक स्तर का जो स्थूल आनन्द है, उससे कहीं ऊँची, गहरी, विशाल और सर्वव्यापी ही है। ऊँचे आर्ट का यह मतलब नहीं है कि सिर्फ़ चौंका कर वाहवाह ही अदा कर लें। रवीन्द्रनाथ की भाषा में यह भी नहीं। सिर्फ़, 'दो आँखों को तर करना, अत्यधिक भावावेग में विह्वल करना। उसका काम है, मन को उस कल्पना लोक में ले जाना जहाँ रूप की पूर्णता है। वहाँ की सृष्टि प्रकृति की सृष्टि जैसी ही है, क्योंकि उसमें भी सत्य की शक्ति है।'' ('सुर ओ...संगति—रवीन्द्रनाथ के साथ धूर्जटि प्रसाद के पत्रों का आदान-प्रदान' : विश्वभारती से)। उस रात फ़ैयाज़ ख़ाँ का गाया हुआ 'मेघ मल्हार' सुनकर जो अनुभूति हुई, वह इसमें शामिल है।

किसी एक लेख में धूर्जटिप्रसाद ने फ़ैयाज़ ख़ाँ को मास्टर ऑफ एटमोस्फियर कहा है। उस्ताद अहमद जान थिरकवा ने भी एक बार उस माहौल या वातावरण के बारे में मुझसे ज़िक्र किया था। अब सवाल यह उठता है कि वातावरण कैसे तैयार होता है ? सबसे पहले आवाज़, जिसकी तासीर (प्रभावगुण) का किसी भी तरह के रिकार्ड से अन्दाज़ा नहीं लगाया जा सकता। उस आवाज़ की पिच, वाल्यूम और कलरेशन ऑफ टोन जीवित या मृत गवैयों से एकदम अलग थे। बड़े गुलाम अली या अब्दुल करीम जैसी मुलायम या नज़ाकत से डूबी हुई नहीं, लेकिन वह आवाज़ थी शाही और दरबारी। अमीर ख़ाँ के लफ़्जों में मैजेस्टिक और बेनज़ीर। और दूसरा रागदारी। आमतौर से ऐसे कलाकार पंडित नहीं होते। ख़ाँ साहब के गाने में कला, रुचि और पांडित्य—इन सभी चीज़ों का

एक अनोखा मिलन हम देखते थे। अप्रचलित रागों का उन्हें जितना ज्ञान था, प्रचलित और प्रतिष्ठित रागों पर उतना ही अधिकार था। महिषादल के राजा देवप्रसाद गर्ग को उन्होंने टंकश्री, रामगौरी, कापरगौरी, गायत्री आदि चीज़ों की तालीम दी। मगर वे कहते थे—"ये सब हाथी के दाँत हैं। दिखाने के लिए, चबाने के लिए नहीं। पेट तो भरता है वही यमन, बिहाग, जैजैवन्ती बहार और दरबारी से। एक बार कश्मीर की महारानी के बुलावे पर वे एक महीने श्रीनगर रहे थे। वहाँ पर अठारह दिनों तक उन्होंने भातखंडे जी को कल्याण के प्रकार सुनाए थे। उनमें आठ दिन सिर्फ़ यमन, यमन कल्याण और वह भी जगह बदल-बदलकर और ये सब तरह-तरह के ध्रुपद, धमार और ख़याल में बन्दिशों के जरिए। हर रोज़ आलाप और बन्दिशें, लेकिन दूसरे रास्ते पर। हर रोज़ एक ही राग का चेहरा थोड़ा-बहुत बदलता जाता था। एक और उस्तादी थी जो उस ज़माने के गवैयों को बहुत पसन्द थी और जिसमें फ़ैयाज़ ख़ाँ माहिर थे। वह थी एक ही राग में दूसरे रागों का आविर्भाव और तिरोभाव। छायानट और हमीर के पास ही खड़े हैं केदारा और कामोद। किस तरह यह सब आसपास के रागों की बगल में रहते हुए दो दंड इसमें रसालाप करके फिर असली राग में लौटते थे, किस तरह तिलक कामोद में झिंझोटी का आविर्भाव और तिरोभाव होता है, किस तरह बरवा से देसी और सिन्धूरा का प्रभाव बचाना पड़ता है, इस इल्म से इतनी बेनज़ीर और इतनी गहरी पहचान, उस ज़माने के और किसी उस्ताद में मुझे नहीं मिली थी। इसके बाद ही भातखंडे जी ने श्रीकृष्ण रतन जनकर, यानी उनके प्यारे बाबूराव को फ़ैयाज़ ख़ाँ के हवाले कर दिया।

और ख़ाँ साहब के गुणों में तीसरी ख़ास चीज़ थी उनका श्रुतिज्ञान। भास्कर बुआ ने दिलीपचन्द्र वेदी के बारे में जो बात कही थी, वह फ़ैयाज़ ख़ाँ के बारे में भी लागू है। ख़ाँ साहब ध्रुपदी घराने के शागिर्द थे। तो उनके लिए तोड़ी, नायकी और दरबारी का गान्धार अलग-अलग सुनाना कौन-सी बड़ी बात थी। अपनी मर्जी माफ़िक कभी-कभी ख़ाँ साहब दरबारी में आन्दोलित गान्धार न लगाकर खड़े गान्धार से श्रुति समझा देते थे। फिर बागेश्वरी में जो निषाद और गान्धार कम्प्लीमेंटरी हैं, उसे समझाते थे दोनों स्वरों को आन्दोलित करके। बहुत पुराने ललित के रिकार्ड (78 आर.पी.एम.) में उन्होंने एक तरफ़ ढाई मिनट का आलाप किया है तो दूसरी पीठ पर द्रुत ख़याल। मामूली तौर पर ख़यालिए इस राग में कोमल धैवत लगाते हैं। और ख़याल न रखने पर मध्यम को षडज बनाकर तारसप्तक में जाकर तोड़ी में बदल जाने की आशंका रहती है। इस वजह से ध्रुपदिए ललित में सहकारी धैवत लगाते थे, लेकिन मीड़ के साथ। वह न तो शुद्ध होता था और न कोमल। लोगबाग गलती से कहते हैं कि ललित में दो प्रकार का धैवत लगता है—शुद्ध या कोमल। असल में इन दोनों के बीच में जो श्रुति है, वह ख़ाँ साहब ने विलम्बित आलाप में तो गाया ही है और द्रुत आलाप में भी वो श्रुति अपनी जगह पर जमी रही। देसी में भी इस सहकारी धैवत का प्रयोग होता है जो कि फ़ैयाज़ ख़ाँ के धमार रिकार्ड में है। उनके जैसे श्रुतिज्ञान से सिर्फ़ राग का विकास ही नहीं होता था, राग जैसे आँखों के सामने खड़ा हो जाता था। देसी तोड़ी के नाम से एक क़िस्सा

याद आया। एम.आर. गौतम यह क़िस्सा इन्दौर के रजब अली के ख़ास प्रिय शिष्य कृष्णराव मजुमदार से सहेजकर लाए थे। बाद में इसकी सच्चाई मैंने अता हुसैन ख़ाँ साहब से जाँच ली थी। इन्दौर के दरबार से ख़ाँ साहब का बुलावा आया। तानपूरा मिलाकर ख़ाँ साहब ने देसी तोड़ी शुरू की। आँखें मूँदे महाराजा ने डेढ़ घंटे तक सुना, लेकिन उनके चेहरे पर कोई फ़र्क़ नहीं आया। राग खत्म होने पर उन्होंने इशारे से सभा खत्म करने को कहा और चले गए। जाने के पहले कह गए कि दूसरे दिन सुबह महफ़िल जमेगी। दूसरे दिन रजब अली ख़ाँ की तोड़ी से सभा की शुरुआत हुई। उनकी हैरतअंगेज़ तान करतब ख़त्म होने पर फ़ैयाज ख़ाँ ने हाथ जोड़कर पूछा—''सरकार की क्या ख्वाहिश है ?'' महाराजा ने कहा—''देसी।'' ख़ाँ साहब आलाप खत्म कर ध्रुपद, धमार और ख़याल गाने के बाद फिर डेढ़ घंटे देसी तोड़ी गाएँगे। महाराजा ने आँखें मूँद लीं, जैसीकि उनकी आदत थी। गाना ख़त्म होने पर ही उन्होंने सभा को भी भंग कर दिया। तीसरे दिन रजब अली ख़ाँ के गाने के बाद फिर फ़ैयाज़ ख़ाँ ने पूछा—''हुज़ूर, आपकी क्या इच्छा है ?'' छोटा-सा जवाब—''देसी।'' ख़ाँ साहब ने अपने साले अता हुसैन साहब को कहा था कि ज़िन्दगी में बहुत सारे इत्मिहान मैंने दिए हैं, लेकिन ऐसी पेंच में वे कभी नहीं फँसे। उनकी समझ में नहीं आ रहा था कि क्या यह सिर्फ़ दौलतमन्दों की सनक है या उनकी तौहीन करने की साज़िश। दुबारा उन्होंने आलाप भरा एक दूसरे अन्दाज़ से। धमार और ख़याली बन्दिशें भी थीं। अपनी जान लड़ाकर डेढ़ घंटे बाद देसी खत्म कर ख़ाँ साहब ने हाथ जोड़ लिये किसी नई फरमाइश की उम्मीद में। महाराजा खड़े हुए और बोले—''नहीं, इसके बाद और कोई गाना नहीं जमेगा।'' इतना कहकर उन्होंने तीन लड़ी की मोतियों की अपनी माला खुद उतारकर ख़ाँ साहब के गले में डाल दी। साथ में इनाम भी दिए बीस हजार रुपए और रजब अली ख़ाँ को ढाई हजार।

कृष्णराव मजुमदार ने कहा था कि रजब अली ख़ाँ को इत्र का शौक था। इस वाक़ए के बाद वे दरबार से निकलकर बाज़ार गए एक मशहूर इत्रवाले की दुकान पर। सोचा, इत्र खरीदकर देवास लौट जाएँगे। वहाँ मोल-भाव करते-करते एक इत्र उन्हें ख़ास पसन्द आ गया। कीमत पूछने पर इत्रवाले ने उन्हें अच्छी तरह से घूरकर देखा और बोला—''यह लखनऊ का मशहूर बदे-मुश्क इत्र है। क्या आप इसकी कीमत दे सकेंगे ? इस छोटी-सी शीशी की कीमत ढाई सौ रुपए है।'' रजब अली ख़ाँ भौंहें चढ़ाकर बोले—''अच्छा, यह बात है ? तो बेटे तुम्हारे पास कितनी शीशियाँ हैं और कुल मिला के क्या कीमत होगी उनकी ?'' दुकानदार ने सारी शीशियाँ इकट्ठी कीं और बोला—''इनकी कुल कीमत पन्द्रह सौ हुई।'' उसी वक़्त ख़ाँ साहब ने नकद पन्द्रह सौ रुपए उसे गिनकर दे दिए और कहा—''ठीक है, अब सारी शीशियाँ खोलकर हमारे जूते में डाल दो।''

इस ऐतिहासिक घटना के बाद रजब अली ख़ाँ फ़ैयाज़ ख़ाँ से ख़फ़ा होकर उनके बारे में भला-बुरा कहते ज़रूर थे, लेकिन जब उनका गुस्सा उतर जाता तो अपने शागिर्दों से कहते—''हाँ, रीत का गाना तो वही है, मानना ही पड़ेगा।'' कृष्णराव मजुमदार ने खुद मुझसे ये बातें इन्दौर में कही थीं।

पहले-पहल जब उस्ताद फ़ैयाज़ ख़ाँ बड़ौदा के सभा-गायक हुए, तब वे जवान थे और थोड़ा-बहुत उनका नाम फैलना शुरू हो रहा था। भातखंडे जी की सिफारिश से महारानी ने उनका गाना सुनकर उन्हें मुक़र्रर कर लिया। उनके मौसेरे भाई गुलाम रसूल ज़िन्दगी-भर उनके साथ हारमोनियम पर संगत करते रहे। वे ख़ाँ साहब के करीब के लोगों में से थे। गुलाम रसूल के लिए ख़ाँ साहब की कुछ ख़ास ही कमज़ोरी थी, क्योंकि उस ज़माने में गुलाम रसूल मैट्रिक तक पढ़े हुए थे और मामूली अंग्रेजी ऐक्सेंट के साथ बोल लेते थे। उन्होंने मुझसे कहा था कि जब ख़ाँ साहब शुरू में नौकरी पर लगे तो उनसे पूछा गया कि कितनी रकम से वे खुश होंगे। उन्होंने कहा था—''सौ रुपए से कम हम नहीं लेंगे।'' वे 150/ पर मुक़र्रर हुए और ताँगा एलाउंस था सोलह रुपए। महाराजा सर सयाजी राव बहुत पढ़े-लिखे तो नहीं थे, लेकिन गुणियों के जौहरी थे। उस ज़माने में मैसूर को छोड़कर और किसी भी नेटिव स्टेट में सयाजी राव जैसे प्रगतिशील राजा नहीं थे। इनके दीवान सब आई.सी.एस. थे। इनमें से रमेशचन्द्र दत्त, (महाराष्ट्र जीवन प्रभात के लेखक), और वी.टी. कृष्णमाचारी का नाम याद आ रहा है। पहला आर्ट्स कॉलेज और पहला म्यूज़िक कॉलेज भी इसी ज़माने से शुरू हुआ। जिन गुणियों को उन्होंने पनाह दी थी, उनमें से अरविन्द घोष यानी श्रीअरविन्द भी कुछ समय तक यहाँ रहे थे। मुज़तबा अली की 'चाचा कहानी' और 'पंचतन्त्र' में उस समय के बड़ौदा महाराजा की झलक और कुछ क़िस्से भी मिल सकते हैं।

कुछ ही बरसों में फ़ैयाज़ ख़ाँ की तनख्वाह साढ़े तीन सौ हो गई। लेकिन शुरू-शुरू में महाराजा को गाने-बजाने से कोई दिलचस्पी नहीं थी। उन्होंने सभा-गायक और बजानेवालों की देखभाल अपनी महारानी (त्रिवांकुर की राजकन्या) पर छोड़ रखी थी। भातखंडे जी की सलाह भी लेते थे। ख़ाँ साहब की ड्यूटी थी कि हर सोमवार को वे महल के दरबार हॉल में पत्थर की जालीदार जाफरी के पीछे बैठकर गाना गाएँ—कोई सुने या न सुने। गुलाम रसूल ने कहा था—''वह एक अजीब अनुभव था। कोई आदमी या श्रोता नहीं, पर ख़ाँ साहब गाते रहते और हम हारमोनियम लिये सुनते। कभी-कभी साहबों की पार्टियाँ होती थीं उसी हॉल में जहाँ ख़ाँ साहब गाए चले जा रहे होते थे। अल्ला ही जानते होंगे कि लाल चेहरे के ज़माने में पॉलिटीकल एजेंट के यार-दोस्त और उनके चेले-चमचे कितना समझते थे और क्या सोचते थे। बाई नाच तो था नहीं कि साहब लोग भी खुशी से गद्गद हो जाएँ।'' इसके कुछ दिनों बाद किसी पर्व-त्योहार के मौके पर दरबार में फ़ैयाज़ ख़ाँ का गाना हुआ। गाना खत्म होने के बाद ख़ाँ साहब ने हाथ जोड़कर महाराज से एक गुजारिश की—''सरकार, पक्के गानेवाले कलाकारों के पास विद्या भी है और आर्ट भी। लेकिन अकेले-अकेले गाने और बजाने से कुछ सन्तोष नहीं मिलता। महाराज अगर इजाज़त दें तो दो-एक श्रोताओं के सामने गाना गाकर मुझे भी थोड़ी-बहुत खुशी होगी।'' महाराज ने कहा—''ठीक है। भला इसमें कौन-सी ऐसी बड़ी बात है। कंट्रोलर से कहे देते हैं। जो नौकर-चाकर खानसामा ऑफ ड्यूटी रहेंगे, वे बराबर सोमवार को आपके सामने बैठकर गाना सुनेंगे।''

आखिर के दिनों में, मैंने सुना है कि महाराजा खुद बैठकर गाना सुनते थे। हफ्ते में एक दिन नहीं, कम-से-कम तीन बार। बेटे प्रताप सिंह को घुड़दौड़, क्रिकेट, विलायत भ्रमण आदि के सिवा और किसी चीज़ का शौक़ नहीं था; और पोते फ़ते सिंह राव गायकवाड़ ख़ाँ साहब के गंडाबंध शागिर्द थे। हाँ, इस बात की मुझे पहले जानकारी नहीं थी। हम उन्हें क्रिकेट के खिलाड़ी और हिन्दुस्तान की टीम के मैनेजर की हैसियत से ही जानते थे। एक मर्तबा यही पन्द्रह-सोलह साल पहले, बड़ौदा के उसी महल के दरबार हॉल में, ख़ाँ साहब की याद में एक कान्फ्रेंस रखी गई। उसमें बजैए थे हरिप्रसाद चौरसिया, शिवकुमार शर्मा और बृजभूषण काबरा। गवैयों में थे लताफ़त ख़ाँ, शराफ़त ख़ाँ और उनके साथ किसी तरह इस नाचीज़ का नाम भी किसी ने शामिल कर दिया था। मैं नहीं जानता। फ़ते सिंह राव ने कान्फ्रेंस के उद्‌घाटन के मौके पर सबका स्वागत करते हुए कहा—''जिनकी याद ताज़ा करने के लिए आप सब इतनी तकलीफ़ उठाकर यहाँ आए हैं, वही आफ़ताब-ए-मौसीक़ी फ़ैयाज़ ख़ाँ साहब ने सिर्फ़ हमारे दरबार के सभा गायक बनकर ही हमें इज़्ज़त नहीं बख़्शी, बल्कि वे मेरे गुरु भी थे। उनके इन्तक़ाल फ़रमा जाने के बाद मैं अब और किसी का गाना नहीं सुनता।'' इतना कहकर उन्होंने अपने छोटे भाई रंजीत सिंह के ऊपर सारी जिम्मेदारी सौंप दी और हवा हो गए। लेकिन इसके लिए उन्हें ख़ास तौर से कसूरवार नहीं ठहराया जा सकता। और यह तो सभी जानते हैं कि आज के राजा-महाराजाओं के सभी वारिस डिप्लोमेट की हैसियत से नाम पैदा कर रहे हैं। सुननेवालों में गुलाम रसूल ख़ाँ साहब मौजूद थे और उन्होंने हम लोगों की काफी हौसलाअफ़जाई की और गाने के बाद वही संगमर्मर की जालीदार जाफ़री दिखाई, जिसके पीछे बैठकर अपनी जवानी के दिनों में ख़ाँ साहब क्लास फोर स्टाफ को गाना सुनाते थे।

मैंने पहले ही उस क़िस्से का ज़िक्र किया है, जिसमें रामपुर के नवाब हमीद अली के ज़माने में फ़ैयाज़ ख़ाँ के तिलक कामोद की काफी दुर्गति हुई थी। इनके बेटे नवाब रज़ा अली ख़ाँ जरूर मुश्ताक़ हुसैन के शागिर्द थे, लेकिन सभा के और सब गवैयों और बजैयों के गुरु भी थे। लेकिन अगर बाहर से, ख़ासकर किसी रियासत के कोई उस्ताद पधारते थे तो उनकी तौहीन करने की काफी कोशिश करते थे। मुश्ताक़ हुसैन ख़ाँ के तीन सप्तक के लरजदार तान के साथ-साथ मशहूर था उनका राग सागर। यह एक क़िस्म की गुँथी हुई रागमाला थी, जिसके शब्दों के साथ हर चरण पर राग बदलता जाता था। वजह तो मुझे मालूम नहीं, लेकिन एक दफ़ा नवाब रज़ा अली ख़ाँ के दरबार से फ़ैयाज़ ख़ाँ बहुत ही अपमानित होकर लौटे थे। रामपुर से लखनऊ लौटकर वे गुमसुम बैठे थे। दिनकर कैकिणी, शायद भट्‌ट और गिंडे के साथ, ख़ाँ साहब के दर्शन के लिए गए थे। ख़ाँ साहब रौबदार भी थे और साथ ही उन्हें अपनी इज्ज़त का भी ख़याल था। मैंने कभी उन्हें दूसरों के गाने के बारे में कहा-सुनी करते नहीं सुना। उस दिन भी उन्होंने किसी का नाम नहीं लिया और न ही कुछ बताया। पूछने पर कि रामपुर में गाना कैसा हुआ, अपना रौबदाब भूलकर हँस पड़े—''तुम लोग बताओ बेटे कि इस राग सागर में क्या रखा है और किस बात की इतनी तारीफ़ है। वह सब ही बँधा हुआ है। करना

हो तो तान सागर करो।" इतना कहकर जो उन्होंने तान और फिरत बरतना शुरू किया कि जो लोग मौजूद थे वे आँखें फाड़े ही रह गए। अभी बसन्त की तान चल रही थी कि इसी बीच तीव्र मध्यम लगाकर तोड़ी हो गई। और फिर तोड़ी के बीच में दरबारी की तान, उसी बीच मालकौंस और उसके मध्यम से ललित और केदारा की तानें। वह एक रोंगटे खड़े करनेवाली ज़बर्दस्त खिचड़ी थी। दिनकर कहते थे—"रतन जनकर साहब के कहने के मुताबिक एक ज़माने में ख़ाँ साहब बहुत ही तैयार गा सकते थे, लेकिन जवानी में भी वे अपना ठहराव या तालीम का डिसिप्लिन भूले नहीं थे। उन दिनों के गानों से इन बातों का पता चलता है।"

बड़ौदा लौटकर ख़ाँ साहब को पता चला कि महाराज को नवाब रज़ा अली ने एक खत में लिखा है कि ख़ाँ साहब शराब पीकर बिना टोपी के उनके सामने गाने के लिए बैठे थे। इससे रामपुर दरबार की इज्ज़त को काफी धक्का लगा है। जवाब में बहुत ही चुस्त अंग्रेजी में महाराज ने लिखा कि "ख़ाँ साहब फ़ैयाज़ सिर्फ़ हमारे सभा-गायक ही नहीं थे, उन्हें हमारे पिता सर सयाजी राव के दरबार में उनके दाएँ बैठने की इजाज़त भी मिली हुई थी। और वे युवराज के गुरु भी हैं। इस वजह से हम यह कभी नहीं सोचते कि वे हमारे कोई तनख्वाहयाफ़्ता मुलाज़िम हैं। इसलिए अगर उन्होंने अनजाने में आपकी तौहीन की है, तो हम उनकी तरफ़ से माफी माँग रहे हैं।"

इस सिलसिले में एक-आध कहानी और भी याद आ रही है। हालाँकि बचपन में 1936 की लखनऊ की मशहूर नुमाइश में मैं शरीक था लेकिन इस वाक़ए से मेरा कोई ताल्लुक़ नहीं था। कुछ मराठी गवैए, जिनका नाम लेना ज़रूरी नहीं है, ऊँची आवाज़ में आपस ही में कह रहे थे कि "फ़ैयाज़ ख़ाँ तो तन्त्र गाते हैं, नोम-तोम का आलाप, उसे हम लोग ख़याल नहीं कहते।" वे लोग भूल रहे थे कि मैरिस कॉलेज के छात्र और मास्टरों में से कई मराठी होने पर भी अलग-अलग परम्परा के गायक थे। जैसे ही यह बात ख़ाँ साहब के कानों में पड़ी, उन्होंने अता हुसैन ख़ाँ को बुला भेजा और कहा — "यह एक-दो चीज़ें जल्दी से याद कर लो।" और डायस पर बैठते ही उन्होंने झूमरे में बहार का विलम्बित ख़याल शुरू कर दिया। उसके बाद मध्य लय की चीज़ रूपक में और आखिर में द्रुत लय में—'कर सों ले जइयो गडुवा' अता हुसैन ने कहा था—"भाई साहब से वैसा बहार मैंने दुबारा कभी नहीं सुना" और गिंडेजी का कहना था कि उस दिन "दरो-दीवार से बहार का मध्यम निकल रहा था। अभी तक कानों में गूँज रहा है।"

ओंकार नाथ ठाकुर हिंदुत्व का झंडा लिए खुल्लमखुल्ला ख़ाँ साहब के पीछे लग जाते थे। इसके जवाब में ख़ाँ साहब ने एक तोड़ी की बन्दिश बनाई थी, जिसमें तानों का ही ज़ोर था—

"गुणन के लड़ाई लड़िए सब गुणी
मारो तान के बान।
बात कहत कछु होवत नाहीं
यही गो, यही मैदान।"

'गो' मतलब जंग या लड़ाई का क्षेत्र। अता हुसैन ख़ाँ कहते थे कि ''इस द्रुत लय में ख़याल के साथ उन्होंने ऐसी तान मारी थी कि मालूम हो रहा था, जैसे सचमुच बम बरस रहे हों।'' उनकी आवाज़ ही इतनी जबर थी कि इकहरी तान करने पर भी ऐसा लगता था कि डबल स्पीड में दोहरी तान बरत रहे हैं। और दोनों, वज़न और साइज़ में भी घट-बढ़ नहीं होती थी। और ज़्यादातर वे तानें होती थीं हलक या गमक की तान, चाहे किसी भी लय में हों। द्रुत तान सिर्फ़ टप्पा अंग में ही लेते थे। यह तानरस ख़ाँ की देन थी, जिसे फ़ैयाज़ ख़ाँ ने अपनाया। फ़ैयाज़ ख़ाँ ने कट्टर क्लासिकल ट्रेडीशन के बीच परवरिश पाई थी, तो शुरू-शुरू में उनका गाना भी पुराने ढंग का था। धीरे-धीरे उन्होंने 'ख़याल' का फॉर्म बदल दिया और ठुमरी का भी। अगर इस लिहाज से देखा जाए तो मैं तो कहूँगा कि रोमांटिक के बदले वे नीओ क्लासिसिस्ट थे। मैं उनके एक्सप्रेशन के रोमांटिसिज़्म के बारे में नहीं कह रहा हूँ। जिस माने से साहित्य, आर्ट या स्थापत्य कला में रोमांटिक मूवमेंट की बात होती है, हम उसी माने से कह रहे थे। यानी कि पुराने दायरों में रहते हुए भी उन्होंने फॉर्म और बुनियाद में काफी-कुछ तब्दीलियाँ कीं। कैसे कीं, वह बता रहा हूँ।

शुरू-शुरू में वे ध्रुपद का नोम-तोम आलाप करके धमार गाकर उसी राग की कोई द्रुत बन्दिश गाते थे। उस आलाप में वे गले का इस्तेमाल नहीं करते थे—मतलब उसमें मुरकी, खटके कुछ नहीं होते, सिर्फ़ शान्ति, चैन से स्वर का विस्तार। सिर्फ़ उस राग की असली फ्रेज (या स्वर-समूह) के आसपास घूमते थे और आँखों के सामने उन स्वरों को बहुत स्पष्ट रूप से दिखाया करते थे। इसी में उनका राग खुल जाता था। बाद में उन्होंने कुछ हरकतें भी जोड़ी थीं और ध्रुपद के आलाप को उन्होंने ग्लैमराइज़ किया था। ख़ास तौर से जोड़ की जगह पर, जैसा कि बाद में अली अकबर ख़ाँ, रविशंकर और विलायत ख़ाँ ने बीन के आलाप के साथ किया था। उन्हीं में से किसी एक की पुरानी याद ताज़ा कर रहा हूँ—

''अब मैं अपने कुछ प्रिय गायकों की बातों पर लौट रहा हूँ। जैसे फ़ैयाज़ ख़ाँ साहब। उनका गाना मुझे हमेशा से ही अच्छा लगा है। हिन्दुस्तानी रिकार्ड के डिस्क में सिर्फ़ साढ़े तीन मिनट में ही उनकी ख़सूसियत का पता चल जाता है। उनका एक रौबदार अप्रोच था, जिससे वे राग पर मर्दाना ढंग से टूट पड़ते थे। और राग की जान पर उनकी बहुत अच्छी पकड़ थी। उस पर वे बड़े ज़बर्दस्त रौब से गाते थे—इसलिए उनके गाने की पेशगी में एक अनोखा इफेक्ट था। उनकी अपनी पर्सनालिटी उभरकर सामने आ जाती थी। ख़ासकर उनका 'नुम-तुम' का हिस्सा मुझे बहुत अच्छा लगता था। और उनके आलापचारी का हिस्सा हम लोगों के बीनकारों जैसा भी नहीं और न ही हमारे रबाबियों के ढंग का। इन दोनों चीज़ों को मिलाकर उन्होंने अपना एक बहुत ही बढ़िया और चमत्कारिक ढंग अपना लिया था। उसके बाद जो जोड़ वे गाते थे, वह तो कुछ कहने का नहीं। वाह क्या बात है ! हम लोग जोड़ उसी को कहते हैं, जिसे हमने बाजे के अंग से लिया है। उनके लिए वह था 'नुम-तुम'। आलाप के बाद का जो सिलसिला,

जो लय में बँधा हुआ होता था, वह इतना अच्छा गाते थे कि बस पूछिए मत। हमें वाकई बहुत ही अच्छा लगता था उनका गाना। मैंने किसी गवैए से ऐसी चीज़ कभी नहीं सुनी।'' (पंडित रविशंकर 'राग-अनुराग', पृ. 83) इसके बाद वे कई बार धमार को छलाँगकर सीधे मध्य विलम्बित ख़याल में चले जाते थे, लेकिन उसमें आलापचारी नहीं दोहराते थे। उसमें वे बन्दिश भरने के क़ायदे ही अदा करते थे जो उस घराने में लताफ़त ख़ाँ और बशीर ख़ाँ को छोड़कर और किसी को भी नहीं आता था। सिर्फ़ लताफ़त भाई ही, बावजूद जख्मी आवाज़ के, ख़ाँ साहब किस गोलाई से अस्थायी भरते थे, उसकी याद दिला देते थे। इस मध्य लय विलम्बित ख़याल में रहते थे—बोल बनाना और ठुमरी के क़ायदे में मूल फ्रेज, यानी पकड़ को बोल के साथ तरह-तरह के एक्सप्रेशन से गाना। उसके बाद ग्वालियर अंग की भारी लरजदार तानें और एकदम आखिर में बाँट और बोलतान। कभी उसमें रहतीं टप्पा अंग की द्रुत तानें। इसके बाद आता था द्रुत ख़याल। इसके बोल बनाने के क़ायदों में थोड़ा-सा फ़र्क़ था। कुछ तो थे लखनऊ के बोल-बाँट की ठुमरी की अदा के और कुछ थे कव्वाली ढंग के। कव्वाली ढंग ख़ासतौर से याद आते हैं, जबकि वे छन्द से या एक आवर्तन में छोटे-छोटे तान-बोलतान से मुखड़े पर आते थे। तिहाई के साथ। इस तरह की तिहाई का रिवाज पहले सिर्फ़ धमार में था और अब तो ख़याल में बिल्कुल ही गायब है। सिर्फ़ साज-संगीत में है। सबसे आखिर में रहती थीं उनकी लम्बी तानें जो इस ड्रामे के अन्तिम सीन का क्लाइमेक्स हुआ करता था। लेकिन वे कभी भी स्पीड या बहुत द्रुत लय के चक्कर में नहीं फँसे। उनके विचार से जिस लय तक तान के दाने स्वर और सच्चाई ठीक-ठीक जारी रहे, उसी हद तक तानबाज़ी ज़ायज थी, यानी ठीक थी। पंडित रविशंकर की भाषा में—''उनकी आवाज़ का वज़न और जवारी ऐसी थी कि तानें तो जैसे गोला-बारूद की तरह निकल जाती थीं। एक बार मद्रास में सिर्फ़ श्रोताओं की खातिर उन्होंने गमक के साथ सरगम किए थे। वरना वैसे वे कभी नहीं करते थे। पूछने पर कहते—लगता है, बन्दर कीचड़ चबा रहा है !''

रानाडे साहब का कहना है कि श्रोताओं के साथ वे बहुत जल्द ही एक बहुत गहरा सम्पर्क, यानी रापोर्ट बना लेते थे। समझदारों की तो बात ही छोड़िए। मामूली सुननेवाले भी (जो उस ज़माने में आज जैसे एकदम नासमझ नहीं होते थे) थोड़ी ही देर में जैसे उनकी आत्मा के साथ घुलमिल जाते थे। इस मामले में वे कुछ अपनी तकनीक का इस्तेमाल किया करते थे। हालाँकि वे बहुत ही अप्रचलित और थोड़े-बहुत प्रचलित राग ही छोटी महफ़िलों में गाते थे। बड़ी महफ़िलों में हमने कभी नहीं सुना उनका गारा कान्हड़ा, रामदासी मल्हार, सुहाग, पटमंजरी, प्रदीपकी, खट आदि। मामूली सुननेवालों के हिसाब से वे गाते थे—यमन, बिहाग, जैजैवन्ती, दरबारी, ललित, तोड़ी, जौनपुरी और बहुत हुआ तो बरवा या नटबिहाग। पहचाना हुआ राग सुनकर लोग खुश होते हैं, हॉल में बैठकर ख़ाँ साहब यह बात कभी नहीं भूलते थे। दूसरी बात यह थी कि उनके उच्चारण और फ्रेज कहने के ढंग में काफी ड्रामा रहता था। कभी-कभी एक ही स्वर में खड़े होकर अस्थायी के तीन-चार बोल एक के बाद एक कह जाते थे—लगता था जैसे

शेर पढ़ रहे हैं। तीसरी खूबी यह थी कि उनका अस्थायी और अन्तरे को लेकर खेलने का क़ायदा, जिसमें गाने का हर चरण बार-बार दूसरे तरीके से गाया जाता था, कव्वाली की रीत पर हुआ करता था, नाट्य-संगीत के ढंग पर नहीं। कभी 'ए माई' या 'अरे हाँ' से बोल पूरे करते थे और मामूली श्रोता इन चीज़ों को बहुत ही पसन्द करते थे। इसके साथ-साथ उन्होंने अपने चेले-चमुंडों को भी तालीम दे रखी थी कि बंगाल के कीर्तन-जैसा वे भी मुखड़े में उनका साथ दें। यह भी कव्वाली की ही तकनीक थी, लेकिन इसका इफेक्ट ज़बर्दस्त होता था। पीछे से दो-तीन शागिर्द हारमोनियम, सारंगी, तबला लिये आरकेस्ट्रा जैसा साथ देते और गाते थे, तब श्रोताओं को लगता था कि वे भी इसी कुनबे में शामिल हैं। सबसे बड़ी बात तो यह है कि वे यह कभी नहीं भूलते थे कि संगीत में स्वर के साथ-साथ लय और छन्द भी बराबर का महत्त्व रखते हैं। हर किसी में एक इनेट सेंस ऑफ रिद्म है। गन में छिपी हुई उस लय को अगर हम नज़रअन्दाज़ कर दें तो गाना नहीं जमेगा, जबकि उसे स्वीकार कर लेने से गाना ज़्यादा जमेगा। नृत्य, वाद्य और गीत—ये तीनों मिलकर संगीत हैं। उनके गाने में ये तीनों चीज़ मिलती थीं। डॉ. रानाडे का कहना है कि उनकी तरकश में हर क़िस्म के अस्त्र मौजूद थे और थीं श्रोताओं की नब्ज़ें भी। ''देयर वाज नो चिंक इन हिज आर्मर।'' माल-मसाला, तकनीक, सुर-लय, रस ज्ञान और परिमित बोध, किसी भी स्तर पर कोई छेद या कमी नहीं थी। सन् 1924 में दिलीप कुमार राय ने जब पहली बार, फ़ैयाज़ ख़ाँ का गाना सुना तो वे थोड़ा निराश हुए। क्यों ? यह बाद में बताएँगे। उसी के साथ उस दिन जिनको दूसरा प्राइज और सोने का तमगा मिला था, मतलब मुश्ताक़ हुसैन ख़ाँ, उनका ख़याल गाना उन्हें बेजान-सा लगा और ख़ासकर बुरा लगा था उनका बेतहाशा तानकरतब और बेमतलब का उछलना-कूदना। नसीरुद्दीन ख़ाँ साहब की उन्होंने तारीफ़ की है, लेकिन उनके पिता उस्ताद अल्लाबन्दे ख़ाँ के मुद्रादोष और दिल धड़कानेवाले गमकों की भरमार ने कई बरस के लिए उन्हें ध्रुपदी संगीत से अलग कर दिया था।

इसके बाद दिलीपकुमार राय कहते हैं ''हमने एक ऐसे बालक को देखा था जो जैसा भी चाहे अपने हाथ-पैरों और अंगों को मोड़ सकता था। बिना देखे यक़ीन ही नहीं आता। जैसे वह ऊँचे दर्ज़े का कोई कलाकार नहीं माना जा सकता, वैसे ही सिर्फ़ मुश्किल स्वरों के साधनों से ही कोई ऊँचे दर्ज़े का फ़नकार नहीं बन जाता। जैसे स ध रे ध म नि ध ग जल्दी गाना तो बहुत ही मुश्किल है। लेकिन बहुत दिनों तक कोशिश करने पर ऐसा नहीं कि काबू में न आए। लेकिन मुश्किल से काबू करने से यह नहीं साबित होता कि ऐसे स्वर-विन्यास अपनाने से ही आप बहुत ऊँचे दर्ज़े के कलाकार बन ही जाएँगे। उधर चन्दन चौबे या अब्दुल करीम किस दर्द के साथ मीड़ लेकर केदारा का मध्यम पेश करते थे। इसकी वजह यह है कि इस श्रेणी के गुणी इन सादे पदों को ही सजाकर दिल में एक ऐसा अहसास पैदा करते थे कि उसकी मिसाल मिलना मुश्किल है।

उस दिन फ़ैयाज़ ख़ाँ ने जैसे उँगली से दिखा दिया कि असली और नकली गाने की गहराई में कितना फ़र्क़ है। लखनऊ सम्मेलन में जितने गवैए आए थे, उनमें सबसे

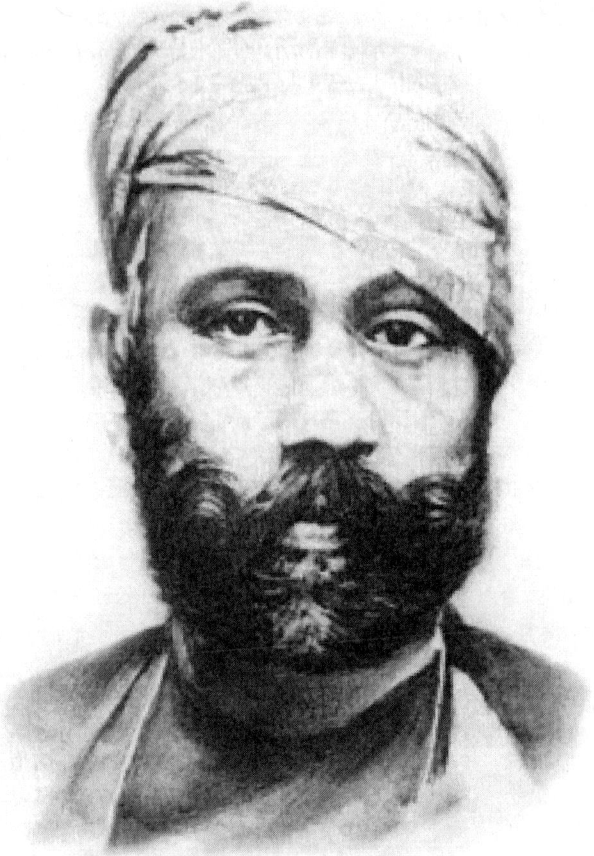

**उस्ताद जाकिरुद्दीन ख़ाँ**

ऊँचा स्थान इन दोनों को मिलना चाहिए। फ़ैयाज़ ख़ाँ और मथुरा के ध्रुपद-धमार के गवैए चन्दन चौबे को। इन दोनों में कौन बेहतर थे, यह कहना ज़रा मुश्किल ही था। लेकिन सब कुछ मिला-जुलाकर शायद फनकार के हिसाब से फ़ैयाज़ ख़ाँ साहब को बेहतर क़रार देना जायज़ होगा। वजह यह थी कि हालाँकि चन्दन चौबे के मुक़ाबले फ़ैयाज़ ख़ाँ की आवाज़ में मिठास थोड़ी कम ही थी, लेकिन बेहद दर्द था और बारीकियाँ तो अनगिनत थीं। यह बिल्कुल सच है कि फ़ैयाज़ ख़ाँ अपने दिल का खून निचोड़कर ही गाते थे। बड़ौदा में एक बार उनकी ठुमरी सुनकर लोग मोहित हो गए थे। लेकिन उस दिन सुबह लखनऊ में जो उन्होंने गाया, अंग्रेजी में उसे कहा जाता है—सरपासिंग वनसेल्फ। कलाकार किसी गहरी प्रेरणा की रोशनी से ही ऐसा खूबसूरत नज़ारा प्यासे

दिलों के सामने पेश कर सकते हैं। यह चीज़ लाख कोशिश करने पर भी नहीं बनती। वजह यह है कि खुदा की दी हुई प्रतिभा यदि दिल में न हो तो लाख कोशिश करने पर भी किसी को अब्दुल करीम या फ़ैयाज़ जैसे मनमोहक अनमोल हीरे नहीं मिल सकते। जीनियस इज दि कॅपासिटी फार टेकिंग इनफिनाइट पेंस—इस मुहावरे जैसे गलत मुहावरे दुनिया में कम ही मिलते होंगे। अल्लाबन्दे ख़ाँ के दिल में लाख कोशिश करने पर भी वह प्रेरणा नहीं आ सकती, जैसे रामदास नाई अपनी लाख कोशिशों के बावजूद

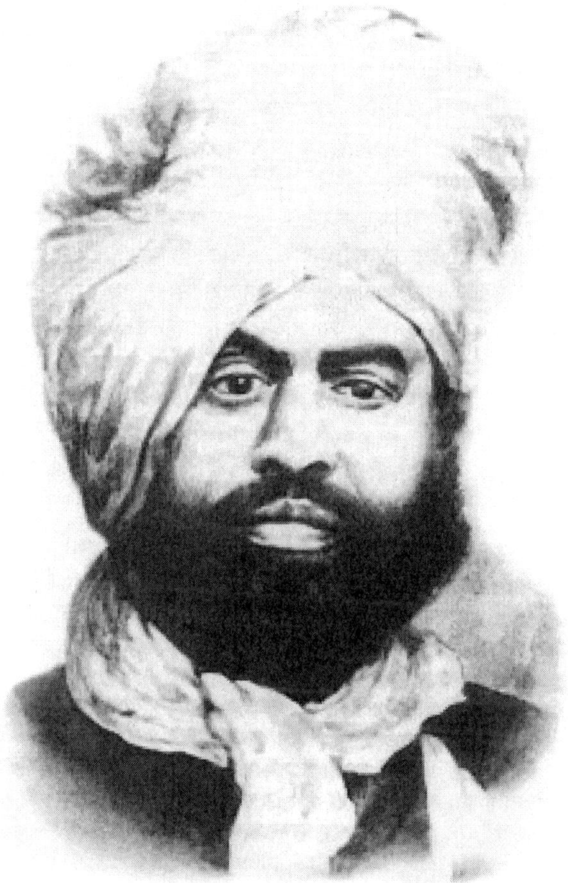

उस्ताद अल्लबन्दे ख़ाँ

रवीन्द्रनाथ जैसी कविता नहीं लिख सकता। उस दिन सुबह फ़ैयाज़ ख़ाँ ने जो दो-तीन भैरवी ठुमरी और दादरे के जो रास्ते दिखाए और जो बोल सुनाए, वे सिर्फ़ एक जीनियस ही कर सकता है। ठुमरी संगीत में कितने ऊँचे दर्ज़े की हो सकती है, उसे साबित कर दिखाया फ़ैयाज़ ख़ाँ ने उस दिन। जो माने हुए ठुमरी के रास्ते हैं, वैसा उन्होंने नहीं गाया। उनका अपना ही एक ख़ास अन्दाज़ है। ठुमरी में ही ध्रुपद की गमक, ख़याल की हलक़तान, टप्पे के दाने और लहरों जैसी मीड़ को इकट्ठा कर, दिल में उमंग पैदा करने की जो उनकी एक खूबी थी, उसका अन्दाज़ बिना सुने लगाया नहीं जा सकता। नसीरुद्दीन ने उस दिन आसावरी में मीड़ और शुद्ध स्वरों से जो एक माया का जाल फैलाया था, मुझे लगा था कि और कोई गवैया उस मायाजाल को खत्म नहीं कर सकता। लेकिन फ़ैयाज़ ख़ाँ ने उस मायाजाल को अपने संगीत के रस से सिर्फ़ ज़िन्दा ही नहीं रखा, उन्होंने अपनी ठुमरी के जादू से नसीरुद्दीन के सबसे ऊँचे दर्ज़े के आलाप के गहरे आनन्द को करीबन मिटा ही दिया था। यह कोई छोटी-सी बात नहीं थी। ('भ्राम्यमानेर दिनपंजिका', गुरुदास चट्टोपाध्याय एंड संस)

युवाकाल में यह सब पढ़कर मैंने पिताजी से दो-एक सवाल किए। उस पर वे बोले— ''यह मंटू बहुत ही इकतरफ़ी बातें करता है।'' अल्लाबन्दे ख़ाँ साहब को समझने की उसकी उम्र और तालीम तब तक तो नहीं हुई थी। बाद में हुई या नहीं, पता नहीं। हम लोगों ने यूनिवर्सिटी के फिजिक्स डिपार्टमेंट की मदद से सफेद बारादरी हॉल की छत पर एक कतार से मटके उलटे कर टँगवा दिए, ताकि उनसे एकूस्टिक्स को हैल्प मिले। अल्लाबन्दे ख़ाँ ने भाई और लड़के के साथ मिलकर जो आलापचारी की थी, वह इस ज़माने में कोई सोच भी नहीं सकता था—ख़ासकर उनकी मीड़ और श्रुति के इस्तेमाल। कोमल और अतिकोमल रिषभ एक के बाद एक उँगली से दिखाकर उसके बाद मीड़ का सहारा ले रहे थे। जैसे अल्लाबन्दे वैसे ही भाई और वैसा ही लड़का। करामात के साथ-साथ घमंड भी। लेकिन उन्हें घमंड जँचता था। मैंने तो कभी उससे बेहतर ध्रुपद का आलाप सुना नहीं। मुश्ताक़ हुसैन ने थोड़ी तानबाज़ी कुछ ज़्यादा ही की थी, लेकिन गाना अच्छा गाया था। फ़ैयाज़ ख़ाँ का वाक़या कुछ ऐसा ही था। भातखंडे जी ने मुझे रिसेप्शन कमेटी का मेम्बर बना लिया और मुझे सावधान कर बता दिया कि देखते रहना, फ़ैयाज़ ख़ाँ गाने के पहले हर्गिज़ नशा वगैरह न करें। हम तो 'गार्ड' दे रहे थे। शाम को वे जल्दी से बाथरूम जाने लगे और कहने लगे कि दस्त हो रहे हैं। मुझे क्या पता था कि बाथरूम में सारे इन्तजाम पहले से हैं। उसके बाद लुक-छिपकर मिसरी के पानी जैसी ह्विस्की पीने का जो नतीजा होता है, वही हुआ। उल्टियाँ कर चारों तरफ़ एक अजब हालत पैदा कर दी। गाना नहीं जमा। ठाकुर नवाबअली, अतुल दा हम सब बड़े निराश हुए। भातखंडेजी को पूरा वाक़या मैंने बताया। फ़ैयाज़ ख़ाँ भी बहुत शर्मिन्दा हुए। उस समय उनकी क्या उम्र होगी ? यही कोई चालीस-बयालीस साल। गाने की दुनिया में तो छोकरे ही कहे जाएँगे। आखिरकार उन्होंने हाथ जोड़कर, जो अधिकारी थे, उनसे आखिरी दिन सुबह के वक़्त एक घंटा देने के लिए गुजारिश की। उसके बाद का वाकया दिलीप की भाषा में अनोखा

ही था। ''वह एक घंटा ढाई पर जाकर ठहरा। भैरवी की महफ़िल थी। पब्लिक की तरफ़ से उन्हें नौ तमगे मिले थे। याद आता है कि ॲल्डस हॅक्सली, नवाब छतारी के साथ बेहद ऊँचे ताँगे पर आए थे। बाद में हम लोगों के संगीत के बारे में 'जेस्टिंग पाइलेट' में बेतुकी बातें लिखी थीं।''

अता हुसैन ख़ाँ ने कहा था—''भाई साहब ने मुझसे कहा कि लोग-बाग ध्रुपद-धमार और ख़याल कई दिनों से सुन-सुनकर ऊब गए हैं। सो अब ठुमरी से ही जमाना पड़ेगा। और वह भी कैसी ठुमरी—बाबुल मोरा नैहर छूटो जाय। वही लखनऊ शहर, वही वाजिद अली शाह की बारादरी। श्रोता थे नवाब, ताल्लुकेदार। जब ठुमरी के बीच में फ़ैयाज़ ख़ाँ शेर पढ़ रहे थे जो कि निर्वासित सम्राट बहादुर शाह जफ़र का था—''दरो-दीवार पर हसरत से नज़र रखते हैं, खुश रहो अहले-वतन, हम तो सफ़र करते हैं—'' तब आधे से ज़्यादा लोग रूमाल से अपनी आँखें पोंछ रहे थे। जब मैंने सुर नहीं लगाया तो पीछे मुड़कर धमकी देने की सोच रहे थे, तभी उन्होंने देखा कि मेरी आँखों से भी आँसू टपक रहे हैं। हाय वे सब क्या दिन थे।''

मेरे विद्यार्थी जीवन में ख़ाँ साहब साल में कम-से-कम दो बार लखनऊ आते थे और करीबन दस दिनों तक रहते थे। इन दिनों जोंक जैसे उनसे चिपके रहते थे सुशील कुमार चौबे, जो उस समय क्रिश्चियन कॉलेज के लेक्चरर थे। पहले तो इन्होंने लखनऊ मैरिस कॉलेज से 'संगीत विशारद' पास किया और बाद में उस्ताद फ़ैयाज़ ख़ाँ के शिष्य बन गए। अपने को ये 'महताब-ए-मौसिक़ी कहते थे और ख़ाँ साहब की ज़बर्दस्त नकल उतारते थे। यानी कि अगर वे आफ़ताब हैं (सूर्य) तो वे चाँद। महफ़िल में मुहम्मद हुसैन बहुत ही गम्भीरता से उन्हें शाबासी देते हुए कहते थे—''कसम खुदा की, ख़ाँ साहब की फोटू बन रहे हैं आप।'' उसके बाद धीमी आवाज़ में हमसे कहते—''फोटू नहीं, साला कार्टून है।'' चौबे ने उस ज़माने में कम-से-कम बीस-तीस हजार की ह्विस्की की चोट दिलाई थी ख़ाँ साहब को। लड़ाई के आखिरी दिनों में जब 110 रुपए में भी स्कॉच नहीं मिल रही थी तो उन्होंने ख़ाँ साहब को टाइगर ब्रांड सोलन की आदत डलवाने की कोशिश की थी। जब रतन जनकर उनसे भेंट करना चाहते तो वे बोतल वगैरह हटवाकर कहते—''हटाओ भई ये सब ! कृष्ण आ रहा है। हो सकता है वह हमारा शागिर्द, मगर इस वक़्त प्रिंसिपल है।''

ख़ाँ साहब की तालीम से प्रशिक्षित जिन शिष्यों को पेश किया जा सकता है, गिनती में वे कम ही थे। वाकई उन्होंने बहुत थोड़ों को ही तालीम दी थी। सिखाने के लिए जिस धीरज और मिजाज़ की जरूरत है, वह उनमें नहीं था। वे सिर्फ़ एक आर्टिस्ट थे। इस वजह से अपनी माँ के चचेरे भाई तसद्दुक हुसैन ख़ाँ या साले अता हुसैन ख़ाँ पर ही तालीम की जिम्मेदारी छोड़ देते थे। एकदम शुरू में उनसे तालीम मिली थी दिलीपचन्द्र वेदी, श्रीकृष्ण रतन जनकर, नरेन्द्र राय शुक्ला, सोहन सिंह, स्वामी बल्लभ दास, असद अली ख़ाँ और मौजूद हुसैन को। मौजूद हुसैन घर के कामकाज भी करते थे और इनका बनाया हुआ पराँठा ख़ाँ साहब को बेहद पसन्द था। जिन बंगालियों को

उनके शिष्य बन जाने पर थोड़ी-बहुत तालीम मिली थी, उनमें से जो नामी हुए वे थे ज्ञान गोस्वामी, भीष्म देव, रथीन चट्टोपाध्याय, प्रमोद गांगुली, ननीगोपाल मुखोपाध्याय, दीपाली नाग इत्यादि। नाम पढ़ने से ही पता चलेगा कि ख़ाँ साहब में मज़हब के बारे में कोई कमज़ोरी नहीं थी। बहुत नज़दीकी अपने कुनबे के लोगों में से थे खादिम हुसैन ख़ाँ, अता हुसैन ख़ाँ, बन्दे हुसैन ख़ाँ, अकील अहमद, लताफ़त और शराफ़त हुसैन ख़ाँ वगैरह। इनके अलावा ज़्यादातर हिन्दू ही थे। एक एस.के. चौबे क्रिश्चियन थे और एक सिख। दक्षिण के रामाराव नायक उनके साथ हारमोनियम बजाते थे, लेकिन शायद वे शिष्य थे स्वामी बल्लभदास के। उस ज़माने में फ़ैयाज़ ख़ाँ की नकल करके बहुत-से गवैयों ने अपनी आवाज़ चौपट कर ली थी। उनमें से दीपाली नाग और अपर्णा चक्रवर्ती के गुरु बशीर ख़ाँ का नाम सबसे पहले आता है। आप मशहूर नत्थन ख़ाँ के सबसे बड़े लड़के के बेटे थे और दीपाली नाग की राय में आवाज़ अच्छी न होने पर भी फ़ैयाज़ी ढंग में अस्थायी अन्तरा भरने और बोल बनाने में कोई इनका मुकाबला नहीं कर सकता था। सोहन सिंह की आवाज़ बहुत कुछ ख़ाँ साहब से मिलती भी थी। लेकिन संगीत की जानकारी में काफी उम्र में भी कोई ख़ास पक्के नहीं बन पाए। बेवकूफ होने की वजह से इनके हर कदम पर ख़ाँ साहब झुँझला उठते थे। लेकिन मौजूद की तरह उन्हें जूतों से पीटा नहीं था। हाँ, एक दिन तो वे बहुत ही ख़फ़ा हो गए। नाई बुलवाकर सोहन सिंह के सारे बाल मुड़वा डाले और फिर घर से निकाल दिया। अगर आज वैसी कोई बात होती तो इस पर एक हंगामा खड़ा हो गया होता। लेकिन उस ज़माने में शिष्यों में गुरुभक्ति बहुत ज़्यादा थी। गुरुद्वारे की सीढ़ी पर बैठकर बेचारे जब रो रहे थे तो उधर से गुजरते हुए ताँगे में गुलाम रसूल ख़ाँ को देखकर उनकी ओर दौड़ पड़े और उनसे लिपट गए। उन्होंने मुझसे कहा था कि शुरू में तो मैंने उसे पहचाना ही नहीं। चीख़ उठा ! क्या करता है ? कौन है बे ? पर बाद में देखा गंजा, दाढ़ी-मूँछ सफाचट सिख का बच्चा सोहन सिंह था ! मैंने बेचारे को शान्त किया। बाज़ार में ले जाकर गरम दूध, जलेबी खिलाया। ख़ाँ साहब अपने सारे शागिर्दों को खिलाते-पहनाते भी थे। ख़ैर, हमने देखा कि उनका गुस्सा तब भी नहीं उतरा था। कहने लगे—"इतने बाल और दाढ़ी रहने से भेजे में कैसे कुछ घुस सकता है ?" मैंने कहा—"लेकिन यह काम आपने बहुत ही गलत किया। आपने उसके मज़हब पर हाथ डाला है। इसके अलावा बच्चा बिना खाए-पिए बाहर बैठकर रो रहा था। कहीं भी पनाह नहीं मिली।" बस, उसी दम ख़ाँ साहब बिल्कुल ठंडे पड़ गए। अपने मकान से दौड़ते हुए बाहर निकल आए और छोकरे को बुलाकर रोटी-कबाब खिलाया। यह एक अजब वाक़या था।

एस.के. चौबे ने लखनऊ रेडियो स्टेशन से जो दो प्रोग्राम पेश किए थे, वे मुझे याद हैं। घंटे-भर का प्रोग्राम था, जिसमें चौबे अकबर बने थे और ख़ाँ साहब ने तानसेन बनकर दरबारी और मियाँ मल्हार का आलाप ध्रुपद गाया था। और दूसरे में एक स्केल चढ़ाकर मौजुद्दीन बनकर ठुमरी, दादरा गाया था। आगरा घराने में फ़ैयाज़ के पहले किसी ने भी ठुमरी, दादरा और ग़ज़ल गाई हो, ऐसा याद नहीं आता। ठाकुर जयदेव सिंह

की राय में फ़ैयाज़ ख़ाँ पर मौजुद्दीन की गाई ठुमरी का असर, जिसमें तरह-तरह की तानें और काकु का प्रयोग था, ज़रूर ही पड़ा होगा। जब कलकत्ता में उनके साथ मलकाजान का लगन हुआ तब वे तीस के होंगे। उत्तरी हिन्दुस्तान में थोड़ा-बहुत नाम उन्होंने कमा लिया था, मगर इस शहर में नहीं। उस समय मौजुद्दीन का काफी रौब था और दिलीपकुमार मुखोपाध्याय (भारत के संगीत गुणी, द्वितीय खंड, ए. मुखर्जी एंड कं) की बात अगर मान ली जाए तो जब वे मलका को तालीम देते थे, तब फ़ैयाज़ ख़ाँ एक खटिया की आड़ खड़ी करके उसके पीछे से सुनते रहते। यह क़िस्सा अनाथनाथ बसु ने उन्हें बताया था। लखनऊ कान्फ्रेंस में मैंने अनाथ बाबू को सुना था। उन्होंने थोड़ा पिच उतारकर फ़ैयाज़ ख़ाँ के ढंग में ख़याल और बाद में उसे चढ़ाकर औरतों जैसी आवाज़ बनाकर अब्दुल करीम की नकल में ठुमरी गाई। हमने इससे मुग्ध होकर अमीनाबाद के स्वदेशी भंडार से एक काले बारीक बार्डर की धोती और लाल कस्ता पाड़ की साड़ी खरीदकर सबके सामने भेंट की थी। इसके अलावा वे अच्छा तबला भी बजाते थे। (श्यामल और गोविन्द बसु उन्हीं की होनहार सन्तानें हैं) यह 'चारपाई' वाली कहानी, दिलीप बाबू की राय में, मलकाजान ने खुद की अनाथ बाबू को सुनाई थी। अब कहानी में सच्चाई हो या न हो, फ़ैयाज़ ख़ाँ खुद ही कहते थे कि मौजुद्दीन का गाना सुनकर ही उन्होंने ठुमरी गाना शुरू किया था। उधर 'स्मृतिर अतले' यानी 'इन दि डेप्थ ऑफ मैमोरीज' उसी अजब कहानी में फ़ैयाज़ ख़ाँ ने 'रकीब से जो वह बोसों'—यह ग़ज़ल गाकर अमिय सान्याल और ननी बाबू को मोह लिया था। रिकार्ड में मौजुद्दीन की ठुमरी के साथ फ़ैयाज़ ख़ाँ के ठुमरी दादरे का बहुत ज़्यादा मेल नहीं दिखाई पड़ता। उनकी ठुमरी का विश्लेषण दिलीपकुमार राय के वर्णन में ही मिलता है। उन्होंने एक अपनी ही शैली बना ली थी, जिसमें थोड़ी-थोड़ी टप्पों की हरकतें, पुकार, छूट, मीड़ और बोल बनाने के नमूने ही ज़्यादा अन्त में लग्गी के अंश में बँधी लय और तीनताल में छोटे बेलतान और तिहाई गाते थे। राधिका मैत्र इसे कहते थे—'खेठुंग'।

दिलीप मुखोपाध्याय की एक कहानी की सच्चाई को मानने में थोड़ी दिक़्कत महसूस हो रही है। कलकत्ता में एक समझदार गवैए गिलास हाथ में लिये एक बाई जी के सामने पुराने दिनों के उस्तादों को 'मारो गोली, मारो झाड़' आदि कहकर एक के बाद एक को धूल में मिलाते रहे और आखिरकार मौजुद्दीन की याद में अपने आँसू से तर्पण करें, यह बात कुछ अजीब-सी लगती है। उस्ताद फ़ैयाज़ ख़ाँ जैसे गम्भीर और आदरणीय आदमी मैंने समाज के ऊँचे स्तर के पढ़े-लिखे और ज्ञानी व्यक्तियों में भी बहुत कम देखे हैं। और वे छटाँक पीकर बेतुका बोलनेवाले नहीं थे। डागर परिवार जैसे आगरा-अतरौली के उस्तादों को भी मैंने दूसरे गवैयों की बुराई करते हुए शायद ही सुना हो। इनका तकियाकलाम ही था कि "जो अपने घराने को श्रेष्ठ समझते हैं, वे कूड़ हैं और जो समझते हैं कि उनके जैसा और कोई गवैया बाज़ार में है ही नहीं, वे महाकूड़ हैं।" मैं अपने व्यक्तिगत विचारों को छोड़े दे रहा हूँ, क्योंकि फ़ैयाज़ ख़ाँ को भला मैंने कितना देखा और सुना है। उनके परिवार के बाहर जो लोग उनके सान्निध्य से लाभान्वित

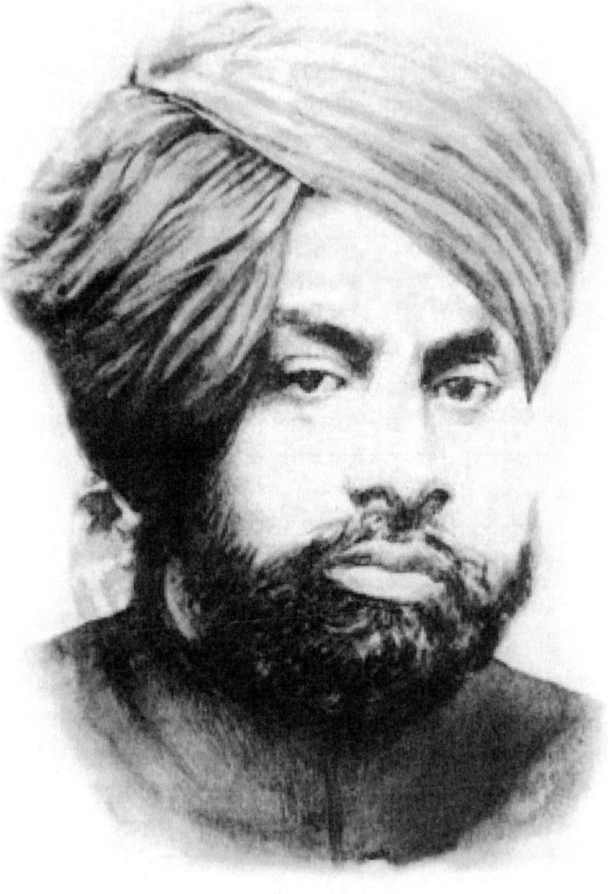

उस्ताद नसीरुद्दीन ख़ाँ

हुए हैं, उनमें थे उनके प्रिय शिष्य महिषादल के राजा देवप्रसाद गर्ग। सन् 1982 की 'देश' पत्रिका में राजा देवप्रसाद गर्ग द्वारा लिखित 'संगीत : संग और प्रसंग' शीर्षक एक निबन्ध से उद्धृत कर रहा हूँ—"एक ख़ास ख़सूसियत थी फ़ैयाज़ ख़ाँ की बातचीत में। अलग-अलग ख़यालों के दो या तीन आदमियों के बीच गाने-बजाने के बारे में बहस छिड़ जाने पर उन्हें हर आदमी अपनी तरफ़ खींचना चाहता था। कोई उन्हें अपने ख़यालात पेश करने को कहता तो वे बड़ी खूबी से बात करते-करते निकल आते थे। कभी-कभी कहते—'क्या कहना !' मुझे भी उन्होंने यही सिखाया कि किसी बहस में बिना फँसे मौक़ा

समझकर बातों का इस्तेमाल करो। और नम्बर दो उपदेश जो उन्होंने मुझे दिया, वह यह कि किसी भी प्रतियोगिता में परीक्षक की हैसियत से न रहो। अगर मैंने पद को लिया तो मुझे जो ना-पसन्द है, वह दूसरे को तो पसन्द हो सकता है ! अच्छाई इसी में है कि ऐसे भले-बुरे के विचारों में न फँसा जाए तो फिर हमारी कोई निन्दा नहीं करेगा।'' उधर दूसरी तरफ़ फ़ैयाज़ ख़ाँ जैसे नेकदिल इन्सान, गरीबपरवर, मेहमाननवाज़, बड़ा दिल रखनेवाले और खैरात बाँटनेवाले दरियादिल आदमी उस्तादों में शायद ही कोई नज़र आता था। सन् 1944 में हमारे मित्र हरसरन थापर के घर में मैंने इनकी महफ़िल का इन्तजाम किया। शुरू में जरी की टोपी पहने शराफ़त का गाना हुआ राग केदारा। उसके बाद ख़ाँ साहब ने यमन शुरू किया। उस दिन तीव्र मध्यम का उन्होंने करीब-करीब प्रयोग ही नहीं किया। उसी के साथ मैच करती हुई बन्दिश 'गोरी सूरत मन भाई रे हाँ रे मोरे' सुनाई, जिसका अन्तरा हम अभी तक ढूँढ़ते ही फिर रहे हैं। और याद है एक बार 'दरबारी' में उनकी एक ज़बर्दस्त तान पर की गई तारीफ़ों की भरमार पर उन्होंने मुस्कुराकर कहा—''यह बिन्दरावनी सारंग की तान है। कभी मत लेना।'' खत्म होने पर मुश्किल से इकट्ठे हुए 101 रुपए के बजाय सिर्फ़ 69 रुपए। मुँह लटकाए बहुत ही मायूस होकर मैंने उनके पैर छूकर देते हुए कहा—'मैं सिर्फ़ आप लोगों के दिल्ली तक पहुँचने का किराया इकट्ठा कर पाया हूँ। इससे ज़्यादा नहीं दे पाऊँगा।' सब सुनकर ख़ाँ साहब ने पाकेट से इकतीस रुपए गिनकर पूरे सौ हमारे हाथ पर रख दिए और बोले—'तौबा, तौबा, क्या मैं बच्चों का ज़ेबखर्च लेकर दोज़ख़ जाऊँगा ?'

कानपुर के बाद का स्टेशन है 'उन्नाव'। उन्नाव के स्टेशनमास्टर की यह दिली ख्वाहिश थी कि एक बार ख़ाँ साहब को वे खुद अपने घर पर गाना गवाएँ। लड़के के जनेऊ के मौक़े पर वे ठाकुर जयदेव सिंह के पास चले गए कानपुर। ठाकुर जयदेव सिंह ने कहा—''किराया वगैरह लेकर करीबन सात-आठ सौ रुपए लगेंगे उन्हें बड़ौदा से लाने में।'' बेचारा उसी पर राजी हो गया। ऐन वक़्त पर ख़ाँ साहब की गाड़ी पहुँची। सारा कुछ देख-सुनकर ख़ाँ साहब ने जयदेव सिंह को चुपके से कहा—''लगता तो नहीं है कि यह कोई बड़ी नौकरी करता है। ठाकुर साहब, आपके ख़याल से इन्हें कितनी तनख्वाह मिलती होगी ?'' ज़रा सोचकर ठाकुर साहब ने जवाब दिया—''बहुत ज़्यादा तो नहीं, शायद सौ रुपए होगी।'' फ़ैयाज़ ख़ाँ ने यह सुनकर कुछ नहीं कहा। ज़रा खामोश-से हो गए। दोपहर के वक़्त खाना खाने के बाद थोड़ा आराम फ़रमाकर ख़ाँ साहब छड़ी लिए घंटा-भर के वास्ते टहलने निकले। रात में गाना-बजाना, खाना-पीना हुआ। कानपुर से कोई पाँच-दस समझदार भी आए थे। स्टेशनमास्टर के साथ ख़ाँ साहब ने ऐसा बर्ताव किया कि जैसे वे कोई ताल्लुकेदार नवाब हों और ख़ाँ साहब निहायत ही मुजरे के लिए आए हैं। दूसरे दिन विदा लेते वक़्त उन्होंने सिर्फ़ किराए के पैसे लिये। एक कौड़ी भी ज़्यादा नहीं ली। उल्टे उन्नाव के सुनार से खरीदी हुई सोने की अपनी अँगूठी भी उन्होंने स्टेशनमास्टर के बच्चे को दे दी। बूढ़े होने पर शायद जल्दी ही आँखों में पानी भर आता है। इस वाक़ए को सुनाते-सुनाते ठाकुर जयदेव सिंह अपने को सँभाल नहीं पाए।

लताफ़त ख़ाँ साहब ने एक वाक़या सुनाया। गुजरात के हिम्मतनगर के राजा ने अपने जन्मदिन पर ख़ाँ साहब को दावतनामा भेजा। जलसे की पहली रात प्रजा इस खुशी में राजा की आरती उतारती है और चाँदी के थाल में अपनी भेंट रख जाती है। लताफ़त भाई के हिसाब से उन आठ-दस थालों में अन्दाज़न कम-से-कम बीस हज़ार रुपए थे। जलसे के बाद महाराजा ने ख़ाँ साहब को सारी थालियाँ नज़राने में पेश कीं। ख़ाँ साहब ने कहा—"राजा साहब, आप हमारी उम्मीद से भी ज़्यादा खातिर कर रहे हैं। अब हमारी भी एक गुजारिश है। आपके महल के सारे कर्मचारी, नौकर-चाकर और उनके परिवार के लोग, बाबर्ची, सईस, कोचवान, मेहतर-भंगी सबको बुला भेजिए।" राजा हैरत में पड़ गए। लेकिन उनके आदेश पर उसी दम करीबन तीन सौ बन्दे इकट्ठे हो गए। भरी हुई थालियों में से रुपए बाँटते हुए ख़ाँ साहब ने कहा—"तुम्हारे राजा का आज जन्मदिन है। इस शुभ अवसर पर ये रुपए तुम ही लोगों को मिलने चाहिए।"

लेकिन इस कहानी का अन्त यहीं पर नहीं है। रात में ख़ाँ साहब और उनके शागिर्दों को टेबल पर बिठाकर हिम्मतनगर के राजा अपने कपड़े बदलने के लिए चले गए। जब लौटे तो उनके पहनावे में थी तमगे लगी हुई बेयरे की वर्दी और कन्धे पर एक सफेद झाड़न। वे खुद खड़े होकर ख़ाँ साहब को खाना परोसेंगे, क्योंकि—"हमारे ये महामान्य मेहमान सिर्फ़ संगीत की दुनिया के ही बादशाह नहीं हैं, बल्कि इतने दिलदार और इतने ऊँचे आदमी हैं कि जिन्हें पेश करने का हमें गर्व है। इस वक़्त हमसे ज़्यादा खुशनसीब और कौन होगा ? मैं तो एक छोटा-सा राजा हूँ और ये वाकई एक बादशाह हैं।"

पैसे-कौड़ी के बारे में फ़ैयाज़ ख़ाँ सिर्फ़ दिल-दरिया ही नहीं थे, बल्कि इन मामलों पर उनका ध्यान ही नहीं था। कलकत्ता में ऑल इंडिया म्यूज़िक कान्फ्रेंस के आयोजक थे लाला बाबू के भांजे मोहन कपूर, जो कि बम्बई के रहनेवाले थे। वे ख़ास तौर से ख़ाँ साहब के इल्म के बहुत आशिक थे। इन्हीं की फरमाइश पर ख़ाँ साहब ने 'मोहन' नाम की बन्दिशों की रचना की थी। उनमें से ही एक है 'नैनसों देख एक झलक मोहन सों' जो सुघरई कानड़ा में रिकार्ड है।

सुघरई कानड़ा में रिकार्ड है—'नादान लागी अँखियाँ मोहन से'—जयजयवन्ती में इसे तो अक्सर गाया करते थे ख़ाँ साहब। शुरुआत में 'मोहन' की मोहर लगी बन्दिश पर कपूर ने उनकी मुट्ठी में एक नोट थमा दिया। बिना यह ख़याल किए कि उस नोट को वे सूती शेरवानी की जेब में रखकर एकदम भूल गए हैं, धोबी को दे दिया। धोबी ने जब शेरवानी लौटाई तो उन्होंने बड़े हैरत से गुलाम रसूल को बुलवाकर पूछा—"भई, यह कितने रुपए हैं ? मैंने तो ऐसा नोट पहले कभी नहीं देखा।" गुलाम रसूल ने देखा—एक हजार रुपए का नोट था। वे हैरान होकर बोले—"क्या बात है ? इतने रुपए अपनी अचकन की जेब में रखकर आपने धोबी के पास भेज दिया ? क्या कहने।" ख़ाँ साहब ने कहा—"अरे, इस उम्र में इतना ख़याल मैं कैसे रखूँ ? और दिया तो उसने एक ही नोट था। मुझे क्या पता कि एक नोट सौ से ज़्यादा भी होता है !" थोड़ी देर सोचने के बाद उन्होंने कहा—"क्या दिन आ गए हैं गुलाम रसूल ! अब रईस लोग एक बन्दिश

के लिए हजार रुपए तक देते हैं। ज़रा सोचो, अगर हमारे ससुर दरस पिया ज़िन्दा होते तो कितना कमाते ?''

अगर उस्ताद जगद्गुरु मल्लिक का नाम न लिया जाए तो फ़ैयाज़ ख़ाँ के बारे में यह वाक़या अधूरा ही रह जाएगा। सिर्फ़ फ़ैयाज़ ख़ाँ के ही नहीं, बल्कि ये हफ़ीज़ और इनायत के भी गुरु थे। इनकी ख़ास वजह यह थी कि धर्मतल्ला में विलायती शराब की उनकी एक दुकान थी। वे वहीं खड़े होकर पाँच सप्तक की तान और सरगम के लिए पहुँच जाते थे। बाहर फिटन गाड़ी खड़ा कर फ़ैयाज़ ख़ाँ आगे बढ़कर उनका घुटना छूकर कहते—''गुरुजी, आपने उस दिन जो तान का फन्दा बताया था, वह किसी भी तरह मुझे बरतना नहीं आ रहा है। अगर एक बार और बता दें तो बड़ी मेहरबानी होगी। या फलाना अस्थायी और एक बार मुझे सिखाइए, क्योंकि यह बहुत ही मुश्किल मालूम पड़ रहा है।'' और इसी बीच हफ़ीज़ अली ख़ाँ, फ़ैयाज़ ख़ाँ साहब की चौड़ी पीठ की आड़ में चुन-चुनकर बोतलें छाँटते थे। सिर्फ़ ये लोग ही नहीं, जितने बड़े-बड़े उस्ताद थे, जिन्हें थोड़ी-बहुत पीने की आदत थी, वे सभी कलकत्ता पहुँचते ही गुरुजी के आशीर्वाद के लिए धर्मतल्ला पहुँच जाते थे। अभी हाल तक ज्ञानप्रकाश घोष के पास उनके टेप मौजूद थे। पाँच सप्तक की तान सुननेवालों की इतनी भीड़ लग जाती थी कि शायद इसी वजह से उन्होंने संगीत रिसर्च अकादमी को टेप दान कर दिए। इन्हीं के आगे की परम्परा के एक महाधनी मारवाड़ी गवैए थे। बिल्कुल गोल-मटोल। अभी हाल ही में उनकी मृत्यु हुई है। वे अपने बहुत-से मशहूर शिष्यों को बेसहारा छोड़ गए हैं। कई उस्ताद गहरी रात में बोतलें खत्म होने पर उन्हें जगाकर गंडा बाँधते थे। जो भ्रमणकारी और दार्शनिक बौद्ध शास्त्र का अध्ययन कर दुनिया और जीवन को 'सब दुःख' यानी 'सर्वं दुखं' समझते थे, अगर वे इस जगद्गुरु का गाना सुनते तो वे अपने विचार पलट लेते। आगरा के भँवर पिया, होम्योपैथ, अभी भी हैं। उम्दा लाब्सटर का न्योता मिले तो इनके टेप सुनाने को तैयार हूँ। ख़ाँ साहब थोड़ा-बहुत मज़ाक अच्छा कर लेते थे। छतारी के नवाब फ़रहत सईद ख़ाँ के बीचवाले बेटे के बारे में मैंने पहले ही ज़िक्र किया है। ज़िन्दगी में इन्होंने कभी गाना नहीं गाया, लेकिन फ़ैयाज़ ख़ाँ के गंडाबन्द शागिर्द थे। उस ज़माने में आधा अलीगढ़ शहर उन्हीं का था और घरबार भी बहुत अमीर था। एक दफ़ा वहाँ ख़ाँ साहब की महफ़िल थी। बड़े-बड़े लोग सुननेवाले थे। गाना ज़बर्दस्त जम गया। खत्म होते ही कई लोगों ने 'माशा अल्लाह-सुभान अल्लाह' कहते हुए कहा—''आप वाकई इस ज़माने के तानसेन हैं।'' उसी वक़्त एक नन्हा-सा चूहा कूदकर एक कोने से निकलकर बाहर चला गया। ख़ाँ साहब थोड़ा मुस्कुराए और बोले—''अरे हम किस काबिल हैं। हम तो मामूली गाना गाते हैं। तानसेन, बैजूबावरा, हरिदास स्वामी जब गाते थे तब हिरणों के झुंड उनका गाना सुनने के लिए आते थे। आज हमारे गाने से छोटी-सी चुहिया आड़-नज़र से भाग निकलती है !''

रवीन्द्रनाथ यदु भट्ट का ध्रुपद सुनकर ही बड़े हुए थे और कहते थे—''ऐसा गाना न कभी हुआ और न ही कभी होगा।''

एक बार फ़ैयाज़ ख़ाँ की महफ़िल जोड़ासांको में हुई। इसके बारे में हमारे देश में बहुत कम ही लोगों को पता है। जबकि यह कारण यह गेटें के साथ बीथोवन के मुकाबले जैसा ही था। मेरे पिता और महिषादल के राजा देवप्रसाद गर्ग दोनों ही इस मौके पर उपस्थित थे। यानी दोनों ही इस महफ़िल में शरीक थे। फ़ैयाज़ ख़ाँ ने हिन्दुस्तान के सबसे बड़े कवि को उस दिन रामकली में आलाप ध्रुपद और ख़याल गाकर सुनाया था। रवीन्द्रनाथ ध्यानस्थ होकर आँखें मूँदकर गाना सुन रहे थे। उनका गोरा चेहरा लाल हो उठा था। महफ़िल खत्म होने पर इक्कीस मोहरों का नज़राना देकर उन्होंने कहा था—''अगर एक लफ्ज में कहा जाए तो इस आदमी ने मेरे पचास साल छीन लिये।''

बैठकबाजों के पीर मुर्शिद सैयद मुज़तबा अली से ही फ़ैयाज़ ख़ाँ की दास्तान खत्म करता हूँ। उनके लिखे हुए 'पंचतन्त्र' के दूसरे खंड से उल्लेख कर रहा हूँ—''चौधरी ने अपने गुरु ख़ाँ साहब को क्या कहा था, मुझे पता नहीं, लेकिन एक इतवार की सुबह वे खुद हमारे डेरे पर हाजिर हुए। मैं उन्हें देखकर दंग रह गया। कहाँ उन्हें बिठाऊँ, क्या खातिरदारी करूँ, कुछ समझ में नहीं आ रहा था। अगर महाराजा सयाजी राव भी आते तो मुझे इतना फख्र महसूस नहीं होता। आप यकीन नहीं करेंगे, लेकिन उस्ताद ने कई बार मेरे दोनों हाथों को अपने सीने से लगाया। वे तो हमसे भी ज़्यादा बेअख़्तियार थे और बार-बार दरबारी कायदे में हमें कोर्निश करते रहे।

''मैं बहुत दिनों से उस बेईमान पाखंडी की तलाश में हूँ, जिसने मुझसे दुश्मनी कर उन्हें समझाया था कि हम गुरु-परम्परा के बेटे हैं और मुस्लिम दुनिया के ज्ञान-विज्ञान की केन्द्रभूमि काहिरा में इस हद तक मुस्लिम शास्त्रों का अध्ययन किया है कि जिसे सुनकर महाराजा खुद मुझे वहाँ से बड़ौदा राज्य में ले आए। मैंने क्यों इसका ज़िक्र किया ? यह सिर्फ़ इतना समझाने के लिए कि यह जो गाने में राजाओं के राजा ये फ़ैयाज़ ख़ाँ कितने भोले-भाले और सरल थे। बाद में मैं काफी सोच-समझकर इस नतीजे पर पहुँचा कि वे संगीत की सबसे ऊँची चोटी पर पहुँच चुके थे और समझने लगे थे कि जब सयाजी राव हमारी इतनी ख़ातिरदारी करते हैं तो हम भी शायद अपने शास्त्र में सबसे उच्च कोटि के हैं। उनके संगीत-ज्ञान के लिए अगर वे राजबल्लभ हुए हैं, तो हम भी हैं। लॉजिक एक ही है। इसके बाद कितनी बार हम लोगों का मिलना-जुलना हुआ। गाने की महफ़िल की तो बात ही क्या! छोड़ ही रहा हूँ। मैं हर दफ़ा उन्हें समझाने की कोशिश करता था—'देखिए उस्ताद ! राज आएँगे और जाएँगे। कितने ही शम्सउल उलेमा (महामहोपाध्याय) अपना पांडित्य दिखाकर जाएँगे—यहाँ तक कि हमारे बड़ौदा के दीवान, जिनके ग़रूर का कोई ठिकाना ही नहीं—वे भी चले जाएँगे। और साथ-साथ दूसरे दीवान भी आ जाएँगे, लेकिन आप जैसे आदमी फिर कब आएँगे, कौन जानता है। अगर हम जिन्दा रहे तो हमें और भी राजा, और भी दीवान देखने नसीब होंगे, लेकिन आप जैसा कोई कहाँ मिलेगा ?

''और कितने खूबसूरत थे वे। चेहरे पर मूँछें भली लगती थीं, जैसे वे अपने गाने के ही 'बन्दे' नन्दकुमार हैं। सिर्फ़ फ़र्क़ इतना था कि नन्द कँवर साँवले थे और ये थे गोरे-

चिट्टे—गोरा चाँद। मुझसे कहा—'कभी थोड़ा-सा गाना...!' मैंने उन्हें रोकते हुए कहा—'तौबा-तौबा, आप हमारे यहाँ बेशक तशरीफ़ लावें, पर हम आपको यह ज़हमत क्यों देंगे। हम कोई भी शाम पहुँच जाएँगे, लेकिन आपकी इजाज़त से।' वे राजी नहीं हुए।

"कितनी बार वे सन्ध्या के सात बजे आकर दूसरे दिन सुबह पाँच बजे गए हैं। कितनी बार उन्होंने मुझे जन्नत दिखाई है। उनकी मौत के बाद और किसी ने भी यह नहीं किया। आप यक़ीन नहीं करेंगे, लेकिन इस नन्दकुमार का गाना मुझे इतना पसन्द है, जानते हुए, पूरे डेढ़ घंटे तक उन्होंने वही गाना सुनाया। लेकिन कितना लिखें। मेरी याददाश्त में वे एक बहुत बड़ा हिस्सा लिये अभी भी विराजमान हैं।"

एक और छोटा-सा वाक़या कहकर मैं अपनी बात खत्म करता हूँ। बड़ौदा से आई हुई एक बंगाली महिला की गुज़ारिश पर मैंने अपने घर में एक महफ़िल का इन्तजाम किया। उस दिन उस्ताद बड़े मूड में थे। बड़ौदा में दोपहर के वक़्त गर्मी थी 114 डिग्री। रात में भी सहने लायक गर्मी नहीं। बरसात आने में अभी दो महीने की देरी थी। बहुत कुछ गाने के बाद उस्ताद ने पूछा—"फरमाइए मैं और क्या गाऊँ ?" वो महिला बहुत कहने पर धीमी आवाज़ में बोली—"मेघ मल्हार।"

बस उस्ताद एकदम शुरू हो गए जैसे कि अपनी पूरी साधना, सारे घराने, पूरी सृजनशक्ति, भगवान और गुरुओं का दिया हुआ सारा कौशल उन्होंने उस दिन संगीत के मोहक इन्द्रजाल में कैद कर दिया। हम सभी बिल्कुल हक्का-बक्का व खामोश रह गए। जैसे हम सभी हरेक बोल की गहराई से उसका माधुर्य सींच रहे हैं। इसी वक़्त बाहर थोड़ी-सी बूँदाबाँदी शुरू हुई। महफ़िल में एक हलचल-सी मच गई। किसने उस्ताद का किस तरह से स्वागत किया, कौन खुशी के मारे काशीफल जैसा लोट-पोट हुआ और कौन बिना झेंपे टकटकी लगाए उस्ताद को देख रहा था—इन सबका बखा़न करना मेरे बूते की बात नहीं। सुपर नेचुरल वाक़ए के बारे में वे ही लिख सकते हैं, जिन्हें लिखने में भी सुपर नेचुरल की ताक़त मिली हो।

और दिनों की तरह उस्ताद हमारी बधाई, तारीफ़, मरहबा के जवाब में जितना झुक-झुककर बन्दिश अदा करते थे, आज उन्होंने वो नहीं किया। दो-एक बार सलाम कर चुपचाप बैठे रहे। मुझे काफी अचरज हुआ। जरूर उन्होंने उस दिन भोर तक गाया था। आखिरी भैरवी गाकर वे हमसे विदा लेने के लिए आए। मैंने कहा—"ख़ाँ साहब, आप बहुत थक गए होंगे, थोड़ा-सा आराम कीजिए।" बहुत देर तक खामोश रहने के बाद ऐसी दर्द-भरी निगाह से उन्होंने मेरी तरफ़ देखा कि उसका मैं कोई भी मतलब नहीं निकाल सका। धीमी आवाज़ में उन्होंने पूछा—"अच्छा सैय्यद साहब, आप बताएँ लोग मुझे ऐसे शर्मिन्दा क्यों करते हैं ? मैं क्या गाना गाकर बरसात ला सकता हूँ।" पल-भर की चिन्ता के बिना मैंने उनसे कहा—"यह तो अल्लाह ही जाने। मैं तो सिर्फ़ इतना जानता हूँ कि आपकी इज़्ज़त वे रखना चाह रहे थे।"

उस्ताद फ़ैयाज़ ख़ाँ के इन्तकाल का दिन है 5 नवम्बर, 1950। इसके चौदह-पन्द्रह साल के बाद मैं फिर बड़ौदा गया। इस बीच भारत स्वाधीन हो चुका था। महाराजा हम

जैसे ही एक मामूली नागरिक बन चुके थे। सारा दिन अन्य काम-काज में बीत गया। दूसरे ही दिन बम्बई रवाना होना था। शाम को इरादा हुआ कि ख़ाँ साहब की कब्र पर एक चिराग जलाएँ। इस समय बड़ौदा गुजरात प्रदेश में है। ये लोग भी फ्रांसीसियों की तरह अपनी भाषा के अलावा दूसरी भाषा में बातें करना पसन्द नहीं करते। किसी और भाषा में बातें करना नहीं चाहते। मोमबत्ती खरीदने में ही एक हंगामा हो गया। छोटे व्यापारी यही नहीं जानते कि वह क्या चीज़ है। आखिरकार एक बहुत मेहरबान खरीददार की कृपा से समझ में आया कि यहाँ पर उसे 'मेमबत्ती कहते हैं'। शायद बेहद सफेद रंग की वजह से ऐसा हुआ। अगर गुलाम रसूल ख़ाँ का सहारा न लेते तो शायद उस दिन मुझे उनकी कब्र ढूँढ़ने में भी मुश्किल होती। फ़ैयाज़ ख़ाँ को तो कोई नहीं पहचानता। उनकी मज़ार कहाँ है, वो तो और भी न जानने की बात थी। गुलाम रसूल ने एक छोकरे को मेरे पास भेजा। शाम हो रही थी, जब शहर की बहुत सारी छोटी-मोटी गलियों को पार कर एक छोटी-सी मोटरकार गैरेज के सामने रुकी। भीतर ठन-ठनाठन की आवाज़ में पुरानी गाड़ी के अंजर-पंजर पर मैले जाघियाँ पहने दो छोकरों को हथौड़ी पीटते देखा। चारों ओर पुराने टायर, औजार आदि बिखरे पड़े थे। उसी को फलाँगकर गैरेज के पिछवाड़े से दरवाज़ा खोलकर मैं करीब आठ कट्ठे की खुली ज़मीन पर पहुँचा। पर वहाँ तो एक से ज़्यादा कई मकबरे एक-दूसरे से सटे हुए थे। इसी के एक कोने में सफेद संगमर्मर की एक छतरीवाली क़ब्र थी, जिसके नीचे हमारे संगीत के सुनहरे ज़माने के आखिरी शहंशाह आफ़ताबे-मौसीक़ी उस्ताद फ़ैयाज़ ख़ाँ कभी न टूटनेवाली हमेशा की नींद में सोए हुए थे। 'मेरा भारत महान !'

*बारहवाँ अध्याय*

# विष्णुनारायण भातखंडे और श्रीकृष्ण रतन जनकर

मैंने पहले ही ज़िक्र किया था कि हमारे मरहूम पिता धूर्जटि प्रसाद मुखोपाध्याय मेरे पैदा होने के पहले से ही लखनऊ में बस गए थे और वहाँ की यूनिवर्सिटी में उन्होंने पढ़ाना शुरू कर दिया था। जब वे कलकत्ता में थे तो उन्होंने मशहूर ध्रुपदिया राधिका गोस्वामी और महिम मुखोपाध्याय से तालीम ली थी। युवा अवस्था में गाने-बजाने के जो साथी थे, उनमें से सबसे पहले अमियनाथ सान्याल का नाम आता है। उन्हें दुलीचाँद बाबू और श्यामलाल क्षेत्री के घरों में मौजुद्दीन को नज़दीक से देखने और सुनने का मौका मिला था। और ख़याल सुना था बदल ख़ाँ साहब से। इसके अलावा वे इसराज इतना मीठा बजाते थे कि एक बार उस्ताद हफ़ीज़ अली ख़ाँ ने कहा था—"पाँचू बाबू, कुछ दिनों के लिए अपने हाथ उधार दे सकते हैं ?" और एक थे आचार्य गिरिजाशंकर चक्रवर्ती जो 1910-12 तक राधिका गोस्वामी से ध्रुपद सीखने के बाद ख़याल के लिए बदल ख़ाँ और रामपुर के इनायत हुसैन ख़ाँ साहब के पास गए थे। ठुमरी उन्होंने सीखी थी कलकत्ता में ही ग्वालियर राजमहल के मशहूर हारमोनियमवादक भइया साहब गणपत राव के पास और खुद मौजुद्दीन के पास भी। इतना होते हुए भी हमारे पिताजी की एक नम्बर "लायलटी" ध्रुपद के प्रति ही थी और उस ज़माने में अच्छे ध्रुपद गानेवालों की कोई कमी नहीं थी। ख़याल-ठुमरी के क़द्रदान भी काफी थे।

राजा शौरीन्द्र मोहन के प्रयास से संगीत के बारे में कई पुस्तकें और पत्रिकाएँ भी छपीं। शहर के कई मुहल्लों में संगीत समाज बन गए। इनमें से सबसे ज़्यादा प्रसिद्ध था कार्नवालिस स्ट्रीट का 'संगीत-संघ' जिसके मेम्बर थे नाटोर के महाराजा रवीन्द्रनाथ, आशु चौधरी, मन्थन मित्र एवं और भी अनेक लोग। जोड़ासांको की ठाकुरबाड़ी पहले यदु भट्ट और फिर बाद में राधिका प्रसाद की मददगार थी। अघोर बाबू बेहतरीन ध्रुपदिया और विश्वनाथ राव बहुत अच्छे धमारी थे। लालचाँद बड़ाल ने इनसे तालीम ली थी। अघोर बाबू अनन्तनारायण और गोपेश्वर बाबू के दल के लोग अक्सर कलकत्ता आते रहते थे। उन दिनों इस शहर में हिन्दुस्तान के बड़े-बड़े उस्तादों का काफी आना-जाना था। सरोदवादक उस्ताद कौकव ख़ाँ और करामतुल्ला ख़ाँ कलकत्ता के ही

रहनेवाले हो गए थे। मशहूर सितारवादक इमदाद ख़ाँ अपने बेटे इनायत ख़ाँ को लेकर अभी आए ही थे। अगर विलायत ख़ाँ को भी शामिल कर लिया जाए तो इस घराने से हम लोगों के ताल्लुकात तीन पीढ़ी के बन जाते हैं। ख़यालियों में बेहाला के वामाचरण वंद्योपाध्याय ने वाज़िदअली शाह के मटियाबुर्ज़ के आखिरी उस्ताद ताज ख़ाँ और अलीबख़्श ख़ाँ—दोनों से ही ध्रुपद से टूटे कुछ ख़यालों की तालीम पाई थी। इनमें से कुछ-कुछ बन्दिशें भवानीपुर निवासी वामाचरण बाबू के भतीजे निदान बाबू से अभी भी मिल सकती हैं। सितारवादक लक्ष्मी प्रसाद कलकत्ता में रहते थे। उनके बुलाने पर, उनके दो भतीजे शिवा और पशुपति नेपाल की नौकरी छोड़कर कलकत्ता चले आए। सुना है लयकारी के लिए ये मशहूर थे, लेकिन कार्यक्रम ख़त्म होने को आता तो महफ़िल में पागलों की तरह बजाने लगते थे। सुर-उर का कुछ ख़याल ही नहीं रहता था इन्हें। इसके अलावा मशहूर टप्पा-गायक थे रमजान ख़ाँ। इन्हीं की बदौलत इस इलाके में शौरी मियाँ का टप्पा पहली दफ़ा सुनकर बंगालियों ने उसे सीने से लगा लिया था और उस पर मोटे-मोटे दाने सजाकर उसकी शक्ल ही बदल दी। और फिर मौजुद्दीन तो थे ही। मेरे पिताजी के ज़माने के लोग उनकी चर्चा करते थकते नहीं थे। तवायफ़ों में मानदा सुन्दरी, कृष्णभामिनी, अंगूरबाला, कमला झरिया, आगरा की मलकाजान, बुलबुलेवाली मलका, मुश्तरी बाई ने कलकत्ता के रईसों की महफ़िलों में हलचल मचा रखी थी। लेकिन इन सबकी रानी थीं गौहरजान। इनके चेहरे और चुलबुलेपन के बारे में बयान करते वक़्त हमारे पिता के दोस्त शरमाने लगते थे। कहा जाता है कि इतनी गोरी थीं कि जब वह पान की पीक निगलती थीं तो बाहर से ही दीखता था। एक बार खुद चौघोड़ी टमटम लेकर मैदान में हवा खाने निकल गईं। कहते हैं कि उस ज़माने में गवर्नर के अलावा और किसी को भी दो घोड़ी तक जोतना मना था। सार्जेंट ने जब रोकना चाहा तो उन्होंने प्यार से उसके गाल में चुटकी भरते हुए कहा—"लाट साहब को भेज दे। वह खुद आकर गौहरजान को रोक जाए।" शायर अपनी शायरी में कहा करते थे—शौहर बिन हसीना और गौहर बिन कलकत्ता, ये दोनों एक ही सिक्के के दो पहलू हैं। वही गौहरजान अपनी अधेड़ उम्र में एक काबुली जवान के इश्क़ में फँस गईं और अपना सब कुछ गँवा बैठीं। बाद में ऐसी हालत हुई कि एक-एक रुपए में अपनी बन्दिशें बेचने लगीं। महिषादल के राजा देवप्रसाद गर्ग ने एक के बजाय दस रुपए देकर कुछ अस्थायी और ठुमरी की बन्दिशें लीं और उनमें से कुछ मुझे गाकर सुनाई भी थीं।

हालाँकि लखनऊ बाईजियों के लिए मशहूर था, लेकिन धूर्जटि प्रसाद अतुल प्रसाद और भातखंडे जी की सोहबत में आ गए। काशी से मुजरे के लिए बराबर आती रहती थीं बड़ी मोती बाई, राजेश्वरी, युवती सिद्धेश्वरी, रसूलन बाई आदि। इसके काफी अरसे के बाद, अख़्तरी बाई (बेगम अख़्तर) ने चीना बाज़ार गेट के नज़दीक एक मकान किराए पर ले लिया।

वाज़िदअली शाह की हुकूमत की यादगारें बूढ़े नवाब ताल्लुकेदारों में तब भी ताज़ा ही थीं। "अय हय, लखनऊ क्या था और फिरंगियों के हाथों पड़कर क्या हो गया" यह

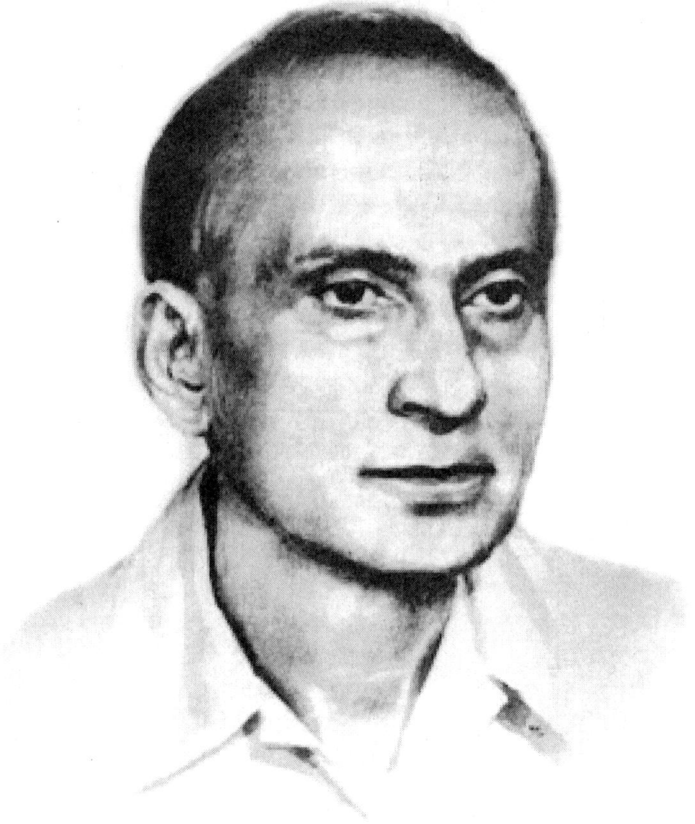

**धूर्जटि प्रसाद मुखोपाध्याय**

कहकर ठंडी साँसें भरना और उस्ताद बाईजियों के गाने सुनाना अथवा कालका बिन्दादीन घराने का कत्थक देखने के सिवाय ज़मींदारों के लिए और कोई काम नहीं था। उनका उस वक़्त का एक वाक़या याद आ रहा है। सन् 1923 के आसपास एक बार आर्कट और लखनऊ के नवाबज़ादा अचानक एक गहरी रात में घोड़ागाड़ी पर सवार होकर आए और न जाने कहाँ मेरे पिताजी को खींचकर ले गए। कुछ पैदल चलकर, कुछ सीढ़ियाँ उतरकर वे एक अजीब खूबसूरत महल में पहुँचे थे। वहाँ करीबन तीस आदमी जामेवार शाल लपेटे और टोपी पहने नमाज के अन्दाज़ में पैर मोड़े बैठे थे। उन लोगों से इनका परिचय यह कहकर करवाया गया कि ये इतनी कम उम्र में भी बहुत सारे इल्मों के फ़नकार हैं।

ख़ासकर संगीत और समझदारी में। उनके जो नेता थे, उन्होंने मासूम उर्दू में जो कहा उसका अंग्रेजी तर्जुमा करके जो मतलब निकलता है, वह यह है कि अनजान बादलों की आड़ में कितने दिनों तक आप खुद को छिपाते रहेंगे ?

उसके बाद इत्र, फूलों की माला और शरबत से महफ़िल शुरू हुई। यही कोई दसेक जनों ने घूम-फिरकर वाज़िदअली शाह (अख़्तर पिया) की बन्दिशें गाकर रात से भोर कर दी। वे कोई ख़ास गानेवाले थे, ऐसा नहीं। दरअसल बात यह थी कि माहौल, मिजाज़ और उसी मिजाज़ से निकली एक तीसरे क़िस्म की समझदारी या उस माहौल में घुल जाने की खूबी। उर्दू से वाकिफ़ नहीं और न ही लखनऊ की तहज़ीब से, ऐसे एक बंगाली नौजवान के लिए अतुल दा की पनाह पाना बहुत क़िस्मत की बात थी। उन दिनों वे एक मशहूर जमे हुए बैरिस्टर थे। लेकिन महफ़िल के बुलावे पर मुवक्किलों को छोड़कर भाग खड़े होते थे। 1925 की ग्रांड कान्फ्रेंस के दौरान उन्होंने एक दिन भी काम नहीं किया था, जिसकी वजह से उन्हें कम-से-कम दो-तीन हजार रुपयों का नुकसान हुआ था। उन्हीं की मार्फ़त धूर्जटि प्रसाद भातखंडे जी, ठाकुर नवाब अली और मन्त्री राय राजेश्वर बाली से परिचित हो पाए थे। मैरिस कॉलेज की स्थापना के समय भातखंडेजी के तीन छात्र थे—रोल नम्बर एक—डी.पी. मुखर्जी, दो—एस.एन. रतन जनकर, तीन— एच. एन. हक्कू। बाद में चार नम्बर पहाड़ी सान्याल भी आकर जुड़ गए थे। दूसरे साल अच्छे घरों के कई एक बंगाली भर्ती हुए, जैसे प्रशान्त दासगुप्त, समरजीत कांजीलाल, अम्बिका मजुमदार, हेमेन्द्रलाल और रवीन्द्रलाल राय। आखिर के दो छात्र दिलीप कुमार के ताऊ के बेटे थे। दोनों में बड़े भाई हेमेन्द्रलाल हम लोगों के पास मेहमान बनकर पाँच साल तक रहे और उन्होंने 'संगीत विशारद' पास किया। छोटे भाई ने थोड़े दिनों बाद ही शादी कर ली और नज़दीक के एक फ्लैट में चले गए। उन्हीं की बेटी है मालविका कानन। रवीन्द्रलाल ने ही मेरे गाने-बजाने की शुरुआत स रे ग म प ध नि स, खमाज के दो धमार और यमन के एक लक्षणगीत से की थी—काफी अरसे बाद, जब मेरी उम्र नौ-दस साल की थी और मालविका सिरमुँडी फ्रॉक पहननेवाली एक बच्ची थी। गवैए के हिसाब से, रवि काका ने इतना नाम नहीं कमाया था, लेकिन वे विद्वान थे और उनकी चिन्ताधारा में मौलिकता थी। वे दिल्ली यूनिवर्सिटी के संगीत विभाग के प्रोफेसर की हैसियत से रिटायर हुए। मैं उन्हें अपना पहला गुरु मानता हूँ, क्योंकि तेरह-चौदह साल की उम्र में मेरे हाथ लगी उनकी लिखी 'राग-निर्णय' यानी बांगला में 'भातखंडे मेड ईज़ी'। और इस तरह मेरी संगीत शिक्षा के क्षेत्र में एक नई दिशा खुल गई। उनके बड़े भाई हेमेन्द्रलाल हमारे यहाँ पाँच साल तक थे। आँगन पार कर एक छोटे-से, मगर खुले हुए कमरे में वे रहते थे। उनकी जालीदार अलमारी में दो-एक ज़रूरी चीज़ें और मूँगफली पड़ी रहती थीं। उसी लालच में मैं अक्सर ऊधम मचाया करता था। उनकी ग़ैरहाज़िरी में उनकी मूँछ काटनेवाली कैंची से उनके नीम टूथपेस्ट की ट्यूब काटकर रख देता था। वे प्यार से मुझे थोड़ा डाँटते और फिर चुपके से बिठाकर मालकौंस की चीज़ 'मुख मोड़ मोड़' सुनाते थे और इनाम के तौर पर पाँच मूँगफली गिनकर हथेली पर रख देते थे।

जब मैरिस कॉलेज का ज़िक्र आ ही गया है तो फिर क्यों न श्रीकृष्ण रतन जनकर

से ही सिलसिले को ज़ारी रखा जाए। बचपन में मैं सिर्फ़ इतना ही जानता था कि वे मेरे पिता के दोस्त हैं, पर इससे ज़्यादा और कुछ नहीं। रतन जनकर नाटे और दुबली काठी के आदमी थे। आँखों पर चश्मा और उन दिनों के फैशन के मुताबिक हिटलरी मूँछें रखी थीं। हमेशा कोट-पैंट पहने और टाई लगाकर घूमते थे। हालाँकि यह नेटिव लोगों के गाने-बजाने का कॉलेज था उस समय प्रिंसिपल के हिसाब से, यह पोशाक ही ठीक समझी जाती थी। रतन जनकर का पहला गाना मुझे याद आ रहा है, रवीन्द्रनाथ के सामने। लखनऊ के प्रोफेसर निर्मल सिद्धान्त के घर पर। उस समय मेरी उम्र लगभग आठ साल की होगी। जाड़ों के दिन थे। ढेर सारे कुर्ते-झब्बे पहने और घुटने पर रग डाले सोफे के एक कोने में बैठे रवि ठाकुर और दूसरे कोने में थे काली अचकन और गोल टोपी पहने रतन जनकर। कमरा भरा हुआ था। उनमें अतुल प्रसाद भी थे। उन्हें ही सबसे ज़्यादा दिलचस्पी थी। बाद में पता चला था कि उस दिन रतन जनकर ने एक गान्धार की जैजैवन्ती, छायानट, और परज गाया था। और इतना याद है कि गाना ख़त्म होने पर बावजूद तेज़ बुख़ार के, रवीन्द्रनाथ ने खुद 'नटनारायण' राग में ध्रुपद गाकर सबको चौंका दिया था। सभा ख़त्म होने पर जब सब लोग घर जाने की तैयारी कर रहे थे, उन्होंने मेरे पिता की तरफ देखकर कहा—"धूर्जटि, ज़रा हमारे सोने के कमरे में आओ। तुमसे कुछ बातें करनी हैं।" क्या बातें हुईं, यह तो मैं ठीक-ठीक नहीं जानता पर उन्हीं बातचीत के आधार पर उन दोनों में चिट्ठी-पत्री का एक सिलसिला शुरू हो गया, जो 1935 में विश्वभारती द्वारा प्रकाशित 'सुर और संगति' शीर्षक पुस्तक में मिलेंगी। जहाँ तक मेरा ख़याल है, रवीन्द्रनाथ का कहना उस रात, 'ध्रुपद बनाम ख़याल' का था। उनकी राय में आर्ट का दायरा सँभला हुआ होना चाहिए नहीं तो उसकी स्ट्रक्चरल यूनिटी नहीं रहती। हमें ध्रुपद में वह मिलती है। बंगला के पुराने गाने, यहाँ तक कि गरानहाटी कीर्तन में भी वे पाई जाती हैं। ख़याल में एक के बाद एक अंग, उसके बाद अलंकार के बाद अलंकार आते हैं। सिर्फ़ दोहराना ही होता है। रागमूर्ति अस्पष्ट होती जाती है और बन्दिश की मर्यादा या उसकी संगति और खूबसूरती की रक्षा हो पाती है भला ? अगर छायानट में पाँच तरह के चलन हैं तो क्यों नहीं एकाध बन्दिशें ही गाई जाएँ। परीक्षा के मेधावी छात्र की तरह सारा कुछ एक ही अधिवेशन में उगल देने की क्या ज़रूरत है ? रवीन्द्रनाथ तर्क से ज़्यादा मिसालें पसन्द करते थे। तभी उन्होंने सवाल पूछा था—"तुम्हारी पत्नी जब किसी के घर जाती हैं तो क्या उस दावतनामे की वजह से अपनी सारी साड़ियाँ और जेवर पहनकर जाती हैं ?"

हालीवुड के सितारों के बाथ-टबवाले साबुन के बुदबुदों की तरह आज का ख़याल अलंकारों के बोझ से और भी फूलता जा रहा है। ऐसी परिस्थिति में रवीन्द्रनाथ का यह कहना याद रखने लायक है—अगर क्षमा करें तो अंग्रेजी भाषा में कह सकता हूँ : "Art is never an exhibition but a revelation." उसे Exhibition का ग़रूर ज़रूर है, लेकिन revelation का गौरव इन सबके परिपूर्ण मिलन में है। उस मिलन पर 'ठहरना' भी एक ख़ास बात है। उसका महत्त्व भी चलने से कुछ कम नहीं है। यह रुकना भी

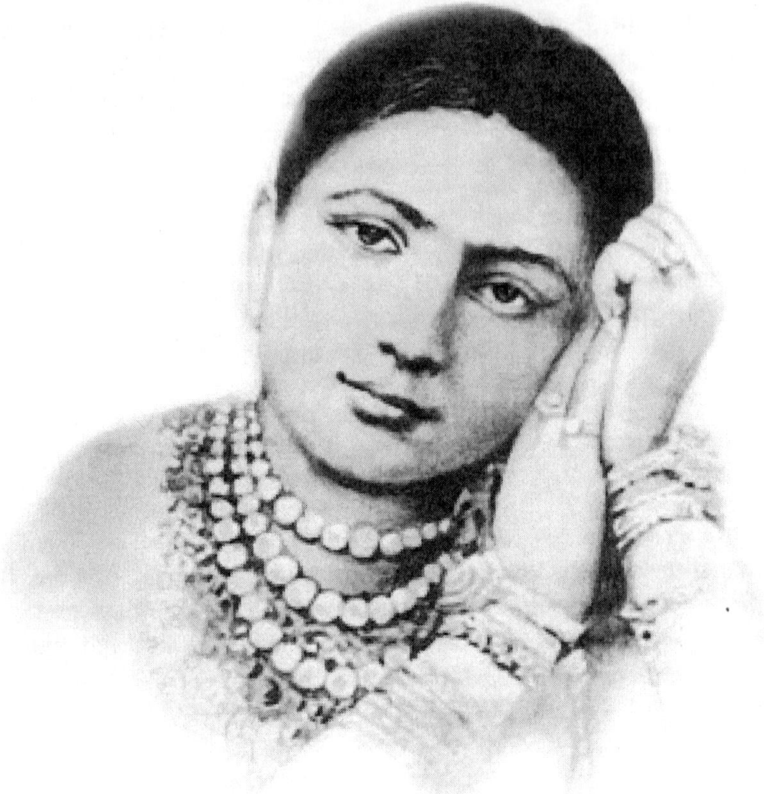

**गौहरजान**

बहुत ज़रूरी है। उस्तादी गायकी में इसकी ज़रूरत नहीं है। मेरी तो समझ में ही नहीं आता कि वह ठहरता ही क्यों है ? लेकिन हर 'आर्ट' में इसकी अनिवार्यता है, और उपादान के प्रयोग में उसके संयम और चुनाव की ज़रूरत होती है। दरअसल 'छायानट' का फैला हुआ विकास 'आर्ट' नहीं है। एक ख़ास बन्दिश, एक ख़ास रुकावट, एक ख़ास खूबसूरती के दायरे में ही छायानट 'आर्ट' बन सकता है। उस खूबसूरती को बेमतलब के तान करतबों से पीट-पाटकर भराव करने से जो ख़ास समझनेवाले हैं, उन्हें चाहे जितना ही अच्छा लगे, मैं तो उसे 'आर्ट' नहीं कहूँगा। जौहरी की दुकान में घुसिए, आपकी आँखें चौंधिया जाएँगी, लेकिन दुहाई आपकी, अपनी प्रेमिका को जौहरी की

दुकान पर ले जाकर जौहरी का शौक़ मत पूरा कीजिए। प्रेमिका तो खुद ही 'आर्ट' है, वह स्वयं सम्पूर्ण है, खुद में समाई हुई। ''अपनी प्रेमिका को प्रेमी की नज़र से देखो, प्रोफेशनल की नज़र से नहीं।''

जवाब में धूर्जटि प्रसाद ने एक जगह लिखा है—''आपने अपने ख़त में आलाप को छोड़ दिया है। लेकिन आलाप ही शुरुआत है। रागिनी को विकसित करना ही उसका काम है। यहाँ न अर्थ से भरे शब्द हैं, और न ही है शब्दों में भरे अर्थ। आलाप की कोई मंजिल नहीं, लेकिन मक़सद ज़रूर है। मक़सद विकास में ही है और मतलब है रागिनी को reveal करना, यानी मकसद पूरा करने के तरीके से विचित्रता के बीच एकता स्थापित करना। अपनी दौलत दिखाना किसी भी आर्टिस्ट की चाह नहीं हो सकती, लेकिन विचित्रता के बीच एकता की स्थापना निश्चित रूप से न्यायसंगत है। बन्दिश के पहले ही उसमें एकता का दायरा दिया होता है जो बन्दिश बनानेवाले की देन है। आलाप से उसे स्थापित करना होगा। और वही होगी गवैए की अपनी रचना, अपनी सृष्टि।...अधिकता नहीं, अधिक होने की प्रवृत्ति को नज़रअन्दाज़ करना 'आर्ट' से नफ़रत करना है। आलाप ही हमारा प्योर म्यूजिक है जो चलता चला आ रहा है एक गति या रफ़्तार से। उसका स्वभाव ही है Procession, सो इसका revelation नहीं होता। होता है और होना भी चाहिए 'revealing.'

संगीत और साहित्य सम्बन्धी और भी कई पत्र थे जो छापे नहीं गए थे। वे विश्वभारती के पुलिन सेन को मैंने भेज दिए थे। जब यह तर्क चोटी पर पहुँचा, उस समय रवीन्द्रनाथ ने बर्दवान में बाढ़-पीड़ितों की मदद के लिए भाद्रपद सप्तमी के दिन भरसामंगल उत्सव (अगस्त 1935) के लिए इस गीत की रचना की थी—''ना गान गावार दल रे आमार ना गला साधार। / मोदेर भैंरों रागे प्रभात रवि रागे मुख आँधार। / आमादेर एई अमिल कंठ समोबायेर चोटे। / पाड़ार कुकूर समस्वरे, ओ भाई, भये डुकरे ओठे। / आमरा केबोल भये मरी धूर्जटि दादार।''

(विचित्र 120 गीत/वितान)

अर्थात ''न गीत गाने का दल रे मेरा न गला साधने का / हमारे भैंरों राग से प्रभात रवि का मुँह गुस्से से काला हो जाता है। / हमारे ये बेसुरे कंठ समवेत के मारे / मोहल्ले के कुत्ते एक साथ, ओ भाई, डर के मारे रोने लगते हैं, / हम लोग केवल मरे जाते हैं डर के मारे धूर्जटि दादा के।''

रवीन्द्रनाथ के इस गीत का जवाब शायद रतन जनकर ही खुद लिखकर दे सकते थे। पुराने रीति-रिवाज़ों के अनुसार बड़े उस्ताद लोग जो गाना गाते थे, उनकी बुनियाद बन्दिशों पर ही थी। अलग-अलग बन्दिशों की अलग-अलग आलापचारी। यह हम लोगों को फ़ैयाज़ ख़ाँ से ही मिली है और रतन जनकर को इस बारे में ख़ास जानकारी थी। उसमें बन्दिशों के विचित्र रूप ही एकता लाते थे, और साथ-ही-साथ संयम भी। सिर्फ़ आलाप ही नहीं, तान का विस्तार भी बन्दिशों के आधार पर था। एक ज़माने में ध्रुपद के आलाप में ये चीज़ें मिलती थीं। ध्रुपद से टूटे हुए ख़याल की गायकी में कुछ-कुछ

गवैयों से सुना जाता था। बाद की पीढ़ी में ढीली बँधाई के ख़याल और मीरखंडी स्वर-विस्तार एवं तानों की भरमार में इस क़िस्म की खूबसूरती कभी-कभार मिलती थी। वजह यह थी कि इसमें बन्दिशों की बुनियाद नहीं थी। सो यह मानी हुई बात है कि इसमें संयम और एकता की कमी तो होगी ही। अच्छा हुआ कि रवीन्द्रनाथ के गुरु अब्दुल वहीद ख़ाँ का गाना सुनना मुझे नसीब नहीं हुआ।

रतन जनकर को सुनने से पता चलता था कि हमारे संगीत में विद्या का क्या स्थान है। रागों की खोज, उनकी शुद्धता और अपने ख़यालों का ऐसा इस्तेमाल हम लोगों ने, उनके उस्ताद फ़ैयाज़ ख़ाँ साहब से भी नहीं सुना। इसकी विचार बुद्धि और intellectual approach ही इसका मूल था जो इन्हें भातखंडे जी से मिला था। इन दोनों को छोड़कर उस्ताद मुश्ताक़ हुसैन ख़ाँ के गाने, ख़ास तौर पर तानों ने रतन जनकर पर काफी असर डाला था। हिन्दुस्तान के सबसे पुराने दो घराने—आगरा और ग्वालियर को मिलाकर उन्होंने जो एक अनोखी शैली तैयार की थी, वह विचित्रता और यथार्थ गुणों से भरी एक बेमिसाल शैली थी। उनके कई नामी शिष्यों ने इन परम्पराओं को ज़ारी रखने की कोशिश की थी। उनमें से ख़ास तौर से उल्लेखनीय नाम हैं चिदानन्द नागरकर, युवाकाल के चिन्मय लाहिड़ी, डॉ. सुमति मुनाटकर, एस.सी.आर. भट्ट, के.जी. गिन्डे और दिनकर कैकिणी। मेरे आदिगुरु मैरिस कॉलेज के रवीन्द्रलाल राय का नाम इस सिलसिले में अगर न लिया जाए तो यह एक शिष्य के लिए सरासर बेईमानी होगी। उनकी सबसे बड़ी कामयाबी थी उनकी बेटी मालविका कानन। रवि काका कहा करते थे कि उनकी परम्परा ग्वालियर की है। इसकी वजह यह थी कि उनके दादा, नदिया के राजा के दीवान कार्तिकेय चन्द्र राय ने उस समय के घुमक्कड़ उस्ताद हद्दू ख़ाँ से क़रीबन चालीस ख़यालों की तालीम ली थी। रतन जनकर की गायकी मूलतः ग्वालियर से कोई ख़ास अलग नहीं है। मालविका का गाना सुनने पर इसका पता चलता है, क्योंकि शादी के बाद भी, कुछ किराना और सरगम की मिलावट के बावजूद उनकी गायकी का structure कसा हुआ है और उनकी गायकी के विस्तार रागांग भी फ्रेज़ के ढंग से ही चलते हैं। और फिर उम्र होने पर भी उनके जैसा पक्का स्वर-स्थान और सुरीली वज़नदार तान बहुत कम महिलाओं में पाई जाती है।

रतन जनकर की आवाज़ पतली और चिरी हुई थी, जिसे सही ज़ोरदार आवाज़ नहीं कहा जा सकता था। और उम्र के साथ-साथ उनके उच्चारण में थोड़ी-सी अनुनासिक क़िस्म की खराबी आ गई थी। लेकिन बुढ़ापे में भी वे खुली आवाज़ में तान लेते हुए आसानी से तारसप्तक के पंचम पर पहुँच जाते थे। मैंने उनकी युवावस्था का गाना नहीं सुना। लेकिन जिन लोगों ने उनको सुना था, उनमें से धूर्जटि प्रसाद ने एक बार भातखंडेजी की वर्षगाँठ के उत्सव में भाषण देते हुए कहा था—"I am prepared to go miles to hear Shree Krishna, if necessary even by public transport."

सन् 1924 में लखनऊ की ग्रांड कान्फ्रेंस में दिलीप कुमार राय ने 22-23 साल के युवा रतन जनकर का गाना सुनकर लिखा था—"मेरा पक्का विश्वास है हमारे संगीत

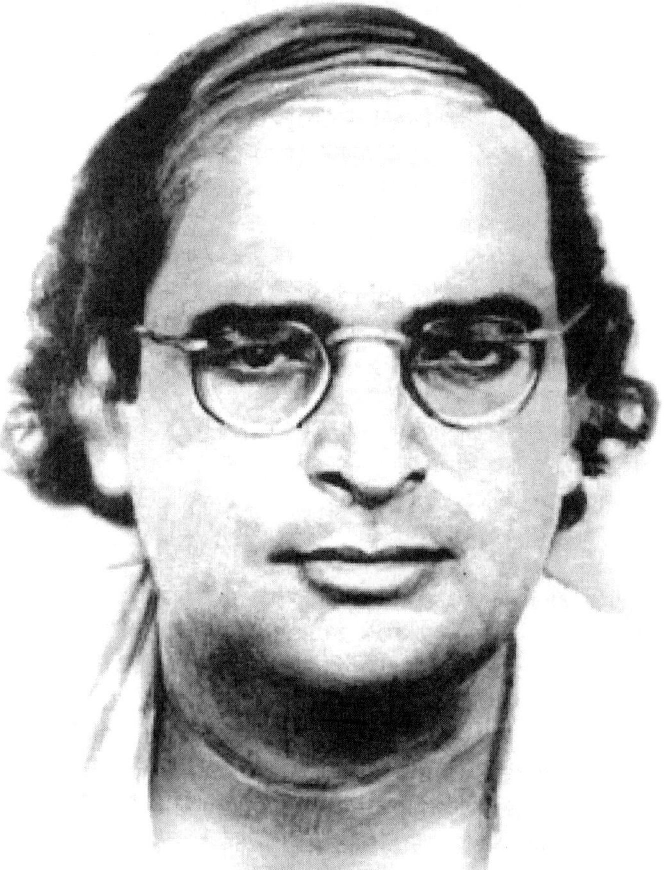

**दिलीप कुमार राय**

में Renaissance शुरू हो गया है और भविष्य में हम लोगों का संगीत, सौन्दर्य या खूबसूरती में पुराने संगीत से कहीं ज़्यादा मनमोहक होगा...अगर इनके साथ सच्ची तालीम का सिलसिला जारी रहता तो इनके (वे मुसलमान उस्तादों के बारे में यह बात कह रहे थे) गाने भी सौगुना मनमोहक और क़द्र करने लायक होते। रतन जनकर का गाना सुनकर और भातखंडे जी की शिक्षा-पद्धति से वाकिफ़ होकर ये ख़यालात मन में उभरे बिना नहीं रह सकते। कम उम्र में ही अच्छी तालीम की वजह से रतन जनकर ने जो कामयाबी हासिल की थी, उसे सुनकर कोई भी संगीत-विशेषज्ञ इस बात को

महसूस करेंगे कि गाने में कल्चर की जगह को क्यों बड़े पैमान पर देखना ज़रूरी है। हम बिना झिझके यह कह सकते हैं कि रतन जनकर अपनी सुन्दर मीड़ तान, गमक और शुद्ध सुर के जरिए जिस राग के रस को उभारने में सफल हुए थे, वह बात बहुत थोड़े उस्ताद ही निभा सकते थे। उनमें सिर्फ़ एक ही कमी थी। वह थी उनकी आवाज़ में। उनकी आवाज़ गोल भी न थी और न ही ज़ोरदार, और उनका स्वर मीठा न होकर भी बुरा नहीं था। अगर वे ज़रा-सा भी इस मिठास पर ध्यान देते तो उन जैसे कलाकार का हमारे देश में मिलना ही दुश्वार हो जाता।''

जिस ज़माने में दिलीपकुमार (घुमक्कड़) सारा हिन्दुस्तान घूम-घूमकर मशहूर ख़यालियों को सुनने के बाद ये सारी बात बता रहे थे, उस वक़्त हाल ही में भास्कर बुआ की मौत हुई थी। रहमत ख़ाँ जिन्दा थे। अल्लादिया ख़ाँ, फ़ैयाज़ ख़ाँ और अब्दुल करीम ख़ाँ हिन्दुस्तानी संगीत की दुनिया में छाए हुए थे। रजब अली ख़ाँ और मुश्ताक़ हुसैन ख़ाँ अपनी धुआँधार तनैती से महफ़िल गुलज़ार कर रहे थे। ऐसे ज़माने में 22/23 साल के एक छोकरे के लिए गुणियों से तारीफ़ हासिल कर लेना कोई मामूली बात नहीं थी।

श्रीकृष्ण रतन जनकर ने छोटी उम्र से ही गाना शुरू कर दिया था। सिर्फ़ सात साल की उम्र से ही बम्बई के पटियाला घराने के काले ख़ाँ के शिष्य कृष्ण राम भट्ट से उनकी शिक्षा शुरू हुई थी। उसके बाद गजानन राव जोशी के पिता अनन्त मनोहर या अन्त बुआ से तालीम ली। जब वे ग्यारह साल के थे, तब अहमदनगर में अब्दुल करीम ख़ाँ को गाना सुनाने पर उन्होंने बेहद खुश होकर उनके हाथ में एक तानपूरा थमा दिया था। उस दफ़े बालक श्रीकृष्ण तीन हफ्ते तक अपने पिता के साथ अहमदनगर में थे और रोज़ ख़ाँ साहब के पीछे बैठकर सुर लगाते थे। ख़ाँ साहब ने कहा था—''इस बच्चे को हमें दे दीजिए।'' जवाब में उनके पिता ने कहा—''इस नादान बच्चे के लिए इससे ज़्यादा बड़ी खुशनसीबी भला और क्या हो सकती है ? लेकिन मैंने भातखंडे जी को ज़बान दे रखी है। मैंने इसे विष्णु नारायण भातखंडे जी को सौंप दिया है।''

1917 के साल में जब भातखंडे जी श्रीकृष्ण को लेकर फ़ैयाज़ ख़ाँ के पास पहुँचे तब तक उन्हें छह-सात सौ ध्रुपद-धमार ख़याल याद हो चुके थे। शुरू-शुरू में pitch उतारकर वे ख़ाँ साहब के साथ गाते रहे। उनकी सेहत और चेहरा देखकर ख़ाँ साहब ने उन्हें इस तरह गाने से मना कर दिया था। उन्होंने कहा था—''दम-साँस बढ़ाओ और गायकी लो, चीज़ें लो, बाकी अपने ही स्वर से गाना। हमारी आवाज़ की नकल मत करो।'' पहले ही मैं ज़िक्र कर चुका हूँ कि फ़ैयाज़ ख़ाँ आर्टिस्ट थे, शिक्षक नहीं। पाँच सालों में सिर्फ़ तीस रागों की तालीम मिली ख़ाँ साहब से। लेकिन जो भी कुछ महफ़िल में वे सुनते थे, उसका नोटेशन करके रख देते थे। इस मामले में उनका यह एक बहुत ही ख़ास इल्म था। बड़ौदा से बी.ए. पास करने के बाद ही वे भातखंडे जी के पास लौट आए और थोड़े ही दिनों के बाद मैरिस कॉलेज को चलाने की जिम्मेदारी उन पर आ गई थी।

शुरू-शुरू में भातखंडे जी बराबर आते रहते थे। बाद में बुढ़ापे ने उन्हें घेर लिया। शुरू में ही उन्होंने अपनी श्रुतिशक्ति खो दी। इससे ज़्यादा ट्रेजेडी उनकी ज़िन्दगी में

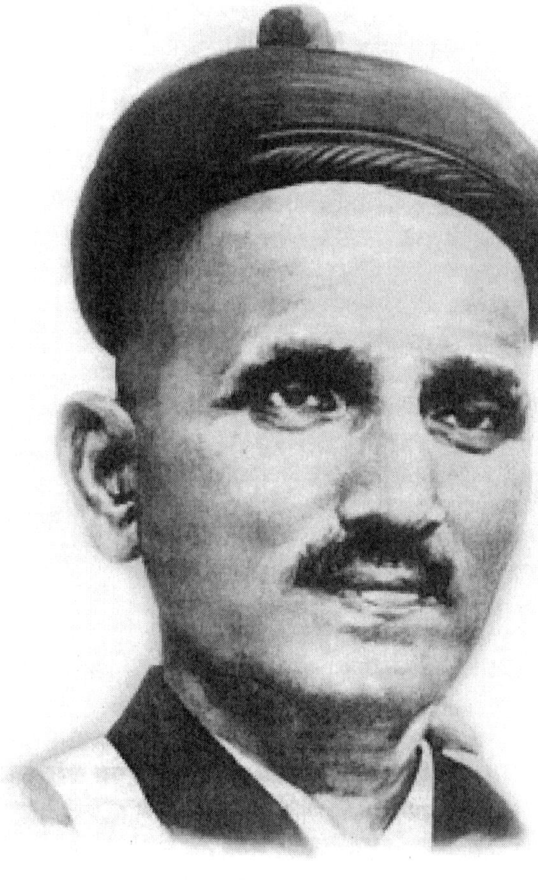

**पंडित विष्णुनारायण भातखंडे**

और क्या हो सकती थी ?

धूर्जटि प्रसाद के एक अप्रकाशित निबन्ध से उद्धृत कर रहा हूँ कि "श्रीकृष्ण रतन जनकर उस समय जवान थे। रोज़ सुबह पूरे दो घंटे रियाज़ करते थे। भातखंडे जी शान्त भाव से उनको सुनते और कभी-कभी सिर हिलाकर कुछ सलाह भी दे दिया करते थे। शाम को हमारा क्लास लेते थे दो घंटे तक। एक बार लगातार पूरे दस दिनों तक मय इतवार के उन्होंने सिर्फ़ कल्याण रागों के विषय में, उनकी सारवस्तु और उनसे सम्बन्धित अंगों के बारे में दस भाषण दिए थे। कभी-कभी वे मेरी नोट-बुक में ही लिखते थे, मगर मैंने वह खाता खो दिया है। कॉलेज खुलने के बाद भातखंडे जी ने उस चौहद्दी में ही पूरे छह महीने बिताए, ताकि यह संस्था ठीक से चलती रहे। इसके प्रथम अध्यक्ष थे

जोशी। यह एक वरिष्ठ, अनुभवी स्कूल इंस्पेक्टर थे, साथ-साथ संगीत के एक बड़े पंडित भी। कोई तीन साल बाद, रतन जनकर अध्यक्ष बने। उन दिनों हमारी हफ़्ते की महफ़िल होती थी शनिवार को। वहाँ पर हम बहुत सीखते थे। लेकिन सबसे ज़्यादा जोश बढ़ानेवाला कारण था भातखंडे जी का वहाँ शरीक होना।

''कहानी कहनेवाले जितनों को मैंने देखा है, उसमें से वे थे बेमिसाल। कभी-कभी ग्वालियर में बूढ़े-बूढ़े उस्तादों से सुनी हुई कहानियाँ सुनाते थे। कहा जाता है कि वे सभी माधो जी सिन्धिया को याद करते थे।'' (धूर्जटि प्रसाद रचनावली, तीसरा खंड के अनुसार, हिसाब से तो हद्दू ख़ाँ के वक़्त सयाजी के पिता जयाजी राव का होना ही सही था, लेकिन क़िस्से कलेंडर दिन-तारीख मानकर नहीं चलते) एक दफ़े हद्दू ख़ाँ गा रहे थे। माधोजी ने कहा—''उस्ताद जी, क्या आप मेरे फीलख़ाने से हाथी निकालकर ला सकते है ?'' (सुना जाता है कि तानसेन नियमित रूप से यह काम किया करते थे) उस्ताद ने फरमाया, 'जी हजूर !' और जैसा कहा, वैसा कर दिखाया। क्या पता कौन-सा राग हद्दू ख़ाँ ने शुरू किया। फीलख़ाने से हाथी कतारों में निकलकर दरबार में चले आए ! उसके बाद उनका नृत्य शुरू हो गया। इस क़िस्से को सुनने के बाद हमारा तो हँसते-हँसते पेट फूल गया। भातखंडेजी ने कहा—'लेकिन कहानी, यहीं नहीं ख़त्म होती। अब सवाल यह था कि कैसे इन हाथियों को वापस लौटाया जाए ? तब हद्दू ख़ाँ के भाई हस्सू ख़ाँ ने शुरू किया केदारा। बड़े भइए ने बताया—भइए उलटी तान बरतो !' भाई ने वैसा ही किया। हाथी सब एक के बाद एक लौट गए फीलख़ाने में।

''यह कहानी भातखंडेजी ने अंग्रेजी में नहीं, हिन्दी और मराठी को मिलाकर सुनाई थी। लम्बा-सा किस्सा था। उसे सही ढंग से पेश करना मेरे लिए मुश्किल ही है। और फिर इस कहानी के सुनाने के ढंग भी अलग-अलग हैं।

''उनके कहानी सुनाने के ढंग को क्या कहा जाए ? हाँ, अलबत्ता मज़लिसी। लेकिन मज़लिस तो यार-दोस्तों को लेकर ही जमती है। हालाँकि लखनऊ में उनके साथ क़िस्से कहनेवाला वैसा कोई दोस्त नहीं था। इसीलिए उन्हें अपने शिष्यों के साथ ही कहानी-क़िस्से कहने पड़ते थे। तो फिर उनकी समझदारी की महत्ता कहाँ थी ? मेरे ख़याल से उनका अथाह पांडित्य, देश में जो कुछ भी श्रेष्ठ है, उसे अपने वश में करने की अटूट शक्ति—हम समझते हैं इसी में उनकी महत्ता थी। ऐसा लगता था जैसे वे उसी रस के सागर में डूब गए हों, और जैसी उनकी चेतना के साथ, उनके द्वारा संग्रह किए हुए सारे ज्ञान घुल-मिल-से गए हों। याद आता है, एक दिन शाम को वे चुपचाप बैठे थे। लगता था, जैसे ध्यान में बैठे हों। थोड़ी देर बाद मेरी समझ में आया कि वे पूरे बहरे हो चुके हैं। मैंने बुद्धू जैसा सवाल किया—'आपको इससे दिक्कत नहीं होती ?' उन्होंने कहा—''नहीं मुखर्जी बाबू, इससे मुझे कोई तकलीफ़ नहीं होती। कल आधी रात के वक़्त पचास साल पहले सुना एक राग अचानक याद आ गया, और दुबारा जैसे अपनी सारी खूबसूरती समेत मेरी आँखों के सामने आ खड़ा हुआ—ठीक जैसा मैंने सुना था, वैसा ही मैं गाने लगा। वह एक निहायत ही अप्रचलित राग है—नाम है मंगल राग। इतना कहकर वे चुप हो गए।

लेकिन उनके मन में वह चीज़ घूमती-फिरती ही रही अपनी पूरी रफ़्तार में।"

अभी के लिए भातखंडे जी का आत्मत्याग, कठोर परिश्रम और संगीत की दुनिया में उनका revolutionary contribution की पूरी बातें मुल्तबी रख रहा हूँ। एक ज़माने में पूरी उस्ताद बिरादरी ख़फ़ा हो गई थी उन पर। भातखंडे जी की शिक्षा-पद्धति की बुराई करना ही जैसे एक फैशन बन गया था। लेकिन चोरी-छिपे आड़ में उनके कठोर-से-कठोर समालोचक भी चुपके-चुपके क्रमिक पुस्तक-मालिका के पन्ने उलटते थे और साथ-साथ अपने स्थायी अन्तरे सही कर लेते थे। चूँकि उन्होंने दुनिया के सामने उनके सारे भेद खोल दिए थे, इसलिए उस्ताद लोग उन पर खफ़ा हो गए थे। लेकिन बाहर भी एक क़िस्म के गवैए और श्रोता हैं, जो 'संगीत विशारद' या 'संगीत निपुण' सुनते ही मुस्कफ़रा देते थे और हमारे ज़माने में तो वे लोग मुँह ही फेर लेते थे। इसके लिए भातखंडे जी की शिक्षा-पद्धति को जिम्मेदार नहीं ठहराया जा सकता था। गुरु-शिष्य की परम्परा में दोष और गुण दोनों ही थे। उस्तादों की गलतियाँ और उनके मुद्रादोष पीढ़ी-दर-पीढ़ी चले आते थे। लेकिन गुरुकुल शिक्षा में श्रद्धा, भक्ति और पूरा मन लगाकर रियाज़ करने में अपनी एक ख़ास विशेषता थी। भातखंडे जी की शिक्षा-पद्धति के अनुसार पाँच साल में कई ध्रुपद, धमार और तरानों से छात्रों को जानकारी हो जाती थी। लेकिन थोड़ी-बहुत। गिनती में छात्र कम नहीं होने की वजह से गुरु से असली तालीम नहीं मिलती थी। ये सारी बातें कॉलेज में बी.ए. पास करने के बराबर हैं। जैसे लिखने-पढ़ने के मामले में सही शिक्षा विश्वविद्यालय की चौखट पार करने पर ही शुरू होती है, भातखंडे जी भी बार-बार यही कहा करते थे कि गाने के बारे में भी यही बात लागू होती है। और इसी वजह से अपने परम प्रिय शिष्य श्रीकृष्ण रतन जनकर को गायकी के लिए उन्होंने उस्ताद फ़ैयाज़ ख़ाँ के पास भेजा था।

भातखंडे जी जैसे Prodigy और इतने बड़े पंडित के सबसे ख़ास शिष्य और इस परम्परा के अधिकारी होने की जिम्मेदारी किसी मामूली आदमी के बस की बात नहीं थी। श्रीकृष्ण रतन जनकर के अनगिनत छात्र इस बात के साक्षी हैं कि उनका संगीत का ज्ञान और चरित्र के गुण कितने बेमिसाल थे। पश्चिम बंगाल की आजकल की भाषा में जैसे हम कह सकते हैं कि कार्ल मार्क्स के सही अधिकारी जैसे लेनिन थे, वैसे ही भातखंडे जी के उत्तराधिकारी थे रतन जनकर। सन् 1926 में भातखंडे जी, अकबरपुर के राजा ठाकुर नवाब अली और यू.पी. के तत्कालीन शिक्षा मन्त्री राय राजेश्वर बाली की कोशिशों से 'मैरिस कॉलेज' की स्थापना हुई थी। सन् 1927 में उसका नाम पड़ा 'भातखंडे कॉलेज' और आगे चलकर रतन जनकर की कोशिश से वह कॉलेज बन गया 'भातखंडे विश्वविद्यालय' यानी यूनिवर्सिटी। आज जो यह शिक्षा-पद्धति चल रही है, वह सिर्फ़ लखनऊ-ग्वालियर-बम्बई में ही नहीं, बल्कि सारे हिन्दुस्तान में फैल गई है, जिसकी क़ामयाबी का सारा श्रेय उन्हीं को है। इसी बीच वे भट्ट, गिंडे, नागरकर, चिन्मय लाहिड़ी (चिन्मय लाहिड़ी हाल ही में गुज़रे, वर्धवानवासी, इनायत ख़ाँ साहब के शिष्य, सितारवादक, गायक, कम्पोजर, एक शब्द में कहें तो एक लाजवाब गुणी—ध्रुवतारा जोशी

के भी बहुत आभारी थे), डॉ. सुमति मुटाटकर, कैकिणी जैसे शिष्यों को तैयार कर गए हैं और पाँच सौ से भी ज़्यादा बहुत ही उम्दा और अच्छी बन्दिशें रची हैं। 'अभिनव संगीत-शिक्षण' 'अभिनव गीत मंजरी,' तीन खंडों में 'तानसंग्रह' जैसी किताबें लिखीं और कई नए रागों की रचनाएँ की हैं, जिनमें 'सालखबराली', 'केदारबहार', 'हेमनट', 'रजनी कल्याण', 'मार्ग बिहाग' भी हैं जो उनके शिष्य गाया करते हैं। इन सबके लिए उन्होंने अपने व्यक्तिगत जीवन में बहुत त्याग स्वीकारा था। उस समय उनकी तनख़्वाह थी सिर्फ़ 100 रुपए और वह भी 'सरकारी ग्रांट' देर से ही पहुँची थी। नतीजा यह हुआ कि महीनों अर्थाभाव से, होस्टल का खाना खाकर, पुत्र और परिवार को बम्बई शहर में छोड़कर, जिस तरह से भातखंडे जी के उत्तराधिकारी ने प्रौढ़ावस्था तक हँसते-हँसते इन सारी मुसीबतों को झेला, ऐसी मिसाल आजकल मुश्किल से ही मिलती है।

संगीत साधना और प्रचार का मार्ग अपनाने वालों के लिए यह फूलों की सेज कभी नहीं रहा—इसकी एक और मिसाल है ध्रुवतारा जोशी का जीवन जिसका अन्त हुआ 28 सितंबर, 1993 में, 78 साल की उम्र में, ग़रीबी और अकेलेपन की हालत में—वर्दवान में। जोशी के चचेरे भाई केमिस्ट सत्यानन्द जोशी अच्छे ध्रुपदिया थे। 'मरफून-नग़मात' किताब में उनके दिए हुए काफ़ी ध्रुपद मिलते हैं। लखनऊ के उस ज़माने में जोशी के घर में, शायद ही कोई उस्ताद हों जो गए नहीं या रहे नहीं। उस्ताद अल्लाबन्दे, जाकि़रुद्दीन, नसिरुद्दीन ख़ाँ, उस्ताद फ़ैयाज़ ख़ाँ, मुश्ताक हुसैन ख़ाँ, बुन्दू ख़ाँ, और भी नामीगरामी गायक, बीनकार, सितारिया। ऐसी आबोहवा में असाधारण प्रतिभा लेकर बड़े हुए थे ध्रुवतारा जोशी। लखनऊ विश्वविद्यालय से दर्शन में एम.ए., प्रसिद्ध सितारिया इनायत ख़ाँ के शागिर्द, उस्ताद फ़ैयाज़ ख़ाँ के गंडाबंध शिष्य जोशीजी थे एक नामी सितारिया, गायक, मूसीक़ार, संगीतज्ञ और उर्दू के शायर। शायरी में उनका तख़ल्लुस था जूनूँ लखनवी और संगीत में 'प्रेमरंग'। यही 'प्रेमरंग' तख़ल्लुस और भी दो मूसीकारों का रहा है। दोनों ही आगरा घराने के हैं—शराफ़त हुसैन ख़ाँ और रत्नकान्त रामनाथकर रतन जनकर जी के क़रीबी लोगों में थे और एक दूसरे को बहुत मानते थे। रेडियो में नौकरी करने के बाद रतन जनकर के कहने पर खैरागढ़ गये प्रोफेसर रूप में। उन दिनों आर्थराइटिस की वजह से उंगलियों ने सितार छोड़ने पर मजबूर कर दिया था और वे गाना सिखा रहे थे। इसके बाद वे आये शान्ति निकेतन में और अन्त में बर्दवान विश्वविद्यालय में। कोई भी चाकरी 78 की आयु तक नहीं रहती। उस पर शादीशुदा न होने की वजह से तीमारदारी के लिए भी कोई पास नहीं था। इनके जाने-माने शिष्यों में चिन्मय लाहिड़ी और रणधीर राय नहीं रहे। सुनील-दा (बसु) और शुभ्रा गुहा कलकत्ते में संगीत रिसर्च अकादमी से जुड़े हैं। सितार में दिल्ली की डॉ. शर्मिष्ठा सेन (घोष) हैं। ठुमरी-दादरा के लिए नैना देवी भी इनकी कर्ज़दार हैं।

विलायत ख़ाँ से मेरी पहली मुलाक़ात लखनऊ में पढ़ाई के ज़माने में हुई थी। उस समय विलायत 18/19 के नौजवान थे, जोशीजी के घर कुछेक महीने ठहरे थे। उन दिनों सितारिया रूप में जोशीजी काफ़ी मशहूर थे और गायकी अंग से लाजवाब आलाप करते थे।

बाद में कई दफ़ा अख़बारवालों ने खोद-खोदकर जानने की कोशिश की थी कि उन्होंने विलायत को कभी तालीम दी या नहीं। उनका एक ही जवाब रहा हमेशा कि वे उस्ताद के घर का 'कुत्ता' है और विलायत उनके ख़लीफ़ा। उस्ताद बड़ी कच्ची उम्र में नाबालिग बच्चों को पीछे छोड़ दुनिया से उठ गये। इनायत ख़ाँ के कई नामी शिष्यों ने, ख़ासकर गौरीपुर के ब्रजेन्द्र और वीरेन्द्र किशोर रायचौधरी ने ख़ाँ साहब के परिवार की बड़ी मदद की। उस लिहाज़ से वे कुछ नहीं कर पाये। मुझे भी वह प्यार से ख़लीफ़ा कहते थे क्योंकि धूर्जटि प्रसाद को वे शिक्षा जगत का गुरु मानते थे। 'देश' पत्रिका में यह रचना धारावाहिक रूप से 3 जुलाई 1993 से छपने लगी। इसे पढ़कर वे भी बड़े उत्साह से पुरानी याद ताज़ा करने के लिए लिखने लगे हिन्दी में। (वे बांगला भी उतनी ही अच्छी लिख-पढ़ बोल लेते थे क्योंकि उनकी माँ बंगाली महिला डॉक्टर थीं।) दुर्भाग्य से यह लिखने का सिलसिला थोड़े दिन ही चल पाया। सितंबर में ही वे चल बसे। (परिशिष्ट देखिए।)

ध्रुवतारा जोशी की षष्ठिपूर्ति (साठ साल पूरे होने) पर उनके दोस्तों और शागिर्दों ने मिलकर 1975 की जनवरी में रातभर का एक जलसा किया। उसमें विलायत ख़ाँ बीवी-बच्चों समेत अपने खर्चे पर बड़ी खुशी से शिरकत करने को आए। सुवेनीर में मुश्ताक अली ख़ाँ, प्रसिद्ध सितारिया, ने जोशीजी पर एक लेख लिखा। उसी का थोड़ा हिस्सा यहाँ है—

''जोशी को पहली बार देखा 1929 में। उन दिनों वे पढ़ाई पूरी करने में लगे थे और मरहूम उस्ताद इनायत ख़ाँ से सितार की तालीम ले रहे थे। सच्चा शार्गिद जिसे कहते हैं—वो उसी की मिसाल थे।

संगीत के माहौल में बड़े हुए थे जोशीजी। यहाँ तक कि घर के नौकर रामदीन के कान भी सधे हुए थे। उनके घर आना-जाना न हो ऐसे उस्ताद उन दिनों कम ही थे। उन सबसे प्यार मिला जोशीजी को। उनकी अपनी तालीम का सिलसिला भी अव्वल दर्जे का था। अलग घरानों की ख़ास बातों से भी उनका राबता बनता गया।

जहाँ तक याद आता है—वह साल था 1936 का। जोशीजी लोग लखनऊ में रहते थे। बजाने के लिए वहाँ गया और एक होटल में ठहरा। स्वर्गीय चित्रकार अतुल बसु के भाई ख़याल गायक सुनील बसु उन दिनों उन्हीं के घर रहकर गाना सीख रहे थे मैरिस कॉलेज से। दोनों होटल में आ धमके। जोशीजी अपने घर ले चलने की ज़िद करने लगे। मैंने कहा—'दो—एक दिन की बात है—होटल ही ठीक है।' पर जोशीजी माने ही नहीं।

बात चल रही थी होटल के लाउंज में बैठे। सुनील बसु पता नहीं कब उठकर चले गये। किसी काम का ध्यान आते अपने कमरे में गया। देखा, मेरे कपड़े-लत्ते, सूटकेस, बिस्तर सब ग़ायब। मुझे परेशान देख जोशीजी हँस पड़े। बोले, सुनील बाबू सब कुछ समेटकर घर ले गये हैं। आख़िरकार होटल का बिल मँगवाया। पता चला वह भी चुका दिया गया है।

जोशीजी के घर एक बार दरबारी कानड़ा बजाया था—शायद 1942 में। सुनने के बाद जोशीजी ने नौकर, उसी रामदीन, से पूछा, 'कैसा लगा।' रामदीन बोला, 'अच्छा

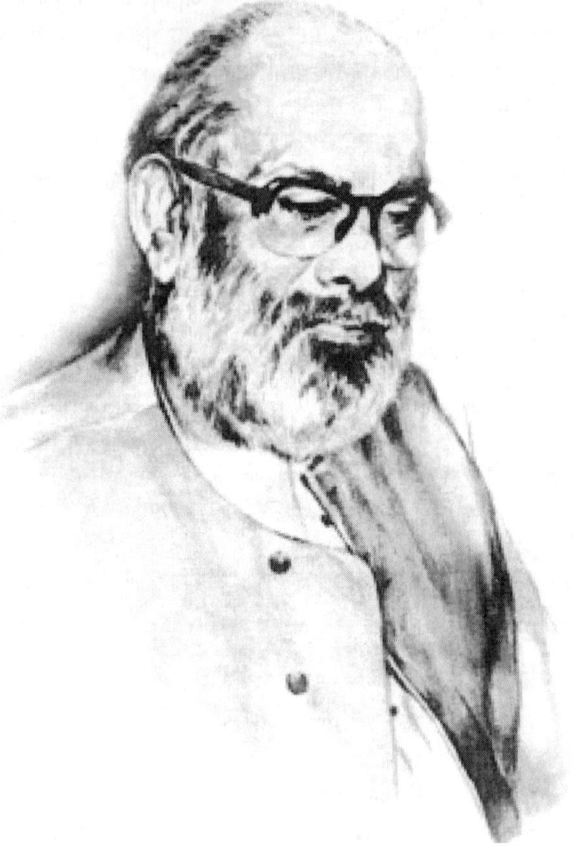

**ध्रुवतारा जोशी**

ही था, लेकिन उस्ताद फ़ैयाज़ ख़ाँ के दरबारी जैसा गन्धार सुनाई नहीं दिया।'

एक सुबह बिन्दास उस्ताद बुन्दू ख़ाँ साहब मेरे कमरे में आये और मुझे अख़बार पढ़ते पाया। खबरों की सुर्ख़ी पूछी तो मैंने कहा, 'जिन्ना साहब की ख़बर है'। जिन्ना कौन हैं पूछने पर बताया, 'क़ायदे आज़म।' इस पर वे बोले, "वो तो समझे पर ये किस घराने से हैं, ध्रुपदिया या ख़यालिया ?"

जोशीजी का बसेरा इसी आबोहवा से बना था।

इसके कुछ ही दिन बाद बड़ी कोशिश से लखनऊ रेडियो में जोशीजी ने एक ऐसा अजूबा करवाया जिसकी मिसाल संगीत के इतिहास में नहीं है। उस ज़माने के संगीत जगत के पहले दर्जे के चार अलग-अलग घरानों से दिग्गज गुणी उस्तादों को इकट्ठा किया।

ये थे उस्ताद फ़ैयाज़ ख़ाँ, उस्ताद मुश्ताक हुसैन ख़ाँ, सारंगीनवाज़ उस्ताद बुन्दू ख़ाँ और बीनकार उस्ताद सादिक़ अली ख़ाँ। इनकी स्टूडियो रिकॉर्डिंग कराई—चार साख में। लच्छासाख, देवसाख, भौसाख और साख। बहुत दुःख होता है आज यह जानकर कि इतनी मेहनत से सँजोया संगीत का ऐसा बेशक़ीमती ख़जाना कहाँ है, किसी को मालूम ही नहीं।

संगीत के लिए और कलाकारों के लिए जोशीजी ने जो अथक मेहनत की, वैसा और नहीं देखा।''

14 फरवरी, 1974 को श्रीकृष्ण रतन जनकर का देहान्त हुआ। इसके कोई दो-चार दिन पहले ही उनके प्रिय शिष्य और बहुत दिनों के सहकर्मी वाइस प्रिंसिपल जी.एन. नाटू उनसे मिलने गए थे। उस समय तक उनकी बड़ी लड़की ससुरालवालों से उत्पीड़ित होकर मर चुकी थी। छोटी की शादी नहीं हुई थी। दो लड़के थे, उनका भी कुछ बना नहीं था। ज़िन्दगी-भर संगीत और भातखंडे जी के आदर्शों की सेवा कर उन्हें सरकारी सम्मान और इज़्ज़त काफी मिली थी। जैसे 'पद्मभूषण', संगीत नाटक अकादमी का 'सदस्य पद', डॉक्टरेट की उपाधि आदि-आदि। लेकिन इनसे उनको आर्थिक सहायता कुछ भी नहीं मिली थी। और न ही वे अपने परिवार की उन्नति के लिए किसी साधन की व्यवस्था ही कर सके। लखनऊ से वे खैरागढ़ विश्वविद्यालय के वाइस चांसलर बनकर गए और उसके तीन-चार साल बाद ही रिटायर हो गए। हर साल वे बंगाल म्यूज़िक कॉलेज की परीक्षा लेने कलकत्ता आते थे और ननीगोपाल बाबू के घर ठहरते थे। उन दिनों हम बराबर उनसे मिलने जाते थे और संगीत में अपनी समस्याएँ और उलझनों की बातों से उन्हें तंग करते थे। हर साल ही वे हमारे यहाँ गाना गाते थे। उनके स्वर्गवास के बाद, अब दिल्ली, कलकत्ता और बम्बई सभी में करीब ढाई-तीन आदमी बचे होंगे, जिनसे संगीत के बारे में चर्चा करने पर थोड़ा-बहुत आनन्द अभी भी मिलता है।

उनके अथाह और गहुत गहरे पांडित्य और उनकी विचार-बुद्धि के बारे में उनके समालोचकों की भी दो राय नहीं। हमारे पिता उन्हें Ocean of Learning कहते थे। बिना उनसे गाना सीखे ही हम उनसे विद्या संग्रह के बारे में उनके बहुत ही आभारी हैं। चालीस के दशक में मैंने उनका गाना रात-रात-भर सुना है। गणेश चतुर्थी के मौके पर, भातखंडे जी की वर्षगाँठ पर तथा और भी बहुत से जलसों में। इस संगीत के लिए मैं अपनी ज़िन्दगी के आखिरी दिन तक उन्हें याद रखूँगा। इसके अलावा साल में एक बार भातखंडे कॉलेज में 'संगीत-धारा उत्सव' होता था। उसमें बहत्तर घंटे का नॉन स्टॉप गाना-बजाना होता था। इसकी समाप्ति होती थी अन्ना साहब यानी रतन जनकर के गाने से। उत्तर प्रदेश से मुख्यमन्त्री होने के बावजूद सम्पूर्णानन्द जी 'संगीत धारा' की आखिरी सभा में उपस्थित रहना नहीं भूलते थे और उनका 'फेवरिट' था भैरवी का सादरा, 'भवानी दंयानी।' सुनील दा (बसु) सन् 1935 में पुरानी दिल्ली के असेम्बली हाउस में हुई एक कान्फ्रेंस का ज़िक्र कर रहे थे। उस्ताद नसीरुद्दीन ख़ाँ (डागर), फ़ैयाज़ ख़ाँ, हाफिज अली ख़ाँ आदि के सामने रतन जनकर ने 'गोपी बसन्त' से शुरू किया था। तब उनकी उम्र होगी सिर्फ़ पैंतीस की और सुनील दा ने गाना हाल ही में सीखना

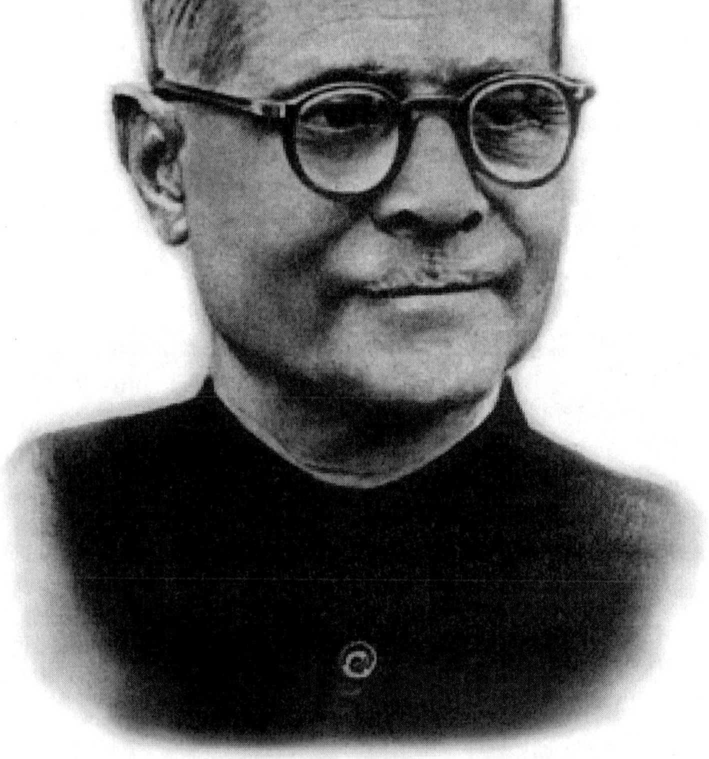

**पंडित श्रीकृष्ण रतन जनकर**

शुरू किया था। उनकी उम्र तब सत्रह-अठारह से ज़्यादा नहीं थी। कहा जाता है कि सुबह दस बजे से शुरू होकर उस्तादों की इकट्ठी तारीफ़ और जोश में आकर वे दोपहर के दो बजे तक गाते रहे। गाना ख़त्म होने पर 'डायस' पर चढ़कर फ़ैयाज़ ख़ाँ ने उन्हें

गले से लगा लिया और सबके सामने अपना 'प्रिय शिष्य' कहकर उनका परिचय करवाया। नसीरुद्दीन ख़ाँ साहब खुद आकर उनसे लिपट गए और सबके सामने कहा—"इसके बाद मेरा गाना आज जमेगा नहीं, हम शाम को सुनाएँगे।"

इस अध्याय के शुरू में ही मैंने कहा था कि रवीन्द्रनाथ के सामने उस शाम श्रीकृष्ण रतन जनकर ने एक गान्धार का 'जैजैवन्ती' और 'छायानट' गाया था। एक के बाद एक इतने आसपास के रागों को गाना और महफ़िल जमाना मामूली गवैए ही क्यों, बड़े-बड़े पंडितों के लिए भी बहुत मुश्किल काम था। लेकिन रतन जनकर को इस क़िस्म का पांडित्य और कुशलता दिखाने में बड़ा आनन्द मिलता था। एक दिन याद है, एक घरेलू महफ़िल में उन्होंने पूर्वा, पूरिबा, पूरबी, सांजगिरि और सोहिनी सुनाया था—शायद मज़ाक-ही-मज़ाक में। लेकिन लग रहा था कि जैसे यह पंचपांडव हैं—भाई-भाई। लेकिन हरेक का चेहरा, चाल और पर्सनलिटी अलग-अलग थी। अगर और कोई उस्ताद ऐसी कोशिश करते तो परेशान हो जाते। एक दूसरी महफ़िल में मैंने सुना था, शहाना, सुहा, सुघरई, नायकी और कौशिकी कानड़ा (बागेश्री अंग में)। एक पल के लिए भी ऐसा नहीं लगा कि वह गाना नहीं, बल्कि खिचड़ी है और निहायत ही मगज़ी कारबार है। एक बार और बम्बई में उनकी मृत्यु के कुछ पहले ही दिनकर कैकिणी के घर मेरी इल्तिज़ा पर उन्होंने गाना शुरू किया। दिनकर के हाथ में तबला, उनकी पत्नी शशिकला के हाथ में तानपूरा और मैं हारमोनियम पर पंचम स्वर दाबे हुए था। उन्होंने हमें 'श्याम कल्याण' सुनाया और साफ-साफ गाना और बन्दिशों की मार्फ़त सुरत अंग, शुद्ध सारंग अंग और कामोद अंग अलग-अलग बताया। ज़िन्दगी में मैंने दूसरी बार उनसे अलग-अलग ढंग के गौड़-मल्हार सुने, जिनका इल्म अभी भी लोगों को हैरत में डालने के काम आती हैं। श्रोताओं में सिर्फ़ दो दोस्त थे, जिन्होंने पहले कभी उन्हें नहीं सुना था। ख़त्म होने पर उनमें से एक ने मुझे और दिनकर से कहा—"हम तो समझते थे आप लोग गवैए हैं, लेकिन इनको सुनने के बाद लगता है कि आप लोग निहायत ही अनाड़ी हैं।"

आज के श्रोताओं और गवैयों के लिए बड़े दुर्भाग्य की बात है कि श्रीकृष्ण रतन जनकर ने अपनी सारी ज़िन्दगी आधा पेट खाकर छात्रों को सिखाने में बिता दी। और जब केसकर साहब मन्त्री हुए और उनके भाग्य खुले, तब तक उनकी आवाज़ ख़त्म हो चुकी थी।

इसी सिलसिले में एक मजेदार कहानी याद आई। केसकर साहब ने Information Broadcasting मन्त्री होने के बाद रेडियो में एक Audition committee बनाई थी और रतन जनकर को उसका चेयरमैन बना दिया था। सारे हिन्दुस्तान में शोर मच गया। ख़ासकर उस्तादों की दुनिया में। ख़ानदानी घरानों के गाने-बजानेवाले क्या इस भातखंडे के बच्चे मुनक्का के बराबर के एक मराठी पंडित के सामने इम्तिहान देने के बाद पास करेंगे और तब उसके बाद उनकी ग्रेडिंग होगी ? मुज़तबा अली की लिखी हुई 'पंचतन्त्र' में इस क़िस्से के सिलसिले में एक दिलचस्प कहानी है। दो-एक मशहूर उस्तादों ने पूछा—"ऑडिशन ? भला वह क्या बला है ?" पाँच जनों ने उन्हें समझाया

तब वे बोले—"तो इम्तिहान देने में भला क्या आपत्ति है ? यह जो कान्फ्रेंस में हजारों के सामने हम गाते हैं तो क्या उसमें आखिरी 'रो' में बैठा हुआ पानवाला भी मेरा इम्तिहान नहीं लेता है ?" लेकिन कई आर्टिस्टों ने इसका काफी बुरा माना। सितारवादक उस्ताद विलायत ख़ाँ ने तो ज़िन्दगी-भर रेडियो से मुँह मोड़कर रखा। खैर, छात्रों को डाँट-डपटकर सिखाने की वजह से हाल में परीक्षा लेने की बीमारी रतन जनकर में कुछ ज़्यादा ही हो गई थी। सिर्फ़ आर्टिस्टों को सुनकर ही नहीं थमते थे, उनसे राग और थ्योरी के बारे में भी सवाल पूछते थे, जिनमें दूल्हे को चकमा देने जैसे सवाल भी होते थे। एक दफ़ा एक नामी सारंगीवादक को उन्होंने लगातार एक के बाद एक 'तोड़ी' और 'मुल्तानी' बजाने को कहा। ख़त्म होने पर बोले—"ठीक है, मगर इन दोनों रागों में फ़र्क़ क्या है, ज़रा ज़बानी तो बतलाइए।" आर्टिस्ट बेहद नर्वस हो गया। तीन बार उसने रूमाल से पसीना पोंछा फिर झिझकते हुए बोला—"साब, क्या बताएँ। दोनों अपनी-अपनी जगह पर लाजवाब हैं।"

कलकत्ता के हमारे घर रतन जनकर की आखिरी महफ़िल में, उस शाम उनके पीछे बैठे थे चिन्मय लाहिड़ी और सीताशरण सिंह। 'डी' या 'डी शार्प' में खुली आवाज़ से तारसप्तक में आवाज़ घुमाने में दोनों को काफी दिक्कत हुई थी। लेकिन उस दिन रतन जनकर की खुद की आवाज़ बेहद अच्छी बोल रही थी। एक के बाद एक उन्होंने झिझौंटी, खम्बावती, हेमनट आदि सुनाए। हम सब तारीफ़ करने में डूबे हुए थे। लग रहा था, यह उनका 'स्वान-सांग' है। बचपन में सुना हुआ प्रिंसिपल साहब का वही गाना। काफी देर तक चुप रहने के बाद बोले—"हिन्दुस्तान के सबसे बड़े उस्ताद फ़ैयाज़ ख़ाँ के शागिर्द और सबसे बड़े पंडित भातखंडे जी के शिष्य होकर अगर थोड़ा-बहुत हमने गा लिया तो कौन-सा कमाल किया ?"

दूसरे साल फिर नहीं आए। जन्मतिथि थी पहली जनवरी, 1900। मृत्यु हुई 14 फरवरी, 1974 को। बहुत बड़े गुणी थे। महान इन्सान भी।

"अन्ना साहब, आप सचमुच पहुँचे हुए क्रिया सिद्ध पंडित हैं। आपको मैं विशेषरूप से शास्त्र का विद्वान ही समझता था। पर आज आपने जो प्रत्यक्ष कर दिखाया, उससे आपकी असामान्य प्रतिभा एवं सूक्ष्म चिन्तन के दर्शन हुए। उच्च कोटि के विद्वान गायकों के निकट सम्पर्क से जो मेरे संस्कार बने हैं, उनके अनुरूप ही आपका संगीत पाया"—पंडित गोविन्द राव टेम्बे।

"देखो, श्रीकृष्ण कोई मामूली आदमी नहीं है। यह ठीक है कि वह मेरा शागिर्द है, मगर उसके जैसा गवैया हिन्दुस्तान में निकट भविष्य में नहीं मिलेगा। उसकी मैं बड़ी इज्ज़त करता हूँ।"—उस्ताद फ़ैयाज़ ख़ाँ।

"My span of life, I believe, is nearing its end gradually and I take these new developments as a matter of course. Thank God, he has left me a brilliant pupil in you and I have little doubt, you will satisfy all the hopes, I have entertained about you."

–From the last letter of Pt. Bhatkhande to S.N. Ratanjankar.

*तेरहवाँ अध्याय*

# किराना घराना

कलकत्ता का रेडियो स्टेशन उन दिनों 1 नम्बर गार्स्टिन प्लेस में था। करीब बीस मिनट बाकी थे बड़े गुलाम अली के प्रोग्राम को शुरू होने में। तानपूरा, स्वरमंडल, तबला वगैरह सारे मिल चुके थे। इतने में प्रोग्राम एक्जीक्यूटिव विमान घोष अपने साथ एक साँवले, लम्बे क़द के व्यक्ति को उनसे मिलवाने के लिए लाए। उनका नाम था पंकज कुमार मल्लिक। ख़ाँ साहब ने बैठे-बैठे ही हाथ मिलाया। स्वरमंडल वगैरह हटाकर बहुत मुश्किल से खड़े होकर बोले—"आपसे हाथ मिलाना ही काफी नहीं है, छाती मिलाना चाहिए। मैं आज तक किसी ऐसे गवैए से नहीं मिला हूँ, जिसका गाना कलकत्ता के बीड़ीवाले से लेकर लाहौर की ख़ानदानी औरतें भी गाती हों।" इतना कहकर अपनी बेमिसाल आवाज़ में वे गा उठे—'पिया मिलन को जाना !' "क्या कहने, सुभान अल्लाह ! क्या गाया है आपने और क्या बनाया है राय बाबू ने !" (न्यू थिएटर्स के मशहूर राईचाँद बड़ाल)

हमारे बचपन में फिल्मों के गाने आज जैसे बेबुनियाद और बदख़त नहीं थे। कलकत्ता के राईबाबू और बम्बई के अनिल विश्वास की बदौलत गानों को राग के आधार पर ही गाना होता था और उन्हें श्रुतिमधुर भी होना होता था, क्योंकि इन दोनों को ही बाकायदा पक्के गाने की तालीम मिली हुई थी। राईबाबू वाकई अच्छा तबला बजाते थे और अनिल दा से मैंने सैकड़ों पुराने गाने, दादरा, ग़ज़ल और बेमिसाल कीर्तन सुने हैं। और सहगल, काननबाला तथा पंकज मल्लिक की आवाज़ में न्यू थिएटर्स के गाने आम लोगों को बहुत ही पसन्द थे। शास्त्रीय संगीत के रिकार्ड इतने पापुलर तो थे नहीं, इसके बावजूद दो रिकार्डों ने सारे हिन्दुस्तान की तारीफ़ हासिल की थी। ये रिकार्ड थे अब्दुल करीम ख़ाँ की गाई हुई ठुमरी—'जमुना के तीर' और 'पिया बिन नहीं आवत चैन'। 1936 में जब ख़ाँ साहब कलकत्ता आए, उसके काफी पहले से ही उनका गाना रिकार्ड की मार्फ़त घर-घर बजता था। दिलीपकुमार राय जब 1924 में उन्हें कलकत्ता लाए तब उन्हें कोई भी नहीं पहचानता था। और 1936 में ऑल बंगाल म्यूजिक कान्फ्रेंस में जब गाने के लिए वे आए, तो जैसे सारा कलकत्ता शहर टूट पड़ा।

उनके गाने के बारे में सिर्फ़ इतना ही मुझे याद है कि अब्दुल करीम ख़ाँ मुँह खोले बैठे हैं, तानपूरा का जोड़ा बज रहा है, मगर उनके मुँह से कोई आवाज़ नहीं निकल रही है। लेकिन मेरे आसपास जो बुज़ुर्गवार बैठे थे वे 'हाय' 'हाय' कर रहे थे। बाद में मैंने सुना था कि उन्होंने परज-बसन्त शुरू किया था और काफी देर तक तारसप्तक के 'सा' पर ठहरे थे। जतन से मिलाया हुआ मीरज़ का तानपूरा का जोड़ा, उनके अपने श्रुति हारमोनियम का षडज और उनकी आवाज़—ये सारे मिलकर जैसे एक सुर हो गए थे। लग रहा था कि ख़ाँ साहब मुँह खोलकर बैठे हैं और गले से कोई आवाज़ ही नहीं निकल रही है। बाद में पता चला कि उनका श्रुति हारमोनियम उन्हीं के आर्डर से तैयार किया गया था। उसमें तीव्र स्वर सब कल्याण के थे और कोमल स्वर सारे भैरवी के। यह बाजा सिर्फ़ ख़ाँ साहब के गाने के साथ ही बजता था और बजाते थे शंकरराव कपिलेश्वरी। अब्दुल करीम सिर्फ़ यही दो राग-रागिनी मानते थे और कहते थे कि बाकी सब इन दोनों से ही बनाए गए हैं। इस थ्योरी को पंडितों ने नहीं माना। इसी महफ़िल के बारे में सुरेश चक्रवर्ती के एक लेख में मैंने पढ़ा कि शतायु उस्ताद बदल ख़ाँ उस रात वहाँ हाजिर थे। और बदल ख़ाँ ने स्पष्ट ही स्वीकार किया कि अब्दुल करीम ख़ाँ को सुर में 'सिद्धि' प्राप्त हुई है। उनकी भाषा में ''वह जो स्वर, जो पंचम या धैवत लगाता है, वही सच्चा पंचम या धैवत है, 'जन्तर' न मिले तो जन्तर की गलती है, गले की नहीं।'' ('सुधासागर तीरे' से उद्धृत। लेखक : सुरेश चक्रवर्ती। आनन्द पब्लिशर्स।)

इसी महफ़िल में, आचार्य गिरिजाशंकर चक्रवर्ती इतने मोहित होकर अब्दुल करीम ख़ाँ का गाना सुन रहे थे कि उँगली में जलती हुई सिगरेट का भी उन्हें ख़याल नहीं रहा। जब उँगली में जलन महसूस हुई तब उनको होश आया। इस तरह के मैंने बहुत सारे क़िस्से सुने हैं। जैसे ख़ाँ साहब खुद भी ध्यानमग्न होकर गाते थे, वैसे ही श्रोता भी सुध-बुध खोकर उनके स्वरों में डूब जाते थे।

शर्बरी राय चौधुरी की बदौलत हमारे पास अब्दुल करीम ख़ाँ की जवानी के करीब पन्द्रह-सोलह रिकार्ड हैं। कोई एक डेढ़-दो मिनट के—और वे सिर्फ़ एक ही तरफ बजते हैं। इनमें और उनके ऑडिशन में प्रौढ़ावस्था के रिकार्डों में काफ़ी फ़र्क़ है। सिर्फ़ स्वर लगाने में ही नहीं, एप्रोच और दृष्टि के नाते भी। और पाँच गवैयों जैसे जवानी में तैयारी और तानबाजी के फेर में पड़े थे—इन रिकार्डों से यह साफ ज़ाहिर होता है और इनकी स्पीड सुनने से जो पटियाला ढंग के गवैए हैं, वे खुशी से गद्गद हो उठेंगे। ये रिकार्ड किसी कम्पनी ने नहीं बनाए थे। या तो बड़ौदा महाराज के बैंड मास्टर फ्रेडलिस साहब अथवा ई. क्लेमेंट्स नामक एक आई.सी.एस. म्यूजिकॉलोजिस्ट की रिकार्ड मशीन से ये रिकार्ड भरवाए गए थे।

अब्दुल करीम ख़ाँ में नज़रिए के बदलाव के साथ रहमत ख़ाँ के स्वर लगाने का असर और उनके अपने आध्यात्मिक जीवन से सम्बन्ध था और ऐसा भी सुना जाता है कि शिर्डी के साईंबाबा और नागपुर के ताजुद्दीन बाबा का भी इसमें हाथ था। यह कहानी मैंने खुद सबसे पहले हीराबाई बड़ोदेकर से ही सुनी है—साईंबाबा से उनके अपने

तजुर्बे के सिलसिले में। उनके खानदान के लोग ताजुद्दीन बाबा से वाकिफ़ हैं। इस तरह की कई घटनाएँ और साईंबाबा के गाने सुनाने के क़िस्से जयन्तीलाल ज़रीवाला की किताब (अब्दुल करीम, हाथरस संगीत कार्यालय) में मिलेंगे। लेकिन सन् 1924-25 के बाद अब्दुल करीम साहब वे अब्दुल करीम नहीं रहे जो पहले थे। करीबन उसी समय वे नागपुर में राजा लक्ष्मणराव भौंसले के मेहमान रहे। उस विशाल अहाते के एक कोने में एक छोटी-सी कुटिया बनाकर ताजुद्दीन बाबा रहते थे। हमेशा से ही अब्दुल करीम को साधु-संन्यासियों के साथ उठना-बैठना पसन्द था। और जब से उन्होंने ताजुद्दीन बाबा का नाम सुना था, उनके दर्शन के लिए वे बहुत बेचैन हो उठे थे। लेकिन तीन दिनों में भी उनके दर्शन नहीं हुए। अचानक एक दिन सुबह उन्होंने देखा कि बाबा, शायद प्रातःभ्रमण के लिए, पैदल जा रहे हैं। वे उनके पीछे-पीछे चलने लगे। तीन-चार मील चलने के बाद जब वे शहर के इलाके को छोड़कर जंगल में आ गए, तब अचानक ताजुद्दीन बाबा मुड़कर चीखे—"हरामजादे, तू हमारा पीछा क्यों कर रहा है ? सारी दुनिया को तो तूने पागल कर रखा है, अब क्या मुझे भी पागल बनाना चाहता है ? क्या चाहता है तू ? गाना सुनाना है ? ठीक है। बैठ और अल्ला का नाम लेकर शुरू हो जा।" इतना कहकर वे जमीन पर बैठ गए। उनके पैरों के पास बैठकर अब्दुल करीम ख़ाँ ने 'जोगिया' राग में कबीर का यह भजन सुनाया—'इस तन-धन की कौन बड़ाई, देखत नैना मिट्टी मिलाई।' गाना ख़त्म होने पर बाबा ने आँखें खोलकर उनसे पूछा—"अब बता तू मुझसे क्या चाहता है ?"

अब्दुल करीम ने कहा—"आपका आशीर्वाद बाबा !" बाबा ने कहा—"अरे पागल, मेरा आशीर्वाद लेकर तू क्या करेगा ? तेरे ऊपर तो अल्ला मियाँ का आशीर्वाद है ही, अब तू जा। बाद में मैं फिर तेरा गाना सुनूँगा।" इतना कहकर वे जैसे हवा हो गए। अब्दुल करीम ख़ाँ ज़मीन से उठकर जब अपने कपड़े झाड़ने लगे तो देखा कि धोबी के धुले हुए उनके कुर्ते-पाजामे पर तनिक भी धूल नहीं थी। कपड़े साफ जगमगा रहे थे।

अब्दुल करीम एक महीने नागपुर में थे और बाबा, अक्सर, उन्हें बुलाकर उनसे गाना सुनते थे। उनको सबसे ज़्यादा पसन्द थे यह भजन 'हरि के भेद न पायो रामा, कुदरत तोरी रंगी-बिरंगी'। 'कुदरत तोरी रंगी-बिरंगी' पद गाने के साथ-साथ ताजुद्दीन बाबा खड़े होकर तालियाँ बजा-बजाकर नाचते थे और कहते थे—"क्या खेल है यह कुदरत का ! भगवान की क्या लीला है ! तेरे गले में कुदरत की क्या खूबी है अब्दुल करीम, तू सुर में डूब जा। तू आज से गवैयों का सरदार है।" कहा जाता है कि एक भरी महफ़िल में पंजाब के शैंडे ख़ाँ ने अब्दुल करीम को चैलेंज किया था—"कौन गवैयों का सरदार है। अगर मर्द का बच्चा है तो हमारे साथ एक महफ़िल में बैठकर गाना गाए।" ताजुद्दीन ने शैंडे ख़ाँ को बुलाकर कहा—"ख़बरदार, अब्दुल करीम का मुक़ाबला करने की कोशिश मत करो, उस पर ईश्वर की ख़ास कृपा है।"

किराना घराने में दो धाराएँ हैं। एक तो अब्दुल करीम ख़ाँ की और दूसरी अब्दुल वहीद ख़ाँ की। इन दो धाराओं में कुछ-कुछ फ़र्क़ होने के बावजूद इनकी असली बुनियाद

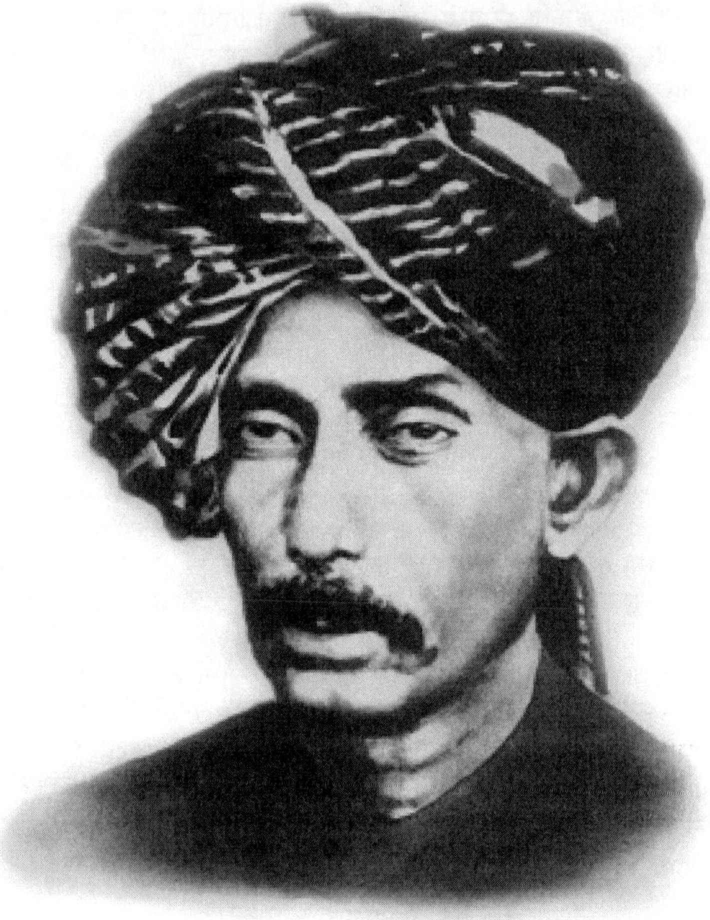

**उस्ताद अब्दुल करीम ख़ाँ**

और खासियत थी राग-आलाप में। ग्वालियर या जयपुर की गायकी में विलम्बित रागालाप सुनाई नहीं पड़ता। जो ख़याल खुदाबख़्श की मार्फ़त ग्वालियर से आगरा पहुँचा था, उसमें भी यह नहीं पाया जाता।

इसी की खामी की वजह से फ़ैयाज़ ख़ाँ ने ध्रुपद का 'नोम-तोम' आलाप ख़याल के

साथ जोड़ दिया था। शमसुद्दीन के विलम्बित ठेके के साथ अब्दुल करीम ने ही सबसे पहले बड़े ख़याल के साथ विलम्बित रागालाप का प्रचार करना शुरू किया। किराना घराने के गवैयों का कहना है कि यह था बीनकार बन्देअली ख़ाँ का सिलसिला। अब्दुल वहीद ख़ाँ के लिए यह मेल जायज़ था, क्योंकि उनकी पूरी तालीम हैदर बख़्श से हुई थी, और वे थे बन्देअली ख़ाँ के गंडाबन्द शागिर्द। लेकिन बजाते थे सारंगी। उधर रजब अली ख़ाँ को तानों की तालीम देकर अल्लादिया ख़ाँ की बराबरी करने के लिए सुबह-शाम उकसाते रहते थे। अब्दुल वहीद ख़ाँ का विस्तार मीरखंड पद्धति में था और सारंगी के बाज से ही उपजा था, साफ समझ में आता था। लेकिन उनकी तान बहुत फीकी थी। शायद इसी वजह से वे द्रुत ख़याल करीबन गाते ही नहीं थे। लेकिन बन्देअली ख़ाँ से रिश्तेदारी के बावजूद अब्दुल करीम ख़ाँ ने उन्हें कभी देखा ही नहीं, तालीम हासिल करने की बात तो छोड़ ही दीजिए। हालाँकि अब्दुल करीम के ताऊ की लड़की (मज़ीदन) से हैदरबख़्श की शादी हुई थी। इन दोनों का कभी भी अच्छा रिश्ता नहीं रहा। इसकी वजह यह थी कि अब्दुल करीम, हैदर बख़्श की भानजी (अब्दुल वहीद ख़ाँ के ताऊ की लड़की) गफुरन को शादी करके ही छोड़कर चले आए थे और ज़िन्दगी-भर उस तरफ गए ही नहीं।

पाठकों की, भास्कर बुआ और रजब अली के सिलसिले में, बन्देअली ख़ाँ से पहले ही मुलाकात करवा दी गई है। डागरों के पुरखों में हालाँकि बन्देअली, बहरम ख़ाँ के भांजे थे और खुद थे अल्लाबन्दे और जक़ीरुद्दीन के ससुर, लेकिन किराना घराने की उनकी पूरी तालीम हुई थी अपने बाप-दादों के पास। ये लोग मेरठ के पास बरनवा शरीफ के आदमी थे। और सुना जाता है कि पुरखों की पीढ़ी नायक ढोनढू और नायक भन्नू तक पहुँचती थी और ये लोग ग्वालियर के राजा मान सिंह तोमर (1486-1516) के ज़माने के दरबारी गवैए थे। इनके घराने में बीन और ध्रुपद की उतनी ही चर्चा थी, जितनी कि ख़याल और सारंगी की। इनके घराने के दो उस्ताद—हिंगारंग और सबरस की ख़याल बन्दिशें ही किराना घराने में गाई जाती हैं। हिंगारंग (हुसैन अली) और सबरस (गुलाम मौला)। कुछ मानते हैं कि 'सबरस' उस्ताद ख़ाँ का तखल्लुस, यानी उपनाम था। ये दोनों भाई अठारहवीं सदी के बीच मुहम्मद शाह रंगीले के ज़माने में दरबारी गायक थे। इतना कुछ होते हुए भी किराना घराने की आलापचारी के साथ ध्रुपदी आलाप स्वर विस्तार का जो एक बहुत ही नज़दीकी रिश्ता था, इसके लिए बहराम ख़ाँ के असर को किसी भी तरह जिम्मेदार नहीं ठहराया जा सकता है ऐसा भी नहीं कहा जा सकता। दूसरी तरफ बन्देअली ख़ाँ उस्ताद हद्दू ख़ाँ के पहले और असली दामाद थे। ससुराल से ख़याल और तान के फन्दे बन्देअली ख़ाँ की मार्फ़त हैदर बख़्श के पास कभी नहीं पहुँचे, ऐसा मान लेना भी मुश्किल है। जिन बन्दिशों की तालीम बन्देअली ख़ाँ ने भास्कर बुआ को बचपन में दो-तीन महीने दी थी, वे ज़्यादातर ग्वालियर की ही मशहूर रचनाएँ थीं।

दिलीपकुमार मुखोपाध्याय की लिखी हुई पुस्तक, 'भारतीय संगीत गुणी' में तथ्य के रूप में, कुछ अधपकी, अधकच्ची कहानियाँ हैं। उनमें ही एक कहानी बन्देअली ख़ाँ के बारे में भी है। बीन बजाकर इन्दौर के महाराजा होल्कर को इन्होंने इतना मोह लिया

कि महाराजा बोल पड़े—"उस्ताद, अपना इनाम आप खुद माँग लीजिए। ऐसी कुछ भी चीज़ मुझे नज़र नहीं आती जो आज मैं आपको दे सकूँ।" बन्देअली ख़ाँ बख़्शीश के तौर पर चुन्नाबाई, जो कि महाराजा की ख़ास प्रिय थी, उसको ही माँग बैठे। ऐसी बेअदबी के बावजूद वे इन्दौर में ही रहे। कहते हैं कि बाद में बन्देअली को छोड़कर चुन्नाबाई हवा हो गई थी। किराना घराना के शकूर ख़ाँ (हैदर बख़्श इनके दादा थे, यानी वालिद के मामा) के ख़याल से यह वाकया अलवर का है। लेकिन यह दूसरा क़िस्सा तो और भी जबर्दस्त है।

वहाँ राजकुमार को बन्देअली तालीम दिया करते थे। कुछ राग-रागनियों पर उनका ख़ास दबदबा था। इनमें से राग पूरबी अलवर के राजकुमार को बेहद पसन्द था। एक दिन सूर्यास्त के समय उन्होंने जंगल में जाकर राग पूरबी ऐसा बजाया कि वह रागिनी खुद सारे जेवरात पहने उनकी आँखों के सामने आ खड़ी हुई। कहते हैं कि इस नज़ारे को देखकर राजकुमार अपना आधा राज्य और चन्द्रभागा यानी चुन्नीबाई तक को भी देने के लिए तैयार हो गए। उस्ताद फक़ीर क़िस्म के आदमी थे। उन्हें पैसे-कौड़ी की कोई चाह नहीं थी। सिर्फ़ चुन्नीबाई को लेकर ही वे खुश हो गए।

असली कहानी रजब अली को पता थी, लेकिन उन्होंने अपने आप शायद किसी को कुछ नहीं बताया। रजब चुन्नीबाई को 'माँ' कहकर पुकारते थे और उस्ताद के इन्तकाल के बाद भी काफी अरसे तक उन की पनाह में रहे। रजब अली की दो-एक छोटी-मोटी बातों से उनके नज़दीकी शागिर्दों ने कुछ भाँप लिया था। वह वाकया भी कुछ ऐसा ही था जैसा कि अब्दुल करीम ख़ाँ के साथ बड़ौदा रहते ताराबाई के साथ आशिकाना हुआ था। उसके बाद अलवर के महाराजा के गुस्से से बचने के लिए वे राज्य छोड़कर भाग गए। उन दिनों रियासत यानी नेटिव स्टेट में एक क्या दस गवैयों या बजैयों की गर्दनें लेने से भी पॉलीटिकल एजेंटों पर कुछ भी असर नहीं पड़ता था। लेकिन अलवर के इन महाराजा ने एक बार अपने पोलो खिलानेवाले घोड़े से खफ़ा होकर उसके ऊपर पेट्रोल छिड़क दी और आग लगाकर मार डाला। इस अपराध में उन्हें अपनी गद्दी खोनी पड़ी थी। यह बहुत बाद का क़िस्सा है। घोड़े और कुत्ते अंग्रेजों की ख़ास कमजोरियाँ थीं। वे इन्हें इन्सानों से भी ज़्यादा अहमियत देते थे। यह बात किसे नहीं मालूम !

खैर, चुन्नीबाई बन्देअली ख़ाँ को छोड़कर नहीं गई। उनकी वैवाहिक ज़िन्दगी बहुत ही सुन्दर और आराम की थी। श्रीकृष्ण रतन जनकर के पहले गुरु श्रीकृष्णम भट्ट और हद्दू-हस्सू ख़ाँ के शिष्य विष्णु पन्थ छत्रे (सर्कस के मैनेजर) बन्देअली ख़ाँ के घर पुणे गए थे। उस समय वे शानवरवाड़ा के सामनेवाले जंगल में ख़्वाजा सैयद हिसामुद्दीन कतल-ए-जनज़नी चिश्ती की दरगाह के साथवाले कमरे में रहते थे। इन लोगों को देखते ही वे खफ़ा हो गए, ख़ासकर जब उन्होंने यह सुना कि ये लोग उनकी वीणा सुनने आए हैं और उनमें से एक सर्कस का मैनेजर है। "क्या हद्दू-हस्सू ख़ाँ बाघ और शेरों को नचवाते हैं, जो आप अपने को ख़ाँ साहब के शागिर्द कहलाने के लिए आए हैं ?" इतना

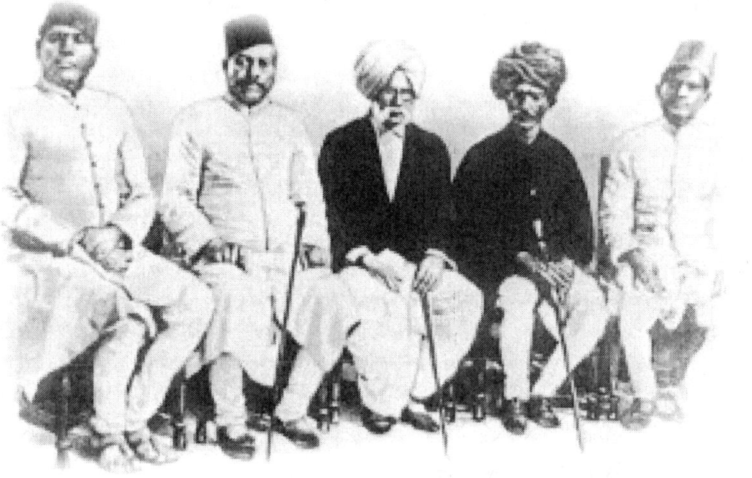

**उस्ताद फ़ैयाज़ ख़ाँ, उस्ताद अल्लादिया ख़ाँ एवं उस्ताद अब्दुल करीम ख़ाँ इन लोगों के बाएँ से मंजी ख़ाँ एवं दाएँ से विलायत हुसैन ख़ाँ**

कहकर उन्होंने चुन्नीबाई को तानपूरा ले आने के लिए हुक्म दिया और बोले—"अगर ये वाकई ख़ाँ साहब के शागिर्द हैं तो अपनी गायकी सुनाएँ।" विष्णुपन्थ बेहद नर्वस हो गए और उनसे बहुत-बहुत माफ़ी माँगी। बोले—"उन्होंने तो सिर्फ़ शौकिया गाना सीखा है। बन्देअली ख़ाँ के सामने बैठकर गाने के लायक न उनमें इल्म है और न ही वे इस तरह की बेअदबी कर सकते हैं।" ख़ाँ साहब और भी लाल-पीले हो गए। उन्होंने दोनों हाथों से वीणा को पकड़कर कालीन पर दे मारा। तुम्बा टूट गया। सब तारें झनझना उठीं। फिर चीखकर बोले—"सुन ली आपने मेरी वीणा की आवाज़ ? अब आप जा सकते हैं। जाने कहाँ से ये लफंगे दरगाह में भीड़ लगाए रखते हैं। कभी किसी ने सुना है कि सर्कस के मैनेजर गाना गाते हैं ? कितनी अजीब बात है।"

छत्रे फिर भी बाज नहीं आए। दुबारा आए थे। इस बार जब उन्हें यह पता चला कि वाकई उन्हीं के पास बन्देअली ख़ाँ के साले रहमत ख़ाँ को पनाह मिली हुई है, तो ख़ाँ साहब काफी पिघल गए और बीन बजाकर सुनाया भी। लक्ष्मणराव कपिलेश्वर ने अब्दुल करीम ख़ाँ को बताया था कि वह सचमुच एक अजीब ही तजुर्बा था। और चुन्नीबाई का गाना सुनकर कृष्णम् भट्ट ने उन्हें 'माँ सरस्वती' कहते हुए उनके पैर छुए थे। इसी दरगाह में बन्देअली की कब्र की बगल में चुन्नीबाई भी दफ़न हैं। शकूर ख़ाँ के बेटे, मशकूर अली वहाँ दीया जलाकर आए हैं। वे अब कलकत्ता में ही रहते हैं और

संगीत रिसर्च अकादमी में तालीम दे रहे हैं।

शुरू में जब अब्दुल करीम ख़ाँ पुणे गए तो भाई अब्दुल हक के साथ दरगाह में जाकर पीरज़ादा से मिले और अपने को बन्देअली ख़ाँ का रिश्तेदार बताया। इस तरह के कई लोग पहले भी दरगाह के बाबा को खुद को बन्देअली के रिश्तेदार बताकर उन्हें तंग किया करते थे। उसी वजह से इन दोनों छोकरों को उन्होंने कोई ख़ास अहमियत नहीं दी। सवाल पूछने पर अब्दुल करीम ने बताया—"वे हमारे दूर के रिश्ते से चाचा लगते थे, लेकिन मैंने अपनी आँखों से उन्हें कभी नहीं देखा। उनका फ़न (कला) और उनका इल्म (विद्या) उन्हीं के साथ चला गया। सो हम उनके नाम से कोई कारोबार करने नहीं आए हैं। हम समझते हैं कि अपनी कोशिश और अल्लामियाँ की दुआ से ही आदमी बड़ा हो सकता है। हम लोग दरगाह और मजारों में सिर झुकाने आए हैं।" जवाब सुनकर पीरज़ादा खुश होकर बोले—"हाल में बन्देअली किसी को भी अपनी वीणा नहीं सुनाते थे। सिर्फ़ भगवान पर ही अपना फ़न न्योछावर कर दिया था। भोर के चार बजे वे दरगाह में बैठकर बजाते थे। बेटा, खुदा करे तुम्हारे ऊपर भी उनका आशीर्वाद रहे।"

ध्रुपद के आलाप में ही धीरे-धीरे स्वर-विस्तार किया जाता है। पहले ही मैंने कहा है कि उस ज़माने में ख़याल में यह चीज़ नदारद थी। बन्देअली ख़ाँ का बजाना या गाना कुछ भी अब्दुल करीम ख़ाँ ने नहीं सुना था। तो फिर कहाँ से उनका आलापचारी आया ?

अब्दुल करीम ख़ाँ के प्रिय शिष्य कपिलेश्वरी बुआ ने उन पर एक काफी सुलझी हुई किताब लिखी है ('संगीतरत्न अब्दुल करीम यान्चि जीवन-चरित्र : लेखक—पंडित बालकृष्ण बुआ कपिलेश्वरी)। अब्दुल करीम पैदा हुए थे पश्चिमी उत्तर प्रदेश के जिला मुजफ्फ़रनगर के किराना गाँव में—11 नवम्बर 1872 में। मुगल ज़माने के गवैए और बजैए थे जिन्हें ढाढी मिरासी कहा जाता था। ये सभी तरह के यन्त्र बजाते थे। गाना भी गाते थे और ढोलक, नगाड़ा, तासा वगैरह भी बजाते थे। मुहम्मद शाह रंगीले के ज़माने में ये लोग दिल्ली के आसपास छोटे-छोटे गाँव और छोटे-छोटे शहरों में रहते थे। जैसे पानीपत, सोनीपत, हुसैनपुर, किराना, अम्बेटा, छपरौली, कांडला, मेरठ आदि। डागरों के पुरखे बहरम ख़ाँ अम्बेटा के थे। हद्दू-हस्सू ख़ाँ के पुरखे हुसैनपुर के, बन्देअली ख़ाँ मेरठ के और अब्दुल करीम और हैदरबख़्श किराना और उसकी बगल के गाँव छपरौली में पैदा हुए थे। अब्दुल करीम के बड़े दादा मुहम्मद शाह के राज के आखिरी दिनों में थे। राजा ने उन पर मेहरबानी की थी। बाप काले ख़ाँ और ताऊ अब्दुल्ला ख़ाँ बहुत उच्च कोटि के गवैए नहीं थे। लेकिन इनके एक चचेरे भाई, जिनका नाम नन्हे ख़ाँ था, उन्हें हैदराबाद में निज़ाम के दरबार में जगह मिली थी। पेंशन लेकर जब ये गाँव लौटे तब अब्दुल करीम निहायत ही बच्चे थे। अब्दुल करीम की तालीम इन्हीं नन्हे ख़ाँ से हुई थी।

बचपन से ही अब्दुल करीम ख़ाँ एक जबर्दस्त प्रतिभा के अधिकारी थे, जिसे कहते हैं 'चाइल्ड प्रॉडिजी'। किसी को पता नहीं, कब और कैसे इन्होंने बीन, सितार, तबला और नगाड़ा सीखा था। ग्रामोफोन कम्पनी के पुराने रिकार्डों में उनका एक बीन का बाज

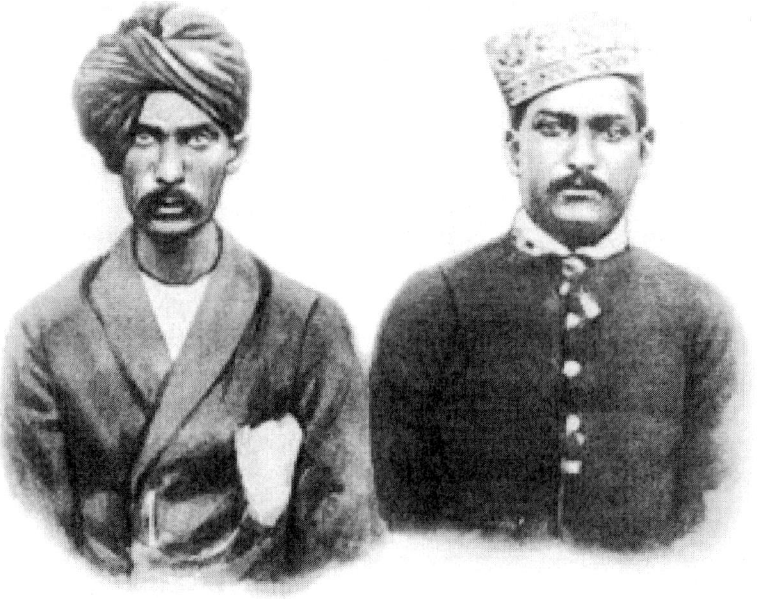

**अब्दुल करीम ख़ाँ एवं अब्दुल हक ख़ाँ**

मिलता है—दरबारी और पीलू। और इधर हम देख रहे हैं कि आगे चलकर इन्होंने बड़ौदा में राजकुमार फते सिंह को जलतरंग सिखाया था। गाना तो उन्होंने इतनी जल्दी सीखा था कि नन्हे ख़ाँ कहते थे कि ''गज़ब हो गया। यह बच्चा तो छह महीने में ही हमारे स्टॉक में जो माल है, उसे ख़त्म कर देगा।'' बाप, चाचा कोई बहुत ऊँचे कलाकार नहीं थे और माँ लठैत पहलवानों के ख़ानदान की बेटी। खुद भी ज़बर्दस्त लठैत थीं। इनके भाग में कैसे यह 'गन्धर्व' सन्तान आ गई यह एक अचरज-सा लगता है।

ग्यारह साल की उमर में, अब्दुल करीम ख़ाँ के सबसे पहले जलसे का ज़िक्र मिलता है मेरठ में किराना घराने के उस्तादों के सामने। उनका साथ दिया था भाई लतीफ़ ने। राग मुलतानी और पूरबी गाया था। इतनी छोटी-सी उम्र में इस बच्चे की तानें और सरगम सुनकर महफ़िल में एक हलचल-सी मच गई थी। हैदरबख़्श उन दिनों मैसूर के दरबार में सारंगी बजाते थे। वे भी उन दिनों छुट्टी पर आए हुए थे। दोनों भाइयों का गाना सुनकर बहुत खुश हुए। उन्होंने उन्हें चूमा। हाथों में एक-एक मोहर थमा दी। ढेर सारा घी और बादाम खाने को कहा। ज़बर्दस्त रियाज़ करने की भी सलाह दी। पिता काले ख़ाँ से कहा था कि इन्हें मैसूर ज़रूर भिजवा दें। मैं राजदरबार में इनको गवाऊँगा।

इसके छह साल बाद मैसूर में अपने बहनोई हैदरबख़्श के पास अब्दुल करीम पहुँचे इस उम्मीद से कि महाराजा चामराज वाडियार के दशहरे के उत्सव में वे शरीक हो पाएँ। एक मैसूर का ही दरबार था, जहाँ हिन्दुस्तानी और कर्नाटक संगीत का संगम हुआ था। आगरा घराना के नत्थन ख़ाँ इसी दरबार के सभागायक थे। ध्रुपदिया पीर ख़ाँ दारोगा थे और हैदरबख़्श और उनकी शिष्या गुलाब बाई भी थी। इसके बाद के ज़माने में इसी दरबार से फ़ैयाज़ ख़ाँ को 'आफ़ताब-ए-मौसीकी' का खिताब मिला था।

दशहरे के उत्सव में तानरस ख़ाँ के भानजे शब्बू ख़ाँ और अब्दुल करीम ख़ाँ की काफी तारीफ़ हुई। एक ही उम्र के थे ये दोनों। सुबह की महफ़िल में शब्बू ख़ाँ ने 'देशकार' और करीम ख़ाँ ने 'तोड़ी' गाया था। दक्षिण के श्रोता अब्दुल करीम ख़ाँ की आवाज़ और सुर सुनकर मोहित हो गए थे, लेकिन जो बात उन्हें सबसे ज़्यादा जँची, वह थी उनकी सरगमों का नया पैटर्न। महाराजा ने अपने ख़ास दरबार में इन दोनों ख़ाँ छोकरों की एक अलग मज़लिस की और उन्हें कीमती शाल और सोने के मणिबन्ध उपहार दिए। इसी उत्सव में अब्दुल करीम ने सबसे पहले मद्रासियों का गाना सुना था। आगे चलकर उनके गायन में जो कर्णाटक संगीत का असर दिखाई पड़ता था, उसकी शुरुआत शायद यहीं से हुई थी।

रास्ते में जयपुर होकर किराना लौटने पर अब्दुल करीम की शादी हुई वहीद ख़ाँ के ताऊ की लड़की से। उनका नाम था गफूरन। अब्दुल करीम यह शादी करना नहीं चाहते थे, लेकिन उस्तादों के आदेश को भी टाल नहीं सकते थे। नतीजा यह हुआ कि गफूरन ने सारी ज़िन्दगी अकेले ही बिताई। जब उन्हें यह खबर हुई कि अब्दुल करीम ने ताराबाई से निकाह कर लिया है, तब भी उन्होंने दूसरी शादी नहीं की। हिन्दू औरतों की तरह उन्होंने ऐलान कर दिया कि उनकी ज़िन्दगी में और किसी पुरुष के लिए जगह नहीं है। शायद इसी वजह से अब्दुल करीम फिर कभी किराना नहीं लौटे। हैदरबख़्श और वहीद ख़ाँ के साथ रिश्ता हमेशा के लिए कड़वा हो गया।

इसके बाद काले ख़ाँ के साथ करीम और लतीफ काठियाबाड़ सैर के लिए निकले। भावनगर, बधावन, जूनागढ़ आदि रियासतों के दरबारों में उनके गाने की बड़ी तारीफ़ हुई। जूनागढ़ के नवाब को गानों से कोई ख़ास दिलचस्पी नहीं थी, मगर तवायफ़ और कुत्तों के वे बड़े शौक़ीन थे। इन्हीं के बेटे ने उनके पालतू कुत्ते की शादी में उन दिनों के हिसाब से करीब दो-तीन लाख रुपए खर्चे थे। अभी हाल ही मैं जूनागढ़ के महल में, बक्लस और सोने की चेन पहने उन कुत्तों की ऑयल पेंटिंग देखकर आया हूँ। खैर, नवाब साहब नींद न आने की बीमारी के ज़बर्दस्त शिकार थे। लेकिन करीम-लतीफ़ की मधुर आवाज़ सुनते-सुनते वे बहुत दिनों के बाद सोए थे। दूसरे दिन नींद टूटते ही उन्होंने इन दोनों उस्तादों की जोड़ी को काफी इनाम बख़्शा और साल-भर के लिए अपने दरबार में रख लिया।

साल-भर बाद छोटे भाई अब्दुल हक़ ने लतीफ़ की जगह ले ली। लौटते वक़्त बड़ौदा में बुज़ुर्ग तवायफ़ अल्लारक्खी बाई के घर ठहरे। बड़ौदा का उन दिनों काफ़ी

बोलबाला था। खांडेराव गायकवाड़ के बाद सयाजी राव को गद्दी मिलने पर वे बहुत ही जोश-खरोश के साथ राज्य और प्रजा के लिए हितकर कामों में जुट गए। नई-नई तब्दीलियाँ की जा रही थीं। बगदाद के हारून-अल-रशीद की तरह, रात में अपने भरोसेमन्द ए.डी.सी. ताजू मियाँ के साथ वेश बदलकर शहर के इर्द-गिर्द घूमा करते थे। करीम और अब्दुल हक़ दिन-भर पतंग उड़ाने के बाद दोपहर के वक़्त सोते और फिर रात को रियाज़ पर बैठते। अचानक एक दिन महाराजा ने उनका गाना सुन लिया। ताज मियाँ की मार्फ़त महाराजा को छानबीन के बाद पता चला कि किराना घराने के दो छोकरे उस्ताद रियाज़ पर बैठे हैं। वे यहाँ के रहनेवाले नहीं हैं। दो-चार दिनों के बाद चले जाएँगे। करीबन महीने-भर बाद वे फिर दौरे पर निकले। वही मोहल्ला, वही गाना। लेकिन अब की बार रात के चार पहर में। महाराजा ने कुछ देर तक खड़े होकर उनका गाना सुना और यह कहना न होगा कि दोनों भाइयों की मीठी आवाज़ और सुर के लगाव उनके कच्चे कानों को भी बहुत अच्छे लगे। उन्होंने ताजू मियाँ से कहा कि इन दोनों को कल ही महल में पेश करें, क्योंकि महारानी को इनका गाना ज़रूर ही सुनाना पड़ेगा। महल में दोनों भाइयों ने अपना पहला युगलबन्दी गाना गाया—राजमाता, महारानी तथा दो-चार और ख़ास मेहमानों के सामने। एक भाई तान बरतते थे तो दूसरे उसकी सरगम करते थे। उधर जब अब्दुल हक़ सरगम छोड़कर तान बरतते थे तो अब्दुल करीम छन्दों में सरगम करके महफ़िल जमा देते थे। इसके बाद उन्होंने सुनाया भजन। उसके बाद काठियाबाड़ रहते जो चीज़ें उन्होंने हासिल कर ली थीं, जैसे पहाड़ी और मॉड रागों में गुजराती गरबा। उन्हें भी पेश किया। बहरहाल, उनकी कच्ची उम्र, अच्छे अदब-कायदे, सुरीली आवाज़ों और महफ़िल लायक गानों से श्रोताओं को खुश करना—इन सारी बातों से महाराजा और महारानी इतने खुश हुए कि उन्होंने पाँच सौ रुपए और कीमती शाल तो दिए ही, साथ ही महल की औरतों को गाने की तालीम देने के लिए उन्हें अपने यहाँ मुलाज़िम रख लिया। तनखाह के बारे में पूछे जाने पर अब्दुल करीम ने कहा—"हम लोगों को ज़्यादा पैसों की ज़रूरत ही नहीं है। रोज़ की दाल-रोटी और पतंग उड़ाने के खर्च के तौर पर आप जो भी मेहरबानी कर हमें देंगे, वही हमारे लिए काफी होगा।" महाराजा को 'लिफाफा दुरस्त' काम पसन्द था। स्टार्टिंग में एक सौ पचास रुपए, डेढ़-सौ और दो सौ के ग्रेड में अब्दुल करीम की, और अस्सी-एक सौ में अब्दुल हक़ की नौकरी लगी। ताँगा भत्ता उस समय चालू नहीं हुआ था, जो बाद में फ़ैयाज़ ख़ाँ को नसीब हुआ था।

इसके थोड़े ही दिनों बाद, अलीबख़्श और फत्ते अली (आलिया-फत्तू) पटियाला महाराज से चिट्ठी लेकर, बड़ौदा हाजिर हुए और दरबार में इनके लिए एक बहुत बड़े जलसे का इन्तजाम किया गया। उन दिनों इनकी तानबाज़ी सारे हिन्दुस्तान में मशहूर थी, तिस पर ये शागिर्द भी थे तानरस ख़ाँ और हद्दू ख़ाँ के। तो इनका मुकाबला करने की हिम्मत मौलाबख़्श, फ़ैज़ मुहम्मद ख़ाँ में नहीं थी। राग बसन्त में—'तोरी गैली गैली एंडी एंडी फिरत सब नारी' गाना में इन लोगों ने ऐसे जबर्दस्त तान-करतब किए कि

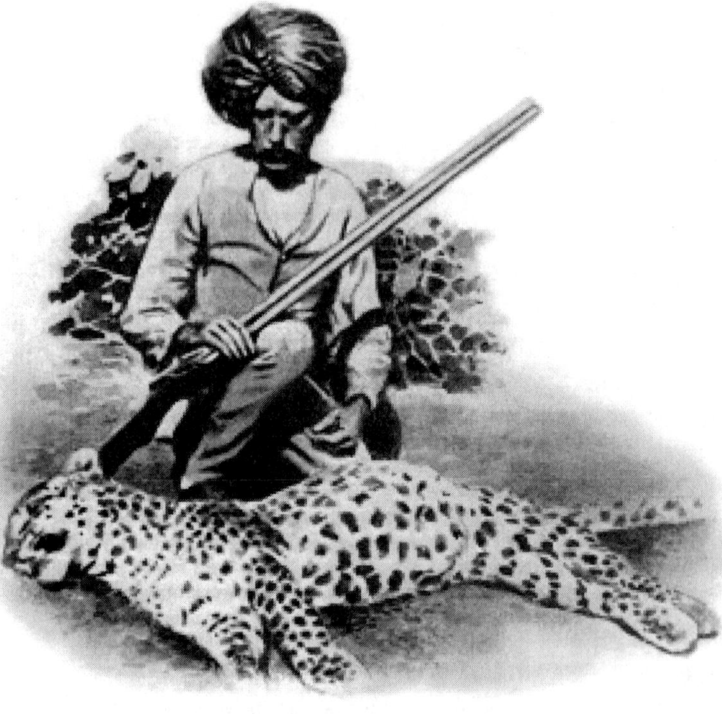

**बाघ शिकारी उस्ताद अब्दुल करीम ख़ाँ**

पूरी महफ़िल हैरत में रह गई। महाराजा सयाजी राव उम्र में बहुत छोटे थे। लेकिन इतना उनकी समझ में आ गया था कि इतने मेहनती और उस्तादी गाने का जवाब देने लायक कोई गवैया उनके दरबार में नहीं है। जब फ़ैज़ मुहम्मद को गाने के लिए कहा गया तो उन्होंने हाथ जोड़कर महाराजा से कहा—"हुजूर, ये लोग हिन्दुस्तान के नामी उस्तादों में से हैं। इनके बाद हमारा गाना जमेगा नहीं और उचित भी नहीं है, क्योंकि ये हमारे मेहमान हैं।" यह जवाब सुनकर सयाजी राव और भी खफ़ा हुए और कहा—"आप लोगों का यह प्रोटोकोल हमारी समझ में नहीं आता है। इसके बाद ये गाएगा कि वो गाएगा—

यह कैसी बातें हैं ? हम लाखों खर्च करते हैं गाने-बजाने और म्यूजिक स्कूल के पीछे। क्या हमारे यहाँ कोई ऐसा नहीं है जो बड़ौदा का नाम रौशन करे ?'' फिर ताजू मियाँ की ओर देखकर बोले—''कहाँ हैं तुम्हारे नन्हे उस्ताद ?''

अब्दुल खड़े होकर बोले—''जी सरकार !'' महाराजा ने पूछा—''क्या इसके बाद तुम दोनों भाई गाना गाने की हिम्मत रखते हो ?''

''हुज़ूर के हुकुम से ही हिम्मत आ जाएगी।''

हुजूर के हुक्म से ही दोनों छोकरों ने दो तानपुरे निषाद और पंचम में मिलाए। सारंगी और तबला भी मिलाया गया। अलीबख़्श का चेहरा उतरा हुआ था। उसके बाद जो हुआ उससे तो आलिया-फत्तू एकदम भौंचक्के रह गए। करीम और हक़ ने उसी 'वसन्त' राग में विलम्बित ख़याल से गाना शुरू किया और उसके बाद 'ऐली ऐली, गेंडी गेंडी'। और सिर्फ़ इतना ही नहीं, तारसप्तक में सुरों के खेल ख़त्म होते न होते वही पंजाबी स्पीड में शुरू हो जाते थे—तानें, पलटे और सरगम। और भी ज़्यादा मधुर। और भी मनमोहक, और भी कहीं ज़्यादा मज़ेदार। एक तो इन छोकरों की इतनी बेअदबी, तिस पर भरे दरबार में इस तरह की तौहीन। अलीबख़्श ख़ाँ ने मौलाबख़्श की तरफ देखकर कहा—''इन हरामज़ादे छोकरों की खाल खींचकर इन्हें उलटे लटका देने का इन्तजाम करना होगा, ताकि ये सूअर के बच्चे कभी भूलकर भी पटियाला आने का नाम न लें।''

इसी बीच तारसप्तक के पंचम से एक फिरत घूमकर, जैसे ही अब्दुल हक़, तारसप्तक के 'स' पर खड़े हुए, अब्दुल करीम ने वहीं से पीलू की ठुमरी 'सोच-समझ नादान' शुरू कर दी। बैठक में हल्ला मच गया और महफ़िल उस वक़्त छोकरों की मुट्ठी में आ गई। महाराजा के मिजाज़ का अन्दाज़ कर फ़ैज़ मुहम्मद बड़े जोर-शोर से वाहवाही दे रहे थे। मौलाबख़्श को छोकरे बिल्कुल ही पसन्द नहीं थे। आड़ में उन्हें मिरासियों के बच्चे कहकर गाली-गलौज करते थे। लेकिन वे भी महाराजा का मिजाज़ भाँपकर ऊँची आवाज़ में तारीफ़ करने लगे। और महाराजा सयाजी राव तो इतने खुश हुए कि इनामों और बख़्शीसों से उन्होंने सबको मालामाल कर दिया। लेकिन सबसे ज़्यादा खुश हुई चिक के पीछे खड़ी राजमाता की भतीजी ताराबाई।

यहीं से अब्दुल करीम ख़ाँ का बड़ौदा स्टेट सर्विस का दूसरा चैप्टर शुरू हुआ। महारानी करीम और हक़ के अदब-क़ायदों और सुरीली आवाज़ से बहुत प्रभावित हुईं। दशहरा उत्सव में मराठी भजन गाकर दोनों भाइयों ने राजमाता को खुश कर दिया। महाराजा के साथ दोनों भाई शिकार पर भी गए। दोनों भाई घोड़े पर सवार होना भी जानते हैं और बन्दूक भी चलाते हैं, यह देखकर सयाजी राव बहुत ही चकित हुए। जूनागढ़ रहते समय इन दोनों भाइयों ने रियासतों की ये जानकारियाँ भी हासिल कर ली थीं यह उन्हें मालूम नहीं था। इसी बीच बड़े लाट साहब लार्ड एलगिन बड़ौदा आए। उनके स्वागत के लिए पहले तो फ्रेडलिस साहब के बैंड ने यमन और पूरबी बजाया। उसके बाद लखनऊ के कालका बिन्दादीन के कत्थक नाच हुए। सबसे आखिर में दरबार के गवैयों का प्रोग्राम था। दोनों भाइयों ने गाया—'आज आए मोरे घर राजाधिराज करूँगा

मंगल दीप गान। तुम हो दाता तुम ही विधाता तुम ही गो ब्राह्मणों के पालनहार !' महाराज ने राग का नाम जानना चाहा। फ़ैज़ मुहम्मद, मौला बख़्श दोनों ही नाम नहीं बता पाए। आखिरकार नाम का पता चला—'रसिक रंजनी।' शायद मैसूर में मद्रासियों से करीम ख़ाँ ने यह राग सुना होगा। वायसराय ने गाने का मतलब जानना चाहा और ए.डी.सी. ताजू मियाँ का तर्जुमा सुनकर बहुत खुश हुए और दूसरे ही दिन मोहर लगी—सर्टीफिकेट और दो सोने की अँगूठियाँ भेंट कीं।

इस तरह आराम से अब्दुल करीम ख़ाँ और अब्दुल हक़ के दिन गुज़र रहे थे। लेकिन इतने आराम से रहते हुए भी अचानक उन पर भूत सवार हो गया। काफी दिनों से महाराजा के दिमाग में बड़ौदा म्यूजिक कॉलेज में एक कोर्स तैयार करने की बात घूम रही थी। फ्रेडलिस साहब की आर्केस्ट्रा पार्टी देशी राग बजाएगी, नोटेशन तैयार करेंगे अब्दुल करीम और उनकी सहायता करेंगे मौला बख़्श। अब्दुल करीम ने पूछा—"यह भला नोटेशन क्या चीज़ है ?" समझाने पर उन्होंने साफ कहा कि ये विलायती स्वरलिपियाँ ठहरे हुए स्वरों का ही कारोबार करती हैं। इनमें तो सिर्फ़ हमारे अस्थायी और अन्तरे के अस्थि-पंजर बजेंगे। मीड़-गमक-श्रुति न रहने से उसमें खूबसूरती कैसे आएगी। लेकिन महाराजा का हुक्म तो मानना ही पड़ेगा। उधर अब्दुल करीम ख़ाँ बहुत ही कम उर्दू लिखना-पढ़ना जानते थे। तो ऐसी हालत में नोटेशन कैसे करेंगे ? आखिरकार यह तय हुआ कि राजमाता के भाई सरदार मारुति राव मान की बेटी ताराबाई, ख़ाँ साहब के गाने के नोटेशन करेंगी। इनकी माँ का नाम था हीराबाई। माँ और बेटी दोनों एक साथ इतने दिनों तक ख़ाँ साहब से गाना सीख रही थीं। नोटेशन की वजह से बेटी अलहदा उनके साथ बैठने लगी। ताराबाई करीम ख़ाँ से चार साल छोटी थीं। तो इस तरह के नज़दीकी रिश्ते में जो नतीजा होता है, वही हुआ। उधर मारुति राव भी ज़रा कुछ ज़्यादा ही पीने लगे थे। नशा कुछ ज़्यादा हो जाने पर वे अपनी बीवी और बेटी के बारे में शक करने लगे थे। अचानक ही हीराबाई की मौत के बाद वे अब पूरी तौर से बेटी पर ही शक करने लगे। जब बार-बार गाली-गलौज, मार-पीट की नौबत आ पहुँची और मामला नाक़ाबिले-बर्दाश्त हो गया तो एक दिन ताराबाई की ज़िद्द से अब्दुल करीम ने रात में ही बोरिया-बिस्तर बाँध लिया और भोर की ट्रेन से हवा हो गए। साथ में अब्दुल हक़ भी हो लिये।

उस ज़माने में गायकवाड़ जैसे ऊँचे राजपरिवार की बेटी को लेकर भाग जाना जैसा गलत काम करने की हिम्मत पैदायशी जबर्दस्त बदमाशों की भी नहीं हो सकती थी। बेचारे अब्दुल करीम ख़ाँ तो एक बहुत ही मामूली आदमी थे। ब्रिटिश इंडिया में रहने में भी डर था, चूँकि फुसलाकर लड़की ले भागने का मामला हो सकता था। बिना कानून के सहारे भी सज़ा देने के कई रास्ते लोगों को मालूम थे। सरदार साहब गुंडों के सहारे लाश के जोड़े फिंकवा सकते थे। यह तो पता नहीं कि किसने उन्हें यह सलाह दी थी, लेकिन ऐसे मौकों पर किसी छोटी रियासत में पनाह लेना ही समझदारी की बात थी। इसी वजह से अब्दुल करीम कोल्हापुर, सतारा, बेलगाम, सांगली आदि स्थानों के चक्कर

लगाकर आखिरकार 'मीरज' में आ बसे। जिस दिन मीरज पहुँचे, उस दिन उनकी तबीयत नासाज़ थी। शाम को जोरों से बुखार भी आ गया। हकीम और डॉक्टरों को प्लेग का शक हुआ। उस ज़माने में यह बीमारी बहुत ही खतरनाक समझी जाती थी। दो दिनों तक वे बेहोश रहे। ताराबाई और भाई अब्दुल हक़ दोनों ने रात-रात-भर जागकर सेवा की। इसी बीच अब्दुल करीम की ज़िन्दगी में और पाँच वाक़यात की तरह एक और अलौकिक वाकया हो गया। एक फकीर भीख माँगने के लिए घर पर पधारे। जब उन्हें मालूम हुआ कि कोई सख्त बीमार है तो उन्होंने मरीज को देखना चाहा। वे ताराबाई से बोले—''चिन्ता की कोई बात नहीं है। इन्हें किसी तरह आप ख्वाजा शामना मिरा की दरगाह पर ले जाओ और वहाँ बैठकर गाने से ही ये स्वस्थ हो जाएँगे।'' गाना गाने के बाद वे अच्छे हो गए थे, यह बात सभी जानते हैं। उनके मीरज में जमे रहने की यह भी एक ख़ास वजह थी।

इस बीच अब्दुल करीम ख़ाँ ने हद्दू ख़ाँ के बेटे रहमत ख़ाँ का गाना पहली दफ़े सुना। कुरून्दवाड़े के जलसे के बाद वे सांगली की ओर जा रहे थे। रास्ते में दत्तात्रेय मन्दिर के पुरोहित की इल्तिज़ा पर वहाँ बैठकर उन्होंने भजन गाया और प्रसाद भी लिया। वहीं पर उनको खबर लगी कि उसी रात रहमत ख़ाँ कुरून्दवाड़े में गाना गाएँगे। और ये भी पता चला कि वे काफी सनकी थे। मिजाज़ हुआ तो गाया, नहीं तो महफ़िल से उठ गए। कभी-कभी महफ़िल के बीच में ही। अब्दुल करीम खुशनसीब थे, क्योंकि रहमत ख़ाँ मूड में थे। उन्होंने ऐसा भूपाली और मालकौंस गाया कि अब्दुल करीम ज़िन्दगी-भर भूल न पाए। चाचा नत्थू ख़ाँ का किरानेवालों के साथ रिश्ता होने की वजह से, रहमत ख़ाँ ने उन्हें गले लगा लिया। अब्दुल करीम से पूछा कि नत्थू ख़ाँ का कोई तराना उन्हें याद है या नहीं। इतना कहकर ही वे मालकौंस में 'पीर न जानि' से शुरू हो गए। अब्दुल करीम ख़ाँ अपने शागिर्दों से कहते थे कि उन्होंने ज़िन्दगी में इतना सच्चा सुर आज तक नहीं सुना। पीर का 'पी' और तारसप्तक का 'स' दोनों मिलकर एक हो गए थे। करीम ख़ाँ साहब के जैसे रोंगटे खड़े हो गए थे। इसी महफ़िल में इन दोनों ने मालकौंस का तराना इकट्ठे गाया था। दिलीपचन्द्र वेदी का कहना था कि विलम्बित अंश में सुर लगाने का अन्दाज़ अब्दुल करीम को रहमत ख़ाँ के गाने से ही मिला था, लेकिन तान नहीं। उसके फन्दे उन्होंने भास्कर बुआ से हासिल किए थे। वह भी सिर्फ़ महफ़िलों में सुनकर ही, बिना सीखे। रहमत ख़ाँ का असर, अब्दुल करीम पर कितना था, यह बात रहमत ख़ाँ के पुराने रिकार्ड मालकौंस या 'यमुना के तीर' से ही साफ जाहिर होती है।

ज़िन्दगी में अब्दुल करीम ख़ाँ बड़ौदा की ओर फिर कभी नहीं गए। सन् 1920 में भातखंडे जी के प्रयास से जो पहली ग्रांड कान्फ्रेंस हुई थी, उसमें शरीक़ होने के लिए वहाँ से उनका बुलावा भी आया था, लेकिन वे नहीं गए, हालाँकि तब तक सरदार मारुति राव का इन्तक़ाल हो चुका था। सयाजी राव मामूली आदमी नहीं थे। बाद में मैसूर के महाराजा के निमन्त्रण पर ख़ाँ साहब ने सयाजी राव को मैसूर दरबार में गाना सुनाया

था। पहले जैसे ही सयाजी राव ने उन्हें प्यार से 'करीम' कहकर पुकारा और पास बुलाकर उनके परिवार के बारे में छोटी-छोटी बातें भी पूछीं और बहुत अफ़सोस भी जाहिर किया, क्योंकि अब्दुल करीम बड़ौदा छोड़कर चले आए थे। ख़ाँ साहब ने भी उतना ही अफ़सोस जाहिर कर माफी माँगी और कहा—''महाराज, यह तो हमारी बदक़िस्मती थी जो आप जैसे गुणी और महान लोगों की पनाह छोड़कर हम लोगों को जाना पड़ा। लेकिन हम हर जगह अपना नाम और परिवार के और लोगों के नामों के साथ 'बड़ौदेकर' या 'बड़ौदेवाले' जोड़ते आए हैं। आपका अहसान और प्यार ज़िन्दगी-भर मैं याद रखूँगा। हमारे पाँच बच्चे हैं। बड़े का नाम है अब्दुल रहमान। उससे तीन साल छोटी है चम्पूताई। तीसरी भी लड़की है। नाम है गुलाब। उसके बाद अब्दुल हमीद और सबसे छोटी लड़की है छोटू ताई।''

इनमें से बड़ी होकर सिर्फ़ चम्पूताई ने अपने नाम के साथ 'बड़ौदेकर' जोड़ा था। अब्दुल रहमान सुरेश बाबू माने के नाम से मशहूर हुए। इनका गाना मैंने सुना है। पिता जैसी सृजन की शक्ति तो इनमें थी नहीं और न ही उसकी उम्मीद की जा सकती थी, लेकिन आवाज़ लगाने और श्रुति के प्रयोग में अब्दुल करीम की याद दिखाते थे। बाद में गुलाब ने कमलाबाई के नाम से नाट्य-संगीतों में और छोटूताई, यानी सरस्वती राणे ने मराठी भाव संगीत में नाम कमाया था। इनमें सबसे ज़्यादा होशियार थे अब्दुल हमीद (पापा) जो कि चार साल की उम्र से ही अपने पहचाने हुए राग में कोई भी तान बरतने पर उसकी 'सरगम' भी कर दिखाते थे। एक दफ़ा ख़ाँ साहब के गाने के पहले पापा की प्रतिभा का इम्तिहान ही हो गया। विष्णु दिगम्बर खुद स्टेज पर उठकर आए और उनका इम्तिहान लिया। सभी इस बच्चे की 'सरगम' सुनकर हैरत में पड़ गए।

मजे की बात तो यह थी कि खान साहब के बच्चों में से सिर्फ़ यही थे जो गाने-बजाने की लाइन में नहीं टिके। सबसे ज़्यादा मशहूर हुई हीराबाई, लेकिन उनकी ज़्यादातर तालीम अब्दुल वहीद ख़ाँ से ही हुई थी। प्रौढ़ावस्था में ताराबाई अब्दुल करीम को छोड़ गई थी। बच्चों को साथ ले गईं और उनके मुसलमानी नाम भी बदल दिए थे। इसी वजह से अपने वालिद से हीराबाई को पूरी तालीम भी नहीं मिली थी। लेकिन इतनी ज़्यादा सुरीली थीं कि किरानेवाले जवानी में उनको 'कोयलिया' कहकर बुलाया करते थे। सन् 1923 में विष्णु दिगम्बर जी द्वारा आयोजित कान्फ्रेंस में शरीक होकर हीराबाई ने सबसे पहले काफी ख्याति प्राप्त की। उस ज़माने के दो-चार रिकार्ड हैं। 'अड़ाना' और 'मियाँ मल्हार' आदि सुनने के बाद ऐसा नहीं लगता कि यह 'कोयलिया' का नाम उन्हें जँचता नहीं था।

वे सचमुच आवाज़ की 'कोयलिया' थीं। पापा की चर्चा से याद आया। 1387 ई. में 'देश' के मनोरंजन अंक में बसन्त गोविन्द पोतदार ने बड़ी मेहनत से बम्बई और मीरज के कई लोगों के साक्षात्कार पर आधारित अब्दुल करीम ख़ाँ पर एक लेख लिखा था। उसमें उन्होंने लिखा है कि ''अगर इनके माता-पिता एक-दूसरे से जुदा नहीं होते, तो आज कृष्णराव (मतलब पापा) किराना और देश के अव्वल दर्ज़े के गवैयों में से होते।

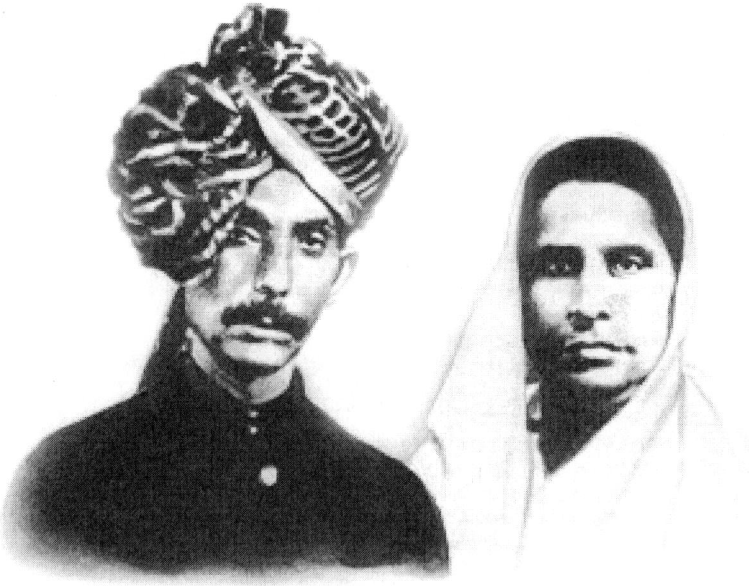

**अब्दुल करीम ख़ाँ एवं ताराबाई**

और इसमें सचमुच कोई शक नहीं था। लेकिन परिवार की उलझनों से यह प्रतिभावाला छोकरा संगीत से बिछड़ा ही रहा। लेकिन कृष्णराव ने तालीम हासिल की। बी.ए. पास कर उन्होंने हीराबाई की नाटक कम्पनी में मैनेजर की हैसियत से काफी दिनों तक काम किया था। आज वे 58 के हैं। दूसरे गवैयों से कोई डाह नहीं और न ही अब गाने-बजाने की चर्चा ही करते हैं।''

बसन्त गोविन्द ने पूछा—''क्या आप आज भी 'सरगम' कर सकते हैं ?''

''हाँ, किसी भी राग तान के। संगीत में सरगम ही तो सबसे आसान काम है।''

''वे बेहला भी अच्छा बजाते थे। अगर सही वक़्त पर तालीम मिली होती, तो शायद उनकी ज़िन्दगी ही बदल जाती। इसमें कसूर किसी का भी नहीं है,'' निर्मलाजी ने ठंडी साँस ली।

कृष्णराव ने कहा—''अच्छा, एक बात बताऊँ।''

''अजी उसे तो बताओ,'' निर्मलाजी ने बड़े उत्साह से कहा, ''आपसे क्या कहूँ भाई, सिर्फ़ हिन्दी सिनेमा में ही ऐसी बातें दिखाई जा सकती हैं।''

''कैसी बातें ?''

''एक दफ़ा ख़ाँ साहब के साथ मेरा आमना-सामना हुआ था।''

''कब ?'' मैंने कुछ चिल्लाकर ही पूछा।

''सन् 1936 में। ट्रेन से मैं बम्बई से पूना जा रहा था। बाबा के नज़दीक ही मुझे सीट मिली है, यह मुझे पता नहीं था। रिजर्वेशन डिब्बे के पास पहुँचकर देखा, बाबा बैठे हुए हैं। मुझे पहचानने का कोई सवाल ही पैदा नहीं होता। मैंने भी उनसे नहीं कहा कि बाबा, मैं आपका छोटा बेटा हूँ पापा। उनके लिए तो मैं सिर्फ़ उनका एक हमसफर था। बातचीत अच्छी तरह से ही की उन्होंने। चाय पिलाई। पुना में हम जुदा हो गए।''

निर्मलाजी ने कहा—''उस वाक़ए के बाद 44 वर्ष बीत गए। लेकिन अभी भी मुझे ऐसा लगता है कि वे आसानी से परिचय दे ही सकते थे। लेकिन वो तो दुनिया के चुने हुए शर्मीले लोगों में से एक हैं।''

अब्दुल करीम ख़ाँ का आध्यात्मिक जीवन कुछ उच्च स्तर का ही था। इसी वजह से वे हिन्दू-मुसलमानों के भेदभाव में नहीं पड़े। मराठी भक्ति संगीत 'अभंग' गाते थे। दत्तात्रेय के मन्दिर में भी उन्होंने गाना गाया था। दरगाह देखते ही तानपूरा मिला के आँखें मूँदकर गाने के लिए बैठ जाते थे। लोकमान्य तिलक के सामने उन्होंने 'हरि ओम तत् सत्' गाया था और महात्मा गांधी ने उनसे भजन और रामधुन सुनकर कहा था—''अगर मुझे वक़्त मिलता तो इन्हें मैं शहरों और गाँवों में ले जाकर इनके भजन हिन्दू-मुसलमान सभी को सुनाता। लेकिन जिन्होंने इस भेदभाव की सृष्टि की है, उनको हटाने के लिए ही हम सब जुटे हैं, तो हमारे पास वक़्त ही कहाँ है ?'' सरोजिनी नायडू ने ख़ाँ साहब से कांग्रेस के अधिवेशन में 'वन्दे मातरम्' गवाना चाहा था, लेकिन बहुत धन्यवाद देते हुए ख़ाँ साहब ने गाने से इन्कार कर दिया और कहा—''मेहरबानी कर मुझे राजनीति में मत घसीटें और फिर इस नेक काम के लिए मुझसे कहीं ज़्यादा योग्य, काबिल व्यक्ति हैं विष्णु दिगम्बर, ओंकार नाथ जी। उनसे गवाइए।''

अब्दुल करीम ख़ाँ के शिष्य-शिष्याओं की लिस्ट बहुत लम्बी है। इसकी वजह यह थी कि उन्होंने दो विद्यालयों की स्थापना की थी। पूना में था 'आर्य संगीत विद्यालय' और बम्बई में 'सरस्वती संगीत विद्यालय।' इन दोनों जगहों में गुरुकुल-पद्धति से तालीम दी जाती थी। शुरू में अब्दुल करीम ख़ाँ शागिर्दों के रहने और खाने का खर्च भी खुद उठाते थे। इसे पूरा करने के लिए कोई एक हॉल बुक करके आठ आने के टिकट लगाकर गाने-बजाने का कार्यक्रम आयोजित करते थे। गाना होता था और नाटक भी। इनमें एक भतीजी रोशनारा बेगम और कोल्हापुर के आजम भाई के भाई प्यारे ख़ाँ को छोड़कर सभी मराठी हिन्दू थे और ज़्यादातर ही ब्राह्मण। नामी शागिर्दों में बालकृष्ण बुआ कपिलेश्वरी को ही ख़ाँ साहब खिलाफत दे गए थे, यानी कि सबके सामने अपना वारिस

बना गए थे। लेकिन उनकी गायकी को जिन्दा रखने का सबसे ज़्यादा श्रेय रामभाऊ कुन्द गोलकर को है (सवाई गन्धर्व)। इन्होंने ही तालीम दी है फिरोज़ दस्तूर, गंगूबाई हंगल और भीमसेन जोशी को। मैंने जब उनका गाना सुना, तो उनकी आवाज़ ढलान पर थी।

सवाई गन्धर्व को आवाज़ को गरमाने में वक़्त लगता था। वी.जी. जोग, हमारे बहुत दिनों के साथी हैं और हिन्दुस्तान की बहुत-सी जगह हम लोग एक साथ घूमे हैं। उनकी खुशमिजाज़ी और अदब-कायदे के बारे में सबको पता है। उम्र में हमसे काफी बड़े होने के बावजूद वे मुझे 'दादा' (यानी बड़े भैया) कहते हैं और मैं भी उन्हें दादा, यानी बड़े भैया कहता हूँ, और इस तरह के लम्बे सफ़र में उनके बहुत-से मज़ेदार वाक़यात और तजुर्बे मेरे ख़जाने में सुरक्षित हैं। उन्होंने हारमोनियम से अपनी ज़िन्दगी शुरू की थी और उनके गुरु थे गणपत राव पुरोहित, जो सवाई गन्धर्व के साथ बराबर संगत करते थे। प्रोग्राम के ठीक चार घंटे पहले अपने मकान में दरवाज़ा बन्द कर गला गर्म करना शुरू करते थे। ग्रीन रूम में उसके बाद और भी आधे घंटे तक गले को गर्माते थे। इसके बाद भी गला सही न होने पर स्टेज पर ही रियाज़ करते थे। फिरोज दस्तूर ने बताया था—''मान लीजिए, 'लक्ष्मीबाई हॉल' में उनका गाना हो रहा है और हम चौपाटी में बैठकर चाट खा रहे हैं, लेकिन हमारे आदमी हॉल में बैठे हुए हैं—बुआ के आवाज़ लगाते ही हमें खबर हो जाएगी।'' क़िस्से-कहानी में करीब घंटा-भर गुज़र गया। इतने में साइकल पर बैठे हमारे आदमी क्रींग-थ्रींग घंटी बजाते चिल्लाते हुए आते दिखाई पड़ते—'लग गया, लग गया सुर, लग गया !' बस पन्द्रह मिनट में हॉल में तिनका-भर भी जगह नहीं रहती। और वे जितना गाते, उतनी ही उनकी आवाज़ खुलती जाती थी। पूरी रात सुनने पर भी लगता था कि यह काफी नहीं है—इतना 'सुर' और गहराई थी उनकी गायकी में। बहरे बुआ भी कमाल के सुरीले थे। ऐसी बात नहीं कि वे मेरे गुरु थे, इसलिए मैं यह कह रहा हूँ, लेकिन रामभाऊ बाबू का गाना हम लोगों को कहीं ज़्यादा जँचता था।''

अमीर ख़ाँ साहब की राय में सवाई गन्धर्व के सारे शागिर्दों में फिरोज दस्तूर की गायकी में किराना घराने की असली छाप मिलती है। हालाँकि उनकी तान के अंश उतने बुलन्द नहीं थे। मेरी राय में सुरेश बाबू माने सवाई गन्धर्व के शिष्य नहीं थे। सच तो यह है कि सवाई गन्धर्व के वे खलीफ़ा थे और दोनों एक साथ हीराबाई की नाटक कम्पनी में काम करते थे। सुरेश बाबू के शिष्य और शिष्याओं में कइयों ने काफी नाम पैदा किए। जैसे बसन्तराव देशपांडे, भीमसेन जोशी, मधु कानेटकर, माणिक वर्मा, मेनका शिरोडकर, प्रभा अत्रे और हीराबाई खुद। हीराबाई के नाटकों में वे लम्बे-लम्बे पार्ट करते थे। मसलन 'संशय कल्लोल' में अश्विन सेठ का पार्ट और 'सौभद्रा' में अर्जुन का। प्रभात फिल्म कम्पनी का 'अमृतमन्थन' और 'चन्द्रसेना' एवं सरस्वती सिनेटोन की पिक्चर 'सच है' और 'देवयानी' फिल्म में भी उन्होंने हीरो का पार्ट या म्यूज़िक डायरेक्टर का काम भी किया था। इसके अलावा वे अव्वल नम्बर के तबलावादक और हारमोनियम

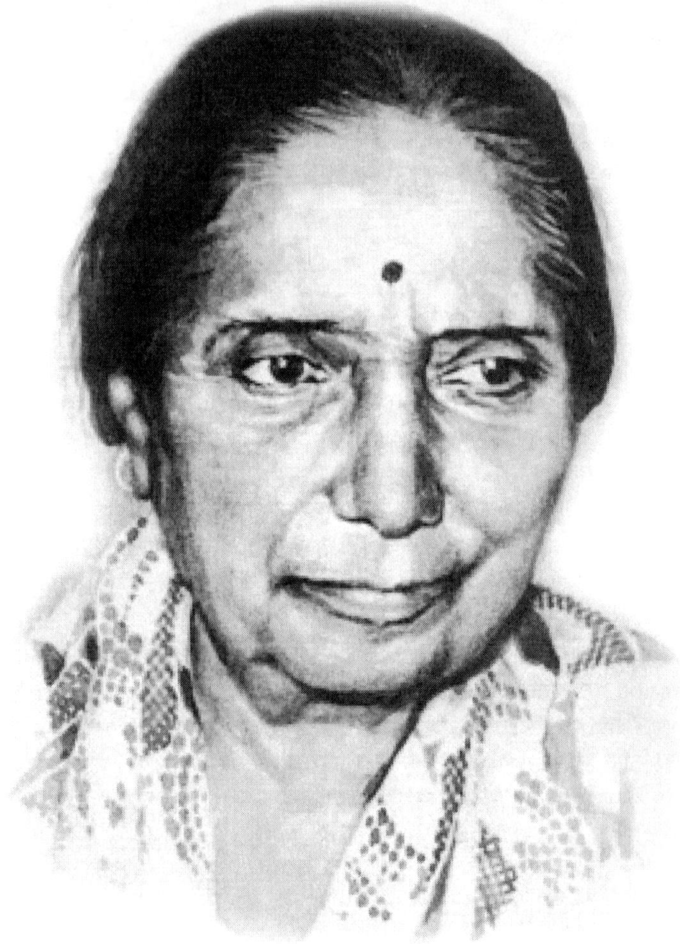

**हीराबाई बरोदेकर**

मास्टर भी थे। गोविन्द राव टेम्बे भास्कर बुआ और अल्लादिया ख़ाँ के शागिर्द थे और उस ज़माने में बम्बई और महाराष्ट्र के सबसे मशहूर हारमोनियम वादक। उनके साथ सुरेश बाबू माने का हारमोनियम-डूएट होता था।

इनके गाने के बारे में कुछ चर्चा ज़रूरी है, क्योंकि ये अब्दुल करीम के बड़े बेटे थे। और हम यह भी मान लेते हैं कि स्वर-प्रयोग की तालीम जितनी इनको अपने पिताजी से मिली थी, उतनी और किसी को भी नहीं मिली। वामनराव देशपांडे जब सुरेश

बाबू माने के पास गए तब उनकी उम्र थी इक्कीस और सन् था 1928। पूना में एक छोटी-मोटी नौकरी उस समय मिली थी। उसके पहले उन्हें ग्वालियर घराने की कुछ तालीम हासिल हुई थी और वे झूमरा, तिलवाड़ा जैसे मुश्किल तालों में भी गा सकते थे। सिर्फ़ नाम से ही वे सुरेश बाबू को जानते थे, गाना भी नहीं सुना था। दोनों में उम्र का भी कोई ख़ास फ़र्क़ नहीं था। बहुत हुआ तो पाँच साल का फ़र्क़ होगा। सुरेश बाबू ने कहा—''गाना सिखाने के पहले देखना पड़ेगा कि तुमने कितना सीखा है और कैसा गाते हो।'' इतना कहकर वे तबले पर शुरू हो गए, और वामनराव ने तानपूरा मिलाकर बीस-पच्चीस मिनट तक एक तालीम का ख़याल सुनाया। गाना ख़त्म होने पर सुरेश बाबू ने कहा—''ठीक है सिखाएँगे, लेकिन एक शर्त पर। जो कुछ भी तुमने सीखा है उसे भूल जाना पड़ेगा और हम जैसा कहेंगे, उसी तरह से छह महीने स्वर का अभ्यास करना पड़ेगा।'' फ़ी पाँच रुपए महीने और एंटरी फ़ी एक रुपया। रुपए लेकर सुरेश बाबू होनेवाले शागिर्द को लेकर बाज़ार गए और तीन रुपए की धूपबत्ती और दो सिनेमा के टिकट खरीदे।

वामन राव ने उस स्वर-अभ्यास के तजुर्बे के बारे में लिखा है—''सिर्फ़ एक 'सा' के अभ्यास में ही महीना-भर बीत गया। लेकिन सुरेश बाबू को जँच नहीं रहा था। जब वामन राव खुद स्वर लगा रहे थे, तो लगता था कि वे स्वर में हैं, लेकिन जब सुरेश बाबू के साथ लगाते तो लगता कि काफी फ़र्क़ है—सच्चाई और टोटल क्वालिटी, दोनों में। इस तरह से रे, ग म प ध नि सं भरते-भरते छह महीने बीत गए। कहीं नाक का इस्तेमाल कम, तो कहीं जवारी की ख़ामी। सुरेश बाबू को पसन्द नहीं आए।''

वामन राव खुद ही समझ रहे थे कि उनके स्वर-प्रयोग में ख़ामियाँ हैं। किराना घराने में upper and nasal register का इस्तेमाल काफी ज़्यादा है और ख़ासतौर पर उन लोगों का जिन्होंने स्वर लगाने की तकनीक में अब्दुल करीम ख़ाँ को अपना आदर्श माना था। श्रुति वगैरह तो बहुत दूर की बात रही, सिर्फ़ सात स्वरों के Colouration of tone समझने में ही वामन राव हैरान हो गए। बावजूद इसके कि गोविन्द राव तेम्बे की राय में, 'सुरेश बाबू का ख़याल अब्दुल करीम ख़ाँ की याद दिला देता था। हकीक़त यह थी कि वे उनके नाखून के बराबर भी नहीं थे। लेकिन सुरेश बाबू ठुमरी में ही खिलते थे और उनके हर बोल पर सुननेवाले उनके पिता का नाम लेकर उनकी तारीफ़ करते थे। वामन राव ने लिखा है कि सुरेश बाबू की ठुमरी गाने में जो बारीकियाँ, खूबसूरती, श्रुति का इस्तेमाल और एक भोला-भाला-सा बचपन था, सिर्फ़ इन्हीं की वजह से उनको आसानी से 'ठुमरी का राजा' कहा जा सकता है।' (From : Between two Tanpuras : Vamanrao Deshpande, Popular Prakashan, Bombay.)

अचरज इस बात का है कि किराने के आदि और सबके माने हुए सुरेश बाबू के पिता-गुरु अब्दुल करीम तो मुश्किल से हाथ-भर की दूरी पर ही थे। उनके गाने का, ख़ास तौर से ठुमरी में उनके बेजोड़ होने की चर्चा तो दूर की बात है, खुद उनका कोई ज़िक्र तक नहीं इस लेख में। शायद वह इसी वजह से कि वामन राव परिवार, सुरेश

बाबू, हीराबाई और सवाई गन्धर्व के बहुत ही नज़दीकी ताल्लुकात थे। ताराबाई से फ़रखत होने के बाद वे ख़ाँ साहब के इर्द-गिर्द भी नहीं आए ! 'Indian Musical Traditions' वामन राव की दूसरी किताब है, जिसमें उन्होंने हिन्दुस्तानी संगीत में घरानों की ख़सूसियत के बारे में चर्चा की है। उनका ख़ास कहना है कि अब्दुल करीम ख़ाँ की आवाज़ के तीखेपन की वजह—इन्होंने और इनके शिष्यों ने सुर और श्रुति पर इतना ज़्यादा ज़ोर दिया था। ताल, लयकारी और छन्द पर कोई ख़ास ध्यान नहीं दिया। कहा जाता है कि किराना घराने के गवैए कहते थे कि 'ताल गया तो बाल गया, सुर गया तो सर गया।' वामन राव ने घरानों की इस पंक्ति के दूसरे कोने पर आगरा घराने को रखा था क्योंकि नियम के उतार-चढ़ाव और कानून पर ये ज़्यादा जोर देते थे और उनके लिए श्रुति और सुरों की बारीकियों से ज़्यादा महत्त्व रखती थीं बन्दिशें, छन्द और लयकारी। फ़ैयाज़ ख़ाँ को उन्होंने इस तरह के मूल्यांकन से एकदम ही छाँट दिया था, क्योंकि उनका कहना था कि फ़ैयाज़ ख़ाँ आगरा घराने की गायकी गाते थे या रंगीला घराने के उस्ताद थे इस बारे में मतभेद है। वामन राव की राय में जयपुर घराने में लय, छन्द और सुर का एक निहायत ही अच्छा सम्बन्ध और संगम मिलता है। इसी सिलसिले में यह कहना भी ज़रूरी है कि सुरेश बाबू के जीतेजी ही वामन राव ने उनको छोड़कर अल्लादिया ख़ाँ के भतीजे नत्थन ख़ाँ और बाद में मोघूबाई से तालीम ली थी।

मेरा छोटा-सा वक्तव्य यह है कि यह सही है कि अब्दुल करीम ख़ासकर आखिरी उम्र में, सुर और श्रुति पर ज़रा ज़्यादा ही जोर देते थे। लेकिन ध्रुपदी घराने के उस्ताद फ़ैयाज़ ख़ाँ सुर, आलाप, स्वर-स्थान और श्रुति की ओर कुछ कम ध्यान देते थे, यह बात सुनकर तो ढाका के कुट्टी गाड़ीवानों की भाषा में कहना पड़ेगा—'मालिक ज़रा आहिस्ता बोलिए, यह सुनकर घोड़े भी हँस देंगे।' यह कहना गलत होगा कि अब्दुल करीम ख़ाँ बोलतान या छन्द के काम नहीं करते थे, क्योंकि उनके दरबारी के रिकार्ड में ही यह बात साबित होती है। वे लय में बँधी हुई, सिमटी हुई बन्दिश शायद ही गाते थे और लड़त लयकारी करते नहीं थे। लेकिन वहीद ख़ाँ या अमीर ख़ाँ जैसा, अब्दुल करीम के साथ छन्द-ताल का कोई जेठ-भावज का भी रिश्ता नहीं था।

फ़ैयाज़ ख़ाँ को आगरा घराने के उस्तादों में बिना शामिल किए, उस घराने की चर्चा कुछ ऐसी है जैसे डेनमार्क के युवराज को अलग करके हैमलेट की समालोचना। सभी को पता है कि फ़ैयाज़ ख़ाँ को एक बूँद की भी तालीम नहीं मिली उनके बाप के रंगीला घराने से। पैदा होने के पहले ही उनके पिता इस दुनिया को छोड़कर चले गए थे। उनके एक चाचा फ़िदा हुसैन ख़ाँ से उन्होंने, उनके पूर्वज रमजान ख़ाँ रंगीले की कुछ बन्दिशें सीखी थीं। लेकिन उनकी शैली की बुनियाद और Structure यह सारी तालीम ननिहाल की ही थी। फ़ैयाज़ ख़ाँ के इंतकाल के बाद शराफ़त हुसैन ख़ाँ ने ही आगरा का नाम रौशन रखा था। कट्टर जयपुर और किरानोंवालों से भी हमने यह शिकायत कभी नहीं सुनी थी कि उनकी आवाज़ या गायकी में सुर की कमी थी। लेकिन हाँ अगर emphasis की बात है तो 'किराना घराने' के बारे में वामन राव देशपांडे की राय के पीछे सच्चाई

के एकाध क़तरे ज़रूर हैं, यह तो मानना ही पड़ेगा। साथ-ही-साथ जयपुर के बारे में यह भी कहना ज़रूरी था कि उस गायकी में आलाप तो पूरी तरह से नदारद है, जिस कमी को हाल में किशोरी अमोनकर पूरा करना चाह रही हैं।

गाना छोड़कर और सब कुछ ही सुरेश बाबू करते थे। जिस ज़माने में बम्बई-पूना जैसी जगहों में किराना का इतना असर था, ऐसे ज़माने में सुरेश बाबू के गाने की कोई ख़ास माँग नहीं थी ? यह बात समझ में नहीं आती। वामन राव ने लिखा है कि सुरेश बाबू की सात औलादें थीं। ट्यूशन और कभी-कभार महफ़िलों में तबला या हारमोनियम बजाकर दिन गुजारते थे। हीराबाई थोड़ी-बहुत मदद करती थीं। लेकिन उससे उनका गुजारा होना मुश्किल था। घर में एक ही धोती थी, जिसे वे धो-धाकर पहनते थे, और उस फटी-चिथड़ी की मरम्मत के लिए हमेशा अपनी टोपी में सूत और सुई ख़ोंसे फिरते थे। वी.जी. जोग कहते थे—"उनके और भी कई किस्म के खर्चे थे, जिसमें ताश और पासा भी शामिल थे।" जवानी में हीराबाई के साथ जोग साहब बेहला लिए पूर्व अफ्रीका गए थे। साथ में हारमोनियम लिए सुरेश बाबू भी थे। "सिर्फ़ रात में सोने के समय को छोड़कर बाकी समय बार (Bar) में ही बिताते थे। उस ज़माने में ईस्ट अफ्रीका में जो हिन्दुस्तानी बसे हुए थे, उनमें गुजराती और पंजाबी ज़्यादा थे। इन दोनों बिरादरियों को गाने-बजाने से, ख़ासकर शास्त्रीय संगीत से डर लगता था। इसके बावजूद हर शनि और इतवार को हीराबाई का गाना होता था। खुशामद करने पर भी सुरेश बाबू नहीं गाते थे। आखिरी दिन, दर-ए-सलाम में जहाज पकड़ने के पहले डॉ. जोशी और डॉ. करवे ने जो वहाँ के अधिकारी थे, जबर्दस्ती सुरेश बाबू का प्रोग्राम रखा। लोगबाग आए और लौट गए, क्योंकि उनका 'मूड' नहीं बन पाया था। दूसरे दिन सुबह उठकर उन्होंने कहा—'ठीक है, मैं आज गाऊँगा।' जल्दी-जल्दी कुछ लोगों को इकट्ठा करके महफ़िल शुरू कर दी गई। जोग साहब ने संगत की थी। शुरू में हीराबाई ने थोड़ा-सा गाया। इसके बाद सुरेश बाबू ने ऐसा 'कोमल ऋषभ आसावरी' गाया कि चम्पूताई के गाने का असर धुआँ बनकर उड़ गया।"

सब अपनी-अपनी क़िस्मत लेकर पैदा होते हैं। विदेश से लौटकर सुरेश बाबू को यह पक्का इत्मिनान हो गया कि वे 'सोना' तैयार कर सकते हैं। हर रोज कम-से-कम सात-आठ घंटे—टिन के टुकड़े, कई तरह के रासायनिक पदार्थ, काठ-कोयला का महीन किया हुआ बुरादा, इन सब चीज़ों की मिलावट लेकर लोहार की दुकान पर वे धौंकनी चलाते थे। एक बार लौटे रात को। सुबह जगे नहीं।

एक और किराना घराने के बड़े उस्ताद का ज़िक्र करना ज़रूरी समझता हूँ, हालाँकि लोगों ने इनका नाम कम ही सुना है। हाल ही में नूर हसन ख़ाँ कलकत्ता आए थे। आप अब्दुल करीम ख़ाँ के मौसेरे भाई मज़ीद ख़ाँ के बेटे हैं। मज़ीद ख़ाँ और अब्दुल करीम के भाई जुगलबन्दी गाते थे। उस्ताद निसार हुसैन ख़ाँ से मैंने इनकी बड़ी तारीफ़ें सुनी थीं। मज़ीद ख़ाँ पहले जयपुर और बाद में दरभंगा के महाराजा के दरबार में थे और अब्दुल हक़ बराबर उनके साथ रहे। इस मामले में जब मैंने कपिलेश्वरी बुआ की मराठी

पुस्तक को प्रमाण मानकर नूर हसन से कुछ पूछताछ की तो उन्होंने कहा—"बड़ौदे में अब्दुल करीम के साथ अब्दुल हक़ नहीं रहते थे। यह मनगढ़न्त कहानी है।" करीबन सन् 1932-33 में मज़ीद ख़ाँ और अब्दुल हक़ बम्बई में ख़ाँ साहब से मिलने गए थे। उस ज़माने में वे कुछ मायूस-से नज़र आ रहे थे। मन-मिजाज़ भी ठीक-ठाक नहीं था। रिश्तेदारों से नहीं मिलते थे और ख़ासकर किराना से किसी के भी आने से दरवाजा बन्द कर लिया करते थे। जब कोई और चारा नहीं था, तो मज़ीद ख़ाँ और अब्दुल हक़ इत्र बेचनेवाले के वेश में ख़ाँ साहब के घर मेहमान बनकर ठहरे। दोपहर को खाना खाने के वक़्त जब अब्दुल करीम ख़ाँ घर लौटे तो उन्होंने देखा कि दोनों भाई उन्हीं का तानपूरा मिलाकर गाने बैठ गए हैं। गाना सुनकर वे हैरत में पड़ गए। अब्दुल करीम ने सवाल किया—'तुम लोग इतरवाले तो हो नहीं, तो फिर तुम हो कौन ?' जब मज़ीद ख़ाँ और अब्दुल हक़ ने अपने-अपने बारे में बताया तो अब्दुल करीम ख़ाँ को बड़ा अचरज हुआ। ऐसा भी हो सकता है कि सन् 1906-7 में अब्दुल हक़ और अब्दुल करीम एक-दूसरे से बिछुड़ गए हों। पच्चीस साल के दरमियान छोकरे अब्दुल हक़ का चेहरा काफी बदल गया था, और इधर अब्दुल करीम ख़ाँ थोड़े-बहुत अफीम के नशे में रहने लगे थे। इसीलिए इतने बरस बाद मिलने पर भी वे पहचान नहीं पाए। कपिलेश्वरी बुआ की किताब में बड़ौदा महफ़िलों के बारे में इतनी मोटी-मोटी खबरें झूठी नहीं हो सकतीं। अब्दुल करीम ख़ाँ के शागिर्दों में उनके वे ही सबसे नज़दीक थे। स्कूल का सारा हिसाब-किताब, ख़ाँ साहब का अपना निजी हिसाब और घर-गृहस्थी के सारे मामले वे ही देखते थे। इसलिए उन्हीं की किताब से ही उनके उस्ताद के बारे में सारे तथ्य मिलने की ही बात है।

किराना घराने के अब्दुल करीम की परम्परा के और दो-तीन मशहूर गवैयों के नाम न लेने से हम कसूरवार ठहराए जाएँगे। ख़ाँ साहब के पास बदस्तूर तालीम हासिल की थी अब्दुल हक़ और चन्दाबाई की बेटी रोशनारा बेगम ने। इनसे बढ़कर गाना मैंने और किसी महिला से नहीं सुना और करीम ख़ाँ को छोड़कर उस घराने के किसी पुरुष से भी नहीं। हमारे बचपन में बम्बई रेडियो स्टेशन से हफ़्ते में चार दिन, रात के दस बजे से लेकर ग्यारह बजे तक, किसी न किसी मशहूर आर्टिस्ट का गाना होता था। उस एरिया के बड़े-बड़े गवैए जैसे रामकृष्ण बुआ वज़े, बहरे बुआ, ओंकार नाथ, हीराबाई, रोशनारा, सुरेश बाबू माने, लक्ष्मीबाई यादव, सरस्वती फतेरपेकर, अंजनिबाई मालपेकर, अमान अली ख़ाँ, आजमबाई, विलायत हुसैन ख़ाँ, खादिम हुसैन ख़ाँ, मोघूबाई—इन सभी के गाने मैं सुनता था। फ़ैयाज़ ख़ाँ भी महीने में एक बार बड़ौदा से बम्बई आकर गाते थे। रोशनारा महीने में दो प्रोग्राम करती थीं—रात में। पूरे एक घंटे का। किराने में जिस तरह से राग-विस्तार होता था, उसी तरह से वे भी बरतती थीं, यानी कि एक-एक स्वर को लेकर, जैसे प्याज का छिलका उतारा जाता है ठीक उसी तरह का आलाप—लेकिन उसमें स्पीड थी—अब्दुल करीम की डबल और वहीद ख़ाँ की तीन डबल स्पीड से। इनका विस्तार मीरखंड का फन्दा जैसा नहीं होता था। जैसे करीम ख़ाँ, वे भी उसी तरह ध्रुपद

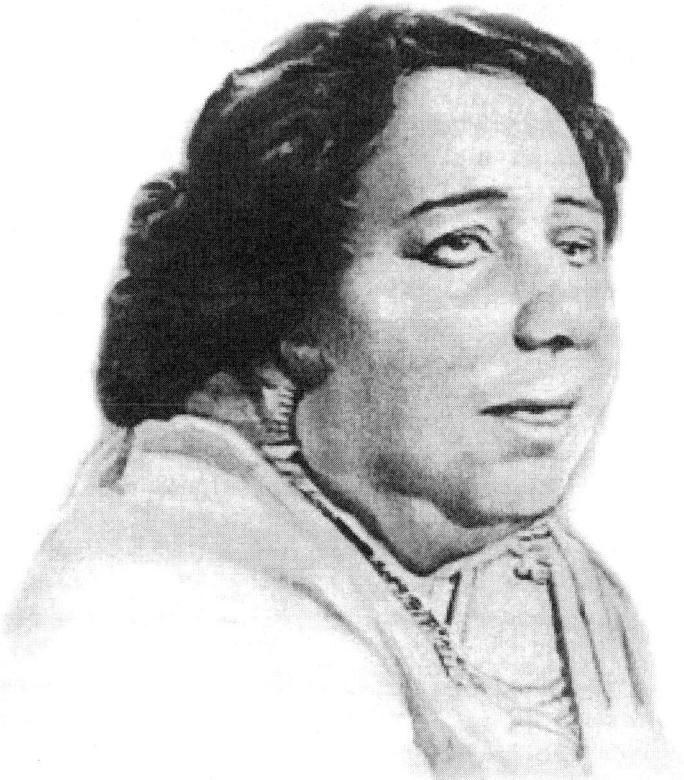

**रोशनारा बेगम**

की पद्धति से, बोल के सहारे, एक के बाद एक स्वर से राग का विस्तार करती थीं। वह निहायत ही सुरीला आलाप होता था। तारसप्तक में बिना किसी परेशानी के विचरण करने के बावजूद, उनकी आवाज़ में कोई तीखापन नहीं था। तान सिवाय रोशनारा के, और किसी भी महिला की तान मुझे नहीं जँची। दूनी-चौगुनी तानों में भी गमक रहता था और लगता था, जैसे बिजली चमक रही है।

जहाँ तक मेरा ख़याल है, सन् 1978 में बरसों बाद वे मलिका पुखराज के साथ पाकिस्तान से आई थीं। दिल्ली में नैनादेवी ने अपने 'लॉन' में एक बहुत बड़े शामियाने के नीचे उनके गाने का आयोजन किया था, और दिल्ली के सारे आला दर्ज़े के उस्ताद डॉयस से सटकर जमीन पर बैठे थे। उनमें थे जहीरुद्दीन और फ़ैयाज़ुद्दीन डागर,

मुनव्वर अली, अमजद अली, हाफिज़ अहमद, इश्तियाक़ भाई और यूनुस ख़ाँ। सबकी जुबान पर बस एक ही बात थी—''ज़माना हो गया रोशनारा को सुने।'' गाना शुरू हुआ। राग का नाम याद नहीं आ रहा है, शायद पूरिया कल्याण में कोमल निषाद था। वैसा ही गाना जो मैंने बचपन में सुना था। ज़रा-सा भी फ़र्क़ नहीं। आलाप के साथ-साथ पहली तान के साथ-साथ उस्ताद मंडली चौंक उठी। हमारी बगल में बैठे मुनव्वर अली दोनों हाथ फैलाकर 'हाय-हाय' करते रहे। जैसी तान की स्पीड थी वैसा ही दाना। ज़रा भी सुरों में कमी नहीं। बदन का हिलाना-डुलाना भी नहीं। उनका मुखड़ा शान्त, शरीर पूरा relaxed गमक तान फेर रही हैं, साथ-साथ हँस-हँस के बातचीत का जवाब भी दे रही हैं। एक्सप्रेशन में कोई फ़र्क़ नहीं था। किसी तरह के ग़रूर के बिना ही उन्होंने कहा—''पाकिस्तान में पक्के गाने सुनाने का मौका ही नहीं मिलता। इसलिए रियाज़ की आदत भी छुटी हुई है।'' 'राग शंकरा' और 'पिया बिन नहीं आवत चैन' से जलसा ख़त्म हुआ।

गंगूबाई हंगल ने भी गमक तान किए लेकिन मुझे लगता है कि रोशनारा और भी सुरीली तथा और भी ज़्यादा अच्छी बुनावट की तान लेती थीं। गंगूबाई के गाने का ढंग था मर्दाना और आवाज़ भी मर्दानी थी। विस्तार किराने घराने का था, लेकिन उनके पूर्वजों के गाने में जो lyricism मिलती थी, उनके गाने में उसकी कमी महसूस होती थी। इनको मैंने सबसे पहले सुना सन् 1943 में, लखनऊ में। ये प्रोफेसर निर्मल सिद्धान्त के घर ठहरी थीं। उनकी पत्नी, हम लोगों की 'झुनू मौसी', की आवाज़ बेहद ज़ोरदार लेकिन सुरीली थी। लखनऊवाले उन्हें 'शान्तिनिकेतन की नाईटिंगेल' कहकर पुकारते थे, और वे भी गाने के मामले में वाकई कुछ पागल-सी थीं। हमसे वे कहती थीं—''तेरे पिताजी को छोड़कर मेरी तरह इतने गाने और किसी ने भी नहीं सुने हैं।'' जो भी महफ़िल हो और चाहे जितनी भी रात हो जाए वे महफ़िल ख़त्म होने तक रहती थीं। उन्हीं के ड्राइंगरूम में सिर्फ़ हम चार-पाँच जनों ने गंगूबाई का 'ललित' और 'बिलासखानी तोड़ी' सुना था। याद है, बिलासखानी में उन्होंने एक भी तान नहीं ली थी। बोलीं—''इस राग की भावना में तानों की कोई जगह नहीं है।''

क़िस्मत अच्छी है किरानावालों की। इस अकाल के मौसम में भी भीमसेन जैसे गवैए इस घराने के चेहरे को रौशन किए हुए हैं। करीबन पैंतीस साल पहले मैंने पहली दफ़ा ज्ञान बाबू के डिक्सन लेन के मकान में आमने-सामने बैठकर उनका गाना अच्छी तरह से सुना था। संस्था का नाम था 'झंकार'। पहाड़ी सान्याल और हम अगल-बगल बैठे थे। गाना ख़त्म होते ही पहाड़ी चाचा ने पूछा—''भीमसेन जी, यह कौन-सा राग गाया आपने ?'' भीमसेन बोले—''जी, इसको 'छाया' कहकर सीखा है मैंने।'' (आरोहण में शुद्ध निषाद पर खड़े होने की वजह से उनको यह शक हुआ था) इतना कहकर उन्होंने पैर छुए और कहा—''आपने मुझे पहचाना नहीं।'' भीमसेन हैरान पहाड़ी चाचा की तरफ देखकर बोले—''मैं वही भीमसेन हूँ, जो राजा वसन्तराय रोड के मकान में रहा करता था।'' जब वे चले गए तो अपना सिर पीटते हुए मुझसे कहा—''हाय भगवान

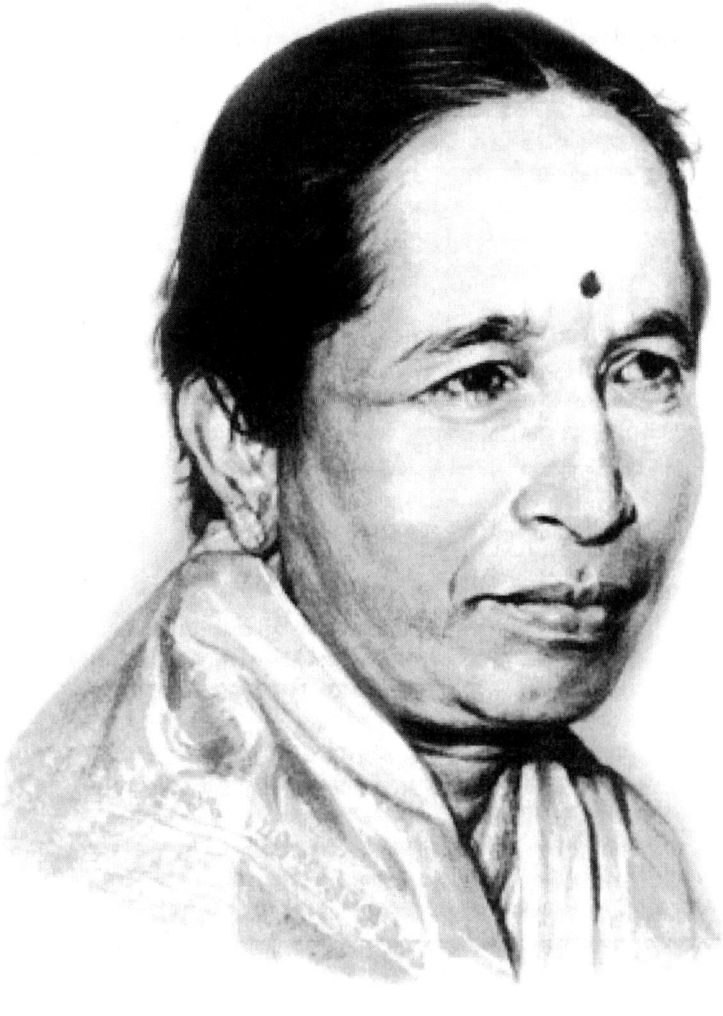

**गंगूबाई हंगल**

अस्सफुल्ला ? यह वही भीमसेन है ? अरे पता है तुझे, इस पट्ठे का उस वक़्त रहने-सहने का कोई ठिकाना नहीं था। कलकत्ता तो परदेश है उसके लिए। उम्र कम थी, लेकिन गाना सीखने का बेहद शौक़ था। मैंने उसका गाना सुनकर कहा था, 'यार तुझसे गाना-वाना नहीं होगा। ईश्वर ने तुझे आवाज़ ही नहीं दी है। तू मेरे यहाँ ठहर

जा। खा, पी, रह। कोशिश करके मैं तुझे स्टूडियो में कोई छोटी-मोटी भूमिका के लिए काम तलाश करके दूँगा। तो, ये ही हैं वे हज़रत भीमसेन। हाय भगवान' !"

भीमसेन जोशी दर-दर भटकते हुए रामपुर पहुँचे। वहाँ साल-भर उस्ताद मुश्ताक हुसैन ख़ाँ के पास रहने के बाद वे ठुमरी का अन्दाज़ महसूस करने के लिए लखनऊ पहुँचे। उस ज़माने में अमीनाबाद की एक चाय की दुकान के मालिक थे, डी.सी. दत्ता। गीत-ग़ज़ल के गवैए के हिसाब से उन्होंने काफी शोहरत हासिल कर ली थी। उन्हीं की कोशिशों से भीमसेन रेडियो के स्टॉफ आर्टिस्ट बने और पच्चीस रुपए की फ़ी पर ख़याल और ज़्यादातर भजन ही गाते थे। अली अकबर ख़ाँ भी उस वक़्त लखनऊ स्टेशन के स्टॉफ आर्टिस्ट थे। लेकिन उन दिनों डी.सी. दत्ता की फ़ी सबसे ज़्यादा थी—पचहत्तर रुपए से कम नहीं। इनके पास ठुमरी, ग़ज़ल के स्टॉक बहुत थे। ऐसा सुनने में आया है कि कलकत्ता में ढाकुरिया के आसपास कहीं बुढ़ापे में बहुत ही मुश्किल से ये अपने दिन गुजार रहे थे। प्रतिभावान उभरते कलाकार पिनाकी मुखोपाध्याय, इनके पास जाते थे और उनकी ठुमरी के अन्दाज़ की बहुत ही तारीफ़ करते थे।

आज भीमसेन जोशी ने अपनी मेहनत से जो आवाज़ तैयार की है, वह उनके बहुत जबर्दस्त रियाज़ का ही नतीजा है। वे कहते हैं कि रोज़ाना वे आठ घंटे से कम रियाज़ नहीं करते थे। सुबह चार घंटे तक लगातार। भैंस का दूध पीकर सिर्फ़ ख़रज में ही पूरा एक राग निभाकर, उसी राग का मध्य और तारसप्तक की तानों के साथ बराबर रियाज़ करते थे। लेकिन यह तो उनके गानों से ही साफ पता चलता है कि वे मीरखंड रियाज़ के चक्कर में नहीं पड़े थे। इसके अलावा उनका योगाभ्यास भी था। आवाज़ लगाने का उनका तरीका साइंटिफिक नहीं है, क्योंकि गले की पेशियों को शिथिल करके स्वरों का प्रयोग वे नहीं करते, इसी वजह से उन्हें अपने तरह-तरह के अंगों का सहारा लेना पड़ता है। लेकिन इसके बावजूद उनकी आवाज़ में कोई खराबी नहीं आई है। सुर भी ज्यों-का-त्यों है। शायद यह अभ्यास करने का ही फल है।

इनके स्टाइल को किराना की कहना होगा। लेकिन आज जो वे गाना गा रहे हैं, उसके साथ उनके गुरु सवाई गन्धर्व की गायकी में काफी फ़र्क़ है। किराना घरानेवालों के मुकाबले वे कहीं ज़्यादा लय और छन्द पर नज़र रखते हैं। अति विलम्बित एकताल के बजाय वे मध्य विलम्बित में तीन ताल में बड़ा ख़याल गाना पसन्द करते हैं। बोलतान और तानों में जयपुर का असर, यहाँ तक कि आगरे का भी असर मिलता है। द्रुत ख़याल में तान की स्पीड और वजन, दोनों ही रहते हैं। उनकी आवाज़ बहुत ही बुलन्द और ज़ोरदार है, लेकिन उन्हें आश्चर्यजनक तरीके से वॉल्यूम कंट्रोल (Volume Control) करना आता है, और ऐसी बुलन्द आवाज़ के साथ उसी स्वर में फॉल्सेटो (Falsetto) जोड़कर वे एक नए क़िस्म का प्रभाव (effect) पैदा करते हैं। कोई भी बड़ा गवैया गुरु से सीखी हुई विद्या को हू-ब-हू पेश नहीं करता। उनकी गायकी में किराना की गायकी के साथ उनके अपने व्यक्तित्व की भी छाप लग गई। और जिस दिन वे अच्छा गाते हैं और जिस तरह के एटमॉस्फेयर या वातावरण की सृष्टि होती है, उन सबसे हम लोगों

को ज़रा भी सन्देह नहीं होता कि ऐसा माहौल पैदा करनेवाली प्रतिभा के पीछे, ईश्वर की कृपा है। सभी जानते हैं कि पहले बहुत-से कारणों से हर महफ़िल में वे अच्छा नहीं गा पाते थे। पर हाल में उनकी ज़्यादातर महफ़िलों में उनका गाना जम ही जाता है। यह बड़ी खुशी की बात है। जो लोग Cerebral या मगज मारनेवाला गाना पसन्द करते हैं और नए-नए मुश्किल रास्तों की खोज में रहते हैं, उनके लिए शायद भीमसेन बड़े गवैए नहीं भी हो सकते। खुशक़िस्मती से हम उस दर्ज़े में शामिल नहीं हैं और यह भी मैं नहीं सोचता कि इंटलेक्चुअल (Intellectual) और एस्थेटिक अपील के बीच में भी कोई अन्तर या भेदाभेद है। जो लोग विषय के रूप (form) और विषयवस्तु (content) अथवा श्रेणी-विभाग (dichotomy) में विश्वास रखते हैं, वे इन बातों से सहमत नहीं होंगे। कुमार स्वामी की राय में हम हिन्दुस्तानी जो नन्दन शास्त्र को मानते हैं, इस दर्ज़े में शामिल नहीं हो सकते।

भीमसेन की चर्चा करनेवालों का कहना है कि वही बँधी हुई पूरिया, पूरिया धनाश्री, पूरिया कल्याण यमन, शुद्ध कल्याण, मालकौंस और दरबारी सुनते-सुनते जी ऊब गया है। बात ज़रूर सही है, लेकिन यही बात बड़े गुलाम अली और अमीर ख़ाँ के बारे में भी लागू है। अब्दुल करीम और फ़ैयाज़ ख़ाँ के ज़माने में ढाई-तीन मिनट के रिकार्ड सुनकर ही उन्हीं गानों को फैलाव के साथ महफ़िल में सुनना चाहते थे। आजकल के लांग प्लेईंग कैसेट और टेप रिकार्डर के ज़माने में पापुलर गवैयों और वादकों की झोली का साइज़ थोड़ा बड़ा न होने से चलेगा ही नहीं। करीबन पच्चीस-छब्बीस साल पहले एक दिन हमारे मकान में भीमसेन को जबर्दस्ती केदार और बिहाग फरमाइश करके गवाया था मैंने। तानपुरे के जोड़े पर मैं और रवि किचलू थे। तबला बजानेवाला कोई नहीं था। अचानक मैंने देखा कि टी शर्ट और हॉफ पैंट पहने अमजद अली खड़े हैं। कलकत्ता में उस समय अमजद का बजाना आरम्भ हुआ था। उसके खूबसूरत चेहरे, मीठी मुस्कुराहट और नम्र अदाओं पर कलकत्ता फ़िदा था। वे ठहरते थे गणेश एवेन्यू के ब्रौडवे होटल में, जहाँ बेगम अख़्तर बराबर ठहरना पसन्द करती थीं। वहाँ से मेरा एस्प्लेनेड मेंशन का फ्लैट कोई ज़्यादा दूर नहीं था। खैर, अमजद अली अपने आप ही हँसते हुए तबले पर शुरू हो गए। श्रोता थीं सिर्फ़ मेरी पत्नी। खुशक़िस्मती से रेडियो स्टेशन में खबर देने के लिए ज्ञान बाबू और जोग साहब भी आ पहुँचे। भीमसेन ने अच्छा ही गाया था, लेकिन मुझे ऐसा महसूस हुआ था जैसे शंकरा, बिहाग केदारा उनके अच्छे सधे हुए रागों में शामिल नहीं हैं और उन रागों के गायन की शैली और चलन में भी उनके अपने घराने से कोई ख़ास मेल नहीं था। लेकिन यह तो सारी मामूली बातें हैं। भीमसेन निहायत ही नम्र स्वभाव के विनयशील व्यक्ति हैं। उनमें घमंड ज़रा भी नहीं है। कभी अपने को विद्वान कहकर ज़ाहिर नहीं करते। वे गायक हैं। गाना गाकर उन्हें आनन्द मिलता है और गाने में वे मस्त हो जाते हैं; और फिर इसके बिना श्रोताओं को भी आनन्दित नहीं किया जा सकता।

फ़ैयाज़ ख़ाँ भी मस्त हो जाते थे, लेकिन उनका गाना दो क़िस्म का होता था। एक

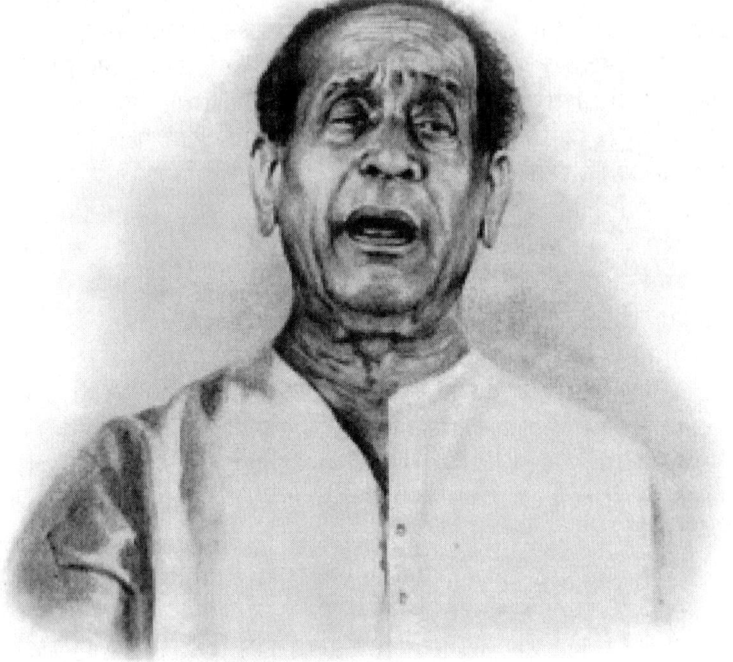

**भीमसेन जोशी**

में मिलती थी बेशुमार प्रेरणा, जिसे सुनकर सुननेवाले, अनजान होने पर भी, खुशी से एक-दूसरे को गले लगा लेते थे। वे सभी को अपने दायरे में खींच लेते थे। और यह नहीं कि सिर्फ़ सारंगी, तबला और जोड़ा तानपूरा बजानेवालों को ही, बल्कि उनकी इतनी ताकत थी कि वे ऑडिएंस (audience) को भी, अपनी इच्छा के मुताबिक पार्टिसिपेट करवा सकते थे। उधर जब गहरे आलाप में डूब जाते तो उनकी आँखों के किनारे सुर्ख हो जाते थे। साफ ज़ाहिर होता था कि सुर के असर से वे खुद ही आज़ाद नहीं हो पा रहे हैं। किराना का गाना है Contemplative mood का। अब्दुल करीम ख़ाँ का गाना ही उनकी साधना थी। जब वे गाते तो उसी में खो जाते थे, उसी में लीन हो जाते थे और श्रोता भी जैसे किसी मोह में फँसकर गाना सुनते थे। दिलीपकुमार राय ने लिखा है—''मुझे कहा था अब्दुल करीम ने—'दिलीप बाबू, पहले सुर के साथ ही मैंने प्रभु के कृपा-प्रसाद की प्रार्थना की थी'—इतना कह सकता हूँ कि उन्होंने वह कृपा-प्रसाद ईश्वर से पाया था।''

किराना के अब्दुल करीम ख़ाँ की परम्परा के शिष्यों और शिष्याओं की लिस्ट अधूरी रह जाएगी अगर टीपू मियाँ का नाम न लिया जाए तो। कपिलेश्वरी बुआ की किताब में इसका ख़ास उल्लेख है। इस वाक़ए के सन् और तारीख का उन्होंने ज़िक्र नहीं किया है, हालाँकि औरों के सन् और तारीख दोनों के ही उल्लेख हैं। बसन्त कुमार पोद्दार ने हीराबाई से पूछा था, ''लोग कहते हैं कि बाबा ने एक बार एक कुत्ते को डायस पर चढ़ाकर प्रोग्राम किया था। ऐसा हमने सुना है।'' जवाब मिला, ''शायद इसमें कुछ सच्चाई हो। जब बाबा के साथ हम लोग जलसे में जाते थे, उस समय ऐसी कोई बात नहीं हुई थी। शायद यह वाक़या इस समय के काफी पहले ही होगा, क्योंकि हम लोगों ने अपने होश में कभी ऐसा कुत्ता नहीं देखा।''

बसन्त कुमार लिखते हैं—''यह वाक़या सन् 1908 का हो सकता है। उन दिनों ख़ाँ साहब बागलकोट के आसपास ही थे। इसलिए हम इसका सिर्फ़ अन्दाज़ा ही लगा सकते हैं। बागलकोट से ही उन्होंने एक कुत्ता खरीदा था। यह बात कपिलेश्वरी बुआ ने लिखी है।''

बागलकोट में ईरानी कंजरों से उन्होंने बीस रुपयों में टीपू मियाँ को खरीदा था। घर पर उसे बाँधकर रखा गया था, लेकिन उसने गोश्त-हड्डी छुआ तक नहीं। ख़ाँ साहब ने अपने हाथों से साफ करके दाल-चावल मिलाकर दिया और एक दूसरे बर्तन में पानी देते ही उसने झट से खा लिया। ख़ाँ साहब ने कहा—''तू हमारे मराठी शागिर्दों जैसा ब्राह्मण है। ऐसा लगता है कि तेरे लिए भी अलग से इन्तज़ाम करना पड़ेगा मुझे।''

जैसे ही ख़ाँ साहब अपने शिष्यों के साथ गाने पर बैठे, टीपू मियाँ ने जोर-जोर से भौंकना शुरू कर दिया और साथ-साथ अपनी ज़ंजीर तोड़ने की भी कोशिश की। जैसे ही उसकी चेन खोल दी गई, वह बाबुओं की तरह महफ़िल में मजे से बैठ गया। उसके बाद थोड़ी-सी आवाज़ आई—'ऊँ'-'ऊँ' ! लेकिन यह सिर्फ़ आवाज़ ही नहीं थी, इसमें थोड़ा-थोड़ा सुर का भी संकेत था ! ख़ाँ साहब ने हँसकर कहा—'इसको तो हम गाना भी सिखाएँगे। क्यों बे टीपू, सीखेगा गाना ?' टीपू के चेहरे से शिष्यों ने अन्दाज़ लगाया कि वह भी काफी खुश है।

चार महीनों के बाद सतारा के एक थिएटर हॉल में ख़ाँ साहब का गाना था। इश्तहार पढ़कर शिवाजी ख़ानदान के वंशज छत्रपति राजा, जो कि ख़ाँ साहब के बहुत ही प्रेमी भक्त थे, दौड़े आए और बोले—''यह आप क्या कर रहे हैं ख़ाँ साहब ? आपके गाने के साथ यह क्या हँसी-मज़ाक है ? यह तो बहुत ही बेहूदे क़िस्म की बात होगी। लोग हँसेंगे और अपन की जो बेइज्ज़ती होगी वह अलग। हम इससे सहमत नहीं हैं और हॉल में हम आएँगे भी नहीं।'' अब्दुल करीम ख़ाँ के बहुत कहने-सुनने पर वे शरीक होने के लिए राज़ी हो गए। पहली पंक्ति में जो सीट उनके लिए रखी गई थी, उसमें न बैठकर वे ग्रीनरूम में छिपकर बैठ गए।

उस दिन हॉल में भीड़ समा नहीं रही थी। इंटरवल के बाद जब पर्दा उठा तो लोगों ने देखा, जोड़े तानपूरों के बीच हमेशा की तरह ख़ाँ साहब बैठे हैं। दो-चार शब्दों में

उन्होंने टीपू मियाँ के ख़ानदान और तालीम के बारे में श्रोताओं को बतलाया, फिर ज़ोर से आवाज़ लगाई—''आ जाओ भई, टीपू मियाँ, महफ़िल में आ जाओ।'' मखमल की पोशाक पहने गले में मोतियों की माला डालकर टीपू मियाँ आहिस्ता-आहिस्ता आकर ख़ाँ साहब के पास पैर समेटकर क़ायदे से बैठ गए। ख़ाँ साहब ने कहा—''ठीक से गाना टीपू मियाँ। हम दोनों की इज्ज़त का सवाल है।'' टीपू ने ख़ाँ साहब की ओर देखा और सिर हिलाया। ख़ाँ साहब के 'सा' लगाने के साथ-साथ टीपू ने भी अपनी मोटी आवाज़ में 'सा' कहा। इसके बाद एक-एक कर रिषभ, गान्धार, मध्यम, पंचम, धैवत, निषाद तक आवाज़ मिलाकर तारसप्तक के 'सा' तक पहुँचने पर ख़ाँ साहब ने छोड़ दिया। सब हैरान रह गए यह देखकर कि टीपू का गला तारा के 'सा' पर बिना हिले-डुले, रुककर टिक गया। ऐसा हो-हल्ला मचा कि लग रहा था कि कहीं हॉल ही न टूटकर गिर पड़े। ख़ाँ साहब के हाथ जोड़ने के साथ-साथ पर्दा गिरा दिया गया। रात-भर में सारे महाराष्ट्र में टीपू मियाँ का नाम फैल गया और बुकिंग के लिए एक के बाद एक तार आने लगे। लेकिन अब्दुल करीम ख़ाँ ने टीपू मियाँ के साथ जुगलबन्दी के सिर्फ़ दो ही प्रोग्राम किए थे। एक बम्बई में और एक पूना में। कपिलेश्वरी बुआ ने यह भी लिखा है कि बम्बई में एनी बेसेंट, सरोजिनी नायडू और बी.जे. हर्निमैन भी उन श्रोताओं में उपस्थित थे, इसलिए यह कहानी पूरी बकवास है, ऐसा लगता नहीं।

अब्दुल करीम ख़ाँ का गाना और उनकी गायकी का विश्लेषण करना शर्मा स्वीट्स की रबड़ी का कैमिकल एनालिसिस करने जैसा है—एक ही क़िस्म के मूर्ख पंडितों जैसा। और विश्लेषण के लिए ऐसी कोई सामग्री भी नहीं है, चूँकि बहुत ढूँढ़ने पर भी उनकी कोई लम्बी वायर रिकॉर्डिंग मुझे नहीं मिली। जो कुछ भी है, वह है 78 आर.पी.एम. रिकार्डिंग में उनके चौंतीस गाने और उनकी जवानी के कोई तीसेक गाने, जिनमें तैयारी ही ज़्यादा है। ये उनके बड़ौदा में रहते वक़्त भरे गए थे। पहले ही उभरती है उनके कंठ की आवाज़। यह आवाज़ 'तार' की नहीं 'बाँसुरी' की थी। फ़र्क़ सिर्फ़ इतना है कि तारसप्तक में बाँसुरी की आवाज़ तीखी नहीं होती और उनके ऊपर के स्वर-प्रयोग में सुई जैसा पैनापन रहता था। और इसी वजह से उनका श्रुति-प्रयोग बहुत आसान हो जाता था। मध्यसप्तक के नीचे की आवाज़ में कुछ नुकीलापन था। आवाज़ लगाते वक़्त वे 'आकार' का इस्तेमाल कम ही करते थे। आ बा ह इन तीनों स्वर वर्णों का ही प्रयोग करते थे। बाकी सब उनके बोल-विस्तार थे। काफी छानबीन और खोज से पता चला है कि विलम्बित ख़याल में रागालाप का प्रयोग उन्होंने ही सबसे पहले शुरू किया था और ख़याल का नक्शा ही बदल दिया था। मार्ग संगीत में इस क्रान्ति के लिए उन्हें रोमेंटिक कहा जा सकता है, लेकिन वह सिर्फ़ उनके लिरिकल स्टाइल के लिए ही नहीं। जिस माने में हम फ़ैयाज़ ख़ाँ को नियो क्लासिसिस्ट (Neo-Classicist) कहते हैं, उसी माने में हम यह कह सकते हैं कि अब्दुल करीम ख़ाँ हमारे हिन्दुस्तानी संगीत के रोमेंटिक मूवमेंट (Romantic Movement) के जन्मदाता हैं। बड़ी खुशी से आज के संगीत की दुनिया ने इसे स्वीकार किया है।

फ़ैयाज़ ख़ाँ की गायकी को लोगों ने एक-दो जेनरेशन तक लिया था। लेकिन उसके बाद और खींच नहीं सके, क्योंकि उनकी गायकी को अपनाना और भी ज़्यादा मुश्किल था और उनकी परम्परा के बाद के लोगों में जिनमें प्रतिभा थी, उन लोगों का बेवक़्त इन्तक़ाल हो जाना और आवाज़ खराब हो जाना भी एक भारी वजह थी। अब्दुल करीम ख़ाँ का असर सिर्फ़ दूसरी पीढ़ी के गवैयों पर ही पड़ा है, ऐसी बात नहीं है। विलायत ख़ाँ के सितार पर गायकी—अंग सुनते ही, मेरे कहने का मतलब साफ़ हो जाएगा।

ख़याल में आलाप और तान के बीच जो एक बड़ा फ़ासला वहीद ख़ाँ की परम्परा में मिलता है, यह बात अब्दुल करीम ख़ाँ के शुरू के गाने में नहीं थी। वे शायद ध्रुपद-धमार से तोड़कर लिये ग्वालियर-आगरा के ढंग पर बेखटके बोल-बाँट नहीं बरतते थे, लेकिन उन्होंने छन्द को हमेशा ही स्वीकार किया था। ठाकुर जयदेव सिंह कहते थे कि अब्दुल करीम ने खुद तबला जानने के बावजूद बड़े ख़याल की बन्दिश और बहलावा को ताल में निबद्ध नहीं किया था। छोटे ख़याल में बोलतान करते थे। इसके अलावा, वे भारी गमक तान और द्रुत सपाट तान बहुत पसन्द करते थे। बराबर लय की तान बहुत कम करते थे। पटियाला को छोड़कर किरानावालों ने ही ख़याल में सरगम को काफी ऊँचा स्थान दिया है। अब्दुल करीम ख़ाँ ने उस अंग में अपनी बेमिसाल और खूबसूरत सरगम से एक नई दिशा खोल दी थी। 'पिया बिन नहीं आवत चैन'—इस ठुमरी के रिकार्ड सुनने से ही पता चल जाएगा कि बेकार के झमेले और मुश्किलात में न फँसकर, सिर्फ़ सीधे-सादे पर्दों से ही सरगम की खूबसूरती किस तरह से अदा की जा सकती है, अगर रुचि और शिल्पबोध रहे तो हज़ारों पलटे और स्पीडों की मीरखंडी सरगम इनका मुकाबला नहीं कर सकती।

डॉ. अशोक रानाडे ने अपनी पूर्व लिखित पुस्तक में कहा है कि अब्दुल करीम ख़ाँ ने कर्नाटकी संगीत से सरगम उधार लिये थे, लेकिन दक्षिणी गमक को छोड़कर। अमान अली ख़ाँ ने भी वैसा ही किया था, जिसका असर ख़ाँ साहब पर पड़ा था। लेकिन वह अदायगी की इस हद तक नहीं पहुँचा था।

रानाडे साहब का दूसरा वक्तव्य ध्यान देने लायक है। उन्होंने कहा है कि अब्दुल करीम ख़ाँ के ख़याल और ठुमरी में वैसे कोई ख़ास फ़र्क़ नहीं है। ठुमरी का आधार बराबर भाषा ही रही है। अगर उसमें से 'बोल' निकाल लिये जाएँ तो ठुमरी और भी ख़याल के नज़दीक चली आती है। उनकी ठुमरी के रिकार्ड में बोल की बनावट नहीं, बल्कि सुरों के खेल हैं, स्वरों के मज़ेदार काम्बिनेशन (Combination) हैं, सरगम हैं, यहाँ तक कि तान भी हैं जो सिर्फ़ ठुमरी या टप्पे की नहीं हैं। लखनऊ-बनारस के बोलों के मज़े लेकिन नहीं हैं।

मैंने दो आदमियों से सुना है कि अब्दुल करीम ख़ाँ राग के रूप में पर्दों को लेकर हेर-फेर करते थे। पर मेरे ख़याल से शायद वह आर्टिस्टिक लाइसेंस (Artistic License) था, मनमानी नहीं। महिषादल के राजा देवप्रसाद गर्ग एक बार अब्दुल करीम ख़ाँ के महफ़िली गाने के बारे में ज़िक्र कर रहे थे, जो उनके महल में ही हुआ था। उन्होंने

कहा कि ख़ाँ साहब 'तोड़ी' गाते-गाते 'रामकली' की तरह मं प ध नि ध प कहकर लौट रहे थे और बाकी टुकड़े गुर्जरी तोड़ी की तरह गा रहे थे। बहुत देर तक उन्होंने पंचम लगाया ही नहीं। 'तोड़ी' में कोमल निषाद का कण नहीं लगता, यह सबको मालूम है, इसलिए इसे गलत मानना ठीक नहीं। गाना ख़त्म होने के बाद उस्ताद ने राजा से पूछा था—''आपको गाना कैसा लगा ?'' कोमल निषाद का उल्लेख करते ही उन्होंने कहा—''उसको जाने दीजिए। आप बताइए महाराज, आपको लगा कैसा ?'' राजा ने बहुत तारीफ़ की और उनकी खुशामद देखकर उन्होंने कहा—''बस अच्छा लगा न ? फिर 'निषाद' से गाने की मिट्टी तो पलीद नहीं हुई न ?''

इसी सिलसिले में अली अकबर ख़ाँ का एक वाक़या याद आ रहा है। एक दिन शाम को वे सरोद हाथ में लिए दो-तीन शागिर्दों के साथ आ पहुँचे—शायद उनमें शिशिरकणा भी थीं। ठेका देनेवाले थे हमारे जुड़ान बाबू जिनको द्रुत बजाने की आदत ही नहीं थी। मेरी फ़रमाइश पर उन्होंने मलुहा केदारा का आलाप बजाकर विलम्बित गत बजाया। मैंने पूछा—''दादा, क्या बात है ? मलुहा केदार बजाया, लेकिन आपने शुद्ध निषाद नहीं लगाया।'' मैंने सोचा था कि शायद यही उनके घराने की तालीम होगी। जैसी कि उनकी आदत थी, वे मुस्कुराकर बोले—''आज शुद्ध 'निषाद' ने लगना ही नहीं चाहा। खैर, किसी और दिन लग जाएगा।'' बड़े लोगों का मामला ही कुछ अलग होता है।

रवीन्द्रनाथ को लिखी एक और चिट्ठी में धूर्जटि प्रसाद ने लिखा है—''बड़े आलापियों की पद्धति क़ायदे-कानून के माफ़िक ही होती है और उनकी पहचान भी मनमानी नहीं होती। अच्छे घरानों के रास्ते पक्के ही होते हैं। अगर कोई उस्ताद अपनी प्रतिभा के बल से और भी बेहतर रास्ता बना सकते हैं तो हम उनकी और उस रास्ते की ज़रूर क़द्र करेंगे। अल्लाबन्दे का घराना छोड़कर आलाप में ऐसी प्रतिभा तो मिलनी ही मुश्किल है। लेकिन और गानों में हम अब्दुल करीम को बहुत ऊँची जगह देते हैं।'' आप लोगों ने शायद सुना होगा कि फ़ैयाज़ ख़ाँ जैसे अब्दुल करीम सही घरानेवाले गवैयों में नहीं शामिल किए जाते। (उस्तादों की नज़र में)। वह कई मर्तबा बन्दिश भूल जाते हैं, नहीं तो दो-एक लाइन गाते हैं, हिन्दोल में शुद्ध मध्यम लगाते हैं, भैरवी में सारे शुद्ध पर्दे लगाते हैं। वह अपने मिजाज़ में ही गाते हैं। लेकिन उस मिजाज़ के मज़े ही कुछ और होते हैं। इस बारे में सवाल करने पर उन्होंने कहा—''काफी लिबर्टी (liberty) लेते थे, थोड़ा-बहुत लगत भी गाते थे। कभी-कभी अनजाने ही। लेकिन Whatever he sang was music. यह बात और किसी के बारे में हम नहीं कह सकते।''

कपिलेश्वरी बुआ की किताब में ज़िक्र है कि अब्दुल करीम की ज़िन्दगी में कई अलौकिक घटनाएँ हुईं। उनके विवरण में तथ्य की गलती नहीं होनी चाहिए, क्योंकि वे करीम ख़ाँ के सबसे नज़दीक के आदमी थे। बसन्त कुमार पोद्दार ने मीरज, पुणे, बम्बई में भी काफी पूछताछ की थी और उस्ताद के लिखे हुए कपिलेश्वरी बुआ के जो ख़त हैं, उनसे यही अन्दाज़ लगाया था। हालाँकि किराना घराने के उस्ताद ख़ासकर

वहीद ख़ाँ की परम्परा के लोग उनकी इस किताब के कई तथ्यों और उनको खिलाफ़त या प्रधान शागिर्द और वारिस क़रार देने के मामले को 'सरासर झूठ' कहते हैं। खैर, वह कुछ भी हो, ताराबाई जब उनके पाँच बच्चों को और आर्य विद्यालय के पैसे-कौड़ी को लेकर पुणे छोड़कर चली गईं तो ख़ाँ साहब जैसे टूट-से गए। अगर जवान होते तो इस सदमे को झेल सकते थे, लेकिन ताराबाई व बच्चों को देखे बिना जैसे उनका दिल टूट-सा गया था। एक रात को सोते समय हीरे की अँगूठी से हीरा निकालकर निगल गए। सुबह उठकर अपने को तारोताज़ा तबीयत पाया, जैसे कुछ हुआ ही नहीं। लेकिन याद आया कि उन्होंने ख़्वाब में सन्त वज़ीर बाबा को देखा है। थोड़ी देर बाद एक और अब्दुल करीम, जो सितार बनाते थे और पास ही में उनकी दुकान थी, वे हाजिर हुए। उन्होंने भी ख़्वाब में वज़ीर बाबा को देखा था। दोनों ने तय किया कि कोल्हापुर के पास नरसोवा की बाड़ी में अभी इसी वक़्त बाबा के पास जाना ज़रूरी है। वहाँ के घर में घुसते ही बाबा गाली-गलौज करते हुए चीख उठे और बोले—"हरामज़ादे, खुदा की दी हुई ज़िन्दगी को ख़त्म करने का अख़्तियार तुझे कहाँ से मिला ? अभी भी तेरे कुछ काम बाकी हैं। उन्हें पूरा करने के बाद ही तू मरेगा और उसी तरह, जैसा तूने चाहा है—तुझे कोई तक़लीफ़ नहीं होगी और न ही तू किसी को तक़लीफ़ पहुँचाएगा।"

ख़ाँ साहब अपने सूने घर में लौट ज़रूर आए लेकिन जिन्दा रहने और कामकाज में उन्हें कोई दिलचस्पी नहीं रही। बन्नुबाई नाम की एक शिष्या को उनकी देखभाल के लिए रखा गया था। लोगबाग कुछ कहें, इस डर से उन्होंने बुढ़ापे में उससे शादी भी कर ली थी। उसके बाद वे अपने 'सरस्वती विद्यालय' के साथ बम्बई चले आए। उनके जो गाने कलकत्ता, मद्रास और बम्बईवासियों ने सुने हैं, उन्हें याद कर अभी तक लोग 'हाय' 'हाय' करते हैं। उन गानों के ढाँचे काफी बदल गए थे। ताजुद्दीन बाबा के आशीर्वाद से वाकई वे सुर में ही डूब गए थे। तब वे साठ के हो चुके थे।

अन्दाज़न छियासठ साल की उम्र होगी अब्दुल करीम ख़ाँ की, जबकि वे मद्रास गायन समाज के बुलावे पर वहाँ गए। इसके पहले ख़ाँ साहब के ख़ास चाहनेवाले दिलीपकुमार राय के कहने से श्रीअरविन्द ने उन्हें पांडिचेरी बुलाया था। लेकिन वे वहाँ जा न सके। अब वे मन-ही-मन तय करके अपने आप मद्रास जाती ट्रेन पर बैठ गए। रास्ते में तबीयत बिगड़ गई। और कोई होता तो शागिर्दों से कहता—डॉक्टर को बुलाओ। लेकिन वे समझ गए थे कि बुलावा आ गया है। रास्ते में एक छोटा-सा स्टेशन आया Singaperu-mal koil। वहाँ उतरकर उन्होंने कहा—"दरी बिछाओ, तानपूरा मिलाओ। मेरा आखिरी वक़्त आ गया।" इतना कहकर उन्होंने मक्का की तरफ मुँह करके खुदा को याद कर सुर लगाया। किसी ख़ास खुशी के मौके पर ही ख़ाँ साहब दरबारी कानड़ा गाते थे। उस गहरी रात में एक सुनसान अनजाने स्टेशन के कंकड़ बिछे प्लेटफार्म पर उनका आखिरी गाना भी दरबारी ही था।

जब बड़ौदा खबर पहुँची, तो गुलाम रसूल भागते हुए फ़ैयाज़ ख़ाँ के घर पहुँचे।

वे बरामदे में खड़े हुए थे। गुलाम रसूल चिल्लाकर बोले—"सुना आपने भाई साब, गजब हो गया। अब्दुल करीम मर गया। अभी आई है खबर।"

फ़ैयाज़ ख़ाँ साहब ने अपनी दाईं जाँघ पर एक ज़ोरदार थप्पड़ मारते हुए कहा—"हाय अल्लाह ! आज से सुर ही मर गया हिन्दुस्तान में।"

*चौदहवाँ अध्याय*

# किराना : उस्ताद अमीर ख़ाँ

अमीर ख़ाँ की मौत के बाद उनके चाहनेवालों और भक्त शिष्यों ने उनके प्रति अपनी श्रद्धांजलियाँ हिन्दुस्तान के कोने-कोने में किस तरह अदा कीं, यह तो मुझे पता नहीं, लेकिन कलकत्ता की जिम्मेदारी इस गरीब आगरा सहसवानवाले शागिर्द पर थी। श्रीकान्त बाकरे के उत्साह से हिन्दी हाईस्कूल के सभागार में 'अमीर ख़ाँ कलाकेन्द्र' की स्थापना हुई और पाँच दिनों तक दोस्तों के सहयोग के जलसे ज़ारी रहे और जो कलाकार आए थे, उनमें से करीब-करीब किसी ने भी एक पैसा तक नहीं लिया। इसकी वजह यह थी कि हालाँकि उनकी और हमारी गायकी बिल्कुल अलग-अलग रास्ते की थी, फिर भी मुझे उनका गाना निहायत पसन्द था। उम्र में फ़र्क़ होने के बावजूद अमीर ख़ाँ के साथ फ़रहत भाई और हमारे साथ एक दोस्ती का रिश्ता बन गया था। मैंने उनके सामने बैठकर और टेप रिकार्डर पर जितना उनका गाना सुना है, शायद ही किसी ने इतना सुना होगा। इसका श्रेय पुतु दा (प्रद्युम्न मुखर्जी) को है, जो करीब तीस बरस तक ख़ाँ साहब के गाने और कुछ उनकी आदतों के शागिर्द रहे। हाल में उन्होंने गाना छोड़ दिया था, वरना अमीर ख़ाँ की गायकी इनसे बेहतर कोई नहीं गा सकता था।

बचपन में रेडियो पर ख़ाँ साहब को सुनता था। ज़्यादातर दिल्ली स्टेशन से गाते थे। उस ज़माने में बम्बई रेडियो स्टेशन से मध्यम वर्ग के गवैयों को आधे घंटे का प्रोग्राम मिलता था और बड़े उस्तादों को एक घंटे का। लेकिन दिल्ली में जहाँ लोगों को दस या पन्द्रह मिनट के प्रोग्राम मिलते थे, वहाँ फ़ैयाज़ ख़ाँ जैसे आर्टिस्टों को, बहुत हुआ तो बीस मिनट का प्रोग्राम मिलता था। अमीर ख़ाँ के दोस्तों में से थे पुरानी दिल्ली की सुईवाली गली के मशहूर सारंगीवादक मम्मन ख़ाँ के ख़ानदान के चाँद ख़ाँ, उस्मान ख़ाँ, रमज़ान ख़ाँ तथा कई और भी। इनके जैसी, तीखी और खुली आवाज़ में ख़ाँ साहब भी गाते थे। उनके दस-दस मिनटों के प्रोग्राम का असर उस उम्र में मुझ पर हुआ नहीं। लेकिन इतना याद है कि उनके तान के रास्ते औरों से काफी अलग लगते थे। क्यों और किस वजह से ऐसा था, यह समझने के लिए मेरी बुद्धि ख़ासकर संगीत के मामले में उस समय इतनी तेज़ नहीं थी।

हमारे पिता के कहने से सन् 1937 से पुतु दा ने तारापद चक्रवर्ती से गाना सीखना शुरू किया। उन दिनों वे रेडियो पर तबला बजाते थे और गाना भी गाते थे। और गिरिजा बाबू की आखिरी उम्र में, हाल ही में, उन्होंने उनसे गंडा भी बँधवाया था। उस उम्र में तारापद बाबू की आवाज़ की गम्भीरता हम लोगों को चौंका देती थी। उसमें जितनी मीड़ और डेप्थ थी, उतनी ही थी लोच और मिजाज़ भी। एक और ख़ास हुनर उनमें यह था कि वे बड़े-बड़े उस्तादों को सुनकर उनके ख़ास-ख़ास अंगों की नकल कर लिया करते थे। बहुत दिनों पहले उनका पहला रिकार्ड निकला था। कौशिक राग (मालकौंस में पंचम) में उन्होंने गाया था—'हे माधव मधुसूदन।' उस गाने में मराठी गवैयों का ख़ासकर नारायण राव व्यास का काफी असर मुझे मिला था। उसके बाद मुजफ्फर-कान्फ्रेंस से लौटने के बाद उन पर ओंकार नाथ का असर पड़ा। लेकिन दरअसल उनके हीरो थे अब्दुल करीम ख़ाँ और फ़ैयाज़ ख़ाँ। कुछ दिनों तक बराबर नोम-तोम, आलाप, बोलबाँट, लयकारी फ़ैयाज ख़ाँ की नकल कर छन्दों में बोलतान और हलक तान—इन सबका बराबर रियाज़ चला। उधर एक बार 1944 में, बाऊली मंडल लेन में उनके घर पर मेरी सहपाठिनी कृष्णा उदियाभरकर का गाना हुआ। वहाँ वे पूरे अब्दुल करीम थे। शुद्ध कल्याण का विस्तार स्वर-प्रयोग और सपाट तान के छोटे-छोटे टुकड़े सभी किराना ढंग के थे। तानपुरे पर बैठे थे ऊषारंजन और सुखेन्दु गोस्वामी। उन दिनों किसी मशहूर घराने के उस्ताद से गंडा बँधवाए बगैर कलकत्ता के बाहर नाम पैदा करना मुश्किल था। दिलीपकुमार राय और हमारे पिता उन्हें बम्बई सवाई गन्धर्व के पास भेजने के लिए काफी उनके पीछे पड़े रहे, लेकिन वे राजी नहीं हुए। आखिरकार उन्होंने विस्तार में अब्दुल करीम और छोटे ख़याल में फ़ैयाज़ ख़ाँ की गायकी मिलाकर एक स्टाइल खड़ी कर दी। लेकिन बन्दिश की चीज़ें सीखने और गाने का उन्हें मौका नहीं मिला। उनका गाना सुनकर दिल्ली घराने के आखिरी उस्ताद मुजफ्फर ख़ाँ, जो गिरिजा बाबू के उस्ताद थे, बहुत ही खुश हुए। लेकिन बहुत ही अफ़सोस की बात है कि बंगाल के बाहर के श्रोताओं से उनका कोई ख़ास परिचय नहीं हो पाया। (संगीत : संग व प्रसंग—देवप्रसाद गर्ग)

हम उस ज़माने का ज़िक्र कर रहे हैं, जबकि हम, लखनऊ से आकर कलकत्ता में पूरी तरह बस गए थे। तारापद बाबू के साथ चिन्मय लाहिड़ी की एक मज़ेदार लड़ाई चल रही थी। दोनों का प्रोग्राम एक ही महफ़िल में रखने के लिए लोग तुले हुए थे। सन् 1946 में पूजा के समय, पुतु दा ने यह ख़बर दी कि मशहूर सितारवादक इनायत ख़ाँ के एक दामाद, गवैए अमीर ख़ाँ आए हुए हैं। कहते हैं कि उनका गाना सुनने पर अब्दुल करीम याद आ जाते हैं। लक्ष्मी पूजा के दिन रेडियो के प्रोग्राम असिस्टेंट पी.के. गुहा के मकान की छत पर एक शामियाना तानकर उसके नीचे उनके गाने का इन्तज़ाम किया गया। उन दिनों रेडियो के छोटे-मोटे अफसरों का भी आर्टिस्टों पर काफी रौब था। इसलिए बहुत ही काम्पेक्ट प्रोग्राम का बन्दोबस्त किया गया था। शुरू में लाइट म्यूज़िक खाना-पीना, फिर रात के दस बजे से ख़याल। किसी वजह से सुप्रभा सरकार के गाने के बाद पंकज मल्लिक गाने नहीं बैठे। माँ लक्ष्मी को पैरों पर चाँदी का एक रुपया चढ़ाकर वे जल्दी ही चले गए।

मोहल्ले के दो लफंगे आपस में चुहलबाज़ी कर रहे थे—''अरे यार, सुप्रभा की आवाज़ तो पिघलकर कुलफी जैसी हो गई थी। तेरा कोयल तो सुनते ही हवा हो गया—रिस्क नहीं लिया।'' हम भी तब छोकरे ही थे। हमने खुद ही जाकर उनसे पूछा—''किसकी बात आप कर रहे हैं भाई ? यह कोयल है कौन ?'' दूसरे छोकरे ने कहा—''अरे साहब आप यह नहीं जानते ? पंकज मल्लिक के पिता ज़बर्दस्त रसिया हैं। वे कहते हैं कि हमारा एक लड़का वकील है और दूसरा कोकिल (कोयल) सो अभी आपने देख ही लिया कि आज कोकिल यानी कोयल ने कोई 'रिस्क' नहीं लिया।''

हाल ही में हम लखनऊ से लौटे थे। सीधे-सादे थे। इस भाषा के हम आदी नहीं थे। सुना ज़रूर था कि कलकत्ता बहुत ही गुटबाज़ी का शहर है। चिन्मय दा और तारापद बाबू को लेकर कोई दंगा-हंगामा न हो जाए, इस बारे में हम चिन्तित थे। उस रात चिन्मय लाहिड़ी ने 'जोग' और 'अड़ाना' गाया। रीत का गाना। यानी ये चिन्मय वे नहीं थे जो एक्सपेरिमेंट में फँस गए थे। वह गाना था बहुत ही मँजा हुआ। जैसी अच्छी बढ़त उतने ही अच्छे बोल-बाँट के काम और सरगम। तानों का तो जवाब नहीं। लाजवाब थीं तानें। लेकिन तारापद के पास आवाज़ और सुर के तुरुप के पत्ते होते हुए भी मालकौंस ठीक जमा नहीं। हम जो उनके चमचे थे, बड़े ही दुखी हुए। और-तो-और, अमीर ख़ाँ साहब भी अपनी गायकी का उल्टा जैजैवन्ती जैसा राग लेकर भी जमा नहीं पाए। आखिर में उन्होंने आभोगी शुरू की बहुत ही सुर में और बिल्कुल हू-ब-हू अब्दुल करीम की स्टाइल में। निखिल (बनर्जी) ने एक बार कहा था—''जब तक मैंने अमीर ख़ाँ साहब को नहीं सुना था, तब तक किसी तरह भी आभोगी को बर्दाश्त नहीं कर पाया था।'' इस मामले में मैं निखिल के साथ पूरी तरह से सहमत हूँ। इसके बाद पुतु दा के घर उनका आना-जाना शुरू हो गया। पहले पुतु दा और फिर उसके बाद उनकी होनेवाली पत्नी पूरबी दोनों ने तारापद को छोड़कर अमीर ख़ाँ से गंडा बँधवाया। इसी बीच दो सालों तक मैंने उनका गाना नहीं सुना। ज्ञान बाबू के घर एक शाम, शुद्ध कल्याण, मालकौंस, अड़ाना आदि सुनकर मुझे लगा—हू-ब-हू अब्दुल वहीद। लेकिन तान और सरगम के रास्ते अलग लगे। मीरखंड का विस्तार था, सो तान भी वैसी ही होनी थी। कम-से-कम पुराने घरानों में तब तक तो यही रिवाज़ था। तान का विस्तार बढ़त के रास्ते पर ही बरतना होता था। वहीद ख़ाँ के और अमीर ख़ाँ के स्वर-विस्तार एक ख़ास नियम मानकर चलते थे। उनकी तान सुनकर ऐसा लगा जैसे यह कोई पुरानी इमारत का चायना फ्लोर हो। जितने गाने मैंने उस वक़्त तक सुने थे, उन सबमें एक नक़्शा मिलता था—आगरा, ग्वालियर, जयपुर, यहाँ तक कि गुलाम अली की तानों में भी। एक फन्दा या 'बल' सुनने पर उसके बाद और आगे के बलों का भी अन्दाज़ लग जाता था। ज़िन्दगी में पहले-पहल ऐसा सुनने में आया जबकि तान और सरगम में आर्टिस्ट अपनी मर्जी से, बिना किसी कानून के इधर-उधर छलाँग लगा सकते हैं तीनतल्ले से, एकतल्ले से तो कभी दोतल्ले से। पुतु दा को मैंने घर बैठे रियाज़ करते हुए सुना। सुना सारेगा, सारेमा, सारेपा, सारेधा आदि। और कभी-कभी सारेगा, सागामा, सामापा, सापाधा, साधानी, सानिसां। फिरत के

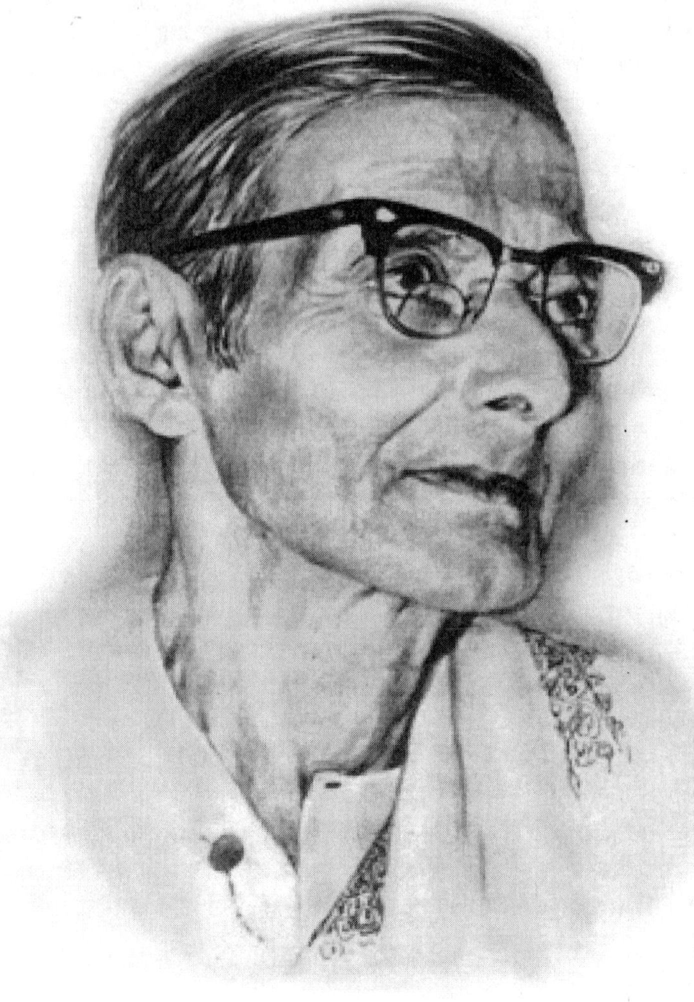

**तारापद चक्रवर्ती**

पल्टे उसी लाइन पर। मैंने सुना कि छूट की तानों के लिए भी यही चाभी है।

शुरू-शुरू में अमीर ख़ाँ के डेढ़-दो घंटे का विस्तार सुनने-सुनते मैं थक जाता था। वहीद ख़ाँ का तीन घंटे का मैराथन विस्तार सुनने का सौभाग्य मुझे कभी नहीं मिला। सबसे लम्बा गाना जो मैंने सुना है वह घंटे-भर का होगा। लेकिन विलम्बित के रास्ते

दोनों के एक ही थे। मेरे पास वहीद ख़ाँ की दरबारी के टेप हैं। उसको अमीर ख़ाँ के Scale में डिजीटल रिकार्डर के जरिए सुना है। उसके बाद ही अमीर ख़ाँ का अपना खुद का दरबारी सुना। वही 'गुमानी जग त्याजो'। वही ठहरा हुआ झुमरा का ठेका, वही एक के बाद एक स्वर मीरखंड के क़ायदे में बरतना, वही राग के सारे स्वरों पर बराबर की इम्फेसिस। हमने तो कोई ख़ास फ़र्क़ नहीं पाया और जिनको भी सुनाया, उन्होंने भी नहीं पाया। हाँ, अमीर ख़ाँ की आवाज़ वहीद ख़ाँ से अच्छी थी। हालाँकि, एक ख़ास उम्र के बाद तारसप्तक के 'स' के बाद उनकी आवाज़ चढ़ती नहीं थी। गला दबा के झट से एक तान मार्फ़त गान्धार मध्यम छू के आ जाते थे, लेकिन खुली आवाज़ में नहीं। वहीद ख़ाँ अन्तरा गाते थे और अमीर ख़ाँ विलम्बित ख़याल में अन्तरे को बड़े प्रेम से त्याग देते थे। अमीर ख़ाँ के स्वर-प्रयोग में रस था। वे मुरकी का इस्तेमाल करते थे, लेकिन वह रस से तर होता था। मेवाती मुरकी नहीं। वहीद ख़ाँ पुराने ख़यालात के आदमी थे। वे ख़याल में मुरकी का इस्तेमाल कतई नहीं करते थे। ऐसा सुनने में आता है कि तानपुरे पर जो निषाद और पंचम मिलाया जाता है, वह शमसुद्दीन की अड़तालीस मात्रा के ठेके के साथ सबसे पहले अब्दुल करीम ने ही शुरू किया था। वे सुर में इतने डूब जाते थे कि आख़िरी दिनों में ताल के दायरे में नहीं रह पाए थे। वहीद ख़ाँ, ख़ासकर सुर, श्रुति और स्वर-विस्तार के लिए ही मशहूर थे। उम्र होने पर दो-चार भारी तान के बाद ही जाल समेट लेते थे। वहीद ख़ाँ से मैंने छोटा ख़याल सुना ही नहीं।

इन बातों को कहना ज़रूरी है ऐसा मुझे अहसास हुआ, किसी एक ख़ास वजह से। हाल ही में उनके अनगिनत नकल करनेवाले और ढाई-तीन जो उनके गंडाबन्ध शार्गिद हैं, उन्होंने यह शोर मचा रखा है कि उनके घराने का नाम है 'इन्दौर घराना' और गायकी है इन्दौर की। पहले तो यह जानना ज़रूरी है कि गायकी किसे कहते हैं ? प्रोफेसर बी. आर. देवधर और वामनराव देशपांडे की छानबीन के हिसाब से गुरु, उनके शिष्य, और शिष्य के शिष्य इन तीन पीढ़ियों के बिना घराना मान्य नहीं। अमीर ख़ाँ के वालिद शाहमीर ख़ाँ सारंगी बजाते थे। कोई ख़ास अच्छा नहीं बजाते थे। अब्दुल वहीद ख़ाँ ने अमीर ख़ाँ का गाना सुनकर टिप्पणी की थी—"तू तो अपने बाप से बहुत अच्छा हो गया। तेरे बाप के तो ग्यारह तरफें भी नहीं मिलते हैं।" यह बात शकूर ख़ाँ ने कही थी। अगर अमीर ख़ाँ उस्ताद वहीद ख़ाँ के शागिर्द होते या कम-से-कम उन्हें गुरु मानते तो पंडित अमरनाथ, प्रद्युम्न मुखर्जी व पूरबी मुखर्जी तथा श्रीकान्त बाकरे को लेकर तो तीन पीढ़ियाँ हो ही जातीं। लेकिन क्या घराना अलग होता ? मेरा तो ऐसा ख़याल है कि वे किराना के ही शागिर्द होते। हम तीन पीढ़ी पर ज़ोर नहीं दे रहे हैं। हम गायकी की बात कर रहे हैं। अमीर ख़ाँ के गाने का तीन चौथाई हिस्सा तो वहीद ख़ाँ का था, क्योंकि अमीर ख़ाँ की गायकी में स्वर-विस्तार एक बहुत बड़ा हिस्सा ले लेता था और विलम्बित ख़याल में वे मीड़ के साथ विलम्बित सरगम बरतते थे। यह भी वहीद ख़ाँ से लिया हुआ था। वहीद ख़ाँ की तरह से वे भी बोल-बाँट को फलाँगकर ताल पर चले जाते थे। द्रुत लय के ख़याल में वे छन्द पर ज़्यादा ध्यान नहीं देते थे। उनके गाने में

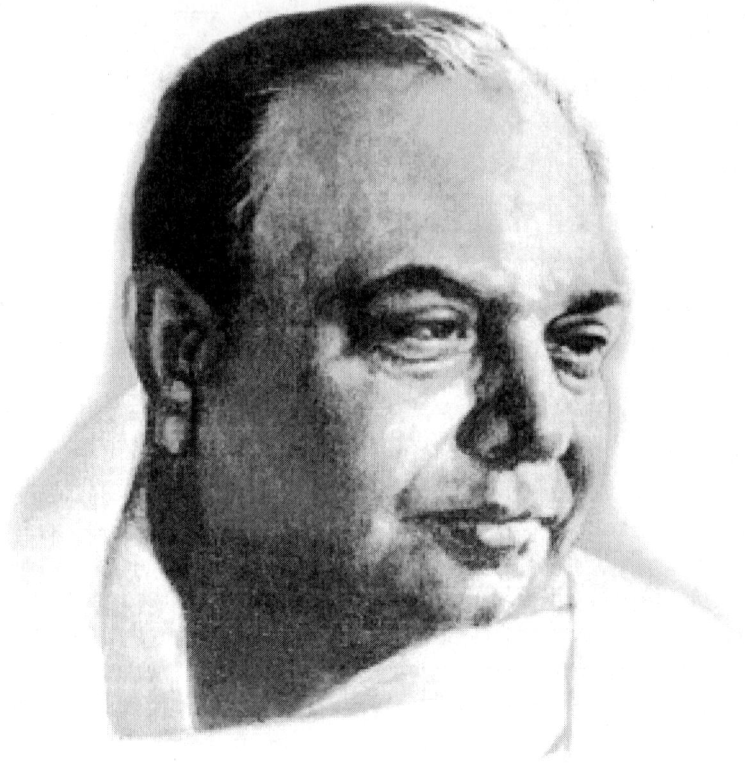

**चिन्मय लाहिड़ी**

एक 'लय' ज़रूर रहती थी, लेकिन जो ताल बजता था, उसका कोई कैरेक्टर नहीं रहता था। यह भी उनको वहीद ख़ाँ से ही मिला था। हालाँकि जब मैंने वहीद ख़ाँ को रेडियो पर, और वैसे भी जब आमने-सामने गाते सुना था, तब वे द्रुत ख़याल नहीं गाते थे और उनकी तानें काफी फीकी पड़ चुकी थीं।

एक बार मैंने अमीर ख़ाँ के गाने की बहुत तारीफ़ करने के बाद लिखा था कि "उनके गाने में शुरू भी है और शेष भी। जिस स्थिर, धीर शान्ति और ध्यान में डूबकर वे शुरू करते हैं, उस गाने के क्लाइमेक्स में तूफान जैसी तानों के विकास के लिए क्या धीरे-धीरे आगे बढ़ना सही नहीं है ? विलम्बित लय को बढ़ाकर बोल-बाँट या छन्द का काम करना तो पुराना रिवाज़ है। आज आधे बंगाली श्रोताओं और गवैयों पर छाए हुए

हैं अमीर ख़ाँ और बाकी पर बड़े गुलाम अली ख़ाँ। गुलाम अली ने राग-विस्तार को दूर ही रखा था। उसी तरह वहीद ख़ाँ के असर की वजह से अमीर ख़ाँ बीच में लम्बा फासला छोड़ देते थे। इस लेख को पढ़कर जैसा कि अन्दाज़ किया जा सकता है, उनके आसपास के कुछ शागिर्द जैसे लोगों ने यही बात उन्हें काफी नमक-मिर्च लगाकर कह दी। उन्होंने छोटा-सा जवाब दिया और कहा—"कुमार तुम लोगों से ज़्यादा गाना समझता है और मेरा गाना भी। मुझे मानता भी बहुत है। जो लिखा है, वह बिल्कुल ठीक ही लिखा है। ताल और बाँट बोल-तान की तरफ शुरू से ही मेरी तबीयत नहीं गई।" इस बात को उन्होंने बहुतों के सामने दोहराया था। वे कहते थे—"मुझे सबसे अच्छा लगता है राग-विस्तार करना, ख़ासकर मंद्रसप्तक और मध्यसप्तक में।" उनको सुर अच्छा लगता है। ताल और लयकारी की झंझट अच्छी नहीं लगती। यह बात तो अब्दुल करीम और वहीद ख़ाँ पर भी लागू हो सकती है। इसमें बुराई क्या है ? जो वे बरतते थे, उसके बारे में समालोचकों को नुक्ताचीनी करने की क्या ज़रूरत है ? जो वे नहीं बरतते थे वे तो साफ ही ज़ाहिर था।

मुझे अफ़सोस था किसी और वजह से। हम सिर्फ़ क्रिटिक की दृष्टि से ही गाने पर विचार नहीं करते हैं। संगीत प्रेमी और संगीत का विद्यार्थी मानकर ही मैंने यह अफ़सोस

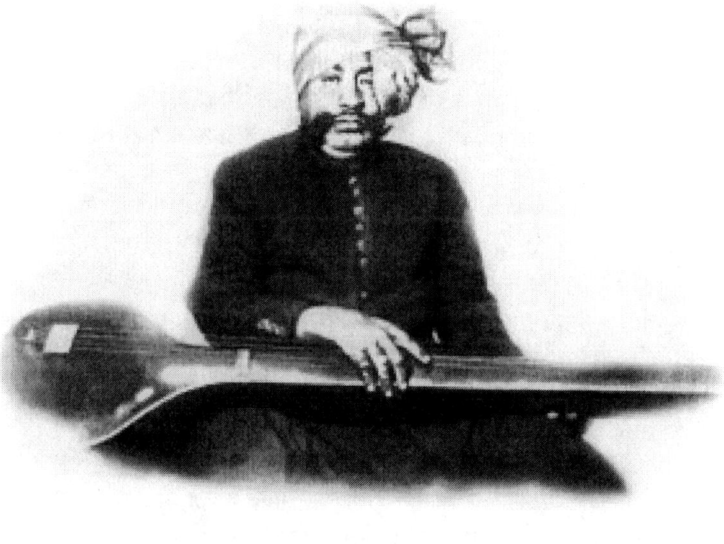

**उस्ताद वहीद ख़ाँ**

ज़ाहिर किया था। एक बार हमारे घर की एक महफ़िल में वे दरबारी के एक झपताल में बहुत बढ़िया बोल-बाँट बनाकर मुखड़े पर आ रहे थे। सिर्फ़ हम कई जने ही थे। मैंने पहले लिखी बातों को ही दूसरी तरह से कहा—"आप उस्ताद हैं। आप चाहें तो अपने गाने को चौमुखी बना सकते हैं। यह जो बीच का हिस्सा आप पूरी तरह से काटकर, एकदम तान और सरगम पर चले जाते हैं, इससे हमारा मन नहीं भरता। कुछ बाँकपन की कमी महसूस होती है।" जवाब वही मिला—"मेरी तबीयत शुरू से ही उस तरफ नहीं गई।" मेरे कहने का मतलब यह है कि उनकी गायकी की कमी और भरावट दोनों ही किराना घराने के हैं। उस्ताद अमीर ख़ाँ के निजी नहीं हैं और उनके पिता शाहमीर ख़ाँ के भी नहीं। यही साबित होता है कि 'इन्दौर' नामक कोई घराना पैदा ही नहीं हुआ था। और फिर दूसरे और तीसरे दर्ज़े की नकलों से घराना बढ़ता नहीं है। आजकल जो उनके रिकार्ड सुनकर मीरखंड के साथ विस्तार कर रहे हैं या बिना तालीम के गाना और तान बरत रहे हैं, उनमें ज़्यादातर लोग राग-रूप सही नहीं रख पा रहे हैं। अगर बुनियादी फ्रेजों को जारी रखा जाए तो कुछ-कुछ औड़व-षाड़व रागों में मीरखंड चल सकता है, लेकिन जिस राग की गति वक्र है, उसमें मीरखंड कैसे चल सकता है ? गौड़ सारंग या आनन्दी, श्याम कल्याण, कामोद, छायानट, खट आदि बहुत सारे राग हैं, उनमें अगर मीरखंड के चक्कर लागू कर दिए जाएँ तो रागों के नाक, आँखें और चेहरे सब चिकने हो जाएँगे। वहीद ख़ाँ या अमीर ख़ाँ रागभ्रष्ट नहीं होते थे। वे लोग उस्ताद थे। लेकिन उनके जो अन्धे नकल करनेवाले हैं, क्या उनके बारे में ये बातें कहीं जा सकती हैं ?

अमीर ख़ाँ की गायकी को 'इन्दौर' घराने के नाम से पुकारे जाने की सारी ज़िम्मेदारी अमीर ख़ाँ की खुद की ही है। बहुत दिनों तक वे अपने को किराना घराने का उस्ताद ही समझते रहे। आखिर के दस-बीस साल के दौरान फिर ऐसी बात नहीं करते थे। मैंने उनसे कई बार यह सवाल पूछा, लेकिन उनका जवाब सिर्फ़ एक ही रहता था : उनकी तालीम हुई उनके पिता शाहमीर के पास और गायकी पर असर पड़ा है सिर्फ दो उस्तादों का—रजब अली ख़ाँ और भिंडी बाज़ारवाले अमान अली ख़ाँ का। देवासवाले होने के बावजूद रजब अली ख़ाँ इन्दौर के राज-दरबार के गवैए थे। और शाहमीर ख़ाँ दरबार के चौधरी यानी मेहमान-उस्ताद के हास्पीटालिटी अफ़सर थे। इन दोनों में काफी प्रेम था और अमीर ख़ाँ रजब अली को 'चाचा' कहते थे। बन्देअली ख़ाँ के पास बीन की तालीम हासिल करने के बावजूद रजब अली ख़ाँ विस्तार करना बिल्कुल पसन्द नहीं करते थे। दो-चार बहलावा करके ही तान पर चले जाते थे। उस तान के साथ अमीर ख़ाँ की तान में 'मेल' से ज़्यादा 'बेमेल' ही हुआ करता था। रजब के शिष्यों में से, ख़ासकर निवृत्ति बुआ की यही राय थी। अमान अली ख़ाँ से उनकी बनाई हुई कुछ बन्दिशें अमीर ख़ाँ ने ली थीं, जिनमें से हंसध्वनि—'लागी लगन' से बहुत-से लोग वाक़िफ़ हैं। एक ज़माने में यह गाना ए. कानन मौका मिलते ही खूब जमकर गाते थे। अमान अली ख़ाँ का सरगम कर्णाटक संगीत से लिया हुआ है। मुझे अमीर ख़ाँ पर उनका कोई ख़ास असर नहीं दिखता। बल्कि हैदरबख़्श की तालीम की बदौलत शकूर ख़ाँ के

चाचा वहीद ख़ाँ के दिए हुए कुछ मुल्तानी सरगम के नक्शे मैंने नोट कर रखे हैं जो सारंगी की और अमीर ख़ाँ की तानों से काफी मिलते-जुलते हैं। कुछ नमूने दे रहा हूँ। अमीर ख़ाँ के भक्त और सुन्नी शागिर्द ज़रा अच्छी तरह से सोचकर देखें कि इसके साथ नक्शे में कोई मेल है या नहीं—

1. नि़सागमंपमं नि़सानि़ धध प—मंगमं सामं गगरेसा नि़सा
2. सपपप, मंगरसा नि़सागम पानिसांनि मंपनि गमंनि—निधपमं गमंधमं-मंगमं सामंगग रेसानि़सा।
3. रेसानि़ धपमं मंगरेसा धपमं रेंसांनि निधपमं मंगरेसा रेसानि धपमं रेंसांनि निधपमं मंगरेसा।
4. निसागमं पनिसांनि मंमंग निनिनि धपमंगरेसा गमंपनि सांगं निसांनि गंगंगं रेसानि धपमं गमंग निनिनि धपमं गमंगरेसा।
5. गगग निनिनि गंगं रेसां निध पमं गमंग रेसा।
6. गगग निनिनि गगग सांसांसां गंगंगं गगग गंगं रेंसांनिधपमं गमंगरेसा।
7. सापपमं मंगरेसा सासांसानि मधपमं सापपमं मंगरेसा पमंमंगरेसा सांनिनिधपमं मंगरेसा निसापमं गमंगमं पनिसांनि मंपनिसां गंरेसांनि धपमं गमंगरेसा।
8. सागगग मंनिनिनि धप मंगरेसा सानिनिनि सागंगंगंरेसा निधपमं सागगग सानिनिनि सागंगंगं रेंसांनिधपम गमंगरेसा।
9. गगग निनिनि गंगंगं रेंसांनिधपमं गमंगरेसा
10. गगग निनिनि धपमंगरेसा निनिनि गंगंगं रेंसा निधपमंगरेसा।
11. गगग निनिनि गंगंगं रेंसांनिधपमंगरेसानि़सा।

ये तानें किराना की आसान तानें नहीं कहलाई जा सकतीं, लेकिन अमीर ख़ाँ की तानें और सरगम और भी मुश्किल थे। इसकी असली वजह यह थी कि उनकी तानों में थी अनप्रेडिक्टेबिलिटी, यानी नक़्शे का कोई अन्दाज़ पहले से ही नहीं मिलता है। दूसरे घरानों में किसी एक बल-पेंच से ही पता चल जाता है कि आगे क्या होनेवाला है, लेकिन इनके साथ यह बात नहीं है। सच तो यह है कि गाने की दुनिया में नक़्शे का मतलब ही होता है कि ऐसा कोई पैटर्न हो कि जिसमें स्वर-समूह दोहराए जा सकें। नहीं तो तानों में काम्प्लिमेंटरी स्वर-समूह मिल जाने चाहिए। पलटों में भी यही चीज़ मिलती है। अमीर ख़ाँ की तानों में पलटे नहीं हैं। हालाँकि उन्होंने जवानी में काफी पलटें और मीरखंड का रियाज़ किया था। पलटा रहने पर भी उसको ऐसा झटका मारकर नक्शा बदल देते थे कि हमेशा ही उस 'सरगम' के भीतर एक एलीमेंट ऑफ सरप्राइज़ रहता था। इसकी बुनियाद थी 'छूट', जिसे शास्त्र में कहा जाता था 'उल्लम्फ़न'। हंसध्वनि राग में मिसाल के तौर पर उनका एक सरल सरगम दे रहा हूँ, जिसमें 'उल्लम्फ़न' और 'अवलम्फ़न', दोनों ही मिल जाएँगे—

प़ नि़ रे ग रे नि़ प़ नि रे प़ प ग रे नि प ग रे गं रें नि प ग रे नि़ प़ नि़ रे ग रे प़ नि़ रे सा।

छूट की जगह ब्रैकेट में दिखाई गई है।

1. मंद्र पंचम से मध्यसप्तक का पंचम; 2. अवरोहण में रिषभ से मन्द्र के निषाद पर न जाकर बैक समरसौल्ट लेकर एकदम मध्यसप्तक के निषाद पर; 3. उसी एक ही कायदे में आमद की तार के रिषभ से एकदम तारसप्तक के गान्धार तक चले जाना; 4. आरोहण में नि रे, ग-र के बाद मध्यसप्तक का पंचम। इन सभी में सैकड़ों सरप्राइज़ के एलीमेंट मिलते हैं।

यह तो थी एक बहुत ही सरल मिसाल। इससे कहीं ज़्यादा मुश्किलात वे बरतते थे। श्रोताओं के मगज में यह बात घुसती ही नहीं थी। जो साथ संगत करते थे, वे उनकी नकल करते हुए मार खा जाते थे। इसी वजह से वे सारंगी नहीं लेते थे। हारमोनियम पर सिर्फ़ ज्ञान बाबू को ही खुशी से बिठाते थे। ज्ञान बाबू सिर्फ़ तेज़ दिमाग ही नहीं थे, बल्कि उनका बहुत दिनों से अमीर ख़ाँ की गायकी से सम्बन्ध था। एक बार लिलुया में एक घरेलू महफ़िल में उन्होंने 'बसन्त बहार' का ऐसा माहौल पैदा किया कि हमारे जैसे और दो-चार श्रोताओं के कान और सर झनझना उठे। ज्ञान बाबू का हाथ बराबर चल रहा था। अमीर ख़ाँ ने मुस्कुराकर कहा—"ये बीस साल से हमारे साथ बजा रहे हैं, तब इनको कुछ-कुछ दिखाई दे रहा है।" जवाब में ज्ञान बाबू ने कहा—"ख़ाँ साहब ने जो कुछ फ़रमाया, बिल्कुल सच है। यह सचमुच बड़ा ही पेचीदा गोरखधन्धा है। वाकई इसमें बुद्धि काम नहीं करती। दिमाग थक जाता है।" वह टेप अभी तक मेरे पास है।

जब वे सिर्फ़ सरगम ही उच्चार रहे थे, तभी संगतिया की यह हालत ! अब आप ही सोचकर देखें कि तानों में क्या हालत हुई होगी। बावजूद भारी होने के तानें साधारण स्पीड पर नहीं चलती थीं। जब सब लोग पंजाबी हरकत और स्पीड के जाल में मस्त थे बड़े गुलाम अली के ज़माने में, तो अमीर ख़ाँ ने ऐसी हवा में भी कभी खुद को नहीं उड़ जाने दिया। जितनी दूरी तक तान का वज़न और दाना ठीक रहता था, उतनी ही दूरी तक वे अपनी आवाज़ को दौड़ाते थे और मुखड़े पर लौटते हमेशा सपाट तान के साथ जो कि रजब अली ख़ाँ की याद ताज़ा कर दिया करती थी।

इस सिलसिले में हमारे जैसे पुराने श्रोताओं की तरफ से दो-एक सावधानी के बोल कह देना ज़रूरी है। आज सारे हिन्दुस्तान में, ख़ासकर इस गौड़ भूमि पर अमीर ख़ाँ के अन्धे नकलची सुन्नी शागिर्दों की संख्या काफी भारी है। मेरी राय में यह बहुत ही मुश्किल काम है और इसमें क़दम-क़दम पर ठोकर खाने का अन्देशा है। सबसे पहली बात तो यह है कि मीरखंड के विस्तार में राग-रूप लुप्त हो जाता है। इसलिए राग का जड़-स्वर-समूह यानी फ्रेज़ अगर मालूम न हो तो यह रास्ता पकड़ना बहुत ही गलत काम होगा। दूसरी बात यह है कि अमीर ख़ाँ के गाने की बुनियाद के आधार पर बन्दिश नहीं थीं और विलम्बित में शायद ही वे कभी अन्तरा गाते थे। यह तो शास्त्र के नियमों में है ही नहीं। शांर्गदेव के वक़्त से निबद्ध और अनिबद्ध वाद में नायकी और गायकी अंग को सारी दुनिया मानती है। जिन्हें रागों की अच्छी तालीम नहीं है, सिर्फ़ रागों के पर्दे से ही वाक़िफ़ हैं, उन्हें बन्दिश के सहारे ही गायन करना उचित होगा, नहीं तो रागभ्रष्ट होने की

काफी सम्भावना रह जाएगी। तीसरी बात यह है कि तानों और सरगमों में ज़्यादा छूट के प्रयोग से सिर्फ़ रागभ्रष्ट होने का ही नहीं, बल्कि स्वर के अलग हो जाने का भी डर रहता है, हर पल राग-भाव अच्छी तरह कायम होने के बाद ही ये नामी उस्ताद मीरखंड और छूट की तानें बरतते थे, इसलिए वह खप जाता था अनाड़ी के हाथों यह बहुत ही खतरनाक़ है। आखिर में हम आपको याद दिलाना चाहते हैं कि बचपन से ही अमीर ख़ाँ ने खुली आवाज़ में रियाज़ किया था। उनकी आवाज़ में एक कुदरती गम्भीरता के भाव थे, ख़ासकर मन्द्र और मन्द्र सप्तक में। अगर माइक्रोफोन की ख़ातिर वे आवाज़ को दबा भी देते तो भी उसके वज़न में कुछ भी कमी नहीं होती थी। तानों में भी उन्होंने इन दोनों सप्तकों में 'सीने' का इस्तेमाल करना नहीं छोड़ा। आवाज़ और तानों में फ्लेक्सिबिलिटी लाने के लिए अमीर ख़ाँ की गायकी की नकल करनेवाले सिर्फ़ आवाज़ का ही प्रयोग करते हैं, छाती या नाभि का नहीं। बदौलत माइक्रोफोन के लगता है स्वर जम गया है, लेकिन खुली आवाज़ में सुर लगाने का जो अपना एक ख़ास असर है, वह उसमें नहीं मिलता। अमीर ख़ाँ कहते थे कि लोहा गरम कर लेने पर उसे तरह-तरह के आकार दिए जा सकते हैं, इसलिए शुरू से ही खुली आवाज़ में रियाज़ करना चाहिए। फिर गला दबाने से भी उसमें कोई नकलीयत नहीं आती। गुलाम अली से भी कहीं ज़्यादा बुद्धि समझदारी और तालीम की ज़रूरत होती है—अमीर ख़ाँ की नकल करने के लिए। इसके अलावा अमीर ख़ाँ की गायकी अगर किसी दूसरे दर्ज़े के आर्टिस्टों के हाथ लग गई तो बिल्कुल सही रागदारी से भी वह बोरिंग लग सकती है। इसलिए मैं देख रहा हूँ कि कुछ-कुछ गवैए गुलाम अली की नकल कर उनकी तानों और छन्दों के करतब अमीर ख़ाँ के विलम्बित पर लगा रहे हैं। इसका क्या असर हो रहा है, पाठकों में जो अनुभवी श्रोता हैं, वे इसका फैसला कर सकते हैं।

अच्छे घरानों की यही ख़ासियत है कि उनमें गति रहती है और ढाँचा क़रीब-क़रीब ठीक होने पर भी पीढ़ी के शिष्यों की कुछ अपनी नई देन भी शामिल होती है। सवाई गन्धर्व, बहरे बुआ, सुरेश बाबू, अब्दुल करीम गाते थे, लेकिन रोशनारा के हाथों पड़कर उसका चेहरा कुछ-कुछ बदला भी था। भीमसेन के हाथों तो और भी ज़्यादा। फ़ैयाज़ अहमद और नियाज अहमद ये दो भाई भी इस घराने के हैं। बड़े भाई फ़ैयाज़ मीरखंडी सुरीला विस्तार करते थे। छोटे भाई नियाज अहमद ख़ाँ तानें करते थे। अभी भी करते हैं, लेकिन थोड़ा ज़्यादा स्पीड में, जोकि हर समय सुनने में उतनी अच्छी नहीं लगतीं और ये तानें ज़्यादातर आड़ी में ही हैं, बराबर लय में नहीं। किराना की दूसरी धारा के उस्ताद वहीद ख़ाँ खुद हैं। उनके शिष्य-शिष्याओं में से हीराबाई ने सबसे ज़्यादा नाम पाया है। अगर किराना घराने में अब्दुल करीम ख़ाँ और वहीद ख़ाँ की बगल में अमीर ख़ाँ को तीन नम्बर की जगह न दी जाए तो वहीद खाँ की स्मृति के साथ बेईमानी होगी। इन्होंने वहीद ख़ाँ के मीरखंडी विस्तार को और भी ज़्यादा मधुर और मनमोहक किया था। तानों और सरगमों में इनके बेमिसाल योगदान को सभी मानते हैं। बहुत-से लोगों को यह मालूम नहीं है कि वहीद ख़ाँ की और एक मशहूर शिष्या थीं अख़्तरी बेगम (बेगम अख़्तर)।

लेकिन उन्होंने कभी महफ़िल में बैठकर ख़याल नहीं गाया और न ही हम लोगों ने कभी वहीद ख़ाँ की ठुमरी सुनी, हालाँकि उन्होंने काफी ग़ज़लें बनाई थीं।

अमीर ख़ाँ ने ज़िन्दगी के आख़िर तक अपनी गायकी पर उस्ताद वहीद ख़ाँ का असर (जो सभी मानते हैं) नहीं स्वीकारा। इसके बारे में जानने के लिए आज के, और जो अब नहीं रहे, ऐसे बहुत सारे उस्तादों से पूछताछ करने के बाद मुझे ऐसा लगता है कि यह बिल्कुल उनका निजी मामला था। जब अमीर ख़ाँ निहायत ही बालक थे, तब इन्दौर के राजदरबार में वहीद ख़ाँ को गाना सुनाने का मौका मिला था। वहीद ख़ाँ ऊँचा सुनते थे, इसलिए आँखें बन्द कर तानपूरा कान से सटाकर गाते थे। उस दिन भी वैसा ही कर रहे थे, इतने में महाराजा के इशारे पर एक तश्तरी में इनाम रखकर एक आदमी हाज़िर हुआ। वहीद ख़ाँ को खबर ही नहीं हुई। वे तो मुलतानी में नए-नए रास्ते ढूँढ़ते हुए आँखें मूँदकर अति विलम्बित गति में रागालाप में खोए हुए थे। खड़े-खड़े आदमी को जब काफी देर हो गई और जब उन्हें यह पता चला तो बेहद अफ़सोस हुआ, और साथ ही चिन्ता भी हुई कि उनकी तरफ से यह तो बेअदबी हो गई। सोचा, चलो दूसरी बार मौक़ा मिलने पर महाराजा से मुआफी माँग लेंगे। इसी ख़याल से करीब तीन साल तक इन्दौर में ही रह गए, पर ज़्यादातर रहे शाहमीर ख़ाँ के साथ। वे बराबर रियाज़ करते रहे और उसी उम्र में अमीर ख़ाँ पर वहीद ख़ाँ के गाने का असर पड़ता रहा और जो ज़िन्दगी-भर कायम रहा।

शाहमीर ख़ाँ कोई ऊँचे दर्ज़े के सारंगीवादक नहीं थे। यहाँ तक कि इन्दौर की किसी भी महफ़िल में वहीद ख़ाँ ने उन्हें संगत के लिए कभी नहीं बुलाया। पिता के पास अमीर ख़ाँ को सारंगी और गाने की अच्छी तालीम मिली थी। मामूली तबला भी बजा लेते थे। फ़ैयाज़ ख़ाँ के बारे में लिखते हुए मैंने मोहन कपूर का ज़िक्र किया था। उनके घर जद्दनबाई का आना-जाना था। सन् 1972 में बंगलौर की एक डिनर पार्टी में जोग साहब ने मुझे यह बताया था कि उन्होंने अमीर ख़ाँ को जद्दन बाई के साथ सारंगी और तबले पर संगत करते हुए देखा था। उस समय अमीर ख़ाँ को गवैए के रूप में कोई नहीं जानता था। लेकिन वे गाते थे और भिंडी बाज़ारवाले अमान अली ख़ाँ के पास बैठते थे। गंडा नहीं बँधवाया था। इन्दौर में रजब अली ख़ाँ को उन्होंने काफी सुनाया। इन दोनों का असर अमीर ख़ाँ कुछ स्वीकार करते थे। रजब अली ख़ाँ भी किराना घराने के बन्देअली ख़ाँ और हैदरबख़्श के ख़ास शागिर्द थे। वहीद ख़ाँ तो थे ही। गंडा बंधन हुआ था या नहीं, मालूम नहीं, लेकिन अमीर ख़ाँ का 'लगन' किरानावालों के साथ शुरू से ही था।

वहीद ख़ाँ बहुत ही बदमिजाज़ और रौब-दाबवाले आदमी थे। कड़वी बातें कहने से झिझकते नहीं थे। लाहौर में पंजाबी-उस्तादों के रिहर्सल लेते थे। रेडियो में उनके बहुत चेन प्रोग्राम्स हुआ करते थे। उस समय रेडियो के बड़े साहब थे जेड.ए. बुख़ारी। वे उनकी बड़ी ख़ातिरदारी किया करते थे। प्रोग्राम के पहले, क्योंकि वे चाय नहीं पीते थे, इसलिए स्टूडियो में गरम दूध ले आते थे। छोटे बुख़ारी छोटे साहब थे। गाने-बजाने के अच्छे जानकार भी। इसी वजह से उस ज़माने के लोग बी.बी.सी. यानी 'बोखारी ब्रदर्स

कारपोरेशन' कहते थे ए.आई.आर. को।

ब्रिटिश ज़माने में लाल फीताशाही की इतनी सख़्ती नहीं थी। रेडियो पर, जिसकी इज़्ज़त होती थी, डॉयरेक्टर की मेहरबानी से उसे ही अनगिनत प्रोग्राम मिलते थे। और फिर सारा हिन्दुस्तान उसे मानता था। इन्हीं वजहों से जो छोटे-मोटे गवैए थे या जिनकी कोई ख़ानदानी अहमियत नहीं थी, ऐसे लोगों को वहीद ख़ाँ साहब ज़रा नीची नज़र से ही देखते थे। गुलाम अली ख़ाँ के बारे में कहते हुए मैंने पहले ही वहीद ख़ाँ के ग़रूर का ज़िक्र किया। वजह कुछ भी हो, अमीर ख़ाँ उनके नज़दीक ही नहीं गए, हालाँकि वहीद ख़ाँ की गायकी, यानी उनके विलम्बित रागालाप पर वे बचपन से ही मुग्ध थे।

जगमगी नामक अधेड़ उम्रवाली एक तवायफ़ वहीद ख़ाँ की शागिर्दा थी। शायद उनके साथ कुछ ताल्लुक़ात भी रहे हों। इनकी बेटी मुन्नीबाई से अमीर ख़ाँ की मुहब्बत हो गई और वह भी तब, जब वे सितारिया इनायत ख़ाँ की बड़ी बेटी के साथ घर बसा चुके थे। इसी रिश्ते से लाला बाबू की कान्फ्रेंस में आए थे और उनकी ज़िन्दगी में यह पहला प्रोग्राम था। इसके उन्हें पचास रुपए मिले थे। इसी मुन्नीबाई की मेहरबानी से उन्हें वहीद ख़ाँ साहब के रियाज़ और मुन्नी तथा उनकी माँ की तालीम को सुनने का बराबर मौका मिला था। लेकिन सामने बैठकर नहीं, बल्कि बगल के कमरे से। वहीद ख़ाँ के मराठी भक्तों की भाषा में 'संडास' से। यह कहानी कोई नई नहीं है। लेकिन वहीद ख़ाँ के भतीजे शकूर ख़ाँ की राय में, शक़ होने पर ख़ाँ साहब ने अन्तरा गाना छोड़ दिया। इसी वजह से अमीर ख़ाँ भी अन्तरा सीखने से वंचित रह गए, ख़ासकर विलम्बित ख़यालों के। वजह यह है कि भातखंडे जी की किताबों में और कुछ मिले या न मिले, पर किराना के 'हिंगारंग सबरस' की बन्दिशें नहीं हैं। इन्हें सीखने के लिए किराना के किसी उस्ताद से गंडा बँधवाना ज़रूरी है। ऐसा कहने के पीछे मेरा मक़सद यह है कि सिर्फ़ विलम्बित ख़याल में ही वे अन्तरा नहीं गाते थे, बल्कि द्रुत ख़याल और तरानों में भी बराबर अन्तरे गाते थे। खैर, कुछ भी हो। कहा जाता है कि आख़िरकार अमीर ख़ाँ ने एक दिन वहीद ख़ाँ को गाना सुनाया था—राग मुल्तानी में। वहीद ख़ाँ साहब की कार्बन कॉपी—'जाको मन अल्लाह'। मुन्नीबाई खुद, अमीर ख़ाँ को अपने साथ ले गई थीं और उन्हें सुनवाने का इन्तज़ाम भी करवा दिया था। वहीद ख़ाँ ने कहा था—"तू अपने बाप से तो बहुत अच्छा हो गया। तेरे बाप की सारंगी की तरब के ग्यारह तार भी कभी नहीं मिलते थे।" ऐसा भी सुना जाता है कि उन्होंने कहा था—"नकल करके जितना गाया जा सकता है, तू उससे कहीं ज़्यादा अच्छा गाता है, लेकिन इस गायकी की चाभी बिना तालीम के नहीं मिल सकती।" तालीम देने के लिए वे राज़ी भी हुए, लेकिन बदक़िस्मती से अमीर ख़ाँ के गंडा बँधवाने के पहले ही उनका इन्तक़ाल हो गया।

हमसे उन्होंने स्वीकार नहीं किया, लेकिन किराने के दो-एक जनों के पास उन्होंने अपनी सुन्नी शागिर्दी की बात स्वीकार की थी। मुन्नीबाई के साथ निकाह करके वे बहू बाजार में रह रहे थे, तब उन दिनों में जबर्दस्त झगड़ा हुआ था, यहाँ तक कि मारपीट भी हुई थी। नियाज़ अहमद ख़ाँ और लखनऊ के हबीब ख़ाँ के आ जाने पर

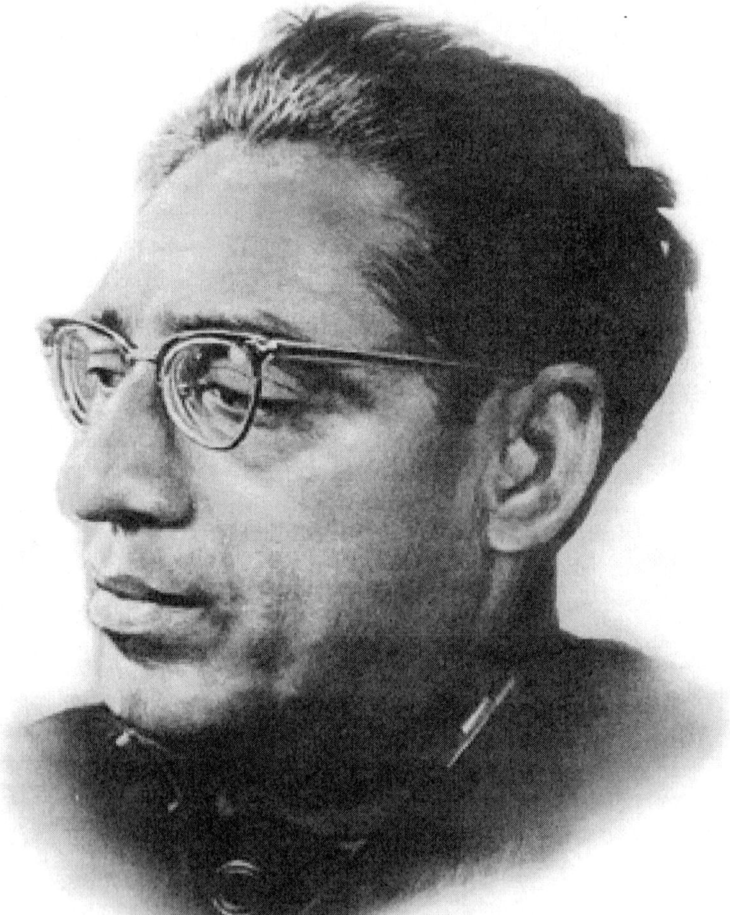

उस्ताद अमीर ख़ाँ

झगड़ा दबा दिया गया। उस शाम दो-चार 'पेग' के बाद उन्होंने बहुत अफ़सोस से कहा—"इस नामुराद गँवार औरत के लिए ख़ाँ साहब से हम गंडा तक नहीं बँधवा पाए। इसका अपना निजी गुस्सा था, इसलिए इसने मुझे शागिर्द नहीं होने दिया। कहती थी कि 'अमीर ख़ाँ अगर यहाँ गंडा बँधवाते हैं, तो पूरे किराना घराने के छोटे-बड़े सभी उस्तादों को तुम्हें सलाम करना पड़ेगा और सब तुम्हारी पीठ पर सवार हो जाएँगे।' कसम खुदा की, मेरा ईमान तो उस्ताद वहीद ख़ाँ पर ही था।"

खैर, आज के ज़माने में तो बहुत-से लोग अपने उस्तादों और गुरुओं को नहीं मानते। ज़रूरत भी क्या है ? ज़्यादातर गवैयों के गुरु तो टेपरिकार्डर हैं। ये सारी छोटी-मोटी बातें इसलिए आन पड़ीं क्योंकि उनके ढाई-तीन शागिर्दों और भक्तों में एक आवाज़ उठी है कि वे किराना के कोई नहीं हैं। उनका घराना उनके पिता का और उनका खुद का है—इन्दौर घराना। 'बैंगन' को 'प्राणेश्वर' कहो या 'प्राणेश्वरी' को बैंगन, इससे उसके स्वाद में कुछ भी फ़र्क़ नहीं पड़ेगा। मुझे तो नहीं लगता कि संगीत की दुनिया में अमीर ख़ाँ की जगह कोई जल्दी पूरी कर सकेगा। मेरी निजी राय यह है कि वहीद ख़ाँ की स्टाइल वे खुद वहीद ख़ाँ से कहीं ज़्यादा खूबसूरती से पेश कर गए हैं। उनके सुर की गहराई और शान्ति की लज़्ज़त में जो हाई टोन ऑफ सीरियसनेस मुझे मिली, अब्दुल करीम ख़ाँ के बाद ऐसा कंटेम्प्लेटिव या मेडीटेटिव मूड और किसी गवैए में नहीं मिला। उनकी पसन्द के राग, जो वे बहुत ज़्यादा गाते थे—वे थे शुद्ध कल्याण, दरबारी, मालकौंस और ललित। इस तरह के भारी रागों में शान्त, अपने में खो जाने का एक अनोखा भाव मिलता है। उन्होंने हंसध्वनि को बहुत पापुलर किया था और मेरी राय में उनके जैसा 'मारवा' किसी ने नहीं गाया। जो चंचल या चटकीले राग हैं, जैसे खम्बाज़, बरवा, गारा, कालिगंड़ा—इस क़िस्म के राग अगर वे गाते भी थे तो उनको जमा नहीं पाते थे। इसकी वजह यह थी कि इनके गायन में एक ही रस और एक ही सेंटीमेंट मिलता था। गुणी लोगों का कहना है कि यही बातें अब्दुल करीम ख़ाँ पर भी लागू होती हैं।

एक और बात कहकर अमीर ख़ाँ का सिलसिला खत्म करते हैं। उनके अपने बनाए हुए कई तराने वे खुद ही गाते थे, जिनमें अन्तरे में फ़ारसी 'बयेत' रहता था। और उसके बाद एक ही छोटी कूटतान से वे मुखड़े पर आ जाते थे। ये बन्दिशें बहुत ही खूबसूरत हैं, लेकिन उनके, और पाँच भक्तों की जानकारी के लिए मैं यह कहना चाहता हूँ कि इन तरानों के फार्म उनके बनाए हुए नहीं थे। इस तरह के तराने काफ़ी पुराने थे। सबसे पहले ये अमीर खुसरो के नाम से चालू हुए थे। यह कहाँ तक सच है, यह तो अल्लाह और अमीर खुसरो ही जानते हैं, लेकिन मैंने ग्वालियर घराने में इस क़िस्म के कई तराने, जिनमें फ़ारसी बयेत हैं, सुने हैं, और वे लोग फ़ारसी की जगह संस्कृत के श्लोक या जयदेव की अष्टपदी के दो बन्द लेकर अन्तरा रचते थे। और नत्थू ख़ाँ तथा बड़े निसार हुसैन ख़ाँ बड़े आनन्द से गाते थे। इसके सबूत मुझे मिले हैं। पंडित परिवार की बदौलत इनके टेप भी मेरे पास हैं। यह सिलसिला अमीर ख़ाँ को कहाँ से मिला था, यह तो मैं नहीं जानता, लेकिन उनके रचे हुए तराने निहायत ही खूबसूरत हैं और उनकी गायकी के साथ बहुत ही बढ़िया ढंग से मेल खाते हैं।

*पन्द्रहवाँ अध्याय*

# उपसंहार

गतिशील समाज की प्रक्रियाएँ, यानी Dynamic social process की छानबीन और हिन्दुस्तानी संगीत पर उसका असर, इसी के बारे में यह चर्चा है और यही है मेरे निष्कर्ष की जड़। इसीलिए ऐतिहासिक दृष्टिकोण से इसका विषय बहुत ही अलग है। इतिहास पिछली घटनाओं को एक के बाद एक पेश करता है और छानबीन तथा जाँच से ही उसे सही माना जाता है। यह ऐतिहासिक दृष्टिकोण या नज़रिया निहायत ही परम्परावादी बात है। कल्चरल इतिहास की मूल प्रकृति और विषयवस्तु के साथ यह गहरा सम्पर्क नहीं रखता। सच तो यह है कि संस्कृति के इतिहास का मुख्य वक्तव्य है organic social life एक विरामहीन continuous धारा है। उसका विवर्तन या उसकी और उन्नति कभी भी रुककर नहीं रह सकती। यह तो अविनश्वर है, लेकिन उसका रूप (form) और स्तर (level) बदलते जाते हैं।

हिन्दुस्तानी साहित्य, शिल्प, ललित कला, यहाँ तक कि राजनैतिक इतिहास की तरह हिन्दुस्तानी शास्त्रीय संगीत के विकास को एक ही प्रेरणा और challenge का सामना करना पड़ा है। इसलिए कोई राजनीति से प्रेरित ऐतिहासिक सांस्कृतिक कम्पलशन के बारे में अनजान नहीं रह सकते हैं। उधर संगीत के पंडित राजनैतिक और सामाजिक शक्तियों को नज़रअन्दाज़ नहीं कर सकते। यही भारत के मार्क्सवादियों की कमज़ोरी है, क्योंकि उनके विश्वास की जड़ कभी भी भारतीय संस्कृति के अन्दर नहीं घुस पाई है। और उधर जो लोग भारतीय संस्कृति के इतिहास की छानबीन कर रहे हैं, वे टॉयन्बी के इस ऐतिहासिक दृष्टिकोण को, जो इतिहास को एक सवाल-जवाब के सिलसिले जैसा मानता है, बराबर नज़रअन्दाज़ कर रहे हैं।

यूरोपीय इतिहासकार हमेशा से ही साबित करना चाहते थे कि हिन्दुस्तान एक बहुजातीय, बहुभाषी, आदतों, विश्वासों और अलग-अलग संस्कृति की प्रदर्शनशाला है। उस समय की मेहरबान अंग्रेज सरकार के साए में वे ज़रूर एक हो गए थे, हालाँकि उनमें आपस में मेल नहीं था। 'The fundamental unity of India' नामक किताब में डॉ. राधाकुमुद मुखर्जी ने हिन्दुस्तान में सांस्कृतिक एकता के तत्त्व को सबसे पहले

पेश किया था। Vincent Smith आदि इतिहासकारों ने भी उनकी देखादेखी पाठ्य-पुस्तकों में अनेकता में एकता (Unity in Diversity) की बात को काफ़ी दोहराया है। लेकिन हमारे सांस्कृतिक इतिहास में मुसलमानों की देन के बारे में वे जानकार नहीं थे—ऐसा ही लगता है। 'अजन्ता' के बाद हमारी चित्रकला का इतिहास काफ़ी छोटा है। काँगड़ा, राजपूत और मुगल पेंटिंग्स की दस्तकारी यानी जिन्हें क्राफ्ट ही कहना उचित होगा, वे हिन्दुस्तानी होने पर भी उनकी कला-कौशल और पोस्चर में पर्शियन मिनियेचर पेंटिंग्स का असर साफ़ दिखाई पड़ता है। उत्तर भारत में स्कल्पचर या मूर्तिशिल्प बहुत ही थोड़े हैं, क्योंकि पठानों-मुगलों से शुरू होकर नादिरशाह तक सभी मूर्तियों के खिलाफ़ थे, इसलिए सबसे पहले उन्हीं को तोड़ा जाता था। वास्तुकला में हिन्दू और मुस्लिम संस्कृतियों के मेल के बहुत-से उदाहरण हैं। अलाउद्दीन ख़िलजी के ज़माने में मन्दिर तोड़कर चूर-चूर कर देने के नमूने कम ही थे, लेकिन अजमेर स्थित 'ढाई दिन का झोपड़ा' देखने से पता चलता है कि मन्दिरों को किस तरह ढाई दिनों में मसजिद बना दिया जाता था। कुतुबमीनार की बगल में अलाई दरवाजा देखने से पता चलता है कि किस तरह मन्दिर के नक्काशीदार खम्भों को उखाड़कर इस्तेमाल किया जाता था। कुरान में अल्लाह की बनाई हुई किसी भी चीज़, जीव या पौधे की तस्वीर या मूर्ति का इस्तेमाल करना सख़्त मना है क्योंकि वह खुदा के ऊपर ख़ुदकारी का जुर्म होता है। इसीलिए geometric line drawing और arabesque में ही हम पठान और मुगल ज़माने के शुरुआती architecture के नमूने पाते हैं। जिन लोगों ने कुतुबमीनार और अकबर का मकबरा, यानी सिकन्द्रा देखा है, वे इस बात को आसानी से समझ सकेंगे। लेकिन हिन्दुओं के मन्दिरों में कारीगरी के बहुत काम होते थे। वहाँ से पत्थरों को उखाड़कर उन्हें इस्तेमाल करने का नतीजा यह हुआ कि बादशाह शीघ्र ही इस संस्कार से मुक्त हो गए और खुल्लमखुल्ला हिन्दू कारीगरों से महल-मकबरों आदि पर फूल-पत्तोंवाली खुदाई करवाने लगे। इसका सबसे उम्दा नमूना है फतेहपुर सीकरी। जहाँगीर एक क़दम और आगे बढ़ गए थे और ससुर की क़ब्र पर करीब सौ decanter और सुराहियों की खुदाई करवा दी थी। एतमादउद्दौला के मकबरे के भीतर नूरजहाँ के हाथ के बुने हुए एक बहुत ही खूबसूरत लेस की चादर पर बेल-बूटे-पत्तों के नक़्शे कढ़वा दिए गए थे। इसी के आधार पर एक गुम्बज के भीतर के हिस्से में कारीगरी की गई थी। इससे यही साबित होता है कि जहाँ तक विलासिता और खूबसूरती का सवाल है सिर्फ़ औरंगज़ेब को छोड़कर सम्राज्ञी और सम्राट दोनों ही कुरान के अनुशासन को कोई ख़ास अहमियत नहीं देते थे। यों इस बारे में भी मतभेद हैं। खैर, यह बिना हिचक के कहा जा सकता है कि हिन्दू और मुसलमानों के शान्ति से रहने-सहने का सबसे अच्छा नमूना है 'उर्दू भाषा' जिसमें हिन्दी और फ़ारसी का सम्मिश्रण है। हमारे ज़माने में उत्तर भारत में जो भाषा चालू थी, वह थी हिन्दुस्तानी। इसके माँ-बाप थे हिन्दी और उर्दू। गाँवों-देहातों में लोग देहाती जुबान में बातें करते थे। पर्व-त्योहारों या किसी खुशी के मौके पर हिन्दू-मुसलमान सभी इकट्ठे होते थे। कवियों की प्रतियोगिता, पालागायन, जात्रा,

कवि-सम्मेलन, नौटंकी, मुशायरे वगैरह हुआ करते थे और इन सभी मौक़ों पर हमने बचपन में हिन्दू-मुसलमानों को एक साथ हिस्सा लेते हुए देखा है और सुना भी है। सभी जानते हैं कि इन दोनों को अलग करने के जिम्मेदार हैं अंग्रेज। इसका सबसे बड़ा सबूत native state या रियासतें हैं, जहाँ उस ज़माने में, कभी कोई दंगा (riot) हुआ हो, ऐसी कोई खबर कम-से-कम मुझे तो नहीं है। हमारे इतिहास में अंग्रेज ही ऐसी क़ौम थी जो हिन्दुस्तान को 'स्वदेश' मानने को तैयार नहीं थी। इसलिए हमारे उस शासक दल को हमारी प्रस्तर-कला और चित्रकला के नमूनों को चुन-चुनकर लूटने के सिवाय हमारी संस्कृति से किसी स्वस्थ सम्पर्क की बात सूझी ही नहीं, बल्कि यह कहिए कि इस पर उन्होंने ध्यान ही नहीं दिया। इनमें से गिनती के दो-चार आई.सी.एस. साहब थे, जिन्होंने हमारी चित्रकला के बारे में थोड़ी-बहुत छानबीन की थी। इनमें से मुझे पटना स्कूल के Charles Doyli, J.C. French और हाल के William Archer के नाम याद आ रहे हैं। ICS होने के बावजूद बंगाली होने के नाते श्रद्धेय अशोक मित्र को हम इस दल के साथ जोड़ना नहीं चाहते। और ई. क्लेमेंट आई.सी.एस. के सिवा सिविल सर्वेन्ट्स को तो हमारा संगीत बहुत ही वाहियात लगता था। मैं और किसी को नहीं जानता जिसने उस ज़माने में पैसा और वक़्त खर्च कर हिन्दुस्तानी गाने-बजाने को समझने की कोशिश की हो। ये बातें सिर्फ़ अंग्रेज शासकों के लिए ही नहीं, बल्कि हमारे देशी आई.ए.एस. के लिए भी लागू हैं। जो अंग्रेज Civil Service की परीक्षा देकर आते थे, वे ज़्यादातर Public school के छात्र थे। Oxford और Cambridge के तो वे सिर्फ़ फाटक से ही वाकिफ थे। ये Rugby, Cricket, Tennis आदि समझते थे। थोड़ी-बहुत लैटिन और ग्रीक भी पढ़ते थे और कॉलेज के दिनों में अंग्रेजी साहित्य से भी थोड़ा-बहुत इनका सम्पर्क होता था। इस क़िस्म के अंग्रेज आर्ट, कल्चर और संगीत से बहुत डरते थे, और वह भी हिन्दुस्तानी। जिन्ना साहब भी जी-जान से अंग्रेज ही थे और इसीलिए उन्हें भी Two-Nation Theory पर यकीन हो गया था। भारतीय, यानी हिन्दुस्तानी संस्कृति से अगर उनकी थोड़ी-सी भी पहचान होती, तो यह थ्योरी उनके मगज में घुसती ही नहीं। और इस युग के नेताओं के बारे में जितना कम कहा जाए, उतना ही अच्छा है।

इस किताब में पाठकों को सैकड़ों उदाहरण मिलेंगे, जहाँ हिन्दू-मुसलमान भावनाओं में बहकर बृजभाषा में होरी-धमार या करीम-रहीम गाकर आनन्द लेते थे। हद्दू ख़ाँ ने चुन-चुनकर ब्राह्मण शागिर्द तैयार किए थे। अब्दुल करीम ने ताजुद्दीन और शिर्डी के साईंबाबा को भजन सुनाया था—'हरि के भेद न पायो, रामा, कुदरत तेरी रंग-बिरंगी।' और ध्रुपदी साहित्य तो बादशाह या हिन्दू देव-देवियों का स्तुति-गान ही है। यह एक ऐसी ही दुनिया थी, जहाँ सांस्कृतिक एकता के चलते हिन्दू-मुसलमानों के धार्मिक, आर्थिक और सामाजिक भेदभाव पूरी तरह मिट-से गए थे, यानी Total of cultural traditions.

अगर यह मान लें कि हिन्दुस्तानी संगीत तथा ध्रुपद और ख़याल की उम्र सात सौ

साल की है, यानी अमीर खुसरो के ज़माने से है, तब तो यह मानना ही पड़ेगा कि यह मुसलमानों की ही देन है। लेकिन समाजशास्त्री शायद इसे नहीं मानेंगे। हिन्दू तो मानते हैं कि हमारी राग-रागनियों का जन्म देवलोक गन्धर्व-लोक में हुआ है और ऋषि-मुनियों की रचनाएँ हैं। लेकिन कर्नाटकी (हिन्दू) संगीत का स्केल है 'काफ़ी' और उत्तर भारत का स्केल है 'बिलावल'। यह भी सच है कि इन दोनों संगीत-प्रणालियों में काफ़ी मेल है, जिससे यह अन्दाज़ा लगाया जा सकता है कि मुसलमानों के आने से पहले उत्तर और दक्षिण की सांस्कृतिक बुनियाद एक ही थी। स्वाधीनता के कुछ पहले से ही इन दोनों संगीत-प्रणालियों में आपसी लेन-देन शुरू हुआ जो अब्दुल करीम ख़ाँ और अमान अली ख़ाँ के गाने में साफ़ ज़ाहिर है। हाल में यह रिश्ता और भी गहरा हुआ। पंडित रविशंकर ने कर्नाटक संगीत के एकाधिक अंग को अपनी बुद्धि से अपने साज में जमा लिया है, और दूसरी ओर सुन्दरम् अय्यर और उनके बेटे, एम.एस. गोपालकृष्णन के बेहला-वादन पर पंडित ओंकार नाथ का असर पड़ चुका था।

एक बात समझने में कोई मुश्किल नहीं होती। हिन्दुस्तानी संगीत की बुनियाद देहाती गाना, लोकसंगीत या folk music है या बहुत सारी देहाती धुनों को धीरे-धीरे राग-संगीत ने हज़म कर लिया है। मिसालें तो बहुत-सी हैं, पर थोड़े-से ही नाम गिना रहा हूँ। सिन्धु, सूरत, बिहारी, मुल्तानी, पहाड़ी, जौनपुरी, माँड आदि। हालाँकि ज़्यादातर बन्दिशें ब्रज भाषा में ही हैं, फिर भी पंजाबी, राजस्थानी, उर्दू, पूरबी, यहाँ तक कि मैथिली में भी ध्रुपद और ख़याल की रचनाएँ मिलती हैं। इन्हीं वजहों से हिन्दुस्तानी संगीत में गतिशीलता जारी है और उसका dynamic growth भी हुआ है। हल्के गानों के बारे में तो यह और भी ज़्यादा लागू है। जैसे काशी-मिर्जापुर की चैती, बरसात में कजरी और झूला, पंजाब के ऊँट सवारों के टप्पे। इन सभी अंगों ने राग-संगीत में ख़याल और ठुमरी को और भी ज़्यादा आगे बढ़ाया है, और इनमें चार-चाँद लगाए हैं।

जो बात ध्यान देने की है, वह यह है कि देहाती धुनों और अंगों से राग-संगीत और भी फूला-फला, पर आम जनता में नहीं जा पाया। इसकी वजह यह थी कि उत्तर भारत में संगीत हमेशा ही धर्म और रजवाड़ों की सेवा करता आया है। अगर दक्षिण की तरह यहाँ भी मार्ग-संगीत और नृत्यकला मन्दिर के प्रांगण में भगवान की सेवा में ही पेश की जाती, तो आम आदमी इस फ़न में और भी ज़्यादा शरीक हो सकते थे और हाथ भी बँटा सकते थे। पिछली सदी तक देशी राजाओं के दरबार या अमीर रहनुमाओं की बैठकों के दायरे में ही हमारा हिन्दुस्तानी संगीत क़ैद रहा। आम जनता से इसका कोई सम्पर्क ही स्थापित नहीं हुआ। आज के ज़माने से अगर हम इसकी तुलना करें तो इसी नतीजे पर पहुँच सकते हैं कि शायद यही बातें संगीत के फलने-फूलने में रुकावटें बनी रहीं। पर शायद इसी वजह से शास्त्रीय संगीत की शुद्धता पर कभी कोई आँच नहीं आई जो कि शायद अब होने जा रहा है।

दूसरी बात यह है कि शास्त्रीय संगीत को आगे बढ़ाने में एक रुकावट और थी। समाज के नियमों के मुताबिक गायक, वादक, और नर्तक-नर्तकियों का स्थान काफ़ी नीचे

था। जिस मूल नीति ने इतने दिनों तक हिन्दुस्तान की संस्कृति को सँभालकर रखा, उससे यह स्पष्ट है कि उसे अपनी बुनियादी पृष्ठभूमि के प्रति गहरा लगाव है। नियम-कानून के दायरे में ही इस लगाव की झलक भारतीय समाज और उसके जीवन के हर स्तर पर पाई जाती है। उसमें कुछ और भी बातें जुड़ गईं और ज़ात-पाँत की प्रथा शुरू हुई। जात-पाँत की (cast system) की प्रथा अच्छी थी या बुरी, यह समाजशास्त्री जानें। लेकिन इसमें कोई शक़ नहीं कि समाज की बुनियाद को धर्म के इस दायरे में रखकर और religious ritual के जरिए संगीत और कला के क्षेत्र में इसका गहरा असर पड़ा। यहाँ तक कि मौर्य और गुप्तकाल में भी इसके काफ़ी सबूत मिलते हैं। बावजूद इसके कि संगीत को देवों ने बनाया है, ऐसी मान्यता रही है कि जो लोग नाचते-बजाते और गाते हैं, उनकी जगह चंडालों से भले ही ऊँची हो, पर समाज की नज़रों में बहुत ही नीचे थी। कुछ पंडितों का ऐसा ख़याल है कि घूरे से उठाकर लाए, मरे हुए बकरे और मरी गाय के चमड़े को वाद्ययन्त्रों में इस्तेमाल किए जाने से ही यह बात पैदा हुई। इस्लाम में जाति-भेद नहीं है, लेकिन जब मुसलमान हिन्दुस्तानी हो गए तो उन्होंने भी जाति का रीति-रिवाज़ बना लिया। घरानेदार उस्ताद, ख़ासकर अगर वह डागर या अल्लादिया ख़ाँ जैसे पूर्वजों का ब्राह्मण कुल में पैदा होना साबित कर सकते थे, तो उनका सबसे ऊँचे स्थान का हक़ बनता था। ख़ानदानी शागिर्द उनके नीचे थे और जिसका ख़ानदान ही नहीं है, उसका स्थान तो उसके भी नीचे था। इसके बाद आती हैं तवायफ़ें। इनको तालीम उस्तादों से ही मिलती थी। ताल्लुकात या कोई ख़ास रिश्ता जुड़ जाने पर भी समाज में इनका स्थान उस्तादों या खानदानी शागिर्दों के बराबर कभी नहीं हो सकता था। अब इसके भी बाद आते हैं सारंगी और तबला बजानेवाले। वे तवायफ़ों के पाले हुए लोग हुआ करते थे। बाईजी का नमक खाते, उनकी फरमाइशें पूरी करते और क़िस्मत अच्छी होने पर नज़रे-इनायत के हक़दार बनते। मिरासी इसी क्लास के लोग हैं। वे हरफ़न मौला क़िस्म के लोग हुआ करते थे। गाने से शुरू कर सारंगी, तबला, सबकुछ उनके बाएँ हाथ का खेल था लेकिन वे लोग उस्ताद नहीं थे। इनमें से कइयों ने अपनी सारंगी को दरिया में बहाकर और अपनी मेहनत से उस्तादों के बीच गाकर काफ़ी शौहरत भी हासिल की है। मुस्लिम समाज की यह ख़ुसूसियत है कि ख़ानदान के ज़रिए बहुत जल्दी ही वे समाज के सबसे ऊँचे स्तर पर पहुँच सकते हैं। अगर मिरासी को किसी ख़ानदानी उस्ताद से तालीम हासिल हुई है या तवायफ किसी ख़ानदानी गवैए के किसी छोटे-मोटे नवाब के तीसरे साले के भांजे की बेगम बन गई हैं, तो समाज में उनकी vertical mobility को कोई रोक नहीं सकता था। अपने यहाँ तो हिन्दू समाज में औरतों की सिर्फ़ एक ही शादी का रिवाज़ है। अगर ब्राह्मण ने किसी शूद्र कन्या से शादी कर ली तो समाज की नज़रों में वो शूद्र कन्या कई सीढ़ी ऊपर चढ़ गई और उसके बच्चे कहलाएँगे 'मौदगल्य ब्राह्मण।' लेकिन अगर किसी शूद्र ने ब्राह्मण कन्या से शादी क़ी तो फिर उसकी कोई खैर नहीं। शम्बुक ने शूद्र होने के बावजूद तपस्या की थी। इसी खता के लिए रामराज्य में वह राजा के हुक्म से शत्रुघ्न

के हाथों मारा गया। खैर, उस ज़माने में संगीत की दुनिया में ख़ानदान से ही थी सबसे बड़ी पहचान। जो बीन बजाते थे, वे थे ध्रुपदिया, इसलिए वे सबसे ऊँचे लोग थे, लेकिन उससे भी ज़्यादा मुश्किल वाद्ययन्त्र था सारंगी। उसके बजाने से तो समाज के basement में रहना पड़ता था। इसके मुकाबले हारमोनियम तो बहुत ही आसान और सीधा-सादा वाद्ययन्त्र था। इसकी संगत करके समाज के सबसे ऊँचे लोगों ने काफ़ी नाम कमाया था। ग्वालियर के भैया साहब गणपत राव, गोविन्द राव टेम्बे से शुरू कर श्रद्धेय ज्ञानप्रकाश घोष और मन्टू बाबू तथा अन्य सभी उम्दा बजानेवाले थे। हाँ, यह ज़रूर है कि ये इस ज़माने के लोग ठहरे और ख़ानदानी भी।

हिन्दुस्तानी संगीत के बढ़ने में जो तीसरी रुकावट थी, वह थी घराने की। जो इस गरीब को जानते हैं, वे छोटे मुँह बड़ी बात सुनकर हैरान हो जाएँगे। हालाँकि हम संगीत की दुनिया में घूमते-फिरते हैं, लेकिन economics और sociology के विद्यार्थी होने के नाते मजबूर हैं। साथ-साथ यह भी कहना ज़रूरी है कि अगर घराने नहीं होते तो मार्ग संगीत की शुद्धता और विविधता ही बिगड़ जाती और अलग-अलग तरह की गायकी या शैली का भी जन्म नहीं हो पाता। हम हिन्दुस्तानी लोग क़ायदे-कानून और system building पर भरोसा करते हैं। जो बातें शास्त्रों में नहीं मिलतीं, उन्हें हम परम्परा के ज़रिए लागू करते हैं। लेकिन इनकी छानबीन कर अगर कोई नया शास्त्र लिखने की कोशिश करता है, तो उसे मारने को दौड़ते हैं। इसी वजह से भातखंडे जी को गाली-गलौज दिए बिना उस ज़माने के घरानेदार उस्ताद पाँचों वक़्त की नमाज़ पढ़ने में भी झिझकते थे। अगर घराने की गिल्ड सिस्टम के साथ तुलना की जाए तो कुछ अर्थनैतिक इतिहास के लोगों को एतराज हो सकता है। लेकिन मुझे बहुत मेल दीखता है। व्यापार या कारोबार में, कला के पहले युग में यूरोप और भारत में जो गिल्ड सिस्टम था, उसका जन्म अर्थशास्त्र से ही हुआ था और वह कारीगरी कला में ही सीमित थी। इसके दो विशेष गुण थे। एक Loyalty और दूसरा secrecy और इसीलिए परिवार और शिष्यकुल के लोगों के लिए एक ख़ास जगह थी। घराना में भी गंडाबन्धन को Loyalty का चिह्न माना जाता था। उस्ताद खाने-पहनाने की जिम्मेदारी लेते थे और इसके बदले में, शिष्य जूते साफ़ करने से लेकर चिलम भरने तक का सारा काम करता था और नौकर का खर्च भी बचा देता था। तालीम होती थी : स्वर-साधना, पल्टे का रियाज़, बन्दिश, राग-रूप आदि। बन्दिशें थीं, जैसे सन्दूक में रखे जेवर, क्योंकि वह पूर्वजों से पारम्परिक तौर पर इकट्ठे किए हुए होते थे और इन्हीं में राग-रूप की चाभी भी होती थी। इन्हीं परम्पराओं में सारी जवानी चली गई। और शागिर्दों में अगर कोई थोड़ा-बहुत लिखना-पढ़ना जानता भी हो तो कागज-कलम का इस्तेमाल उन दिनों बहुत शक़ की नज़र से देखा जाता था। इसी वजह से बन्दिशों की शक्लें क़दम-क़दम पर बदलती रहती थीं। इन सब चीज़ों के मतलब निकालने के लिए एक planchet को छोड़कर, बहुत कोशिशों के बावजूद भातखंडेजी कई दफ़े कामयाबी हासिल नहीं कर सके। रागों की शक्लें भी हर घराने में इसी तरह अलग-अलग होती जाती थीं। जैसे वसन्त में पंचम

वर्जित था, उधर पंचम लगाने पर उसे परज वसन्त कहा जाता था। राग 'पंचम' में पंचम वर्जित; कोमल रिषभ लगता है और नहीं भी। ज़्यादातर घराने में नायकी कानड़ा में धैवत का प्रयोग नहीं करते हैं, लेकिन रामपुर की एक बन्दिश में यह है। हाँ, दूसरे घरानेवाले यह नहीं भी मान सकते। सुना है कि गौहरजान ने सबसे पहले भैरवी में तीव्र मध्यम लगाना शुरू किया था। लेकिन किरानेवालों में यह पहले से चालू था। तिलक कामोद में कुछ लोग कोमल निषाद लगाते हैं। फ़ैयाज़ ख़ाँ भी कभी-कभी कोमल गान्धार छू लेते थे। इसलिए मैं मोहन नादकर्णी, प्रकाश वढेरा, नीलाक्ष गुप्ता जैसे प्रमुख धाकड़ समालोचकों से बार-बार माफी माँगकर यह कहने पर मजबूर हो रहा हूँ कि रागों की शुद्धता के बारे में कुछ कहने से मैं बहुत डरता हूँ क्योंकि मुझे सिर्फ़ दो पुराने घरानों से ही थोड़ी-बहुत तालीम मिली है। उसे साबित करने के लिए कुछ ध्रुपद-धमार और बहुत हुआ तो एक विलम्बित ख़याल के (और वह भी सिर्फ़ दो घरानों के) सहारे कहीं कुछ पेश कर सकता हूँ। हमारे बचपन में, इसी बात को काटने के लिए जितनी जानकारी की ज़रूरत है, उतनी, हमारे जान-पहचानवालों में कई लोगों को थी। इस ज़माने में, इस श्रेणी में कितने लोग आते हैं, यह मैं कह नहीं सकता। इसलिए हम कहते हैं कि इन झमेलों से बचकर ही रहना चाहिए। घरानों के इतिहास और उसके सामाजिक और आर्थिक वजह की छानबीन करने से ही पता चल जाएगा कि 'राग-रूप' की शुद्धता के बारे में किसी तरह का कट्टर मनोभाव न रखना ही अच्छा है। जो देखना ज़रूरी है, वह यह कि राग-रूप बन्दिश की बुनियाद पर है या नहीं, और जो संगीत गा अथवा बजा रहे हैं, उसमें Consistency है या नहीं। बन्दिश गाई मैंने यमन कल्याण में, लेकिन बहलावा या तान के वक़्त एक बार भी शुद्ध माध्यम का प्रयोग नहीं किया, इस ख़ता के लिए अगर ये समालोचक अपनी कलम से आर्टिस्ट की बखिया उधेड़ें तो उसमें हम भी साथ हैं।

अब तक हमने जो कुछ छानबीन की है, उनमें कुछ भी ऐसी पेंचीली बातें नहीं हैं। सोशियोलॉजिस्ट की नज़र में 19वीं शताब्दी के पहले संगीत का एक छोटा-सा इतिहास है। तब उस्तादी गाने का मतलब ही था दरबारी गाना। उन्नीसवीं सदी के सत्तर-अस्सी के दशक से, शहर के बनियों-व्यापारियों या धनी सौदागरों को लगा कि सिर्फ़ पैसे होने से ही प्रतिष्ठा नहीं होती। सबसे पहला मानदंड था ज़मींदारी या तालुकदारी, क्योंकि जिनके पास ये होते थे, उनकी बात ही कुछ और होती थी। दूसरी बात यह कि होली और दुर्गापूजा के समय बाईजी के नाच, उस्तादी गाने, दान वगैरह करने, उत्सवों में कंगालों को खिलाने आदि की उसकी हैसियत है या नहीं, तीसरा यह सारा कुछ देखा जाता था कि बाबू के पास कितनी औरतें हैं और बाबुओं ने उन्हें किस हालत में रखा है। सौदागरों के लाड़ले अच्छे ख़ानदान के नहीं थे और काम के लिए उन्हें शहर में ही डेरा डालकर रहना पड़ता था इसलिए धीरे-धीरे उस्तादी गानों के लिए एक नए क़िस्म के चाहनेवाले तैयार हो गए। सिर्फ़ कलकत्ता में ही नहीं, बम्बई में भी। इनके बैठकखानों में ही सबसे पहले आम लोगों और फिर खुशामदी लोगों तथा चमचों को उस्तादी गानों

का स्वाद मिला। इन लोगों की नज़र थी मटियाबुर्ज की ओर, क्योंकि वाजिदअली शाह सिर्फ़ इनके सरपरस्त ही नहीं बल्कि कई बन्दिशों के रचयिता भी थे। पर्दे की आड़ में अपने भारी शरीर के बावजूद कत्थक नाचते थे। बेगम बाँदियों के साथ रासलीला भी रचाते और होली खेलते थे।

इतिहास के पन्नों को आधार मानकर चलना किसी घोड़े के रेस की बाजी जीतने के बराबर है, जिसका कोई निश्चित रास्ता नहीं है। इसका एक नमूना मैं पेश कर रहा हूँ। शिमला की एक सभा में एक मशहूर इतिहासकार ने हमारी इस तरह की एनालिसिस सुनकर एक सवाल पूछा था। वह लॉर्ड कर्नवालिस के परमानेंट सेटलमेंट के असर से पूरब के प्रदेशों में संगीत को बढ़ावा देने के बारे में हमेशा के लिए जो बन्दोबस्त हुआ था, उसके बारे में था। हिसाब जोड़कर पता चला कि इस इलाके के ज़मींदार, ख़ासकर पूर्व और उत्तर बंगाल के जो थे, उन्हें गाने-बजाने से कोई मतलब नहीं था। यह ज़रूर है कि गौरीपुर ने इमदाद ख़ाँ और इनायत ख़ाँ को मुलाज़िम किया था और महिषादल ने दिल्ली के मुज़फ्फर ख़ाँ और फ़ैयाज़ ख़ाँ की शागिर्दी की थी। लेकिन इनको छोड़कर ढाका, मैमनसिंह यहाँ तक कि नाटौर ने भी हिन्दुस्तानी संगीत को बढ़ाने के लिए एक भी क़दम आगे बढ़ाया हो, ऐसी एक भी बात मुझे नज़र नहीं आई। इस सिलसिले में रवीन्द्रनाथ का नाम अलग दर्जे में पड़ता है। साहित्य के क्षेत्र में भी रवीन्द्रनाथ और प्रमथ चौधुरी को छोड़कर ज़मींदारी के पैसों से और कोई नहीं पाले-पोसे गए। बंकिमचन्द्र, शरतचन्द्र, डी.एल. राय या उसके भी पूर्व के मधुसूदन, विद्यासागर, भूदेव मुखर्जी—इनमें से कोई भी ज़मींदार नहीं थे। और दूसरी तरफ बड़े-बड़े आदमी जैसे स्वामी विवेकानन्द, श्री अरविन्द घोष, सर सुरेन्द्र बैनर्जी, आचार्य ब्रजेन्द्रनाथ शील, सी.आर. दास, विधानचन्द्र राय आदि, जहाँ तक मेरी जानकारी है, परमानेंट सेटलमेंट के पैसों से नहीं पले थे। लेकिन यू.पी. में 'थर्टी ईयर रूल' के मुताबिक तीस साल बाद, ज़मींदारों को हाथ जोड़कर दयालु सरकार बहादुर के सामने खड़ा होना पड़ता था। इसके बावजूद हिन्दुस्तानी संगीत के करीब-करीब सभी घरानों का जन्म उसी प्रदेश में हुआ था, सिवाय ग्वालियर के। और वह भी आगरा के बहुत ही नज़दीक। संगीत में यू.पी. की देन सबसे ज़्यादा है, यह सभी संगीत-प्रेमियों को मालूम है। बंगाल की देन (विभाजन होने से पहले) तो बहुत ही थोड़ी थी। जिन्होंने सारे हिन्दुस्तान में नाम किया, वे दूसरी पीढ़ी के लोग थे और जो मैहर की सरपरस्ती में मशहूर हुए अलाउद्दीन ख़ाँ की निगरानी में तैयार हुए न कि किसी ज़मींदार की कृपा से।

इसके बाद शहरों में तरह-तरह की सभाएँ आदि बनने लगीं। पहली बार मिडिल क्लास समाज में उस्तादी गाने का प्रचार शुरू हुआ। यह 'सभ्य समाज' ही बंगाल में रेनेसाँ के लिए जिम्मेदार है और यही लोग गाने-बजाने के बढ़ावे के लिए भी। हम सिर्फ़ गिरिजाशंकर चक्रवर्ती, दिलीपकुमार राय, अतुल प्रसाद जैसे खाते-पीते और अच्छे पढ़े-लिखे युवकों की ही बात नहीं कर रहे हैं। बहुत-से अनपढ़ बेकार नौजवान, जिनकी ज़िन्दगी का भरोसा क्लर्की, इंश्योरेंस की दलाली, ट्यूशनी आदि थी। मज़े की बात तो

यह है कि ये सब उन सस्ते के दिनों में गाने-बजाने को ही पेशा बनाने की सोचते थे। मध्यवर्गीय समाज का शास्त्रीय संगीत के प्रति इतना आग्रह और प्रेम संगीत के इतिहास में बहुत ही महत्त्वपूर्ण बात है। अगर यह नहीं होते तो ग्रामोफोन कम्पनी का बिजनेस भी नहीं जमता और उसके बाद रेडियो में शास्त्रीय संगीत का प्रचार भी नहीं होता। जिन उस्तादों को लोगों ने दरबार में ही आँखों से देखा और सुना था, उन लोगों को किराए के हॉल में गाना सुनने का मौका मिल गया और रिकार्डों की मार्फ़त सुनने का भी। अब्दुल करीम ख़ाँ तो खुद अठन्नी के टिकट बेचकर, पूरी शाम गाना गाकर, अपने गुरुकुल विद्यालय का पूरा खर्च जमा कर लेते थे। यह तो 1910-12 की बात है। दूसरी तरफ उन दिनों विक्टोरिया युग की हवा में मँजे हुए, ब्राह्म समाज के सभ्य या ऊँचे middle class philistenes, जो हमारी संस्कृति से हमेशा ही दूर (rather indifferent) रहते थे, वे और भी ख़फ़ा हो गए। वजह यह थी कि उस ज़माने में लोग हिन्दुस्तानी गाने का मतलब ही बाई जी और छोटे लोगों के साथ उठना-बैठना समझते थे। जिन बेकार छोकरों का कोई भी भविष्य नहीं होता था, वे ही तबला बजाते और उस्तादी गाना सीखते थे। यह ज़माना था हमारे बाप-दादों के बचपन का। रवीन्द्रनाथ के लिए भी तब लोग कहते थे कि वह दौलतमन्द का बच्चा है। बैठे-बैठे छोकरों को वरग़ला रहा है। पंजाब-दिल्ली में आज भी लोग गाने-बजाने को नीची नज़र से देखते हैं। उनके लिए बिजनेस में रुपए कमाना ही बड़ी बात थी। कम-से-कम सरकारी नौकरी नहीं तो फ़ौज में कमीशन पाना ही गर्व की बात थी।

इतिहास के इस मोड़ पर दो और महापुरुषों का नाम लेना ज़रूरी है, क्योंकि इन्हीं के लिए समाज का दृष्टिकोण यानी नज़रिया ही बदल गया था। सबसे अव्वल और सबसे मशहूर थे खुद रवीन्द्रनाथ ठाकुर, जिनकी वजह से भद्र समाज और हाई मिडिल क्लास सोसाइटी में संगीत को मर्यादा मिली। इसकी असली वजह थी उनकी प्रतिभा के अलावा उनका काफ़ी ऊँचा दर्जा और नाम। सुना है कि उनके पितामह प्रिंस द्वारकानाथ ठाकुर ने विलायत में महारानी विक्टोरिया के सम्मान के लिए बॉल डांस के बुलावे पर हर मेहमान को बहुत ही कीमती 'जामेवार' शाल भेंट की थी। उनके बेटे महर्षि देवेन्द्रनाथ ब्रह्मसमाज के 'प्रधान' थे। इसलिए उस ज़माने के कट्टर ब्राह्म जो ब्राह्मसंगीत और विलायती संगीत के माहिर थे, जिन्होंने किसी और संगीत को मान्यता ही नहीं दी, उनकी सन्तान और परिवार ने भी रवीन्द्रनाथ के संगीत और नृत्यनाटिका को अपना लिया। उनके शुरू के ध्रुपदी गानों में राग रहता था और बाद में मिलावट से वे क्या-क्या प्रयोग करते थे, इस बारे में समालोचना करनेवाले कई काबिल लोग हैं, लेकिन सुर के साथ गाने योग्य काव्य रचनाएँ सारे हिन्दुस्तान में इतने ऊँचे दर्ज़े की हैं कि उत्तर भारत या दक्षिण भारत में ऐसा किसी ने भी नहीं किया और भविष्य में भी कोई ऐसा कर पाएगा, इसमें मुझे सन्देह है। इसी सिलसिले में अब मैं दूसरे महापुरुष की चर्चा करता हूँ।

पंडित विष्णुनारायण भातखंडे न तो इतने उच्च कुल की सन्तान थे और न समाज में उनकी इतनी प्रतिष्ठा थी। लेकिन भद्र समाज के साथ शास्त्रीय संगीत का परिचय

करा देने के मामले में इनकी देन और भी ज़्यादा है। पंडित विष्णुनारायण भातखंडे की जीवनी और संगीत में उनकी देन के बारे में कई एक पुस्तकें हैं। राष्ट्रीय जीवन-चरितमाला में श्रीकृष्ण रतन जनकर की लिखी हुई 'पंडित भातखंडे' को ही मैंने अपने तथ्य संकलन में प्रामाणिक ग्रन्थ यानी कि authonative proof माना है। इनका जन्म सन् 1860 में हुआ था। सन् 1880 में कॉलेज के एक विद्यार्थी के रूप में विष्णुनारायण बल्लभदास बालकेश्वर नामक सितार और वीणावादक के शिष्य हुए जो पेशेवर नहीं थे। उन्नीसवीं सदी के अन्त में जब इन्होंने चन्दा इकट्ठा कर छोटी-छोटी सभाओं में गाने-बजाने का रिवाज़ शुरू ही किया तो जो लोग उनमें बराबर हिस्सा लेते थे और बराबर आते थे और जिनका असर भातखंडे जी पर पड़ा था, वे थे बन्दे अली ख़ाँ, अली हुसैन ख़ाँ, पन्नालाल बाजपेयी, तानरस ख़ाँ, इनायत हुसैन ख़ाँ, बड़े निसार हुसैन ख़ाँ, नत्थन ख़ाँ और हद्दू ख़ाँ के दो बेटे महम्मद ख़ाँ तथा रहमत ख़ाँ। इनको सुनकर भातखंडे जी सिर्फ़ मोहित ही नहीं होते थे, बल्कि इनके बँधे हुए तानालाप और राग-रूप सुनकर उन्हें लगा कि हिन्दुस्तानी संगीत की शायद कोई वैज्ञानिक बुनियाद भी है। इसी समय से उन्होंने संगीत की थ्योरी के बारे में छानबीन करना और किताबें पढ़ना शुरू किया। बम्बई के पार्सियों ने इसी समय 'गायन' उत्तेजक मंडली' नाम की एक संस्था की स्थापना की। ये सिर्फ़ गाना-बजाना ही नहीं करते थे, बल्कि ध्रुपदी रावजी बुआ बेलबाउकर और ख़यालिया अली हुसैन को गाना सिखाने के लिए मुलाज़िम रख लिया। भातखंडे जी ने इन लोगों से करीबन तीन सौ ध्रुपद और बहुत सारे ख़याल संग्रह किए। इसी बीच उन्होंने बी. ए. और एल-एल.बी. पास कर वकालत शुरू कर दी। इसके अलावा बम्बई शहर में कानून के क्लास भी डायरेक्ट करते थे और पूरे दमखम के साथ लोगों को संगीत पढ़ाते और 'गायन उत्तेजक मंडली' में भाषण भी देते थे। ये भाषण उनकी मौलिक खोज थे और राग वर्गीकरण के भविष्य के पूर्व संकेत भी। वे तब तक इस नतीजे पर पहुँच चुके थे कि आज के हिन्दुस्तानी संगीत का पुराने शास्त्रों में बखाने रागों से कोई मेल नहीं है। नियमों और शब्दों के जो माने तब थे, वे आज की दुनिया में नहीं चलते।

इसके बाद उन्होंने गंडा बँधवाया नजीर ख़ाँ साहब से और फिर उसके बाद जयपुर के मुहम्मद अली के बेटे आशिक़ अली से। इस घराने को 'कोठीवाल' के नाम से सभी जानते हैं, क्योंकि उनकी बन्दिशों की संख्या हजारों में थी। रतन जनकर ने लिखा है कि तीन महीने के अन्दर-अन्दर ढाई सौ से भी ज़्यादा ख़याल के नोटेशन उन्होंने तैयार कर डाले थे। आशिक़ अली के वालिद मुहम्मद अली ख़ाँ को उन्होंने गुरु मानकर हिन्दुस्तानी संगीत की पद्धति को स्वीकार किया।

चालीस साल की उम्र में भातखंडे जी की पत्नी और कन्या का देहान्त हो गया था। इसके बाद उन्होंने अपनी सारी ज़िन्दगी संगीत पर ही न्योछावर कर दी। सारा हिन्दुस्तान घूमकर, पुरानी पोथी संग्रह कर दक्षिण भारत के शास्त्रविद् गायक और उत्तर भारत के बहुत-से घरानेदार उस्तादों को सुनने के बाद उन्होंने यह तय किया है कि 'पारिजात रत्नाकर' पुस्तक में जिस संगीत की चर्चा है, उसके साथ हिन्दुस्तानी संगीत

का कोई भी मेल सम्भव नहीं है। उस समय के संगीत को वैज्ञानिक बुनियाद पर दुबारा सजाना ज़रूरी है। संस्कृत श्लोकों में निबद्ध लक्षण संगीत और मराठी में रचित हिन्दुस्तानी संगीत-पद्धति का पहला खंड सन् 1909 में प्रकाशित हुआ। (बालक श्रीकृष्ण रतन जनकर के साथ उनकी इसी समय पहली मुलाकात भी हुई)। सन् 1914 में हिन्दुस्तानी संगीत पद्धति के दूसरे और तीसरे खंड तथा जनप्रिय रागों की करीब एक सौ बन्दिशों को तालबद्ध स्वरमालिका सहित एक पुस्तिका के रूप में छापा। सन् 1915 में उन्होंने परम्परा से पाई हुई पुरानी बन्दिशों को स्वरलिपियों के साथ प्रकाशित कर सिर्फ़ चार आने में बेचा। हर संख्या में करीबन पच्चीस ध्रुपद, ख़याल, सादरा, होरी, धमार और तराना स्वरलिपि सहित रहते थे। बम्बई समाचार-प्रेस की छपी हुई उन 23 पुस्तिकाओं की काफ़ी माँग रही। बदक़िस्मती से ढूँढ़ने पर भी आज तक मुझे वे किताबें नहीं मिलीं। इसके अलावा उन्होंने क्रमिक पुस्तकमालिका के छह खंड छापे थे और उससे जो पैसे मिलते गए, वे 'भातखंडे संगीत प्रकाशन' ट्रस्ट के हाथ सौंप दिए गए, ताकि भविष्य में संगीत के विषय की और भी रचनाएँ प्रकाशित हो सकें।

भातखंडे जी ने संगीत के तत्त्व का जो विन्यास किया है, यानी मूल का जो खुलासा किया है, वह इस प्रकार है।

1. भारतीय सप्त सुर 22 श्रुतियों से बना है। इनमें 12 श्रुतियाँ प्रधान स्वर हैं, जिनसे राग बनाए जाते हैं, यानी स <u>रे</u> रे <u>ग</u> ग म मं प <u>ध</u> ध <u>नि</u> नि सं। यह स्वरलिपि-पद्धति सरल है और भातखंडे जी की ही बनाई हुई है। इसके अलावा और जो दस हैं, उनका इस्तेमाल तो और भी नाज़ुक है और उसके लिए तालीम की ज़रूरत होती है। स्वर (tone) और अर्धस्वर (semitone) में, जो फ़र्क़ है, वह उन्होंने स्वीकार कर लिया था। ख़ासकर विकृत स्वर के सम्बन्ध में, वह था : आरोह-अवरोह में राग का कितना चढ़ाव और उतराव होना चाहिए, इनकी सीमा का निर्धारण सिर्फ़ चिह्न ही थे। मिसाल के तौर पर कोमल गान्धार स्वर शुद्ध रिषभ और शुद्ध गान्धार के बीच में ही स्थित है। राग का चरित्र समझकर यह दोनों स्वर के बीच कहीं भी संचालित हो सकता है। एक मिसाल दी जाए। दरबारी कानड़ा में कोमल गान्धार का इस्तेमाल होता है। लेकिन जब यह 'रे' के साथ गाया जाता है, तब इस दायरे के सबसे नीचे के स्वर यानी कि शुद्ध 'रे' से थोड़ा-सा ऊँचे में उच्चारित होता है। वस्तुतः उनका अपना सही स्थान 288 कम्पन प्रति सेकंड और सबसे नीचे की सीमा में आन्दोलित होता है। इसी राग में जब कोमल गान्धार को 'म' के साथ गाया जाए तो एक और पर्दा ऊँचा चढ़ जाता है। जैसे—<u>नि</u> <u>ध</u> <u>नि</u> स रे[स], रे <u>ग</u>[रे] ग, [रे]<u>ग</u> [रे]स रे [ग]स।। इस तान में कोमल गान्धार के सबसे नीचे की सीमा पर गाया जाता है, लेकिन नीचे लिखी हुई तान में कोमल गान्धार को इससे थोड़ा ऊँचे स्वर में ही गाया जाता है—म, प, [म]<u>ग</u> [म]<u>ग</u> म [स]<u>रे</u> स।

इसी तरह ललित में तीव्र दो शुद्ध मध्यम (म मं म) के बीच में रहने से उसे सबसे नीचे के स्वर में ही गाया जाता है। लेकिन उत्तरांग में गाने के समय तीव्र मध्यम और थोड़ा ऊँचे में गाया जाता है। भातखंडे जी की राय में यह सब बारीक़ियाँ गुरु या किसी

बड़े कलाकार से ही सीखनी पड़ती हैं। (पंडित भातखंडे, श्रीकृष्ण नारायण रतन जनकर, नेशनल बुक ट्रस्ट, नई दिल्ली)।

2. इन अर्धस्वरों के बाजे के तारों पर अवस्थान की जगह भी उन्होंने साफ़ बता दी है। मतलब कि उन्होंने इसका भी बारीक़ी से खुलासा किया है कि एक स्वर से दूसरे स्वर का वाइब्रेशन से कितना फ़र्क़ हो सकता है।

3. उन्होंने हिन्दुस्तानी रागों को दस थाटों में बाँटा है, जैसे—

(क) बिलावल थाट—स रे ग म प ध नि सं

(ख) कल्याण थाट—स रे ग म॑ प ध नि सं

(ग) खम्बाज़ थाट—स रे ग म प ध नि॒ सं

(घ) भैरव थाट—स रे॒ ग म प ध॒ नि सं

(ङ) पूरबी थाट—स रे॒ ग म॑ प ध॒ नि सं

(च) मारवा थाट—स रे॒ ग म॑ प ध नि सं

(छ) काफ़ी थाट—स रे ग॒ म प ध नि॒ सं

(ज) आसावरी थाट—स रे ग॒ म प ध॒ नि॒ सं

(झ) भैरवी थाट—स रे॒ ग॒ म प ध॒ नि॒ सं

(ट) तोड़ी थाट—स रे॒ ग॒ म॑ प ध॒ नि सं

इन्हीं थाटों से ही अलग-अलग रागों की सृष्टि हुई है। कभी दो-एक स्वरों का वर्जनकर षाड्व या औड़व रागों का, कभी पूर्वांग पर ज़ोर दिया गया है, तो कभी उत्तरांग पर। इसके अलावा वादी जो राग का मुख्य स्वर है, और सम्वादी यानी सहायक स्वर, इन स्वर-शब्दों का प्रचार हुआ, जिससे शिक्षार्थियों को राग-रूप के व्याकरण के बारे में थोड़ी-बहुत जानकारी हो।

4. इसके बाद आती है भातखंडे जी की टाइम स्केल थ्योरी/हिन्दुस्तानी गाने हमेशा से ही भिन्न-भिन्न समय पर गाए जाते हैं। क्यों गाए जाते हैं और इसके पीछे कोई लॉजिक है या नहीं, यह भी भातखंडे जी का आविष्कार है। राग के संगठन स्वर और वादी सम्बन्धी स्वर के मुताबिक यह समय ठीक किया गया है। जिस राग में कोमल 'रे' और कोमल 'ध' है, उन्हें सूर्योदय और सूर्यास्त से जोड़ते हैं। जिन रागों में कोमल 'ग' और कोमल 'नि' है, उन्हें दिन दोपहर से शाम और रात्रि से सूर्योदय तक गाया जाता है। भारी दोपहरी से मध्यरात्रि तक जो राग गाए जाते हैं, उनके वादी स्वर पूर्वांग में होते हैं, इसलिए ये पूर्व राग कहलाते हैं। मध्यरात्रि से मध्याह्न तक जो राग गाए जाते हैं वे होते हैं, 'उत्तर' राग, क्योंकि इनके वादी स्वर उत्तरांग में अवस्थान करते हैं।

5. हर राग में कुछ ख़ास स्वर-समूह होते हैं, जिनसे उसकी पहचान होती है और जिससे दूसरे रागों से फ़र्क़ का भी पता चलता है। इस स्वर-विन्यास को 'पकड़' कहते हैं।

6. रागों को भिन्न-भिन्न रागांगों में बाँट दिया गया है, जैसे कानड़ा अंग, मल्हार अंग, कल्याण अंग, बिलावल अंग, भैरव अंग, श्री अंग आदि। अंग का मतलब है एक

'ख़ास' और भिन्न रूप, जिसकी बुनियाद पर उसका श्रेणी-विभाजन होता है।

भातखंडे जी के समालोचक उस युग में तो बहुत अधिक थे। आज भी कुछ हैं। हालाँकि इन लोगों ने अपनी विद्या क्रमिक पुस्तकमालिका के पन्ने पलटकर ही हासिल की है, लेकिन इनका कहना है कि किताब पढ़कर कोई गाना नहीं सीख सकता। इस बात से सबसे ज़्यादा भातखंडे जी खुद ही सहमत हैं। जैसे सिर्फ़ व्याकरण पढ़ने से ही कोई साहित्य नहीं लिख सकता, वैसे ही किताबें पढ़कर रागों को पेश करने का कायदा या उसकी मिठास या aesthetics के बारे में कोई जानकारी नहीं होती है। इसी वजह से उन्होंने बाद में श्रीकृष्ण रतन जनकर को फ़ैयाज़ ख़ाँ के पास भेजा था। लेकिन जो लोग 'संगीत विशारद' या 'संगीत प्रभाकर' पास करके गायकी की तालीम लेते हैं, वे सिर्फ़ ट्यूशनी के ही काबिल होते हैं, जैसे कॉलेज में बी.ए. पास छात्र सिर्फ़ क्लर्क होने की ही काबलियत रखता है। लेकिन इनमें से काफी विद्यार्थियों को ज्ञान बढ़ाने की इच्छा हो भी सकती है। जो 'संगीत विशारद' हैं, उनको भी संगीत से प्रेम हो सकता है। कम-से-कम वह अच्छा श्रोता तो बन ही सकता है। अगर नहीं बन सकता है तो यह शास्त्रों का क़सूर नहीं है। बहुत-से बच्चों के लिए मैथेमेटिक्स बाघ के समान डरावना है। पर ये गणितशास्त्र का दोष नहीं है। दोष है जो शिक्षक हैं उनका। इसके साथ रागों के वर्गीकरण या संगीत के पद्धतिकरण के क्षेत्र में भातखंडे जी के क्रान्तिकारी अवदान का कोई सम्बन्ध नहीं है।

मैंने पहले ही ज़िक्र किया है कि बड़ौदा के महाराज सर सयाजीराव गायकवाड़, नए-नए संस्कारों का प्रचार करना चाहते थे। विकासमान और ऊँची भावनाओंवाले शासक के रूप में उनकी काफ़ी ख्याति थी। भातखंडे जी को इनसे प्राप्त परिचय-पत्र के जरिए ग्वालियर के माधोराव सिन्धिया से काफ़ी मदद मिली थी, और मदद मिली थी रामपुर के नवाब हामिद अली से। इनकी मदद के बिना ग्वालियर और लखनऊ के म्यूज़िक कॉलेज बनते ही नहीं और उनकी शिक्षा-पद्धति भी चालू नहीं होती। उसी तरह सयाजी राव की प्रेरणा और मदद के बिना बड़ौदा में पहला 'अखिल भारतीय संगीत सम्मेलन' नहीं हो पाता। सिर्फ़ उस्तादों का गाना सुनना और सुनवाना ही इसका मक़सद नहीं था, बल्कि राग-रूप और परम्परा की बन्दिशों के बारे में अलग-अलग घरानों के भिन्न-भिन्न सिद्धान्तों को सुलझाना भी इसका मक़सद था। आजकल कान्फ्रेंस पेश करनेवालों ने उसे आनन्द-मनोरंजन, हँसी-मज़ाक और पैसे कमाने का क्षेत्र बना लिया है। पुराने सम्मेलन कभी ऐसे नहीं थे। दिन के वक़्त तर्क-वितर्क हुआ करते थे और रात में महाराज के 'लक्ष्मी विलास महल' में उस्तादों की महफ़िल बैठती थी। सुनील बोस द्वारा अनूदित पंडित रतन जनकर की एक पुस्तक से एक मिसाल दे रहा हूँ—

''पंडित भातखंडे ने 'अखिल भारतीय संगीत सम्मेलन' का मसविदा, मेहमानों की सूची और सभा के कार्यक्रम बनाकर बड़ौदा भेज दिए। इसी तरह सन् 1916 में बड़ौदा कॉलेज के सेंट्रल हॉल में पहला अधिवेशन प्रस्तुत किया गया। दक्षिण भारत के अलावा और भी जगहों से आए संगीतज्ञों ने इस अधिवेशन में संगीत सम्बन्धी भिन्न-भिन्न

विषयों पर लेख पढ़े। श्री के.बी. देवल और श्री ई. क्लेमेंटस आई.सी.एस. ने भी अपने निबन्ध पढ़े। उनके निबन्धों का जो निष्कर्ष था वह यह कि पुराने संगीतज्ञों ने जिसे चार श्रुति, तीन श्रुति और दो श्रुति का व्यवधान कहा है, वही हैं आज के मेजर टोन, माइनर टोन और सेमी टोन। इसलिए शुद्ध रिषभ और शुद्ध धैवत, जो प्राचीन नियमों के अनुसार क्रम-से 'स' और 'म' से तीन श्रुतियों के अन्तर पर स्थित हैं, वे माइनर टोन हैं, इसलिए शुद्ध रिषभ 'स' से एक श्रुति नीचे यानी 10-9 (Minor tone) मानना पड़ेगा। बहुत-से संगीतज्ञों ने इस प्रस्ताव का जबर्दस्त विरोध किया। इनमें विद्वान सुबराम पंडितार थे। यह प्रस्ताव जाँच के लिए रखा गया। श्री ई. क्लेमेंट्स ने अपना श्रुति हारमोनियम बजाया और दूसरी ओर उदयपुर के ज़ाकिरुद्दीन ख़ाँ ने शुद्ध रिषभ की असली जगह सुर में गाकर दिखाया। आखिरकार श्री क्लेमेंटस और श्री देवल की थीसिस स्वीकार नहीं की गई। लखनऊ के ठाकुर (बाद में राजा के नाम से मशहूर) नवाबअली ख़ाँ इसके सभापति रहे। 'अखिल भारतीय सम्मेलन' की एक स्थायी कार्यकारिणी समिति बनाई गई। पंडित भातखंडे उसके साधारण सचिव रहे।''

ठाकुर नवाब अली ने संगीत पर कई खंडोंवाली किताब उर्दू में लिखी हैं। उसका नाम था 'शरीफ-उल-नग़मात।' 1933 में भातखंडे जी का स्वर्गवास हो गया। उनके देहान्त के बाद अजमेर और कानपुर में दो कान्फ्रेंस हुईं। लेकिन भातखंडेजी के न रहने से आलोचना और तर्क-वितर्क उस तरह जमे नहीं, और इन दोनों सम्मेलनों में पहले-जैसी रौनक नहीं रही।

हिन्दुस्तानी संगीत के इतिहास में भातखंडे जी का महत्त्व दो कारणों से है। 19वीं शताब्दी के शेष भाग और 20वीं शताब्दी के शुरू में राग-रूप के बारे में काफ़ी मतभेद थे। इतने घरानों के इतने मत और इतनी गायकी। सभी अलग-अलग। शिक्षा-पद्धतियों में भी काफ़ी फ़र्क़ था। नतीजे में हिन्दुस्तानी संगीत में जहाँ एक तरफ विचित्रता थी, तो दूसरी तरफ थी बिल्कुल अराजकता। जीवन-भर के परिश्रम से भातखंडे जी ने एक नए शास्त्र की रचना की थी। दूसरा महत्त्वपूर्ण कार्य उनका यह था कि मध्यवर्गीय समाज में उन्होंने उच्चमार्गीय संगीत का प्रचार-प्रसार किया। लेकिन सोशोलॉजी के विद्यार्थियों को यह याद रखना होगा कि सामाजिक तब्दीली के दबाव की वजह से ही भातखंडे को कॅटालिटिक एजेंट की भूमिका में कामयाबी मिली। इसके साथ ही पश्चिम में विष्णु दिगम्बर, ग्वालियर में माधोराव विद्यालय की बगल में कृष्णराव शंकर पंडित के पिता के नाम से स्कूल और कलकत्ता के भद्र समाज में ख़याल-ठुमरी की शिक्षा और उनके प्रसार के पथप्रदर्शक आचार्य गिरिजाशंकर चक्रवर्ती का ज़िक्र किए बिना हमारी बातें अधूरी ही रह जाएँगी।

स्वाधीनता के बाद हिन्दुस्तानी संगीत की दुनिया में बहुत कुछ तब्दीलियाँ हुई हैं। कौन-सी तब्दीलियाँ हुई हैं और क्यों ऐसा हुआ है, बिना कहे यह विश्लेषण अधूरा ही रह जाएगा।

1. ज़मींदारी खत्म होने के साथ-साथ बहुत-से गाने-बजानेवाले कलाकार रातों-रात

बेकार हो गए। इनमें से जिनकी ख्याति थी, उन्होंने रेडियो और भिन्न-भिन्न शहरों के संगीत-सम्मेलनों में शामिल होकर अपना रोज़गार जारी रखा। बिचौले आर्टिस्ट स्कूल-कॉलेज और अन्य कई तरह के संस्थानों के साथ जुड़ गए। जो सबसे छोटे-मोटे दर्जे के आर्टिस्ट थे, उनकी दुर्दशा तो चरम पर पहुँच गई। वे और उनके बच्चे तब दूसरे पेशों की तरफ झुकने लगे। पहले उस्ताद की सन्तानें अपने पैतृक पेशे को छोड़कर और कुछ करने की बात सोच भी नहीं सकती थीं। अब उन्होंने काँच के बर्तनों की दुकानें खोली हैं। अगर कोई छोटी-मोटी क्लर्की ही मिल जाती है तो अपने को बहुत खुशक़िस्मत समझते हैं। नहीं तो कम-से-कम व्यापार में दलाली ही करते हैं। बहुत सारे ख़ानदानी उस्ताद के वंशज तानपूरा, तबला और अन्य सब साज़ बेचकर आम भेड़ों के झुंड में शामिल हो गए हैं, जिन्हें अब पहचानना भी मुश्किल है।

2. हालाँकि ये रजवाड़ों और ज़मींदारों की जगह ले नहीं सके हैं, फिर भी चार संस्थाएँ ऐसी हैं, जिन्हें संगीत की दुनिया के मालिकों में शामिल किया जा सकता है। इनमें सबसे बड़ा है ऑल इंडिया रेडियो या आकाशवाणी, और दूसरा है उसका छोटा भाई दूरदर्शन। पिछले करीब सत्तर साल से रेडियो ने संगीत और संगीतज्ञों की बहुत मदद की है। बहुत-से नए स्टेशन खुले हैं और बहुत-से उभरते हुए आर्टिस्टों को मौका मिला है। ग्रामोफोन कम्पनी जैसी ये कोई मुनाफ़ाखोर संस्था नहीं है। हमारे पुराने संस्कारों को ज़ारी रखने में सरकारी नीति बहुत स्पष्ट है, भले ही अपनी नीति को सफल बनाने की योग्यता इनमें हो या नहीं। इनकी सबसे बड़ी समस्या है लालफीते की। सारी क्षमता दिल्ली में केन्द्रित है। प्रोड्यूसर को मार कर आज जो परिचालक की कुर्सी पर बैठे हैं, उनमें से कोई भी विमान घोष नहीं है। संगीत का ज्ञान भी बहुत थोड़ा है। आर्टिस्टों के लिए उनमें कोई श्रद्धा नहीं है। दूसरे पाँच सरकारी नौकरों के जैसे, किसी तरह दिन गुज़ारकर ही ये खुश होते हैं। दूरदर्शन का स्तर तो हद से ज़्यादा नीचा है। उनके प्रोड्यूसरों की कल्पना-शक्ति रुचिहीन और सिमटी हुई है। इस संस्था का काम और कारोबार किसी गम्भीर आलोचना के दायरे में ही नहीं पड़ता और यह सिर्फ़ टेनिस, क्रिकेट और तीसरे दर्ज़े की हिन्दी फिल्म देखने के काम आते हैं। सबसे आखिर में ज़िक्र किया जा सकता है बॉलीवुड और टॉलीवुड के उद्योगपतियों का, जिन्होंने बेकार साज़िन्दों को ज़रूर रोटी दी है, लेकिन जिस बेहूदे संगीत को इन्होंने पनपाया है, उसे पिछले सात सौ साल के हिन्दुस्तानी संगीत के दायरे में शामिल करना मेरे जैसे अनाड़ी का काम नहीं है।

3. ध्रुपद-धमार की हालत तो निहायत ही बुरी है। बिना डागर परिवार के ध्रुपद-धमार 'जुरासिक' युग के विशाल डायनासोर की तरह कहानी बनकर ही रह जाते।

4. माइक्रोफोन और इलेक्ट्रानिक युग के आ जाने से आवाज़ लगाने की टेकनिक या पद्धति बहुत ही बदलती जा रही है। खुली आवाज़ में अब गाने की ज़रूरत नहीं है। आवाज़ दबाकर, नकली आवाज़ में पंजाबी हरकतें और तेज़ रफ्तार में तान बरतना काफ़ी आसान हो गया है। लेकिन ये जिनकी गायकी को उतारने की कोशिश कर रहे

हैं, उन्होंने बावजूद माइक्रोफोन के, खुली आवाज़ में सच्चा सुर लगाकर हम लोगों को बहुत आनन्दित किया है—इस बात को आर्टिस्ट भूल ही रहे हैं। मज़े की बात तो यह है कि जिन लोगों ने इलेक्ट्रानिक युग का प्रारम्भ किया, उसी देश में यानी पश्चिमी क्लासिकल म्यूज़िक में ऐसा अनाचार नहीं हुआ। ऑपेरा के गायक क्रूनर से घृणा करते हैं, यह सबको पता है।

5. भारतीय संगीत, ख़ासकर यन्त्र संगीत, इस समय एक्सपोर्ट का सामान है। मनमोहन सिंह को और भी खुश करने के लिए शहनाई, सितार, सरोद और तबले के उस्ताद और पंडित इस समय दुनिया घूमने में बहुत व्यस्त हैं। नतीजतन थोड़े फिरंगी शिष्य ज़रूर जुट गए हैं, लेकिन इस अभागे देश को उनके दर्शन सिर्फ़ एक बार ही होते हैं और नेटिव शिष्य इस कीमती तालीम से वंचित रह जाते हैं। पचासवें दशक में, यन्त्र संगीत का स्तर उच्च कोटि में पहुँच गया था। लगता है कि इस समय या बाद की पीढ़ी में भी, उस स्तर की आशा करना उचित नहीं होगा।

6. छोटी-छोटी जो संस्थाएँ हैं, जिन्हें हम म्यूज़िक सर्किल कहते हैं, उनको चालू रखना मुश्किल होता जा रहा है। बम्बई-पुणे में यह सर्किल अभी भी है। लेकिन बड़े-बड़े आर्टिस्टों को कान्फ्रेंस के बाहर जो सुन नहीं पाते, उसकी वजह यह है कि आर्टिस्ट डालर और पाउंड को रुपयों में कन्वर्ट करके तब अपनी फीस तय करते हैं। और यह बात छोटी संस्थाओं को तो छोड़ ही दीजिए, बड़ी कांफ्रेंसवालों के लिए भी मुश्किल पड़ती है। एक ज़माने में कलकत्ता में इन सब महफ़िलों में पंडित रविशंकर, गुलाम अली ख़ाँ, अमीर ख़ाँ जैसे आर्टिस्टों को हम बराबर सुनते थे। आज मँझले आर्टिस्टों की जो माँग है, वो इन 'चन्दा-इकट्ठा-वाली महफ़िलों' के लिए बिल्कुल ही असम्भव है। यह वाकई बहुत अफ़सोस की बात है, क्योंकि विदेश के 'चैम्बर म्यूज़िक' के बराबर ही है हमारा हिन्दुस्तानी संगीत। श्रोताओं के साथ जहाँ आर्टिस्टों का हार्दिक संयोग नहीं हो पाता, वहाँ बहुत उच्चकोटि का गाना-बजाना नहीं हो सकता। यह मानी हुई बात है। लेकिन इसका फ़ायदा भी है जो मँझले आर्टिस्ट हैं, और जो होनहार आर्टिस्ट हैं, उनको इन संस्थाओं में गाने-बजाने का मौका मिल रहा है। कलकत्ता में अभी फिलहाल ऐसे म्यूज़िक सर्किल बाँये हाथ की कानी उँगली पर में गिने जा सकते हैं।

7. ध्रुपद-धमार के साथ-साथ बीन और पखावज भी गायब हो गए हैं। जियाउद्दीन डागर की मृत्यु के बाद, उत्तर भारत में बड़ी मुश्किल से, रामपुर के सादिक अली ख़ाँ के होनहार बेटे, असद अली ख़ाँ अभी तक इस यन्त्र को पकड़े हुए हैं। हमारी बदक़िस्मती से, दुबारा रेडियो में हारमोनियम चालू होने पर, सारंगी की ज़रूरत और भी फीकी पड़ गई। वैसे ही इस यन्त्र के उस्ताद संख्या में कम होते जा रहे थे, उस पर रेडियो का यह नया कानून, जैसे मरे हुए पर छुरी चलाना। मराठी उस्ताद हमेशा से ही हारमोनियम पसन्द करते थे। अब देखता हूँ कि भीमसेन जोशी, किशोरी अमोनकर जैसे मशहूर कलाकार भी क़रीब सारंगी के साथ बैठते ही नहीं, ऐसा कहा जा सकता है। हारमोनियम में मीड़ और श्रुति है ही नहीं और हिन्दुस्तान की परम्परा में यह दोनों बातें ही ख़ास

हैं। अगर सारंगी की जगह हारमोनियम ले लेते हैं तो शास्त्रीय गाने के भविष्य के लिए काफ़ी सोचना पड़ेगा।

8. सबसे ज़्यादा दो राहों के बीच पड़ गया है घराना-संगीत, और सोशियोलॉजिस्ट की नज़र में ऐसा होना ही था, इससे बच नहीं सकता था। घरानेदार गाना सीखने के लिए उस्ताद के साथ रहना ज़रूरी होता है। उनके जूते साफ़ करके, चिलम भरके, बर्तन माँजके इल्म लेना होता है। गुरु के प्रति इस क़िस्म की श्रद्धा-भक्ति, और सिर्फ़ तालीम ही नहीं, सभी मामलों में आँख-कान बन्द कर हुक्म की तामील करने के लिए जो मानसिकता चाहिए, वो आज मिलना दुर्लभ है। दूसरा, घराने की तालीम की बुनियाद थी उसे गुप्त रखना, और शागिर्दों को दूसरे घरानों से दूर रखना। आज के कान्फ्रेंस, रेडियो और टेप-रिकार्डर के युग में यह बात तो बिल्कुल ही असम्भव है। इसकी सबसे बड़ी मिसाल मिलती है राशिद ख़ाँ में। विलम्बित में वे अमीर ख़ाँ का असर हटा नहीं पा रहे हैं, लेकिन द्रुत ख़याल में अपने उस्ताद निसार हुसैन ख़ाँ की तान सरगम बरत रहे हैं और तराने की बन्दिश भी हू-ब-हू उन्हीं की जैसी-उन्हीं की रीत से गा रहे हैं, अमीर ख़ाँ की रीत से नहीं। मेरा निजी ख़याल है कि इससे कुछ बिगड़ा नहीं है। अगर राशिद इन दोनों उस्तादों की गायकी ले सकते हैं और निजी ढाँचे में डालकर गा सकते हैं तो, मैं समझता हूँ, इसमें टोकने की कोई बात नहीं है। दूसरी तरफ हम और भी सोचते हैं कि इनके गाने में एक ख़ुसूसियत का इशारा है। बन्दिशी गानों की थोड़ी और तालीम हासिल कर लेते तो उनका खुद का और हम सबका बड़ा उपकार होता।

जो लोग हिन्दुस्तानी संगीत के इतिहास से परिचित नहीं हैं, वे ही घराने के बारे में खुद को बहुत कट्टर समझते हैं। पन्ने पलटने से ही पता चल जाएगा कि घराना तो मनुष्य का ही बनाया हुआ है और बनानेवालों पर कई गायन शैलियों का असर पड़ा है। पटियाले के आलिया-फत्तू को ग्वालियर के हद्दू ख़ाँ, दिल्ली के तानरस ख़ाँ और रेवा के बड़े मुबारक अली ख़ाँ से, सुना गया है, तालीम मिली थी। जयपुर घराने के मूल में हैं अल्लादिया ख़ाँ जिनके ऊपर ग्वालियर और कव्वाल बच्चों की गायकी का ज़बर्दस्त असर था। दिलीप वेदी की राय में अब्दुल करीम विलम्बित में रहमत ख़ाँ की नकल करते थे और भास्कर बुआ उनकी तानों की। तीन-तीन उस्तादों की गायकी को मिलाकर भास्कर बुआ ने अपने गाने की अलग शैली बनाई थी। श्रीकृष्ण रतन जनकर ने मिलाया था फ़ैयाज़ ख़ाँ और मुश्ताक हुसैन ख़ाँ की शैलियों को। अब यह सवाल पैदा होता है कि कौन यह काम कर रहे हैं, और किसकी कैसी बुनियाद है। यह कहना बेकार है कि जिसके पास बेमिसाल प्रतिभा नहीं है और तिस पर भी अगर वह बे-तालीम गवैया है, तो वह इस मुश्किल काम का दावेदार नहीं हो सकता।

हालाँकि हिन्दुस्तानी कंठ-संगीत की दुनिया में उस्ताद बड़े गुलाम अली और अमीर ख़ाँ हमारी चेतना पर छाए हुए थे। एक तरह की गायकी आजकल आम लोग पसन्द कर रहे हैं, वह है अमीर ख़ाँ के विलम्बित की देह पर गुलाम अली ख़ाँ की तानबाजी का सिर। पर इस क़िस्म का गाना सुनकर दिलीप वेदी ने बहुत निराश होकर कहा था—

''यह पहली दफ़ा हिन्दुस्तान में एक गायकी पैदा हुई है, जिसके लिए तालीम की ज़रूरत नहीं है। किताब खोलकर राग के स्वरों को जानकर एक के बाद एक पर्दे में मीरखंड गाने से ही चलेगा। काफ़ी आसान मामला है। रागों के रूप के बारे में कोई जानकारी की ज़रूरत नहीं है। बन्दिश के सिर-पैर नहीं, और अन्तरे की भी ज़रूरत नहीं। तान भी रागों का रास्ता नहीं पकड़ते। हम लोग जो सुनते हैं, वे सिर्फ़ पल्टे और रियाज़ हैं।'' रेडियो पर एक दिन एक गायिका से राग जोग सुनने के बाद अता हुसैन ख़ाँ ने बड़े अफ़सोस से कहा—''यह हमारे घराने का पुराना राग है और हमारे बाप 'दरस पिया' की बनाई हुई बन्दिश है—'पिहरवा को बिरमाए'। सो ये लड़की आधे घंटे तक सिर्फ़ 'बिरमाए-बिरमाए' गाती रही—न अस्थायी की दूसरी लाइन और न अन्तरा। हाय अल्ला ! ये लोग सुर गाते हैं, राग नहीं। अगर बन्दिश ही नहीं मालूम है तो गाएँगी कैसे ?'' जो लोग इस क़िस्म का गाना गाकर आनन्द ले रहे हैं, उनकी तालीम के बारे में मुझे कुछ जानकारी नहीं है। लेकिन शक़ होता है कि इन्हें किसी ख़ानदानी घराने या किसी उस्ताद से तालीम नहीं मिली है, क्योंकि इनकी शुरू की जानकारी बहुत कमज़ोर है। अगर राग एनाटॉमी (anatomy) को बिना समझे राग-विस्तार किया जाए तो हर पर्दे पर बराबर इम्फासिस (Emphasis) पड़ता है। पाँच साल का एक बच्चा भी हाथी का चित्र बनाते वक़्त उसकी दुम को सूँढ़ जैसी लम्बी नहीं करता और खम्बे जैसे पैर को दुम से मिलाकर दुबला नहीं बनाता, क्योंकि उसने हाथी देखा है, और अगर नहीं भी देखा होता तो कम-से-कम उसकी तस्वीर से तो वाक़िफ़ है। लेकिन बे-तालीम गवैयों को इतना भी हासिल नहीं है। उनके लिए मालकौंस में मध्यमवादी नहीं है। गान्धार धैवत, निषाद को मीरखंड के जरिए मध्यम जैसी ही प्रधानता दे रहे हैं। यह सब लोग सुर और लय में हैं, आवाज़ भी अच्छी है और घूमती भी काफ़ी है। लेकिन बिना सीखे। इस चतुराई को हम उस्तादी कहने की गलती नहीं कर सकते। इस युग में भी।

उस्ताद कैसे तैयार होते हैं ? मुसलमान घरानेदारों का कहना था—'देखा, सीखा और परखा,' इन तीन चीज़ों की ही ज़रूरत है। यानी ऑथैंटिक गाना-बजाना सुनना ज़रूरी होता है। तालीम और विद्या ग्रहण करते समय संगीत का विचार करने लायक बुद्धि की भी बहुत ज़रूरत है। तिस पर अगर कुदरती प्रतिभा हो और साथ-साथ खुदा की मेहरबानी भी, तब ही वे बड़े उस्ताद हो सकते हैं। आज के दिन सबसे ज़्यादा जिस बात पर ध्यान देने की ज़रूरत है वह है, अगर संगीत में आवेग या इमोशनल कंटेंट नहीं है तो वह गणितशास्त्र में शामिल हो जाएगा। बीसवीं सदी के श्रेष्ठ उस्तादों के गाने-बजाने से जिनका परिचय हुआ या जिन्होंने रिकार्डस ध्यान से सुने हैं, वे जानते हैं कि हिसाब जोड़कर वे सुर नहीं लगाते थे या ख्वाहमख़्वाह किसी जटिलता की भी सृष्टि नहीं करते थे। आजकल का यह छटपटाना, यह पेचीदापन, श्रोताओं को चौंका देने की लगातार कोशिश, ये आज के समाज और इस युग की हवा के लक्षण हैं। मशहूर औपन्यासिक और छोटी कहानियों में माहिर माणिक बंद्योपाध्याय को हमारे पिता ने आयरिश कहानियों की ऍन्थोलॉजी (anthology) पढ़ने को कहा था। उन्होंने उसे स्वीकार नहीं किया और

बोले–''ज़्यादा लिखने-पढ़ने से हमारी अपनी Individuality नष्ट हो जाएगी।'' इसी सिलसिले में हमारे दोस्त शान्टुल गुप्त याद आए। और लोगों की तरह जवानी में वामपन्थियों के हमदर्द थे, फ्रांसीसी प्रधानमन्त्री आँरी क्लेमेसों को किसी ने खबर दी–''क्या आपने सुना है कि आपके लड़के ने कम्युनिस्ट पार्टी ज्वाइन की है ?'' वे सुनकर बोले–''अच्छा ! उसकी उम्र अभी चौबीस है। अभी अगर वह कम्युनिस्ट न होता तो मैं उसे त्याग देता।'' कुछ रुककर मुस्कुराते हुए बोले, ''लेकिन अगर चौंतीस में भी कम्युनिस्ट रह जाए तो हम उसे ज़रूर डिसइनहेरिट (disinherit) करेंगे।'' शांटुल बाबू के हाथ में बर्ट्रेंड रसेल की किताब देखकर एक भारी-भरकम पार्टी मेम्बर ने कहा था–''ये सब रासल-वासल मत पढ़ना, सारे इश्यू घुलमिल जाएँगे।'' यह सुनकर शान्टुल बाबू हम लोगों के बचपन का एक चालू गाना–''आम खाना, जाम खाना, लेकिन इमली मत खाना।'' –'Twinkle-Twinkle little star' की तर्ज़ पर सुनाकर बोले–''इमली खाने से पेट गड़बड़ाएगा, और बच्चा नहीं होगा, यह तो ज़रूर सुना था, लेकिन इश्यू घुल-मिल जाने का वाकया पहले कभी नहीं सुना था !'' पहले जिक्र किए हुए आधुनिक मार्ग संगीत के गायकवृन्द इश्यू घुल-मिल जाने के डर से दूसरे घराने के, ख़ासकर पुराने दिनों के उस्तादों के रिकार्ड और टेप बड़ी खूबसूरती से नज़रअन्दाज़ कर देते हैं।

तालीम तो कान से सुनकर ही होती है, इसलिए इस टेपरिकार्डर के युग में तालीम की ज़रूरत ही क्या है, ऐसा सवाल उठ सकता है। क्यों, बताता हूँ। एक बार, अमीर ख़ाँ हमारे घर फ़ैयाज़ ख़ाँ का बरवा राग का टेप सुनने के कुछ दिनों बाद ही किसी कान्फ्रेंस में दूसरा राग बरवा गा बैठे। अलग घराना होने से ट्रीटमेंट में कुछ फ़र्क़ के बावजूद राग-रूप में कोई गलती नहीं थी। स्वतन्त्र था। उनकी देखादेखी कलकत्ता में उनके भक्तों ने बरवै की नकल करना शुरू किया, लेकिन मीरखंड स्टाइल में। उन्हीं में से एक-आध से मैंने घुमा-फिराकर पूछा तो पता चला कि वे देसी (शुद्ध धैवतवाला) और काफ़ी जानते हैं, लेकिन पटमंजरी या सिन्धूरा के बारे में थोड़ी-बहुत जानकारी भी नहीं है। लेकिन वे बड़े आनन्द से गा रहे थे अमीर ख़ाँ से सुनी हुई वहीद ख़ाँ की चीज़ 'हमें कौन पहचाने' बरवा में। यहाँ पर तालीम की ज़रूरत होती है। किताब पढ़कर या नकल उतारकर बात नहीं बनती। और भी आसान एक मिसाल दे रहा हूँ। भूपाली और शुद्ध कल्याण का फ़र्क़ किताब पढ़कर या बिना पढ़े भी सब लोग जानते हैं। इसके बावजूद हाल ही में एक मशहूर गायिका 'भूप' गाते वक़्त इतने लम्बे मीड़ लेने लगीं कि शुद्ध कल्याण से बच नहीं पाईं। शुद्ध कल्याण मीड़ और गमक का राग है। भूपाली में मीड़ थोड़े और छोटे-छोटे होते हैं। निषाद और मध्यम न लगाने पर भी, अगर अच्छी तालीम न हो, तो शुद्ध कल्याण का साया पड़ जाता है। तालीम माने सिर्फ़ बन्दिश ही नहीं है। इसी को समझाने के लिए इतनी सारी बातें कहना ज़रूरी हो गया है। संगीत-विशारदवाले भूपाली और देशकार का फ़र्क़ व्याकरण खोलकर दिखा देंगे। पहला है पूर्वांग का राग, दूसरा उत्तरांग का। बड़े उस्ताद आलाप के समय समझा देते हैं कि भूपाली का वर्ण अवरोही : ध स रे प ग, ध प ग, रे स ध प आदि हैं। देशकार का उल्टा : स ध स

ध प ध, सं ध सं। और भी दिखाते हैं धैवत का स्थान, जो हल्के आन्दोलन से निषाद को छूकर आता है और बिलावल की याद दिलाता है और इसी वजह से यह राग सुबह का और भूपाली साँझ का माना जाता है। शायद उस्ताद लोग इतनी साफ़ तरह से संगीत शास्त्र समझा नहीं पाते। बन्दिश और गायकी से ही समझा देते हैं। तालीम तो यहाँ निहायत ही ज़रूरी है। तोड़ी और मुल्तानी के स्वर एक ही हैं। लेकिन मुल्तानी में धैवत और निषाद, कितना हल्का लगाना पड़ता है, और आरोहण में निषाद कितना चढ़ जाता है, ये चीज़ें किताब पढ़कर या टेप सुनकर कोई सीख नहीं सकता। ऐसी कई मिसालें दी जा सकती हैं, लेकिन वैसे उस्ताद अब कहाँ जिन्दा हैं और सही रास्ते पर मेहनत कर आग्रही सीखनेवाले भी कितने हैं ? समय थोड़ा है, शास्त्र ढेरों और रुपए-पैसों की वजह से अड़चनें भी बहुत-सी हैं। इसलिए 'हितोपदेश' यही कहता है कि वत्स, शॉर्टकट ढूँढ़ो और दिल भरके आवाज़ घुमाते रहो। मीरखंड जपो। रेडियो और टी.वी. में कामयाबी ज़रूर हासिल होगी। टी.एस. इलियट साहब ने कहा है : "The danger of freedom is deliquescence, the danger of strict order is petrifaction." यानी कि अगर हम संगीत को शास्त्रों और नियमों से कसकर बाँध रखते हैं, तो उनमें सीलन आ जाने की आशंका है। और स्वाधीनता से मुश्किल यह है कि उनमें संस्कार और संस्कृति पिघल जाते हैं। खुशी की बात यह है कि इस युग में तरल पदार्थ की कद्र ज़्यादा है। (द्रष्टव्य : Notes towards the definition of culture : T.S. Eliot)

9. मेरी संगीत शिक्षा की शुरुआत हुई, मालविका के पिता, रवीन्द्रलाल राय से। वे कहा करते थे—"हमारे ज़माने में हम लोगों ने दो क़िस्म का गाना-बजाना सुना—एक तो बहुत ही बढ़िया और दूसरा उतना ही खराब।" यह है एक मोटी बात। हमारे बचपन में करीब-करीब ऐसा ही था। भद्र और मध्यम वर्ग में संगीत के प्रसार के साथ इसका स्तर या स्टैंडर्ड गिरा है, इसमें कोई सन्देह नहीं। किन्तु जो लोग संगीत की दुनिया की चोटी पर बैठे हुए हैं, यह बात उन्हीं पर लागू होती है। जैसे बेहतरीन गाने सुनने को नहीं मिलते, वैसे ही बहुत घटिया गाने भी गायब हो चुके हैं। कम-ज़्यादा, करीब-करीब, सभी अब सुर और लय में गा रहे हैं। पहले हिमालय और तराई में जो अन्तर था, अब वो गोंडवाना की मालभूमि पर ही ठहर गया है। दो-चार छुटपालू परेशनाथ के रहने से भी, मालभूमि की ऊँचाई समुद्र तट से दो-एक हजार फीट है। आज के संगीतानुरागी अफ़सोस करने के बावजूद यह मिसाल नज़रअन्दाज़ नहीं कर सकते हैं। सबसे प्राचीन घराना है ग्वालियर का। हद्दू-हस्सू, नत्थन ख़ाँ, रहमत ख़ाँ और बड़े निसार हुसैन की जगह ली है पंडित परिवार के कृष्ण राव, शंकर पंडित के बेटे लक्ष्मण राव ने। उम्र के हिसाब से सबसे प्राचीन घराना है—आगरा का। वहाँ कुछ साल पहले भी नत्थन ख़ाँ, अब्दुल्ला ख़ाँ और फ़ैयाज़ ख़ाँ की जगह लिये हुए थे लताफ़त, शराफ़त और युनूस हुसैन ख़ाँ। आज यह घराना श्मशान है। पिछले साल तक अल्लादिया ख़ाँ की जगह इस घराने की इज्ज़त रख रहे थे मल्लिकार्जुन मंसूर। अब हैं किशोरी अमोनकर। और भीमसेन जोशी चाहे जितना अच्छा गाएँ अपने को अब्दुल करीम के बराबर ज़रूर नहीं मानते

हैं, और मश्कूर अली भी अब्दुल वहीद ख़ाँ की जगह लेने को राजी नहीं होंगे। जहाँ तक मैं जानता हूँ, पंडित अमरनाथ अपने को अमीर ख़ाँ के बराबर नहीं सोचते। पटियाला के काले ख़ाँ, बड़े गुलाम अली ख़ाँ के एक ही मशहूर वारिस हैं, श्रीमान अजय चक्रवर्ती। सहसवान के उस्ताद मुश्ताक हुसैन ख़ाँ के घरानेवाले हैं गुलाम सादिक और निसार हुसैन ख़ाँ की सन्तान और दामाद सरफ़राज हुसैन ख़ाँ, हाफ़िज अहमद ख़ाँ, और उनके सबके छोटे शिष्य राशिद ख़ाँ। उम्मीद है, मेरा बयान अब साफ़ हो गया है।

क्या श्रोताओं का मान बढ़ा है ? पहले जो लोग संगीत सभा या कान्फ्रेंस में जाते थे, सुनने जाते थे। देखने या दिखाने के लिए नहीं। दिल्ली में सम्मेलन वगैरह शायद ही कभी ''टिकट' से हो, इसलिए उनका निमन्त्रण-पत्र एक 'स्टेटस सिम्बल' जैसा बन गया है। उस ज़माने में सामने के रो में बैठे उस्ताद लोग एक-दूसरे का गाना सुनते थे। और लखनऊ में वादीलाल जी, दिलीपकुमार राय, धूर्जटि प्रसाद, रतन जनकर, ठाकुर नवाबअली राय, राजेश्वर बाली राय, उमानाथ बाली जैसे श्रोता और समालोचक रहते थे। उनके सामने उस्तादों को भी सोच-समझकर गाना पड़ता था। एक बार सबके सामने वादीलाल जी ने केसरबाई को डाँट दिया था—कुकुभ बिलावल के राग रूप के लिए। और दूसरी तरफ याद आता है 'बनोफूल' की एक कहानी में एक श्रोता महफ़िल से थके लौटे और लेट गए। स्त्री ने पूछा—''क्यों, क्या सुना तुमने ढाई घंटे तक ?'' छोटा-सा जवाब था, ''बूँदरिया'। इतना कहकर उन्होंने तकिया लेकर आँखें मूँद लीं। इस तरह की एक और कहानी, जो कि मैंने बचपन में सुनी थी, शान्टुल बाबू के स्टाक में थी। एक बाबू, नये-नये कान्फ्रेस में गाना सुनने गए। उन्होंने अपनी ज़िन्दगी में सिर्फ़ दो ही राग के नाम सुने थे। पहले एक सितारिया बैठे। शुरू होते ही उन्होंने बगल में बैठे, एक श्रोता से पूछा—''कौन-सा राग बजा रहे हैं—जैजैवन्ती या ललित ?'' श्रोता बहुत ध्यान से सुन रहे थे। उन्होंने छोटा-सा जवाब दिया—''पुरियाधनाश्री।'' बाद के आर्टिस्ट के गाने पर बैठते ही उनका फिर वही सवाल। बगलवाले ज़रा झुँझलाकर बोले—''सुना नहीं आपने अभी ? वे पहले बिहाग गाकर बाद में मालकौंस गाएँगे ? एनाउंसमेंट में तो बता ही दिया।'' इसके बाद फिर बाजे की बारी थी। फिर वही सवाल। तब हमारे बाबू को डाँट पड़ी—''अरे साहब, क्या ललित-ललित कर रहे हैं आप ? वह तो सुबह का राग है। ये तो दरबारी कानड़ा बजा रहे हैं। बक-बक बन्द कीजिए।'' इसके बाद कान्फ्रेंस की ख़ास महफ़िल शुरू हुई भोर में। हिन्दुस्तान के एक मशहूर उस्ताद का गाना था। तबला, जोड़े का तानपूरा, हारमोनियम, चेले-चामुंडों से स्टेज एकदम भर गया था। आँख मूँदकर ख़ाँ साहब ने सुर लगाया ही था। हमारे बाबू से और रहा नहीं गया। उन्होंने फिसफिसाकर वही सवाल पूछा—''भाई साहब, क्या ख़ाँ साहब अब ललित गा रहे हैं ?'' बगलवाले बाबू ने मुड़कर बैठते हुए बहुत देर तक दाँत पीसते हुए नाराज़गी से जवाब दिया—''नहीं, ये ललित नहीं है। यह ललित का तीसरा भाई बिपिन है। हाल ही में उसे ई.आई. रेल में नौकरी मिली है। साला, नॉनसेंस कहीं का !''

यह कोई बहुत ऊँचे दर्ज़े की नाजुक मज़ेदार कहानी न होते हुए भी इसमें पचास

साल पहले की आबोहवा या उसकी महक ज़रूर है। इस प्रकार के श्रोता आज नहीं हैं और न ही उस्तादी गाने सुनकर आज की माँ, मौसी, चाची खिलखिलाकर हँसती हैं। मध्य वर्ग के हाथों में, कल्चर पड़ने से उसका स्तर भी मध्यम ही होता है। जैसा गाने का स्टैंडर्ड वैसे श्रोता भी।

10. ध्यान देने की बात है। हालाँकि गाने का मान नीचा हुआ है, पर बाजे का नहीं। इसकी वजह यह है कि यन्त्र की दुनिया में एक से ज़्यादा जीनियस एक साथ उभरकर सामने आए थे और उनके देश-भर के शिष्यों और शिष्याओं में काफ़ी ऊँचे स्तर के बाज अभी भी ज़ारी हैं। रवीन्द्रनाथ युग के बाद साहित्य के लोग समझते थे कि अब नीचे स्तर की कविता लिखना असम्भव है। ठीक वैसे ही, अलाउद्दीन ख़ाँ, हाफ़िज अली ख़ाँ, इनायत ख़ाँ जैसे उस्ताद लोगों ने सितार, सरोदवादन का चेहरा एक़दम पलट दिया था। इनके अनगिनत शागिर्द हैं और इनकी बदौलत यन्त्र-संगीत का स्तर आज भी काफ़ी ऊँचा है। इनमें से विलायत ख़ाँ को अपने पिता से काफ़ी तालीम हासिल नहीं हुई, क्योंकि जब ये नौ साल के थे, तभी इनायत ख़ाँ ने आँखें मूँद लीं। लेकिन अगर चाहें तो ये अपने बाप के बाज बजा सकते हैं और गतकारी के समय बजाते भी हैं और सितार पर तो इनका इतना दबदबा है कि कहावतें बन गई हैं। हम लोगों के एक दोस्त ने कहा था, बहुतों का सितार हमने सुना है, लेकिन इस आदमी ने तो जनाब इस जन्तर को लेकर जैसे मसाला पीस दिया है। मैंने ऐसा हाथ अपने बाप की ज़िन्दगी में भी नहीं सुना।'' इनके ख़ानदान के बहुत लोगों ने इनकी नकल कर कामयाबी हासिल की है। और सुन्नी शागिर्दों में बुद्धादित्य मुखर्जी का हाथ भी बहुत अच्छा है। लेकिन जब तक ओरीजिनल है, तब तक दो-तीन नम्बर की ज़ीरॉक्स कापी का भाव बाज़ार में ज़्यादा नहीं होगा। विलायत ख़ाँ के बाद इनके ख़ानदान में रईस ख़ाँ का हाथ ही सबसे अच्छा था, लेकिन हाथ ही था, अक़्ल ज़्यादा नहीं थी। और अगर उनमें इल्म है भी तो उन्होंने वह छुपाकर रखा है। वे पाकिस्तान में जा बसे हैं।

विलायत ख़ाँ की ख़ासियत है गायकी अंग। 'राग-अनुराग' किताब में रविशंकर ने एक जगह सवाल किया है, ''गायकी अंग के क्या माने या मतलब हैं ? क्या हम ढोलक अंग, करताल अंग बजाते हैं ?'' सही बात है। सभी आलाप में गायकी ही बजाते हैं। ध्रुपदी आलाप बीन में बजाया जाता है और रविशंकर बीन ही का आलाप करते हैं, लेकिन पूरा-पूरा ध्रुपद अंग में ही नहीं, उसमें ख़याल के अंग भी होते हैं। विलायत ख़ाँ ने जो किया है वो है किराना का राग-विस्तार और किराना गायकी के अंग, जो सितार में बजाना आसान नहीं है। उसमें हर क़दम पर पाँच पर्दों से भी ज़्यादा पर्दों में मीड़ बजाया जाता है और घसीट भी। और उनकी द्रुत गत में मुझे फ़ैयाज़ ख़ाँ के छोटे ख़याल से बहुत मेल दीखता है। पाँच मात्रे का मुखड़ा, छन्दों में बँधी हुई, और सपाट तानें। ये चीज़ें वे हाथ से मीड़ की तान लेकर गले की हलक का इफेक्ट हू-ब-हू ला सकते हैं। समालोचक कहते हैं कि विलायत ख़ाँ राग की शुद्धता पर हमेशा नज़र नहीं देते। शायद इस बारे में वे थोड़ी-सी छूट लेते हैं, लेकिन यह मनमानी के दर्जे में नहीं पड़ता।

सालों से मैं उन्हें अपने निजी तौर से बहुत अच्छी तरह से जानता हूँ और उन्होंने जितने अलग-अलग घरानों की बन्दिशें मुझे सुनाई हैं, और जानते भी हैं, यन्त्र-संगीत के उस्तादों में बहुत कम को ही इतना याद होगा।

पंडित रविशंकर का आलाप समन्वय ज्ञान और निर्मल राग-रूप मुझे बहुत ही अच्छे लगते थे। अभी हाल में उनको सुनने का सौभाग्य मुझे नहीं मिला, लेकिन एक ज़माने में एक दफ़ा और (सिर्फ़ एक ही दफा) उनकी समालोचना करने के अपराध में आज भी मैं उनके और उनके नाजुक मिजाज़ भक्तों के सामने अपराधी हूँ। मैंने अली अकबर ख़ाँ को बहुत अच्छी तरह से सुना है। सन् चालीस में जब वे लखनऊ रेडियो के स्टाफ़ आर्टिस्ट थे, तब मैं निहायत ही कॉलेज का छोकरा था। दोपहर को साइकिल पर सरोद दबाए वे हमारे घर, पिताजी को तिलक कामोद सुनाने आए थे—वह माजरा मुझे याद है। हालाँकि आजकल उनसे मुलाकात कम ही होती है। इस आदमी और इसके बाज के प्रति मेरी एक ख़ास कमज़ोरी है। मैं सोचता हूँ, कि इसकी वजह यह है कि वे वाकई मन लगाकर और ध्यान से बजाते हैं। उस दिन उन्होंने मुझे जो कल्पना की दुनिया के दर्शन कराए, मैं समझता हूँ, किसी और यन्त्री से यह मुमकिन नहीं हो सकता और न होगा। इन दोनों कारणों से मैं अपने विचार न पेश कर धूर्जटि प्रसाद की किताब 'मोने एलो' (याद आया) से दो-चार लाइनें उद्धृत कर रहा हूँ जो अर्थनीति, समाज तत्त्व, आर्ट, साहित्य के बीच-बीच में उनके लेख में उभकर आया है।

"अली अकबर का सरोद सुना रात में—हाँ, रेडियो के लांग रिकार्ड में। यह हिसाब-किताब अच्छा है। हमारा संगीत पन्द्रह मिनट से पहले गर्म नहीं होता। कम-से-कम आलाप में ही पन्द्रह-बीस मिनट लगते हैं, फिर अस्थायी और पन्द्रह मिनट। आधे घंटे के बाद कुछ उबाऊ हो जाता है। उम्र का तकाज़ा है या और कुछ ? जवानी में इमदाद ख़ाँ का पूरिया ढाई घंटे तक सुना था। तब थका नहीं था। उनके बेटे इनायत ख़ाँ और नाती विलायत ख़ाँ का सितार भी बहुत देर तक मैंने सुना है। इमदाद ख़ाँ का घराना मेरे जीते ही शुरू हुआ। इस घराने की प्रतिभा की इन्तिहा नहीं। वैसा ही अलाउद्दीन ख़ाँ के घराने का है। कभी-कभी ऐसा लगता है कि अली अकबर और रविशंकर ज़रा ज़्यादा ही एक्सपेरिमेंट करते हैं। मतलब, सारे मिश्रण से हम सहमत नहीं हैं। शायद हमारे कानों में ही कुछ दोष है।...परख जारी रखें। कान में बैठ जाएगा और ढाँचा भी निखर आएगा। कुछ बनेगा, कुछ नहीं। क्या फ़र्क़ पड़ता है ? 'मेनी आर कॉल्ड, फ्यू आर चोज़न।' छात्रों के मामले में भी यही है। प्राकृतिक निर्वाचन और सामाजिक निर्वाचन, दोनों एक नहीं हैं, पर पद्धति में मेल है आपस में। फ़र्क है अक्ल के इस्तेमाल में। हाँ, अक्ल का भी और इम्तिहान होता है। वह जारी है। संगीत की बुद्धि और लिखने-पढ़ने की बुद्धि एक नहीं है। फिर भी ज्ञान का एक मूल्य तो है ही। नतीजे में परखने की इच्छा जारी रहती है।

घराना का गूढ़ अर्थ है शब्दतत्त्व। इसलिए वज़ीर ख़ाँ के शिष्य, अलाउद्दीन, उनके शिष्य अली अकबर, तिमिर, निखिल—इनके बारे में तो गलती हो ही नहीं सकती है कि

ये किस घराने के हैं। मिनट भी नहीं लगता और इनकी जात-पाँत का पता चल जाता है। आज कई दिनों से हम इन लोगों के आपसी फ़र्क़ का पता चलाने की कोशिश कर रहे हैं। अभी तक स्पष्ट नहीं है, लेकिन कुछ-कुछ ऐसा मालूम पड़ गया है कि अली अकबर के बाज की ख़ास बात है छन्द, लय। उनकी रागिनी लयमय है (जैसे सृष्टि ब्रह्ममय, आनन्दमय है), यानी लय से लथपथ छन्द में ही रागिनी का विकास हो रहा है। उसका हर अंश छन्द में बँधा है। उसकी ज़िन्दगी ही उसी में है और साँस भी। नक़्शे सामने आते हैं और नृत्य करते हुए चले जाते हैं। इन छन्दों में ही भाव हैं। एक्सप्रेशन हैं। बॅकानलियन नृत्य नहीं है, डायोनिशियन जाति के और भी नाज़ुक और सुन्दर हैं। अली अकबर इसी सरोद की आवाज़ से अपने नाटकीय अन्दाज़ को उभारते हैं। सरोद की प्रथा के मुताबिक ड्रामैटिक तकनीक से वे खुश नहीं, वे उससे भी ज़्यादा ही बजाते हैं। मेरे लिए उनके बाज का हर अंश, जैसे आँखों के सामने उभरकर साकार होकर आ जाता है। उसका डिज़ाइन इतना खूबसूरत है कि अपने छन्द के तक़ाजे पर ही उसका अपना रूप निखर आता है। यहाँ छन्द ही सृष्टि करता है। उनको सुनते-सुनते हम समझ जाते हैं कि क्यों उस्ताद लोग छन्द को लेकर इतने मस्त हो जाते थे। छन्द था उसका 'इनस्केप'।

''रविशंकर 'हरफ़', 'फ्रेज़', 'ईडियम', 'वाक्य' और 'बोल' के राजा हैं। मैंने अपनी ज़िन्दगी में इतना स्पष्ट हरफ़, फ्रेज़, वाक्य (सेंटेंस) कम-से-कम यन्त्र में कभी सुना नहीं है। इतना साफ़ कि ऐसा लगता है, जैसे रागिनी पृष्ठभूमि से बाहर आकर आँखों के सामने खड़ी है। बाहर निकलकर खड़ा होना—यह है आधुनिक आर्ट का एक ख़ास लक्षण। इसमें पश्चिम का मिजाज़ रहता है ज़रूर। रविशंकर ने पश्चिम की बहुत सारी अच्छी चीज़ों को पचाया है। उनका सितार सुनने पर मेरे पुराने विचार और भी जड़ पकड़ लेते हैं कि संगीत हमारे मन के किसी दूसरे स्तर की भाषा है। साहित्य से अलग, लेकिन फिर भी एक भाषा है। इसमें हरफ़, फ्रेज़, ईडियम और वाक्य ज़रूर ही रहेंगे। यह नक़्शा भाषा की तरफ ज़्यादा झुकता है, छन्द की तरफ उतना नहीं। हालाँकि इन दोनों में सभी गुण हैं, मुझे जो ख़ास-ख़ास लगे हैं, मैं सिर्फ़ उन्हीं के बारे में सोच रहा हूँ। रविशंकर के भाव और एक्सप्रेशन सिनटैक्स पर ज़्यादा निर्भर हैं। इसीलिए थोड़ा ज़्यादा इन्टेलेक्चुएल लगते हैं। उनका सितार मुझे बहुत ध्यान से सुनना पड़ता है। लेटे हुए सोचता हूँ कि पैराग्राफ कैसे बना गये। दोनों में से कोई भी 'भूमिका से भ्रष्ट' नहीं हैं। दोनों ही कुदरती स्रष्टा हैं, नए रागों की सृष्टि की तरफ से भी और पुराने रागों में नए विकास के मामले में भी। यह एक बड़ा मेल है। इससे भी ज़्यादा जो मेल है, वह यह कि ये एक ही घराने की दो शाखाएँ हैं।'' (धूर्जटि प्रसाद को याद किया है रविशंकर ने 'राग-अनुराग' में—''वहाँ के विश्वविद्यालय के नामी अध्यापक थे। वे खुद नहीं गाते थे, लेकिन बड़े मज़लिसी आदमी थे। काफ़ी कुछ संगीत के सम्बन्ध में इन्होंने लिखा है किताबों और निबन्धों में। अच्छे लोगों को सुना है। हम उनके स्नेही थे। लेकिन उनका एक patronizing attitude था। जैसे उनका कहना कि फलाने साल में काले

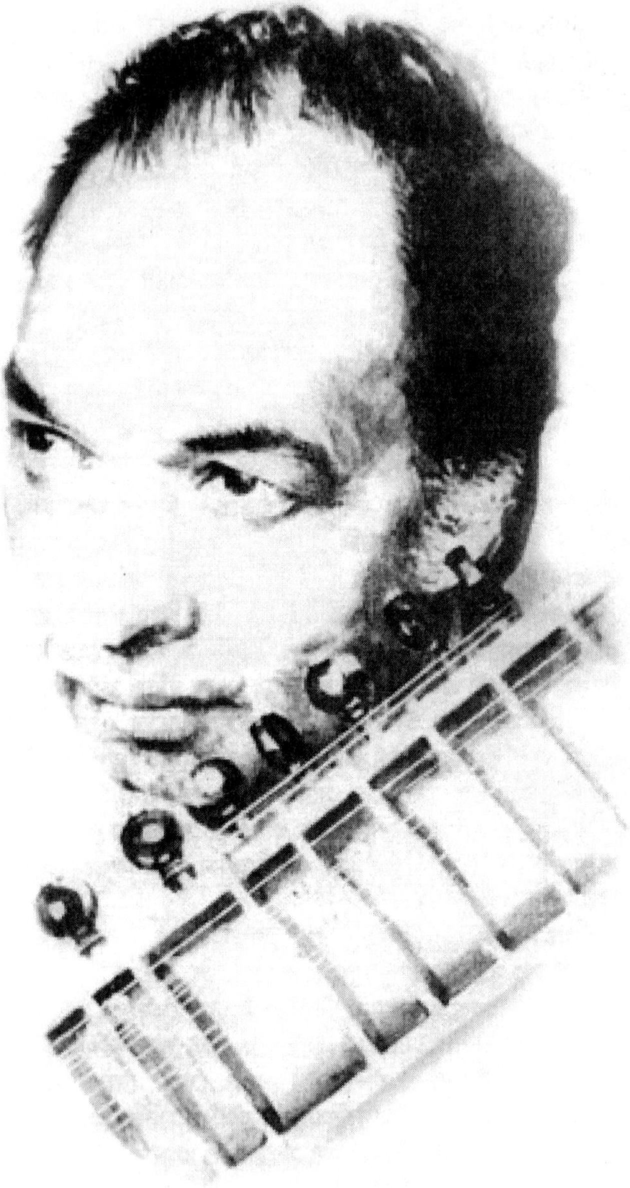

उस्ताद विलायत ख़ाँ

ख़ाँ की आसाबरी या अल्लाबन्दे की तोड़ी का गान्धार जो सुना था—आजकल सुनने को नहीं मिलता आदि-आदि।'' ('राग-अनुराग', पृ. सं. 177, आनन्द पब्लिशर्स लिमिटेड)

''विलायत की बात ही अलग है। साल-भर से ऊपर हो गया उसे सुने हुए, और बहुत इच्छा होती है सुनने की। उनके पिता हमारे दोस्त थे। हमें 'भाई साहब' कहते थे। मैंने उनके दादा का बाजा भी सुना है और सिर्फ़ एक बार ही नहीं। उनके घराने के बारे में अलहदा, विस्तारित लेख या प्रबन्ध की ज़रूरत है। साज़ में हिन्दुस्तानी संगीत दुनिया के सारे संगीत के सामने सिर ऊँचा कर खड़ा हो सकता है विलायत की, अली अकबर की और रविशंकर की मेहरबानी से। धन्य हैं इमदाद, इनायत, धन्य हैं वज़ीर—हाफ़िज, अलाउद्दीन। एक साथ घराने के अन्दर एकता और विचित्रता का समावेश। आधुनिक कंठ संगीत इसके सामने बहुत ही Parvenue नज़र आता है। ये कोई बड़प्पन की बात नहीं है। यह जीवन धर्म का मूल सूत्र है। जाने कब बहुत दिनों पहले एडमंड बार्क को पढ़ा था। दुबारा पढ़ने का मन होता है। आलोचना की मार्फ़त संगीत का बयान ठीक नहीं होता।''

पचास के दशक के शुरू का है धूर्जटि प्रसाद का यह लेख। निखिल बनर्जी ने तब नाम कमाना शुरू ही किया था। अमजद तब तक पेश नहीं हुए थे, वरना इनके नाम का भी ख़ास उल्लेख ज़रूर होता। इनकी कच्ची उम्र में भी इन्हें सुनकर श्रोताओं को कभी मैंने निराश होते नहीं देखा। और इन दोनों का बड़ा गुण था कांसिसटेंसी (Consistency)। इनके हाथ से कभी निम्न स्तर का साज़ नहीं बजा। और इन दोनों की उपस्थापना में एक सम्पूर्णता थी—कोई भी अंग नहीं छूटता था। दोनों में असाधारण प्रतिभा थी और दोनों ही अपने बाजे में डूब जाने की ताकत रखते थे। शायद पैदाइशी हुनर है यह। दोनों को ज़बर्दस्त भरोसा था अपने यन्त्र पर। अमजद अली बेमिसाल थे। इसकी पहचान होती है उनकी गायकी अंग के साथ तीन सप्तक की इकहरी तान से जो कि सरोद जैसे यन्त्र में नामुमकिन है। लेकिन हमारा निजी ख़याल है कि सृजनशक्ति और तैयारी में ये किसी से कम न होते हुए भी मौलिकता में शायद इन महापुरुषों के साथ बराबरी नहीं कर सकते। यह निश्चित रूप से मेरे कान और उम्र का कसूर है।

देश स्वाधीन होने के थोड़े दिनों बाद ही यूरोप और अमरीका के साथ हमारे संगीत का, ख़ासकर यन्त्र-संगीत का परिचय हुआ। इस परिचय-सम्पर्क का नतीज़ा यह हुआ कि कंठ-संगीत से ज़्यादा यन्त्र-संगीत में ही चुन-चुनकर होनहार कलाकार नज़र आए। चाहे किसी तरफ भी नज़र डालो इस युग में सबसे उच्चकोटि के आर्टिस्ट दिखाई पड़ते हैं। इनमें से बहुत सारे हैं अलाउद्दीन और इनायत घराने के शागिर्द। सरोद-सितार के अलावा बाँसुरी में पन्नालाल घोष, देवेन्द्र मूर्धेश्वर, हरिप्रसाद चौरसिया, गिटार में दामोदर लाल का भाई ब्रजभूषण काबरा, सन्तूर में शिवकुमार शर्मा, बेहला में वी.जी. जोग, एन. राजम, इसराज में रणधीर राय, सारंगी में रामनारायण, तबले पर अल्लारक्खा और उनके बेटे ज़ाकिर हुसैन, चतुरलाल, बनारस के किशन महाराज, शान्ताप्रसाद, कलकत्ता के करामत ख़ाँ और साबिर तथा ज्ञानप्रकाश घोष के बहुत-से मशहूर शिष्य इसी युग के

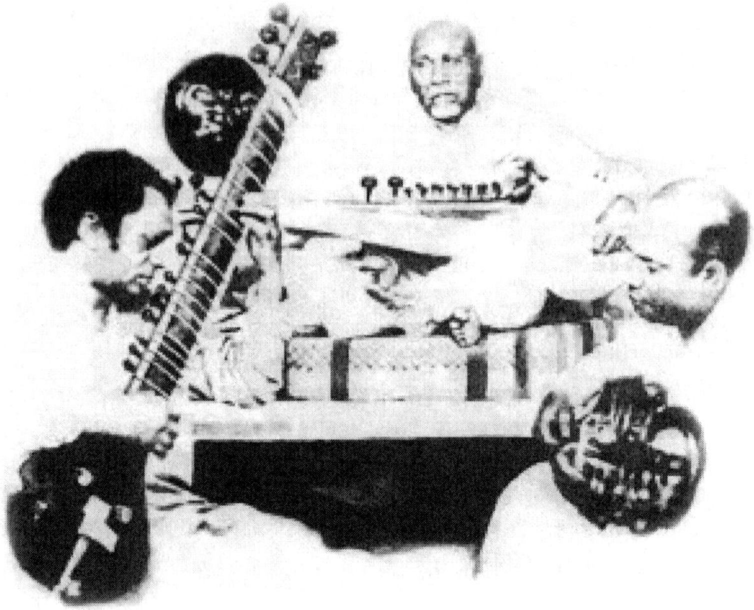

**बाबा अलाउद्दीन ख़ाँ, पंडित रविशंकर और उस्ताद अली अकबर ख़ाँ**

कलाकार हैं। शहनाई में सुर के जादूगर उस्ताद बिस्मिल्ला ख़ाँ का अलग से नाम लेना ज़रूरी है, जिन्होंने इस नहवतख़ाने के यन्त्र को 'इंटरनेशनल' सम्मान दिलाया है। उनके कुछ भक्तों ने उन्हें हमेशा के लिए अमरीका ले जाना चाहा। तब उन्होंने कहा—"पैसा ही सबकुछ नहीं है। मेरी काशी की यह गंगा, गली, सही-दाद देनेवाले समझदार दोस्त, बालाजी का यह मन्दिर जिसके सामने बैठकर मैंने घंटों सुर की साधना की है, यह माहौल, क्या यह सब कुछ हमें दे सकोगे ? वहाँ तो दो दिनों में मेरा सारा सुर सूख जाएगा।"

अगर विदेशी पैसे कमाना और विदेश घूमने का जोश नहीं होता तो मेरे ख़याल से तीन युग में भी यन्त्र-संगीत का इतना प्रचार नहीं होता। उधर, अली अकबर और रविशंकर के लम्बे अर्से से अमरीकावासी होने की वजह से इनके कोई नामी शिष्य हाल में नज़र नहीं आए हैं। विलायत ख़ाँ के घराने में इमरत ख़ाँ के बेटों ने इसी वजह से बाप और ताऊ से तालीम हासिल की है, और अच्छा बजा रहे हैं। इमदाद इनायत घराने में आते हैं, लेकिन फिर भी विलायत ख़ाँ से जिन्हें तालीम नहीं मिली, उन लोगों में, सबसे पहले बुद्धादित्य मुखर्जी का नाम आता है। बीस साल पहले इनकी असाधारण प्रतिभा की जो झलक दिखाई दी थी, उसे ये पूरी तौर से निभा नहीं पाए। इसकी ख़ास वजह है कि इनकी रागदारी जो इनके हाथ और तकनीक के बराबर नहीं थे। पहले भी

मुझे ऐसा लगता था और आज भी लगता है। इन दो घरानों को छोड़कर अच्छा बजा रहे हैं मणिलाल नाग, बिमल मुखर्जी और बुद्धदेव दासगुप्ता। इनकी रागदारी और हाथ भी बहुत ही उच्च स्तर के हैं, लेकिन 'तबीयतदारी' में कुछ कमी महसूस होती है। मतलब, बजाते वक़्त ज़रा ज़्यादा ही तने हुए रहते हैं। संगीत में खो जाने का मिजाज़ इन्होंने नहीं पाया है।

11. इस समाजशास्त्रीय छानबीन में स्कूल, कॉलेज, विद्यालय, ग्रामोफोन कम्पनी, रेडियो, दूरदर्शन आदि इन सारी सोशल एजेंसीज की भूमिका के बारे में काफ़ी चर्चा हुई है। ये सब मध्यवर्गीय समाज के अधीन हैं। बाकी हैं सरकारी और गैर-सरकारी कुछ संस्थाएँ, और कुछ आजकल के संगीत-सम्मेलनों के आयोजक। सरकारी संस्थाओं की कार्य-प्रणाली को लेकर ज़्यादा उत्साह नहीं दिखाया जा सकता, क्योंकि इनकी गति होती है अफीमख़ोर घोंघे जैसी। ये लोग संगीत और नाटक के क्षेत्र में साल में एक दफ़ा बड़े-बड़े लोगों को पुरस्कार और मानपत्र देते हैं। इसके अलावा एक आध पुस्तक छापने की जिम्मेदारी भी इन पर है। 1953 से अनेक गायकों और वादकों को इन्होंने रिकार्ड कराया है, लेकिन वे सारे आम जनता की पकड़ से बाहर हैं। हाल में लोकगीत और लोकनृत्य को लेकर ज़रा ज़्यादा ही मस्त हो गए थे और उन्हें संगीत नाटक अकादमी के सेक्रेटरी साहब हर साल भेड़ों के झुंड की तरह विदेश चराने ले जाते थे। इंडियन काउंसिल ऑफ कल्चरल रिलेशंस नाम की एक और संस्था ने हम लोगों की संस्कृति को निर्यात करने में काफ़ी मदद दी है। इसलिए इनके बड़े, मँझले और छोटे साहबों के दरबार में, दूसरे और तीसरे दर्जे के कलाकारों की भीड़ लगी रहती है। ऐसे ही एक छोटे साहब ने मुझे एक किस्सा सुनाया था। एक दिन दफ़्तर में पहुँचने के साथ-साथ बड़े साहब (इस संस्था के सब बड़े साहब फॉरेन सर्विस के माल हैं) का बुलावा आया। घुसते ही साहब ने कहा—"देयर यू आर। डिड यू सी सैटजिट रेज़ फिल्म लास्ट नाइट ऑन अनटचेबिलिटी ? आई थॉट इट वाज़ ऐ डैम गुड स्टोरी।"

छोटे साहब ने ज़रा शर्माते हुए कहा कि उन्होंने पहले ही यह फिल्म टी.वी. पर देखी है और उन्हें भी अच्छी लगी थी। अब बड़े साहब ने ज़रा नाराज़ होकर ही पूछा—"जिनकी यह स्टोरी है, आई मीन दिस चैप कॉल्ड प्रेमचन्द। इन्हें विदेश भेजने का कोई इन्तजाम क्यों नहीं किया जा रहा है किसी साहित्य-सभा में डेलीगेट के तौर पर ?" छोटे साहब, कुछ देर तक चुप रहे, फिर बोले—"यू सी सर, सरकार की बहुत ताकत है, लेकिन इस समय वे जहाँ रहते हैं वहाँ से यहाँ लाकर फिर उन्हें अमेरिका, यूरोप भेजने में कुछ लाजिस्टिक्स के प्राबलेम हैं !" (यानी शरीर को भेजने की समस्या)

गैर-सरकारी संस्थाओं में सबसे पुरानी है दिल्ली की 'भारतीय कला केन्द्र'। यह डी.सी.एम. ग्रुप की श्रीमती सुमित्रा चरतराम की हिफ़ाजत में था। संगीत-शिक्षा और एकाध संगीत सम्मेलन के अलावा कुछ और विशेष काम मेरी नज़र में नहीं आया। दो नम्बर पर है टाटा नॅशनल सेन्टर फ़ॉर पर्फ़ामिंग आर्ट्स। इनके काम के बारे में मेरी जानकारी नहीं के बराबर है। जो यहाँ काम करते हैं उन्हें अपने ही काम के बारे में

ख़ास मालूम नहीं। इन्होंने दो-चार कलाकारों की कुछ घंटों की रिकॉर्डिंग की है। इनका ऑडिटोरियम अपने बढ़िया और महँगे अकूस्टिक के लिए मशहूर है। तीन नम्बर पर है आइ टी सी ट्रस्ट द्वारा परिचालित संगीत रिसर्च अकादमी। बड़े ही महत् उद्देश्यों को लेकर पन्द्रह साल पहले इसकी स्थापना हुई। जैसे—(1) उच्च स्तर के गायक तैयार करना। (2) गुरु-शिष्य-परम्परा से संगीत सिखाना और, (3) कान्फ्रेंस आयोजित करके आम जनता को ऊँचे स्तर का संगीत सुनाना। इसके अलावा इनका एक वैज्ञानिक शोध विभाग है श्रीमती दीपाली नाग की देखरेख में।

इनके कामकाज की इधर काफ़ी नुक्ताचीनी हो रही है कलकत्ते के अख़बारों में। मैं दोनों तरफ़ के नज़रिये से वाक़िफ़ हूँ। इसलिए दो बातें न कहूँ तो मेरा कर्तव्य अधूरा रह जाएगा।

गुरु-शिष्य-परम्परा और गुरुकुल पद्धति के महान उद्देश्य को लेकर अकादमी ने काम शुरू किया कई उस्तादों को यहाँ लाकर। जैसे आग्रा गायकी के लताफ़त हुसैन ख़ाँ, सहसवान (ग्वालियर अंग) के इश्तियाक हुसैन ख़ाँ, किराने की हीराबाई बड़ोदेकर, जयपुर गायकी के निवृत्तिबुआ सरनायक, सहसवान (रामपुर) के निसार हुसैन ख़ाँ और ठुमरी दादरा के लिए गिरिजा देवी। चुने हुए शागिर्दों समेत इन सभी को बड़े-बड़े क्वार्टरों में रहने की जगह मिली।

आज की प्रधान समस्या है कि जिनमें प्रतिभा है उन्हें तालीम नहीं चाहिए। जिनके पास थोड़ी बहुत तालीम है उनमें इतनी क़ाबलियत नहीं कि वे मजलिसों में सबको मात देकर उभरते गायकों और संगीत के छात्रों को अपनी ओर खींच सकें। हम हिन्दुस्तानी वैसे तो शास्त्रों की दुहाई देते हैं लेकिन व्यावहारिक तौर पर रीतियों को मानते हैं। 'रीत का गाना' सुनने और सीखने के दिन अब गए। घराना पद्धति अब बड़ी विपदा में है। इसको लेकर मेरी ज़ाती शिकायत समाजशास्त्रियों के नजरिये से अलग और बेकार है। क्यों—यह पहले ही बता चुका हूँ। इसलिए एस आर ए की कोशिश पूरी तरह नाकामयाब न होते हुए भी खोदा पहाड़ निकली चुहिया-सा तो होगा ही। इस बीच अधेड़ उम्रवाले बूढ़े हो चले हैं। कई तो चन्द सालों के भीतर ही इस दुनिया से कूच कर गए। निवृत्तिबुआ पार्किन्सन्स डिज़ीज़ के शिकार हुए। उसके पहले जिन शिष्यों को तैयार किया उन्होंने उनमें विजया जाधव इस घराने का मान रखेंगी शायद। गिरिजा देवी डेढ़-दो शिष्याओं को आधा-अधूरा तैयार कर काशीवासिनी हो गईं। निसार हुसैन ख़ाँ सत्तासी साल की उम्र में ही जोशीले हैं। राशिद के अलावा नौ साल के ख़ुर्रम को वो जिस ढंग से तालीम देकर तैयार कर रहे हैं—क़ाबिले तारीफ़ है। ठीक इसी तरह मशकूर अली ख़ाँ छः साल के अर्शद अली को तालीम दे रहे हैं। वह अभी से ताल को मुट्ठी में बंद करके पचास-एक मुश्किल बन्दिशें बड़े आराम से पेश कर सकता है। राशिद ख़ाँ की गायकी की समालोचना हो ही चुकी है। उसकी कोशिशों के बारे में नुक्ताचीनी समाजशास्त्र के दायरे से परे है। अच्छा या बुरा लगना तो अपनी-अपनी पसन्द की बात है।

इसके अलावा संगीत रिसर्च अकादमी ने कुछ 'स्कॉलर' को रहने की जगह और

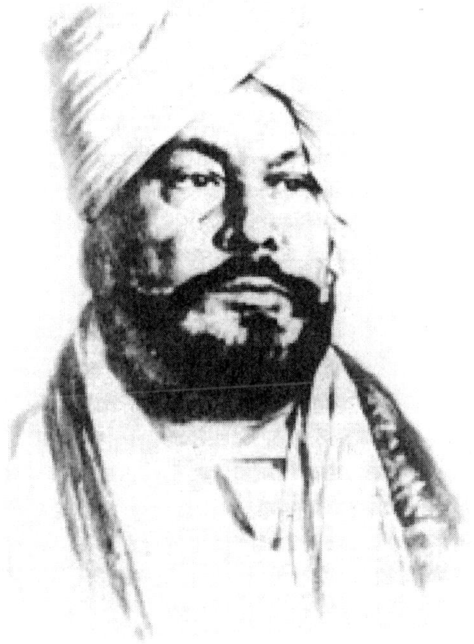

**उस्ताद हाफ़िज़ अली ख़ाँ**

बढ़िया वज़ीफ़ा देकर रखा था जिन्होंने गुज़रे उस्तादों के टेप सुनकर अपने रियाज़ के बल पर ही अपनी गायकी बना डाली। साल में कुछेक प्रोग्राम में शिरकत करने के अलावा अपनी मर्जी से गानों की इन्हें मनाही थी। जगदीश प्रसाद के अकादमी छोड़ जाने की यह एक वजह थी। दूसरी वजह थी, इन्हीं के घराने के दूसरे स्कॉलर अजय चक्रवर्ती से इनकी होड़।

गायकी सीखने-सिखाने के इस तरीक़े के बारे में यही कहना है कि ये सभी लोग प्रतिभाशाली इल्मदार हैं। पहले से ही ये लोग थोड़ी-बहुत तालीम पाकर आए हैं। अतः आज इन्हें गवैए के रूप में जो प्रतिष्ठा मिल रही है, उसके लिए अकादमी कहाँ तक जिम्मेदार है ? मुझे तो इसमें आपत्तिवाली कोई ख़ास बात नज़र नहीं आती। अजय चक्रवर्ती का गाना मैंने पन्द्रह साल पहले अकादमी की स्थापना के दिन सुना था। तब से साल-दो साल के अन्तराल से बराबर सुनते आ रहे हैं। आर्थिक सहायता, अकादमी की टेप लायब्रेरी, बेतहाशा रियाज़ करने की छूट और उत्साह के बिना क्या आज उनका इस मुकाम पर पहुँचना सम्भव होता ? मुझे तो इसमें शक है। इस तरह की सोच या

सहायता की भावना हिन्दुस्तान की और किसी भी संस्था में मैंने आज तक नहीं पाई।

इनके जनरल क्लास के छात्र-छात्राएँ जो बीरेश राय, ए. कानन, अजय चक्रवर्ती, अरुण भादुड़ी आदि के पास तालीम पा रहे हैं, उनका स्तर शायद बहुत ऊँचा नहीं है, लेकिन वजह समझने में कोई ख़ास मुश्किल नहीं होती। उन्हें गुरुकुल पद्धति से शिक्षा नहीं मिल रही है और वे अपने निर्धारित समय से ज़्यादा और सारे काम-काज छोड़कर सिर्फ़ गाने के ही पीछे नहीं पड़े रह सकते। मेरी दादी, बचपन में मुझे आशीर्वाद देती थी—''बेटा, जज-मैजिस्ट्रेट बनो।'' उनकी दुआ के फलस्वरूप मुझे हर साल एक बार इन छात्र-छात्राओं के इम्तिहान के समय 'जज' बनने का मौक़ा मिलता है। ऐसा भी हुआ है कि तीन-चार दिन बीत गए हैं और कोई जानी-पहचानी पुरानी बन्दिश सुनने में ही नहीं आई। कभी-कभार सदारंग और अदारंग के नाम उच्चारित हुए हैं। आजकल की सिंथेटिक गायकी का बेशुमार इस्तेमाल हो रहा है। अकादमी के मूल उद्देश्यों में शायद इस तरह की गड़बड़ी शामिल नहीं होती और न ही इससे उनका स्तर बढ़ने का कोई रास्ता दिखाई देता है। जो कमेंट्स लिखे जाते हैं उन्हें शायद शिक्षक नज़रअन्दाज़ कर जाते हैं, शायद नहीं भी करते हैं, लेकिन अध्यक्ष आदि इस पर ख़ास ध्यान नहीं देते। इसके अलावा अकादमी ने अनेक उस्तादों के टेप और पुराने रिकार्ड इकट्ठे किए हैं, जो आम आदमी के दायरे के बाहर हैं। अचरज की बात तो यह है कि छात्र-छात्राओं और स्कॉलर इन टेपों को सुनना ही नहीं चाहते, क्योंकि उन्हें डर है कि भूल से कहीं वे भी उन्हें न सीख जाएँ।

12. सबसे ज़्यादा इनकी समालोचनाएँ हुई हैं इनकी कान्फ्रेंस अथवा आई.टी.सी. के वार्षिक उत्सव और 'स्टार-सिस्टम' को लेकर। इस सिस्टम के बुरे नतीज़ों के बारे में मैं समालोचकों से सहमत हूँ। और मल्लिकार्जुन के बारे में सातवें परिच्छेद में मैंने अपना निजी अफ़सोस पहले ही पाठकों के सामने ज़ाहिर कर दिया है। बदक़िस्मती से यह बीमारी, जो अब ठीक होने से रही, इस समय चारों ओर छा गई है। कलकत्ता में हर साल सबसे बड़ा उत्सव होता है डोवर लेन में। उसका संचालन भी लकीर के फकीरवाली उसी नीति के मुताबिक़ होता है। रामकृष्ण मिशन भी इस बीमारी से बच नहीं सका है। उससे भी ज़्यादा खतरनाक़ बात जो है वह यह है कि बड़े-बड़े व्यावसायिक प्रतिष्ठान हिन्दुस्तानी शास्त्रीय संगीत को धीरे-धीरे अपनी अंटी में रखने की कोशिश में लगे हुए हैं। छोटी-मोटी संस्थाएँ भी इनके पैसों की राह देखती हैं और आर्टिस्टों की लिस्ट देखकर ही ये लोग अपना बटुआ खोलते हैं, उसके पहले नहीं। आर.पी.जी एंटरप्राइजेज, एशियन पेंट्स, मैकडोवेल, आई.टी.सी., आखिरकार मैसूर, बड़ौदा, रामपुर और ग्वालियर के राजा-रजवाड़ों की जगह ले रहे हैं—यह बहुत ही सौभाग्य की बात है। फ़र्क़ सिर्फ़ इतना ही है कि वे राजा-रजवाड़े सिर्फ़ समझदार ही नहीं थे, वे लोग उस्तादों से गंडा भी बँधवाते थे और बराबर तालीम लेते थे। यह बहुत ही ख़तरनाक बात है कि आज के संरक्षक और श्रोताओं की रुचि समझदारी पर निर्भर नहीं है। इसलिए संगीत का स्तर धीरे-धीरे नीचे की तरफ ही जाएगा। भला इसमें हैरान होने की कौन-सी

बात है ? कुछ मननशील संगीत-रसिकों का कहना है कि यह सब कमर्शियलाइजेशन का नतीज़ा है। मार्ग-संगीत वाणिज्य की वस्तु नहीं है और आम पब्लिक के लिए भी इसकी सृष्टि नहीं की गई है। बात पूरी न सही, कुछ-कुछ तो ठीक है। इस प्रकार के संगीत-सम्मेलनों का जन्म हुआ बड़ौदा में सन् 1916 में। तब से हिन्दुस्तान के कोने-कोने में इस प्रकार के उत्सव होते चले आ रहे हैं। अब्दुल करीम ख़ाँ अठन्नी का टिकट बेचकर हॉल भाड़े पर लेते थे और पब्लिक की मदद से ही अपना स्कूल चलाते थे। फ़ैयाज़ ख़ाँ, अल्लादिया ख़ाँ, बड़े गुलाम अली ख़ाँ, अमीर ख़ाँ, अलाउद्दीन ख़ाँ, इनायत ख़ाँ, हाफ़िज अली ख़ाँ तथा और भी बहुत-से मशहूर और कम मशहूर कलाकार सारे हिन्दुस्तान की कान्फ्रेंसों में गाते-बजाते रहे हैं। उनकी कला का स्तर तो ज़रा भी कम नहीं हुआ था। कभी-कभी तो शायद गुलाम अली ख़ाँ थोड़ा-बहुत पब्लिक की ख़ातिर सरगम, तान, पंजाबी हरकतें, ज़रा ज़्यादा ही करते थे और 'आए ना बालम' से महफ़िल खत्म करते थे। लेकिन अमीर ख़ाँ तो ठुमरी तक भी नहीं गाते थे। कहने का मक़सद यह है कि तब भी श्रोताओं की पसन्द पर गाना-बजाना नहीं होता था और न अब होता है। पब्लिक को नियमित रूप से जो भी चीज़ बराबर खिलाई जाएगी, आदत से वे वही पसन्द करेंगे और हलक के नीचे उतारेंगे। इसलिए संगीत का स्तर बढ़ाने की जिम्मेदारी आर्टिस्टों की है और है इन सब सम्मेलनों के आयोजकों की। सिर्फ़ मशहूर कलाकार और 'सितारों' को लेकर उत्सव करवाने की जिम्मेदारी भी इन्हीं ऑर्गनाइज़रों की है। बहुत सारे अच्छे घरानेवाले बीच दर्जे के आर्टिस्ट अब भी हैं, जिन्हें गाने-बजाने की असली तालीम मिली हुई है। उन्हें मौका नहीं मिलता और तभी श्रोता भी उन्हें सुन नहीं पाते।

कुछ और सौदागरी संस्थाओं का स्थान संगीत की दुनिया में जो भी हो, लेकिन आई.टी.सी. की भूमिका थोड़ी उनसे अलग ही होनी चाहिए, क्योंकि संगीत रिसर्च अकादमी इन्हीं के पैसों से बनी है जो कि एक ट्रस्ट की हिफाज़त में है। इसके डायरेक्टर विजय किचलू, आगरा घराने के शागिर्द हैं। ये अपने भाई रवि किचलू के साथ या खुद बहुत-सी जगहों पर गाते रहते हैं, हालाँकि गायक की हैसियत से अपनी कान्फ्रेंसों में शरीक नहीं होते। स्टार सिस्टम के बारे में इनकी खुली राय, समालोचक और मेरी अपनी राय जैसी ही है। लेकिन उनका कहना है कि संगीत रिसर्च अकादमी और आई.टी.सी. के अस्तित्व अलग-अलग हैं। आई.टी.सी. तम्बाकू कम्पनी है, उसके प्रचार विभाग का बजट जबर्दस्त है। सिर्फ़ संगीत या खेलकूद पर ही वे साल में तीन करोड़ रुपए खर्च करते हैं और जब वे ऐसा करते हैं तो अपनी कम्पनी के 'इमेज' के बारे में सोचकर ब्याज सहित अपनी पूँजी पूरी-पूरी वसूल करने की उम्मीद रखते हैं। इसलिए उनका उद्देश्य है कि सबसे बड़े हॉल में उनके कान्फ्रेंस हों। सबसे बड़े आर्टिस्ट गाना-बजाना करें और हाँ, हॉल ज़रूर पूरा भर जाना चाहिए और अगर टी.वी. कवरेज़ मिल जाता है तो सोने में सुहागा है। यही है कम्पनी का उद्देश्य और यही है उनकी नीति। इसीलिए घूम-फिरकर उन्हीं सितारों को बुलाना पड़ता है, जिनके नाम इश्तेहार में पढ़कर श्रोता उमड़ते हैं। इतना कुछ होते हुए भी विजय किचलू ने फाइल वगैरह की छानबीन कर

ये दावे किए कि पिछले चार-पाँच सालों में उन्होंने आई.टी.सी., गोल्डन ग्रेट्स और एस.आर.ए. के सम्मेलनों में ऐसे बहुत-से कलाकारों को बुलाया है जो उच्च गगन के सितारों की श्रेणी में नहीं आते—जैसे के.जी. गिंडे, प्रभाकर कारेकर, इमरत ख़ाँ, निशात ख़ाँ, सुजात ख़ाँ, शाहिद परवेज, पार्थसारथी, भजनलाल सपोरी, ज़रीन शर्मा, एन. राजम, वसन्त रानाडे, उल्हास कशालकर, सुधा रघुनाथन, श्रुति सदोलिकर, राजन और साजन मिश्र, पंडित रामाराव नायक, शुभा मुद्गल, मुकुल शिवपुत्र, पद्मा तलवलकर, शोभा गुर्टू, लक्ष्मी शंकर, सौमित्र लाहिड़ी, छन्नूलाल मिश्र, वीणा सहस्त्रबद्धे, फ़ैयाजुद्दीन डागर, विश्वमोहन भट्ट, बुद्धादित्य मुखर्जी और अकादमी के स्कॉलर यानी मशकूर अली ख़ाँ, राशिद ख़ाँ, अरुण भादुड़ी, शुभ्रा गुह आदि। विजय किचलू की राय में अन्य दूसरी सौदागरी संस्थाएँ इन कलाकारों के बारे में नहीं सोचतीं। शायद इनके नाम से भी वे वाकिफ नहीं हैं। उन्होंने यह भी कहा कि पंडित रविशंकर, अली अकबर ख़ाँ, विलायत ख़ाँ और अमजद अली ख़ाँ को बुलाने की हिम्मत उनकी जैसी सौदागरी संस्थाओं के बूते में भी नहीं है। They have nearly priced themselves out of the market. इसीलिए बुद्धादित्य मुखर्जी, हरिप्रसाद चौरसिया, शिवकुमार शर्मा और जाक़िर हुसैन को ही बुलाना पड़ेगा।

चाहे जैसे भी हम देखें, यह विषयवस्तु हिन्दुस्तानी संगीत के भविष्य के बारे में एक गहरी चिन्ता की बात होती जा रही है। दक्षिण में बड़े आर्टिस्टों की कमी नहीं है। उनकी फीस भी कम है और सभाओं या मंडलियों की संख्या काफ़ी ज़्यादा है। सिर्फ़ हिन्दुस्तान में ही नहीं, दुनिया में सभी जगह धर्म ने ही सारी कलाओं को प्रेरणा दी है—ललित कला, कारीगरी, मूर्ति-शिल्प और संगीत—सभी को। इसके अलावा नवाबों, बादशाहों, और राजे-रजवाड़ों ने इनकी मदद दी। इस मदद में रुचि और कला के लिए स्थान था। पहली बार एक ऐसे दर्जे के शरीफों की दुनिया, जिसे कॉकटेल सर्किट कहते हैं, के चंगुल में मार्ग संगीत आ गया है, जिन्हें रुचि और फाइन सेंसिबिलिटी यानी बोध-शक्ति से कोई मतलब नहीं है। वे किसी की भी परवाह नहीं करते। उनका उद्देश्य है तड़क-भड़क के साथ पब्लिसिटी करना। समाजशास्त्री सोचते हैं कि संस्कृति का इतिहास लगातार बहती हुई एक धारा है। इसके स्तर और रूप में सिर्फ़ थोड़ा-सा परिवर्तन होता है। वही स्तर और रूप हमारे जीतेजी इतना पलट जाएगा, यह किसने सोचा था ? फिर सोचता हूँ कि इसमें अचरज की क्या बात है ? रवीन्द्रनाथ के काबुलीवाले को देख रहा हूँ जो बाल छँटवाकर, जींस पहने पैसे वलूस करने के लिए निकल रहे हैं। और हमारे बचपन के अखंड प्रतापी राजा की क़ौम अंग्रेज आज सिर मुड़ाए, चोटी बढ़ाए, गले में कंठी, पैरों में खड़ाऊँ पहने पिकाडिली से मार्बल आर्च तक जगन्नाथ जी का रथ खींच रहे हैं। इतना ही नहीं, असभ्य नेटिव भारतवासियों को और जहन्नुम की ओर बढ़ते हुए अंग्रेजों को इंगलैंड में ही बैठकर बुरी तरह से गाली-गलौज करने पर ऑक्सफोर्ड विश्वविद्यालय खुशी से फूलकर नीरद चौधुरी साहब को डी.लिट्‌ (अनरिस काउजा) दे रहा है।

दो-एक शब्द समालोचकों के बारे में भी कहना ज़रूरी है। हमारे देश में संगीत के

बारे में आलोचना सबसे पहले शुरू की थी विष्णुनारायण भातखंडे ने; संगीत-समालोचना दिलीपकुमार राय और धूर्जटि प्रसाद के पहले शायद और किसी ने नहीं की। उस तरह की समालोचना, मेरे ख़याल में, आज कोई नहीं करता। पहली बात तो यह है कि हिन्दुस्तानी संगीत के अब तक के मुसलमानों की हिफ़ाज़त में रहने की वजह से उसकी खुल्लमखुल्ला समालोचना बेअदबी समझी जाती थी। क्योंकि इस दुनिया के तहज़ीबवाले लोग, सामने 'माशा अल्लाह', 'सुभान अल्लाह' कहते और पीठ पीछे 'तौबा-तौबा' करना ही सही दस्तूर मानते थे। आज यह नियम चालू नहीं है, लेकिन अख़बारी समालोचकों के दो दल हैं, एक दल के रिपोर्टर किसने क्या गाया या बजाया था, इतना लिखकर ही ख़लास हो जाते हैं। दूसरे दल के क्या अच्छा लगा और क्या बुरा लगा, इसके बाहर और कुछ लिखना नहीं चाहते। क्यों नहीं अच्छा लगा, इसका विश्लेषण करने में थोड़े-से इल्म की ज़रूरत होती है। कुछ मुँहफट एग्रेसिव समालोचक हैं, वे गलतियाँ पकड़ने में माहिर हैं, लेकिन आख़िर तक वे भी अपने को बचा नहीं पाते हैं। इसके अलावा मैं एक ऐसे समालोचक को जानता हूँ जो खुद एक मशहूर सरोदवादक हैं। ये कवि की उस उक्ति को मानते हैं कि 'तुम सब अच्छे हो।' इसीलिए ये किसी झगड़े-फसाद में कभी नहीं फँसे।

संगीत की अपनी एक भाषा है जो साहित्य की भाषा से अलग है। लेकिन संगीत की आलोचना या समालोचना करने के लिए साहित्य के सहारे के बिना कोई चारा नहीं है। विदेशों में संगीत-समालोचना का स्तर बहुत ऊँचा है और बहुत दिनों से चला आ रहा है। इनमें से कुछ उच्चकोटि के क्रिटिकल लिटरेचर (Critical literature) के अन्तर्गत आ गए हैं। बर्नार्ड शॉ 'कॉर्नोडिबैसेटो' के उपनाम से समालोचना लिखते थे। वे समालोचनाएँ पुस्तक-रूप में छापी गई हैं और जिन्होंने समालोचना-साहित्य का मान बढ़ाया है। और नेविल कार्डास (जिनकी ऑटोबायोग्राफी को मैं बीसवीं शताब्दी की बीस श्रेष्ठ साहित्यिक पुस्तकों में से एक मानता हूँ) बहुत दिनों तक मैनचेस्टर गार्डियन में क्रिकेट और म्यूज़िक के क्रिटिक थे। जिन दोनों का नाम मैंने लिया है, इनमें से किसी ने भी संगीत में रीतिबद्ध शिक्षा प्राप्त नहीं की थी। लेकिन लोगों ने इनके सधे कान और उनके मत या राय को, जिसे वे बहुत सोच-समझकर देते थे, श्रद्धापूर्वक स्वीकार किया। इसके साहित्यिक मूल्य को स्वीकार करना ही पड़ेगा।

पंडित रविशंकर ने अपने 'राग-अनुराग' में कहा है—"Criticism is not merely an exercise in language. टेक्सचर, फिलिग्री और उसी तरह के जितने भी jugglery of words-gossamer, nuances तथा और भी जाने क्या-क्या बम्बास्टिक वर्ड्स। यह सब लिखने से ही बात नहीं बनती।"

बदक़िस्मती से संगीत की भाषा का अनुवाद नहीं होता। साहित्यिक-भाषा की सहायता ज़रूरी हो जाती है। वरना आर्ट, आर्किटेक्चर आदि की परिभाषा की सहायता लेनी ही पड़ती है। इसी वजह से विदेशों में इन शब्दों का इस्तेमाल संगीत-समालोचक बहुत ज़्यादा करते रहते हैं। और जो लोग ललित कला, वास्तुकला से परिचित हैं, उन्हें

समालोचकों के वक्तव्य समझने में दिक्क़त नहीं होती। वे खुद जब पृ.सं.-43 में विलायत ख़ाँ के बाज़े के बारे में ''लिरिसिज़्म', 'Combination of romanticism and buoyancy' आदि शब्दों का इस्तेमाल कर रहे हैं तब साहित्य की परिभाषा का ही सहारा ले रहे होते हैं। यह मेरी धारणा है, जिसे नज़रअन्दाज़ करना मुश्किल होगा। और जब कोई विदेशी क्रिटिक हाइपेट्रज और कुजेमिटस्कि के ब्रह्म्स के डबल कॉन्चेर्टो के पुराने रेकॉर्ड के नए इश्यू के सम्पर्क में लिखते हैं कि ऊपर लिखे हुए कम्पोजिशन का 'टेक्चर इज़ थिक' तब हमारे जैसे अनपढ़ लोग भी समझ सकते हैं कि क्रिटिक क्या कहने की चेष्टा कर रहा है। दूसरी कला-विधा की परिभाषा और उपमा के प्रयोग अगर हम समालोचना-साहित्य में शामिल नहीं कर सकते तो सबसे पहले रवीन्द्रनाथ को त्यागना पड़ेगा। अगर पंडितजी का ऐसा कहना हो कि सिर्फ़ भाषा के मार-पेंच पर भरोसा करके समालोचना नहीं होती, इसके लिए ज्ञान और रस-ज्ञान की भी ज़रूरत है और आर्टिस्ट के प्रति समवेदना और श्रद्धा भी बहुत ज़रूरी है, तब मैं इनसे पूरी तरह सहमत हूँ। यह बात मैं अपने व्यक्तिगत तजुर्बे से कह सकता हूँ कि घरेलू महफ़िल के बनिस्बत स्टेज पर बैठकर गाना कहीं ज़्यादा मुश्किल है। उस तरह के प्रतिकूल वातावरण में रमना और श्रोताओं से जुड़ाव महसूस करना कोई आसान काम नहीं है। इसलिए उभरते हुए कलाकार सम्वेदना के हक़दार हैं; और जो सीनियर आर्टिस्ट हैं, उन्हें भी वह श्रद्धा पाने का हक़ है अगरचे वे हासिल करने में कामयाब हों। और यह तो साफ़ है कि पंडित रविशंकर और उनके घराने के बाजे के प्रति सिर्फ़ मैं अकेला ही नहीं, हम लोग दो पीढ़ियों से अत्यन्त श्रद्धाशील हैं।

बहुत दिन पहले कलकत्ता के एक अंग्रेजी दैनिक का मैं शौक़िया समालोचक था। उस पाप कर्म के लिए मैं अभी तक शर्मिन्दा हूँ। उस समय रवीन्द्र सदन की एक ज़बर्दस्त महफ़िल के बारे में लिखने पर मजबूर हो गया कि पंडित रविशंकर का 'श्री' राग जम नहीं रहा था, क्योंकि काफ़ी देर तक 'श्री' के रिषभ को ठीक मध्यबिन्दु में लगाना उनके लिए मुश्किल पड़ रहा था। यह मैंने अपने कानों से ही नापा था और मैं समझता हूँ वे ख़ुद भी सुनते समय ऐसा ही नापते हैं। मैं नहीं समझता कि इससे किसी आर्टिस्ट की प्रेस्टिज को कोई बहुत बड़ा नुकसान पहुँचता हो, क्योंकि मैंने फ़ैयाज़ ख़ाँ जैसे आर्टिस्ट को रेडियो पर नायकी कानड़ा में बेसुरा गान्धार लगाते हुए सुना था। हालाँकि इसके पहले वे खुद कितने आपे में थे, इसका मुझे पता नहीं। सब आर्टिस्ट—बड़े, मँझले, छोटे—ऐसे तो हो ही सकते हैं और होते भी हैं। राग और पर्दे के मामले में कोई भी इनफॅलिबल नहीं है, ऐसा ही मेरा ख़याल है। तानसेन, बैजू बाबरा, स्वामी हरिदास के बारे में कुछ कह नहीं सकता, क्योंकि उन्हें मैंने सुना नहीं है। अली अकबर ख़ाँ साहब के बारे में में सिर्फ़ श्रद्धाशील ही नहीं हूँ मैं समझता हूँ, वे इस युग के एक बहुत बड़े आर्टिस्ट हैं। लेकिन ऐसा भी नहीं कहेंगे कि उनके हाथों हमेशा से हर समय ही हर पर्दा, हर महफ़िल में सुर के मध्य बिन्दु में ही लगे हैं। और हम समझते हैं, इससे कुछ आता-जाता भी नहीं है।

इस घटना के करीबन बारह-तेरह साल बाद उनकी अपनी निजी ज़िन्दगी में बावजूद उतार-चढ़ाव के, हज़ारों महफ़िलों में कामयाब होकर देश-विदेश में राष्ट्रीय और अन्तर्राष्ट्रीय ख्याति बटोरने के बाद भी मुझ जैसे मामूली आदमी की टिप्पणी को वे इतना महत्त्व देंगे, यह मैंने सोचा भी नहीं था। इस वजह से एक तरफ तो मैं खुद को सम्मानित समझ रहा हूँ तो दूसरी तरफ कुछ झिझक भी महसूस कर रहा हूँ। 'राग-अनुराग' के पृष्ठ 56 में वे कहते हैं—

''बीच में से कोई कल का दम्भी उठकर बोलेगा कि यह ठीक नहीं, वह ठीक नहीं। यहाँ तक कि श्रुति को लेकर यह सब चलेगा। श्रुति का विचार ? मुझे याद है—मैंने एक बार 'श्री' राग बजाया था। साहब, यहाँ एक बात कह दूँ। मैं बुरा-भला जैसा भी बजाता हूँ, यह बात ज़रूर गर्व से कह सकता हूँ कि—बाबा के निर्देशानुसार, और खुद भी औरों के रागों की शुद्धता सुनकर—किस राग में कौन-सी श्रुति किस रेशियो में लगनी चाहिए इस बारे में मैं काफ़ी सतर्क रहा हूँ। ज़िन्दगी-भर मैंने अपने बजाने में यह बात याद रखी है। इस बारे में मुझे आत्मविश्वास है। मेरा 'श्री' राग सुनकर (जिसमें मैंने अति कोमल रिषभ का बराबर प्रयोग किया था) समालोचक महाशय सरासर लिख बैठे कि मेरा 'रे' ठीक नहीं लगा। मुझे पता नहीं, उन्होंने कौन-से नाप से इसको नापकर कहा कि मेरा 'रे' ठीक नहीं लगा। हर आदमी गा रहा है या बजा रहा है, अलग-अलग तरह से। दरबारी का गान्धार, तोड़ी का गान्धार, 'श्री' का रिषभ, मियाँ की तोड़ी का गान्धार, धैवत, मारवा का रिषभ—कितने लोग ठीक से लगाते हैं ? और कौन फैसला करेगा कि ठीक लगा है या नहीं ? थोड़ी देर पहले मैंने जिन लोगों का नाम लिया है, शायद वे ही कह सकते थे कि कौन-सा ठीक से लग रहा है।''

एक नए झमेले में मैं फँस गया। अब तक मेरा पक्का विश्वास था कि अति कोमल रिषभ (लेकिन आन्दोलित) एक भैरो और उसके भिन्न-भिन्न प्रकारों में ही लगता है। और 'श्री' और 'मारवा' का रिषभ कोमल रिषभों में सबसे चढ़ा हुआ, यानी तीव्र-कोमल है। घराने के उस्तादों से ऐसी ही तालीम मिली है। फ़ैयाज़ ख़ाँ, डागरबन्धु और श्रीकृष्ण रतन जनकर को लगाते हुए सुना है। आखिरकार अली अकबर और पंडित रविशंकर के डुयेट लांग प्लेइंग रिकार्ड को मैंने बजाकर सुना। शुरू से ही अली अकबर ने हमारी पहचानी हुई 'श्री' का रिषभ बहुत ही बोल्ड स्ट्रोक से लगाया है। बाद में पंडितजी ने भी वैसा ही लगाया। शायद कहीं-कहीं थोड़ा-बहुत फ़र्क़ होगा, लेकिन 'अति कोमल' जैसा नहीं लगा। 'श्री' एक ऐसा ही राग है कि रिषभ ठीक से लगाने से उसका माहौल बन जाता है, और 'श्री' का रिषभ बोर्दो का 'शातो मार्गो' या 'शातो लाफित' जैसे बेहतरीन विंटेज़ वाइन नहीं कि यह किस साल का है, यह समझने में वक़्त लगेगा। रिकार्ड का बाजा मुझे बहुत अच्छा लगा। लेकिन उस दिन रवीन्द्र सदन में अच्छा नहीं लगा। मेरे साथ जो बैठे थे, वे भी नामी गवैए और वाद्यकार थे—वे भी मेरी तरह काफ़ी देर तक 'रिषभ' के प्रयोग से ज़रा बेचैन हो रहे थे।...बाद में इसे लेकर बड़ा शोरगुल मचा। उस समय उनके चेहरे से ऐसा लग रहा था, मानो मैंने महात्मा गाँधी की स्टैच्यु पर अलकतरा पोत दिया हो या ताजमहल पर

बम गिरा दिया हो। एक श्रद्धेय व्यक्ति ने तो साफ़-साफ़ कह ही डाला—"हम लोगों ने तर्क ज़रूर किया था, इसीलिए आप धड़ाक से उसे लिख बैठे ?" यानी संगीत-समालोचकों के लिए इंटेग्रिटी का क्या सवाल उठता है!

यह सब तो मैं भूल ही चुका था और अगर अभी हाल में 'राग-अनुराग' हाथ न आता, तो वाकई भूल ही जाता। एक दिन के एक राग के एक आलाप को भी अंशतः लेकर मैं उस आर्टिस्ट की महत्ता पर विचार करने लगूँ इतनी हठधर्मी और छोटी नज़र का आदमी तो मैं स्वयं को नहीं समझता। ख़ासकर पंडित जी जैसे महान कलाकार के मामले में। यों शायद ऐसा ज़रूर होता है कि देश-विदेश घूमकर जिन कलाकारों का स्तर जितना अधिक बढ़ता जाता है, उतनी ही उनसे छोटी-से-छोटी समालोचना भी बर्दाश्त नहीं होती और फिर यह तो adulation और hero worshipping का देश है। सत्यजित राय को देखा है। सुना है रवीन्द्रनाथ के नौकर बनमाली भी अगर उनकी कविता को पसन्द नहीं करते थे, तो उनका चेहरा उतर जाता था। लेकिन बनमाली भी कोई ऐरा-गैरा नहीं था, जो कहीं से टपक पड़ा हो। मान लेते हैं कि हम सब जंगली हैं, कुछ भी नहीं सुना, सीखना तो दूर। पर जलेबी खाते वक़्त अच्छी है या बुरी, करारी है कि नहीं, पिसी दाल को अच्छी तरह फेंटा गया है या नहीं, यह सबसे कहने के लिए समालोचकों को कमर में अँगोछा कसकर कढ़ाई की जलेबी के पेंच घुमाने पड़ेंगे ?

दरअसल आज के युग में, विशेषकर पश्चिम को ध्यान में रखते हुए, कलावन्तों को इतना छुईमुई बनने से काम नहीं चलेगा। साहित्य, चित्रकला और स्पोर्ट की अख़बारों में काफ़ी समालोचनाएँ हो रही हैं। क्रिकेट और फुटबाल के सितारों को लेकर जिस तरह से हुल्लड़बाज़ी होती है, उसी तरह मैच में हारने पर, पश्चिम के सड़े हुए अंडों के बदले हिन्दुस्तान में तो ईंट-पत्थरों की व्यवस्था है। पालिटिक्स की दुनिया की आलोचना और समालोचना पर तो आज हर स्टॉल में मैगज़िनों की भरमार है। दूसरी तरफ संगीत-समालोचना का स्तर ज़्यादा ऊँचा नहीं है। न ही कोई ठोस राय है और न ही कोई भाषा। इसे समालोचना की भाषा नहीं कहते कि फलाने के कंठ या सितार से उषा की किरणों में डूबी रामकली श्वेत कमल जैसी खिल उठी। यह है बंगालियों के नखरे। और भी है। गहरी रात में किसी ने जोगकोष राग में सितार अथवा सरोद बजाया। घंटा-भर विस्तृत आलाप के बाद भी राग नहीं जमा। इस तरह के बयान का भी कोई मतलब नहीं। क्यों नहीं जमा, किस घराने का राग है और उसकी क्या विशेषता है, आर्टिस्ट के घराने की तालीम से इस राग की तालीम मिलती है या नहीं, इन सबका समालोचकों को ज्ञान होना चाहिए। और लिखंने का ढंग अगर रतजगे के रिपोर्टर जैसा हो तो हमारे जैसे पाठक सन्तुष्ट नहीं होंगे, क्योंकि समालोचना का अपना एक अलग साहित्य है। मैं Times Literary Suppliment या पुराने New Statesmen and Nation और उस समय के Manchester Guardian की मिसाल बंगाली पाठकों को नहीं दे रहा हूँ। लाइब्रेरी में जाकर 'परिचय' के पुराने अंकों या उससे भी पहले 'सबुज पत्र ' को टटोलने से पता चल जाएगा कि इसी शहर में समालोचना का स्टैंडर्ड कितना ऊँचा था।

पहला परिच्छेद मैंने कहानी-किस्सों में शुरू किया था, इसलिए इस पुस्तक को तत्त्वालोचना की रूखी-सूखी बातों से खत्म नहीं करना चाहता। लेकिन जो कहानी अब मैं सुनाऊँगा, यह मेरे जीवन की एक अलौकिक सत्य कथा है, और इसके साक्षी भी अभी बख़ैरियत इसी लोक में विराज रहे हैं। इसे मैं रत्ती-भर भी बढ़ा-चढ़ाकर बयान नहीं कर रहा हूँ। यह छत्तीस साल पहले का वाक़या है, लेकिन इसकी हर बात मुझे साफ़-साफ़ याद है।

गौरीपुर के कुमार वीरेन्द्र किशोर रायचौधुरी के घर हम लोगों का बहुत आना-जाना था और उनकी दोनों सन्तानें—रानी और बेनू—के साथ मेरी और मेरी पत्नी की बहुत अच्छी दोस्ती थी। अक्सर उनके घर 'अड्डा' जमता और गाने की महफ़िलों में हमेशा एक साथ जाते थे। जिस शाम की कहानी मैं शुरू कर रहा हूँ, उस दिन विलायत ख़ाँ हमारे साथ थे। और थे धृतिकान्त लाहिड़ी चौधरी, जिन्होंने अपनी बाद की ज़िन्दगी में अध्यापन कार्य के बीच-बीच में जंगली हाथियों को मारकर काफ़ी नाम पैदा कर लिया था। इसके कुछ पहले ही मेरी शादी हुई थी और यह बात तब तक फैली नहीं थी। शायद ही उसे कोई जानता हो।

याद नहीं कि कहाँ से हम एक झुंड होकर लौट रहे थे। 55 नम्बर, बालीगंज, सर्कुलर रोड की बड़ी कोठी के नीचेवाले हॉल के साथ हम लोगों का कोई परिचय नहीं था, क्योंकि वह हमेशा बन्द ही रहता था। उस दिन जैसे ही घुसे, देखा कि हॉल खचाखच भरा हुआ है। पंक्तियों में चेयर लगी हुई हैं और हॉल के एक कोने के डायस पर बैठे एक छोकरे-से अमेरिकन साहब मिनेसोटा या मैसा चुसेट्स—ऐसी ही किसी जगह से उसी दिन आए हैं। एक ज़बर्दस्त मीडियम। परलोक से सम्पर्क करवाने में बड़े माहिर। पहले मुझे पता नहीं था कि वीरेन्द्र किशोर को यह बीमारी भी है। वहीं पर मैंने सुना कि ये थियोसॉफी की चर्चा करते हैं, और ऐनी बेसेंट द्वारा स्थापित थियोसॉफिकल सोसाइटी की कोशिशों से ही उनके मकान पर इस मीटिंग का आयोजन है। अब नए आए हुए अमेरिकन साहब, अपनी अलौकिक क्षमता का कमाल दिखाएँगे।

सबसे पहले साहब के कहने पर उनकी आँखों पर पट्टी बाँध दी गई, ताकि वे कुछ न देख पाएँ। उसके बाद स्टिकिंग प्लास्टर भी सटा दिया गया। धृतिकान्त अपनी शिकारी की आँखों से देखकर आए और कहा, 'पट्टी फुलप्रूफ' है। उसके बाद साहब ने कहा कि अगर हम परलोक में किसी आत्मा से सम्पर्क स्थापित करना चाहते हैं तो अपने प्रश्न आदि एक चिरकुट में लिखकर होम्योपैथी की पुड़िया बनाकर उनके सामने रखी हुई एक टोपी में रख दें। हम लोग तो सोच में पड़ गए कि आख़िर किससे सम्पर्क स्थापित करें। उस समय धृतिकान्त एक कट्टर कम्युनिस्ट थे। वे सोच रहे थे कि रोज़ा लुक्जेमबर्ग को खबर भेजें या खुद लेनिन साहब से सवाल पूछें। उनकी समझ में नहीं आ रहा था कि क्या करें। विलायत और मैंने तय किया कि आफ़ताबे-मौसीक़ी के साथ सम्पर्क किया जाए। सो हमारे नाम से सवाल पूछा गया—'ख़ाँ साहब, हमारे पक्के गाने में यह हल्की हरकतें मुरकियाँ और तानबाज़ी कब तक चलेगी ?' विलायत भाई ने अपने हाथों से उर्दू में उसे लिखा। उसकी एक पुड़िया बनाकर और तीस-चालीस चिरकुटों के

साथ मिलाकर उस टोपी में डाल दिया गया। साहब ने कहा—तुम सब आवाज़ मिलाकर चांट करो, जैसे कि होता है। वीरेन्द्रकिशोर बाबू को नेता मानकर हम सभी 'हरि-हरि ओम' उच्चारण करने लगे। साहब भी 'हैरी-होम' में शामिल हो गए।

चार-पाँच मिनट के बाद एक महिला साहब के कहने पर उठ खड़ी हुईं। साहब ने कहा—''पाँच-छह वर्ष का एक शिशु मेरे सामने आकर खड़ा हो गया है और कह रहा है कि माँ से बोलो, हम खूब अच्छी तरह से हैं। वह रोए नहीं।'' महिला एकदम रो पड़ी। समझ गया कि थोड़े दिन पहले ही उनके शिशु का देहान्त हुआ होगा।

उसके बाद फिर एक-दो और आत्माओं के साथ सम्पर्क स्थापित किया गया। पता नहीं क्यों, एक व्यक्ति को साहब से काफ़ी डाँट पड़ी। फिर अचानक मेरा नाम घोषित हुआ। साहब के कंठ से ही।

खड़े होते ही साहब ने कहा—एक वृद्धा मिलने आई हैं। उनकी आँखों से आनन्द के आँसू बह रहे हैं। वे कह रही हैं कि वे आपकी माँ जैसी हैं। 'Is your mother on the otherside ?' उसी दिन पिताजी की चिट्ठी आई थी। मैंने कहा—''जी नहीं, जहाँ तक मैं जानता हूँ वे इस पार ही हैं।''

अब साहब बोले—''नहीं, यह आपकी ग्रैंड मदर हैं, उनके पीछे उनके एक बेटे भी खड़े हैं। वे कह रही हैं कि तुम दोनों मेरा आशीर्वाद स्वीकार करो। फलाँ तारीख को तुमने जो कुछ भी किया है, उससे हम पूरी तरह सहमत हैं।'' पहले परिच्छेद में मैंने दादी, यानी धूर्जटि प्रसाद की माता, श्रीमती एलोकेशी देवी का ज़िक्र किया था—ये वही थीं, जिनके गले की गिटकीरी की मैंने तारीफ़ की थी। वे तो आशीर्वाद देकर ही चल दीं। लेकिन शादी की तारीख याद न रखने की वजह से साल में एक दफा तो ज़रूर ही बातें सुनने पड़ती हैं।

साहब ने कहा—''इनके पीछे खड़े हैं ऊँचे खानदान के एक प्रौढ़ व्यक्ति। उनके बदन पर काला लांग कोट, सिर पर काली टोपी, उँगली में पन्ने (emerald) की अँगूठी, बड़ी-बड़ी ऐंठी मूँछे, सामने आकर कह रहे हैं, 'Abhi Chalegi'—अभी चलेगी। Does that make seuse to you?'

जवाब में मैंने कहा—''जी हाँ, it does '' जब खुद बड़े मालिक, उस्ताद फ़ैयाज़ ख़ाँ साहब, आकर यह बात कह गए हैं तो फिर उसे न मानने का तो सवाल ही नहीं उठता।

# परिशिष्ट

'देश' पत्रिका में लेखक की रचना 'कुदरत रंगी-बिरंगी' पढ़कर बर्दवान प्रवासी लखनऊ के प्रसिद्ध सितारवादक, गायक, उर्दू शायर (तख़ल्लुस-'जुनूँ' लखनवी) यानी प्रकांड विद्वान पंडित ध्रुवतारा जोशी ने अपनी लेखनी के माध्यम से पुरानी यादें ताज़ा की हैं। इनकी पितृभाषा हिन्दी और मातृभाषा बंगला है। लेख हिन्दी में लिखा गया था, जिसका बंगला अनुवाद बर्दवान से प्रकाशित पत्रिका 'नोतुन चीठी' (नई चिट्ठी) के पूजा-शारद अंक में अधूरा प्रकाशित हुआ। 81 साल की उम्र में (28 सितम्बर, 1993) इनका देहान्त हो गया। अनुवादक कल्याण भट्टाचार्य और 'नोतुन चीठी' के सम्पादक ज्योतिर्मय भट्टाचार्य के सौजन्य से मुझे उपरोक्त लेख प्राप्त हुआ है, जिसे परिशिष्ट में स्थान देकर मैं स्वयं को धन्य समझता हूँ।

## यादों के कुछ पन्ने
## ध्रुवतारा जोशी

1

बंगला की लोकप्रिय पत्रिका 'देश' में मेरे परिचित कुमार मुखोपाध्याय के संगीत सम्बन्धी कुछ लेख प्रकाशित हो रहे हैं। संगीत का विद्यार्थी और कुमार बाबू के अध्यापक पिता धूर्जटि मुखोपाध्याय का छात्र होने के नाते इनके लेखों के प्रति आकृष्ट होना मेरे लिए बहुत ही स्वाभाविक है। कुमार भाई को मैं उनके बचपन से जानता हूँ। उनके साथ मेलजोल के और भी कारण हैं। संगीत की दुनिया में उस्ताद के बेटे को ख़लीफा कहा जाता है, जैसे मेरे उस्ताद इनायत ख़ाँ के बेटे विलायत ख़ाँ मेरे खलीफ़ा हुए। इस लिहाज़ से कुमार भी मेरे खलीफ़ा हैं। अध्यापक धूर्जटि मुखोपाध्याय के पास मैं पढ़ा हूँ, उनसे मैंने बहुत कुछ सीखा है। संगीत में उनका ज्ञान बहुत ही गहरा था, हालाँकि वे समाज शास्त्र और अर्थनीति के अध्यापक थे। लखनऊ विश्वविद्यालय के कला विभाग में जो

विषय पढ़ाए जाते थे, उनमें भी उनकी जानकारी अर्थनीति ज्ञान के मुकाबले कुछ कम न थी। हम हर हफ़्ते उनके घर जाया करते थे। किसी दिन रवीन्द्रनाथ और नहीं तो किसी रोज़ शरत्‌चन्द्र के बारे में बातचीत होती। कभी-कभी नानक, कबीर, निज़ामुद्‌दीन औलिया तो कभी होमर अथवा कालिदास के बारे में चर्चाएँ होतीं। कभी-कभार ग़ालिब, जौक़, रहीम अथवा सूरदास के बारे में गहरे तर्क-वितर्क हो जाया करते थे। अक्सर धूर्जटि बाबू को हमारी नोंक-झोंक में दख़लन्दाज़ी करनी पड़ती थी।

अध्यापक धूर्जटि मुखोपाध्याय की बहुमुखी प्रतिभा के बारे में इस समय तरह-तरह की आलोचनाएँ हो रही हैं, तभी इस प्रसंग में एक वाक़ए का ज़िक्र किया जा सकता है। उन दिनों लखनऊ विश्वविद्यालय में पचासवीं सदी की फ्रांसीसी चित्रकला और भास्कर्य की एक प्रदर्शनी चल रही थी। इस मौक़े पर उस देश के कई धुरन्धर पंडित लोग आए हुए थे। मैं उस समय लखनऊ विश्वविद्यालय की छात्र संसद का मन्त्री था। मुझसे कहा गया कि मैं किसी योग्य कलाप्रेमी से प्रदर्शनी का उद्‌घाटन कराने की व्यवस्था करूँ। मैंने सारी परिस्थिति पर सोच-विचारकर लखनऊ आर्ट कॉलेज के अध्यक्ष असित हालदार से मुलाक़ात की और उनसे प्रदर्शनी का उद्‌घाटन करने का अनुरोध किया। वे राज़ी भी हो गए। लेकिन उद्‌घाटन के एक दिन पहले उन्होंने मुझे बुला भेजा। मैंने जाकर देखा कि वे बहुत ही अस्वस्थ हैं। एक सौ तीन डिग्री बुखार था। उनके लिए उद्‌घाटन करना असम्भव था—"अब क्या किया जाए ?" मेरे मुँह से यह सुनते ही उन्होंने विकल्प बताया। बोले—"धूर्जटि बाबू के पास चले जाओ। उनसे मेरा नाम लेना। इस मामले में उनसे योग्य व्यक्ति और कोई नहीं है। वे तो मुझसे भी ज़्यादा योग्य हैं।" सुनकर मैं तो चकित रह गया। अर्थनीति के अध्यापक हैं। वे भला फ्रांस देश की चित्रकला, भास्कर्य के बारे में क्या बोलेंगे। धूर्जटि बाबू के पास पहुँचा तो सबसे पहले उन्होंने मुझे एक तगड़ी डाँट पिलाई। बोले—"किसी संगीत-सम्मेलन के उद्‌घाटन के लिए म्यूज़िक कॉलेज के अध्यक्ष को न लाकर, पुलिस के किसी बड़े बाबू को लाओगे क्या ? लोग क्या कहेंगे ?"

उद्‌घाटन-समारोह में वे खुद डेढ़ घंटे तक बोले। उनका भाषण इतना सारगर्भित था कि उपस्थित फ्रांसीसी पंडितों ने मुझसे पूछा कि "क्या ये आर्ट के प्राध्यापक हैं ?" जब मैंने उन्हें यह बताया कि नहीं, इनका विषय अर्थनीति है तो सुनकर वह चौंके और बोले—"उनके देश में भी इस तरह के पंडित बिरले ही मिलते हैं।" ऐसे थे हमारे गुरु धूर्जटि प्रसाद मुखोपाध्याय।

## 2

संगीत के प्रति मेरी दिलचस्पी बढ़ी उस्ताद इनायत ख़ाँ का सितारवादन सुनकर। सबसे पहले मैंने उन्हें सुना लखनऊ में और तभी यह तय कर लिया कि सितार इसी बेजोड़ इन्सान से सीखूँगा। सन् 1930 में लखनऊ से कलकत्ता चला आया। कॉलेज में दाख़िला ले लिया। मुझ पर उस्ताद की ख़ास मेहरबानी रही। मैंने उनके घर रात को भी रहना

शुरू कर दिया। यह कोई ज़्यादा दिनों की बात नहीं है। इस बात को सभी जानते हैं कि उस्ताद की मेहरबानी की वजह से ही मैंने गाने-बजाने के साथ-साथ अपनी पढ़ाई भी जारी रखी। सभी के पहले के उस्ताद इनायत ख़ाँ से सितार के साथ-साथ गाने की तालीम लेनी भी शुरू कर दी। हमारे घराने में सितार की तालीम के साथ-साथ गाने की भी सही तालीम ज़रूरी है। मेरे उस्ताद अक्सर कहा करते थे कि ''पतीली में जब तक कुछ होगा ही नहीं, तो चमचे से निकालेगा क्या ?'' हमारे घराने की वादन-पद्धति में गाने का महत्त्व हमेशा ही रहा है—इसीलिए गाने की तालीम की भी ज़रूरत रही है। मैं अपने चचेरे भाई के साथ कलकत्ता में ही रहता था।

## 3

उस दफ़ा कलकत्ता में अखिल भारतीय संगीत सम्मेलन (All India Music Confrence) हुआ, जिसमें बड़ौदा से हिस्सा लेने के लिए आए उस्ताद फ़ैयाज़ ख़ाँ। इस मौक़े पर उस्ताद इनायत ख़ाँ के घर खाना-पीना हुआ। यहीं मेरे साथ उनकी जान-पहचान हुई। फ़ैयाज़ ख़ाँ बहुत ही गम्भीर क़िस्म के इन्सान थे। मेरे उस्ताद के साथ उनकी गहरी दोस्ती थी। फ़ैयाज़ ख़ाँ साहब ने मेरा सितार सुनना चाहा। मेरा बजाना उन्हें बेहद पसन्द आया था। बजाना खत्म होने पर मेरे उस्ताद ने उन्हें यह भी बता दिया कि मैं गाता भी हूँ। उन्होंने मेरा गाना भी सुना। मुझे याद है, 'भूपाली' गया था। उसके बाद उन्होंने 'जैत कल्याण' की फ़रमाइश की। इस राग की तालीम मुझे नहीं मिली थी। तब ख़ाँ साहब ने 'शुद्ध कल्याण' सुनना चाहा। मैंने विलम्बित एक ताल में 'अल्लाही बड़ा साँई' शुरू किया। सुनकर बड़ी तारीफ़ की। उसके बाद चाय-शर्बत का दौर शुरू हुआ। मेरी ओर मुखातिब होकर इनायत ख़ाँ साहब ने फरमाया—''अगर गाना सीखना हो तो किसी गवैए से सीखना चाहिए।'' फ़ैयाज़ ख़ाँ साहब बोले—''सितारिया हो या सरोदिया, अगर उसे गले का इस्तेमाल करना आता है तो तालीम देने के मामले में वह किसी गवैए से कम नहीं होगा।'' मेरे उस्ताद बोले—''भाई साहब, तन्त्रकार की तालीम तो आपने सुनी, अब मेहरबानी कर आप अगर दो-चार स्थायी अन्तरे सिखा दें तो मुझे यक़ीन है कि ये आपको मायूस नहीं करेगा। आप गंडा बाँधकर इसे अपना शागिर्द बना लीजिए। मुझे कोई एतराज़ नहीं है।'' इस वाक़या का सिलसिला यहीं ख़त्म हुआ। लेकिन अपने उस्ताद के रहते हुए किसी से गंडा बँधवाने का मेरा जी नहीं हुआ। अपने उस्ताद के देहान्त के बाद मैंने फ़ैयाज़ ख़ाँ की शागिर्दी कबूल कर ली।

उस्ताद फ़ैयाज़ ख़ाँ मेरी अपने उस्ताद के प्रति श्रद्धा को देखकर बहुत खुश थे। गंडा बँधवाने के बाद फ़ैयाज़ ख़ाँ साहब ने जो बन्दिश मुझे सबसे पहले सिखाई थी, वह थी तिलवाड़ा ताल में निबद्ध 'सलोना रे बालम मोरा'। इसके बाद 'पियरवा तोहरी नेक नज़र पर'—बन्दिश बड़े स्नेह से सिखाई थी। पाँच-छह रागों की तालीम के बाद ख़ाँ साहब एक दिन बोले—''तुमको तो सितार ही बजाना है, गाना तो नहीं गाना। अगर

तीनों भाइयों, यानी मैं, विलायत और इमरत—हमारे गाने-बजाने के दिन मज़े में ही कट रहे थे। मेरे उस्ताद के छोटे भाई वाहिद ख़ाँ साहब और उनके दो बेटे हाफ़िज़ ख़ाँ और अज़ीज़ ख़ाँ (गुन्ने) कभी-कभी आया करते थे। हम तीनों एक साथ रियाज़ करते थे। लेकिन विलायत और मैं एक-दूसरे के काफ़ी ख़ासमख़ास थे। उसकी पढ़ाई और रियाज़ की जिम्मेदारी बहुत हद तक मुझ पर ही थी। रात में कभी-कभार अचानक उस्ताद किसी राग की एक तान बजाने का हुक्म दे बैठते। जैसे मान लीजिए : धा. नि. सा, गा. मा. धा. नि. सा., म. ग. रे. स., नि. ध. प. म. ग. रे. स. नि.। पहले तो अकेले ही बजाना पड़ता। बाद में विलायत ख़ाँ जब थोड़ा बड़ा हुआ तो हम दोनों एक साथ बजाते। कुछ देर के बाद ही विलायत मेरी गोद में सिर रखकर सो जाता। उस्ताद समझ जाते। कहते—''मियाँ सो गया क्या ?'' मैं झूठ-मूठ कह देता—''नहीं अब्बा, ज़रा पेशाब को गया है।'' और फिर चुपचाप उसे जगा देता। सन्ध्या के सात-आठ बजे से लेकर सुबह के चार-पाँच बजे तक रियाज़ जारी रहता था। अम्माजी कहतीं—''बेटे, मुँह-हाथ धो लो।'' विलायत उस वक़्त भी गहरी नींद में होता। मैं जल्दी से तैयार हो जाता। अम्मा जी कभी गुलगुला, कभी खीर तो कभी सिवईं खाने को देतीं। नाश्ते के बाद छुट्टी हो जाती। चला आता बड़े भइया के पास। दिन के ग्यारह-साढ़े-ग्यारह तक पढ़ाई होती और फिर उसके बाद कॉलेज रवाना हो जाता। घर वापस आकर तबलावादक के साथ बैठता, जो मुझसे पहले ही घर पर मौजूद रहते। दो-तीन घंटे बजाने के बाद कुछ हल्का-फुल्का खाकर उस्ताद के घर पहुँच जाता। और इस तरह मेरे कलकत्ता के दिन बीतते बड़े मज़े में।

विलायत ख़ाँ थे मेरे खलीफ़ा। आहिस्ता-आहिस्ता उनकी उम्र बढ़ने लगी और अब वे कभी-कभी खुद को ख़लीफ़ा महसूस करने लगे। आज विलायत की जो इतनी तारीफ हो रही है, उसके पीछे उनकी वही मनोभावना काम कर रही है। उस्ताद की डाँट-डपट, मेरी मुहब्बत और उनकी अपनी ख़ानदानी शोहरत—ये सारी बातें हैं, जिनकी वजह से विलायत आज इस मुकाम तक पहुँच रहे हैं, लेकिन मेरे लिए तो अब भी वे वही राजा बाज़ार के मियाँ ख़ाँ ही हैं। मुलाकात होने पर अब भी कहते हैं—''मेरी वो चीज़ लाए हो ?'' ईश्वर उन्हें लम्बी उम्र दें, ताकि वे अपने पुरखों की शोहरत बरक़रार रख सकें। उनसे मुझे काफ़ी उम्मीदें हैं। मुझे इस बात का फ़ख़्र है कि मैं इस तरह से इस घराने से जुड़ा हुआ हूँ। विलायत और इमरत को अब मेरी गोद में पनाह लेने की ज़रूरत नहीं। दोनों ही अब बड़े हो गए हैं। भगवान करे, इन दोनों भाइयों के लिए मेरी गोद हमेशा खुली रहे।

इलाहाबाद म्यूज़िक कान्फ्रेंस में उस्ताद का कार्यक्रम था। लेकिन अचानक अस्वस्थ हो जाने की वजह से हम उन्हें लेकर कलकत्ता वापस आ गए। पर उनकी तबीयत धीरे-धीरे बिगड़ती ही चली गई। कलकत्ता में ही उनका स्वर्गवास हुआ। एक युग का अन्त हो गया। सिर्फ़ वे ही नहीं गए, बल्कि सितार का एक ज़माना ही दफ़न हो गया। उस समय विलायत की उम्र बहुत कम थी, जब इलाहाबाद में उस्ताद की तबीयत

बिगड़ती जा रही थी। विलायत सारे मामले को समझ नहीं पाया था। वह बाहर पतंगबाज़ी में मशगूल था। बार-बार बुलाए जाने के बाद वह अब्बा के पास आया था।

अब्बा की मौत के बाद अम्माजी सहारनपुर अपने अब्बाज़ान के पास चली गईं। मैं विलायत को लेकर लखनऊ आ गया। लखनऊ पहुँचकर उसने ज़बर्दस्त रियाज़ शुरू कर दिया। कभी-कभार छोटी-मोटी महफ़िलें भी करने लगा। इसी तरह उसने गाने-बजाने की आदत बरकरार रखी। कभी-कभी दिल्ली भी रह आता। धीरे-धीरे शोहरत बढ़ने लगी। इसी दौरान बड़े गुलाम अली ख़ाँ साहब पाकिस्तान से भारत आ गए और यहीं बस गए। इस वाक़ए के बाद बम्बई में ऑल इंडिया म्यूज़िक कान्फ्रेंस में गुलाम अली ख़ाँ और विलायत ख़ाँ दोनों ही बुलाए गए। वहाँ विलायत ने बहुत ही ज़बर्दस्त बजाया। वहाँ देखते-ही-देखते उसके काफ़ी शागिर्द बन गए और वह बम्बई में ही रह गया। काफ़ी नाम होने लगा और खूब तरक्क़ी भी की। विलायत सारे भारत में सबसे ज़्यादा लोकप्रिय सितारिया बन गया। उस्ताद इनायत ख़ाँ की मौत के बाद अपने छोटे भाई इमरत ख़ाँ की तालीम की जिम्मेदारी खुद अपने ऊपर ले ली। इमरत भी आहिस्ता-आहिस्ता मशहूर होने लगा। बाप और माँ दोनों ख़ानदानों की मदद तो थी ही उसे। लेकिन विलायत ने बहुत ही अच्छी तरह से उसे सिखाया है और इमरत ने सितार तथा सुरबहार दोनों ही बड़े जतन के साथ सीखे हैं। इनकी हालत जब और भी अच्छी हो गई तो इन्होंने कलकत्ता में आकर रहना शुरू कर दिया। इस वक़्त विलायत और इमरत दोनों ही प्रतिष्ठित कलाकार हैं, और ईश्वर की कृपा से इनकी शोहरत सिर्फ़ भारत में ही नहीं, बल्कि सारी दुनिया में है। इनकी तीन बहनें हैं—नसीरन, शरीफ़न और रईसा। तीनों ही प्रतिष्ठित हैं और आराम से हैं। मेरे दोनों खलीफ़ों की सन्तानें भी गाना-बजाना कर रही हैं और अच्छी तरह से हैं।

मेरे दूसरे उस्ताद आफ़ताब-ए-मौसीक़ी फ़ैयाज़ ख़ाँ साहब भी अब नहीं रहे। जब तक ज़िन्दा थे, मुझे बराबर तालीम देते रहे। बड़े खुशमिजाज़ इन्सान थे और काफ़ी इल्मदार गुणी भी। उनके शागिर्द सारे देश में फैले हुए हैं। उनमें एक ख़ास बात थी। उन्होंने जिनके सिर पर हाथ रखा, वे सभी आगे चलकर बड़े उस्ताद बने। राजदरबारों में तो इनका आना-जाना था ही। सम्मान भी इन्हें काफ़ी मिले हैं। कई साल पहले फेफड़े की बीमारी के शिकार हो गए और इसी से इनकी मौत हुई। इनके शागिर्दों में हैं पंडित रतन जनकर, पंडित दिलीपचन्द्र वेदी, लताफ़त हुसैन ख़ाँ, सुनील बोस तथा और भी अनेक मशहूर कलाकार। ये खुद एक चौमुखी गायक थे। ध्रुपद, होरी, ख़याल, अस्थाई, चमुरी, दादरा, टप्पा, कजरी, सावन, यहाँ तक कि ग़ज़ल भी। जो भी गाते, उससे ही श्रोता मन्त्रमुग्ध हो जाया करते थे। अकेले बैठकर भोजन करना तो ख़ाँ साहब जानते ही नहीं थे। लखनऊ के कैसरबाग मोहल्ला स्थित एम्पायर होटल में ठहरते थे। उस होटल के मालिक नारायणदास मेरे सहपाठी थे। मेरे दोस्त नवाब असग़र हुसैन बहुत अच्छा तबला बजाते थे, मेरे एक सहपाठी एस.के. चौबे, सुनील बोस, शहर के और भी अनेक गाने-बजानेवाले जैसे खुर्शीद अली ख़ाँ, हमीद हुसैन ख़ाँ, सखावत ख़ाँ, यूसुफ़ अली ख़ाँ

और म्यूज़िक कॉलेज के असदजी। छात्रों की भीड़ तो ख़ाँ साहब के पास लगी ही रहती थी। इनमें से बहुतेरे ख़ाँ साहब के साथ ही बैठकर खाना खाते थे। मिजाज़ अगर अच्छा रहता तो ख़ाँ साहब कभी अस्थायी, कभी ख़याल तो कभी-कभी कोई तराना ही बता दिया करते थे। क्या दिन थे वे भी खुशी और आनन्द के ! अब न तो वे गुरु ही रहे, और न ही शिष्य !

रायबरेली संगीत सम्मेलन के मौके पर एक बार मेरी तबीयत ख़राब हो गई। रात के ढाई बजे मुझे देखने के लिए ख़ाँ साहब आ हाज़िर हुए। उनकी अपनी एक छड़ी थी। वह आज भी मेरे पास एक कीमती दौलत है। ऐसे इन्सान आज कहाँ रहे ? बंगाल के विष्णुपुर घराने के गोपेश्वर वंद्योपाध्याय ने ख़ाँ साहब की मौत के बाद मुझसे कहा था कि वे हमें छोड़कर नहीं गए हैं, हिन्दुस्तानी संगीत ही हमें छोड़कर चला गया है। कितनी सुन्दर बात है। जब एक बड़ा संगीतज्ञ चला जाता है, तो वह अपने साथ ले जाता है संगीत का इतिहास भी। उस्ताद फ़ैयाज़ ख़ाँ साहब के मामले में भी यही बात लागू होती है।

उस्ताद फ़ैयाज़ ख़ाँ साहब के अनेक परिचय हैं। वे आगरा घराने के तो थे ही, बड़ौदा राज्य के साथ भी उनका सम्पर्क था। सिकन्दराबाद के रमज़ान ख़ाँ रंगीला के साथ भी उनके ताल्लुक़ात थे। मैंने रंगीला जी की कुछ-कुछ चीज़ें ख़ाँ साहब से सुनी हैं। मैंने अपने उस्ताद से सुना है कि सदारंग, अदारंग और मनरंग के बाद मियाँ रंगीला की तरह की बन्दिशें बहुत कम ही सुनी गई हैं। जैसा था उनका सुर-माधुर्य, वैसा ही था उनका काव्य-माधुर्य। उस्ताद फ़ैयाज़ ख़ाँ भी एक बहुत बड़े रचनाकार थे। 'प्रेमपिया' के नाम से उनकी अनेक रचनाएँ आज भी गवैयों द्वारा गाई जाती हैं।

●●●